Alana Falk

Das Herz der Quelle

Sternenfinsternis

Alana Falk

Das Herz der Quelle

Sternenfinsternis

Arena

Für meinen Mann – meinen Stern
in der Finsternis

FSC
www.fsc.org
MIX
Papier aus verantwortungsvollen Quellen
FSC® C110508

1. Auflage 2018

Dieses Werk wurde vermittelt durch die
AVA international GmbH Autoren- und Verlagsagentur, München
Covergestaltung: Martina Eisele
Gesamtherstellung: Westermann Druck Zwickau GmbH
ISBN 978-3-401-60382-7

www.arena-verlag.de
www.twitter.com/arenaverlag
www.facebook.com/arenaverlagfans

1

Zehn.

»Es sind jetzt schon zehn Sekunden, Seth«, zischte Adara. »Elf.« Sie grub ihre Finger fester in seine Unterarme. Zwölf.

Sie zwang sich, auf die Metropole hinunterzusehen, die ihnen zu Füßen lag. Die ersten Lichter schillerten auf dem Wasser der Themse, der Tower am Flussufer wurde bereits von Scheinwerfern angestrahlt. Ohrenbetäubender Straßenlärm hätte durch die Abenddämmerung zu ihnen heraufhallen müssen. Aber der Verkehr war vollkommen zum Erliegen gekommen. Nichts rührte sich mehr. Nichts und niemand. London war verstummt. Und es war ihre Schuld.

Sie sah wieder zu Seth. Er stand ihr gegenüber hoch oben auf der Tower Bridge und hielt ihre Unterarme umfasst, so wie sie seine. Seine Macht tobte wild durch ihren Körper und ihre Magieebene spannte sich über London wie giftiger schwarzer Dunst.

Zwanzig Sekunden.

Dir ist klar, wer zuerst sterben wird, oder, Seth? Die alten Menschen. Die Kranken. Die Kinder. Adara versuchte, sich vorzustellen, wie es sich anfühlte, Luft in die Lungen zu saugen und doch nicht atmen zu können. Wie die Panik von einem Besitz ergriff. Sie hörte noch einmal das Quietschen der Bremsen, das Kreischen von Metall, den Tumult vor der gespenstischen Stille, die jetzt herrschte.

»London befindet sich im Ausnahmezustand.« Steve, der Reporter der Gemeinschaft, stand nur wenige Meter von ihnen entfernt innerhalb der Sauerstoffblase, die Adara auf dem Dach der oberen Fußgängerbrücke erschaffen hatte. Steves Blick war ernst und seine blonden Haare sahen aus, als hätte ein Sturm sie durchwühlt. »Der Smog zwingt die Stadt in die Knie. Der CO_2-Wert in der Luft ist inzwischen lebensbedrohlich hoch.«

Natürlich war er das. Weil Adara ihn mit Seths Hilfe in die Höhe getrieben hatte, bis die Menschen an ihrer eigenen Atemluft zu ersticken drohten.

Dreißig Sekunden.

»Was, wenn der britischen Regierung die Menschen genauso egal sind wie dem Rat?«, flüsterte Adara und schickte als Gedankennachricht hinterher: *Was, wenn sie nicht rechtzeitig nachgeben?*

Seth drückte ermutigend ihren Arm. *Das haben sie bisher jedes Mal getan. Alle.*

»Unsere Magierin Adara arbeitet hart daran, die Situation in den Griff zu bekommen«, berichtete Steve weiter, »aber Smog lässt sich nur sehr schwer beherrschen.«

Vor allem dann, wenn man es nicht mal versuchte.

Ich hätte mich nie dazu bereit erklären sollen, sandte sie eine weitere Nachricht an Seth. *Die Menschen halten es nicht mehr lange aus. Vielleicht sind sogar schon welche gestorben. Vielleicht hat die plötzliche Atemnot Unfälle verursacht oder Herzversagen. Ich höre auf. Jetzt sofort.*

Nein. Nur ein Wort, in ihren Kopf gedacht. Wie konnte Seth sogar in Gedanken so unerbittlich klingen?

Für einen Moment war Adara verunsichert. Aber sie war die Magierin, er war ihre Quelle. Sie hatte die Entscheidungsgewalt, nicht er. Sie griff nach seiner Magie.

Warte noch, nur einen winzigen Moment.

»Seth …«

Vierzig Sekunden.

»Ich kann nicht mehr warten.«

In diesem Moment schickte Rat Danes ihr eine Gedankennachricht. *Die britische Regierung hat unserem Anliegen nachgegeben.*

Adara begann, vor Erleichterung zu zittern. Sofort rief sie noch mehr von Seths Magie in ihren Körper und arbeitete fieberhaft daran, den Sauerstoff in der Atemluft der Menschen wieder zu erhöhen. Nur am Rande ihres Bewusstseins nahm sie wahr, dass Steve kommentierte, was sie tat. Ihre Aufmerksamkeit galt der Stadt, in die sie angestrengt hinunterlauschte. Immer noch Totenstille.

»Fünfundfünfzig Sekunden«, wisperte sie, ohne Seth anzusehen. »Viel zu lange.« Dann endlich hörte sie etwas. Rufe aus den Straßen, Motorenlärm, der langsam wieder aufflammte. Adaras Anspannung löste sich. Freuen konnte sie sich jedoch nicht. Wie viele Leben hatte der Rat durch diesen gemeinen Schachzug auf dem Gewissen? Und damit auch sie? Angewidert stieß sie Seths Magie von sich und ließ seine Arme los.

Ein Hubschrauber näherte sich. Der aufregende Nachhall der Magie mischte sich mit Schuld und die Vorstellung, jetzt zurückfliegen und gute Miene zum bösen Spiel machen zu müssen, trieb ihr die Galle hoch. Unwillkürlich wich sie einen Schritt vor dem Hubschrauber zurück. Seth packte sie am Arm.

»Lass mich«, fauchte sie. »Du hast mir gar nichts zu sagen.« Sie wusste, dass sie sich benahm wie ein verzweifeltes Tier, das um sich biss, weil es seine Gefühle anders nicht unter Kontrolle bekam.

Seth ließ sie nicht los, sondern zog sie sanft zu sich und deutete dann hinter sie. Adara fuhr herum und bemerkte, wie nah sie dem Abgrund gekommen war. Sie sah hinab auf die untere Brücke, wo die Autos wieder fuhren, und auf das stille Wasser der Themse. Für einen Moment schien die Zeit stillzustehen.

»Magierin Adara?« Sie schreckte auf. Seth hatte ihren Arm losgelassen und vor ihr stand jetzt Steve. »Möchtest du den Mitgliedern noch irgendetwas sagen?«

Adara starrte stumm das Mikro an, das er ihr unter die Nase hielt. Sie wollte so vieles sagen. Nein, sie wollte es hinausschreien. Wie sehr sie hasste, was sie tagtäglich tun musste, und dass die Leute die Machenschaften des Rates doch endlich durchschauen sollten. Aber immer, wenn sie in Versuchung geriet, dachte sie an Chris. Er war gestorben, weil er zu ungeduldig gewesen war. Sie nahm sich zusammen und versuchte sich an einer möglichst diplomatischen Antwort. »Heute war es besonders knapp, beinahe wäre es schiefgegangen. Dass wir all die Menschen doch noch retten konnten, war nicht mein Verdienst.« Diese Spitze konnte sie sich einfach nicht verkneifen.

Steve legte verwirrt den Kopf schief, bedankte sich dann aber, packte sein Mikrofon ein und verabschiedete sich mit einem »Möge deine Geschichte erzählt werden«. Dabei berührte er respektvoll seine Lippen. Adara wollte gerade aufatmen, als der Wächter an sie herantrat.

»Der Hubschrauber erwartet dich bereits, Magierin. Die Premierministerin hat dich eingeladen und will dir ihre Dankbarkeit erweisen.«

Adara schluckte schwer. Dankbarkeit. Wofür? Dafür dass sie sie im Auftrag des Rates erpresst hatte? Natürlich war der Empfang bei der Premierministerin nur Show, ein Signal an den Rat, dass man verstanden hatte und die weitere Zusammenarbeit reibungslos verlaufen würde. Sie hatte es so satt. Nicht genug, dass sie die grauenhaften Pläne des Rates ausführen musste, sie musste dazu auch noch in die Kamera lächeln. Dummerweise konnte sie nicht ablehnen. Als Magierin stand es ihr nicht zu, sich diesen repräsentativen Pflichten zu verweigern, und sie konnte es sich einfach nicht leisten, den Rat gegen sich aufzubringen. Bevor sie etwas sagen konnte, trat Seth aus ihrem Schatten. Obwohl er natürlich immer noch die Uniform der Quelle trug, war da plötzlich nichts Unterwürfiges mehr an ihm. Adara konnte den Blick nicht von ihm wenden, wie jedes Mal, wenn er die Unsichtbarkeit der Quelle ablegte und seine Rolle als Ratsmitglied einnahm. Auch der Wächter, der Seth bisher gar nicht wahrgenommen hatte, blickte ihn unwillkürlich an und wich sogar einen kleinen Schritt zurück.

»Die Magierin wird heute von ihren repräsentativen Pflichten entbunden. Sie muss sich von diesem Einsatz erholen und auf den nächsten vorbereiten. Bitte richte der Premierministerin Adaras Dank für die Einladung aus und entschuldige sie …«, er verzog spöttisch den Mund, »… und ihre Quelle.«

»Natürlich, Rat Tahere.« Der Wächter sah ihn unschlüssig an. »Wo … soll ich euch dann hinbringen?«

Seths Blick blieb unbewegt. »Nirgendwohin.«

»Aber … der Hubschrauber …«

»Den brauchen wir nicht. Du kannst ihn mitnehmen. Wir senden eine Nachricht, sobald man uns abholen soll.«

Adara hätte sich fast verschluckt, als sie den ungläubigen Blick des Wächters sah. Er fasste sich jedoch schnell wieder und verschwand. Nachdem das Geräusch der Rotoren verklungen war, wandte Adara sich an Seth. »Hältst du das für klug?«

»Ab und an können wir uns das leisten. Irgendwelche Vorteile muss meine Position schließlich für uns haben.«

Stumm sah sie sich um. Der Sonnenuntergang tauchte die Skyline von London in blutrotes Licht. Die spiegelnden Fassaden der Wolkenkratzer schienen in Flammen zu stehen. Und sie und Seth standen allein auf dem Dach der Fußgängerbrücke, hoch oben auf der Tower Bridge, wo niemand sie belästigen konnte. Vorteile. Ja, für sie und Seth hatte es das gelegentlich. »Danke«, flüsterte sie.

Er hob eine Augenbraue. »Denkst du etwa, das habe ich für dich getan?« Der dunkle Klang seiner Stimme mischte sich mit der Erregung, die die Magie in ihrem Körper hinterlassen hatte. Nur mühsam hatte sie sie bis jetzt in Schach gehalten. Aber nun ließ sie zu, dass sie ihren Körper überschwemmte so wie zuvor Seths Macht. Es war wie eine dunkle Welle, der sie ihre Schuldgefühle und ihre Verzweiflung entgegenwarf, damit sie sie restlos auslöschte. Wenigstens für ein paar gnädige Minuten.

Seth führte sie zu einem der Türme der Tower Bridge, wo die Schatten der heranbrechenden Nacht noch tiefer waren, sodass sie vollkommen darin verschwinden konnten. Ungeduldig zog sie ihn an sich, damit er sie endlich küsste. Die Welt um sie herum verstummte in seiner Nähe, existierte gar nicht mehr, solange er sie hielt. Seine Leidenschaft wütete gnadenlos in ihr, verebbte dann und ließ nur betörende Ruhe zurück. Schweigend klammerte sie sich an Seth, ihre Stirn an seiner, spürte seinen Atem warm auf ihren Lippen. Ein bisschen Geborgenheit in diesem ruhelosen, abartigen Leben, das sie führen musste. Sanft streichelte er ihren Arm. Seine Berührung brannte auf ihrer Haut, so wie in ihr der Wunsch brannte, dem Sehnen in ihrem Herzen nachzugeben und ganz sein zu werden, nicht nur körperlich. Aber das war ausgeschlossen.

Als sie zugestimmt hatte, mit ihm zusammenzuarbeiten, war sie davon ausgegangen, dass sie von nun an mit seinem Rückhalt und seiner Unterstützung rechnen könnte. So war es auch. Trotzdem fühlte sie sich einsamer als je zuvor. Chris' Gesicht tauchte wieder vor ihrem inneren Auge auf. Als Seth sie noch einmal küssen wollte, wand sie sich aus seinen Armen. »Nicht«, flüsterte sie. Bedauern ergriff sie, als die Geborgenheit seiner Umarmung der kalten Realität wich.

»Adara …«

Sie schüttelte den Kopf und machte ein paar Schritte von ihm weg. Er kam ihr nach. Obwohl er sie nicht berührte, spürte sie seine Nähe in jeder Faser ihres Körpers. Wie sehr sie sich wünschte, sie könnte sich an ihn lehnen.

»Dass wir kein Paar sind, bedeutet doch nicht, dass wir nicht …«

»Doch«, unterbrach sie ihn hart. »Genau das bedeutet es.«

Das Bedürfnis, ihm nahe zu sein, war zu groß, zu beängstigend. Zu gefährlich. Sie wäre niemals in der Lage, nur eine körperliche Beziehung zu ihm zu haben. Sie würde sich mehr wünschen und dieses Mehr würde sie zerstören.

Ich will dein Vertrauen nicht und du solltest mir auch nicht vertrauen.

Das hatte Seth zu ihr gesagt, damals als er ihr erklärt hatte, warum er sie so unbedingt an seiner Seite wollte. Solange dieser Satz zwischen ihnen stand, konnte es ein Mehr niemals geben. Mit einem leisen Seufzen brachte sie noch einmal etwas Abstand zwischen sich und ihn. Diesmal folgte er ihr nicht. Aber in seinen Augen las sie das Verlangen, sich in ihr zu verlieren. Nicht nur in ihrem Körper, sondern vor allem in ihrer Seele. Wie sollte sie dem standhalten?

»Warum tust du mir das an?« Sie brachte die Worte kaum heraus.

»Was meinst du?«

»Mich so anzusehen«, flüsterte sie. *Als ob ich für dich mehr wäre, als nur deine Magierin und deine Partnerin für deinen Plan. Als ob nichts anderes mehr wichtig ist, wenn wir zusammen sind.* Sie sprach es nicht aus.

Sie hasste es, wenn er sie mit seinen Blicken und Gesichtsausdrücken belog, so wie er es mit allen anderen Menschen tat. Und doch konnte sie nicht wegsehen, weil er ihr all ihre geheimsten Wünsche zeigte.

Wünsche, die für immer dazu verdammt waren, nirgendwo anders Wahrheit zu werden als in seinen nachtschwarzen Augen.

2

Tut mir leid. Es ist schwer, die Gewohnheit abzulegen, den Menschen zu zeigen, was sie sehen wollen.« Seth sagte es schonungslos und tat ihr mit Absicht weh. Denn genauso hatte sie es gewollt. Die Zeit drehte sich rasend schnell zurück und er sah vor seinem inneren Auge das erste Mal, als sie seinem Kuss nachgegeben hatte. Wie widerwillig hatte sie es getan. Ihre Lippen hatten nach ihrer Selbstverachtung geschmeckt. Und ein wenig nach der Frage, ob sie das durfte – so kurz nach Chris' Tod.

»Du musst nur ein Wort sagen, dann …«, hatte er geflüstert, seine Lippen verführerisch nah an ihrem Ohr. Die Magie hatte so stark in seinem Körper gewütet, dass es ihn schier übermenschliche Kraft kostete, sich zurückzuhalten.

»Sag mir, dass du mich nicht liebst«, hatte sie leise an seinem Hals geseufzt. »Sag mir, dass du mich niemals lieben wirst, egal, wie nah wir uns kommen. Versprich mir, dass daraus niemals mehr wird als Sex.«

Sein Magen krampfte sich zusammen bei der Erinnerung. Wie typisch für sie. Ihm nicht das Versprechen abzunehmen, ihr zu vertrauen oder sie nicht zu belügen. Sie wusste zu gut, dass er ihr das nicht geben konnte. Er hatte es ihr ein einziges Mal erklärt und sie hatte es nie infrage gestellt. Stattdessen hatte sie seine Bedingungen klaglos akzeptiert und zusätzlich ihre eigenen angebracht.

Sag mir, dass du mich niemals lieben wirst.

Natürlich hatte er das nicht getan. Er konnte ihr nichts versprechen, was er nicht in der Hand hatte. Schon vor langer Zeit hatte er gelernt, dass man Gefühle nicht verhindern konnte. Man konnte sie auch nicht ändern, wenn sie erst mal da waren. Man konnte sie nur vergraben. So tief, dass sie nicht mehr nach außen drangen. So tief sogar, dass man sie nicht mehr spürte.

»Ich verspreche dir, dass daraus niemals mehr wird als Sex«, hatte er geantwortet.

Sie hatte ihm geglaubt. Zur Hölle, er hatte sich selbst geglaubt. Er schnaubte leise.

»Was ist?«

Ihre Frage brachte ihn zurück auf die Tower Bridge. Das Mondlicht ließ den Augenstern in den Tiefen ihres Blicks erstrahlen. Es war, als würde ihm ihre Seele entgegenleuchten, der Teil von ihr, den sie so unbedingt vor ihm verstecken wollte und doch nicht verbergen konnte. Wenn sie zauberten, waren sie sich zu nah. Gleichsam nackt und ungeschützt voreinander. Auch danach noch. Und manchmal, so wie jetzt, bekam auch seine perfekte Fassade Risse. Adara machte sie brüchig, mit ihrer Unerschrockenheit, ihrer Entschlossenheit und ihrer Wärme, bis sein Innerstes hindurchblitzte. Die Wahrheit, die er vor ihr verstecken wollte, weil sie niemals Realität werden konnte.

»Nichts ist.« Er widerstand dem Wunsch, ihre Hand zu nehmen. Es erdete ihn, mit ihr eins zu sein. Nicht nur beim Sex oder wenn sie zauberten. Denn jedes Mal, wenn sie sich berührten, floss etwas von seiner Magie in sie und für ein paar wenige Augenblicke machte das die Bürde seiner Macht erträglicher. Seit so langer Zeit beherrschte die Magie seinen Körper und im Gegensatz zu anderen Quellen war es ihm nie gelungen, sie vollständig loszuwerden. Sie war immer da und wütete rücksichtslos in ihm. Außer wenn Adara sie von ihm nahm. Ihr nah zu sein und sie zu berühren, machte alles leichter. Für ihn. Für sie nicht.

»Wie lange noch, Seth?«

Er schloss die Augen. Wie sehr er gehofft hatte, dass sie diese Frage nicht stellen würde. Wie sehr er sich wünschte, er könnte ihr dieses Mal eine andere Antwort geben. »Lass uns morgen darüber reden«, wich er aus.

»Nein. Es ist jetzt über ein Jahr. Ich würde gern wissen, was der Rat vorhat. Was war es, dem die britische Regierung zustimmen musste?«, fragte sie.

Er schüttelte den Kopf, ergriff nun doch ihre Hände. Ein unfairer Schachzug, weil er genau wusste, dass sie seiner Berührung so kurz nach dem Zaubern nur schwer widerstehen konnte. Er folgte dem Pfad auf die dunkle Seite noch weiter und streichelte mit dem Daumen über ihren Handrücken, bis ihr Körper nachgab. »Können wir nicht diesen einen Abend für uns haben?« Er kam ihr etwas näher. »Das ist selten genug.«

Ihre Lippen öffneten sich. Fast hatte er sie. Aber als er sie an sich ziehen wollte, riss sie sich los, Bedauern im Blick.

»Können wir nicht«, flüsterte sie. »Nicht solange ein Abend wie dieser das Einzige ist, was deine Position uns bringt.«

Seth schwieg. Alles, was er ihr sagen konnte, hatte er bereits gesagt. Aber sie konnte nicht schweigen. Und er konnte es nur zu gut verstehen.

»Wolltest du nicht eigentlich den Quellen helfen? Etwas verbessern, von innen heraus?«

»Daran arbeite ich in jeder wachen Minute.« Er wusste, dass sie seine einsilbigen Antworten hasste, deswegen kam er ihr ein weiteres Mal entgegen. Wenn er ihr sonst schon nichts geben konnte, konnte er wenigstens ihrem Bedürfnis nachgeben, darüber zu reden. »Genau deswegen müssen wir weitermachen wie bisher. Ich muss die Räte für mich gewinnen, ich brauche ihre Stimmen, um etwas zu ändern, und wir haben schon einiges erreicht.« Wir. Mit Absicht formulierte er so. »Dass wir das Vertrauen von Rat Danes gewinnen konnten und er uns unterstützt, macht vieles leichter und bringt uns unserem Ziel deutlich näher.«

Sie presste die Lippen zusammen. »Musste es gerade Danes sein?« Ihre Stimme war bemüht ruhig, trotzdem hörte er darin die Worte, die sie nicht sagte. *Er hat Chris getötet.*

Seth bemühte sich, seine Gefühle zu beherrschen, so wie man es ihn gelehrt hatte.

Hass und Wut und Rachegedanken lassen sich am schwersten besiegen. Sie werden immer wieder versuchen hervorzubrechen. Aber gerade bei ihnen darfst du niemals nachgeben. Denn wenn du zulässt, dass du sie fühlst, wird es dir nicht gelingen, sie vor anderen Menschen zu verbergen. Sie werden an die Oberfläche drängen und sich auf deinem Gesicht zeigen wie hässliche Narben.

Seth spürte die Gänsehaut, die die Erinnerung an jene Worte in ihm weckte. Und er spürte auch das leise Glimmen des Hasses, der gefährlich in ihm schwelte. Egal, wie oft er versuchte, diesen letzten winzigen Funken zu löschen, es gelang ihm nicht. Das Einzige, was er tun konnte, war, diesen Hass ganz tief in seiner Seele zu verschütten, bis er selbst vergaß, dass er existierte.

»Es war einfach, Danes zu überzeugen. Es hilft, dass er väterliche Gefühle für dich hat«, sagte er.

»Väterliche Gefühle.« Adara schnaubte. »Er unterstützt dich nur, damit er mich durch dich kontrollieren kann.«

Seth lächelte freudlos. »Natürlich. Aber dass es gerade du bist, die er zu kontrollieren hofft, ist sehr hilfreich.«

Adara schüttelte mutlos den Kopf. »Du wirst unglaublich viele Räte auf deiner Seite brauchen, um auf diese Art etwas zu ändern. Das kann ewig dauern.«

Seth erwiderte lange nichts. Er wollte sie nicht anlügen oder ihr falsche Hoffnungen machen. Nicht wenn es nicht unbedingt nötig war.

»Kannst du bis dahin nicht wenigstens ein paar Kleinigkeiten tun? Dich dafür einsetzen, dass die Quellen mehr Rechte bekommen, damit sie sich wehren können. Oder dass Magier bestraft werden, die ihre Quellen misshandeln?«

Er schüttelte den Kopf. »Es ist zu gefährlich. Wenn ich jetzt Forderungen stelle, die mich als Sympathisant der Quellen outen, verliere ich die Stimmen von denen, die im Moment noch die alte Ordnung für richtig halten.«

»Du meinst die Magierfamilien.«

Es war offensichtlich, dass sie an ihre Eltern dachte. Rat Wilson und Magierin Alena waren beide für ihre besonders konservative Einstellung bekannt.

Er nickte. »Ohne die Stimmen der Magierfamilien hätte ich nicht genug Macht, um etwas zu bewirken.«

Adara schlug mit der Hand gegen die Mauer. »Wie sehr ich diese ganzen politischen Überlegungen hasse!«

Er konnte ihre Wut und ihren Frust so gut verstehen, nur ändern konnte er es nicht. »Du hast dich bereit erklärt, meinen Plan zu unterstützen, weil du genau wie ich weißt, dass wir es nicht überstürzen dürfen, wenn wir Erfolg haben wollen. Es braucht Zeit, die Gemeinschaft wieder zu dem zu machen, was sie einmal war. Und das ist es doch, was wir beide wollen, oder?«

Adara betrachtete ihre Hände. Schließlich nickte sie. »Ja, das ist es.« Sie sah auf und fixierte seinen Blick. »Aber Menschen sterben, während du mühsam Räte auf deine Seite ziehst. Und andere leiden. Menschen, die uns nahestehen. Stört dich das denn gar nicht?«

Seth ließ nicht zu, dass Erinnerungen in ihm aufstiegen, sondern hielt sich an die Entscheidung, die er vor langer Zeit ganz bewusst getroffen hatte: Sein Weg würde Opfer erfordern, von ihm und von anderen, aber er konnte keine Rücksicht nehmen, denn was auf dem Spiel stand, war zu groß. »Ich wünschte, ich hätte eine bessere Lösung, aber ich fürchte, wir müssen einfach Geduld haben.«

Jetzt war sie es, die schwieg. Und auch ihr Gesicht blieb stumm. Es verriet ihm absolut nichts darüber, was sie dachte. Sie hatte sich im vergangenen Jahr viel von ihm abgeschaut. Aber noch nicht annähernd genug. Obwohl ihre Miene reglos blieb, konnte er in ihr lesen wie in einem offenen Buch. Ihre Haltung, die Art, wie sie ihre

Hände hielt oder wie sie sich bewegte, schrien ihren Unmut förmlich heraus. Sie wandte ihm das Gesicht zu. »Vielleicht. Aber was, wenn deine Methode zu viel Zeit braucht?«

So beherrscht sie es sagte, so unruhig machte es ihn. »Ich glaube trotz allem, dass meine Methode die sicherste ist, um unser Ziel zu erreichen«, versuchte er es noch einmal. Er brauchte Adara, wenn er Rat Danes als Fürsprecher behalten wollte. Und nicht nur dafür. Adaras Unterstützung war einer der wertvollsten Trümpfe, die er im Ärmel hatte. Gleichzeitig waren ihre Zweifel das größte Risiko. Denn wenn sie wirklich wollte, konnte sie alles, was er mühsam aufgebaut hatte, zum Einsturz bringen.

3

Geduld. Adara bemühte sich wirklich darum – noch mehr seit dem Gespräch mit Seth auf der Tower Bridge vor einigen Wochen. Allerdings war sie dabei ziemlich erfolglos, denn die Unruhe in ihr wurde immer größer. Vor allem an einem Tag wie heute, der eigentlich so schön hätte sein können.

Für einen Moment ließ sie sich vom Anblick des grünblauen Meeres gefangen nehmen, das vor ihr in der Sonne glänzte. Es leckte sanft am strahlend weißen Sandstrand des Abel Tasman National Park und bot die perfekte Kulisse für das Geschichtenfest. Kreischende Kinder schreckten sie auf, umringten sie und liefen dann weiter, zwischen den kleinen Ständen und Buden hindurch, die für das leibliche Wohl der Gäste sorgten. Die Mitglieder der Gemeinschaft feierten fröhlich und unbeschwert. Sahen sie es denn nicht? Wie konnten sie nur so blind sein und nicht bemerken, dass der Rat schon seit Monaten immer mehr Wächter einsetzte? Heute standen so viele wie nie zuvor zwischen den Menschen. Adara schüttelte sich. Im Gegensatz zu den meisten anderen spürte sie die düstere Anwesenheit der Wächter in jeder Faser ihres Körpers. Ihre leeren Blicke zerrten an ihr, krochen an ihr hinauf und sammelten sich in ihrem Nacken zu einer ekelhaften Gänsehaut.

»Bist du bereit?«

Sie fuhr zusammen, aber es war nur ihr Onkel Matthew, der vor ihr aufgetaucht war.

»Es ist alles aufgebaut und wir könnten beginnen.«

Adara sah sich nach Seth um und entdeckte ihn neben Rat Danes, mit dem er sich angeregt unterhielt. Jedes Mal, wenn sie Seth in seiner Rolle als Rat beobachtete, fragte sie sich, ob er sein Versprechen wirklich halten würde. Was, wenn es nicht nur einfach lange dauerte, sondern er sie schlichtweg benutzte, um in der Gemeinschaft aufzusteigen? Ungeduldig schüttelte sie die Zweifel ab. Trotz allem hatte er ihr bisher keinen Grund gegeben, seine wahren Absichten infrage zu stellen. Sie griff unter ihren roten Magiermantel, den sie für die Zeremonie trug, fand den Lederbeutel an ihrem Gürtel und schloss die Finger um den Nachrichtenstein darin.

Seth?

Auf ihre Gedankennachricht hin hob er den Kopf und suchte in der Menge nach ihr. Ihr Herz machte unwillkürlich einen Satz, als ihre Blicke sich trafen. Er nickte ihr unauffällig zu, verabschiedete sich dann und kam zu ihr herüber, um seinen Platz in ihrem Schatten einzunehmen. Sofort ergriff eine merkwürdige Ruhe von ihr Besitz. Als würde er ihrer Anwesenheit auf diesem Erdboden Gewicht verleihen. Ein sicheres Fundament für ihre Aufgabe als Magierin. Ohne sich noch einmal nach Seth umzusehen, folgte sie ihrem Onkel durch die Menschenmenge, die sich respektvoll vor ihr teilte. Die Gemeinschaftsmitglieder, an denen sie vorbeikam, legten ihre Fingerspitzen an die Lippen und murmelten: »Möge deine Geschichte erzählt werden.« Adara setzte ein Lächeln auf und bemühte sich, ihnen freundlich zuzunicken. Die gut gelaunten Gesichter der Menschen um sie herum ließen sie für einen Moment erahnen, wie ihr Leben hätte aussehen können, wenn es so wäre, wie sie es sich immer vorgestellt hatte. Früher, als sie noch Liliana gewesen war. Die Zeremonie der Urgeschichte durchzuführen, war eine große Ehre und sie hätte nie zu hoffen gewagt, dass sie eines Tages gerade ihr zuteilwerden könnte. Trotz all ihrer Zweifel berührte die Urgeschichte sie tief, denn sie war die Grundlage der Gemeinschaft. Sie enthielt die ganze Hoffnung der allerersten Magierin auf eine bessere Zukunft, die gleiche Hoffnung, die Adara antrieb. Sie hob entschlossen das Kinn. Irgendwann würde es wieder so sein. Die Gemeinschaft würde das werden, was sie einmal gewesen war: ein Zusammenschluss von Menschen, die sich und die restliche Welt schützen wollten.

Adara stellte sich vor den Halbkreis, den die Mitglieder inzwischen am Strand gebildet hatten. Hinter ihr erstreckte sich das Meer bis in die unendliche Weite des Horizonts. Ihr Nacken kribbelte vor lauter Vorfreude, als Seth sich ihr gegenüber vor der Menge aufstellte. Sie bemühte sich, der Feierlichkeit des Geschichtenfestes durch einen erhabenen Ausdruck auf ihrem Gesicht Rechnung zu tragen.

Seths Mundwinkel zuckten, als er es sah.

Hör auf!, dachte sie, musste aber selbst lächeln.

»Liebe Mitglieder der Gemeinschaft«, begann Matthew, »wir begrüßen euch alle zum jährlichen Geschichtenfest. In den nächsten zwei Tagen werden wir einander die Kollektivgeschichte und alle darin enthaltenen Geschichten erneut erzählen, um die Erinnerung frisch zu halten. Zum Schluss werden wir die neuen, wichtigen Geschichten des letzten Jahres, die nicht in Vergessenheit geraten dürfen, in die Kollektivgeschichte aufnehmen.«

Adara unterdrückte ein bitteres Schnauben. Um die Erinnerung frisch zu halten? Wohl eher, damit der Rat kontrollieren konnte, dass die Kollektivgeschichte auch so erzählt wurde, wie er es wollte, und um gegebenenfalls den Menschen eine neue Version aufzudrücken.

Hätte sie doch einfach mit Seth in London bleiben können. Die Frage, welche tieferen, wichtigen Bedeutungen den Geschichten geraubt worden waren, lag ihr schwer im Magen. Dabei war das Geschichtenfest als Kind für sie immer der absolute Höhepunkt des Jahres gewesen. Zwei Tage lang saßen alle um große Lagerfeuer am Strand. Rund um die Uhr wurde erzählt und noch Tage danach wurde darüber geredet, wie eine bestimmte Formulierung lauten musste und wie man sie sich am besten merken konnte.

»Bevor wir beginnen, wird uns wie jedes Jahr die Urgeschichte vorgeführt. Eine ganz besondere Ehre, die dieses Jahr einer ganz besonderen Magierin zukommt.« Stolz lächelnd, trat Matthew zur Seite. Aller Augen richteten sich auf Adara und Seth. Er hatte jetzt nichts mehr von dem Ehrfurcht gebietenden Rat, der er gerade eben noch gewesen war. Wie machte er das nur? Er sah sie direkt an, ohne den Blick zu senken, stand genauso aufrecht da wie sonst. Und doch war da etwas an ihm, das ihn sofort als ihre Quelle zeichnete.

Sie fixierte seinen Blick, lächelte nicht. Sie hatten die Urgeschichte lange einstudiert und es gab genaue Regeln, wie sie vorgeführt werden musste. Adara ging auf das längliche, schmale Boot zu, das in den sanften Wellen am Strand schaukelte. Sie tat, als wäre sie gerade ausgestiegen. Seth stellte sich ihr gegenüber auf den Strand, nur wenige Schritte vor die Zuschauermenge. Er legte den Kopf in den Nacken und hob die Arme als Zeichen, dass er die Magie aus der Natur zog. Ein kaum wahrnehmbares spöttisches Lächeln umspielte seine Lippen, weil das vollkommen unnötig war und nur der Show für die Zuschauer diente. Trotz der Distanz zwischen ihnen spürte Adara, wie die Macht in seinen Körper floss. Ohne es zu wollen, atmete sie schneller und ihr Herzschlag beschleunigte sich.

»Liebe Zuschauer! Wir sind hier live beim Geschichtenfest im Abel Tasman National Park. Ich bin Steve und habe heute die Ehre, dieses Großereignis der Gemeinschaft für euch arme Abwesende in aller Welt zu kommentieren.«

Adara blieb der Mund offen stehen.

Steve drängte sich durch die Menge und winkte hektisch einige Kameras herbei, die hinter ihm zwischen den Zuschauern auftauchten. Die Zeremonie der Urgeschichte war noch nie zuvor an die gesamte Gemeinschaft übertragen worden. Es war oft darum gebeten worden, aber die Urgeschichte war heilig und der Rat hatte nicht riskieren wollen, dass gerade davon eine illegale Aufzeichnung kursierte.

Plötzlich ging ein begeistertes Raunen durch die Menschenmenge und ein rötlich blonder Haarschopf bewegte sich nach vorn. Direkt auf Adara zu. Applaus wurde laut. Die Hohe Rätin war unglaublich beliebt, trotz oder gerade wegen ihrer ruhigen, zurückhaltenden Art.

»Entschuldigt bitte, Magierin, dass wir euch gestört haben.« Die Hohe Rätin trat zwischen den Mitgliedern hervor. Ihre zeremonielle Festtagsrobe umfloss ihre hochgewachsene Gestalt, als hätte man die Stoffbahnen direkt aus dem glitzernder Sternenhimmel geschnitten. Um ihre Taille lag eine schlichte silberne Schärpe, die immer und überall die Blicke der Menschen auf sich zog, denn nur die Mitglieder des Inneren Kreises durften Silber tragen. Nichts zeichnete sie jedoch als Hohe Rätin aus. Zu ihrer Beliebtheit trug bei, dass sie besonders großen Wert darauf legte, als normales Mitglied der Gemeinschaft wahrgenommen zu werden. So hob sie auch genau wie alle anderen ihre Fingerspitzen ehrfürchtig an die Lippen, als ihr Blick auf Adara fiel.

Adara nickte hoheitsvoll.

»Ich möchte noch ein paar Worte an die Gemeinschaft richten, bevor wir fortfahren«, sagte die Hohe Rätin dann. »Wir wagen dieses Jahr einen Versuch, die Zeremonie der Urgeschichte in die ganze Welt an unsere Mitglieder auszustrahlen.« Victor Danes, der nur wenige Meter neben ihr stand, sah aus, als würde er lieber eine von Steves Kameras fressen, als das zuzulassen, aber er schwieg. Sicherlich hatte er davon gewusst, trotzdem schien er es nicht gutzuheißen. Die Hohe Rätin sprach weiter. »Wir haben mithilfe von Magie eine Technik entwickelt, die eine dauerhafte Aufzeichnung dieser Übertragung unmöglich macht, auch keine Screenshots, Aufnahmen mit Zweitgeräten oder dergleichen.« Sie nickte Danes zu, der neben der Einsatzplanung und dem Training der Magier auch alles überwachte, was mit Computern und IT zusammenhing. »Daher denken wir, dass wir das Risiko eingehen können, damit alle Mitglieder an dieser wichtigen Zeremonie teilhaben können.« Jetzt lächelte sie Danes an. Ein Lächeln, unter das sich ein kaum wahrnehmbarer Hauch von Abneigung mischte. Sofort fragte Adara sich, ob sie sich das vielleicht nur einbildete. Die Hohe Rätin ergriff nie

Partei, zeigte nie, wen sie mochte oder nicht. Selbst ihre engste und einzige Vertraute Medea St. John hatte wahrscheinlich keine Ahnung, wer in ihrer Gunst stand und wer nicht. Oder ob sie überhaupt eine Gunst hatte. Die Hohe Rätin gab Steve mit einem Kopfnicken zu verstehen, dass er an den Rand des Halbkreises zurückweichen sollte. Dann schob sie eine Hand in den Lederbeutel, der an einem Gürtel unter ihrer silbernen Schärpe hing. Statt eines Steins holte sie ihr Smartphone heraus und tippte auf dem Bildschirm herum. Einige Minuten später kündigte ein unangenehmes Dröhnen in Adaras Kopf eine kollektive Gedankennachricht an.

Alle Mitglieder, die nicht am Geschichtenfest teilnehmen können, sind dazu angehalten, sich die neue Version der App herunterzuladen oder sie zu aktualisieren. Nur in der App und nur mit der neuesten Version ist es möglich, den Livestream vom Geschichtenfest zu verfolgen und die Aufführung der Urgeschichte mit anzusehen.

Adara brauchte einen Moment, um sich von dem ekelhaften Gefühl in ihrem Kopf zu erholen und die Botschaft zu verstehen. Das Geschichtenfest in alle Welt zu übertragen, war ein ziemlich starker Anreiz für alle Mitglieder, die bisher die Steine benutzten, die App zumindest zu testen. Seths Gesicht war vollkommen unbewegt – wie immer. Aber sie war sicher, dass er gern die Augenbrauen zusammengezogen hätte. Sie schloss eine Hand um ihren Nachrichtenstein.

Seth?

Er wandte sich ihr zu und fixierte sie grimmig. *Mir gefällt es auch nicht,* antwortete er auf ihre unausgesprochene Frage.

Ungnädig beobachtete Adara, wie die Hohe Rätin immer wieder auf ihr Handy sah, vielleicht um live die Downloadzahlen der App zu verfolgen. Warum drängte der Rat gerade jetzt darauf, dass alle die App benutzten, und nahm dafür sogar in Kauf, die Zeremonie zu stören?

»Magierin Adara?« Die Stimme der Hohen Rätin drang durch ihre rasenden Gedanken. »Ich denke, wir können fortfahren.«

Mühsam versuchte Adara, die App und alle Menschen um sich herum zu vergessen. Die Augen der ganzen Gemeinschaft ruhten auf ihr und sie musste die Zeremonie hinter sich bringen, ohne Aufsehen zu erregen. Sie atmete tief durch. Schloss die Augen. Sie war die Urmagierin der Gemeinschaft, die allererste, die vor vielen Jahrhunderten mit einem Boot an der Küste von Neuseeland gelandet war. Sie ahnte nichts von ihrer Macht, hielt sich für einen einfachen Menschen auf der Flucht vor einem alten, gefährlichen, bedeutungsleeren Leben. Sie wollte nur eins: ein sicheres Zuhause. Dass sie so viel mehr finden würde als das, wagte sie nicht einmal zu hoffen. Der fremde junge Mann vor ihr auf dem Strand hatte die Augen geschlossen und den Kopf in den Nacken gelegt. Er hatte sie noch nicht bemerkt, war viel zu versunken in das, was er tat.

»Ja, ihr Lieben, jetzt seht ihr, wie die Urmagierin der Gemeinschaft das erste Mal auf ihre zukünftige Quelle trifft.«

Adara blinzelte. Sie war wieder auf dem Strand zwischen all den Menschen und der junge Mann vor ihr war wieder Seth. Wie sollte sie sich richtig in die Geschichte hineinversetzen, wenn Steve ständig kommentierte? Sie schüttelte ungnädig den Kopf. Aber Steve sprach unbeirrt weiter. »Das ist hier natürlich nicht ganz korrekt dargestellt. Die Quelle müsste eigentlich nackt sein, bis auf einen Lendenschurz, und übersät mit Tattoos. Die Tattoos ähnelten übrigens der Zeichnung, wie wir sie heute kennen. Irgendwie muss dieses Muster schon lange in den Seelen unserer Vorfahren angelegt gewesen sein, denn sie haben es sich schon vor der ersten Begegnung mit Magie auf die Haut tätowiert.«

Adara konnte nicht anders, sie musste grinsen, als sie sich Seth, schwarz vor Tattoos und nur mit einem Lendenschurz bekleidet, vorstellte. Gerade Seth, der immer ganz besonderen Wert darauf legte, für seine Pflichten als Quelle oder als Rat korrekt gekleidet zu sein. Sie warf ihm einen Blick zu und ihr Magen flatterte aufgeregt, als sie sein winziges Lächeln bemerkte.

Steve schwieg nun und Adara bemühte sich, wieder in die Geschichte hineinzufinden. Auch Seth nahm erneut seine selbstvergessene Haltung ein, während er die Magie in seinen Körper rief. Plötzlich war nichts Lächerliches mehr daran, ihn sich so vorzustellen, wie Steve es beschrieben hatte. Im Gegenteil. Die Sonne verlieh seinen braunschwarzen Haaren einen warmen Schimmer und unvermittelt tauchten die Tattoos vor ihren Augen auf. Sie bestanden aus ähnlichen Punkten, Linien und Kreisen, wie sie auch die Zeichnung ausmachten, und spielten auf seiner goldfarbenen Haut. Die Vorstellung reizte all ihre Sinne und der Ausdruck auf seinem Gesicht – eine Mischung aus Macht, Ehrfurcht und Erregung – nahm sie völlig gefangen.

»Ah ja, man kann hier sehr schön sehen, wie …«

… ich dir das Maul mit Sand stopfe, wenn du nicht sofort die Klappe hältst.

Adaras Gedankennachricht traf Steve mit solcher Wucht, dass er die Augen aufriss und sofort die Lippen aufeinanderpresste.

Seth hatte sich dieses Mal kein bisschen gerührt, er stand immer noch in ehrfürchtiger Haltung da. Adara spürte, dass er es nicht spielte. Er hatte die Menge um sich herum vergessen, hatte Steves letzte Worte wahrscheinlich nicht einmal wahrgenommen. Wenn er das konnte, konnte sie es auch. Sie beschloss, alles zu ignorieren, blendete alles andere als den Strand und Seth aus. Wie die Urmagierin fühlte sie sich auf unerklärliche Weise von dem jungen Mann angezogen. Obwohl sie noch nicht einmal in seine Augen gesehen hatte, spürte sie, dass er alles war, wonach sie ihr Leben lang gesucht hatte, ohne es zu wissen. Und in dem Moment, in dem sie ihn berührte, in dem Augenblick, in dem seine alles verzehrende Macht zum ersten Mal in ihren Körper strömte, wusste sie, dass all die Qual ihrer Flucht es wert gewesen war, ihm zu begegnen.

Sie legte ihre Finger auf seine Brust, spürte seine nackte Haut unter ihrer Handfläche. Ein Raunen erwachte um sie herum, die Stimmen ihrer Ahnen, die ihr über das weite Meer bis hierher in ihre neue Heimat gefolgt waren. Für einen Moment war sie gelähmt von der Magie, die ihren Körper überrollte. Die Magieebene entfaltete sich von selbst mit einer solchen Wucht, dass ihr Herz einen Schlag aussetzte und es ihr die Luft aus den Lungen trieb. Trotzdem wandte sie den Blick nicht von dem jungen Mann ab, der nun langsam den Kopf senkte und die Augen öffnete. Funken stoben ihr aus der düsteren Schwärze seines Blicks entgegen. Die Welt um sie herum begann, sich zu drehen, die Magieebene verschwamm zu farbigen Schlieren, während ihre Magie das Meer aufwühlte und wieder beruhigte, Wolken zusammenraffte, Regen, Blitz und Donner brachte und schließlich wieder Sonnenschein.

Der junge Mann nahm ihre Hände in seine und sie sah, dass sich auf seiner Brust, genau dort, wo ihre Hand gelegen hatte, ein neues Bild tief in seine Haut gebrannt hatte. Dunkelbraun zwischen all den schwarzen Tattoos. Die Zeichnung.

Die Magieebene zerfiel, die Welt beruhigte sich. Aber er und sie standen immer noch im Auge des Sturms in ihrer neuen Welt und in seinem Blick fand sie die Erkenntnis, dass nicht nur sie eine neue Bestimmung gefunden hatte, sondern auch er. Sie hatten noch kein Wort gewechselt, kannten nicht ihre Namen, wussten nichts übereinander. Und doch ging er vor ihr auf die Knie. Ohne Zögern, ohne Widerwillen. Er sank vor ihr in den Sand, legte ihre Fingerspitzen an seine Lippen und dann seine Stirn auf ihre Handrücken. Die Vollkommenheit seiner Unterwerfung machte sie sprachlos. Aber da war keine Anbetung in seiner Haltung, sie drückte keine Schwäche aus, sondern ein ursprüngliches, vollkommenes Selbstvertrauen.

Und nichts davon war gespielt. Alles daran war echt, ebenso wie das Beben in ihrem Körper, die Blitze und der Donner in der Luft und auch der Regen, der sie durchnässt hatte.

»Seth«, flüsterte sie.

Sie sah, dass er schluckte. Spürte, dass die Geschichte auch für ihn Realität geworden war. Es war so richtig. Sie hatte in ihm alles gefunden, was sie sich jemals erhofft hatte. Und doch war etwas schrecklich falsch. Es krampfte ihren Magen zusammen. Als er ihre Hände drückte, wusste sie, was es war.

Du solltest nicht vor mir knien.

Adara war in diesem Augenblick die Urmagierin, sie teilte ihre Gedanken, die über so viele Generationen hinweg als Geschichten weitergegeben worden waren. Und sie spürte darin die tiefere Wahrheit, die auch in ihrem Herzen ruhte und die der Rat so gerne verstecken wollte: Magier und Quelle waren einander vollkommen ebenbürtig. Die Urmagierin hatte es damals sofort erkannt. Sie und ihre Quelle hatten sich einander anvertraut und keiner hatte sich an jenem Tag dem anderen unterworfen, da war sie sich sicher.

Bitte, Seth, knie nicht vor mir. Das ist so falsch.

Seth bewegte sich nicht, antwortete ihr aber in Gedanken: *So schreibt das Ritual es vor.*

Adara presste die Lippen zusammen. Das Ritual. Es beruhte auf der Kollektivgeschichte, dieser verdrehten Lüge, die nur noch Scherben der Wahrheit enthielt. Der Rat hatte auch die Urgeschichte verändert. Er hatte sie entstellt, er hatte aus der wunderbaren ersten Begegnung einer Magierin mit ihrer Quelle etwas Abartiges gemacht. Etwas Schreckliches, auf dem die jahrhundertelange Unterdrückung der Quellen beruhte.

Matteo, wärst du doch hier. Könntest du mir doch nur zeigen, wie es wirklich gewesen ist. Wie gerne würde ich dein Graffiti der Urgeschichte sehen.

Seths vollkommene Unbekümmertheit brachte sie aus der Fassung. Warum macht es ihm nichts aus, hier vor ihr zu knien? Warum ließ er es zu, so gedemütigt zu werden, wenn sie doch am liebsten an seiner Stelle aufbegehrt hätte? Natürlich hatte er recht. Sie musste es aushalten, durfte sich nicht anmerken lassen, was sie wirklich davon hielt. Es wäre dumm gewesen, wegen so einer Kleinigkeit alles aufs Spiel zu setzen, nachdem sie gerade erst in London so viel Schlimmeres für ihre Ziele getan hatte. Trotzdem nagte es an ihr.

»Wie ihr seht, hat sie ihn gezeichnet«, drängte Steves Stimme in ihren Geist. »Ich bin mir allerdings nicht sicher, ob das so im Drehbuch stand.«

Das Lachen der Menge ließ Adara endgültig aus ihrer Trance herausfallen. Sie warf einen Blick auf Seth und ihre Wangen wurden heiß. Seine Quellenuniform stand offen und entblößte seine nackte Brust. Irgendwann während des Rituals musste sie seine Kleidung geöffnet haben. In der Mitte, dort, wo ihre Hand gelegen hatte, zwischen seinen Brustmuskeln, prangte die Zeichnung. Der Anblick ließ die Leidenschaft, die die Magie in ihr entfacht hatte, noch wilder toben.

Seth hob spöttisch eine Augenbraue. *Wenn ich gewusst hätte, dass du auf so etwas stehst …*

Ertappt riss sie die Augen auf. Er lachte leise.

Jetzt reicht's. Adara zog an seinen Händen, damit er endlich aufstand.

Er erhob sich, ragte über ihr auf und lächelte fast jungenhaft. Es wirkte, als würde er sie gleich an der Hand nehmen und fortziehen, damit sie mit ihm über den Strand lief, als wären sie nur irgendwelche Teenager, die gerade die Zeremonie angesehen hatten und sich jetzt davonschlichen. Aber das waren sie nicht. Und während Seth langsam die Knöpfe seines schwarzen Gewandes schloss und wieder zu ihrer Quelle wurde, wurde ihr klar, wie wenig sie über diesen anderen Seth wusste. Über den, der weder Rat noch Quelle war. Denn diesen Seth hatte er ihr noch nie zuvor gezeigt.

Ihr Onkel erklärte die Zeremonie der Urgeschichte für beendet und die Menge zerstreute sich. In Adara hatte die Magie die Sehnsucht hinterlassen, mit Seth allein zu sein. Aber er wandte sich plötzlich um, als hätte er eine Gedankennachricht erhalten. Sie bemerkte Victor Danes zwischen den anderen Menschen und beobachtete, wie Seth ihm zunickte. Ihr Herz wurde schwer. Und noch mehr, als sie die schmale, kleine Gestalt neben Danes erkannte. Lucy. Chris' Schwester. Sie war weiß wie die Wand und starrte mit aufgerissenen Augen von Adara zu Seth und wieder zurück.

Als sie Adaras Blick bemerkte, verzog sie angewidert das Gesicht, wandte sich um und drängte sich durch die Menge. Bedauernd sah

Adara ihr nach. Wie gern hätte sie mit Lucy geredet. Aber Chris galt immer noch als Verräter. Sich mit seiner Schwester einzulassen, könnte Seths Pläne, die Mehrheit der Ratsmitglieder auf seine Seite zu ziehen, gefährden. Wut stieg so plötzlich in ihr auf, dass sie ihr den Atem nahm. Seths Pläne. Nicht ihre. Noch eher waren es die Pläne von Victor Danes als ihre. Nur dass der natürlich nicht ahnte, was Seth wirklich wollte. Adara wandte sich ab. Sie wollte nicht zusehen, wie Seth zu Victor Danes hinüberging und sich schon fast freundschaftlich mit ihm unterhielt. Mit dem Mann, der immer wie ein zweiter Vater für sie gewesen war. Der Mann, der ihr Chris genommen hatte.

Auf dem Weg am Strand entlang geriet sie zwischen eine Horde Teenager. Sie hatten sie gar nicht wahrgenommen, waren viel zu beschäftigt mit ihren Smartphones.

»Schaut mal«, sagte gerade eines der Mädchen zu den anderen, »die neue App kann jetzt Gruppenchat per Gedankennachricht, wie geil ist das bitte? Und sie braucht nicht mal WiFi oder sonst irgendein Netz. Durch Magie funktioniert sie überall, sogar in einem Betonbunker oder im Flugzeug.«

Adara hätte sie am liebsten geschüttelt. *Versteht ihr denn nicht, wozu die App gut ist? Der Rat überwacht damit eure Nachrichten, und zwar nicht mehr nur SMS und Telefonate wie bisher schon, sondern auch die ganz privaten, die ihr nur in Gedanken verschickt. Überall und jederzeit.* Aber natürlich blieb sie stumm. Gottverdammt, wie sehr sie es hasste, immer nur zu schweigen. Es musste doch außer Tauru, Seth und ihr noch jemanden geben, der durchschaute, was Sache war und deswegen die App nicht nutzte. Jemand, der ihr vielleicht helfen konnte herauszufinden, warum der Rat die App gerade jetzt so unbedingt allen Mitgliedern aufdrängen wollte.

Und dann fiel ihr jemand ein.

4

In der Dämmerung ließ Adara ihren Blick schweifen und suchte nach Lucys schmaler Gestalt, aber Nacht senkte sich immer mehr über den Strand und Chris' Schwester war wie vom Erdboden verschluckt. Adara hatte schon öfter bemerkt, dass Lucy die App nicht benutzte. Wahrscheinlich hatte Chris sie davor gewarnt. Vielleicht hatte er ihr auch noch mehr anvertraut. Und genau deswegen wollte Adara mit ihr reden. Dafür musste sie sich allerdings erst durch die Teenager schlängeln, die ihr immer noch den Weg versperrten. »Entschuldigung«, sagte sie und wollte sich unauffällig vorbeischieben.

Das blonde Mädchen vor ihr sah auf und ein Strahlen breitete sich auf ihrem Gesicht aus. »Magierin Adara!« Ehrerbietig führte sie die Hand an die Lippen. »Es tut mir leid, ich hab dich gar nicht gesehen, ich wollte nicht … also … ich bin ein großer Fan.« Das Mädchen verstummte, dann streckte sie Adara ihr Smartphone hin. »Signierst du es mir?«

Adara blinzelte das Mädchen an. »Wie bitte?« Bei allem Trubel, der um sie gemacht wurde, war sie noch nie um so etwas gebeten worden.

Das Mädchen kramte einen Stift aus ihrer Tasche. »Bitte. Da, auf der Rückseite, ja? Das wäre total toll.«

»Äh … ja, natürlich.« Warum auch nicht? Lucy war ohnehin spurlos verschwunden. Adara griff nach dem Stift. »Wie heißt du?«

»Tasha.« Das Mädchen beobachtete mit glückseligem Lächeln, wie Adara *Für Tasha* auf das Handy schrieb und dann ihre Unterschrift daruntersetzte. Anschließend gab sie es ihr zurück und wollte weitergehen.

»Warte … bitte, ich …«

Adara drehte sich noch einmal zu ihr um, schon fast in der Erwartung, dass sie noch mehr Smartphones signieren sollte. Oder wer weiß was sonst.

»Vielleicht … also, könntest du …«, stotterte Tasha. Dann atmete sie tief durch, als müsste sie all ihren Mut zusammennehmen. »Ich würde gern wissen, wie es so ist, Magierin zu sein. Bei mir wurde auch Potenzial festgestellt, aber ich bin neu in der Gemeinschaft und habe niemanden in der Familie, der weiß, wie das ist.«

Die anderen Jugendlichen scharten sich jetzt neugierig um sie und sahen Adara erwartungsvoll an. Und ein wenig ängstlich. Adara konnte so gut nachfühlen, wie es ihnen ging. Es war eine aufwühlende Zeit zwischen dem Feststellen des Potenzials und der Verbindungszeremonie.

»Was willst du denn wissen?«, fragte sie, an Tasha gewandt, und suchte dabei unwillkürlich weiter die Menge ab. Denn auch sie hatte das Bedürfnis, mit jemandem zu reden – wenn auch über ganz andere Dinge. Sie machte Seth zwischen den anderen Ratsmitgliedern aus. Aber ihm von ihrem mulmigen Gefühl wegen der neuen App-Version zu erzählen, würde sie nicht weiterbringen. Falls er etwas wusste, würde er ihr sowieso nur wieder ausweichend antworten.

»Also … ich habe Magierpotenzial und Noemi wird mal eine Quelle und … ich frage mich, warum es verboten ist, vor der Zeremonie zu zaubern. Es wäre doch gut, wenn man vorher üben könnte, damit wir alles richtig machen, wenn es so weit ist.«

Zum ersten Mal, seit das Mädchen sie angesprochen hatte, nahm

Adara sie richtig wahr. Ihre aufgerissenen Augen. Die Hände, die sie viel zu fest um ihr Smartphone krampfte.

»Tasha«, antworte sie ernst. »Wenn die Magie deiner Quelle in deinen Körper fließt, bist du ihr schutzlos ausgeliefert. Sie ist stark und wild und will nicht beherrscht werden. Es ist leicht, die Kontrolle zu verlieren. Selbst ein erwachsener Körper wie meiner kann es oft kaum ertragen.« Unwillkürlich ging ihr Atem schneller, als sie daran dachte, dass ihr Seths Magie ein paar Mal fast entglitten war. Es war gefährlich, wenn das passierte, es konnte tödlich sein. Und war doch gleichzeitig wie ein alles verzehrender Rausch, den sie herbeisehnte. Aber das würde sie Tasha sicher nicht auf die Nase binden. »Magie tötet Menschen. Erwachsene Menschen. Ein noch nicht ausgewachsener Körper kann sie nicht bändigen. Deiner nicht und«, sie deutete auf das zweite Mädchen, »Noemis auch nicht. Der Rat hat gute Gründe, Magier und Quellen erst so spät zu verbinden. Lasst es bleiben. Tot nutzt ihr keinem etwas.«

»Na, Schwesterchen, erzählst du wieder Schauergeschichten?«

Naos tauchte grinsend neben ihr auf, Daniel an seiner Seite. Ihr Herz begann zu rasen. Vielleicht konnte sie ja auch mit ihm über die App reden. Wenn sie nur gewusst hätte, ob sie es riskieren konnte. Obwohl er ihr Bruder war, hatte sie keine Ahnung, wie er zum Rat stand.

»Naos? Ich …«, begann sie vorsichtig.

Doch da packte er bereits Daniel am Arm und zog ihn weiter. »Sorry, ich hab's eilig. Wir sehen uns später!«, rief er ihr noch zu.

Sie runzelte die Stirn. Was war das denn gewesen? Bildete sie sich das nur ein oder war er ihr mit Absicht ausgewichen? Aber warum? Sie wandte sich wieder Tasha zu. Das Mädchen sah Naos mit leuchtenden Augen nach.

Unwillkürlich musste Adara grinsen. »Geh schon, er gibt dir sicher auch ein Autogramm, wenn du ihn erwischst.«

Trotz ihrer offensichtlichen Ungeduld, Naos nachzustürmen, verabschiedeten Tasha und ihre Freunde sich ehrfürchtig von Adara, bevor sie die Verfolgung aufnahmen. Ihre Fröhlichkeit verschwand mit ihnen und ließ eine merkwürdige Einsamkeit in Adara zurück. Sie versuchte, sie abzuschütteln, und beschloss, weiter nach Lucy zu suchen. Bald fing das Geschichtenerzählen an, spätestens dafür musste Lucy wieder auftauchen.

Am Strand hatten die Magier unzählige Lagerfeuer entzündet, die in der Dunkelheit flackerten wie Inseln aus Licht. An jeder dieser Inseln saß bereits einer der Bewahrer. Adara überlief ein Schauer, als sie die Männer und Frauen im Feuerschein betrachtete. Die eine Hälfte ihrer Gesichter war mit einem Tattoo versehen, so zart, dass es wirkte wie ein graziler Schatten. Eine dekorative Abwandlung der Zeichnung. Adara hatte als Mädchen während des Geschichtenfests gebannt zugesehen, wie Licht und Schatten aus dem fragilen Muster auf der Haut des Bewahrers immer wieder etwas Neues und Einzigartiges erschufen. Während die Geschichten erzählt wurden und die Bewahrer überwachten, dass auch alle Details stimmten, hatte sie sich vorgestellt, wie wohl die Zeichnung aussehen würde, die sie vielleicht einmal haben würde. Viele Jahre später, als sie erfahren hatte, dass sie tatsächlich Magierpotenzial besaß, hatte sie sich dann gefragt, wie es sich anfühlen würde, wenn zwischen ihren Händen und denen ihrer Quelle so ein wunderschönes Muster entstand. Unwillkürlich betrachtete sie ihre Hände. Allein die Linien zu sehen, die Seths magische Energie dort eingebrannt hatte, verursachte ein sehnsuchtsvolles Ziehen in ihr. Und gleichzeitig heftige Schuldgefühle. Wie sehr hatte sie es geliebt, Chris' Zeichnung dort zu sehen. Seine war so ganz anders gewesen, frech und verspielt. Seths Muster hingegen zog sich wild über ihre Haut wie eine zerstörerische Mischung aus Dornenranken und Funkenregen. Wie konnte man einen Menschen so sehr lieben, dass man mit ihm starb, und doch weiterleben? Wie konnte ein so schwer versengtes Herz so einfach für jemand anderen weiterschlagen? Es schien unmöglich. Und doch war es so.

Plötzlich wollte Adara nur noch weg von hier. Weg von den Feuern, weg von den Menschen. Hastig lief sie hinein in die Dunkelheit, zwischen hohen Palmen hindurch, die nur noch Schemen waren, bis in eine kleine, verlassene Bucht. Aber dem Chaos in ihrem Inneren entkam sie nicht. Wie stellte Seth es nur an, seine Gefühle jederzeit unter Kontrolle zu behalten? Jedes Mal, wenn sie es versuchte, kam es ihr vor, als ob sie mühsam den Krater eines Vulkans zuschüttete, nur damit er einige Stunden später umso heftiger ausbrach.

»Chris«, flüsterte sie in den sanften Wind über dem Meer. »Warum hältst du dich immer noch von mir fern?«

Sogar Matteo sandte ihr seit seinem Tod gelegentlich Bilder, Fragmente seiner Graffitis. Wenn auch manchmal erst Tage, nachdem sie an ihn gedacht hatte. Aber Chris spürte sie immer noch nicht. Sie wusste nicht mal, ob sie es sich wünschen sollte. Ihr mitgenommenes Herz hatte schon genug auszuhalten.

»Glaubst du etwa, er würde das sehen wollen?«, zischte eine Stimme hinter ihr.

Sie fuhr herum. »Lucy?« Sie musste ihr gefolgt sein.

»Natürlich zeigt er sich dir nicht! Glaubst du, er würde sehen wollen, dass du öffentlich zur Schau stellst, wie schnell du ihn vergessen hast?«

Ihr angewiderter Tonfall ließ Adaras Kehle eng werden. Sie suchte in ihrem Kopf nach einer verständnisvollen Antwort, fand aber keine. »Ich habe ihn nicht vergessen. Das werde ich nie.« Vielleicht war das der wahre Grund, warum sie Seths Bedingungen so einfach hatte akzeptieren und ihm eigene hatte stellen können.

Versprich mir, dass du mich niemals lieben wirst.

»Wenn das wahr wäre, hättest du ihn zurückgeholt!«, zischte sie.

Adara zuckte zusammen. »Das hätte er nicht gewollt. Wenn du wüsstest, wie er zurückgekommen wäre, hättest du mir seine Asche nie gegeben.«

Lucy schüttelte heftig den Kopf. Ihr Augenstern blitzte auf und verlieh ihrem Blick ein wahnsinniges Glitzern. »Du bist es, die keine

Ahnung hat. Du hast ihn sterben sehen. Hast ihn sterben lassen! Und trotzdem weißt du gar nichts.«

Adara horchte auf. Also wusste sie tatsächlich etwas! Aber wie sollte sie sie am besten darauf ansprechen? Vielleicht indem sie sich vorsichtig herantastete. »Was weiß ich nicht?«, fragte sie.

Lucy sah aus, als wollte sie ihr die Antwort vor die Füße schleudern. »Zum Beispiel, wie es ist, wenn man nicht den Job haben kann, den man möchte. Wie es sich anfühlt, wenn ein anderer über dein Leben bestimmt. Wie ...«, sie verstummte und begann zu zittern. »Wie es ist, wenn die Magie deinen Körper übernimmt und in jeder Faser brennt und jemand, den du mehr als alles andere hasst, sie brutal aus dir herausreißt.«

Entsetzt sah Adara sie an. »Es tut dir weh?«

Lucy lächelte bitter. »Ja, das ist neu für dich, nicht wahr? Dass es nicht für alle Quellen ein schönes Gefühl ist, Magie in sich zu haben. Chris hat mir immer davon vorgeschwärmt, aber für mich war es von Anfang an eine Qual. Wenn die Magie in mich hineinfließt, ist es, als würde ich von innen heraus Stück für Stück verätzt.« Sie schluckte schwer und ihr Gesicht war kreidebleich. »Und wenn sie Magie von mir genommen hat, dann ...« Lucy atmete zitternd ein. »... war es, als würde sie sie aus den wunden Stellen in mir herauskratzen.«

»Oh, Lucy.« Eine Gänsehaut kroch Adaras Arme hinauf. »Gott sei Dank ist das vorbei.«

Lucys Augen glänzten feucht. »Es ist nie vorbei. Nie«, krächzte sie. »Aber jemand wie du hat davon keine Ahnung.«

»Lucy?« Das Mädchen fuhr herum.

Ein hochgewachsener Mann trat zwischen den Bäumen hervor und kam auf sie zu. Trotz der Dunkelheit erkannte Adara Chris' Großvater sofort. Er legte seiner Enkelin eine Hand auf die Schulter und lächelte Adara freundlich zu. Sie bemühte sich zurückzulächeln.

»Ich glaube, du solltest besser zu den anderen zurückgehen, Lucy. Such dir schon mal einen Platz am Feuer.« Es war kein Vorschlag, sondern ein Befehl, wenn auch ein sehr freundlicher. Lucy wirkte, als wollte sie widersprechen, aber auf einen strengen Blick ihres Großvaters hin verschwand sie zwischen den Bäumen. Ohne Adara den vorgeschriebenen Abschiedsgruß zu erweisen. Sie würdigte sie nicht einmal eines bösen Blickes.

»Du musst meine Enkelin entschuldigen, Magierin Adara.«

»Natürlich, Richard«, erwiderte sie. Wie konnte sie Lucy böse sein? Sie war höchstens neidisch, weil Lucy ihre Gefühle so offen ausdrücken durfte. Und weil sie Zeit mit seinem Großvater verbringen konnte, ohne sich verdächtig zu machen. So konnte sie Chris auf eine Art nahe sein, die Adara verwehrt war. Wahrscheinlich sollte sie Richard stehen lassen und zum Feuer zurückgehen. Aber bevor sie sich dazu durchringen konnte, sprach er schon weiter.

»Sie ist wütend, weil ...« Er verstummte. Dann holte er Luft. »Sie möchte gerne Programmiererin werden.«

»Tatsächlich? Das wusste ich gar nicht. Aber es ist doch toll, wenn sie etwas hat, was ihr Spaß macht. Rat Danes sucht immer Programmierer aus der Gemeinschaft, die auch Ahnung von Magie haben.«

Er schüttelte den Kopf. »Sie will nicht für die Gemeinschaft arbeiten. Am liebsten möchte sie professionell hacken und Firmen helfen, Sicherheitslücken in ihrer Software zu finden.«

Also war sie nicht nur Programmiererin, sondern eine Häckse? Unfassbar, dass Adara das nicht gewusst hatte, obwohl sie so lange mit Lucys Bruder zusammen gewesen war.

»Aber das geht nicht«, fügte Lucys Großvater hinzu.

»Warum nicht?«, fragte Adara. Natürlich sah man es lieber, wenn Gemeinschaftsmitglieder innerhalb der Gemeinschaft arbeiteten, aber sich etwas anderes zu suchen, war nicht verboten.

»Weil Chris tot ist«, sagte er rau.

»Wie bitte?«, fragte sie erschüttert.

Er senkte bedauernd den Kopf. »Weil er nicht mehr da ist, soll sie wieder verbunden werden.«

»Ich dachte, ihr hättet sie freigekauft.« Es war heraus, bevor sie darüber nachdenken konnte, ob es eine gute Idee war, über so etwas Illegales so offen zu sprechen.

Richard Wright zögerte kurz, antwortete dann aber doch. »Das wird nur geduldet, solange noch ein anderes Familienmitglied als Quelle im Einsatz ist.«

Adara fluchte leise. Lucys Beschreibung fiel ihr ein. Säure, die den Körper verätzte. Sie schluckte schwer. »Ich könnte versuchen, es zu verhindern. Vielleicht kann Seth …«

»Nein.«

»Aber …«

»Das Einzige, was er tun könnte, wäre, Lucys Vertrauenswürdigkeit infrage zu stellen, weil sie die Schwester eines verurteilten Verräters ist«, sagte er sanft.

Und das wollte er nicht. Natürlich nicht. Seine Familie hatte es in der Gemeinschaft schon schwer genug. Lucy hatte es schwer genug. Jetzt auch noch ihren Ruf in den Schmutz zu ziehen, würde sie vollends zerstören – und sie ihrem Traum vom Hacken kein bisschen näher bringen.

»Warum erzählst du es mir dann?«

Der alte Mann zögerte, seine Augen glänzten verräterisch. »Ich weiß es nicht. Vielleicht … um in deinem Blick zu sehen und an deiner Stimme zu hören, dass wir nicht die Einzigen sind, die ihn vermissen.«

Wie verzweifelt er klang. Wie mutlos. Genauso hilflos, wie Adara sich fühlte. Es durfte doch nicht sein, dass der Rat einfach so beschloss, ein traumatisiertes Mädchen wie Lucy noch einmal einem Leben als Quelle auszusetzen. Einem Leben, das auch an der Seite eines verantwortungsbewussten Magiers viel zu anstrengend für jemanden war, dem jeder Atemzug vor Trauer wehtat und dessen Herz allein bei dem Gedanken an Magie vor Angst raste. Die alte Wut kam wieder in ihr hoch. Weil Seth seinen Plan verfolgte, ohne ihr das winzigste bisschen entgegenzukommen. Selbst wenn sie ihn bitten würde, Lucy zu helfen, würde er sie bestimmt nur vertrösten.

Sie musterte Chris' Großvater. So nah war er ihr noch nie gewesen. Nicht als Chris noch gelebt hatte. Und auch nicht seit seinem Tod. Er hatte sich von ihr ferngehalten, so wie sie sich von ihm. Warum machte er gerade jetzt einen Schritt auf sie zu? Gerade an dem Tag, an dem der Rat dafür gesorgt hatte, dass alle Mitglieder sich die App herunterluden? Wusste er vielleicht mehr? Wollte er, indem er ihr von Lucy erzählte, testen, auf welcher Seite sie stand? Ihr Herz begann zu rasen. Sollte sie es wagen, ihn zu fragen?

Nach allem, was er gesagt hatte, war sie sich ziemlich sicher, dass er ähnlich dachte wie sie. Woher sollte Chris auch sonst diese Wut gegen die furchtbare Ungleichbehandlung der Quellen gehabt haben? Woher den unbezwingbaren Drang, die Welt zum Besseren zu verändern?

»Es ist schön, sich mit jemandem zu unterhalten, der ihn zu schätzen wusste«, begann sie vorsichtig. »Mit jemandem, der … denkt wie er.«

Seine Augen weiteten sich, dann verfinsterte sich sein Gesicht. »Chris ist tot und wir sollten ihn ruhen lassen.«

Eigentlich war das deutlich, aber Adara klammerte sich an den Gedanken, dass er einfach nur misstrauisch und vorsichtig war. »Chris ist nicht mehr da«, fuhr sie zaghaft fort, »aber das, was er wollte …«

»Was er wollte, hat ihn getötet«, gab Richard Wright schroff zurück. »Und nichts auf der Welt ist so ein Opfer wert.« Er berührte seine Lippen zum Abschied, aber bevor er zwischen den Bäumen verschwand, drehte er sich noch einmal um. »Es war sein großer Fehler, nicht lange genug nachzudenken. Er war ein verdammter Hitzkopf. Man sollte nie im Affekt handeln.« Er fixierte ihren Blick, dann war er verschwunden.

Zurück blieb ein ekelhaftes Gefühl in ihrem Magen. Irrte sie sich oder war das eine Warnung gewesen? Standen sie gar nicht auf derselben Seite? Hatte er ihr stattdessen zu verstehen geben wollen, dass sie sich zurückhalten sollte? Mit einem Kloß im Hals sah Adara ihm nach. Gerade von ihm hätte sie das nie erwartet.

Adara wandte sich wieder dem Meer zu, das im Mondschein silbern funkelte.

Chris, dachte sie und sprach mit Absicht nicht laut, damit niemand sie belauschen konnte, *ich wünschte, ich könnte mit dir reden. Ich würde so gerne wissen, was du von dem Ganzen hältst. Ich bin ganz sicher, dass der Rat die App nicht ohne Hintergedanken durchsetzen will. Sie überwachen uns alle, unsere intimsten Gespräche, unsere Gedanken. Gefährliche Gedanken.*

Sie erstarrte. Natürlich!

Oh Chris! Was, wenn es noch mehr Leute gibt, die so denken wie wir? So viele, dass der Rat sie nicht mehr ignorieren kann? So viele, dass er zur Sicherheit uns alle überwachen will?

Aufgeregt drehte Adara sich um und wollte zurück zu den Feuern laufen. Wenn es andere gab, die zweifelten und vielleicht sogar etwas ändern wollten, dann musste sie sie finden! Gemeinsam konnten sie so viel mehr erreichen. Aber dann blieb sie wie angewurzelt stehen. Die Worte von Chris' Großvater türmten sich vor ihr auf wie eine riesige Mauer.

Er war ein verdammter Hitzkopf.

Sein Großvater hatte recht, sie musste vorsichtig sein. Sie hatte im Affekt gehandelt, als sie ihn auf Chris' Pläne angesprochen hatte. So etwas durfte ihr nicht noch mal passieren. Wie gern sie mit Seth darüber beraten hätte. Er hatte so eine ruhige Art, er sah die Dinge wie sie waren, und mit ihm zu reden, half ihr, alles aus verschiedenen Blickwinkeln zu betrachten. Die Sehnsucht, sich mit ihm zu beraten, brannte in ihr, aber nicht heftig genug, um die Zweifel zu beruhigen.

Ich will dein Vertrauen nicht und du solltest mir auch nicht vertrauen.

»Verdammt«, zischte sie. Es war einfach ein zu großes Risiko. Nein, es war besser, erst mal so vorsichtig wie möglich Erkundigungen einzuholen und möglichst unauffällig herauszufinden, ob es Gleichgesinnte gab. Bis dahin würde sie auch Seth gegenüber schweigen, obwohl es ihr schwerfiel. Sie seufzte. Wem wollte sie etwas vormachen? Eigentlich wünschte sie sich nur, in seiner dunklen, samtigen Nähe zu versinken und über nichts mehr nachdenken zu müssen. So wie vorhin bei der Zeremonie. *Zur Schau stellen,* hatte Lucy es genannt, diesen einen kurzen Augenblick des Glücks mit Seth am Strand. Ob Chris das wohl genauso sehen würde?

»Was würdest du denken, wenn du mich sehen könntest?«, flüsterte sie.

Schuld krallte sich in ihr Herz, und dass Chris gewollt hatte, dass sie ihr Leben weiterlebte, machte diese Schuld nicht weniger ätzend.

Ich werde dich immer lieben, aber ich habe dich gehen lassen. Und du kennst mich gut genug, um zu wissen, wie schwer es mir fallen würde, wenn ich dich spüren könnte. Danke, dass du das für mich getan hast.

Sie atmete abgehackt ein. Ja, er hatte das für sie getan, da war sie sich sicher. Und plötzlich wusste sie, was sie für ihn tun konnte, bis sie sich darüber klar geworden war, wie es weitergehen sollte. Sie würde Lucy vor dem schrecklichen Schicksal bewahren, ein weiteres Mal verbunden zu werden. Das war sie nicht nur seiner Schwester, sondern auch Chris schuldig. Die Gemeinschaft war einmal gerecht gewesen und gut, das ahnte sie, seit sie Matteos Graffitis gesehen hatte, und fühlte es seit der Zeremonie der Urgeschichte noch stärker. In den Tiefen der alten Geschichten musste es doch irgendwo einen Ausweg geben, den sie nutzen konnte, ohne Lucys Ruf in Gefahr zu bringen. Einen, den der Rat noch nicht beseitigt hatte. Sie musste ihn nur irgendwie ausgraben.

5

Ehrfürchtig betrat Seth den Ratssaal. Jedes Mal, wenn sich die hohe Decke über ihm wölbte, er die schiere Weite des Saales wahrnahm und sein Blick dann auf den gewaltigen Kreis aus schwarzen Obsidianstühlen fiel, überwältigte es ihn von Neuem, dass tatsächlich einer davon nun seiner war. Er war noch lange nicht am Ziel seiner Wünsche angekommen, aber nun endlich konnte er glauben, dass es möglich war. Wenn er es schaffte, noch mehr Räte für sich zu gewinnen.

»Hallo, zusammen!« Die lässige Begrüßung riss Seth aus seinen Gedanken. Er traute seinen Augen kaum, als Steve vor ihm auftauchte, wie immer mit seinem Kameramann im Schlepptau. Ob der ihm wohl auch Tag und Nacht folgen musste wie eine Quelle ihrem Magier?

»Heute dürft ihr alle live im großen Ratssaal Mäuschen spielen«, redete Steve drauflos. »Dank der neuen App darf zum allerersten Mal von hier drinnen gefilmt werden. Ist das nicht aufregend?«

Steve drehte sich einmal um sich selbst, bevor sein Blick auf Seth fiel. »Ah, hier ist Rat Tahere, wie nett. Bitte einmal lächeln für die Kamera.«

Seth hob eine Augenbraue.

»Äh … ja. Auch schön. Guter Shot. Okay.« Steve grinste etwas gezwungen in die Kamera, als müsste er Seths Verweigerung eines Lächelns selbst wettmachen. »Dann zeige ich euch als Erstes den Saal.« Er bedeutete dem Kameramann, einmal herumzuschwenken. »Und jetzt … was haltet ihr davon, wenn wir Rat Tahere einfach zu seinem Platz folgen?«

Nichts. Rein gar nichts, um genau zu sein, hätte Seth am liebsten gesagt. Aber er duldete es, dass Steve ihm nachlief, während er zu seinem Stuhl ging und sich dort niederließ.

»Wow!«, machte Steve und stellte sich schräg hinter Seth auf. »Was für ein genialer Ausblick. Direkt auf den Inneren Kreis. Wie hast du so einen guten Platz ergattert?« Steve hielt Seth das Mikro hin und sah ihn an wie ein Kind, das gleich ein tolles Geschenk auspacken darf.

Leider konnte Seth ihm den Gefallen nicht tun. »Es ist der Platz, der dem jüngsten Ratsmitglied zugewiesen ist«, antwortete er trocken.

»Ach so.« Steve wirkte enttäuscht, weil er seinen Zuschauern keine brisanten Informationen bieten konnte, fing sich aber sofort wieder. »Dann arbeitet man sich also rechts und links entlang, bis man neben dem Inneren Kreis sitzt?«

Seth antwortete nicht, aber Steve war sowieso viel zu beschäftigt damit, seinem Kameramann Anweisungen zu geben, die anderen Räte dabei zu filmen, wie sie ihre Plätze einnahmen. Dann keuchte Steve plötzlich auf. »Der Innere Kreis betritt den Saal! Was für ein effektvoller Auftritt.«

Seth musste ihm recht geben. Victor Danes, Medea St. John und die Hohe Rätin trugen heute die einfachen schwarzen Roben des Rates, aber die silbernen Schärpen und ihr geschlossenes Auftreten brachte mühelos alle Stimmen im Ratssaal zum Schweigen. Alle außer einer.

»Für alle, die den Inneren Kreis vielleicht noch nie live gesehen haben, stelle ich sie euch vor. Hier kommt die Hohe Rätin, die – nebenbei bemerkt – heute wieder umwerfend aussieht, gefolgt von

Medea St. John und Victor Danes. Und übrigens: Legt euch lieber nicht mit ihnen an, denn die Mitglieder des Inneren Kreises«, wandte er sich direkt in die Kamera und senkte die Stimme, »wissen alles.«

Seth hätte beinahe die Augen verdreht.

»Es gibt nur wenige Geschichten in der Gemeinschaft, die geheim sind. Aber diese sind zentral für unser Fortbestehen. Nur der Innere Kreis kennt sie und sie werden nur bei der Initiation weitergegeben. Nicht einmal die Bewahrer sind eingeweiht. Daher ist es wichtig, dass die Mitglieder des Inneren Kreises um jeden Preis geschützt werden, damit diese Geheimnisse nicht verloren gehen. Sie sind unverwundbar, weder Magie noch rohe Gewalt kann sie verletzen.« Steve deutete auf die Hohe Rätin. Unwillkürlich folgte Seth seinem Blick. Ja, man konnte ihn sehen, den mächtigen, uralten Schutzzauber, der jedem Mitglied des Inneren Kreises bei der Initiation automatisch zuteilwurde – wenn auch nicht mit bloßem Auge. Aber die Magie war so stark, dass sie einen Abdruck im Geist hinterließ.

»Übrigens«, plapperte Steve munter weiter, »der freie Platz neben Rat Danes ist derzeit nicht besetzt, denn der Koordinator der Wächter ist vor einigen Monaten verstorben.« Steve machte eine Pause und zog die Nase kraus. »Wenn ich es recht überlege, ist das bestimmt schon fast zwei Jahre her. Merkwürdig, dass seitdem kein Nachfolger in den Inneren Kreis gewählt wurde.«

Allerdings, dachte Seth. Und er war sich ziemlich sicher zu wissen, warum das so war.

Steve zuckte mit den Schultern. »Aber da die Mitglieder des Inneren Kreises auf Lebenszeit gewählt werden, ist es nur richtig, sehr genau aufzupassen, wen man reinlässt. Wahrscheinlich gab es bisher noch keinen passenden Kandidaten. Hier kommt übrigens die Hohe Magierin in letzter Minute reingerauscht.«

Anders konnte man es tatsächlich nicht nennen. Die Hohe Magierin schritt hocherhobenen Hauptes durch die Stuhlreihen. Ihr roter Magiermantel, der sich durch seinen kräftigen dunkleren Rotton von denen der anderen Magier abhob, wehte hinter ihr her. Ihr folgte ihre Quelle, ein älterer Mann, der sich in ihrem Schatten so wohlzufühlen schien, dass er fast unsichtbar wirkte. Er verschwand auch sofort hinter dem freien Stuhl neben Medea St. John, auf den die Hohe Magierin sich setzte. Ihre dunkle Haut und ihre kurz geschorenen schwarzen Locken standen im krassen Gegensatz zu Medea St. Johns heller Haut und deren glatten blonden Haaren.

»Die Hohe Magierin hat keine Stimme im Rat, sie ist sozusagen machtlos«, fuhr Steve unbekümmert fort. Die Augen der Hohen Magierin blitzten, als hätte sie jedes Wort verstanden. Hatte sie vielleicht auch. Steve sprach ja nicht gerade leise. »Aber natürlich hat sie trotzdem sehr wichtige Aufgaben«, sagte er hastig. »Sie berät den Rat und ihr obliegt die Initiation neuer Mitglieder des Rates und des Inneren Kreises.«

Es klang, als wollte er sie besänftigen. Ohne Erfolg, wie Seth an ihrem immer noch verärgerten Gesichtsausdruck bemerkte. Kein Wunder, denn eines war die Hohe Magierin ganz bestimmt nicht: machtlos. Sie hatte zwar kein Stimmrecht, aber sie hatte eine große Anhängerschaft im Rat, Mitglieder der alten Magierfamilien, die ihr vertrauten und in ihrem Sinne abstimmten, wenn sie es wünschte. Nein, man durfte auf keinen Fall den Fehler machen, sie zu unterschätzen.

»Die Übertragung ist jetzt beendet«, knurrte die Hohe Magierin in diesem Augenblick. »Die Sitzung beginnt.«

Steve schluckte, sah aber fragend die Hohe Rätin an, und erst als diese nickte, packte er seinen Kameramann und verließ den Saal.

»Ich bin mir nicht sicher, ob mir das gefällt«, sagte die Hohe Magierin, während die Flügeltür hinter Steve zufiel.

»Wir müssen den Mitgliedern, die sich die App heruntergeladen haben, nun auch etwas bieten«, erwiderte die Hohe Rätin gutmütig.

»Warum müssen wir das? Warum ist diese … App überhaupt nötig?«, schnaufte Rat Briar, ein älterer Mann, der sich mühsam aus seinem Stuhl erhoben hatte. »Und warum wurde die Urgeschichte ohne Abstimmung im Rat in alle Welt übertragen?«

Die Hohe Rätin machte ein schuldbewusstes Gesicht. »Es tut mir leid. Es war ursprünglich nicht unsere Absicht, euch mit der neuen Version der App und der Übertragung der Zeremonie zu überfallen. Rat Danes, Rätin St. John und ich hatten angenommen, dass wir es nicht rechtzeitig zum Fest schaffen würden, weil wir so wenige gute Programmierer zur Verfügung haben, die sich auch mit Magie auskennen. Aber dann ist die App im letzten Moment doch noch fertig geworden. Da das Fest eine gute Gelegenheit schien, möglichst viele Mitglieder für die App zu begeistern, hat der Innere Kreis kurzfristig beschlossen, es zu wagen. Wenn viele Mitglieder die App benutzen, können wir die Magier entlasten, die sonst die Steine wieder aufladen müssten.«

Rat Briars Blick zuckte zur Hohen Magierin, die ihm beschwichtigend zunickte, woraufhin er sich grummelnd setzte.

»Die Übertragung war ein voller Erfolg«, fuhr die Hohe Rätin fort. »Die Downloads der App und die Zuschauerzahlen während der Zeremonie haben unsere kühnsten Erwartungen übertroffen. Auch Dank Magierin Adaras … eindrucksvoller Darbietung.« Ihr Blick zuckte zu Seth und in ihren Augen blitzte etwas auf. Vielleicht war es Humor, vielleicht aber auch Spott. Denn nun hatten alle Anwesenden nicht mehr Seth, das würdevolle Ratsmitglied, vor Augen, sondern Seth, die unterworfene Quelle. Ein paar der Räte grinsten gutmütig, einige andere verzogen jedoch ungnädig das Gesicht.

Adaras Onkel Matthew räusperte sich und stand auf. Wohl um die Aufmerksamkeit von seiner Nichte abzulenken. »Meine Potenzialsucher testen derzeit einige neue Magier und Quellen. Die meisten davon besitzen leider nicht genug Potenzial, um verbunden zu werden. Es scheint, als würde sich die Entwicklung der letzten Jahre fortsetzen. Menschen mit ausreichend hohem Potenzial werden immer weniger.« Die Gesichter um ihn herum verdüsterten sich, während er sprach. »Die Naturkatastrophen hingegen nehmen weiter zu. Selbst wenn das Aufladen der Steine entfällt, schaffen unsere Magier es gerade so, die schlimmsten Katastrophen aufzuhalten.

Oft nicht mal das. Wir brauchen mehr funktionierende Verbindungen, und zwar schnell. Es ist keine Zeit, nach perfekten Partnern für unsere Magier zu suchen. Uns bleibt keine andere Wahl, als nicht ganz optimale Verbindungen zuzulassen.«

»Auf lange Sicht wird uns das schaden«, meldete sich die Hohe Magierin zu Wort. »Diese Verbindungen werden nicht so stark sein, wie sie sein könnten. Dadurch verlieren wir am Ende vielleicht mehr Einsatzkraft, als wir hinzugewinnen.«

Die Hohe Rätin erhob sich. »Ich danke dir für deine Meinung, Hohe Magierin. Da es sich aber um eine Notsituation handelt, hat der Innere Kreis bereits beschlossen, dem Antrag von Rat Wilson stattzugeben.« Sie nickte Adaras Onkel zu. »Von einer Abstimmung sehen wir in diesem Fall ab.«

Die Hohe Magierin starrte sie fassungslos an, erwiderte aber nichts mehr. Ihr waren die Hände gebunden. Seth sah sich im Rat um. Einige Mitglieder wirkten beunruhigt, aber die meisten schienen die Entscheidung des Inneren Kreises gutzuheißen. Sogar die Räte aus Magierfamilien. Adaras Onkel setzte sich und Rat Danes stand auf. »Heute habe ich noch einen besonders wichtigen Einsatz zu besprechen, den wir schon länger im Blick haben.«

Seth horchte auf. Es kam nur sehr selten vor, dass Einsätze mit dem ganzen Rat abgeklärt wurden.

»Es ist ein großer Einsatz an einem Schildvulkan in Hawaii. Die Insel ist unbewohnt, aber es besteht die Möglichkeit, dass durch die Seebeben, die für den Unterwasserausbruch des Vulkans verantwortlich sind, eine Flutwelle erzeugt wird, die im Umkreis mehrere bewohnte Inseln verwüsten könnte. Dieser Einsatz müsste normalerweise von mehreren Magiern durchgeführt werden, aber …« Victor Danes' Stimme verebbte. »… wenn wir mehrere Magier dafür abstellen, können wir nicht gleichzeitig alle anderen drohenden Katastrophen verhindern. Wir müssen also entscheiden, wo wir am dringendsten gebraucht werden.«

»Kann denn nicht ein besonders mächtiger Magier den Einsatz

alleine durchführen?«, fragte eine Rätin. Zustimmendes Gemurmel kam auf und die Namen mehrerer Magier schälten sich hinter Seth aus dem leisen Gemurmel der anderen Räte. Am Ende jedoch blieb nur einer übrig, der über allen anderen vorgeschlagenen Namen zu schweben schien. Adara. Immerhin erkannten die Räte sie als mächtigste Magierin der Gemeinschaft an, ganz egal, was sie sonst für Vorbehalte gegen sie haben mochten.

»Adara müsste sich dafür einer großen Gefahr aussetzen.« Danes wirkte, als würde er angestrengt darüber nachdenken, aber Seth kannte ihn gut genug, um das zufriedene Glitzern in seinen Augen zu sehen. Konnte es sein, dass die Diskussion genau die Richtung nahm, die Danes sich erhofft hatte? Natürlich. Offensichtlich hatte er von Anfang an gewollt, dass Adara für diesen Einsatz vorgeschlagen wurde. Denn da Danes nun vor allen Räten betont hatte, wie wichtig und gefährlich der Einsatz war, würde bei Gelingen Adaras Ansehen im Rat enorm steigen und sicherlich auch Seth die Unterstützung weiterer Räte erhalten.

»Hatten wir Magierin Adara nicht für einen anderen Einsatz vorgesehen?«, bemerkte die Hohe Magierin. Es gefiel ihr offensichtlich nicht, auch in dieser Angelegenheit nur beratende Funktion zu haben.

»Eigentlich schon«, gab Rat Danes zu.

»Es gibt doch sicher andere Magier, die auch dafür infrage kämen«, fuhr die Hohe Magierin fort.

»Aber Adara hat besonders viel Fingerspitzengefühl und das ist für diesen Einsatz besonders wichtig. Wie man hier sehen kann …« Danes rief eine Landkarte auf, auf der die fragliche Insel zu sehen war.

Als Seth die Form der Vulkaninsel sah, gefror alles in seinem Inneren zu Eis. Er nahm sich einen Moment, um auch äußerlich vollkommen kühl zu wirken, dann stand er auf und fixierte den Blick von Rat Danes. »Ich halte es für keine gute Idee, den Einsatz an Magierin Adara zu geben.«

Danes' Miene verfinsterte sich. *Was soll das? Dieser Einsatz ist eine große Chance für dich. Natürlich wirst du ihn durchführen,* tauchte eine Nachricht in Seths Kopf auf.

Im ersten Moment wollte Seth gehorsam nicken. Es war ein Reflex, den er sich immer noch nicht ganz abtrainiert hatte. Jedes Mal wieder musste er ihn mühsam unterdrücken. »Ich halte es für besser, darüber erst mit Magierin Adara zu beraten«, beharrte er.

»Er muss wohl erst ihre Erlaubnis einholen«, sagte jemand hinter ihm so laut, dass Seth es hören musste. Ein anderer kicherte.

Ohne sich beirren zu lassen, sprach Seth weiter: »Wie die Hohe Magierin schon sagte, wird Magierin Adara wahrscheinlich woanders gebraucht. Wir sollten in Ruhe abwägen und auch die Magierin selbst um ihre Meinung bitten.« Er bemerkte, dass die Hohe Magierin zustimmend nickte. In ihrer Gunst zu steigen, wäre immerhin ein positiver Nebeneffekt dieser ganzen Misere.

Rat Danes musterte ihn ungnädig. Ein Muskel an seiner Wange zuckte. Aber scheinbar wollte er Seth nicht offen widersprechen und dadurch seine Position im Rat schwächen. Das wäre seinen Plänen für Seth nicht förderlich gewesen. »Ich stimme Rat Tahere zu. Magierin Adara sollte dazu befragt werden«, knurrte er. »Am besten sofort.«

»Natürlich, Rat Danes«, antwortete Seth. »Wir werden uns sofort darüber beraten.« Es war keine Lüge, er würde sich beraten. Allerdings ganz sicher nicht mit Adara.

6

Adara schlug sich durch den Dschungel. Irgendwo hier musste das Haus des Bewahrers sein, den sie aufsuchen wollte, solange Seth in der Ratssitzung war. Auf keinen Fall wollte sie, dass er sie begleitete und hörte, was sie zu besprechen hatte. Es war später Nachmittag, aber die dunkelgrünen Baumwipfel über ihr ließen die Sonnenstrahlen kaum durch. Unwillkürlich suchte sie nach einer kleinen Hütte, vor der eine weise alte Frau saß und vor sich hin murmelte. Das Haus, das bald vor ihr zwischen den feuchten Blättern auftauchte, war jedoch überhaupt nicht, was sie erwartet hatte. Es war groß und modern, mit viel Glas und Stahl und fügte sich dennoch perfekt in die wilde bunte Pracht des Urwaldes ein. Niemand öffnete, als sie klingelte, und sie musste es mehrmals versuchen, bevor sie aus dem Inneren Schritte hörte. Die Tür wurde aufgerissen. Vor ihr stand eine Frau, vielleicht Mitte vierzig, mit schokoladenverschmierten Händen, die sie sich jetzt an ihrer Jeans abwischte. Dann hielt sie ihr eine zur Begrüßung hin. Gerade als Adara die Hand nehmen wollte, machte die Frau ein erschrockenes Gesicht, zog sie weg und legte stattdessen die Finger an ihre Lippen. Dann brach sie in Gelächter aus. »Tut mir leid, ich hab das noch nicht so ganz drauf. Ich hab gerade erst an deinen Händen gesehen, dass du eine Magierin bist. Komm rein. Ich bin Kathrin und neu in der Gemeinschaft. Aber das hast du dir bestimmt schon gedacht.«

Ohne darauf zu warten, dass Adara ihren Namen nannte, und ohne sie danach zu fragen, bat sie sie in den riesigen Raum, der Eingangsbereich, Wohnzimmer und Küche in einem zu sein schien. »Bist du gekommen, um dir einen Rat zu holen?«

Adara nickte. »Bist du Bewahrerin?« Unwillkürlich suchte sie im Gesicht der Frau nach den typischen Tätowierungen. Man sah sie nur, wenn man sie fixierte, ansonsten entglitten sie dem Auge, wenn der Bewahrer nicht gerade eine Geschichte erzählte.

»Ich gebe mir jedenfalls Mühe.« Kathrin lachte.

Adara runzelte die Stirn. »Du bist nicht in der Gemeinschaft aufgewachsen und trotzdem Bewahrerin? Das ist ungewöhnlich.«

»Ich kann mir ziemlich gut Sachen merken, das war schon immer so.« Kathrin ging Adara voraus in den Küchenbereich und nahm einen Spritzbeutel zur Hand. »Ich werde dich aber nicht beraten. Heute ist er dran.« Sie deutete auf eine geschlossene Tür. Die einzige, die Adara überhaupt in dem Haus erkennen konnte. Eine Treppe führte in den oberen Bereich, aber auch dort sah sie keine abgetrennten Räume. »Ich wiederhole heute nur.« Kathrin deutete auf die zarten Gitter aus Schokolade, die vor ihr auf dem Backpapier lagen.

»Ich verstehe nicht ganz.«

»Die meiste Zeit beschäftigen wir uns damit, die Geschichten in unserem Geist frisch zu halten, indem wir sie ständig wiederholen. Wir benutzen dazu verschiedene Erinnerungstechniken, damit wir auch wirklich keine Details vergessen. Außerdem besprechen wir uns mehrmals täglich mit anderen Bewahrern, um unsere Geschichten abzugleichen und darauf zu achten, dass der Wortlaut stimmt. Das ist unsere Hauptarbeit. Die Beratung der Magier zur Hilfe bei Einsätzen machen wir mehr so nebenher.« Sie beugte sich über das Backpapier. »Ich hoffe, es stört dich nicht, wenn ich weitermache. Sonst wird die geschmolzene Schokolade hart.«

Adara betrachtete die filigranen Gebilde. Dann keuchte sie leise auf. »Sind das …«

Kathrin grinste verschmitzt. »Bilder zu den Geschichten? Oh ja. So kann ich sie mir besser merken. Ich weiß, dass Abbildungen verboten sind, aber du verrätst mich doch nicht?« Sie hielt Adara einen Magier aus Schokolade hin. »Hier, du kannst mir helfen, die Beweise zu vernichten. Tasha macht das auch besonders gerne.«

»Tasha?«, fragte Adara und hatte sofort das Mädchen vom Geschichtenfest vor Augen.

Kathrin nickte. »Ja, meine Tochter. Ihr Magierpotenzial wurde vor einiger Zeit entdeckt und ich habe beschlossen, mit ihr zusammen in die Gemeinschaft einzutreten.«

Adara lächelte, als sie an das eifrige Mädchen dachte. »Ich bin sicher, sie wird eine großartige Magierin. Zumindest scheint sie sich schon gut eingelebt zu haben.« Sie nahm den Schokoladenmagier und musterte Kathrin genauer. Schon vorhin hatte sie gesehen, dass an ihrem Gürtel ein Beutel mit den Steinen hing. Dass sie ihn sogar beim Backen trug, war ein Zeichen dafür, dass sie gewohnt war, immer darauf zugreifen zu können. Interessant. Warum sie wohl die App nicht benutzte?

»Haruto berät gerade noch jemanden, du musst dich etwas gedulden«, unterbrach Kathrin ihre Gedanken. »Aber ich kann eine Pause ganz gut gebrauchen, falls du mir erzählen magst, weswegen du hier bist. Ich bin neugierig.«

Sofort wurde Adara vorsichtig. Sie hatte lange überlegt, wie sie ihr Anliegen formulieren sollte, war aber zu keinem rechten Ergebnis gekommen. Kathrin schien freundlich und harmlos zu sein. Trotzdem durfte sie sich davon nicht verleiten lassen, einen Fehler zu machen. »Ich möchte gerne wissen, ob es eine Möglichkeit gibt, jemanden von seiner Quellenpflicht zu befreien.«

»Hast du Probleme mit deiner Quelle?«

»Nein«, antwortete Adara, ohne zu überlegen. Und es war keine Lüge. Wie merkwürdig, dass ihr gerade in diesem Moment klar wurde, wie wertvoll Seth für sie war und dass sie ihn niemals eintauschen würde. »Es … Es interessiert mich nur. Ich hatte darüber eine Diskussion mit jemandem.«

»Aha. Du fragst nur für einen Freund.« Kathrin zwinkerte gutmütig. »Nun, es gibt sehr wenige legitime Gründe, eine Quelle zurückzuziehen. Wenn sie eine Gefahr für sich oder ihren Magier darstellt. Zum Beispiel wegen der Magiekrankheit.«

Adara dachte daran, was Lucys Großvater ihr gesagt hatte. Er wollte nicht, dass Lucy auf eine Art befreit wurde, die ihrem Ruf noch mehr schadete. Was jede Begründung ausschloss, die Lucy unfähig oder krank erscheinen ließ.

»So etwas meine ich nicht.«

Kathrin starrte sie verständnislos an. »Was könnte es denn sonst für einen Grund geben, seine Pflicht als Quelle nicht anzutreten?«

Adara schnaubte bitter. *Weil man es nicht will?* Aber das sagte sie natürlich nicht laut. »Ich dachte nur, es gäbe vielleicht einen Weg, wenn … die Quelle zum Beispiel eine andere Qualifikation hat, die ebenso wichtig für die Gemeinschaft ist.« Lucy war schließlich eine großartige Hackerin, wie Adara von ihrem Großvater erfahren hatte. Victor Danes könnte sie bestimmt gut brauchen. Zwar wollte Lucy nicht für den Rat arbeiten, aber wenn ihr das die Pflichten als Quelle ersparen würde, wäre das sicher das kleinere Übel.

»Ganz ehrlich. Ich wüsste nicht, dass das geht.« Kathrin stemmte die Hände in die Hüften und sah Adara nachdenklich an. »Aber grundsätzlich ist das eine interessante Frage.«

In diesem Moment quietschte hinter ihnen eine Tür. Adara fuhr herum und erschrak, als sie sah, wer gerade das Zimmer des Bewahrers verließ. »Naos?«

Ihr Bruder erstarrte und sah sie mit einem gehetzten Gesichtsausdruck an, der sich aber sofort in ein freundliches Lächeln verwandelte. »Adara!«

Daniel erschien hinter ihm in der Tür, und als sie seinen suchenden Blick bemerkte, wurde Adara bewusst, wie nackt sie sich ohne

Seth an ihrer Seite fühlte. Früher hätte sie es wahrscheinlich als Geschenk empfunden, dass er durch seine Ratspflichten nicht den ganzen Tag an sie gebunden war. Jetzt aber beneidete sie ihren Bruder darum, dass seine Quelle ihm wirklich Tag und Nacht zur Seite stand.

Bevor sie Naos fragen konnte, warum er hier war, hatte er sich schon verabschiedet und eilig das Haus verlassen. Er wich ihr also tatsächlich aus. Hatte er vielleicht gemerkt, dass sie angefangen hatte, sich nach Gleichgesinnten umzuhören? Hielt er sich vielleicht deshalb von ihr fern, weil er Angst davor hatte, dass sein guter Ruf als ratstreuer Magier in Gefahr geriet? Adara beschloss, ihn bei nächster Gelegenheit zu fragen. Denn wenn er bemerkt hatte, was sie tat, dann war sie vielleicht nicht so unauffällig an die Sache rangegangen, wie sie geglaubt hatte.

»Der Bewahrer ist jetzt bereit für dich«, sagte Kathrin.

Adara nickte und betrat das Beratungszimmer. Sie hatte ein Büro erwartet, ein Zimmer mit einer bequemen Ledercouch oder vielleicht sogar einen Raum voller flauschiger Yogakissen und Matten auf dem Boden. Irgendetwas, was jemandem gerecht wurde, der seine ganze Arbeitszeit in einem meditationsähnlichen Zustand verbrachte. Aber das Zimmer war einfach nur leer. Es gab keine Stühle, keine Tische, keine Bilder.

»Ich konzentriere mich am besten, wenn es keine Ablenkung gibt«, begrüßte sie der Bewahrer, ein schlanker junger Mann mit schwarzen Haaren, der nur ein oder zwei Jahre älter war als sie selbst. »Das könnte sonst Assoziationen zu einer falschen Geschichte wecken, die mit deiner Frage nichts zu tun hat. Ich bin Haruto.« Er hob eine Hand an die Lippen. »Was kann ich für dich tun, Magierin Adara?«

Adara erklärte ihm, was sie schon Kathrin erklärt hatte. Auch er schien verwirrt über die Frage zu sein.

»Es tut mir leid, aber ich glaube nicht, dass es dafür eine Möglichkeit gibt.«

Er musterte sie und Adara fragte sich, ob er ahnte, dass mehr hinter ihrer Frage steckte. Denn insgeheim hatte sie sich erhofft, nicht nur einen Weg zu finden, Lucy zu retten, sondern vielleicht auch Informationen zu erhalten, die die Gemeinschaft wieder auf den richtigen Weg bringen könnten.

»Was, wenn jemand sehr unter seinem ersten Magier gelitten hat? Sollte es dann nicht einen Ausweg geben, um ihn von seinen Pflichten zu befreien?«, fragte sie. »Vielleicht gibt es ja eine alte Geschichte. Ein ganz alte, die in Vergessenheit geraten ist, weil man sie nie anwenden musste … oder durfte.« Adaras Herz klopfte heftig bei dieser doch recht deutlichen Formulierung.

Haruto betrachtete sie nachdenklich. »Bist du nicht die Magierin von diesem Jungen, der letztes Jahr … verunfallt ist?«

Verunfallt. Warum sagte er das so, als wüsste er genau, dass es kein Unfall gewesen war? Und noch wichtiger, wie sollte sie darauf antworten? Es konnte ein Test sein. Vielleicht wollte Haruto herausbekommen, ob sie genauso dachte wie Chris. Vielleicht war es ein Signal, dass er selbst so dachte – oder das genaue Gegenteil. Wie konnte sie ihm mehr Informationen entlocken, ohne sich zu verraten?

Sie nickte. »Chris war sein Name. Durch ihn habe ich gelernt, meine Quelle wirklich wertzuschätzen.« Sie hoffte, dass diese Antwort schwammig genug war und doch deutlich machte, wo sie stand. Auf der Seite der Quellen.

»Da ist etwas ganz tief in meinen Gedanken«, begann Haruto, »aber ich kriege es nicht zu fassen.« Er schüttelte den Kopf. »Irgendetwas aus meiner Kindheit weckt eine Assoziation in mir. Eine Erinnerung. Aber gelernt habe ich in der Ausbildung nichts, was dir helfen würde.«

»Diese Erinnerung … was besagt die?«

»Nichts Genaues, ich verbinde sie mit meinem Großvater, er war selbst Bewahrer. Aber … nein. Die Geschichte ist unwiderruflich verloren und nur noch Bruchstücke existieren, mit denen niemand mehr etwas anfangen kann.«

Adara fluchte innerlich. Bruchstücke reichten nicht aus, um etwas zu bewirken. »Kann man denn gar nichts tun, um die Geschichte wiederherzustellen? Ist sie wirklich verloren?«

»Ich fürchte ja. Es fühlt sich an, als wäre sie … ausgelöscht worden«, antwortete Haruto langsam.

Ausgelöscht? Etwa mit Absicht? Hatte der Rat diese Geschichte also nicht nur versteckt, wie die Geschichte über den Totensprecher, sondern vernichtet? »Also …«, begann Adara und stoppte sich gerade noch rechtzeitig. Sie konnte ihn wohl kaum so etwas fragen. »Kann ich gar nichts tun?«

»Es ist unmöglich, die Geschichten so zu nutzen, wie du es dir vorstellst.«

Adara starrte Haruto fassungslos an. Gab er ihr da gerade tatsächlich eine Antwort auf die Frage, die sie nicht laut gestellt hatte? Ihr Herz sank. Wenn ja, dann bedeutete das, dass sie all ihre Hoffnungen begraben konnte, Lucy auf legalem Wege zu helfen. Denn wenn sie Harutos Worte richtig interpretierte, hatte der Rat ganz bewusst und systematisch jede Geschichte zerstört, die den Mitgliedern die Möglichkeit gegeben hätte, sich gegen Ungerechtigkeiten zu wehren. Und das bedeutete auch, dass niemand mehr wusste, wie die Gemeinschaft ursprünglich einmal ausgesehen hatte.

7

Seth verspürte keine Erleichterung, weil er Rat Danes in Bezug auf den Einsatz in Hawaii hatte hinhalten können. Normalerweise verweilte er nach den Ratssitzungen immer noch etwas im Saal, denn er nutzte jede Minute, die seine Quellenpflicht mit Adara ihm ließ, um mit den anderen Räten ins Gespräch zu kommen. Heute hatte er jedoch darauf verzichten müssen, noch mehr Räte für sich zu gewinnen. Der Einsatz verlangte seine sofortige Aufmerksamkeit. Entscheidungen mussten getroffen werden. Und es waren keine, die er alleine treffen durfte. Mit langen Schritten durchquerte er die große Eingangshalle des Gemeinschaftszentrums in Auckland. Vögel zwitscherten und die Wasserfälle rauschten leise vor sich hin. Sie strahlten eine Ruhe aus, die im krassen Gegensatz zu dem Tumult in seinem Inneren stand.

Komm zum üblichen Ort, hatte sein Mentor gesagt. Was für eine Ironie, dass sie sich nach all den Jahren immer noch dort trafen.

»Seth, wie gut, dass ich dich noch erwische.«

Danes. Seth fluchte innerlich. Wie hatte er es geschafft, ihn einzuholen? Gezwungenermaßen blieb er stehen und setzte ein unverbindliches Lächeln auf. »Rat Danes.«

»Ich würde gerne mit dir über den Einsatz sprechen.« *Und darüber, was dir verdammt noch mal gerade eben in der Versammlung durch den*

Kopf gegangen ist, schob Rat Danes als Gedankennachricht hinterher, während er sich verstohlen umsah.

»Natürlich, unbedingt«, antwortete Seth. »Morgen.«

»Jetzt.«

Seth ließ Danes' Befehlston an sich abprallen. Es kostete ihn mehr Mühe, als er sich eingestehen wollte. »Ich habe bereits eine andere Verpflichtung.«

»Aha.« Es klang ungehalten und Seth überlegte für einen Moment, doch nachzugeben. Er konnte es sich nicht leisten, Danes zu verärgern. Aber er konnte auch nicht mit ihm über den Einsatz sprechen, solange er nicht alle Fakten in Erfahrung gebracht hatte und wusste, was zu tun war.

»Wenn der Einsatz schiefgeht, wird es Adara und mir schaden. Ich muss erst mit ihr besprechen, ob sie Chancen sieht, diese Aufgabe erfolgreich zu meistern, bevor wir sie übernehmen.« Zwischen den Zeilen ließ er anklingen, dass es ihm nicht gefiel, von Danes mit so etwas ohne vorherige Absprache im Rat überfallen zu werden.

»Du solltest ihr nicht so viel Macht zugestehen, vor allem nicht vor den anderen Räten.«

»Ich gestehe ihr nur zu, was sie verdient«, gab Seth unbekümmert zurück. »Und jetzt verdient sie die Gelegenheit, ihr Urteil zu einem schwierigen und gefährlichen Einsatz abzugeben, den sie ausführen soll.«

Verdammt, Seth!, herrschte Danes ihn in Gedanken an. *Du gefährdest damit dein Ansehen im Rat.* Als Seth nicht antwortete, zog Danes die Augenbrauen zusammen. »Du weißt hoffentlich, dass es nicht sie ist, die dich nach vorne bringen kann, sondern ich.«

Es war eine nicht besonders gut versteckte Warnung und Seth musste sie ernst nehmen, so schwer es ihm fiel. Ohne Danes war er verloren. »Natürlich. Und ich bin sehr dankbar. Ich melde mich sofort, sobald ich mehr weiß.«

Danes stellte sich ihm in den Weg. »Ich muss mit dir auch über Adara reden. Jetzt. Sie ist eine Gefahr für deine Pläne.«

Seth warf einen vielsagenden Blick auf die große Uhr an der Wand über dem Eingang. »Also gut. Ein paar Minuten habe ich.« Hatte er zwar eigentlich nicht, aber es würde Danes besänftigen, ihm wenigstens das zuzugestehen.

Danes sah sich um, dann zog er Seth hinter einige Palmen in eine ruhige Ecke der Halle am anderen Ende des Gemeinschaftsgebäudes. Durch das verspiegelte Glas konnten sie nach draußen sehen, aber niemand zu ihnen hinein.

»Mir wurde zugetragen, dass Adara sich beim Geschichtenfest mit seinem Großvater unterhalten hat.«

Eine Gänsehaut kribbelte in Seths Nacken. Er verwandelte sie in ein Stirnrunzeln. »Das ist nicht verboten.«

»Sei nicht naiv, Seth. Wenn sie sich mit der Familie eines Verräters sehen lässt, kann das ihrem Ruf nur schaden, und wenn Zweifel an der Loyalität deiner Magierin bestehen, ist das wiederum hinderlich für dein Vorhaben. Es ist schlimm genug, dass sie ihr nicht den Respekt zollen, der ihr zusteht.«

Gottverdammt, fluchte Seth innerlich. Wenn er Danes doch nur sagen könnte, dass er sich einfach aus ihren Angelegenheiten heraushalten sollte. »Beim Geschichtenfest? Sicher konnte sie nicht anders, ohne unhöflich zu sein.«

Danes schüttelte ungeduldig den Kopf. »Sie redet auch mit anderen Leuten«, zischte er.

Seth lächelte matt. »Ja, das tun Menschen gelegentlich.«

»Verdammt, Seth. Sie redet mit ihnen über …« Wieder sah er sich leicht gehetzt um. »… Dinge.«

Nun wurde er doch hellhörig. Und ein klein wenig Ärger regte sich ganz tief in ihm. Weil er gezwungen war, mit Danes über Adara zu reden, als wäre sie kein eigenständiger Mensch. »Dinge?«, fragte er und hob eine Augenbraue, in der Hoffnung, dass Danes merken würde, wie unpassend er sich verhielt. Aber entweder merkte er es nicht oder es war ihm egal.

»Zuletzt habe ich sie mit Atria sprechen sehen.«

Atria. Die Magierin von Sara, der Schwester der aufrührerischen, entlaufenen Quelle. Das war nicht gut. Gar nicht gut. »Atria genießt hohes Ansehen und einen untadeligen Ruf.«

»Sie ist mit den Zwillingen liiert.«

»Zwangsläufig, da eines der Mädchen ihre Quelle ist.«

Danes schnaubte. »Wenn du mal aus deinem Elfenbeinturm herauskommen würdest, wüsstest du, dass deutlich mehr dahintersteckt. Ida wohnt bei Atria und Sara, seit sie aus der Klinik entlassen wurde. Sie und Atria ...«

»Entschuldige, aber für Tratsch fehlt mir die Zeit. Und die Geduld.« Er wollte gehen.

Danes hielt ihn am Arm zurück. Seth warf ihm einen so indignierten Blick zu, dass er sofort seine Hand sinken ließ. »Es ist eine Verbindung, eine weitere, zu einer aufrührerischen Quelle.«

Seth zögerte. Sosehr er das Gerede über Adara nicht hören wollte, so sehr konnte es seinen Plänen schaden. »Was schlägst du vor?«

Danes verzog den Mund zu einem zufriedenen Lächeln und Seth ärgerte sich, dass er sich auf diesen Weg hatte führen lassen. Dennoch musste er hören, was Danes zu sagen hatte.

»Es ist alles nur Geschwätz. Nichts Verbotenes. Noch nicht. Aber die anderen Räte und vor allem der Innere Kreis werden ganz genau beobachten, wie du damit umgehst. Es hat einen Grund, dass es Magiern nicht erlaubt ist, dem Rat beizutreten, und dass nicht mal die Hohe Magierin ein Stimmrecht im Rat haben darf«, fuhr Danes fort. »Sie sind zu machthungrig und besitzen zu viele Möglichkeiten, sich ... durchzusetzen. Die Räte haben Angst, dass Adara durch dein Vorankommen im Rat zu viel Einfluss gewinnt. Und dass sie sich auf diese Art ins Gerede bringt, verstärkt das noch. Deswegen unterstützen die Räte dich nicht ausreichend. Der Hohen Rätin ist das natürlich recht, auch sie will aus dem gleichen Grund nicht, dass du zu viel Macht bekommst. Dass ausgerechnet du mit Adara die Zeremonie der Urgeschichte aufführen musstest, war ein cleverer Schachzug von ihr.«

»Diese Ehre stand Adara als der mächtigsten Magierin der Gemeinschaft zu«, antwortete Seth ungerührt.

»Sie hätte trotzdem jemand anderen bestimmen können. Es war eine offene Demütigung für dich. Sie hat dich damit auf deinen Platz als Quelle verwiesen.«

»Mag sein. Aber ich denke, es hat mir nicht geschadet. Im Gegenteil. Denn jetzt weiß sie, dass ich meine Stellung in der Gemeinschaft kenne und ihren Anweisungen ohne Widerspruch Folge leiste.«

»Das reicht aber nicht«, gab Danes zurück. »Wenn du so viele Räte wie möglich für dich einnehmen willst, musst du beweisen, dass Adara keine Gefahr ist, weil sie keine Chance hat, deine Entscheidungen zu beeinflussen. Du musst zeigen, dass du sie unter Kontrolle hast. Bring sie dazu, mit dem Unsinn aufzuhören. Und zwar sofort.«

Seth schnaubte. Er sollte Adara den Mund verbieten? Was für ein guter Witz. Nicht nur, dass Adara sich nicht von ihm kontrollieren ließ. Sie war immer noch seine Magierin und er hatte kein Recht, sie auch nur darum zu bitten zu schweigen, und schon gar nicht, es von ihr zu verlangen. Vor allem konnte er es sich nicht leisten, sie noch mehr unter Druck zu setzen, jetzt, da sie ohnehin schon ungeduldig wurde.

Aber es war ziemlich deutlich, dass Danes ein weiteres Nein von Seth nicht akzeptieren würde, ohne dass es Konsequenzen nach sich zog. Seth hatte sich ihm im Rat offen widersetzt, als es um den Einsatz gegangen war, und dafür musste er jetzt bezahlen. Mit Adaras Schweigen. Wie auch immer er das anstellen sollte.

8

Adara trat vor die Tür in den Dschungel. Kaum war sie aus dem modernen Haus hinausgetreten, kam es ihr vor, als wäre sie durch die Zeit in ein prähistorisches Land gereist. Es war nicht schwer, sich vorzustellen, dass das Rascheln in den Baumkronen von einem Dinosaurier stammte, der ein paar Blätter von den Ästen zupfte. Sie musste über sich selbst lachen. Dann zuckte sie zusammen.

War da ein Schatten gewesen? Angespannt spähte sie zwischen die Bäume und schimpfte sich gleichzeitig albern, weil sie wegen einer Bewegung im Wald erschrak. Das konnte alles Mögliche sein, ein Tier, ein Baum im Wind oder einfach Einbildung. Aber nun hatte sie einmal daran gedacht, dass dort womöglich jemand oder etwas lauerte, und der Gedanke wollte sich einfach nicht auflösen. Sie machte einen Schritt auf den Schatten zu, in die Bäume hinein. Natürlich war da niemand. Nur der Wind wisperte zwischen den Lianen. Oder? Sie lauschte mit angehaltenem Atem. Wenn es nichts weiter war als ein Raunen in den Blättern, warum zerrte es dann so an ihrem Herzen? Warum klang es nach Worten, hineingedacht in die laute Stille des Urwalds, und fühlte sich an wie eine Nähe, die ihr unfassbar vertraut war?

Seine Nähe. Überall um sie herum.

Adara stand ganz still. Als würde vor ihr im Unterholz ein scheues Tier zitternd ausharren, das sie nicht verschrecken wollte. Aber es war kein Tier. Zum allerersten Mal seit jenem Moment auf dem Dach des Gemeinschaftsgebäudes spürte sie ihn. Ihr Geist erkannte seinen, weil sie so oft verschmolzen waren, dass ein Teil von ihr in ihn übergegangen war. Chris.

Zuerst stieg Freude in ihr auf, aber dann blieb ihr die Luft weg und Schmerz ergoss sich aus den Überresten ihres zersplitterten Herzens in ihren ganzen Körper.

»Warum jetzt?«, krächzte sie. »Was soll das für ein grausames Spiel sein? Gerade nachdem ich geglaubt habe zu verstehen, warum du dich mir nie zeigst – weil ich doch nur überleben kann, wenn ich dich nicht spüre. Gerade dann nimmst du Kontakt zu mir auf?« Ihre Stimme zitterte vor Wut und Anstrengung. Es kostete so unglaublich viel Kraft, nicht in die Knie zu gehen. Nicht zu weinen. Nicht die Beherrschung zu verlieren. Suchend hob sie die Hand und fand den verdrehten Stamm eines Baumes. Sie krallte die Finger in seine Rinde und konzentrierte sich darauf zu atmen.

»Es wird besser werden.«

Adara fuhr herum. Verschwommen nahm sie eine Gestalt wahr, die nun zwischen den Bäumen hervortrat. Sie wischte sich über die Augen, und als sie erkannte, wer vor ihr stand, begann ihr Herz zu rasen. »Hohe Rätin.« Fieberhaft überlegte sie, was die Hohe Rätin wohl gehört und was sie daraus hatte schließen können.

»Keine Sorge. Ich verstehe, dass man nicht immer Magierin sein kann. Genauso wie ich nicht immer Hohe Rätin sein kann.«

Adara legte die Stirn in Falten. Was meinte sie damit?

»Sich nach jemandem zu sehnen, den man verloren hat, ist eine ganz private Angelegenheit. Und ich bin die Letzte, die so etwas an die Öffentlichkeit zerrt.«

So viel Verständnis von jemandem wie der Hohen Rätin erwischte Adara kalt. Und ließ ein Gefühl der Unsicherheit zurück. Denn natürlich hatte sie keine Ahnung, ob sie der Hohen Rätin trauen konnte.

Die Hohe Rätin seufzte. »Du glaubst mir nicht. Ich kann es dir nicht übel nehmen. Immerhin sollte gerade ich darauf bedacht sein, dass die Magier sich an die Regeln halten. Aber ich denke, du hast genug dafür gelitten, dass du sie gebrochen hast.«

Adaras Augen füllten sich mit Tränen, weil die Stimme der Hohen Rätin so wohlmeinend klang, und gleichzeitig stieg Wut in ihr auf, weil sie sie zwischen den Zeilen maßregelte wie ein kleines Kind.

»Sicher wirst du sagen wollen, dass jemand wie ich überhaupt nicht verstehen kann, wie es ist, eine Quelle zu verlieren«, fuhr die Hohe Rätin fort. »Einen Menschen, der ganz tief mit deinen Gedanken, ja vielleicht sogar mit deiner Seele verbunden ist. Verschmolzen zu einer Einheit mit dir, durch die Magie zwischen euch. Und das kann ich auch nicht. Denn ich kenne es nur aus Erzählungen meiner Magier.« Ihre Stimme war leise geworden und ein wenig brüchig. »Aber ich weiß, wie es sich anfühlt, wenn einem bei lebendigem Leib das Herz aus der Brust gerissen wird.«

Adaras Kehle wurde eng. Natürlich wusste sie, dass die Hohe Rätin bei einem schrecklichen Unfall vor vielen, vielen Jahren nicht nur ihren Mann, sondern auch ihre beiden Kinder verloren hatte. Wie sollte man einen solchen Verlust in Worte fassen? Wie kommentieren? Es schien unmöglich, auch so lange Zeit danach. Also blieb Adara stumm.

Die Hohe Rätin lächelte traurig, als könnte sie Adaras Beileidsbekundungen aus ihrem Schweigen heraushören. »Die Zeit heilt solche Wunden nicht, weißt du? Sie gibt einem nur andere Dinge, auf die man sich konzentrieren kann. Und sie erschafft Narben. Brüchige Narben, die ständig wieder aufreißen, wenn man nicht vorsichtig ist.«

Ihre Worte gruben sich tief in Adaras Gedanken. War es wirklich so? Zeigte Chris sich ihr deshalb gerade jetzt? Da sie unvorsichtig geworden war, weil sie glaubte, endlich alles hinter sich gelassen zu haben?

»Entschuldige. Das sollte nicht so schrecklich klingen.« Die Hohe

Rätin lächelte zaghaft. »Was ich eigentlich sagen will: Es ist besser, sich ganz auf das Hier und Jetzt zu konzentrieren. Damit kann man sich ablenken.«

Das Hier und Jetzt. Adara straffte die Schultern. Sie hatte recht. Es nutzte nichts, in Schmerz zu versinken oder sich verwirren zu lassen von der plötzlichen Nähe von Geistern, die nicht ihre Gegenwart, sondern ihre Vergangenheit waren. Ihr Jetzt war nicht Chris, ihr Jetzt war Lucy. Adara warf der Hohen Rätin aus dem Augenwinkel einen Blick zu. Normalerweise wäre sie nie auch nur auf die Idee gekommen, die Hohe Rätin darauf anzusprechen, aber dieser Moment mit ihr hier im Dschungel schien ein geschützter Raum zu sein. Es durfte nur nicht so wirken, als wollte sie die Entscheidungen des Rates anzweifeln. »Wenn du gehört hast, wie wunderbar es sein kann, Magie zu wirken, hast du dann auch schon mal davon gehört, dass es für manche Quellen eine Qual ist?« Adara tat so, als wollte sie die Meinung der Hohen Rätin dazu hören. Fast erwartete sie, dass sie es leugnen würde. Stattdessen nickte sie.

»Ja leider«, antwortete die Hohe Rätin leise. »Aber darauf können wir keine Rücksicht nehmen.«

Adara biss sich auf die Lippe, dann nickte sie. »Es ist nur so schwer, seine Schwester leiden zu sehen. Nach allem, was sie bereits durchgemacht hat …«

»Manchmal ist Leid nötig zum Wohle aller, Adara.« Die Hohe Rätin schwieg lange, schließlich schüttelte sie den Kopf. »Ich habe Chris' Tod nicht gewollt, weißt du?«

Adara starrte sie verwirrt an. Warum fing sie jetzt davon an?

»Ich war damit nicht einverstanden, aber es ging so schnell. Rat Danes musste handeln, die anderen waren seiner Meinung. Und ich … Ich bin keine allmächtige Herrscherin. Ich kann die Gesetze nicht ändern. Auch ich muss mich an sie halten. Für jede Entscheidung, die im Rat oder im Inneren Kreis getroffen wird, habe auch ich nur eine einzige Stimme, so wie alle anderen Räte.« Adara wollte etwas sagen, aber die Hohe Rätin sprach weiter. »Zwar habe ich bei gewissen Dingen ein Vetorecht und meine Meinung hat im Rat vielleicht mehr Gewicht als die eines anderen. Aber ich habe dennoch nur eine Stimme. Ich kann nicht alleine entscheiden und ich kann mich nicht über Entscheidungen hinwegsetzen.«

Die Botschaft hinter ihren Worten war eindeutig. Sie konnte Lucy nicht helfen. Vielleicht wollte sie es auch nicht, weil es ein zu großes Risiko für ihre Stellung im Rat bedeutete. Sie war zwar auf Lebenszeit gewählt worden, aber das galt nur, solange sich keine Mehrheit dafür fand, sie abzusetzen. Es waren die Unterstützung der Räte und die Verehrung der Mitglieder, die dafür sorgten, dass sie Hohe Rätin blieb.

»Möge deine Geschichte erzählt werden, Magierin Adara«, flüsterte sie und ließ sie dann stehen. Adara sah ihr nach, bis sie im Haus von Haruto und Kathrin verschwand. Anscheinend brauchte selbst die Hohe Rätin ab und zu mal einen Rat.

Bitterkeit stieg in Adara auf. Was war das nur für ein kaputtes System, in dem Menschenleben nichts mehr zählten und jeder, der sich dafür einsetzen wollte, um seine Stellung oder gar sein Leben fürchten musste? Plötzlich kam Adara ihr Vorhaben, die Gemeinschaft wieder zu dem zu machen, was sie einmal war, schrecklich aussichtslos vor. Niemand wusste mehr genau, was die Gemeinschaft einst gewesen war. Alle Geschichten darüber waren verloren. Vielleicht hatte ihr Gefühl sie bei der Zeremonie der Urgeschichte getäuscht und die Urmagierin hatte ihre Quelle doch unterworfen.

Matteo, dachte sie. *Wie gern würde ich jetzt deine Bilder sehen.*

Und dann fuhr sie auf. Es stimmte ja gar nicht, dass niemand wusste, wie die Gemeinschaft früher ausgesehen hatte. Ihr fielen auf Anhieb zwei Menschen ein. Matteo und Tauru. Sie hatten die alten Geschichten gesammelt, nicht nur ein paar, sondern viele. Aber Matteo war tot und Tauru hatte mehr als deutlich gemacht, dass sie Adara nie wieder begegnen wollte. Wie sollte sie sie jemals dazu bringen, ihr zu helfen?

9

Seth starrte auf die Tür, die einen Spaltbreit offen stand. Jedes Mal, wenn er herkam, weil ein persönliches Treffen mit seinem Mentor nötig war, zögerte er, den Raum zu betreten. Nur den Bruchteil einer Sekunde, solange er eben brauchte, um sich klarzumachen, dass seine Erinnerung ihn nicht im Griff hatte, sondern er sie. Er betrat das dunkle Zimmer, ohne Licht zu machen, und ließ zu, dass die Schatten der Vergangenheit ihn umfingen. Sie rührten nichts in ihm an, waren nur belanglose Bilder, tief vergraben und vergessen. Der Raum wurde längst nicht mehr benutzt – zumindest nicht für seinen ursprünglichen Zweck.

»Ich bin da.« Er stellte sich vor das kalte Glas, das eine der Wände einnahm und das er im Dunkeln nur ertasten konnte.

»Warum hat das so lange gedauert?« Die Frage drang leise zu ihm durch. Sie kam nicht durch das Glas und auch nicht durch den Lautsprecher, mit dem eine Unterhaltung zwischen dem Befragungs- und dem Beobachtungsraum möglich war, sondern durch einen Luftschacht in der Nähe des Bodens, der dort eigentlich nicht hingehörte und doch nie jemandem aufgefallen war. Perfekt für eine Unterhaltung, die zu kompliziert für Gedankennachrichten war. Eine Beratung mit dem einzigen Menschen auf diesem Erdboden, der über Seths Pläne Bescheid wusste.

»Es soll einen Einsatz geben, an einem Vulkan in Hawaii«, raunte Seth. »Dort. Ein großer Ausbruch, der eine verheerende Flutwelle auslösen wird.«

»Bist du sicher, dass es *die* Insel ist?«, fragte sein Mentor.

Seth rief sich noch einmal die Karte in Erinnerung, die Rat Danes in der Sitzung gezeigt hatte. Sah die Insel von oben. Sofort fühlte er sich in den Hubschrauber zurückversetzt. In jene Nacht. Vor dem Sturm. Vor dem Anfang und dem Ende.

Merk dir die Form der Insel ganz genau, Seth. Denn du wirst nichts anderes haben, um diesen Ort wiederzufinden.

Da war etwas an den letzten Worten des eigenen Vaters, das einem nicht aus dem Kopf ging. Man prägte sie sich ein, hörte sie sein Leben lang, egal, wie lange sie zurücklagen. Und man befolgte sie. Mit aller Macht. »Ja, ich bin sicher.«

Er hörte förmlich, wie sein Mentor überlegte. »Das ist nicht gut, gar nicht gut.«

»Rat Danes will Adara und mich einsetzen, er hält es für eine gute Möglichkeit, unser Ansehen zu stärken.«

»Unmöglich. Das würde dich ins Kreuzfeuer bringen. Das können wir nicht riskieren.«

»Der Meinung bin ich auch.« Seth zermarterte sich das Hirn, ob es nicht doch eine Möglichkeit gab, den Einsatz durchzuführen. Denn Danes hatte recht: Für Seths Ansehen im Rat wäre es gut gewesen, für seine eigentlichen Pläne war es jedoch tödlich. Aber davon hatte Danes keine Ahnung und das musste auch so bleiben. »Ich habe dafür gesorgt, dass die Planung des Einsatzes verschoben wird, unter dem Vorwand, dass ich mich mit Adara beraten will. Und da du und ich einer Meinung sind, werde ich Danes sagen, dass Adara und ich den Einsatz ablehnen.«

»Das wird Rat Danes sicherlich nicht besonders gefallen.«

»Das lass meine Sorge sein.« Adaras Schweigen, falls er sie dazu bringen konnte, würde hoffentlich wertvoll genug sein, um Danes zu besänftigen.

Sein Mentor brummte etwas. »Wärst du keine Quelle, hättest du dieses Problem jetzt nicht«, sagte er dann. »Ich war von Anfang an nicht überzeugt, dass es eine gute Idee ist, Adara hinzuzuziehen.«

»Aber ich war es«, unterbrach Seth ihn. »Und bin es immer noch. Ohne sie wäre ich für Rat Danes nicht so wertvoll.«

In den langen Jahren, in denen sie zusammenarbeiteten, hatte er gelernt, das Schweigen seines Mentors zu deuten. Er war ungehalten. Aber er sagte nichts mehr dazu.

»Ich werde versuchen, darauf einzuwirken, welcher Magier den Einsatz übernimmt«, sagte Seth versöhnlich.

»Nein, besser nicht. Du solltest so wenig wie möglich damit zu tun haben. Ich kümmere mich darum.«

»Wird dir das gelingen?«

»Es muss«, flüsterte sein Mentor so leise, dass es nur ein Murmeln im Lüftungsschacht war. »Das darf nicht schiefgehen, Seth. Wir haben schon zu viel verloren.«

Seth schwieg. Er wusste, woran sein Mentor dachte. All die alten Geschichten, die keiner mehr kannte. So viel wertvolles geheimes Wissen. So viel Macht. So viel Hoffnung. Und das, was davon noch übrig war, lastete jetzt vollständig auf ihm.

10

Adara führte Seth auf das hell erleuchtete Haus zu. Es war eine alte Villa mit einer großen umlaufenden Veranda auf beiden Stockwerken. Adara machte Seth auf die Büsche und Blumenrabatten aufmerksam, die in Reih und Glied den Garten bevölkerten. Sie zeigte ihm sogar den kleinen Brunnen ein wenig abseits des Weges.

»Ist es wirklich so schrecklich?« Sie hörte ein Lächeln aus Seths Worten heraus.

»Was?«, fragte sie.

»Die Einladung bei deinen Eltern.«

»Oh.« Erst jetzt wurde ihr bewusst, dass sie tatsächlich versucht hatte, die Begegnung mit ihren Eltern hinauszuzögern.

»Bist du etwa nervös, weil du mich zum ersten Mal mit nach Hause bringst?«, neckte er sie.

Adara wäre beinahe rot geworden. Beinahe. »Bilde dir bloß nichts ein.« *Du bist nicht mein Freund.* Es lag ihr auf der Zunge. Sie sprach es nicht aus, aber sie sah, dass Seth es im selben Moment dachte wie sie. Schnell wandte sie das Gesicht ab. »Ich kann mir nur einfach nicht erklären, warum mein Vater uns gerade jetzt eingeladen hat.« Und darauf bestanden hat, dass Seth als Rat auftrat und nicht als ihre Quelle.

»Vielleicht sollten wir reingehen und es herausfinden«, schlug Seth vor.

Adara seufzte, dann nickte sie und klingelte.

Ihr Vater öffnete die Tür, kam ihr mit ausgestreckten Armen entgegen. »Adara! Wie schön, dass du da bist, endlich.« Er zog sie an sich und küsste sie auf den Scheitel. Sofort fühlte sie sich wieder wie ein kleines Mädchen. Es schien ihr sowieso, als hätte er sich seit ihren Kindertagen kaum verändert. Bis auf das Grau in seinen braunschwarzen Haaren. Ihr Vater schob sie von sich. »Entschuldige.« Er legte die Finger an die Lippen. »Magierin Adara. Ich kann mich nur sehr schwer daran gewöhnen. Verrat es nicht deiner Mutter, sie würde mich lynchen.« Er lächelte warmherzig und wandte sich an Seth. »Rat Tahere, es ist mir eine Ehre, dich in meinem Haus zu begrüßen.«

»Die Ehre ist ganz meinerseits, Rat Wilson«, antwortete Seth.

Ihr Vater belegte Seth sofort mit Beschlag und fing an, mit ihm über die heutige Sitzung zu diskutieren. Immerhin nahm er Seth als Rat wahr und nicht als ihr Date. Erleichtert folgte sie den beiden ins Haus.

»Dieser Teller kommt in den kleinen Speisesaal, Moana. Das ist Daniels Lieblingsspeise.« Die Stimme ihrer Mutter. Adaras Magen krampfte sich zusammen. Der kleine Speisesaal. Früher war ihr dieser Brauch ganz normal vorgekommen, jetzt fand sie es barbarisch.

»Lilly!«

Jemand umarmte sie von hinten und drehte sie dann stürmisch zu sich herum. Adara verlor sich für einen Moment im frechen Lächeln ihres Bruders. Es tat so gut. Es fühlte sich an wie früher, bevor ihr Leben in unzählige Scherben zerbrochen war. Und bevor er angefangen hatte, sie aus irgendeinem Grund zu meiden. Aber heute war das anscheinend anders. Vielleicht weil sie zu Hause waren. Adara umarmte ihren Bruder und drückte ihn dabei so fest, dass er leise protestierte.

Er schob sie von sich. »Hey, alles in Ordnung, Lilly?«

»Nenn mich nicht so«, flüsterte sie und wich bewusst seiner Frage aus.

»Warum nicht? Du siehst aus, als könnte dir ein wenig Bruderliebe nicht schaden.« Noch während er es sagte und bevor sie ihn fragen konnte, warum er ihr in letzter Zeit auswich, war er allerdings schon wieder auf und davon.

»Von wegen Bruderliebe«, brummte sie.

»Adara?« Ihr Vater winkte sie aus dem großen Speisesaal zu sich herüber. Sie folgte der Aufforderung und erstarrte, als sie sah, wer neben ihm stand. Sie neigte den Kopf und legte nun selbst die Fingerspitzen an ihre Lippen. »Hohe Magierin.«

Die Hohe Magierin nickte wohlwollend. Halb hinter ihr stand ihre Quelle. Adara grüßte den Mann freundlich und er erwiderte ihren Gruß. Niemand stellte ihn ihr vor. Während sie noch überlegte, ob sie demonstrativ nach seinem Namen fragen sollte, ergriff ihr Vater das Wort.

»Die Hohe Magierin und ich haben neulich festgestellt, dass ihr euch noch nie wirklich begegnet seid. Zumindest abseits der offiziellen Veranstaltungen. Daher hielt ich es für eine gute Gelegenheit euch bei einem gemeinsamen Abendessen miteinander bekannt zu machen.«

Adara blinzelte ihren Vater an. Dann warf sie Seth, der neben ihm stand, einen möglichst unauffälligen Blick zu. Seine Miene war wie immer unbewegt. Trotzdem wirkte er wie eine Katze vor dem Sahnetopf. Adara ahnte, was hier vor sich ging. Sie griff nach ihrem Nachrichtenstein.

Du hast das eingefädelt. Damit du die Hohe Magierin abseits der Ratssitzung treffen kannst, ohne dass sich jemand wundert.

Ich habe deinen Vater nur darauf gebracht, dass ein engerer Kontakt zur Hohen Magierin eine gute Möglichkeit wäre, dein Ansehen im Rat zu verbessern, antwortete Seth, ohne eine Miene zu verziehen.

Du willst ihre Unterstützung.

Ich will nur dein Bestes.

Adara schnaubte. *Das kannst du deiner Großmutter erzählen.* Falls er eine hatte. Wieder einmal fiel ihr auf, wie wenig sie über ihn wusste.

In diesem Moment betraten Naos mit Daniel und Adaras Mutter mit ihrer Quelle Sabina den Saal. Die Frau, die für Adara wie eine Tante war, kam lächelnd auf sie zu und legte sich die Fingerspitzen an die Lippen. Anschließend begrüßte sie die Quelle der Hohen Magierin und auf ein Nicken von Adaras Mutter hin bat sie den Mann, sie zu begleiten. Er verließ mit ihr den Raum, aber nicht, ohne Seth einen merkwürdigen Blick zuzuwerfen. So als wäre es vollkommen unangebracht, dass Seth hierblieb, anstatt bei den anderen Quellen zu sitzen, wo er hingehörte.

Auch Naos hatte den Blick bemerkt. »Du musst meine Eltern entschuldigen«, sagte er fröhlich, »es war den Bediensteten nicht zuzumuten, dass sie die lange Tafel hier für alle decken. Der Weg von der Küche in den kleinen Speisesaal ist kürzer. Das erspart den Angestellten eine Menge Arbeit.«

Adara starrte ihren Bruder an. Machte er da einen geschmacklosen Witz?

Adaras Mutter lachte nervös. »Ach, es ist doch sicher viel angenehmer für die Quellen, wenn sie unter sich sind.«

»Du hast recht, Mutter.« Naos nickte ernst. »Sie würden sich bei unseren Gesprächen nur langweilen. Wir tun ihnen einen Gefallen.«

Adara blieb fast der Mund offen stehen. Das war entweder eine sehr abfällige Bemerkung über Quellen, die so gar nicht zu Naos passte, oder ein rebellischer Seitenhieb. Auf jeden Fall eine ziemliche Beleidigung für die Gespräche am Tisch ihrer Eltern. Ihre Mutter schien dasselbe zu denken, denn sie entschied sich, die Situation einfach zu überspielen, indem sie die Gäste an den Tisch bat.

»Keine Sorge, Hohe Magierin, Daniel wird sich um deine Quelle kümmern. Ich habe ihn gut erzogen«, fügte Naos noch hinzu.

Adara musterte ihn entsetzt, während sie sich am Tisch niederließen. Seine Worte klangen fröhlich und kein bisschen sarkastisch. Was, wenn er es doch ernst meinte und die Quellen tatsächlich nur als Menschen zweiter Klasse betrachtete? Er mochte Daniel sehr, das war offensichtlich, und er behandelte ihn immer fair und freundlich. Aber vielleicht hielt er das derzeitige System für gut und richtig und wollte es ihr unter die Nase reiben, weil er mitbekommen hatte, dass sie sich vorsichtig nach Gleichgesinnten umhörte. Ohne dass Adara es wollte, stieg Ärger in ihr auf bei dem Gedanken, dass gerade ihr geliebter Bruder die brutale Unterdrückung so vieler Menschen befürworten könnte.

»Was für ein Glück, dass Seth heute seine Schärpe trägt, sonst dürfte er wohl nicht hier sitzen«, entfuhr es ihr.

Ihr Vater wurde blass. Ihr Bruder verzog keine Miene.

Was soll das?, erklang eine Stimme in ihrem Kopf.

Adara zuckte zusammen. Sie drehte den Kopf nur ein klein wenig, um Seth zu zeigen, dass er ihre Aufmerksamkeit hatte, ohne dass es den anderen auffiel.

Du solltest so etwas nicht sagen. Und schon gar nicht vor der Hohen Magierin. Es wird schwierig genug, ihre Gunst zu gewinnen.

Zunächst war sie wütend, fragte sich, wie er es wagen konnte, ihr über den Mund zu fahren. Aber dann beruhigte sie sich. Sie hatte sich von Naos anstecken lassen und geredet, wie Chris es getan hätte. Der heißblütige, aufgebrachte Chris, der nicht hatte warten können, bis der richtige Zeitpunkt gekommen war.

Adara nickte Seth unauffällig zu. *Du hast recht, das war dumm. Und unnötig. Unprofessionell. Tut mir leid.*

Es war mit ihr durchgegangen und ein wenig schämte sie sich dafür, dass sie Seth und ihren Vater gleichermaßen auf diese Art bloßgestellt hatte.

Seths Hand zuckte, als wollte er sie auf Adaras legen. Er tat es nicht, aber dass er es offensichtlich gerne wollte, ließ ihren Mund trocken werden. Schnell wandte sie sich ab und sah direkt in das Gesicht ihres Bruders, der sie mit sturmumwölkter Stirn musterte. Er musste gesehen haben, dass Seth fast ihre Hand genommen hatte. Adara hob das Kinn. Er brauchte sich gar nicht so aufzuspielen.

Er wusste genauso gut wie sie, dass eine rein körperliche Beziehung zwischen Magier und Quelle geduldet wurde. Solange beide es wirklich wollten und es nicht ihre Arbeit beeinträchtigte, war nichts dagegen einzuwenden.

Nach dem Essen entführte ihr Vater Seth und zog sich mit ihm und der Hohen Magierin in ein Nebenzimmer zurück. Adara warf er einen so verletzten Blick zu, dass ihr beinahe schlecht wurde. Fand er es denn wirklich gar nicht falsch, wie die Quellen behandelt wurden?

»Ich brauche frische Luft«, sagte sie zu niemand Bestimmtem und trat hinaus auf die Veranda in die dunkle Nacht. Von hier hatte man einen gigantischen Ausblick über die Stadt und das Meer. Die Kulisse wurde eingerahmt von den Blumen und Bäumen im Garten. Sie waren der ganze Stolz ihrer Mutter, auch wenn sie selbst nie einen Finger krummmachte, um das Grünzeug zu pflegen.

»Warum lässt du das zu?«

Adara zuckte zusammen. Naos war neben sie getreten. Sein vorwurfsvoller Blick weckte einen Anflug von Ärger in ihr.

»Spinnst du, mich so zu erschrecken? Und außerdem …« *Alle tun es,* hatte sie sagen wollen. Aber was für eine Begründung war das? Gar keine.

»Ich habe immer gedacht, es wäre nur Gerede. Aber jetzt weiß ich, dass sie recht haben«, zischte Naos.

»Jetzt mach aber mal einen Punkt. Das ist nicht deine Sache.«

»Nicht meine Sache?« Aus seinen Augen blitzte eine Wut, die so untypisch für ihn war, dass sie einige Schritte zurückwich, bis sie gegen das Geländer der Veranda stieß. »Nicht meine Sache, verdammt! Wenn meine Schwester sich von einem wie ihm den Mund verbieten lässt, dann …«

Adara fiel aus allen Wolken. »Wovon redest du eigentlich?«

»Ich habe gesehen, wie er dir verboten hat weiterzusprechen, vorhin am Tisch.«

»Er hat es mir nicht verboten«, erwiderte sie empört.

»Ach nein? Es sah aber sehr danach aus. Und es passt zu allem, was über dich getratscht wird.«

Getratscht? Adara versuchte, die Mischung aus Wut, Beunruhigung und Scham ganz tief unter einer Maske aus Gleichgültigkeit zu verbergen. Wieder fragte sie sich, wie Seth das nur so mühelos gelang. »Was sagen Sie denn über mich?«

»Dass du alles tust, was er von dir verlangt. Dass du ihm hörig bist. Ich wollte es nicht glauben, ich habe dich immer verteidigt. Aber jetzt habe ich es mit eigenen Augen gesehen.«

Adara ballte die Fäuste, um sich nicht wie früher als Kind auf ihren Bruder zu stürzen. »Ich tue nur, was für meine Verbindung richtig ist, ich behandle ihn wie einen gleichberechtigten Partner. Ich dachte, du würdest das verstehen. Obwohl ich mir da gerade nicht mehr so sicher bin, nach allem, was du vorhin gesagt hast.«

Naos schnaubte. »Als Partner, ja. Wie nahe du ihm stehst, verdammt, Adara, du bist die Magierin, er ist deine Quelle. Diese Nähe zwischen euch ist gefährlich.«

»Nähe? Es gibt keine Nähe zwischen uns.« Sie brachte die Worte kaum heraus. Wenn Naos wüsste, wie tief er gerade in ihren Wunden stocherte. »Was geht dich das überhaupt an? Was wäre so schlecht daran? Seth ist dem Rat treu ergeben und ich mache nur meine Arbeit. Zwischen uns ist absolut nichts. Gar nichts.« Jedes Wort schmerzte in ihrer Kehle. Weil es die Wahrheit war.

Naos schnaubte ungläubig. »Du leugnest es also? Wo jeder es doch beim Geschichtenfest deutlich sehen konnte.«

»Ich weiß nicht, wovon du redest.«

»Dann schläfst du also nicht mit ihm?«

Adara starrte ihren Bruder entgeistert an. Wie konnte er es wagen, ihr so eine Frage zu stellen? Wie konnte er es wagen, es so schmutzig klingen zu lassen. So widerlich. Dabei waren die wenigen Momente mit Seth, die sie sich erlaubte, die einzigen, in denen sie alles vergessen konnte und sich geborgen fühlte. Es stand Naos nicht zu, über sie zu urteilen. »Und du? Schläfst du mit Daniel?«

Naos starrte sie an, ohne zu blinzeln. Schließlich senkte er beschämt den Kopf. »Tut mir leid. Ich hätte das nicht sagen sollen. Es ist deine Sache, es geht mich nichts an.«

Seine ehrliche Reue ließ ihre Wut auf einen Schlag verrauchen. »Du bist mein Bruder«, flüsterte sie und nahm seine Hand. »Du darfst dir Gedanken machen. Ich verstehe nur nicht, warum es so wichtig für dich ist. Seth ist der Gemeinschaft gegenüber absolut loyal. Er gehört zum Rat. Und wenn die Pferde mit mir durchgehen, höre ich gelegentlich auf seine Ratschläge. Was ist daran falsch?«

Ihr Bruder wandte das Gesicht ab, aber sie hatte es trotzdem gesehen. Etwas, das ihr zugleich schreckliche Angst und große Hoffnung machte. Ein Funken Rebellion. Genau in dem Moment, in dem sie den Rat erwähnt hatte. Hatte vorhin beim Essen vielleicht doch der Sarkasmus aus ihm gesprochen?

»Naos … Hast du, ich meine … Würdest du …« Sie verstummte. Verdammt, wie stellte man es nur an? Wie fragte man jemanden, ob er auch oft darüber nachdachte, etwas zu ändern, und ob er sich vorstellen konnte, es gemeinsam zu tun, ohne dass es sofort nach Hochverrat klang? Und wie konnte sie gerade ihren Bruder so etwas fragen? Sie wollte ihn nicht in Schwierigkeiten bringen. »Das, was du vorhin gesagt hast, am Tisch, das hast du nicht ernst gemeint, oder?«

»Vergiss es«, unterbrach er sie hastig. »Unsere Eltern tun nur, was Brauch in der Gemeinschaft ist. Das kann man eben nicht ändern.«

»Kann man nicht?«, fragte sie vorsichtig.

Er sah sie an, als hätte sie ihn ertappt. »Nein!«, erwiderte er. »Und du musst mir versprechen, dass du solche Gedanken sofort vergisst. Dass du auf keinen Fall mit irgendwem darüber redest.«

»Aber … du hast doch gerade gesagt, dass ich nicht hätte schweigen dürfen.«

»Das ist etwas anderes. Etwas ganz anderes. Du sollst dir nicht von ihm den Mund verbieten lassen, das heißt aber nicht, dass du solche Fragen stellen solltest. Denn das ist verdammt gefährlich, vor allem, wenn jemand wie er deine Quelle ist.«

Wollte er damit etwa sagen, dass er tatsächlich dazu bereit wäre, sich einer Art Rebellion anzuschließen, ihr aber nicht trauen konnte, weil sie Seth zu nahe stand?

»Er wird dich nicht schützen, wenn irgendwer deine Ratstreue offen anzweifelt. Er wird dich verraten, ohne mit der Wimper zu zucken. Ich hoffe, das ist dir klar.«

Sie würde gern behaupten, dass das nicht stimmte, aber sie konnte es nicht. Tief in ihrem Inneren befürchtete sie, dass Naos recht hatte. Wenn Seth seine Pläne gefährdet sah, würde er es vielleicht tatsächlich tun. Genau aus dem Grund hatte sie ja auch noch nicht mit ihm über ihren Verdacht wegen der App gesprochen. Trotzdem hätte sie Seth gern verteidigt, hätte Naos gern von seinem Vorhaben erzählt und ihm seine wahren Beweggründe erläutert. Aber sie wagte es nicht. Sie liebte Naos, doch wenn die Sache mit Chris sie eines gelehrt hatte, dann, dass sie sich wirklich niemandem anvertrauen konnte. Ganz besonders nicht den Menschen, die sie liebte.

»Versprich mir, dass du dich unauffällig verhältst«, bat Naos sie.

Aber das konnte sie nicht und sie wollte es auch nicht. Sie wich seinem Blick aus, wandte sich schließlich ab und krampfte die Hände um das Geländer der Veranda. Die Lichter der Stadt verschwammen vor ihren Augen, der Anblick der Wolkenkratzer nahm sie gefangen. Schweigen hüllte sie ein.

»Ich liebe es, sie anzusehen«, flüsterte sie schließlich. »Die vielen Lichter, all die Fenster, hinter denen Menschen leben. Man fühlt sich so normal. So klein. Als wäre man einfach nur irgendwer.« Jemand, der von nichts eine Ahnung hatte. Wie schön wäre das.

»Du wirst niemals nur irgendwer sein.«

Seth. Adara schloss die Augen. Sie ließ seine Worte in ihre Seele sinken und seine Anwesenheit in ihren Körper. Sie wünschte sich, er würde ihr noch näher kommen, seine Arme von hinten um sie legen. Sie wollte sich an ihn lehnen und diesen Augenblick mit ihm zusammen genießen.

»Wo ist Naos?«, fragte sie mit zitternder Stimme.

»Ich habe ihn vertrieben, fürchte ich.« Seths heißer Atem streifte ihr Ohr.

Adara fühlte, wie sie schwach wurde. Sie spürte, wie ihre eiserne Regel, nur nach dem Zaubern mit Seth zu schlafen, in ihr zu dem Verlangen zusammenschmolz, nur ein Mal, ein einziges Mal eine Ausnahme zu machen. Jetzt.

»Denkst du, du kannst ihm vertrauen?«, flüsterte er.

Adara erstarrte. Nur mühsam kämpfte sie sich aus dem Nebel, in den Seths Anwesenheit sie gehüllt hatte. »Wie bitte?«

»Deinem Bruder«, drängte er sie leise. »Traust du ihm?«

Enttäuschung überdeckte jeden klaren Gedanken. Er war nur deswegen so nahe an sie herangetreten, damit niemand ihn hörte. Sie sollte erleichtert sein, stattdessen tat es schrecklich weh. Sie fühlte sich schwach und hilflos angesichts ihrer Sehnsucht nach ihm und sie hasste es, dass es ihm offensichtlich nicht so ging. Sie machte einen Schritt von ihm weg. »Mich so etwas zu fragen, steht dir als meine Quelle nicht zu.« Sie war sich bewusst, dass Naos aus ihr sprach. Und gleichzeitig, wie heuchlerisch es war. Hier war sie und wollte Gleichberechtigung, nur um Seth jetzt mit ihrer Stellung als Magierin den Mund zu verbieten. Aber sie konnte nicht anders. »Außerdem hast du mir selbst geraten, niemandem zu trauen«, fuhr sie bitter fort. »Also kennst du die Antwort doch.«

»Ja, das habe ich«, antwortete Seth und lächelte matt. »Aber ich rechne nicht damit, dass du dich immer an meine Ratschläge hältst.«

Ihre Anspannung löste sich etwas und ein Lächeln schlich sich auf ihre Lippen. »Natürlich halte ich mich daran«, sagte sie unbekümmert. »Wenn es mir in den Kram passt. Und gerade tut es das. Also beantworte ich dir diese Frage lieber nicht. Vor allem, wenn ich nicht weiß, warum du sie stellst.«

Als Seths Lächeln verblasste, fragte Adara sich, ob sie das überhaupt wissen wollte.

11

»Es gibt da etwas, worum ich dich bitten muss.« Seth war sich bewusst, dass er ihre gerade erst aufgehellte Stimmung sofort wieder ruinieren würde. Aber er konnte nicht länger warten, nicht wenn sie solche Dinge sagte wie vorhin am Tisch und wenn sie mit Naos solche Gespräche führte wie das, dessen Ende er gerade unfreiwillig belauscht hatte. Außerdem musste er Rat Danes bald sagen, dass er und Adara den Einsatz nicht machen würden, und brauchte ihr Schweigen, um ihn zu besänftigen.

»Worum?«, fragte sie.

Seth wusste, dass er nicht von ihr verlangen konnte, den Mund zu halten, ohne ihr zu erklären, warum. Er würde ihr wenigstens ein kleines zusätzliches Puzzlestück geben müssen. Er hielt ihr die Hand hin und mit einem fragenden Blick nahm sie sie.

Web einen Schutzzauber, damit uns niemand hört, bat er sie.

Sie konzentrierte sich und wenig später nickte sie ihm zu.

»Ich habe dir nicht alles gesagt«, gab er zu.

Sie schnaubte. »Ach tatsächlich? Welch Überraschung.«

Er gestattete sich ein winziges Lächeln. »Bevor ich dir sage, um was ich dich bitten muss, möchte ich dir etwas anvertrauen, damit du weißt, warum mein Anliegen so wichtig ist.«

Das ironische Blitzen verschwand aus ihren Augen. »Okay.«

»Ich glaube, es wird auf Dauer nicht reichen, ein paar Räte auf meine Seite zu ziehen, damit sie bei Abstimmungen genauso stimmen, wie ich es will. Ich brauche mehr Einfluss. Mehr Möglichkeiten, direkt einzuwirken.«

Adara starrte ihn fassungslos an. Offensichtlich hatte sie verstanden. »Du willst in den Inneren Kreis«, flüsterte sie. »Natürlich. Du willst die Position des Wächterkoordinators, die seit Monaten nicht besetzt ist.« Ihr Blick wurde glasig. Wahrscheinlich dachte sie darüber nach, was das bedeuten würde. Er würde an der Spitze der Gemeinschaft stehen, gleichwertig mit der Hohen Rätin, Rat Danes und Rätin St. John. Er würde in das geheime Wissen eingeweiht werden und bei der Initiation den Schutzzauber erhalten, der ihn unangreifbar machte.

Falls er es schaffte.

»Ich habe es dir nicht erzählt, weil …«, begann er.

»… das vollkommen hirnrissig ist«, beendete sie seinen Satz.

Gegen seinen Willen musste er grinsen. »Ein wenig vielleicht.«

Sicherlich war ihr klar, dass er es ihr bisher nicht gesagt hatte, weil er es nicht für nötig gehalten hatte. Er weihte sie nur in das Nötigste ein, das war von Anfang an impliziert gewesen und sie hatte es akzeptiert. Vorerst. Er fragte sich, wie lange noch.

»Seth, glaubst du wirklich, dass du eine Chance hast? Es ist so gut wie unmöglich, gewählt zu werden. Du brauchst die absolute Mehrheit im Rat, das ist schon schwer genug, und einen Fürsprecher aus dem Inneren Kreis … oh.« Sie machte große Augen. »Rat Danes, dafür brauchst du ihn also so dringend.«

Seth nickte. »Und er braucht mich auch.« Tatsächlich nahm er an, dass Rat Danes schon sehr lange geplant hatte, Seth in den Inneren Kreis zu bringen, vielleicht seit er ihn damals … unter seine Fittiche genommen hatte. »Es gefällt ihm nicht, wie die Hohe Rätin die Gemeinschaft führt, und er will jemanden als Unterstützung, den er für absolut ergeben hält. Er glaubt, er kann mich mühelos lenken.«

Sie runzelte die Stirn. »Und du willst die Hohe Magierin auf deiner Seite, weil sie viele Anhänger im Rat hat. Wenn sie sie darum bittet, werden sie für dich stimmen. Damit gewinnst du sehr viele Stimmen auf einen Streich.«

»Und sie wird sich für mich einsetzen«, sagte Seth, »weil sie dich will. Sie hofft, dass du auf mich einwirken wirst, damit ich die Interessen der Magier stärker vertrete, also ihre Interessen.«

»Also dafür hast du dich mit mir zusammengetan?« Sie starrte ihn fassungslos an.

Seth erwartete, dass sie wütend werden würde, aber sie lachte und schüttelte bloß den Kopf.

»Das ist genial. Und wird natürlich nicht gelingen«, fügte sie hinzu. »Dir ist doch klar, warum es bisher keinen Nachfolger gibt.«

»Natürlich«, Seth lächelte freudlos. »Weil sie niemandem genug vertrauen, um ihn in den Inneren Kreis zu lassen.«

»Und du denkst, du kannst ihr Vertrauen gewinnen?«, fragte Adara zweifelnd.

»Ich habe meine Mittel und Wege.«

Sie schüttelte den Kopf. Dann fixierte sie ihn plötzlich und verengte die Augen. »Wenn das funktioniert, dann … hättest du unglaublich viel Macht.« Sie ließ nicht erkennen, ob ihr der Gedanke gefiel. Denn natürlich hätte er dann auch viel mehr Macht über sie. »Du könntest herausfinden, was sie vorhaben. Zum Beispiel, warum sie so unbedingt wollen, dass alle die App benutzen.«

Da war es also. Er hatte sich schon gefragt, wann sie das Thema anschneiden würde. Und warum sie es bisher nicht getan hatte. »Hörst du dich deswegen um?«, fragte er möglichst beiläufig.

»Ich kann schließlich nicht untätig herumsitzen und darauf warten, dass deine Pläne endlich aufgehen.«

Seth beschloss, dass jetzt der richtige Zeitpunkt gekommen war, seine Bitte auszusprechen. »Wie du selbst festgestellt hast, ist es fast unmöglich, in den Inneren Kreis zu kommen. Ich werde jede einzelne Stimme brauchen. Wenn ich auch nur die geringste Chance haben will, muss nicht nur ich mich tadellos verhalten, sondern auch du.« Er sah, wie ihr Gesichtsausdruck sich verfinsterte. Trotzdem sprach er weiter. »Du musst aufhören, mit Leuten zu reden, die deinem Ruf schaden könnten. Lucy. Richard Wright und Atria.«

Sie lachte ungläubig, dann wurde sie wütend. »Vergiss es!«

Sie im Griff zu haben, hatte er ja wirklich gut drauf. Er sah in ihre blitzenden Augen und beneidete sie kurz darum, dass sie ihre Gefühle so offen zeigen durfte. Wie musste es sich anfühlen, seinen Körper so vollkommen der Wut zu überlassen? So viel Energie, fast wie ein Rausch. Natürlich hätte er es sich erlauben können, aber die Wut und der Hass, die ganz tief unten in ihm schwelten, waren so groß, dass er befürchtete, sie nie wieder bändigen zu können, wenn er sie einmal freiließ. Er erwartete, dass Adaras ganzer Zorn sich jetzt über ihn ergießen würde, aber sie blieb stumm. Er wusste nicht, ob er erleichtert sein sollte, weil es bedeutete, dass sie Einsicht zeigte. Oder ob er sich Sorgen machen sollte, weil etwas anderes dahintersteckte.

»Ich werde darüber nachdenken«, sagte sie schließlich und schlug einen Ton an, den er von ihr nur bei offiziellen Anlässen kannte. Es war ihre Magierstimme und ihre Worte machten eines ganz deutlich: Sie würde nur zustimmen, wenn sie es für richtig hielt. Und: Er war entlassen. Sie behandelte ihn nur ganz selten wie eine Quelle, aber jetzt tat sie es, und zwar ganz bewusst. Sie wollte ihn spüren lassen, dass nicht er das Sagen hatte. Egal, wie ungewöhnlich ihre Situation war. Er hatte von Anfang an gewusst, dass es nicht einfach werden würde, sie unter Kontrolle zu bekommen. Es wurde erschwert durch die Tatsache, dass er es eigentlich gar nicht wollte. Alles, was er bisher mit ihr zusammen durchgemacht hatte, jedes Risiko, das er eingegangen war, hatte er auf sich genommen, weil er sich als starke Partnerin an seiner Seite wollte. Nur war es manchmal ziemlich unpraktisch, dass sich dieser Wunsch erfüllt hatte.

Er nickte als Zeichen, dass er ihre Entscheidung abwarten würde, und ließ sie dann alleine. Er konnte nur hoffen, dass sie in sich einen Weg fand, seinem Wunsch freiwillig nachzukommen. Denn ein Nein konnte er auf keinen Fall akzeptieren.

12

Adara legte die Hände an die Scheibe und genoss die Kälte auf ihren Handflächen. Für einen Moment stand sie einfach nur so da, mit halb geschlossenen Augen. Die Lichter Aucklands waren nur noch Schlieren weit unter ihr. Seit sie von ihren Eltern zurückgekommen waren, dachte sie über Seths Forderung nach. Zuerst war sie so wütend gewesen, dass sie kein einziges Wort herausgebracht hatte. Alle wollten sie mundtot machen. Naos, Chris' Großvater und jetzt auch noch Seth. Dann war sie froh gewesen, dass sie nichts Unbedachtes gesagt, sondern Seth gebeten hatte, sie allein zu lassen, damit sie in Ruhe über alles nachdenken konnte. Aber sie kam zu keinem Ergebnis. Verdammt, sie wurde noch verrückt. Alle um sie herum wurden verrückt. Wie sollte man da nicht durchdrehen, wenn es keinen einzigen Menschen mehr gab, dem man wirklich trauen konnte? Und gerade Seth wollte sie so gerne glauben, aber wie konnte sie das?

Die Leute sagen, dass du ihm hörig bist.

Wut stieg in ihr auf, als sie an Naos' Worte dachte. Er wollte sie doch auch nur dazu bringen, sich so zu verhalten, wie er es für richtig hielt. Sie hatte es so satt, zwischen all diesen Menschen zu stehen, die an ihr zerrten und sie benutzten, um ihre Ziele zu erreichen, während sie selbst immer nur auf der Stelle trat und untätig zusehen musste, wie andere gequält wurden. Unschuldige wie Lucy.

Aber damit war jetzt Schluss. Endgültig.

Sie würde nicht mehr das Boot sein, das haltlos auf den Wellen trieb. Sondern das Seebeben tief unter den Fluten. Sie würde das Wasser aufwühlen und dorthin zwingen, wo sie es haben wollte.

Sie stieß sich vom Fenster ab und ging mit großen Schritten auf den Flur zu, der ihre Zimmer mit denen von Seth verband.

Er musste sie kommen gehört haben, denn er stand in der Tür die in seinen Bereich des Apartments führte. Sein Oberkörper war nackt, seine Haut schimmerte warm im Licht, das aus seinen Zimmern fiel, und in seinem Blick las sie, wie gerne er einfach alles, was zwischen ihnen stand, vergessen würde. Die Sehnsucht nach seiner Berührung überfiel sie so heftig, dass sie leise aufkeuchte. Es war jedoch nicht die Leidenschaft, die sie lockte. Wenn sie an etwas gerade ganz bestimmt nicht dachte, dann daran. Es war seine Nähe. Immer noch. Immer wieder. Diese süchtig machende Ruhe, die er ausstrahlte, diese Sicherheit, die seine Umarmung ihr bot. Dabei wusste sie sehr genau, was für eine trügerische Sicherheit das war. Wenn ihr Herz es doch nur auch wüsste und sich endlich von der Sehnsucht verabschieden könnte, in Seth einen Partner zu finden, wie sie ihn in Chris gehabt hatte.

Seth wollte einen Schritt auf sie zumachen, aber sie schüttelte entschlossen den Kopf. »Ich habe über das nachgedacht, was du gesagt hast«, begann sie. »Und ich möchte dir gerne helfen, dein Ziel zu erreichen. Ich werde mich unauffällig verhalten.« Weil es dumm war, jetzt Aufsehen zu erregen, bevor sie wusste, wie sie am besten gegen den Rat vorgehen konnte. Außerdem wollte sie herausfinden, welches Spiel Naos eigentlich trieb. Aber vor allem wollte sie nicht aus blindem Aktionismus oder gar aus Trotz Seths Pläne gefährden, bevor sie alle Fakten kannte. Sie würde die Zeit, in der sie sich still verhielt, also nutzen, um mehr zu erfahren. Und ihr Schweigen würde sie dafür einsetzen zu bekommen, was sie wollte. »Aber dafür musst du mir auch etwas geben.«

Er näherte sich ihr ein kleines Stück, trat in den Flur. »Was?«, fragte er.

»Du hast sicher auch gehört, dass Lucy wieder verbunden werden soll. Ich will, dass du das verhinderst.«

Seth starrte sie unbewegt an. »Du weißt, dass ich das nicht kann. Glaubst du nicht, ich hätte nicht schon darüber nachgedacht?«

Sie lachte bitter. »Ach ja? Das soll ich dir glauben? Lucy ist doch ein Niemand für dich, nur irgendeine Quelle, die …«

»Du vergisst, dass ich selbst eine Quelle bin.«

»Nein, du bist keine Quelle. Nicht so wie die anderen. Du weißt das, ich weiß das. Jeder weiß das. Also versuch nicht, dich damit herauszureden.«

Seth schwieg. Er ließ es sie sehen. Das Bedauern. Er zeigte es ihr ganz bewusst. Vielleicht fühlte er es sogar. »Wenn ich das tue, könnte ich ihr schaden. Oder uns.«

Adara machte einen Schritt auf ihn zu. Sie packte seine Hand und entriss ihm förmlich die Magie. Sie sah, dass sein Atem schneller ging. »Kannst du dir vorstellen«, zischte sie, »wie es ist, wenn Magie wehtut? Wenn sie dich von innen heraus verätzt?« Sie ließ den Magiefluss abbrechen und seine Hand fallen. »Nichts schadet Lucy so sehr, wie erneut verbunden zu werden.«

In Seths Augen leuchtete immer noch die Macht, die sie in ihm wachgerufen hatte, aber auch Verständnis. »Irgendwann …«

»Nein! Du wirst mich nicht wieder vertrösten. Du hast mir gesagt, dass wir beide dasselbe wollen, und ich muss jetzt wissen, dass das keine Lüge war. Ich kann nicht länger zusehen und nichts tun und darauf warten, dass du irgendwann dein Versprechen einlöst. *Irgendwann* ist vielleicht zu spät für die Menschen, die mir wichtig sind.«

»Verstehst du denn nicht, dass es dumm ist, für einen einzelnen Menschen alles zu riskieren?«, fragte Seth.

Adara setzte einen Blick auf, den sie für Unnachgiebigkeit hielt und der verstecken sollte, wie sehr sie es hasste, ihn erpressen müssen. Aber sie konnte nicht nachgeben. Sie konnte einfach nicht zulassen, dass Lucy etwas geschah. Wegen Chris. Und weil kein Mensch es verdiente, so behandelt zu werden. »Ich glaube, *du* verstehst nicht. Du brauchst mich. Du verlangst von mir, dass ich Geduld habe, anstatt herauszufinden, ob noch andere Leute so denken wie ich. Du willst, dass ich nicht mehr versuche, selbst etwas zu erreichen, sondern alles auf eine Karte setze. Auf deine Karte. Ich habe beschlossen, das Risiko einzugehen, weil ich daran glaube, dass du eine Chance haben könntest. Aber wenn ich das für dich tue, will ich, dass du etwas änderst. Auch wenn es nur Kleinigkeiten sind. Ich erwarte nicht, dass du es offen tust, ich erwarte nicht, dass du deine Pläne aufs Spiel setzt, um meine Anliegen zu unterstützen. Aber ich verlange, dass du alles tust, was dir möglich ist, auch wenn es im ersten Moment unmöglich scheint. Und gerade jetzt bedeutet das, dass du Lucy helfen wirst, damit sie nicht verbunden wird. Ich bin sicher, du findest einen Weg.«

In Seths Augen glomm eine Mischung aus Respekt und Wut, aber schließlich nickte er. »Gut. Ich werde tun, was ich kann. Und du … du wirst aufhören, dich mit Atria zu treffen. Auch von Lucy und ihrem Großvater wirst du dich fernhalten. Du wirst keine Themen mehr ansprechen, die irgendwer als verdächtig einstufen könnte. Und …« Er zögerte. »… ich halte es für besser, wenn du auch deinen Bruder nicht mehr triffst.«

Sie sah, wie unangenehm es ihm war, das alles von ihr zu verlangen. Aber ihr war es recht. Denn je mehr er von ihr verlangte, desto mehr konnte sie auch von ihm einfordern. Sie holte tief Luft. »In Ordnung. Aber wenn Lucy trotz deiner Bemühungen verbunden wird, ist unsere Abmachung hinfällig. Das bedeutet, du hast Zeit bis zur Verbindungszeremonie und die ist in zwei Wochen.«

Seths Gesicht verfinsterte sich, aber er nickte. Und Adara musste daran denken, was er ihr damals auf dem Dach des Gemeinschaftsgebäudes gesagt hatte.

Egal, wofür wir einander benutzen, das Ziel wird es wert sein. Weil es dasselbe ist.

Leider machte das den Schmerz in ihrer Brust nicht erträglicher. Vor allem jetzt nicht, als er nur knapp nickte und zurück in sein Zimmer ging, ohne sie zu berühren oder ihr sein seltenes Lächeln zu schenken, das sie so sehr mochte. Sie hatte zwar bekommen, was sie wollte. Er würde versuchen, Lucy zu helfen. Aber um welchen Preis? Hatte er recht damit, dass man nicht alles für eine Person riskieren durfte? Hatte sie ihn gerade dazu verpflichtet, alles aufs Spiel zu setzen? Vielleicht sogar die Chance auf eine gleichberechtigte, gerechte Gemeinschaft, die sie sich mehr als alles andere wünschte?

13

Seth betrachtete die drei riesigen Gebäude, die sich hell vor ihm aus der Dunkelheit erhoben, mit leichtem Unmut. Eigentlich mochte er die neuseeländischen Regierungsgebäude, die verschnörkelte Bibliothek, das Parliament House mit seinen wuchtigen Säulengängen und den modernen Beehive, der tatsächlich wie ein riesiger Bienenstock aussah. Trotzdem hätte er diesen Besuch heute gerne vermieden.

Als die Limousine vor dem Beehive hielt, stieg Seth aus und reichte Adara die Hand, um ihr aus dem Wagen zu helfen. Sie legte ihre hinein, und während sie sich aufrichtete, sah sie ungeniert an ihm entlang nach oben, bis ihre Blicke sich trafen. »Das steht dir wirklich gut.« Ihr eindeutig zweideutiger Tonfall trug nicht gerade dazu bei, die Wirkung, die sie heute Abend auf ihn hatte, abzuschwächen.

»Dir auch«, sagte er und wünschte sich, sie wären irgendwo allein, nicht inmitten einer so riesigen Menschenmenge.

Adara kam etwas näher und ging auf die Zehenspitzen. »Du solltest so etwas öfter tragen«, raunte sie ganz nah an seinem Ohr, damit niemand sonst es hörte, und zupfte an seinem Revers.

»Nein danke, ich bin froh, wenn ich wieder meine normale Kleidung tragen kann.« Es kam ihm vor, als würden ihn alle anstarren.

Und das gerade heute, wo er um keinen Preis auffallen wollte. »Ich komme mir ziemlich verkleidet vor.«

Adara lachte. »Die meisten Leute würden einen Smoking und ein Abendkleid nicht als Verkleidung bezeichnen. Eher das, was wir sonst tragen.«

Mochte ja sein. Aber das Einzige, was sich für Seth nicht merkwürdig anfühlte, war die lila Schärpe, die ihn als Rat auswies und die er über dem Smoking trug. »Die meisten Leute würden einen Ball der neuseeländischen Regierung zu Ehren der Magier auch nicht als Zeitverschwendung betrachten. Ich schon.« Aber immerhin konnte er die Gelegenheit nutzen, um seinen Teil der Abmachung zu erfüllen. Wenn alles gut ging.

»Adara!«

Seth wandte sich um. Hinter ihnen stiegen Sara, Ida und Atria aus einer weiteren Limousine und kamen auf sie zu. Sara umarmte Adara und begrüßte auch Seth freundlich, während Atria und Ida ihre ganze Herzlichkeit Adara zuteilwerden ließen, ihm aber nur kühl zunickten.

Nicht dass ihm das etwas ausmachte. Er hielt Adara seinen Arm hin, aber sie registrierte es gar nicht. Sie hatte Ida von sich geschoben und starrte auf ihren Oberarm. Dort zeichnete sich unter dem lockeren kurzen Ärmel des Kleides ein dunkler Fleck ab. »Ida! Was ist das? Hat dir jemand wehget…« Adara verstummte. »Oh. Ich verstehe.« Ihre Mundwinkel zuckten.

Seth konnte ihr nicht ganz folgen. Ida offensichtlich auch nicht, denn sie sah erst Adara verständnislos an und warf dann einen Blick auf ihren Arm. Überrascht keuchte Ida auf. »Was ist das? Das … das war gerade noch nicht da.«

»Nicht schlimm«, beruhigte Adara sie. »Schau mal genau hin.« Sie hob den Stoff des Kleides etwas an und auch Sara und Atria besahen sich die Stelle. Seth verengte die Augen. Es waren Linien, Kreise und Punkte.

»Eine Zeichnung? Aber das kann nicht sein, Atria und ich zaubern nicht.«

Adara lächelte verschwörerisch und beugte sich etwas zu Ida, aber Seth hörte trotzdem, was sie sagte. »Ich glaube, das entsteht, wenn Magie fließt, während man …«

»Oh«, machte Ida und ihre Wangen färbten sich leicht rosa.

»Chris hatte das auch«, sagte Adara leise.

Seth verspürte ein merkwürdiges Ziehen in der Brust, wie jedes Mal, wenn sie von Chris sprach. Ja, er war eifersüchtig, auch wenn er sich bewusst war, wie lächerlich das war. Er sollte sich nicht wünschen, dass sie ihn mit dem gleichen Ausdruck in den Augen ansah, den sie immer bekam, wenn sie von Chris sprach. So etwas war für ihn nicht vorgesehen. Und selbst wenn er eine Beziehung mit ihr hätte riskieren können, er wäre nie in der Lage gewesen, ihr das zu geben, was sie sich wünschte und verdiente.

Ida schüttelte den Kopf. »Nein, das kann es bei mir nicht sein.«

»Ich dachte, du und Atria …«

»Schon, aber wir zaubern nicht. Zwischen uns fließt keine Magie.«

»Bist du da ganz sicher? Nur weil ihr nicht bewusst miteinander zaubert, heißt das ja nicht, dass keine Magie fließt. Immerhin ist sie mit deiner Zwillingsschwester verbunden. Es wäre doch vorstellbar, dass eure Magie so ähnlich ist, dass sie quasi von alleine fließt.«

Ida dachte darüber nach, aber Seth sah ihr an, dass sie es nur tat, weil sie nicht sofort Nein sagen wollte. »Ich weiß, wie es sich anfühlt, wenn Magie fließt. Falls du das vergessen hast.«

Seth sah, wie Adara die Stirn runzelte. »Natürlich, entschuldige.«

Ida, Sara und Atria nickten ihnen zu und verschwanden in der Menschenmenge. Adara blieb bei Seth zurück. »Wie merkwürdig.«

»Allerdings«, brummte er.

»Findest du auch, dass diese Zeichnung, oder was auch immer das ist, etwas seltsam aussieht?« Sie knabberte an ihrer Unterlippe, während sie sich langsam auf den Beehive zubewegten, der aus der Nähe noch beeindruckender war. »Ich kann aber nicht festmachen, was es ist. Du vielleicht?«

Er schüttelte den Kopf. So etwas war ihm noch nie zuvor aufgefallen. Sie betraten das Gebäude, dessen Eingangsbereich sie unspektakulär mit nackten Betonwänden empfing. Als sie aber die schlichte Marmortreppe hinaufstiegen, öffnete sich vor ihnen der halbrunde Bankettsaal und der kalte Beton entfaltete im Kontrast mit den emaillierten Metallinstallationen an den Wänden eine eigenartig hypnotische Wirkung. Es hielt Seths Blick gefangen, sodass er im ersten Moment die Abgeordneten übersah, die bereits darauf warteten, Adara und ihn als besonders wichtige Gäste zu begrüßen. Sie alle lächelten, aber es wirkte gezwungen, genauso wie diese ganze Veranstaltung. Was nur verständlich war. Niemand gab gerne eine Party für jemanden, der ihn pausenlos unter Druck setzte.

»Ich glaube, ich muss mir Idas Arm noch mal anschauen. Es lässt mir keine Ruhe«, sagte Adara und sah sich um.

Seth folgte ihrem Blick und entdeckte Atria, Ida und Sara am anderen Ende des Saales. Bei Naos und Daniel. »Nicht jetzt«, sagte er, ohne lange nachzudenken. »Am besten überhaupt nicht.«

Was auch immer Naos und Atria miteinander zu schaffen hatten, er wollte nicht, dass Adara damit in Verbindung gebracht wurde.

Der Zorn, der in ihren Augen aufblitzte, sagte ihm, dass sie verstanden hatte. »Und Lucy?«, erinnerte sie ihn an seinen Teil der Abmachung.

Er neigte den Kopf. »Darum werde ich mich heute kümmern.«

Es wirkte nicht, als würde sie sich darüber freuen. »Also gut«, grummelte sie.

»Du entschuldigst mich?«

Sie nickte und er zögerte, aber wenn er sie jetzt noch einmal bat, sich unauffällig zu verhalten, damit er seinen Plan für Lucy in die Wege leiten konnte, würde sie ihm höchstwahrscheinlich den Kopf abreißen. Er suchte den Raum nach der Hohen Magierin ab und fand sie in der Nähe der Bar. Allein, bis auf ihre Quelle. Was für ein glücklicher Zufall. Er hielt auf sie zu. Sie wirkte merkwürdig fremd in ihrem leuchtend grünen Ballkleid. Und ihre Quelle sah aus, als würde der Smoking ihm körperliche Schmerzen bereiten. Sofort fühlte Seth sich ihm verbunden. Bevor er die beiden erreichte, sah er sich noch einmal kurz nach Adara um. Sie hatte sich in die Schatten am Rand des Saales zurückgezogen und strahlte eine so tief sitzende Einsamkeit aus, dass es ihm einen Stich versetzte. Vor allem, wenn er daran dachte, wie gelöst, ja fast ausgelassen sie noch vor wenigen Minuten gewirkt hatte.

Er schüttelte den Gedanken ab, als die Hohe Magierin ihn freundlich begrüßte. Ab jetzt brauchte er seine gesamte Konzentration, damit sein Plan für Lucy Erfolg hatte und ihn nicht um Kopf und Kragen brachte. Er hatte Adara gebeten, ihm alles zu erzählen, was sie über Lucy wusste, und sie hatte ihn damit auf eine Idee gebracht, wie er es anstellen konnte, sie von ihrer Quellenpflicht zu befreien. Es war ein gefährliches Spiel mit einem sehr hohen Einsatz. Und sowohl der mögliche Gewinn als auch der mögliche Verlust waren unermesslich hoch.

»Hohe Magierin.« Seth legte seine Fingerspitzen an die Lippen.

Sie nickte hoheitsvoll. »Wie ist es dir ergangen, seit unserer Unterhaltung bei Rat Wilson?«, fragte sie. In Wirklichkeit wollte sie natürlich wissen, ob er über ihr Gespräch bei Adaras Vater nachgedacht hatte. Sie hatte ihm an jenem Abend signalisiert, dass sie nicht abgeneigt war, ihn zu unterstützen. Natürlich unter gewissen Bedingungen.

»Sehr gut, Hohe Magierin, danke der Nachfrage«, antwortete Seth und warf einen misstrauischen Blick auf die umstehenden Gäste, die sie neugierig musterten.

Die Hohe Magierin folgte seinem Blick und deutete von sich aus auf eine ruhigere Ecke. »Erzähl mir mehr.«

Seth ließ sich nicht davon stören, dass ihre Quelle zuhörte. Es war bekannt, dass er ihr absolut loyal ergeben war. Mehr als einmal hatte er bereits sein Leben für sie riskiert.

»Ich möchte dir etwas vorschlagen«, begann Seth.

Die Hohe Magierin lächelte. »Im Austausch für meine Unterstützung, nehme ich an.«

Seth neigte respektvoll den Kopf. »Nur, falls du restlos überzeugt bist.« Die Hohe Magierin hatte ihm deutlich klargemacht, dass er sich erst beweisen musste, bevor sie ihre Anhänger bat, für ihn zu stimmen. Sie wollte wissen, dass er in der Lage war, seine Anliegen durchzusetzen und seine Versprechen zu halten. Sonst würde sie vor ihren Anhängern ihre Glaubwürdigkeit verlieren. Nun kam es darauf an, dass er aus Adaras Erzählungen und allem, was er in den letzten Tagen in Erfahrung hatte bringen können, die richtigen Rückschlüsse gezogen hatte.

»Ich habe gehört, dass Lucy Wright wieder verbunden werden soll«, sagte er.

Die Hohe Magierin runzelte die Stirn. »Das ist wahr. Ihr Fall ist besonders heikel, weil ihre letzte Verbindung so problematisch war. Das könnte für ihren neuen Magier gefährlich werden. Die Räte aus den alten Magierfamilien sehen das gar nicht gerne.«

Und auch nicht, dass die Hohe Magierin nichts dagegen tun konnte. Seth setzte darauf, dass sie ihren Anhängern dringend beweisen wollte, dass sie doch Einfluss nehmen und ihre Interessen vertreten konnte.

Seth lächelte verständnisvoll. »Also hätten sie gerne, dass eine andere Quelle verbunden wird?«

Die Hohe Magierin nickte. »Auch wenn es keine gibt, die deutlich besser passt. Aber es wäre schon viel gewonnen, wenn eine ausgewählt wird, mit der eine stabile und sichere Verbindung möglich wäre. Ich sehe allerdings nicht, wie du mir in dieser Angelegenheit helfen willst?«, fragte die Hohe Magierin. »Der Innere Kreis hat den Beschluss zu ihrer Verbindung bereits gefasst. Der Fall lässt sich nicht mehr vor den Rat bringen.«

»Nein«, stimmte Seth zu und machte sich bereit, seine Trumpfkarte auszuspielen. »Aber es ist vielleicht möglich, den Inneren Kreis umzustimmen. Wie du vielleicht bemerkt hast, habe ich gute Beziehungen zu Rat Danes. Und er ist letztendlich für die Zuteilung der Quellen verantwortlich.« Seth ließ mit Absicht sehr deutlich anklingen, wie absurd er es fand, dass dies nicht die Aufgabe der Hohen Magierin war. »Ich denke, ich kann ihn dazu bewegen, eine andere Quelle vorzuschlagen.«

»Warum sollte er das tun?«, fragte sie.

Natürlich weil Seth ihm sagen würde, dass das eine gute Möglichkeit war, die Hohe Magierin für sich zu gewinnen.

»Weil ihm die Magier genauso am Herzen liegen wie dir«, sagte er stattdessen. Was genau genommen keine Lüge war. Seth log so wenig wie möglich, wenn es sich vermeiden ließ. Es war nicht gut, seine Pläne auf Lügengebilden aufzubauen, die stürzten viel zu leicht in sich zusammen.

Die Hohe Magierin schnaubte ungläubig.

»Und weil Lucy Wright zufälligerweise eine begnadete Programmiererin ist, was Danes bisher nicht weiß.« Seth lächelte verschwörerisch.

Das Gesicht der Hohen Magierin hellte sich auf. »Ich verstehe. Du willst sie ihm für sein Team vorschlagen.«

»Richtig. Dabei muss ich gar nicht erwähnen, dass sie keine gute Wahl für deinen Magier ist. Falls er zustimmt, kannst du den Erfolg vor deinen Anhängern für dich beanspruchen und ich werde es bezeugen.«

Sie zog die Stirn kraus. »Und falls es nicht funktioniert ...?«

»Wird niemand auch nur vermuten, dass du damit etwas zu tun hattest. Du riskierst also nichts, Hohe Magierin.«

Er hingegen alles. Wenn es schiefging, würde die Hohe Magierin ihn als unzuverlässig einstufen und ihn niemals unterstützen. Ohne ihre Stimme aber war es für ihn fast unmöglich, in den Inneren Kreis zu kommen. Für sie war es also nur eine kleine Gefälligkeit. Für ihn bedeutete es alles oder nichts.

»Das klingt sehr gut«, sagte die Hohe Magierin. »Ich bin gespannt, ob du es tatsächlich bewerkstelligen kannst.« Damit verabschiedete sie sich.

Seth atmete vorsichtig aus. Er sah sich nach Adara um. Sie stand immer noch alleine da, genau wie früher, bevor sie Chris gehabt hatte. Sie redete mit niemandem. Sie hielt sich an ihre Abmachung. Auch wenn sie ihren Bruder sehnsüchtig betrachtete. Aber es war besonders wichtig, dass sie sich von ihm fernhielt. Seth hatte Erkundigungen über Naos eingeholt, Geschichten und Gerüchte gehört. Auch über Daniel. Das hatte seine Meinung nur gefestigt.

»Ich bin beeindruckt.«

Er zuckte innerlich zusammen, bewahrte aber nach außen hin seine kühle Fassade. Mit einem unbeteiligten Lächeln wandte er sich an Rat Danes. »Tatsächlich?« Hatte Danes gesehen, dass er mit der Hohen Magierin geredet hatte und die richtigen Rückschlüsse gezogen?

»Oh ja.« Danes lächelte und deutete auf Adara. »Ich würde ja gerne wissen, wie du das hinbekommen hast.« Danes legte den Kopf schief. »Ich hoffe, du bist nicht zu hart zu ihr. Sie sieht ein bisschen … resigniert aus.«

Seth fragte sich, wie Danes Adara beinahe ihr ganzes Leben lang hatte unterweisen können, wie er ihr hatte so nahestehen können, dass sie ihn als Vaterersatz betrachtet hatte, und sie doch gar nicht kannte. Resignation war für sie ein Fremdwort. Sie hielt sich zwar an die Abmachung, nutzte die Zeit aber gleichzeitig, um die Menschen ganz genau zu beobachten. Er war sich sicher, dass sie längst wusste, wer die App benutzte und wer nicht, und auf der Suche nach weiteren Hinweisen war, die ihr irgendwann helfen würden, Gleichgesinnte schneller ausfindig zu machen. Nein. Wenn sie eines ganz sicher nicht war, dann resigniert.

»Weißt du, ich hatte schon immer eine Schwäche für sie. Sie war eine meiner besten Schülerinnen«, fuhr Rat Danes fort. »Daher bin ich ganz froh, dass du sie jetzt unter … na ja, deine Fittiche genommen hast. So kann sie sich nicht aus Versehen in Gefahr bringen.«

Nach allem, was Danes getan und von ihm gefordert hatte, war es nun diese Art, über Adara zu sprechen, die Seths unbändige Wut, die er sonst so mühelos kontrollieren konnte, für den Bruchteil einer Sekunde freilegte. Nur mühsam gelang es ihm, sie wieder zu verschütten, bevor sie vollständig hervorbrach.

»Sorg dafür, dass das so bleibt«, verlangte Danes kalt, »und sie keine Dummheiten macht.« Er verabschiedete sich und Seth sah ihm nach. Als er sich wieder umdrehte, stand Adara hinter ihm. Kreidebleich. Offensichtlich hatte sie die letzten Sätze gehört. Zumindest dass Danes es gewesen war, der ihm befohlen hatte, sie zum Schweigen zu bringen. Er fragte sich, wie sie darauf reagieren würde, aber in diesem Moment spürte er das unangenehme Summen einer kollektiven Gedankennachricht.

Die nächste Verbindungszeremonie wurde vorverlegt. Sie wird in zwei Tagen stattfinden. Alle Mitglieder sind dazu angehalten, sich persönlich dort einzufinden. Wer das nicht kann, soll unbedingt ein Gemeinschaftszentrum in seiner Nähe aufsuchen, um sich dort die Übertragung anzusehen. Die Zeremonie wird nicht über die App übertragen.

Adara war noch bleicher geworden, wenn das überhaupt möglich war. Zugleich sah sie ihn mit erhobenem Kinn an. »Was ist mit Lucy? Hast du ihre Verbindung verhindert?«

»Ich habe mein Möglichstes getan.«

Seth las in Adaras ganzer Haltung, dass ihr das als Zusicherung nicht reichte. Es wirkte, als ob sie am liebsten selbst etwas unternommen hätte. Und zwar sofort.

»Denk an unsere Abmachung«, sagte er eindringlich. »Du hast mir bis zur Verbindungszeremonie Zeit gegeben. Also halt dich raus. Ich kümmere mich darum.«

Sie antwortete nicht. Und ihr Schweigen beunruhigte ihn mehr als alles andere.

14

Mit ihrem Surfboard unter dem Arm ging Adara über den Strand. Seit sie Magierin geworden war, hatte sie es nicht mehr benutzt. Genau genommen nicht mehr, seit sie ihre Ausbildung zur Magierin begonnen hatte. Sie hatte es aus dem Haus ihrer Eltern holen müssen. Die Sonne neigte sich schon in Richtung Horizont und färbte den Himmel und das Meer orange. Vor ihr ragte ein zerklüfteter Felsen über dem Strand auf. Entschlossen stapfte sie darauf zu und umrundete ihn. Erleichtert stellte sie fest, dass sie die richtige Stelle gefunden hatte – um eine Dummheit zu machen, wie Danes es genannt hatte. Sie war nicht wütend gewesen, auch nicht verletzt. Nur schockiert, weil sie es nicht hatte kommen sehen. Aber es passte ins Bild. Natürlich wollte Danes, dass sie schwieg, nicht Seth. Auf merkwürdige Art und Weise wurde es dadurch sogar erträglicher.

Adara blieb stehen.

Naos und Daniel rannten vor ihr durch den Sand. Daniel brüllte irgendetwas, lachte wie verrückt und raste dann auf die Brandung zu. Aber er war zu langsam. Naos warf sich nach vorne, packte seine Füße und riss sie ihm unter dem Körper weg, sodass Daniel nichts anderes übrig blieb, als einen flachen Köpfer in die herannahende Welle zu machen.

Adara lächelte. Es war ein salziges, feuchtes Lächeln, das nichts mit dem Meer zu tun hatte. Den beiden zuzusehen, zerrte an ihrem Herzen. So ähnlich. Viel zu ähnlich. Sie schüttelte den Kopf. Sie war nicht hergekommen, um wieder einer Erinnerung nachzuweinen. Langsam näherte sie sich ihnen. Ein Stück von ihnen entfernt, legte sie ihr Board ab, zog sich das dünne Sommerkleid über den Kopf und schlüpfte aus den Flipflops. Sie ließ die Sachen auf den Strand fallen und rekelte sich scheinbar unbeteiligt in den letzten Strahlen der untergehenden Sonne. Immerhin hatte sie sich an eine Abmachung zu halten.

»Hey, Daniel, guck mal, was für hohen Besuch wir haben.«

Adara wandte hoheitsvoll den Kopf und sah ihren Bruder an. Was konnte sie dafür, wenn er sie ansprach? Nicht zu antworten, wäre unhöflich. »Ach. Was für eine Überraschung. Ich wusste überhaupt nicht, dass ihr auch hier seid. Ich wollte nur ein wenig surfen. Was für ein Zufall, dass wir uns hier treffen.«

»Ja total«, bekräftigte Daniel und deutete auf den menschenleeren Strand. »Hier sind immer so viele Leute, da läuft man ständig irgendwem über den Weg, den man kennt. Ganz zufällig natürlich.«

Adaras Mundwinkel zuckten. »Nicht dass ihr noch denkt, ich wollte mit euch reden.«

Naos' Lächeln verblasste. »Wo hast du Seth gelassen?«

»Er musste zu einer Sitzung. Kann manchmal schon sehr praktisch sein, eine Quelle zu haben, die ihre eigenen Verpflichtungen hat. So kommt man dazu, ein bisschen zu surfen und ganz unverhofft seinen Bruder am Strand zu treffen.« Sie zwinkerte ihm zu. »Dabei bin ich nur hergekommen, um eine perfekte Welle zu erwischen. Wenn ich's überhaupt noch kann. Ist schon eine Weile her.« Und schließlich konnte Seth nicht von ihr verlangen, dass sie an einen anderen Strand ging, nur weil Naos zufällig auch hier war.

»Na dann …« Naos stand auf und rannte in Richtung Brandung. Er wollte sie also wieder stehen lassen, so wie er es seit Wochen tat. Aber nicht mit ihr. Diesmal nicht.

»Naos, warte!«

Er blieb stehen, drehte sich aber nur halb zu ihr um. »Du solltest nicht hier sein«, sagte er, als sie neben ihm stand.

»Ich weiß«, antwortete sie leise. Sie wusste nicht einmal genau, was sie sich davon versprach, mit ihm zu reden. Nur dass Seth es nicht wollte und sie sich fragte, warum. »Seth hat mich gefragt, ob ich dir vertraue«, flüsterte sie. »Und ich … ich frage mich das auch.«

»Was hast du ihm geantwortet?«

»Nichts«, flüsterte sie. »Aber ich denke, du gehst mir entweder aus dem Weg, weil du Angst vor mir hast oder … weil du genauso denkst wie ich.«

Naos' Miene verfinsterte sich. Dann wandte er sich ab. »Ich denke, wir sollten jetzt lieber surfen«, sagte er. Schon halb im Gehen fügte er hinzu: »Und ich habe natürlich keine Angst vor dir.«

Adaras Herz begann, heftig zu klopfen. Wollte er damit bestätigen, dass sie in ihm einen Gleichgesinnten gefunden hatte? Sie hatte also recht gehabt. Sie war auf der richtigen Spur. Sie musste ihn nur zum Reden bringen. »Mist, meine Schnur hat sich verknotet. Naos? Kannst du mir mal helfen?«

Ihr Bruder blieb stehen, warf ihr einen zweifelnden Blick zu und seufzte dann. Er kam zurück, kniete sich neben sie und nahm ihr die Schnur aus den Fingern, in die sie gerade mehrere Knoten geknüpft hatte. »Immer noch das kleine Mädchen, das nicht weiß, wann es genug ist.« Seine Stimme zitterte, während er die Knoten löste.

Sie neigte sich ein wenig zu ihm, als ob sie ihm zusehen wollte. »Warum meidest du mich?«

Naos' Finger zuckten, aber er hielt nicht inne. »Ich weiß nicht, wovon du redest. Ich weiß nur, dass es verdammt gefährlich ist, also lass das besser.« Naos hob den Kopf, aber er sah nicht sie an, sondern Daniel und ihr besorgter Blickwechsel senkte sich wie Blei in ihren Magen.

»Bitte, Naos, ich habe so viele Fragen. Über die App und die alten Geschichten und ich weiß nicht, mit wem ich darüber …«

»Mit mir nicht«, unterbrach er sie brutal. »Nicht solange du mit ihm zusammen bist.«

Adara spürte, wie ihr das Blut aus den Wangen sackte. Das war es also. Er hatte Angst vor Seth. »Ich bin nicht mit ihm zusammen.«

Naos ließ die Schnur sinken, die nun wieder völlig knotenfrei war. Seine Miene wurde weicher. »Du weißt genau, dass das in unserem Fall keinen Unterschied macht. Sie sind uns zu nah, wenn wir zaubern. Sie sehen uns zu deutlich. Alles an uns. Und in uns.« Er strich ihr liebevoll ein paar Haare aus der Stirn. »Es tut mir leid, kleine Schwester, aber ich kann das nicht riskieren. Nicht solange er so tief in deine Seele schauen kann.« Er stand auf und wollte mit Daniel zusammen zurück in die Brandung laufen. Doch dann drehte er sich noch einmal zu ihr um. »Wenn du mich liebst, tust du dann etwas für mich?«

Sie blinzelte ihn an. »Was?«

»Hör auf, solche Fragen zu stellen. Verhalte dich ruhig. Sonst bringst du uns alle in Gefahr.« Damit ließ er sie zurück, rannte zu seinem Surfbrett und stürzte sich wieder in die Wellen. Daniel stand vor ihr und sah aus, als wollte er noch irgendetwas sagen, aber dann schüttelte er nur den Kopf und folgte Naos ins Meer.

Wut und Verzweiflung stiegen so heftig in Adara auf, dass sie mit der Hand in den Sand schlug. Dann schnappte sie sich ihr Surfbrett und stürzte sich wütend ins kalte Wasser. Sie verausgabte sich vollkommen, im allerletzten Licht des Tages, bis sie wirklich gar nichts mehr sehen konnte. Erst dann ließ sie sich erschöpft auf den Strand fallen. Sie sah, dass Naos und Daniel gingen. Sie mussten gewartet haben, bis sie sicher zurück an Land war. Am liebsten hätte sie Naos eine wütende Gedankennachricht geschickt, aber natürlich trug sie die Steine nicht an ihrem Bikini. Sie schrie frustriert auf das Meer hinaus, bis sie heiser war. Dann stand sie einfach nur da, völlig leer. »Ich will doch nur Lucy helfen.«

»Das Gefühl kenne ich so gut.«

Adara erstarrte.

Sie lauschte. Lauschte zwischen die Wellen, um es noch einmal zu hören. Seine Stimme. Sie musste es sich eingebildet haben, die Wellen, der Wind und ihr Wunschdenken hatten ihr einen grausamen Streich gespielt. Trotzdem drehte sie sich langsam um. Er war nur eine Silhouette, nur ein Schatten in der Dunkelheit. Aber sie wusste sofort, dass er es war.

»Chris.«

15

»Chris.« Auch beim zweiten Mal enthielt sein Name viel zu viele Gefühle für so wenige Buchstaben.

Er war nur eine Illusion. Es konnte nicht anders sein.

Ein Wunschtraum, geboren aus ihrer Einsamkeit und Frustration, aus dem Verlangen nach einem echten Partner, der sie unterstützen würde, ohne Spielchen mit ihr zu spielen. Sie sollte die Augen schließen und sich darüberreiben, damit dieses Trugbild verschwand, aber sie wollte nicht. Sie genoss es zu sehr, ihn anzusehen. Diese unglaublich türkisen Augen, die sie im Dunkeln zwar nicht sehen konnte, aber sie meinte, den Augenstern zu erkennen, der ihr aus ihren Tiefen entgegenfunkelte.

»Chris.« Diesmal war sein Name verzerrt von Sehnsucht und Einsamkeit. »Warum zeigst du dich mir jetzt?«, flüsterte sie verzweifelt. »So lange habe ich dich nicht gesehen, dich nicht gespürt und jetzt auf einmal erscheinst du mir ständig. Als ob du …« Sie verstummte, als ihr etwas einfiel. »… mir etwas sagen willst«, beendete sie den Satz. »Bist du hier, damit ich Lucy helfe?« Keine Antwort. Er stand einfach nur stumm vor ihr, wabernd wie eine Fata Morgana in der heißen Wüstensonne. »Ich tue, was ich kann«, flüsterte sie. »Aber ich laufe überall gegen Mauern. Hast du eine Idee, was ich noch versuchen kann?«

Ihre Verzweiflung umtoste Chris wie der Wind, der vom Meer kam und einen Sturm ankündigte. Sie spiegelte sich in seiner Haltung. Und für einen Moment glaubte sie, er würde sie gleich in seine Arme nehmen. Nun schloss sie doch die Augen. Es war nicht gut, sich in Wunschträumen zu verlieren. Es würde ihr die Realität nur schwerer machen. »Ich dachte, ich hätte dich gehen lassen«, wisperte sie. »Aber manchmal, in meinen dunkelsten Stunden, weiß ich, dass es nicht stimmt. Denn dann wünsche ich mir, ich hätte mich anders entschieden.«

»Warum?« Der Wind trug diese Frage gedehnt und leise zu ihr. »Warum hast du mich nicht zurückgeholt?«

Natürlich war es nicht er, der sprach, sondern ihr schlechtes Gewissen, das seinem Trugbild Worte in den Mund legte.

»Weil ich dich zu sehr geliebt habe, um dir das anzutun«, flüsterte sie. »Du hast es doch auch gespürt, oder nicht? Du wolltest es doch so. Damals beim Totensprecher.« Er erwiderte nichts. War wieder nur ein Hirngespinst, vermischt mit Fragmenten seines Geistes, der sie nun endlich nach so langer Zeit aufsuchte. »Ich wünschte, du wärst wirklich hier«, flüsterte sie. »Ich wünschte, du wärst wegen mir gekommen. Und gleichzeitig wäre mir am liebsten, du wärst nicht da.«

Willst du mich nicht sehen? Die Frage entstand in ihrem Kopf, eingefärbt von ihren Schuldgefühlen.

»Natürlich will ich.« Ihre Stimme brach. »Aber es war so schwer, mich nicht jeden Tag nach dir zu sehnen. Mir nicht ständig zu wünschen, ich hätte dich zurückgebracht. Aus purem, reinem Egoismus. Nur für mich.« Der Wunsch war manchmal so stark gewesen, dass sie sich gefragt hatte, ob Lucy noch mehr von seiner Asche hatte retten können und wie sie überhaupt darangekommen war. Sie hatte immer geglaubt, dass es der Magier gewesen war, der bei der Verbrennungszeremonie etwas von seinen Überresten für Lucy aufgehoben hatte – zum Trost. Aber viel logischer war natürlich, dass es Lucys Großvater gewesen war. Vielleicht war noch etwas davon übrig. Und dann verbot sie sich sofort, auch nur darüber nachzudenken.

»Ich habe es für dich getan. Weil ich nicht wollte, dass du so zurückkommst. Halb. Verstümmelt. Was für ein Leben wäre das für dich gewesen?« Wieder hörte sie nichts als das leise Rauschen der Wellen. »Verdammt, ich weiß, dass es richtig war«, schniefte sie. »Warum ist es trotzdem so viel schwerer, mit der Entscheidung zu leben, als sie zu treffen?« Sie hielt sich die Hand vor den Mund. Was redete sie da? Liebte sie Chris immer noch? Aber warum war es dann Seths Umarmung, nach der sie sich gerade jetzt sehnte? Es war alles so verwirrend.

»Chris?«, flüsterte sie. Aber er war fort. Auch der Schemen war nicht mehr zu sehen. Wie von Sinnen rannte sie durch den schweren Sand, dem Trugbild hinterher, bis sie stolperte und auf die Knie fiel. »Komm zurück!«, schrie sie. »Bleib bei mir. Sprich mit mir. Sag mir, wie ich Lucy helfen soll.«

Sag niemandem, dass du mich gesehen hast. Die Worte schwangen so leise im Wind, dass sie sicher war, sie sich nur einzubilden. Natürlich würde sie es niemandem erzählen. Man würde sie ja für durchgeknallt halten. Die Geister der Verstorbenen zu spüren und sie in Gedanken wahrzunehmen, war das eine. Aber jemanden als Illusion vor sich zu sehen und mit ihm zu reden, war nicht normal.

»Magierin Adara. Was für eine Überraschung.«

Sie erstarrte. Dann hob sie langsam den Kopf. Rat Danes. Sie wusste nicht, was sie sagen sollte. Bekam vor Schreck kaum Luft. Und rappelte sich dann so schnell wie möglich auf. Sie wollte nicht vor ihm knien, keine Sekunde lang. Egal, wie sehr ihre Knie zitterten. »Rat Danes. Was tust du hier?«

»Das könnte ich dich auch fragen. Oder Naos, der mir gerade entgegengekommen ist.« Er hielt ihren Blick fest.

Sie hob das Kinn und deutete auf ihr Surfbrett. »Ich denke, das ist ziemlich eindeutig.«

Er machte einen Schritt auf sie zu, sodass sie zusammenzuckte, aber sie wich nicht zurück. »Ich hätte gedacht, es wäre auch eindeutig gewesen, dass du dich an gewisse … Regeln halten sollst.«

»Ich weiß nicht, wovon du sprichst«, behauptete sie stur.

»Dann lass es mich dir erklären.« Er spie es ihr förmlich vor die Füße. »Du bist nur das Vehikel für Seths Erfolg. Und ich werde nicht zulassen, dass du ihm im Weg stehst, indem du dich unangemessen verhältst.«

Adara wollte sich nicht einschüchtern lassen. »Weiß Seth, dass du hier bist?«

Danes lachte verächtlich auf. »Ich glaube, du verstehst nicht ganz, wer hier das Sagen hat. Aber das wirst du noch.«

Fast erwartete sie, dass er sie am Arm packen und mit sich schleifen würde. Aber er ließ sie einfach stehen. Kurze Zeit später tauchte im blassen Mondlicht weit entfernt eine weitere Silhouette auf. Der Begleiter, der sie hierhergebracht hatte. Er legte ihr eine flauschige Decke um die Schultern. Aber egal, wie fest sie sie um sich zog, die Wärme reichte nicht aus, um die eiskalte Drohung von Rat Danes aus ihren Gliedern zu vertreiben.

16

Adara versuchte, ihre Verzweiflung tief in sich zu vergraben, aber es fiel ihr verdammt schwer. Lucys Verbindungszeremonie war für morgen anberaumt, und statt Himmel und Hölle in Bewegung zu setzen, um ihr zu helfen, stapfte sie durch den Dschungel. Der Rat hatte sie in letzter Minute zu einem Einsatz geschickt. Sie konnte froh sein, wenn sie rechtzeitig zur Zeremonie wieder in Neuseeland waren. Ihr blieb nichts anderes übrig, als auf Seths Plan zu vertrauen und sich auf die vor ihr liegende Aufgabe zu konzentrieren, die ihre ganze Aufmerksamkeit erforderte. Sie sah sich um. Großblättrige grüne Pflanzen und prächtige bunte Blüten umgaben Adara von allen Seiten. Es war ein Urwald wie jeder andere. Trotzdem kam ihr der Ort bekannt vor. Sie verengte die Augen und blieb stehen. Ja, sie war sich sicher. Sie war schon einmal hier gewesen. Vor über einem Jahr.

»Warum sind wir hier?«, fragte sie den Wächter, während sie nach Seths Hand griff. Adara beobachtete, wie Seths schwarze Magieebene sich entfaltete und einem Schatten gleich an den grünen Hängen des Berges emporkroch, der sich über ihnen aus dem indonesischen Dschungel erhob. Bei ihrem letzten Einsatz hier hatte ein riesiger Erdrutsch gedroht, der die wunderschöne Flora und Fauna fast unter sich begraben hätte. Aber jetzt?

»Alles sieht friedlich aus. Ich kann keine Gefahr erkennen«, sagte sie. Sie hatte damals gute Arbeit geleistet. Zusammen mit Chris. Adara schluckte schwer, gleichzeitig spürte sie eine Verwerfung in Seths Magiefluss. Wie eine Sturmwelle auf einem vollkommen ruhigen Meer. Sie sah sich nach Seth um. Ob er wusste, dass sie an Chris dachte? Oder spürte er nur das Schwanken in ihrer Stimmung? Egal, was es war, er ließ es sich nicht anmerken.

Sie wandte sich wieder dem Urwald zu. Es lebten keine Menschen hier. Der Einsatz war damals nur eine Übung gewesen, kurz nach der ersten, abgebrochenen Namenszeremonie. Sie hatten damals zwar die Vulkane unter Auckland beruhigt und zueinandergefunden, trotzdem hatte man sie in den Wochen danach, bevor die Namenszeremonie wiederholt worden war, zu solchen Einsätzen geschickt, um Routine zu entwickeln. Aber es war so viel mehr gewesen als das. Denn ihr Wächter war kurz vorher zu einem anderen, heiklen Einsatz abberufen worden. Sie waren ganz allein gewesen. Adaras Herz zog sich vor Sehnsucht zusammen. Sie sah Chris hier einfach überall. Er lachte ihr frech zwischen den Baumstämmen hindurch entgegen. Lockte sie mit verführerischen Worten in einen märchenhaften See, nur um sich dann vor Lachen auszuschütten, weil die Kälte des Wassers sie quietschen ließ.

»Adara?« Seths dunkle Stimme schwebte durch ihre Erinnerung.

Wortlos ging sie ihm voraus auf den Berg zu. So wäre es mit ihm nie. Selbst wenn nichts zwischen ihnen stünde, selbst wenn sie sich nicht gegenseitig für ihre Zwecke benutzen würden. *Wie kannst du da sicher sein,* fragte eine kleine gemeine Stimme in ihr, *wenn du es nicht ausprobierst?*

Adara schüttelte heftig den Kopf, als könnte sie die Stimme loswerden wie eine lästige Mücke. Sie kannte Seth gut genug. Und auch sich selbst. Sie war nicht mehr das Mädchen, das diese wenigen verbotenen Stunden mit ihrem Freund so ausgelassen hatte genießen können. Sie war eine Magierin und sollte sich auf den bevorstehenden Einsatz konzentrieren. Falls man ihr endlich sagte, worin er bestand.

»Die Anweisungen, Magierin Adara.« Der Wächter hielt ihr ein Tablet hin, auf dessen Display ein wohlbekanntes Gesicht zu sehen war. »Rat Danes.«

Sein betont freundliches Lächeln trieb Adara eine Gänsehaut über die Arme. »Magierin Adara, unter der Bergflanke befindet sich ein instabiles Höhlensystem. Der Rat hat entschieden, es kontrolliert zum Einsturz zu bringen, bevor jemand zu Schaden kommen kann.«

Adara starrte ihn an. Das war auf so vielen Ebenen unsinnig, dass sie gar nicht wusste, wo sie anfangen sollte zu widersprechen. Hier lebte niemand, ein einsturzgefährdetes Höhlensystem war kein Grund für einen Einsatz, wo sie an so vielen anderen Orten dringender gebraucht wurde. Und dann … sie wandte sich wieder dem Berg zu. »Wenn ich das mache«, sagte sie langsam, »kommt der ganze Berg runter. Die Flanke wird wegbrechen, der Erdrutsch den ich damals verhindert habe, wird doch noch stattfinden.«

»Das stimmt.« Rat Danes lächelte, als hätte sie in der Schule eine komplizierte Matheaufgabe richtig gelöst.

Adara wurde übel.

»Das nehmen wir in Kauf.« Danes wirkte, als wollte er sie herausfordern, sich ihm zu widersetzen. Und gerade deswegen schwieg sie. Nicht im Affekt handeln. Nicht tun, was Chris getan hätte. Nicht sofort. Wie betäubt gab sie dem Wächter das Tablet zurück und er entfernte sich.

»Ist alles in Ordnung?« Seths besorgter Tonfall grub sich in ihr Herz. Sie konnte es nicht ertragen, dass er so mit ihr redete. So als wäre sie mehr für ihn als nur eine Schachfigur in seinem Spiel.

»Lass mich allein«, befahl sie schroff.

»Das halte ich für keine gute Idee, der Wächter …«

Adara brachte Seth mit einem einzigen Blick zum Schweigen. »Ich bin sicher, du bekommst das hin. Ich brauche ein paar Momente für mich alleine. Wenigstens dieses eine Mal. In London bist du den Wächter ja auch losgeworden. Als du Zeit mit mir verbringen wolltest.«

Sie wusste, dass es unfair war. Und sie spürte, dass es sich für ihn wie ein Schlag ins Gesicht anfühlte, auch wenn er es ihr mit keiner Regung zu verstehen gab. Trotzdem nahm sie es nicht zurück. Ihr Körper war zu erregt von der Magie, ihr Herz zu zerfressen von der Sehnsucht nach seiner Berührung und ihr Verstand zu verhärtet von der Hoffnungslosigkeit ihrer Beziehung. Das alles wollte sie hier nicht fühlen. Denn dieser Ort gehörte jemand anderem und etwas anderem. Etwas, was sie vielleicht nie wieder haben würde.

»Natürlich, ich kümmere mich darum.« Er sagte es vollkommen ohne Vorwurf, ohne Gefühl. Sie wusste nicht, ob sie ihm dafür dankbar war oder ihn dafür verfluchte. »Nimm dir alle Zeit, die du brauchst.« Damit verschwand er in Richtung Hubschrauber.

Zeit. Adara ging tiefer in den Urwald hinein, auf den Berg zu. *Wir haben Zeit.*

»Wir haben alle Zeit der Welt, es dauert noch Stunden, bis der Hubschrauber zurückkommt.« Chris zog an ihrer Hand. »Komm schon, Liliana.« Ihr alter Name klang so wunderbar aus seinem Mund.

Bereitwillig folgte sie ihm. Magie zuckte zwischen ihren Fingern und ihr Körper war immer noch aufgeladen von seiner Macht. Eigentlich war ihr egal, wohin er sie brachte. Solange er dort dafür sorgte, dass diese schreckliche Unruhe in ihr sich endlich legte. Er führte sie zwischen großen Blättern und schmalen Stämmen hindurch direkt den Berghang hinauf, vorbei an schroffen Felsen und dann hinein in einen Spalt im Gestein. Er war sehr schmal und so hoch, dass Liliana nur ganz weit oben einen hellen Streifen Tageslicht erahnen konnte. Chris zog sie mit sich, so schnell, dass sie kaum noch Luft bekam. »Immer mit der Ruhe, wir sind hier nicht bei der Prüfung in den Höhlen, diesmal ist uns kein Geysir auf den Fersen«, rief sie atemlos.

»Wer weiß. Die Dinger tauchen an den unwahrscheinlichsten Stellen auf.« Er zwinkerte ihr über die Schulter zu und zog sie dann weiter. Es war ein anstrengender Marsch, der Pfad wurde immer steiler, kam schließlich aus der Felswand heraus und schlängelte sich durch den Urwald den Berg hinauf. Liliana lief der Schweiß über die Stirn und das Tempo, das Chris anschlug, ließ schwarze Flecken vor ihren Augen tanzen. Sie wollte sich gerade beschweren, als sie aus dem Wald heraus auf eine Wiese traten. Die berauschende Schönheit dieses Ortes ließ alle Worte noch in ihrem Mund versiegen. Die Wiese lag auf einem Hochplateau, durch dessen Mitte ein kleiner Fluss verlief. Ein Fluss, der sich über eine Klippe stürzte, um sich tief unter ihnen in einen dunkelblauen See zu ergießen.

»Oh Chris ... Woher wusstest du das?«

Er grinste frech. »Wusste ich nicht. Ich dachte mir nur, dass so ein Pfad sicher ein Ziel haben muss. Meistens eins, das sich lohnt.«

Bevor sie etwas erwidern konnte, zog er sie ins Gras. Die dunkle Leidenschaft in seinen Augen ließ sie für einige wunderbare Augenblicke alles andere vergessen. Danach lagen sie nebeneinander in der Sonne und sie streichelte selbstvergessen über seine Haut. Sie fuhr die Zeichnung an seinen Händen nach, ließ ihre Fingerspitzen über seine Arme und Schultern wandern, über seine Brust und hinab zu seiner Taille. Sie stockte. »Was ist das?« Sie fuhr die Linien, Punkte und Kreise auf seiner Hüfte mit der Fingerspitze nach.

»Was meinst du?« Er beugte sich zur Seite, um es sich anzusehen, und runzelte die Stirn. »Ich weiß nicht. Das ... Das sieht aus wie die Zeichnung.« Er sah sie an und plötzlich zuckten seine Mundwinkel. »Hey, wahrscheinlich hast du dich gerade eben mit den Händen so sehr an mich geklammert, dass Magie geflossen ist.«

Sie schüttelte verwirrt den Kopf. »Nein, ich hatte die Arme um deinen Hals gelegt, das weiß ich noch genau.«

Er hob spöttisch eine Augenbraue. »Wenn du das noch so genau weißt, habe ich meine Sache wohl nicht sehr gut gemacht, da muss ich mir nächstes Mal mehr Mühe geben.«

Sie lachte und knuffte ihn in die Seite. »Du weißt genau, was ich meine. Damit die Zeichnung entsteht, muss meine Hand beim

Zaubern etwas länger auf deiner Haut liegen, eine kurze Berührung reicht nicht.«

»Wo auch immer es herkommt, es macht mir nichts aus. Im Gegenteil. Es ist jetzt unser kleines schmutziges Geheimnis.« Er drückte sie ins Gras und stützte sich auf seinen Ellbogen, um auf sie herunterzusehen. »Und jedes Mal, wenn ich bei der erneuten Namenszeremonie mit dem Daumen über die Zeichnung an deinem Handgelenk fahre, wirst du daran denken. Und du wirst rot werden, weil du an all die anderen Dinge denken musst, die ich mit dir gemacht habe und jetzt noch machen werde.« Er beugte sich zu ihr runter und küsste sie zärtlich auf den Mund. Die Erregung in ihrem Körper flammte wieder auf, längst hatte es nichts mehr mit der Magie zu tun. Doch plötzlich sprang Chris auf und zog sie ebenfalls auf die Füße.

»Hey«, protestierte sie, aber er registrierte es gar nicht.

»Das ist der Hubschrauber. Hörst du ihn?«

Sie lauschte. Tatsächlich, in einiger Entfernung hörte sie ein Geräusch, das verdächtig nach Rotoren klang. Es grub sich bleiern in ihren Magen.

»Ich wünschte, wir könnten noch länger bleiben.«

Chris nahm ihre Hände in seine und fixierte ihren Blick. »Wir können die Zeit, die uns noch bleibt, so gut wie möglich nutzen. Für eine Erinnerung, die du niemals vergessen wirst. Vertraust du mir?« Aus seinen Augen blitzte der Schalk, als er ihr die gleiche Frage stellte wie damals in der dunklen Höhle, bevor er sie gegen ihren Willen in den Abgrund geschubst hatte.

»Ähm … Ich weiß nicht?«

Er lachte. »Ich habe gehofft, dass du das sagen würdest.« Damit zog er an ihren Händen und rannte los. Sie folgte ihm. Sie dachte nicht einmal darüber nach, es nicht zu tun oder sich zu fragen, was er eigentlich vorhatte. Bis sie merkte, wohin er rannte. »Die Klippe? Der Wasserfall? Im Ernst?«, schrie sie.

»Natürlich«, rief er. »Was sonst würde sich wohl für eine Erinnerung eignen, die du ein Leben lang hüten wirst wie einen Schatz?«

»Aber der See … Du kennst ihn gar nicht.« Dann verstand sie. »Magie! Warte, ich …«

»Nein!«, schrie Chris. »Keine Magie.« Sie waren jetzt wenige Schritte vor der Kante ins Nichts. Er lachte laut. »Spring einfach!«

»Das hast du damals auch gesagt!«, schrie sie zurück. Trotzdem wurde sie nicht langsamer. Ihre Füße berührten den Felsen, die scharfe Kante, dann war unter ihr nur noch Luft. Ihr Magen machte einen Satz, als sie fiel.

»Und hast du es je bereut?«, rief Chris ihr noch zu, bevor sie ins Wasser eintauchten. Tief und gefahrlos. Woher wusste er nur immer solche Dinge? Seine Hand entglitt ihr, während sie im herrlich kühlen See nach unten rauschte. Das Wasser umfing sie tröstlich, als ob sie jetzt in diesem Moment genau hierhergehörte. In diesen See, an Chris' Seite. Sie wollte gar nicht auftauchen, aber ihr Instinkt arbeitete gegen sie. Er trieb ihre Arme dazu an, sie zurück an die Oberfläche zu bringen. Neben Chris tauchte sie auf und schnappte heftig nach Luft. Sie wischte sich das Wasser aus den Augen, lachte, genoss es, wie sehr ihr heftig pochendes Herz ihr sagte, dass sie lebte. Chris schwamm auf sie zu und zog sie an sich. Sie legte ihm die Arme um den Hals und hielt seinen Blick fest.

»Nein, ich habe es nie bereut. Ich werde es nie bereuen.«

Ich werde es nie vergessen.

Adara kniete auf dem scharfkantigen Felsen über dem Wasserfall. Sie wollte weinen, aber der Schmerz war zu groß für Tränen. Er klemmte quer in ihrer Brust, drückte auf ihr Herz und nahm ihr den Atem, sodass sie nichts herausbrachte als einen stummen Schrei. Für einen Moment glaubte sie, daran zu ersticken.

Dann schlossen sich Arme um sie. Jemand zog sie an seine Brust. Seth. Bevor sie seinen Geruch einatmete, wusste sie schon, dass er es war. Sie ließ zu, dass er sie hielt und streichelte, bis sie wieder Luft bekam. Und noch ein wenig länger. Viel länger. Sie wünschte sich, Seth würde etwas sagen, irgendetwas. Aber er schwieg.

Ich verspreche dir, dass daraus niemals mehr werden wird als Sex.

Sie hatte es von ihm verlangt und er hielt sich daran. Aber jetzt, gerade jetzt im Angesicht dieser unerträglich schönen Erinnerung wünschte sie sich, er würde sein Versprechen nur ein einziges Mal brechen. Sie wollte nur ein einziges Mal irgendetwas aus seinem Mund hören, das ihr Hoffnung machte. Hoffnung, dass es irgendwann für sie eine Zukunft geben konnte, die nicht von der Vergangenheit in den Schatten gestellt wurde. Kurz dachte sie darüber nach, die Erinnerung an Chris zu überschreiben. Jetzt hier mit Seth in den See zu springen und alles, was damals mit Chris geschehen war, auszulöschen. Aber das würde nicht funktionieren. Selbst wenn Seth springen würde, es wäre nicht dasselbe.

»Würdest du mit mir springen?«, fragte sie heiser. »Hier, in den See?« Sie wollte es schon längst nicht mehr, aber sie musste seine Antwort hören.

Seth ließ ein warmes Leuchten in seine Augen treten. »Musst du das fragen?«

Adara schluckte. Natürlich würde er springen, wenn sie ihn darum bat. Er würde alles für sie tun, was seinen Plänen nicht im Weg stand. Aber es wäre ein ganz anderer Sprung. Er würde sie an der Hand halten, so wie jetzt, sie würden nicht lachen und kreischen, stattdessen würde sie sich sicher fühlen. Wenn er sie fragen würde, ob sie ihm vertraute, würde ihre Antwort anders lauten als bei Chris. *Ja, ich vertraue dir,* würde sie sagen, obwohl er es ihr verboten hatte. Sein Blick würde sich tief in ihren senken und er würde ihre Hände nehmen. Sie würde flüstern: *Ich vertraue dir mein Leben an, ohne zu zögern.* Und es wäre die Wahrheit. Trotz allem, was passiert war, würde sie ihm jederzeit ihr Leben anvertrauen. Nur das eine, was sie Chris so leicht hatte anvertrauen können, das nicht. Ihr Herz. Es gehörte längst ihm, aber er konnte es niemals haben.

»Seth, ich kann das nicht. Wenn ich tue, was Danes will, werde ich diesen Ort für immer zerstören.« Wie sollte sie das jemals über sich bringen, wo gerade hier die Erinnerung an Chris so lebendig war wie nirgendwo sonst?

Und dann wurde ihr klar, dass Danes es genau deswegen von ihr verlangte. Damals hatte sie nicht bedingungslos gehorcht und er hatte Chris getötet. Jetzt hatte sie wieder aufbegehrt und er tötete die schönste Erinnerung, die sie noch an ihn hatte. Und so würde es fortan weitergehen. Wenn sie Danes nicht gehorchte, würde er ihr nach und nach alles nehmen, was ihr etwas bedeutete.

»Seth, bitte verlang das nicht von mir.« Ihre Stimme brach und verriet ganz deutlich, warum sie es nicht übers Herz brachte. Wegen Chris. Sie sah zu Seth auf. Ängstlich, was sie auf seinem Gesicht vorfinden würde. Eifersucht? Wut? Oder am allerschlimmsten: Mitleid? Aber da war nichts. Dabei war sie sich sicher, dass er irgendetwas fühlen musste.

»Nicht ich verlange es, sondern Danes«, sagte er nur.

Adara nickte und wandte das Gesicht ab, aber er nahm ihre Hände in seine, damit sie ihn ansah. »Sag mir noch einmal, wofür du das alles tust«, bat er sie sanft.

Ihre Kehle wurde eng. »Ich will, dass nie wieder eine Quelle vor ihrem Magier knien muss.«

Ein warmes Leuchten flackerte in seinen Augen auf, dann wich es Entschlossenheit. »Im Moment müssen wir tun, was er verlangt. Aber er wird uns nicht brechen«, sagte er rau. »Solange wir unser Ziel im Auge behalten.«

Natürlich, er hatte recht. Sie konnte jetzt nicht wegen einer schönen Erinnerung alles riskieren, wofür sie kämpfte. »Glaubst du wirklich, dein Plan für Lucy wird Erfolg haben?«, fragte sie leise.

»Ich hoffe es«, antwortete er. »Sonst habe ich ein großes Problem.«

Sie atmete tief durch. »Also gut. Ich tue es«, flüsterte sie mit tränenerstickter Stimme. »Unter einer Bedingung. Ich will, dass du alles daransetzt, Victor Danes für das büßen zu lassen, was er getan hat. Ich will ihm das Handwerk legen. Ein für alle Mal. Und zwar so bald wie möglich. Nicht erst in zehn Jahren.«

Seth nickte, ohne sie sehen zu lassen, was er dachte.

»Und … wenn ich es getan habe, bringst du mir bei, wie du das machst, nie deine Gefühle zu zeigen. Ich will das auch können.« Sie wollte nicht, dass Danes ihr bei ihrer nächsten Begegnung ansah, wie furchtbar er sie getroffen hatte. Er hatte Seth und sie in der Hand und er hatte deutlich gemacht, dass er alles daransetzen würde, damit das auch so blieb. Aber sie würde den Teufel tun und ihm das auch nur mit einem einzigen Gesichtsausdruck zugestehen.

»Du bist im letzten Jahr schon viel besser darin geworden«, sagte Seth.

»Nein. Das reicht nicht. Ich will mehr. Du kannst es sogar, während wir zaubern. Selbst dann gelingt es dir, ein paar wenige Dinge vor mir zurückzuhalten, während ich …« *… dir alles von mir gebe.* Sie sagte es nicht laut. Sie musste es nicht laut sagen.

Sein Blick verriet nichts, aber die winzigen Funken der Magie zwischen ihnen übermittelten ihr das Gefühl, dass er es lieber nicht getan hätte. Dass er nicht noch mehr Distanz zwischen ihnen schaffen wollte. Aber er schwieg, nickte einfach nur.

Und Adara hätte am liebsten geweint.

17

Der Himmel über Seth war in Aufruhr. Ein Sturm tobte über der Kuppel aus Magie, die von einem Magier der Gemeinschaft über der Vulkanebene im Tongariro National Park aufrechterhalten wurde, damit die Verbindungszeremonie unbehelligt stattfinden konnte. Das Wetter passte zu Seths Gemüt, denn er hatte nicht herausfinden können, ob sein Plan, Lucy zu helfen, Erfolg gehabt hatte oder nicht. Danes ließ sich nicht in die Karten schauen, obwohl er Seth seine Unterstützung zugesichert hatte. Seth musste auf die Zeremonie warten, um es zu erfahren.

»Gott, wie ich ihn hasse«, flüsterte Adara, und als er ihrem Blick folgte, sah er Danes in der Menschenmenge. Für einen Moment spürte er ihren Hass in sich selbst, als er wieder vor sich sah, wozu Danes sie gestern erst gezwungen hatte und wie sehr es ihr zusetzte. Aber Adara ahnte nicht einmal das ganze Ausmaß dessen, wozu Danes fähig war. Sonst hätte sie gewusst, dass sie ihn nicht darum hätte bitten müssen, Danes büßen zu lassen. Denn das war das einzige Ziel, das er für sich selbst hatte. Danes zu zerstören. Nachdem er ihn für seinen Plan benutzt hatte, in den Inneren Kreis zu gelangen.

Adara machte einen großen Bogen um Danes. Wie üblich hielt er sich in ihrem Schatten. Es war eine gute Möglichkeit, unsichtbar zu bleiben und die Menschen unauffällig zu beobachten. Deswegen begrüßte er es auch, dass Adara sich meistens am Rand der Menge aufhielt. Natürlich weil sie dasselbe tat wie er, das hatte er längst durchschaut. Sie ließ ihren Blick aufmerksam über die Menschen schweifen, über all die aufgeregten Männer, Frauen und Kinder, die sich an den Ständen etwas zu essen oder zu trinken holten und dann zu den aufgebauten Sitzreihen gingen, um sich einen Platz für die Verbindungszeremonie zu sichern.

»Sie benutzen fast alle die App«, flüsterte Adara. »Siehst du das?«

Sie hatte recht. Damals, bei ihrer Verbindungszeremonie mit Chris, waren es im Wesentlichen die Teenager gewesen, die von der App Gebrauch machten. Jetzt waren es Mitglieder jeden Alters.

»Ich verstehe das einfach nicht. Sind sie denn gar nicht misstrauisch? Macht es ihnen keine Sorgen, dass der Rat damit ihre Daten sammeln und ihre Gespräche abhören kann?«

Seth drückte Adaras Hand. Sofort biss sie sich auf die Zunge. Es war nicht klug, in aller Öffentlichkeit darüber zu reden. »Entschuldige. Manchmal geht es einfach mit mir durch.«

Sie suchte die Menge ab und er folgte ihrem Blick, der an einem dünnen, unscheinbaren Mädchen hängen blieb.

»Seth, da ist Lucy!« Adara deutete in die Richtung. »Sie wird zu einem der Zelte gebracht.« Ihr Ton klang vorwurfsvoll und gleichzeitig verzweifelt. Über ihnen donnerte es. »Verdammt, Seth, sie wollen sie verbinden. Du hast es mir versprochen!«

Seth behielt seine freundlich distanzierte Miene bei, obwohl in seinem Inneren die gleiche Wut tobte, die er in Adaras Augen funkeln sah. Sein Plan hätte funktionieren sollen. Was war schiefgegangen?

Adara ballte die Fäuste. Ohne dass sie es sagen musste, wusste er, was sie dachte. Sie gab ihm die Schuld. Er hatte Chris sterben lassen. Und jetzt hatte er dabei versagt, seiner Schwester zu helfen. Seth versuchte, nichts zu fühlen, aber er spürte trotzdem ein Ziehen in seiner Brust.

Ich weiß, es ist schwer. Aber du musst dich beruhigen, sandte er Adara eine Gedankennachricht.

Sie warf ihm einen vernichtenden Blick zu, der ihm deutlich sagte, dass er kein Recht hatte, so etwas von ihr zu verlangen. Und vor allem, dass ihre Abmachung damit hinfällig war. »Ich brauche was zu trinken«, sagte sie verächtlich und wollte in der Menge verschwinden.

Seth fluchte innerlich. *Adara, warte!,* rief er sie in Gedanken. *Vielleicht gibt es noch eine Chance.*

Tatsächlich blieb sie stehen, drehte sich zu ihm um und sah ihn mit hochgezogenen Augenbrauen an. Er wollte auf sie zugehen, aber da versperrte die Hohe Magierin ihm den Weg.

»Rat Tahere«, sagte sie mit einem abschätzigen Funkeln in den Augen, das ihm mehr als alles andere deutlich machte, dass sein Plan gescheitert war und dass sie es bereits wusste. Was war nur passiert? Lucy war eine durchschnittlich starke Quelle, an ihr war nichts Besonderes. Warum musste gerade sie unbedingt verbunden werden?

»Hohe Magierin«, antwortete er ehrfürchtig und legte die Fingerspitzen an die Lippen, während er fieberhaft überlegte, wie er die Situation retten konnte. Die Hohe Magierin sah ihn abwartend an. Sein Blick zuckte zu Adara, die ihn ebenfalls ungnädig musterte.

Was für eine Chance soll das sein?, fragte Adara.

Er antwortete nicht. Konnte es nicht.

Ihr Gesicht verfinsterte sich. Dann drehte sie sich um und verschwand in der Menge. Verdammt, wo wollte sie hin? Und vor allem: Was hatte sie vor? Zu seinem Leidwesen konnte er ihr nicht folgen, solange die Hohe Magierin vor ihm stand. Er musste versuchen, die Wogen zu glätten. »Es tut mir leid, dass der Plan nicht funktioniert hat. Aber immerhin ist dein Name nicht im Spiel, genau wie vorgesehen. Es fällt also nicht auf dich zurück. Ich werde so bald wie möglich …«

»Rat Tahere, wie nett.«

Seth verstummte mitten im Satz. »Hohe Rätin«, sagte er betont höflich, wobei er der Hohen Magierin entschuldigend zulächelte.

»Wie geht es dir?«, fragte sie.

Wollte sie jetzt Smalltalk machen? Das war doch sonst nicht ihre Art. »Danke gut, Hohe Rätin.«

Er sah, dass die Hohe Magierin ungeduldig die Lippen schürzte. »Ich wollte die Hohe Magierin gerade zu einem der Stände begleiten«, erklärte er in einem Versuch, die Hohe Rätin abzuwimmeln.

Die Hohe Rätin wandte den Kopf und wirkte ehrlich überrascht, die Hohe Magierin zu sehen. »Oh, entschuldige.« Die Hohe Rätin legte Seth eine Hand auf den Arm. »Du hast doch nichts dagegen, wenn ich ihn dir entführe?«, sagte sie, an die Hohen Magierin gewandt. »Seth, sei doch so nett und begleite mich zu meinem Platz.«

Die Hohe Magierin wurde blass und Seth sah die Wut über diesen Affront aus ihren Augen blitzen. Seth überlegte rasend schnell, wie er reagieren sollte. Er konnte es sich nicht leisten, sie vor den Kopf zu stoßen. Aber er konnte der Hohen Rätin auch keine Abfuhr erteilen. Bevor er eine Antwort geben konnte, nickte die Hohe Magierin. »Natürlich.« Dann verschwand sie in der Menge und mit ihr wahrscheinlich jede Chance, sie auf seine Seite zu ziehen. Seth war sich sicher, dass die Hohe Rätin das mit Absicht gemacht hatte. Wollte sie ihn etwa sabotieren?

Aber nun, da der Schaden angerichtet war, konnte er wenigstens versuchen herauszufinden, was hinter Lucys geplanter Verbindung steckte. Vielleicht war es ja etwas, das gar nichts mit Lucy zu tun hatte. Die Hohe Rätin würde darüber Bescheid wissen. Er führte sie zu einem abgeteilten Bereich in der Mitte der Tribüne, auf dem sich die Plätze für den Inneren Kreis befanden.

Sie sah ihn freundlich an. »Wahrscheinlich denkst du, dass ich dich im Inneren Kreis nicht haben will.«

Seth überraschte es nicht, dass sie seine Pläne erraten hatte. Es überraschte ihn allerdings, dass sie es so offen ansprach.

»Ich habe nichts gegen dich. Aber du bist nun einmal beschädigtes Gut.« Sie machte eine Pause, um die Worte einsinken zu lassen, so tief, dass sie an seinen Erinnerungen rührten. Doch das ließ er nicht zu. Er hatte schon lange gelernt, nicht zu erlauben, dass andere Leute seine Erinnerungen für ihn hervorholten. Er hatte die Kontrolle über seine Vergangenheit. Er allein. Mit Gewalt vergrub er sie alle wieder unter der erkalteten Lavaschicht in seinem Inneren. Zusammen mit der Wut, weil die Hohe Rätin seine Vergangenheit gegen ihn einsetzte, obwohl das in einem Fall wie seinem verboten war.

Er lächelte freundlich. »Dann werde ich mich doppelt so sehr bemühen müssen.«

»So leid es mir tut.«

Natürlich tat es ihr nicht leid. Im Gegenteil.

»Ich kann es dir gut nachempfinden«, sagte sie. »Mein Weg war auch nicht so reibungslos, wie ich es gerne gehabt hätte. Aber gerade deshalb kann ich nicht einfach so nachgeben. Es geht um das Wohl der Gemeinschaft.«

Die Gemeinschaft ist deine Familie. Sag es.

Die Worte kamen wie ein eiskalter Wasserguss ins Gesicht.

Seth hasste die Hohe Rätin einen winzigen Moment dafür, dass sie es nun doch geschafft hatte, eine Erinnerung an die Oberfläche zu zerren. Aber er erwiderte nichts, sondern neigte nur ehrerbietend den Kopf. »Darf ich fragen, warum Lucy Wright wieder verbunden wird?«, wagte er dann einen Vorstoß. »Ich hatte den Eindruck, eine andere, stärkere Quelle wäre gefunden worden.«

Die Hohe Rätin lächelte ihn an. »Stärker ist nicht immer mächtiger, Seth.« Ihre kryptische Antwort verriet ihm, was er befürchtet hatte. Die Hohe Rätin hatte verhindert, dass Lucy ersetzt wurde. Aber warum? »Die neue App zum Beispiel. Sie ist nicht stärker als die Steine.« Sie warf ihm einen Seitenblick zu. »Aber so viel mächtiger. Sieh dir nur an, wie viele Leute sie benutzen. Sie werden die Steine nicht vermissen.«

Seth folgte ihrem Blick und ihm fiel auf, wie viele Menschen heute hier waren. So viele wie noch nie. Weil der Rat ihnen befohlen hatte, sich einzufinden.

Sie werden die Steine nicht vermissen.

Werden. Etwas in ihm machte klick. Seth dachte daran, wie die App den Leuten mit aller Macht schmackhaft gemacht worden war. Und dann verstand er. Entsetzen breitete sich in ihm aus und er begann, die Menge nach Adara abzusuchen. Gleichzeitig steckte er die Hand in seinen Lederbeutel und schloss ihn um den Nachrichtenstein.

Adara, sie wollen …

»Wie nett, dass du den Anfang machst, Seth«, sagte die Hohe Rätin mitten in seinen Gedanken hinein und streckte eine Hand aus. Ihr Lächeln verriet ihm, dass sie genau wusste, was er dachte und ihn mit Absicht an diesen Punkt geführt hatte. Damit er nicht anders konnte, als ihr seine Steine auszuhändigen.

Seths Gedanken rasten, während er ihre Hand anstarrte. Aber er durfte nicht zögern. Durfte nicht mal darüber nachdenken. Er löste den Lederbeutel von seinem Gürtel und gab ihn der Hohen Rätin. Es fühlte sich an, als würde er nicht die Steine, sondern sein Schicksal in ihre Hände legen.

»Danke«, sagte sie und reichte den Beutel an ihren Leibmagier weiter. »Wenn die anderen sehen, dass du mit gutem Beispiel vorangegangen bist, werden sie ihre Steine sicher auch gerne abgeben.«

Das steckte also dahinter. Man wollte so vielen Mitgliedern wie möglich die Steine abnehmen, damit sie die App benutzen mussten. Seth wollte sich zurückziehen, um Adara zu suchen und sie zu warnen, damit wenigstens sie ihre Steine in Sicherheit bringen konnte, aber die Hohe Rätin belegte ihn mit Beschlag. Er ließ seinen Blick über den Platz schweifen und entdeckte Adara am anderen Ende, in der Nähe der Zelte, in denen sich die Magier aufhielten. Zu weit weg.

Und bei ihr war Laurent.

18

Adara zuckte zusammen, als sie ihn sah. Laurent. Nein, Sadir, das war sein neuer Name, seit seiner fehlgeschlagenen Verbindung mit Ida. Er bog zeitgleich mit ihr auf den Weg zu den Zelten ein und es gab keine Möglichkeit mehr, ihm unauffällig auszuweichen.

»Magierin Adara«, grüßte er sie und schon beim Klang seiner Stimme krampfte sich ihr Magen zusammen. Es war einfach unfassbar, dass jemand wie er frei rumlaufen durfte, nach allem, was er seiner ehemaligen Quelle angetan hatte. Sie blieb nicht stehen, sondern ging weiter, warf ihm nicht mal einen abschätzigen Blick zu. Selbst der war zu schade für einen wie ihn. Nur aus dem Augenwinkel sah sie, dass er wütend das Gesicht verzog, weil sie ihn einfach links liegen ließ.

»Warte nur«, hörte sie ihn zischen. »Hochmut kommt vor dem Fall. Bald habe ich auch wieder eine Quelle.«

Adaras Nackenhaare stellten sich auf. Unwillkürlich wurde sie langsamer. Er wurde wieder verbunden? Natürlich, der Rat brauchte jetzt wirklich jeden. Trotzdem hasste sie den Gedanken, dass eine Quelle seinen Quälereien ausgeliefert sein würde. Sie hätte ihm gerne ihre Meinung gesagt, aber sie wollte nicht auf seine Provokation eingehen, also hielt sie sich zurück und ging weiter.

»Du kennst sie sogar«, rief er ihr nach.

Hör nicht hin. Achte einfach gar nicht auf ihn, beschwor sie sich selbst.

»Ich bin gespannt, ob sie genauso aufrührerisch ist, wie ihr Bruder es war.«

Adara erstarrte mitten im Schritt. Langsam, unendlich langsam drehte sie sich nun doch zu ihm um. Ein süffisantes Lächeln umspielte seine Lippen. Adara hätte es ihm am liebsten aus dem Gesicht gekratzt. »Lucy?«, fragte sie leise. Weil sie Gewissheit haben musste.

»Ja«, säuselte er. »Vielleicht kannst du mir ja ein paar Tipps geben, wie ich sie am besten … beherrschen kann. Immerhin hast du es mit ihrem Bruder vorgemacht.«

Adara schluckte schwer, als sie daran dachte, wie sie Chris am Anfang unter Druck gesetzt hatte.

Sadir kam näher. »Dieser Zauber, der keine Widerrede erlaubt … den würde ich gern mal an ihr testen.«

Nein. Das durfte sie nicht zulassen. Lucy würde Sadirs Behandlung niemals durchstehen, wenn sogar Ida fast daran zerbrochen war. Wortlos wandte sie sich um und rannte los. Sadirs hämisches Gelächter folgte ihr noch, nachdem er in sein eigenes Zelt gegangen war.

Seth? Sadir wird Lucys Magier. Gerade er, schickte sie eine Gedankennachricht. Sie wollte gar nicht wissen, woher Sadir das wusste. Es spielte keine Rolle. Wichtig war nur, dass sie es verhindern musste. *Du musst mir helfen. Komm zu den Zelten.* In welchem sich wohl Lucy befand? Als ein Wächter ihr entgegenkam, fiel ihr auf, dass es wohl nicht so günstig wäre, einfach Lucys Zelt zu betreten. Hastig schlich sie hinter der Zeltreihe entlang, um sich möglichst ungesehen zu nähern.

Seth! Wo steckst du nur? Du musst mir helfen. Verdammt, warum antwortete er denn nicht? *Wir können nicht zulassen, dass sie auch nur eine Nacht in seiner Gewalt ist.*

Was sie hier tat, war vollkommen hirnrissig, es war dumm, eine reine Verzweiflungstat. Aber sie musste es wenigstens versuchen.

Plötzlich huschte ein Schatten am Zelt vor ihr vorbei. Sie zuckte zusammen. Chris. Sein Gesicht. Es war sein Gesicht gewesen. Natürlich. Wo, wenn nicht hier bei Lucy, würde sie seinen Geist antreffen?

»Du bist hier, nicht wahr?«, flüsterte sie. »Du willst, dass ich ihr helfe.« Ein sanfter Wind strich ihr über die Wangen, es fühlte sich an wie ein Ja.

Tu es.

Aufgeregt ging sie noch etwas näher an das Zelt heran, bei dem sie ihn gesehen hatte. Sicher hatte er ihr zeigen wollen, dass Lucy sich darin befand.

Lucy? Ich bin hier, hinter dem Zelt.

Adara drückte sich noch etwas mehr in die Schatten und wartete ab. Sie erhielt keine Gedankennachricht, aber das musste nichts heißen.

»Was soll das? Spinnst du?«

Adara fuhr herum. Ein viel kleinerer Schatten lugte jetzt zwischen den Zeltplanen hindurch. Ein viel soliderer Schatten, kein Geist, sondern ein echter Mensch, mit zitternder Stimme. Adara machte ein paar Schritte auf sie zu. Lucy war noch blasser als sonst, wirkte ausgemergelt und viel zu dünn, aber nicht mehr so abgrundtief erschöpft. Vielleicht lernte auch sie langsam, mit der Trauer um Chris zu leben.

»Lucy. Gut, dass du da bist.« Sie streckte eine Hand aus und lächelte freundlich. Dabei kam sie sich vor, als würde sie ein verängstigtes Tier anlocken wollen.

»Bleibt mir ja nichts anderes übrig«, gab sie zurück. »Was willst du?«

Ihre offene Feindseligkeit traf Adara mitten ins Herz, aber sie konnte es ihr nicht mal übel nehmen. »Ich will dir helfen.«

Lucy schnaubte. »Und wie stellst du dir das vor?«

Das war eine gute Frage. Eine wirklich sehr gute Frage. »Ich weiß es nicht«, gab sie zu. »Erst mal bringe ich dich von hier weg. Den Rest sehen wir dann.«

»Das klingt nach einem total gut durchdachten Plan.«

Für einen Moment glaubte sie, Chris hätte diesen Satz gesagt.

Dieser Sarkasmus war so typisch für ihn. Sie wandte sich sogar um, suchte nach jenem anderen Schatten, der natürlich nicht da war.

»Ich kann nicht zulassen, dass …«, begann Adara.

»Ich kann nicht weg.«

»Lucy, weißt du, welcher Magier für dich vorgesehen ist?«, zischte sie.

»Nein und es spielt auch keine Rolle.«

»Sadir.«

Lucy blinzelte. Ihr Gesichtsausdruck veränderte sich nicht, aber sie schien noch blasser zu werden. »Ich kann trotzdem nicht weg«, flüsterte sie.

»Ich weiß, der Augenstern. Es ist ein Risiko. Aber sie werden ihn nicht sofort verwenden. Erst mal geht es nur darum, die Verbindung zu verhindern. Danach sehen wir weiter. Jetzt komm, schnell.«

»Nein.« Angst lauerte zwischen Lucys Worten. »Ich muss bei der Zeremonie anwesend sein.«

»Warum?«, fragte Adara.

»Wenn ich nicht da bin, werden sie ihn töten.« Ihre Stimme überschlug sich.

»Wen?«, fragte sie. Dann fiel ihr Lucys Großvater ein. Natürlich, sicherlich erpressten sie sie mit ihm. »Ich verstehe.« Zumindest teilweise. Warum Lucys Verbindung mit Sadir so wichtig war, dass man ihr mit so etwas drohen musste, wollte sich ihr einfach nicht erschließen.

»Das bezweifle ich.« Lucy horchte auf. »Sie kommen. Du musst gehen.« Sie wollte die Zeltplane schließen.

»Warte!«, rief Adara. »Wenn du jemals etwas brauchst, lass es mich wissen. Du kannst immer zu mir kommen. Ich würde alles tun, um dir zu helfen. Alles, Lucy.«

Ein verächtliches Schnauben drang zu ihr. »Das kannst du einfach lassen, weißt du? Dieser komische Schuldtrip, auf dem du dich befindest, den brauche ich nicht.«

Damit ließ sie die Zeltplane vor Adaras Nase fallen. Adara starrte auf den weißen Segelstoff. Sie hatte recht. So eine verzweifelte, sinnlose Aktion brauchte wirklich keiner. Vielleicht hatte sie es nur getan, um sich nicht vorwerfen zu müssen, dass sie nicht alles versucht hatte.

Chris, es tut mir so leid. Ich wünschte, du wärst hier.

Stumm lauschte Adara in den Wind. Wie lächerlich. Worauf wartete sie eigentlich? Selbst wenn er da wäre, was würde das schon helfen?

»Magierin Adara. Wie … interessant, dich hier anzutreffen.«

Adara fuhr herum. »Rat Danes.« Sie fluchte innerlich. Hatte er nichts Besseres zu tun, als ihr nachzustellen?

Sein Blick zuckte zu Lucys Zelt. Dann kam er auf sie zu. Ihr Instinkt schrie, dass sie zurückweichen sollte, aber sie tat es nicht. Im Gegenteil. Sie machte einen Schritt auf ihn zu. Danes' Gesicht verfinsterte sich.

»Ich dachte, ich hätte dir klargemacht, wo dein Platz ist«, zischte er. »Und er ist ganz sicher nicht bei der Schwester eines hingerichteten Verräters.«

Es war so schwer zu schweigen. Nicht in unendlich viele Scherben zu zerfallen, deren scharfe Kanten als Worte aus hier hervorquellen und ihre und Seths Chancen auf eine bessere Zukunft ruinieren würden.

Er wird uns nicht brechen.

Sie klammerte sich an Seths Worte. Solange sie ihr Ziel vor Augen hatte, konnte Danes ihr nichts anhaben.

In diesem Moment öffneten sich die Planen der Zelte. Die Wächter traten heraus und begleiteten ihre Schützlinge zur Zeremonie. Zuerst die Magier, hinter ihnen die Quellen. Lucy als Letzte.

»Komm«, befahl Danes und ging ihr voraus.

Sie folgte ihm. Sich ihm jetzt zu widersetzen, wäre albern gewesen.

Mit Tränen in den Augen wohnte sie der Verbindungszeremonie bei. Als Lucy und Sadir an der Reihe waren, nickte Danes zufrieden, als hielte er Sadir für genau den Richtigen, um die Schwester eines Verräters im Zaum zu halten.

Adara ballte die Fäuste, so fest, dass ihre Fingernägel sich schmerzhaft in ihre Handflächen gruben. Sie durfte nichts Unbedachtes tun. Durfte ihre Wut nicht herausschreien. Sie musste schweigen. Auch wenn Lucys Entsetzen bei Sadirs Berührung ihr den Magen umdrehte.

Er wird uns nicht brechen.

Unwillkürlich suchte sie in der Menge nach Seth, konnte ihn aber nicht entdecken.

»Zum Abschluss der Zeremonie habe ich noch eine überaus erfreuliche Nachricht für alle.«

Die helle Stimme der Hohen Rätin traf Adara unvorbereitet und ließ sie zusammenzucken. Von den riesigen Leinwänden über der Ebene sah sie wohlwollend auf die Mitglieder herunter. »Der Test unserer App auf dem Geschichtenfest war ein großer Erfolg. Sie ist nun nicht mehr fehleranfällig und es sollten auch keine Smartphones mehr schmelzen.« Sie lächelte entschuldigend. »Sie ist leichter bedienbar, sogar leichter, als die Steine es waren, und ist für uns äußerst einfach zu warten.« Sie machte eine kunstvolle Pause, in der Applaus aufkam, bis die Hohe Rätin die Hand hob und er verebbte. »Um unsere Magier zu entlasten, hat der Innere Kreis daher beschlossen, dass es Zeit für den nächsten Schritt ist.«

Adara bekam eine Gänsehaut.

»Die Steine werden aus dem Verkehr gezogen. Die Benutzung ist ab jetzt illegal und wird unter Strafe gestellt.«

Zunächst herrschte verblüfftes Schweigen, doch dann brach ein Tumult los. Adara hingegen stand da wie gelähmt. Sie konnte nicht glauben, was sie gerade gehört hatte. Unwillkürlich griff sie nach dem Lederbeutel an ihrem Gürtel. Ihr Instinkt sagte ihr, dass sie die Steine verstecken musste. Sie waren lebenswichtig. Ihre einzige Möglichkeit, aus der Ferne mit Seth zu kommunizieren, ohne dass jemand sie belauschen konnte. Ihre einzige Möglichkeit, vielleicht Gleichgesinnte zu finden, um eine Veränderung zu bewirken. Gerade wollte sie sich in Bewegung setzen, aber da versperrte ihr schon Rat Danes den Weg und streckte die Hand aus. Es war vorbei.

19

Seth beobachtete die Hohe Rätin, die von aufgebrachten Mitgliedern des Rates umzingelt war. Sie waren ihr in eines der größeren Zelte gefolgt, wo kurzfristig eine Notfallsitzung anberaumt worden war. Die Räte bedrängten die Hohe Rätin so sehr, dass ihr Leibmagier sich schließlich gezwungen sah, einen Schutzzauber zu wirken, damit die Menge zurückwich. Seth konnte die Menschen verstehen. Er war ebenso schockiert wie sie, auch wenn er es sich nicht anmerken ließ. Warum hatten weder er noch sein Mentor das Verbot der Steine kommen sehen?

»Seth?« Überrascht fuhr er herum, als er Adaras Stimme hörte.

»Adara? Wie kommst du …«

»Rat Danes hat darauf bestanden, dass ich an der Sitzung teilnehme.«

Seth spürte leichtes Unbehagen in sich aufsteigen. Was auch immer Danes damit bezweckte, es war sicher nichts Gutes. Auch Adara schien das zu befürchten, denn sie wirkte angespannt und nervös, und anstatt sich wie sonst selbstbewusst vor ihn zu stellen, hielt sie sich in seinem Schatten.

»Es tut mir leid«, ergriff die Hohe Rätin jetzt das Wort, »aber das Verbot der Steine war nötig und es war auch nötig, euch darüber bis jetzt im Dunkeln zu lassen. Wir mussten verhindern, dass jemand versucht, seine Steine in Sicherheit zu bringen.«

»Der Innere Kreis hat kein Recht, eine althergebrachte Institution wie die Steine einfach zu verbieten«, fiel ihr eine Rätin aufgebracht ins Wort.

»Außer es ist die einzige Möglichkeit, Gefahr für die gesamte Gemeinschaft abzuwenden«, antwortete die Hohe Rätin sanft. Ihre Miene drückte einzig Verständnis und Wohlwollen aus.

»Was denn für eine Gefahr?«, wollte Rat Briar wissen.

»Eine Gefahr, die sich in den letzten Monaten so langsam herausgebildet hat, dass sie uns allen bis jetzt nicht richtig bewusst war«, ergriff Rat Danes das Wort. »Eine Gruppe von Terroristen hat sich formiert. Sie nennen sich Widerstand.« Danes schnaubte, als fände er das vollkommen lächerlich.

Wieder setzte Gemurmel ein, diesmal fassungslos und bei den älteren Räten teilweise sogar ein wenig ängstlich. Wortfetzen drangen zu Seth hinüber. »Letztes Mal …« – »Das darf nicht sein …« – »… nicht zulassen …« – »Wie konnte nur … darf nicht wieder geschehen …«

In diesem Moment spürte er eine Hand in seiner. Adara. In der allgemeinen Aufregung fiel niemandem auf, dass sie etwas näher bei ihm stand und ihre Finger fest um seine schloss. Er spürte, wie seine Magie in ihren Körper floss und ihnen die Möglichkeit gab, auch ohne die Steine oder die App Gedankennachrichten zu tauschen.

Hörst du das, Seth? Es gibt einen Widerstand! Nicht nur ein paar Leute, die sich dieselben Gedanken machen wie wir, sondern einen richtigen Widerstand!

Er spürte im Fluss seiner Magie, wie sehr sie sich darüber freute. Doch bevor er ihr antworten konnte, sprach Rat Danes schon weiter. »Die App gibt dem Inneren Kreis die Möglichkeit, die Mitglieder besser zu überwachen und sofort gegen gefährliche Aktivitäten vorzugehen. So können wir Anschläge des Widerstandes im Keim ersticken.«

Schockiertes Schweigen breitete sich aus.

»Der Rat überwacht unsere Nachrichten?«, fragte schließlich jemand und aus dem Schweigen wurde langsam wieder Empörung laut.

Seth spürte förmlich, wie wenig es Adara gefiel, dass sie mit ihrer Vermutung recht behalten hatte.

»Das ist ein Eingriff in unsere Privatsphäre!«, rief einer der Räte erbost.

»Eine Unverschämtheit.«

»Bitte denkt daran, dass wir alle ein gemeinsames Ziel haben. Die Gemeinschaft dient dazu, die Welt vor den zunehmenden Naturkatstrophen zu schützen«, sagte die Hohe Rätin beschwichtigend. »Dafür müssen wir alle Opfer bringen. Ich weiß, wovon ich rede. Der Rat muss dafür sorgen, dass alle Mitglieder der Gemeinschaft ihre Aufgaben verlässlich erfüllen. Der Widerstand hingegen ist eine Gefahr für unser System und daher für die gesamte Menschheit.«

»Ich verlange eine Ausnahme für alle Räte«, meldete sich eine Rätin zu Wort. Sie wirkte ruhig, aber Seth sah, dass ihre Hände leicht zitterten. Wahrscheinlich hatte sie einen guten Grund dafür, die Steine um jeden Preis behalten zu wollen.

»Wir haben darüber beraten, ob wir den Räten gestatten sollen, ihre Steine zu behalten«, antwortete die Hohe Rätin ruhig, »haben uns jedoch dagegen entschieden. Es gibt Anzeichen dafür, dass wir Verräter in den eigenen Reihen haben. Mitglieder des Rates, die mit dem Widerstand zusammenarbeiten und gefährliches Gedankengut verbreiten.«

Kurz war es still. Totenstill. Dann brach die Hölle los. Empörung, Wut und Verunsicherung verschafften sich Luft.

Danes meldete sich zu Wort. »Natürlich werden die Verräter keine brisanten Informationen über die App austauschen, aber dadurch machen wir es ihnen deutlich schwerer, Absprachen zu treffen. Außerdem haben wir über die App bereits eine Menge interessante Daten sammeln können.« Danes lächelte. Ein kaltes Lächeln, das

Seth ganz und gar nicht gefiel. »Jetzt brauchen wir nur noch jemanden, der sich darum kümmert, die Verräter anhand der Daten zu entlarven und unschädlich zu machen. Jemand, dem wir absolut vertrauen können.« Danes' Blick zuckte für den Bruchteil einer Sekunde zu Seth.

Seth erstarrte innerlich.

Adara schien nichts bemerkt zu haben. Sie wirkte unheimlich aufgeregt, saugte seine Magie förmlich in sich auf und eines ihrer Gefühle schlug darauf Wellen. Freude. Unbändige Freude.

Wir sind nicht mehr alleine, Seth. Es gibt einen Widerstand und er ist so stark, dass der Rat Angst vor ihm hat. Sie drückte seine Hand. *Verstehst du, was das heißt?*

Seth sah sie nicht an.

Wir haben eine Chance. Mit dem Widerstand zusammen haben wir endlich eine echte Chance, etwas zu ändern. Die alte Ordnung wiederherzustellen. Jetzt wird alles gut, Seth.

Seth schloss für einen kurzen Moment die Augen, um sich zu sammeln. Denn er ahnte inzwischen, worauf Danes hinauswollte.

»Für diese Aufgabe brauchen wir jemanden, der bereits in meinem Auftrag gegen den Widerstand vorgegangen ist«, sagte Danes gerade.

Zuerst wusste Seth nicht, wovon er redete, aber dann verstand er. Der Erdrutsch am Berg. Die Zerstörung des Höhlensystems, zu dem Danes Adara gezwungen hatte. Sie war also nicht die Einzige gewesen, der er damit seine Macht hatte demonstrieren wollen.

Mit seinen nächsten Worten bestätigte Danes Seths Vermutung. »Erst gestern konnten wir dank seiner Hilfe erfolgreich eine geheime Basis des Widerstandes in Indonesien zerstören.«

Adaras Hand erstarrte in seiner.

»Das System hat sichergestellt, dass wir ihm absolut vertrauen können, und er hat in den letzten Wochen mehr als einmal bewiesen, dass er loyal ist. Daher schlage ich Rat Tahere als Inquisitor vor. Wer ist dafür?«

Eine beeindruckende Mehrheit an Händen schoss in die Luft.

Adara keuchte leise neben ihm auf. *Oh Gott, Seth. Wie willst du das ablehnen?*

Seth spürte Danes' Blick auf sich lasten. Und auch die anderen Räte sahen ihn erwartungsvoll an. Wie schlau Danes das eingefädelt hatte, ihn so vor vollendete Tatsachen zu stellen.

Seth, worauf wartest du, drängte Adara. *Du musst das ablehnen!*

Seth presste die Kiefer aufeinander. Dann ließ er Adaras Hand los und trat vor.

»Ich nehme das Amt an.«

20

Die Wirklichkeit sackte weg und Adara war für einen Moment gefangen in Zeitscherben, die zerfielen und sich wieder zusammensetzten. Hatte er das wirklich gerade gesagt? Das konnte er doch nicht ernst meinen. Er wollte die Leute verraten, die genauso dachten wie sie? Sie sah zu Seth hinüber. Nichts an ihm gab preis, was er dachte. Aber sie glaubte, seinen Widerwillen zu spüren. Hoffnung stieg urplötzlich in Adara auf. Nein, natürlich wollte er dieses Amt nicht. Genau deswegen hatte er sich dazu bereit erklärt. Er würde sich in der Analyse der Daten vergraben, ohne etwas zu entdecken, und so verhindern, dass die Mitglieder des Widerstandes gefunden wurden. Gleichzeitig verschaffte ihm die neue Position höheres Ansehen und würde ihm helfen, schneller in den Inneren Kreis zu kommen. Es war genial.

»Vielen Dank, Rat Tahere«, meldete sich Rat Danes wieder zu Wort. »Anhand einer ersten Datenanalyse konnten wir bereits einige Verräter ausfindig machen.«

Adaras gerade noch aufgeflammte Erleichterung verflog.

Danes nickte Seth zu. »Rat Tahere wird sich umgehend darum kümmern, sie festzunehmen und der Befragung zu unterziehen.«

Entsetzen erfasste Adara. Die Befragung. Keiner konnte ihr standhalten. Sie brachte immer die Wahrheit zutage. Immer. Und sie führte häufig zum Wahnsinn. Deshalb war sie auch nur in wenigen Ausnahmefällen erlaubt.

Sie erwartete, dass jemand Einspruch erheben würde, aber niemand meldete sich. Auch Seth nicht. Aber so weit würde er doch sicherlich nicht gehen, oder?

Adara machte einen Schritt auf ihn zu, blieb dann aber stehen. Düsternis hielt Seths Blick gefangen, eine abgrundtiefe Dunkelheit, die sie bis in die Tiefen ihrer Seele erschreckte. Wie im Nebel hörte sie, wie Danes weitersprach. »Es handelt sich bei den Verrätern, die wir entlarven konnten, nicht um Ratsmitglieder, sondern um Bewahrer. Sie haben geheimes Wissen an den Widerstand weitergegeben.« Danes gab Seth ein Zeichen, damit er zu ihm kam, nannte ihm wahrscheinlich die Namen und rief dann einige Wächter herbei, die ihn begleiten sollten.

Seth nickte knapp, dann machte er sich auf den Weg zum Ausgang des Zeltes, wobei er an Adara vorbeikam.

»Seth.« Mehr sagte sie nicht, nur seinen Namen, damit er sie ansah. Sein Blick fiel kurz auf sie, aber es war, als würde er durch sie hindurchsehen. Er hielt nicht an, war nicht bereit, egal, wie kurz, in die Rolle ihrer Quelle zu schlüpfen.

»Ich verlange, dass du stehen bleibst«, befahl sie leise, aber bestimmt. Innerlich zitterte sie. Sie war sich bewusst, dass sie sich damit auf einen offenen Machtkampf eingelassen hatte, unter den Augen aller. Danes musterte sie spöttisch. Endlich wusste sie, warum er sie hierher mitgenommen hatte. Er wollte ihr zeigen, dass er das Sagen hatte. Und zwar nicht nur über sie, sondern auch über Seth. Sie straffte die Schultern. Dann griff sie nach Seths Hand und nahm seine Magie, bevor er sich wehren konnte. So musste er stillstehen, wenn er nicht riskieren wollte, dass ihre Hände sich lösten und die Magie sie tötete.

Eine ziemlich drastische Maßnahme, um meine Aufmerksamkeit zu bekommen.

Du lässt mir keine Wahl.

Wer von uns hat schon eine Wahl? Er wirkte beherrscht, aber zwischen seinen Gedanken lauerte Finsternis, die mit seiner Magie direkt in ihren Körper geschwemmt wurde. Adaras Herz begann, ängstlich zu flattern. Sich der Blicke um sie herum sehr bewusst, versuchte sie, sich ebenso wenig etwas anmerken zu lassen wie er.

Seth, du musst das verhindern.

Es ist zu spät, antwortete er in Gedanken.

Du willst sie also der Befragung unterziehen? Sie schüttelte den Kopf. *Ich glaube einfach nicht, dass du so was tun würdest. Oder könntest.*

Du hast keine Ahnung, wozu ich fähig bin und was ich tun würde, unterbrach er sie kalt.

Die Härchen in ihrem Nacken stellten sich auf. *Wer ist es? Wen sollst du holen?*

Haruto und Kathrin.

Adara erschauerte bei der Vorstellung, was mit ihnen geschehen würde. Sie dachte an ihr Gespräch mit den beiden zurück und zweifelte nicht daran, dass man Beweise bei ihnen finden würde.

Es muss doch einen anderen Weg geben. Sie sind Menschen wie du und ich. Wenn du sie als Verräter anklagst, zerstörst du ihr Leben und das ihrer Familien.

Wenn ich es nicht tue, tut es ein anderer, antwortete er. *Und was ihre Familien angeht … Wenn ihre Angehörigen unschuldig sind, wird sichergestellt, dass sie nicht als Verräter gebrandmarkt werden. Sie werden die Chance erhalten, sich wieder in die Gemeinschaft einzufügen.*

Was ist mit ihren Kindern?, fragte sie. *Wird man sie verschonen?*

Seths Magiestrom versiegte. Es war, als wäre er innerlich vollkommen erstarrt. *Kinder?*

Ja, Kathrin hat eine Tochter. Tasha. Ich kenne sie.

Die Magie floss wieder, aber langsam und zäh wie Teer, in dem alle Gefühle stecken blieben.

Was ändert es, dass du sie kennst?, fragte er. *Menschen sind nicht mehr wert als andere, nur weil du sie liebst. Es ist nicht richtig, sie zu schützen, wenn es so vielen anderen hilft, sie zu opfern.*

Adara hatte mit allem gerechnet, aber nicht mit dem Selbsthass und der Erschütterung, die zwischen seinen Gedanken hervorquoll. Sie lähmten ihre Gedanken und es dauerte einen Moment, bis sie antworten konnte.

Seth, lass mich dir helfen. Wir finden eine andere Lösung …

Es gibt keine andere Lösung.

Schmerz wallte in ihr auf. *So wie es auch bei Chris keine andere gab?*, warf sie ihm in Gedanken vor. *Was willst du noch alles opfern, Seth?*

»Rat Tahere?« Victor Danes war neben ihnen aufgetaucht. »Es ist Zeit.«

Danes warf Adara einen Blick zu und notgedrungen ließ sie Seths Hand los. Sie bemerkte den kaum erkennbaren Unwillen in Seths Haltung, doch dann nickte er. Wie zufällig berührte er noch einmal ihre Hand. *Sorg dafür, dass Kathrins Tochter verschwindet, bevor man sie findet. Sicher ist sie hier noch irgendwo.*

Damit ließ er sie stehen. Warum ließ er die Eltern festnehmen und riskierte, dass sie als Verräter hingerichtet wurden, rettete aber die Tochter, wenn er doch der Meinung war, dass jedes Opfer gerechtfertigt war? Das passte nicht zusammen. Trotzdem dachte sie nicht lange darüber nach. Sie wartete ein paar Sekunden, bis Seth und die Wächter verschwunden waren und niemand mehr darauf achtete, was sie eigentlich tat. Dann rannte sie los. Es gab nur einen Menschen, der ihr jetzt noch helfen konnte. Naos.

In dem Moment, in dem Danes die Existenz eines Widerstandes offengelegt hatte, war sie sich sicher gewesen, dass Naos und Daniel dazugehörten. Alles deutete daraufhin. Sie fand sie etwas abseits der Zelte. Hastig erklärte sie ihnen alles, und nachdem sie einige besorgte Blicke und sicherlich Gedankennachrichten getauscht hatten, nickte Naos. »Wir kümmern uns um das Mädchen.«

Adaras Magen begann, vor Aufregung zu flattern. Naos hatte es nicht ausgesprochen, aber im Prinzip kam es einem Eingeständnis gleich. Er und Daniel gehörten zum Widerstand und sie würden Tasha dorthin bringen. Daniel machte sich schon auf den Weg, um nach ihr zu suchen, und Naos wollte ihm folgen, aber Adara hielt ihn am Arm zurück. Sie öffnete den Mund und schloss ihn sofort wieder. Sollte sie das wirklich tun?

»Alles okay?«, fragte Naos.

Adara nickte, schüttelte den Kopf, zögerte ein letztes Mal. Dann nahm sie all ihren Mut zusammen. »Ihr müsst mich auch mitnehmen.«

21

Seth stand am großen Panoramafenster ihres Apartments. Unter ihm breitete sich Auckland in seiner ganzen Schönheit aus. Die Straßen durchzogen die Stadt wie leuchtende Bänder. Überall verzweigten sie sich, boten verschiedene Möglichkeiten, ans Ziel zu gelangen. Ebenso wie sein Plan. Es gab einfache Wege, die ohne große Opfer ans Ziel führten. Aber sie funktionierten nur selten. Und sie waren alle in jenem Moment versperrt gewesen, in dem Danes ihn dazu gezwungen hatte, die Rolle des Inquisitors zu übernehmen. Und sosehr Seth einen anderen Weg einschlagen wollte, sosehr er sich wand und nach einem Ausweg suchte, es gab keinen mehr. Nicht für ihn, nicht für den Rat und nicht für die Verräter.

Die Gemeinschaft ist meine Familie. Sag es. Er hielt sich daran fest und sagte es in seinem Kopf, immer wieder. *Du tust es für die Gemeinschaft.* Unwillkürlich sah er Adaras Blick vor sich, als sie verstanden hatte, dass er das Amt annehmen würde.

Was willst du noch alles opfern, Seth?

Ihre Worte gruben sich in seinen Geist und ein Gesicht tauchte vor seinem inneren Auge auf. Türkise Augen, schwarze Haare.

Du hast ihn sterben lassen. Du wusstest, was sie vorhatten, und hast nichts unternommen. Ihre Worte verfolgten ihn seit jener Nacht, egal, wie sehr er versuchte, sie zu vergraben. Sie brachen immer wieder hervor. Und ebenso seine Antwort.

Deine Quelle ist schnell und schmerzlos gestorben.

Seth wusste nicht, wie lange er schon so dastand. Oder warum. Sie würde nicht zurückkommen und er konnte es ihr nicht verübeln. Wie konnte er von ihr erwarten, ihm bei dem, was nun kommen würde, beizustehen? Sie hatte sich bestimmt dem Widerstand angeschlossen. Schließlich hatte sie die ganze Zeit nach Gleichgesinnten gesucht. Vielleicht war es sogar gut, dass sie weg war und nicht mitbekam, was er noch alles würde tun müssen. Sie würde ihn schon allein für das verabscheuen, was er heute nach der Verbindungszeremonie getan hatte. Es drehte ihm ja selbst den Magen um, wenn er daran dachte. Die Schreie, das Flehen. Und schließlich – die Resignation.

»Seth?«

Adaras Stimme.

Er erstarrte. Wollte sich auf keinen Fall zu ihr umdrehen. Wie sollte er ihr jetzt in die Augen sehen? Wie sollte er ihr erklären, was er Kathrin und Haruto angetan hatte, im Namen seines Ziels? Wie sollte er es vor ihr rechtfertigen, wenn er es vor sich selbst kaum konnte? Dann wandte er sich doch um. Ganz langsam, als würde es das leichter machen, sich ihr zu stellen. Aber natürlich wurde es nicht leichter, vor allem, als er sah, wie leichenblass sie war. Ihr Blick verfing sich in seinem und er las darin alle Vorwürfe, die er sich selbst machte. Alle Fragen, die er sich selbst stellte. Vor allem die eine, die ihn schon so lange begleitete.

Hasst du manchmal die Person, die du sein musst?

Adara musterte ihn, als ob sie ihn zum ersten Mal wirklich wahrnahm. Aber er war sich nicht sicher, ob ihr gefiel, was sie sah. Sie schluckte schwer und ihre Augen wirkten plötzlich noch größer. Wie zwei dunkle Seen, in die er sich hineinstürzen konnte. Wie gern hätte er es getan, hätte sich einfach in ihr verloren. Aber wem würde das helfen?

Sie kam auf ihn zu, bis sie so nah vor ihm stand, dass ihr Geruch ihm in die Nase stieg. Ihr verlockender, betörender Geruch, die einzige Substanz auf diesem Erdboden, die es schaffte, ihn für ein paar Minuten zu benebeln.

»Du bist zurück«, stieß er hervor.

Sie nickte nur.

»Ich dachte, du hättest mich verlassen«, flüsterte er rau.

»Das hatte ich vor.« Sie zögerte kurz. »Aber der Widerstand will mich nicht.«

Sie wirkte plötzlich verloren und er fragte sich, ob das der einzige Grund war, warum sie zurückgekommen war. Wie sehr er den Gedanken hasste.

»Sie haben mich weggeschickt, wegen dir«, fügte sie hinzu, eine Anklage, die sich auch in ihrem Blick wiederfand. Aber er konnte nicht anders, als erleichtert zu sein, dass man sie abgewiesen hatte. Sie war hier. Nichts anderes zählte.

»Gut«, erwiderte er kälter, als er eigentlich wollte. »Das bedeutet, dass sie glauben, was ich ihnen vorspiele.«

»Sie glauben es, weil du es nicht spielst.«

Er sah sie unbewegt an. Nein, es war schon lange kein Spiel mehr. Erinnerungen an die Befragung kamen hoch. Die Abscheu in Harutos Augen. Die Verzweiflung auf Kathrins Gesicht. Und schließlich der Hass.

»Es ist gut, wenn sie mich hassen«, zischte er. »Denn der Hass des Widerstandes zeigt allen, dass ich dem Rat treu ergeben bin. Er ist die beste Legitimation für mich. Und meine Lebensversicherung.«

»Können wir nicht mit dem Widerstand zusammenarbeiten?«, fragte Adara. »Wir stehen doch auf derselben Seite …«

»Nein«, unterbrach er sie. »Das können wir nicht.« Niemals. Aber wie sollte er ihr das je erklären? »Sie sind gefährlich und unbeherrscht. Sie haben sich zu auffällig verhalten, sodass der Rat sie entdeckt hat und gegen sie vorgehen kann. Nur deswegen konnte

Rat Danes mich dazu zwingen, dieses … verfluchte Amt anzunehmen.« Zum ersten Mal seit Langem entglitten ihm seine Gefühle und er sah, dass Adara es bemerkte. Sie musterte ihn mit einer Mischung aus Überraschung und Bedauern. Es war unerträglich für ihn, dass sie ihn so ansah. »Warum bist du zurückgekommen?«, raunte er. »Warum hast du mich nicht einfach verlassen?«

Sie wandte sich ab, ging zum Fenster, sah lange hinaus. Schließlich drehte sie sich wieder zu ihm um. »Weil ich immer noch glaube, dass dein Weg der richtige ist. Ich finde nur die Art, wie du ihn gehen musst, nicht gut.« Ihre Worte waren immer leiser geworden. »Aber vor allem bin ich zurückgekommen, weil … weil ich nicht will, dass du irgendwo in diesem schrecklichen Abgrund verloren gehst, durch den er dich führt.«

Sie hielt seinen Blick fest und er war sich nicht sicher, ob er glauben durfte, was er da gehört hatte. Dass sie für ihn zurückgekommen war. Um ihm beizustehen, trotz allem.

Das gab ihm den Mut, ihr die Frage zu stellen. Jene Frage, die ihn schon so lange begleitete. »Hasst du manchmal die Person, die du sein musst?« Der rostige, durchbrochene Klang seiner Stimme erschreckte ihn selbst.

Sie zögerte lange, bevor sie antwortete. »Ich … ich versuche, nie jemand zu sein, den ich hassen müsste. Aber es gelingt mir nicht immer.«

Atmen. Ihre Worte ließen ihn endlich wieder atmen. »Es gelingt mir fast nie.« Er machte ein paar Schritte in ihre Richtung. »Ich wünschte, es gäbe eine Möglichkeit, diese Personen, die wir sein müssen, einfach zu vergessen. Ich wünschte, wir könnten sie ablegen wie einen Mantel, der uns nicht passt.«

»Das wünsche ich mir auch«, flüsterte sie.

Seth wollte sie berühren. Aber er war sich nicht sicher, ob er das Recht dazu hatte. Was sah sie jetzt gerade in ihm? Den Rat oder die Quelle? Den Gegner oder den Verbündeten? Der Wunsch, sie möge zwischen alldem einfach nur ihn sehen, wurde übermächtig und das Bedürfnis, sie zu berühren und ihre Wärme zu spüren, tat fast körperlich weh.

»Was wir einander antun, hat doch nichts mit uns zu tun«, flüsterte er heiser. »Was du mir antust, tust du dem Rat oder der Quelle an. Und wenn ich dich benutze, dann benutze ich die Magierin. Nicht dich.« Nun berührte er sie doch. Er ließ seine Fingerspitzen über ihre weiche Haut wandern und hielt sich an dem Gefühl fest, ihr nahe zu sein.

Sie schmiegte sich an seine Hand und schloss die Augen. »Ich wünschte, es wäre so.«

Er beugte sich ein wenig nach vorne, bis sein Mund ihrem ganz nahe war.

»Seth, nicht …«, flüsterte sie.

»Das alles, es hat nichts mit uns zu tun. Rein gar nichts.« Es war eine Bitte, die ihn selbst überraschte. Er hatte sie nie aussprechen wollen, diese Bitte, und wollte es auch jetzt nicht. Aber er konnte nicht anders. »Ich möchte mein Versprechen zurücknehmen, dass niemals mehr daraus wird«, flüsterte er heiser.

Sie stöhnte leise. »Wie soll das funktionieren, Seth, wenn wir einander nicht vertrauen können?«

»Die Magierin Adara kann dem Rat Seth Tahere nicht vertrauen«, antwortete er. »Aber der Rat, die Quelle und die Magierin sind nur Teile unseres Wesens. Wenn man sie entfernt, ist darunter etwas anderes, ein Teil von uns, der mit alldem nichts zu tun hat. Könnten dieser Teil von dir und dieser Teil von mir nicht … mehr haben?«

»Du meinst, wenn wir hier sind, unter uns, ganz allein, dann lassen wir die Magierin, den Rat und die Quelle einfach fallen und werden jemand anders?«

»Nicht jemand anders«, antwortete er. »Sondern im Gegenteil, ganz wir selbst.« Er machte eine Pause. »Klingt das vollkommen verrückt?«

»Es klingt verdammt nach einer Persönlichkeitsspaltung.«

Er lächelte schief. »Ja. Ich mag den Gedanken auch sehr.«

Sie lachte nicht.

»Es ist vielleicht die einzige Möglichkeit, die wir haben. Nur wir selbst zu sein«, sagte er. »Und zusammen zu sein.« Als er davon angefangen hatte, hatte er nicht so recht gewusst, wohin das führen sollte. Jetzt überraschte es ihn selbst, wie logisch es klang. Wenn es ihnen gelang, wirklich alles hinter sich zu lassen, sobald sie diesen intimen Bereich ihres Lebens betraten, wenn es ihnen gelang, alles zu vergessen, was sie einander antaten, sobald sie durch diese Tür schritten, dann konnte es vielleicht funktionieren. Zumindest eine Weile lang. Er sah in ihren Augen, dass sie das ebenfalls glauben wollte. Und gleichzeitig die Angst, den größten Fehler ihres Lebens zu begehen.

22

Wäre das nicht nur eine schöne Lüge?«, fragte Adara leise. »Und wie würde es sich, abgesehen von dieser Lüge, von dem unterscheiden, was wir jetzt schon haben?« Adara fixierte Seths Blick. Zum allerersten Mal war da nichts Düsteres in seinen Augen, nicht dieses unruhige Glimmen, das jederzeit in einen Brand ausarten konnte. Da war nur er. Statt einer Antwort auf ihre Frage kam er ihr so nah, dass sie seinen Atem auf ihren Lippen spürte. Bevor sie sich wünschen konnte, dass er sie küsste, bevor sie darüber nachdenken konnte, ob sie es wirklich wollte, streiften seine Lippen ihren Mundwinkel. Es war eine unendlich zärtliche Berührung, so leise, dass sie die ganze Welt ausschalten musste, um sie wahrzunehmen. Und gleichzeitig hallte sie so laut in ihr wider, dass alles andere einfach zerfiel. Sie wagte es nicht, nach mehr zu verlangen, brauchte es auch gar nicht, denn diese winzige, intime Berührung war schon fast zu viel. Sie riss die Wunden in ihrem Herzen auf, die sie mühsam zusammengeflickt hatte, jedes Mal, wenn sie sich Seths Nähe gewünscht und sie sich versagt hatte. Und da, in dieser sanften Vorahnung eines Kusses war auch die Antwort auf ihre Frage. *Wie unterscheidet sich das von dem, was wir jetzt schon haben?*

In allem.

Wenn sie zustimmte, wenn sie nachgab, würde sie etwas von ihm bekommen, vielleicht eine Seite von ihm sehen, die sie noch nicht einmal dann zu Gesicht bekam, wenn sie zauberten.

Den echten, wahren Seth.

Er bewegte sich nicht, vertiefte den Kuss nicht und plötzlich wirkte diese winzige, wunderbare Berührung seiner Lippen wie ein Angebot. Er würde sie nicht drängen, es anzunehmen. Wenn sie jetzt einen Schritt zurückwich, wenn sie Distanz zwischen sich und ihn brachte und einfach ging, dann würde er das akzeptieren, das konnte sie spüren. Ihr Herz begann, heftig zu flattern wie ein Vogel in einem viel zu kleinen Käfig. Wenn sie ihn jetzt abwies, würde er dieses Angebot wahrscheinlich nie wiederholen.

»Seth, ich weiß wirklich nicht, ob das funktionieren kann.«

»Ich auch nicht.«

»Hast du es schon mal versucht?«, fragte sie.

»Nein. Ich habe noch nie eine Beziehung gehabt.«

Sie starrte ihn an. »Noch nie?«

»Es ist nicht … hilfreich für meine Pläne, mich an jemanden zu binden. Und ihn in Gefahr zu bringen. Aber du …«

Sie sah in seinen Augen, dass er etwas anderes hatte sagen wollen, aber sie waren beide nicht bereit dafür. Dafür waren ihre Persönlichkeiten noch nicht gespalten genug. »Ich bin sowieso schon in Gefahr«, sagte sie leise.

Er lächelte traurig und korrigierte sie nicht.

»Wenn wir Magier und Quelle sind«, erwiderte sie, »dann wird alles wie immer sein. Es wird nichts zwischen uns geben als die Magie, keine heimlichen Blicke, keine verstohlenen Berührungen.« Sie wusste selbst nicht genau, ob es eine Bedingung war oder eine Frage. Sie wusste nur, dass von seiner Antwort alles abhing.

»Natürlich.« Am heiseren Klang seiner Stimme merkte sie, wie schwer es ihm fiel, ihre Antwort nicht einfach vorauszusetzen. »Es wird sein, als gäbe es diese anderen Teile von uns gar nicht und auch nicht das, was zwischen ihnen passiert.« Er war ihr immer noch ganz nah, seine Anwesenheit schrieb sich in jede Faser ihres Körpers. Sie musste nur Ja sagen. Dann würde sie etwas bekommen, das ihren Wünschen und Sehnsüchten so nah kam, wie es überhaupt möglich war. Es würde nie Realität werden, das wussten sie beide. Es war nur eine Flucht, aber vielleicht eine, die sie beide brauchten, um zu überleben.

Unendlich langsam näherte sie sich mit ihrem Mund seinem, sie streifte seine Lippen, gab ihm mit einem leisen Seufzen die Antwort, die er hören wollte. Denn mit dieser merkwürdigen Abmachung gab er ihr nicht nur die Möglichkeit, so mit ihm zusammen zu sein, wie ihr verräterisches Herz es sich schon lange Zeit wünschte, sondern auch die, den erdrückenden Mantel abzulegen, der ihr Leben war.

Sie vertiefte den Kuss, öffnete sich für ihn, bat ihn, ihr zu beweisen, dass es sich lohnen würde. Er küsste sie sanft, ohne die wilde Leidenschaft, die sie sonst von ihm gewohnt war. Diese heftige, wütende Lust, die sie sonst so herbeisehnte, weil sie sie alles vergessen ließ, brauchten sie jetzt nicht. Sie mussten nichts vergessen, denn sie waren nicht mehr Magier und Quelle, sondern nur noch Seth und Liliana. Ja. Während er ihren Nacken küsste, während sie ihre Finger in seinen Haaren vergrub, während er vorsichtig ihre Kleidung abstreifte, legte sie gleichzeitig alles ab, was der Gemeinschaft gehörte. Sogar den Namen, der sie nicht nur zur Magierin machte, sondern auch zu einem Menschen, der vollkommen das Eigentum der Gemeinschaft war. Adara.

Es gab sie in diesem Augenblick nicht mehr.

Sie spürte, dass es ihm ebenso ging. Am Anfang waren seine Finger noch fahrig, seine Bewegungen angespannt, aber bald fiel auch von ihm alles ab. Als er sie küsste, streichelte und ihr Herz endlich zur Ruhe kam, glaubte sie kurz, dass es die perfekte Lösung war. Aber dann nahm er ihre Hände, er verschränkte seine Finger mit ihren und zwischen ihnen zuckten winzige magische Funken. Unwillkürlich öffnete sie sich dafür, sie war süchtig nach seiner Macht und ganz besonders in einem Moment wie diesem wollte sie alles von ihm spüren, auch und vor allem seine Magie.

Als er sie danach in seine Arme zog, ließ sie zum allerersten Mal zu, dass er sie festhielt. Sie wollte, dass er sie besänftigte, und suchte in seiner Nähe die Ruhe, die sie ganz zu Anfang in seinem Angebot gespürt hatte. Aber sie fand sie nicht mehr. Denn sie konnten Magier und Quelle ablegen, sie konnten nur noch Seth und Liliana sein, aber die Magie würde immer zwischen ihnen existieren. Wie eine Kette, die sie unwiederbringlich an die Wirklichkeit fesselte. Und wenn sie nicht aufpasste, würde sie sie zusammen mit Seth in den Abgrund reißen.

23

Fassungslos starrte Adara auf die Szene, die sich mitten im Licht der Öffentlichkeit vor ihren Augen im Gemeinschaftsgebäude abspielte. Naos und Daniel saßen einvernehmlich mit Sadir und Lucy an einem Tisch des kleinen Cafés in einer Ecke der großen Eingangshalle. Besser gesagt: Naos, Daniel und Sadir saßen, Lucy stand. Adara sah von hier aus, dass sie sich kaum auf den Beinen halten konnte.

Sie wandte den Blick ab. Sie konnte jetzt sowieso nichts für Lucy tun und sie war auch nicht wegen ihr hier. Sie hatte die große Eingangshalle aufgesucht, weil sie nicht nur als Durchgangsort diente, sondern für viele Mitglieder der Gemeinschaft auch Aufenthaltsort und Treffpunkt war. Zwischen den kleinen Brunnen und Wasserfällen und den exotischen Pflanzen versteckten sich zusätzlich zu dem Café überall Sitzgruppen. Das Verbot der Steine war erst wenige Tage her und Adara wollte wissen, wie die Stimmung unter den Mitgliedern war. Sie versuchte, Gespräche zu belauschen, und beobachtete, wie die Leute auf die App reagierten, wenn sie sie benutzten. Leider war das nicht so einfach, denn Adara war nicht gerade unbekannt, und seit Seth zum Inquisitor ernannt worden war, verstummten die Gespräche der anderen, wenn sie in ihre Nähe kam. Wahrscheinlich hatten sie Angst, dass sie ihm irgendetwas erzählte, was man ihnen als Verrat auslegen konnte.

»Magierin Adara.«

Sie sah auf. Daniel stand vor ihr, er war zur Theke des Cafés gekommen, offensichtlich um Getränke zu holen. Er lächelte sie freundlich an.

»Kannst du mir mal erklären, was das soll?«, sagte sie, ohne sein Lächeln zu erwidern. Als ihr auffiel, wie unhöflich und anklagend sie klang, räusperte sie sich und sprach etwas freundlicher weiter. »Ich kann einfach nicht verstehen, wie ihr gerade mit ihm zusammensitzen könnt. Und dann auch noch Lucy stehen zu lassen. Sie sieht aus, als würde sie jeden Moment zusammenbrechen, stört euch das denn gar nicht?«

Daniel öffnete den Mund, aber die Bedienung kam und fragte ihn nach seiner Bestellung. Währenddessen stellte Adara sich vor, wie die Nächte in Sadirs Gewalt für Lucy wohl aussahen. Sie bekam eine Gänsehaut, wenn sie daran dachte, was Ida ihr damals erzählt hatte.

Daniel bestellte seine Getränke, dann wandte er sich Adara zu. »Wir treffen uns so oft wie möglich mit Sadir«, sagte er leise. »Es ist die einzige Möglichkeit, ein Auge auf Lucy zu haben.«

»Oh.« Hitze stieg Adara in die Wangen. Hier war sie und grübelte, was sie tun konnte, während Naos und Daniel einfach etwas unternahmen.

»Er erlaubt nicht, dass sie sich hinsetzt. Der Einsatz, von dem sie gerade gekommen sind, lief nicht so gut.«

Wut kochte in Adara hoch. »Es ist doch nicht ihre Schuld, dass sie nicht gut zu ihm passt.«

Daniel senkte den Kopf und Adara wurde bewusst, dass sie nicht mit ihrem Bruder sprach, sondern mit seiner Quelle. Und Daniel hielt sich immer ganz besonders genau an die Regeln. Er würde es nie wagen, ihr zu sagen, wenn sie ihn unfair behandelte oder eine Grenze überschritt. Früher hatte sie es für bedingungslosen Gehorsam gehalten, jetzt war sie sich ziemlich sicher, dass sowohl Naos als auch Daniel ihre Rollen nur so perfekt spielten, damit niemand vermutete, dass sie dem Widerstand angehörten. Nur dieses eine Mal, beim Abendessen bei ihren Eltern, war es mit Naos durchgegangen. Sonst hatte er immer den absolut ratstreuen, perfekten Magier gegeben.

»Tut mir leid, ich wollte dich nicht so anfahren, du kannst ja nichts dafür«, sagte sie und lächelte entschuldigend. »Und«, sie beugte sich etwas zu ihm, »danke, dass ihr Tasha zum Widerstand gebracht habt. Ich hoffe, dort ist sie in Sicherheit.«

»Ich weiß nicht, wovon du redest«, erwiderte Daniel.

»Natürlich nicht«, sagte Adara und lächelte.

Die Bedienung stellte ein Tablett mit den Getränken vor Daniel auf die Theke und er bezahlte. »Komm doch mit an unseren Tisch«, schlug er vor.

Sie schüttelte den Kopf. »Lieber nicht.« Zumindest äußerlich wollte sie im Moment so tun, als hätte Rat Danes gewonnen und sie dazu gebracht, sich von Naos fernzuhalten. Vielleicht würde er ihr dann irgendwann nicht mehr ganz so aufmerksam auf die Finger schauen. Aber in diesem Moment sahen Naos und Sadir zu ihnen herüber und Naos winkte sie zu sich.

»Also gut, aber nur kurz zur Begrüßung«, willigte sie ein. Als sie beim Tisch ankam und die anderen begrüßt hatte, sah sie, dass Lucy gefährlich schwankte und kaum noch die Augen offen halten konnte. Naos warf Daniel einen vielsagenden Blick zu und stand auf.

»Komm schon, Sadir, lass uns mal die neue Bar auf der anderen Straßenseite ausprobieren. Angeblich gibt's da Cocktails, die einem so richtig das Hirn wegblasen. Nach dem Einsatz haben wir uns das verdient, findest du nicht?«

»Warum nicht.« Sadir erhob sich. »Komm, Lucy.«

»Ach, die sollen lieber hierbleiben. Wir sind ja nicht weit weg. Daniel, pass auf, dass Lucy sich ordentlich benimmt.« Naos' herablassender Tonfall grub sich in Adaras Herz, obwohl sie wusste, dass er es spielte. Sadir zuckte mit den Schultern und folgte Naos aus dem Gebäude.

Daniel reichte Lucy die Hand. »Komm, ich bringe dich nach oben in unser Apartment. Da kannst du dich hinlegen.«

Lucys Augen weiteten sich und sie schüttelte den Kopf. »Das darf ich nicht, ich muss hier auf ihn warten. Wenn er mich hier nicht vorfindet, lässt er es mich büßen.«

Adara ballte die Fäuste. Aber bevor sie etwas sagen konnte, sprach Daniel weiter. »Keine Angst, ich bleibe bei dir, Naos schreibt mir eine Nachricht, wenn sie die letzte Runde Drinks bestellen, dann wecke ich dich und bringe dich wieder hierher.«

Lucy biss sich auf die Lippe, dann nickte sie. Die verzweifelte Dankbarkeit in ihrem Blick trieb Adara die Tränen in die Augen. Daniel nahm Lucy an der Hand, aber bevor er mit ihr in Richtung Aufzüge verschwand, wandte er sich noch mal zu ihr.

»Adara?«, flüsterte er. »Ich weiß, es steht mir nicht zu, dir etwas zu raten …« Er sah sich fast gehetzt um. »Aber … du solltest die App installieren und sie benutzen.«

Adara starrte ihn ungläubig an. »Was, aber …«

»Sie wissen genau, wer die App hat und wer sie benutzt.«

Am liebsten hätte Adara sich an die Stirn gefasst. Natürlich, er hatte recht. Es wäre sehr auffällig, die App zu boykottieren, und würde ein schlechtes Licht auf sie werfen. Sie nickte knapp.

»Möge deine Geschichte erzählt werden«, sagte Daniel.

Sie sah ihm nach, wie er Lucy zum Aufzug brachte. Dann zog sie ihr Smartphone heraus und installierte die App. Ein Bildschirm öffnete sich.

Möge deine Geschichte erzählt werden, Magierin Adara.

Eine Gänsehaut kroch ihre Arme hinauf, weil die App sofort wusste, wer sie war. Sie musste diese Info über ihr Handy abgerufen haben.

Spezialisierte Informationen für Magier empfangen?, fragte die App.

Adara klickte auf *Ja*, weil sie neugierig war, worum es dabei ging.

Ein Fenster öffnete sich. *Abonniere unsere regelmäßigen Gedankennachrichten mit Tipps für den richtigen Umgang mit deiner Quelle.*

Adara stimmte zu. Nicht weil sie glaubte, dass die Tipps nützlich waren, sondern weil sie wissen wollte, was für tolle Ratschläge die anderen Magier vom Rat erhielten. Sie war gespannt, wann der erste Tipp sie erreichen würde.

Als in der Halle vor ihr Stimmen laut wurden, sah sie auf. Rat Danes, Medea St. John und die Hohe Rätin hatten das Gebäude betreten und die Mitglieder scharten sich sofort um sie. Bitterkeit staute sich in ihrer Brust, als sie bemerkte, wie verklärt die Menschen auf die Mitglieder des Inneren Kreises reagierten. Was sie in der Ratssitzung nach der Verbindungszeremonie erlebt hatte, kam wieder hoch. Wie die Räte auf das Verbot der Steine reagiert hatten. Sie hatten davon nichts gewusst. Nicht der Rat hatte ihnen die App aufgezwungen und die Steine für illegal erklärt, sondern der Innere Kreis. Sie waren die echten Übeltäter und sehr gut darin, diese Tatsache zu verbergen. Adara hatte geglaubt, dass sich nach dem Verbot der Steine etwas ändern würde, aber die Wut und Empörung, die im Anschluss an die Verbindungszeremonie heftig aufgeflammt waren, waren schnell wieder abgeflaut. Die App war einfach zu bequem und die Menschen waren zu schnell bereit, ihre Vorbehalte zu vergessen, wenn sie ihrem Ärger einmal Luft gemacht hatten. In diesem Moment vibrierte ihr Handy und gleichzeitig manifestierte sich eine Nachricht in ihrem Kopf.

Liebe Mitglieder, wir nehmen eure Sorgen wegen der Gruppierung, die sich Widerstand nennt, sehr ernst. Wir unternehmen alles, was in unserer Macht steht, um euch zu schützen. Damit ihr uns im Kampf gegen diese gefährliche Terrororganisation unterstützen könnt, hat die App nun eine neue Funktion, mit der alle merkwürdigen Vorkommnisse gemeldet oder per Livestream an uns übertragen werden können. Helft mit, die Gemeinschaft wieder sicher zu machen. Gemeinsam sind wir stark!

Mit offenem Mund stand Adara da. Machte das die Menschen denn nicht misstrauisch? Sie beobachtete die Leute um sich herum.

Sie nickten zufrieden, zogen teilweise ihre Smartphones heraus, vielleicht um nach der neuen Funktion der App zu suchen.

»Eine gute Idee«, rief ein älterer Mann der Hohen Rätin zu.

Sie neigte den Kopf. »Danke. Wir hoffen, es trägt dazu bei, eure Bedenken etwas zu zerstreuen.«

»Wir vertrauen euch vollkommen, Hohe Rätin«, sagte ein junges Mädchen mit unverhohlener Anbetung in den Augen.

Heuchler. Wut krampfte sich in Adaras Magen zusammen. Sie fanden es also toll? Aber gleichzeitig hatten sie vor ihr und Seth Angst? Aus dem Augenwinkel sah sie, dass Rat Danes sie entdeckt hatte. Sein Blick zeugte von Zufriedenheit. Natürlich hatte er das eingefädelt. So ergoss sich der Unmut und die Angst der wenigen kritischen Mitglieder über sie und Seth. Der Innere Kreis dagegen stand als Retter in der Not da und war vielleicht noch beliebter als vor dem Verbot der Steine. Adara fluchte innerlich. Sie war weiter denn je davon entfernt, die Unterdrückung der Quellen zu beenden. Jedenfalls solange die Menschen dem Inneren Kreis so bedingungslos vertrauten. Man musste ihnen zuerst klarmachen, wie sehr der Innere Kreis sie tagtäglich manipulierte, ausnutzte und betrog.

Unwillkürlich dachte sie an Chris. Vielleicht war der Weg, den er eingeschlagen hatte, um die Leute aufzurütteln, doch nicht so falsch gewesen. Er hatte es nur falsch angepackt. Man musste vorsichtiger vorgehen, gut planen und genau wissen, was man erreichen wollte.

Ihr Blick fiel wieder auf Danes. Er musste weg. Das war die Lösung. Er war derjenige, der immer wieder dafür sorgte, dass es nicht nur der Schutzzauber war, der den Inneren Kreis an der Macht hielt, sondern auch und noch mehr die Verehrung der Mitglieder. Danes war vielleicht nicht die Wurzel allen Übels, aber er war der Dünger, der sie am Leben hielt. Wenn man ihn beseitigt hatte, würde das scheußliche uralte Unkraut verwelken und man konnte es endlich ausreißen.

Doch wie ließ sich das bewerkstelligen? Angestrengt dachte Adara nach. Dafür brauchte es einen großen Paukenschlag, der die Menschen darauf aufmerksam machte, was alles schieflief. Ihr schwebte eine große Enthüllung vor, ein Skandal, der so gewaltig war, dass er den Ruf des Inneren Kreises vollständig zerstörte. Der Rat würde ihn entmachten, und weil dann der Schutzzauber des Inneren Kreises erlosch, wären Danes, die Hohe Rätin und Medea St. John nichts weiter als gewöhnliche Mitglieder, gegen die man vorgehen konnte. Dann würde es ihnen auch nicht helfen, einzelne Magier und Quellen mit den Augensternen unter Druck zu setzen. Wenn alle geschlossen auftraten, hatte der Innere Kreis keine Chance.

Und wenn der Innere Kreis erst mal gestürzt war, konnten sie gemeinsam die alte, gleichberechtigte Ordnung wiederherstellen. Das Vertrauen, das Seth sich gerade erarbeitete, würde ihnen dabei helfen, die Menschen davon zu überzeugen.

Dazu brauchte sie allerdings drei Dinge. Zum einen musste sie Seth von ihrem Plan überzeugen, damit er sie unterstützte. Aber das würde sie erst versuchen, wenn alles hieb- und stichfest war. Denn er würde sich nur auf einen absolut perfekt durchdachten Plan einlassen und sie wollte sich ihre Chancen nicht verderben, indem sie ihm zu früh davon erzählte. Zweitens musste sie wissen, wie das alte System ausgesehen hatte. Sie brauchte ein überzeugendes Fundament für die neue alte Gemeinschaft. Tauru wäre dafür perfekt gewesen. Der einzige Mensch, der wusste, wie die Geschichten ursprünglich wirklich erzählt worden waren. Nur leider half ihr das nicht weiter, denn Tauru reagierte nicht auf ihre Versuche, mit ihr in Kontakt zu treten, und ohne die Steine war es im Moment sowieso zu riskant. Aber ihr blieb Matteo. Um mit ihm zu reden, brauchte sie keine Steine. Er war tot. Früher hatte sie die Steine zwar oft angefasst, wenn sie mit seinem Geist redete, aber das war reine Gewohnheit gewesen. Sie konzentrierte sich auf Matteo, dachte ganz fest an sein freches Grinsen und an seine Graffitis. Dann sandte sie ihm eine Nachricht.

Matteo, wenn du mich hörst, bitte bring deine Mutter dazu, mit mir Kontakt aufzunehmen. Vielleicht hat sie ihre Steine ja noch, vielleicht hat sie irgendwo welche versteckt. Ich brauche ganz dringend ihre Hilfe.

Adara lauschte auf eine Antwort, die natürlich nicht kam. Das war der Nachteil daran, wenn man mit den Toten sprach. Man wusste nie, ob sie einen gehört hatten, und wenn ja, ob sie antworten würden.

Fehlte noch drittens. Sie atmete tief durch. Drittens brauchte sie einen handfesten Skandal. Das war das Allerwichtigste, der Kern ihres Plans. Das würde nicht einfach werden. Es musste etwas ganz besonders Ekelhaftes sein. Etwas, das alle Mitglieder, Magier und Quellen gegen den Inneren Kreis aufbringen würde, egal, wie loyal sie eigentlich waren. Und vor allem brauchte sie etwas, das sie ganz eindeutig beweisen konnte.

Beinahe hätte Adara bitter aufgelacht. Es war eine schier unlösbare Aufgabe. Vor allem in der Kürze der Zeit. Denn jeder Tag, der verstrich, war ein Tag, den Lucy in Sadirs Gewalt verbrachte. Und ein weiterer Tag, an dem Seth die grausamen Dinge tun musste, die Danes ihm auftrug.

24

Du hast heute gute Arbeit geleistet.«

Seth blieb stehen und drehte sich zu Victor Danes um, der in der Tür des Befragungsraums stand.

Seth verengte die Augen. »Sie sind unschuldig«, erwiderte er. »Wir haben sie gehen lassen.«

Danes zuckte mit den Schultern. »Das ist doch eine gute Sache. So sehen die Mitglieder, dass unsere Methode nicht manipuliert ist. Es stärkt das Vertrauen in die Befragung und natürlich in den Inneren Kreis.«

Seth nickte knapp. So konnte man es natürlich auch sehen. Aber für Seth blieb trotzdem der fade Beigeschmack, dass sie jemanden der Befragung unterzogen und seine geistige Gesundheit aufs Spiel gesetzt hatten, ohne dass es wirklich nötig gewesen war.

»Ich will nur, dass diese Gefahr für die Gemeinschaft ausgemerzt wird«, fuhr Danes fort, »und ich habe den Eindruck, wir sind auf einem guten Weg.«

Merkwürdigerweise glaubte Seth ihm das sogar. Danes hatte nichts davon, andere fälschlicherweise zu verurteilen, es fanden sich auch so genug echte Verräter. Die Leute waren erstaunlich unvorsichtig bei den Dingen, die sie per Gedankennachricht über die App verschickten. Selbst jetzt, da sie wussten, wozu die App diente.

Seth musterte Danes nachdenklich. Er wirkte ziemlich zufrieden. Viel zu zufrieden. Seth beschloss, eine Ahnung, die er seit der Verbindungszeremonie hatte, auf die Probe zu stellen. »Es war ein genialer Schachzug von dir, mir dieses Amt zu geben. Es hat mir viele Stimmen eingebracht. Vielleicht genug.«

Es war nur eine winzige Änderung in Victor Danes Haltung, eine leichte Verspannung gepaart mit einem viel zu freundlichen Lächeln, trotzdem wusste Seth Bescheid, noch bevor Danes antwortete. »Vielleicht, aber wir sollten nicht riskieren, dich jetzt schon zur Wahl zu stellen. Ein Fehlschlag würde dir sehr schaden. Es ist ein zu großes Risiko – vor allem, da du es bisher nicht geschafft hast, die Hohe Magierin und damit ihre Stimmen für dich zu gewinnen.«

Weil du nicht dafür gesorgt hast, dass ich meinen Teil der Abmachung in Sachen Lucy Wright halten konnte, dachte Seth bei sich.

»Ich denke, wir sollten noch etwas warten«, fuhr Danes fort. »Dass die Hohe Rätin die Position am liebsten unbesetzt lassen möchte, verschafft uns Zeit. Ein paar Monate, mit etwas Glück ein Jahr. Nur um sicherzugehen, dass wir wirklich genug Stimmen haben, wenn ich dich vorschlage.«

Seth nickte. »Natürlich, Rat Danes. Ganz, wie du willst.«

Es fiel ihm nicht schwer, ruhig zu bleiben, denn gerade gegenüber Rat Danes hatte er es jahrelang geübt, war perfekt darin, ihn mit jeder einzelnen Faser seines Körpers zu belügen. Und Danes glaubte ihm immer. Auch jetzt.

Er ahnte nicht, wie es in Seth aussah, weil er gerade erfahren hatte, was er schon die ganze Zeit befürchtete. Der Plan, den er und sein Mentor so akribisch ausgearbeitet und so behutsam vorangetrieben hatten, drohte zu scheitern.

25

Adara betrat die riesige Halle der Wächter, die fast ein ganzes Stockwerk des Wolkenkratzers der Gemeinschaft einnahm. Nur der Flur und ein paar Büroräume befanden sich noch hier. Und natürlich in der Mitte das undurchsichtige Glas der Kuppel des Kollektivsaals. In einem Kreis um die Kuppel herum an den Fenstern entlang befanden sich Übungsflächen und vor einer davon stand eine Menschentraube. Adara hielt darauf zu. Seth folgte in ihrem Schatten. Man hatte sie eingeladen, bei der Zeremonie zur Aufnahme der neuen Wächterschüler in die Akademie eine Geschichte vorzuführen. Adara hätte die Zeit, die sie nicht für einen Einsatz brauchte, lieber dazu verwendet, ihren Plan voranzubringen, aber dieser Termin stand schon lange fest und sie konnte nicht mehr ablehnen. Für die Familien, deren Kinder zur Wächterausbildung zugelassen wurden, war es fast ein ebenso großer Tag wie für die Magierfamilien der Tag der Verbindungszeremonie. Sogar Steve war anwesend und lauerte wie ein Eichhörnchen vor dem Nussbaum darauf, dass es endlich losging, damit er die Mitglieder in aller Welt auf dem Laufenden halten konnte.

Adara betrachtete noch einmal das Bild, das Matteo ihr gesandt hatte. Es zeigte die uralte Geschichte, die sie heute mit Seth darstellen sollte: die allererste Rettung eines Magiers durch einen Wächter.

Sie hatte Matteo schon vor längerer Zeit um ein Bild von dieser Geschichte gebeten und er hatte es ihr geschickt, während er ihr auf ihre aktuelle Bitte, mit Tauru Kontakt aufzunehmen, nicht einmal geantwortet hatte. Auf dem Graffiti waren die Urmagierin und ihre Quelle zu sehen und daneben ein Wächter in einer sehr einfachen Vorform der heutigen Uniform. Statt einer Maske war sein Gesicht so stark tätowiert, dass seine Gesichtszüge nicht zu erkennen waren. Irgendetwas an dem Bild kam Adara seltsam vor, aber sie wusste nicht, was es war.

»Ich möchte euch alle ganz herzlich zur Initiation der neuen Wächterschüler begrüßen.« Medea St. John nickte den Anwesenden zu und hob eine Hand an die Lippen, um Adara willkommen zu heißen. Adara hatte gar nicht gewusst, dass die Mutter ihres alten Freundes Clarence für das Training der Wächter zuständig war. Aber da die Position des Wächterkoordinators unbesetzt war, musste es natürlich irgendwer übernehmen.

»Es ist für uns alle ein aufregender Tag und für mich ganz besonders. Nicht nur, weil ich zum ersten Mal für die Initiation der neuen Wächter zuständig bin. Auch mein eigener Sohn beginnt heute seine Ausbildung.« Sie lächelte in die Menschentraube der schwarz gekleideten Wächterschüler und Adara folgte ihrem Blick. Ihr Herz zog sich zusammen, als sie das freche, gutmütige Lächeln von Clarence in der Menschenmenge entdeckte. Es war zu erwarten gewesen, dass er sich zum Wächter ausbilden ließ. Für ihn war es ein gutes Sprungbrett, um irgendwann eine Position im Rat einzunehmen.

»Unterstützen wird mich bei der Zeremonie und natürlich bei der Ausbildung die Hohe Magierin«, fuhr Medea St. John fort. »Ich begrüße außerdem Magierin Adara. Es ist uns eine große Ehre, dass sie sich bereit erklärt hat, heute eine Szene aus der Geschichte der Wächter für uns nachzustellen.«

Sie bat die angehenden Wächterschüler, sich auf der Übungsfläche in einem großen Kreis zu positionieren, und die Angehörigen, ein wenig Abstand zu halten. Was für ein Unterschied zu der pompös inszenierten Verbindungszeremonie.

»Vielleicht fragt ihr euch, warum gerade ihr dazu auserwählt worden seid, Wächter zu werden. Der Grund ist ganz einfach: weil ihr magisches Potenzial besitzt.«

Gemurmel wurde laut und Medea St. Johns Lächeln machte Adara deutlich, dass sie genau darauf gehofft hatte: Einen kleinen Aha-Effekt zu Beginn der Zeremonie.

»Es ist kein Geheimnis. Es wird nur nicht oft darüber geredet, dass man magisches Potenzial braucht, um ein Wächter zu sein. Natürlich hat man euch nach dem Test, den die Potenzialsucher bei euch durchgeführt haben, gesagt, dass ihr nicht genug Potenzial besitzt, um als Magier oder Quelle infrage zu kommen. Das stimmt auch. Ihr habt zwar Potenzial, jeder von euch. Tatsächlich hat jeder Mensch ein wenig Potenzial. Nur nicht genug, um zu zaubern. Ihr habt mehr als ein durchschnittlicher Mensch, aber lange nicht genug, um tatsächlich Magier zu werden.« Sie deutete auf Clarence. »Du wärest nie in der Lage, dir die Magie von deiner Quelle zu nehmen oder eine Magieebene damit zu öffnen. Und du«, sie deutete auf ein Mädchen, das selbstbewusst das Kinn hob, »hast nicht genug Quellenpotenzial, um dir die Magie aus der Natur zu holen und sie für einen Magier bereitzuhalten. Aber das ist nicht schlimm. Im Gegenteil. Denn das Potenzial, das ihr habt, wie gering es auch sein mag, verleiht euch die allerwichtigste Fähigkeit, die ein Wächter braucht: Magie zu spüren. Wenn ein Magier mit seiner Quelle zaubert, ist es die Aufgabe der Wächter, dafür zu sorgen, dass die Magie nicht außer Kontrolle gerät. Es ist eine sehr wichtige Aufgabe, ohne die die Gemeinschaft nicht existieren könnte. Ohne euch wären die Magier verloren.« Wieder setzte leises Gemurmel ein, aber dieses Mal klang es fröhlich. »Warum also sagen wir euch nicht bereits beim Test, dass ihr die Anlage habt, ein Wächter zu werden? Das möchte ich euch jetzt anhand der Geschichte des ersten Wächters demonstrieren.«

Medea St. John winkte Adara und Seth auf die Fläche. Alle Umstehenden hoben respektvoll ihre Fingerspitzen an die Lippen. Adara konzentrierte sich auf die Zeremonie. Wie man sie angewiesen hatte, beschwor Adara die Magie, bis die Erde bebte und der Wolkenkratzer leicht schwankte. Ein Wächter trat neben Adara. Man konnte nicht sehen, was er tat, aber Adara spürte, wie der Magiestrom plötzlich einfach abriss. Das Beben hörte auf.

Medea St. John nickte ihr dankbar zu. »Vielen Dank, das war sehr eindrucksvoll.« Sie wandte sich wieder an die Schüler. »In einem Notfall hängen viele Menschenleben davon ab, dass ein Wächter rechtzeitig einschätzen kann, ob ein Magier die Kontrolle über seine Magie verliert. Oder wann er körperlich nicht mehr in der Lage ist, seine Aufgabe zu Ende zu führen. Die Natur ist ein gewaltiger Gegner, sie ist unberechenbar und es ist eure Aufgabe, die Magier zu unterstützen und für ihre Sicherheit zu sorgen. Diese Aufgabe erfordert viel Vertrauen. Früher wurde jedes Kind mit Wächterpotenzial zur Ausbildung zugelassen. Das hat sich nicht bewährt.« Sie erklärte nicht, was geschehen war, aber ihre Worte versetzten Adara eine Gänsehaut. »Seitdem entscheidet der Rat, wer loyal und vertrauenswürdig ist und wer in seinem Leben genug gefestigt ist, um ein verlässlicher Wächter zu sein. Deswegen sind es inzwischen nur noch Erwachsene, die ihre schulische Laufbahn bereits abgeschlossen haben, die zur Wächterausbildung berufen werden.«

Adara starrte Medea St. John ungläubig an. Natürlich ergab alles, was sie sagte, einen Sinn. Aber Adara konnte nicht anders, als zwischen ihren Worten noch etwas anderes herauszuhören: Der Rat bestimmte nur Mitglieder zu Wächtern, die absolut loyal waren. Menschen, die in der Lage waren, mit einem Fingerschnippen Magier am Zaubern zu hindern, und die den Anweisungen des Rates jederzeit Folge leisten würden. Es klang, als ob der Rat für den Fall vorbereitet sein wollte, dass rebellische Magier ihn angriffen. Mit einer Armee von loyalen Wächtern konnte er sehr viele Magier außer Gefecht setzen. Natürlich musste er dazu erst mal an die Magier herankommen, denn ein Wächter musste sehr nah dabeistehen, um den Magiefluss stoppen zu können.

Adara warf der Hohen Magierin einen Blick zu und fragte sich, wie sie darüber dachte. Es konnte ihr doch nicht gefallen, dass der Rat auf diese Art Macht über alle Magier besaß. Natürlich war es keine endgültige Macht, aber doch eine große.

»Aus diesem Grund sind alle Geschichten über die Fähigkeiten der Wächter geheim. Eines der wenigen Geheimnisse der Gemeinschaft. Weil wir einfach nicht riskieren können, dass irgendwer in der Lage ist, unsere Magier zu sabotieren. Die allererste Aufgabe für unsere neuen Wächter ist gleichzeitig das Letzte, was Außenstehende noch miterleben dürfen.«

Sie lächelte in die Runde der Angehörigen, als wäre das ein großes Geschenk. Aber Adara wurde immer unbehaglicher zumute.

»Bitte legt nun eure Handschuhe und eure Masken an. Diese Utensilien dienen eurem Schutz und dazu, persönliche Vorbehalte aus dem Weg zu räumen, damit der Magier seinem Wächter bedingungslos vertrauen kann.« Medea St. John winkte Atria zu sich. Diese wirkte einen Zauber und Musik erklang, ein Geräusch wie Wind, wenn er durch Gräser fährt.

»Versucht, die Magie zu spüren«, wandte Medea St. John sich an die Wächterschüler. »Seid nicht traurig, wenn es euch nicht beim ersten Mal gelingt. Es erfordert ein wenig Übung. Und noch mehr Übung erfordert es herauszufinden, wann die Magie zur Gefahr wird. Heute wäre es schon ein großer Erfolg, wenn einer von euch es schafft, Atrias Magiefluss so weit zu beeinflussen, dass das Geräusch des Windes leiser wird. Ihr spürt also die Magie und sendet in Gedanken den Befehl *Atrias Magie beenden*. Das macht es euch leichter, eure Macht zu fokussieren. Also macht euch bereit.«

Adara sah, dass alle neuen Wächterschüler ihre blicklosen Masken auf Atria richteten. Unwillkürlich spürte sie selbst Atrias Magie. Wenn jeder, der Magiepotenzial besaß, die Macht hatte, den Magiefluss zu stoppen, dann müsste es ihr doch auch gelingen. Sie wusste nicht, warum, sie dachte nicht darüber nach, ob es vielleicht gefährlich sein könnte, sondern tat es einfach. Hastig, bevor Medea den Wächterschülern das Zeichen geben konnte zu beginnen.

Atrias Magie beenden, dachte sie und konzentrierte sich mit aller Macht darauf. Nichts geschah. Natürlich nicht, sie hatte auch nicht damit gerechnet. Wenn es so einfach wäre, bräuchte man schließlich keine Ausbildung dafür.

Medea St. John gab den Wächtern ein Zeichen. »Bitte beginnt jetzt.«

Lange passierte nichts, dann wurde das Geräusch des Windes leiser. Einer der Wächterschüler hatte es wohl geschafft. Es musste also doch mehr dahinterstecken. Wenn sie nur gewusst hätte, was es war. Vielleicht hatte es etwas mit dem Augenstern zu tun? Er wurde eingesetzt, um Magier und Quellen zu schützen. Und die Wächter waren für den Schutz der Verbindungen verantwortlich. Sie rief sich das Graffiti von Matteo in Erinnerung. Das von der Urgeschichte und dem ersten Wächter. Und plötzlich fiel ihr auf, was daran merkwürdig war. Die Urmagierin und ihre Quelle hatten keinen Augenstern. Aber der Wächter hatte sie trotzdem schützen können. Adaras Herz begann, heftig zu rasen. Dass der Augenstern nur dem Schutz diente, war eine Lüge, das wusste sie. Aber nun schien das Graffiti ihre Ahnung zu beweisen, dass er überhaupt nicht nötig war, damit die Wächter die Magie unterbrechen konnten. Die Wächter konnten ihre Aufgabe auch ohne ihn erfüllen. Er diente einzig und allein zur Kontrolle. Über ihn konnte der Innere Kreis die Magier zwingen zu gehorchen, denn wenn sie nicht spurten, konnte man sie damit töten. Adara brach innerlich in Jubel aus. Da war ihr handfester Skandal. Ein Skandal, der vielleicht sogar groß genug war, um die gesamte Gemeinschaft gegen den Inneren Kreis aufzubringen. Jetzt musste sie es nur noch beweisen.

Rätin St. Johns Stimme unterbrach ihre Gedanken. »Das habt ihr sehr gut gemacht. Ich danke euch, ihr habt dieser Zeremonie einen wunderbaren Abschluss beschert. Nun möchte ich alle Außenstehenden bitten, den Übungsraum zu verlassen, damit wir mit dem Rest der Initiation fortfahren können.«

Während sie den Saal verließ, fragte Adara sich, warum dieser Teil der Zeremonie überhaupt öffentlich stattfand. Aber dann blickte sie zu den Familien der zukünftigen Wächter und sie wusste Bescheid. Es war eine Warnung. Niemand durfte versuchen, den Wächtern ihr Wissen zu entlocken. Niemand, der nicht darunter leiden wollte.

»Erlaubst du mir, mich zu entfernen?«, fragte Seth mit einem spöttischen Funkeln in den Augen. »Ich werde mich hier im Gemeinschaftszentrum aufhalten.« Adara nickte und teilte ihm ihrerseits mit, wo sie sein würde. Gerade weil sie so oft getrennt waren, war es besonders wichtig, dass sie einander immer finden konnten. Sie sah ihm nach und fragte sich, was er wohl vorhatte. Doch dann fiel ihr sein neues Amt ein. Vielleicht wollte sie es gar nicht so genau wissen.

»Adara?«

Sie fuhr herum. »Ida? Was machst du hier?«

Idas leicht gerötete Wangen waren Antwort genug. Sie hatte Atria begleitet. Adara musterte sie. Wäre sie nicht der perfekte Wächter gewesen? Als Quelle kam sie nicht mehr infrage, warum also wurde ihr Potenzial verschwendet? Oder wollte man kein Risiko eingehen, weil man immer noch glaubte, dass es die Magiekrankheit war, die sie an ihrer Quellenpflicht gehindert hatte? Vielleicht konnte sie auch durch die Wächter übertragen werden.

»Ich muss euch jetzt bitten, dieses Stockwerk zu verlassen.« Ein Begleiter bedeutete der Menschenmenge, sich in Richtung Aufzug zu begeben. Das Stockwerk der Wächter war eines derjenigen, die man nicht einfach so betreten durfte. Außer zu einer Zeremonie wie dieser.

Die Angehörigen der Wächter wurden in ein anderes Stockwerk gebracht, das für Feierlichkeiten benutzt wurde. Dort konnten sie sich austauschen und einige Annehmlichkeiten genießen, bis die erste Übungseinheit vorbei war.

Geh mit ihnen.

Adara zuckte zusammen. Dann gehorchte sie. Wer auch immer ihr diese Gedankennachricht gesandt hatte, würde ihr in der Menge der Angehörigen sicher nicht gefährlich werden. Neugierig sah sie sich in dem Saal um, der für die Feier geschmückt worden war.

»Magierin Adara?«

Sie fuhr herum. Hinter ihr stand ein Wächter.

»Ich wollte dich persönlich sprechen.« Wie merkwürdig, es persönlich zu nennen, wenn sie nur auf seine unbewegte Maske schauen konnte.

»Natürlich.« Sie nickte, fragte sich aber, was ein Wächter wohl von ihr wollen könnte und warum er sie auf so mysteriöse Art angesprochen hatte. Dass er sie gerade hier treffen wollte, ließ vermuten, dass es wie ein Zufall aussehen sollte. Eine Magierin und ein Wächter, die sich bei einem gesellschaftlichen Event begegnen und plaudern.

»Ich habe gehört, dass du versucht hast, Lucy zu helfen.«

Adara erstarrte. Wieso sagte er das so laut in aller Öffentlichkeit? »Ich weiß nicht, wovon du sprichst.«

»Schon gut, du musst nicht antworten, hör mir nur zu, bitte.«

Wer war das? Jemand vom Widerstand vielleicht? Ihr Herz schlug schneller. Ja natürlich, das ergab Sinn, sie vermutete ja schon länger, dass Lucy durch Chris auch Kontakte zum Widerstand hatte. Vielleicht hatte Naos diesen Wächter geschickt. Sie bewunderte, dass er es tatsächlich geschafft hatte, sich eine Uniform zu besorgen. Die Uniformen der Wächter wurden streng bewacht. Vielleicht war er auch wirklich ein Wächter. Oder ein Spion. In diesem Fall konnte sie nicht vorsichtig genug sein. Aber für den Fall, dass er vom Widerstand war, wollte sie unbedingt hören, was er zu sagen hatte.

»Lucy möchte fliehen«, raunte er ihr zu. »Aber solange sie den Augenstern hat, geht das nicht. Sie könnten sie jederzeit töten. Und sie werden es tun, wenn sie länger als ein paar Tage verschwunden bleibt.«

Adara schwieg lange. Was sollte sie darauf antworten? Solange sie nicht wusste, wer er war, konnte sie sich keinerlei Blöße erlauben. Das Risiko, einen Spitzel vor sich zu haben, war zu groß. »Die Augensterne zu entfernen, ist Hochverrat«, sagte sie schließlich.

»Und außerdem unmöglich«, antwortete der Wächter. »Sie sind zu eng mit dem Gehirn verflochten. Jeder bisherige Versuch eines Magiers ist gescheitert. Der Augenstern bleibt funktionsfähig, auch wenn man ihn zerstört. Außerdem kann es schreckliche Folgen haben, es auch nur zu versuchen. Blindheit, Wahnsinn, manchmal den Tod.«

Blindheit? Vor Adaras innerem Auge tauchte ein Bild auf. Tauru. Der Sternenstaub in ihren Augen. Ja natürlich. Jetzt ergab alles Sinn. Sie war immer davon ausgegangen, dass Tauru infolge von Sargas' Tod erblindet war – durch einen Überschuss an Magie in ihrem Körper. Aber was, wenn Sargas vor seinem Tod noch versucht hatte, ihren Augenstern zu entfernen, damit sie der Gemeinschaft entkommen konnte? Adara erschauerte. Noch ein Grund, den Skandal um die verdammten Augensterne aufzudecken und zu erreichen, dass nie wieder jemand einen eingesetzt bekam.

»Wir haben alles versucht«, fuhr der Wächter fort. »Lucy hat sich … in den Computer eingehackt, um herauszufinden, ob es irgendwo geheime Dateien gibt, die erklären, wie man den Augenstern lösen kann. Aber da ist nichts. Auf dem Computer gibt es überhaupt keine Dateien, abgesehen von denen, die unbedingt nötig sind, um das Netzwerk der Gemeinschaft am Laufen zu halten. Keine Dokumente, keine Aufzeichnungen, nichts. Und Lucy ist verdammt gut. Wenn sie nichts findet, ist da nichts.«

Warum erzählte er ihr das alles? Das musste doch eine Falle sein. Oder? Verdammt. Wenn sie doch nur wüsste, ob sie ihm trauen konnte. »Vielleicht sollte ich den Sicherheitsdienst rufen«, sagte sie, um zu sehen, wie er reagierte.

»Nein, warte, bitte.« Er zog seinen Handschuh aus und legte seine Hand auf ihren Arm. Hastig schüttelte sie ihn ab. Genau so hatte auch Chris sie immer berührt. Aber wenn er es getan hatte, hatte sie etwas gespürt. Dieses leise Vibrieren seiner Macht. Diese Nähe. Es war merkwürdig, von einem vollkommen Fremden so berührt zu werden, und sie mochte es nicht. Es tat zu weh, sich an Chris zu erinnern und wie anders seine Berührung gewesen war.

»Ich weiß, du kannst mir nicht trauen, ich erwarte auch keine Antwort, keine Zusage«, raunte der Wächter.

Sie schüttelte verwirrt den Kopf. »Dann verstehe ich wirklich nicht, was du von mir willst.«

»Dass du mir zuhörst. Damit ich dir erklären kann, wie du Lucy von Sadir befreien kannst. Wenn du dich dazu entschließt, es zu tun.«

»Allein dir zuzuhören, ist gefährlich, wenn du solche Reden schwingst«, gab sie zurück, aber sie musste zugeben, dass er wirklich ehrlich klang. So als würde Lucy ihm wirklich etwas bedeuten. Vielleicht sogar … ja, als wäre sie der Mittelpunkt seiner Welt. War er etwa ihr Freund? »Außerdem hast du gerade selbst gesagt, es gibt keine Informationen«, fügte sie etwas sanfter hinzu.

»Nicht im Computer«, raunte er. »Aber was, wenn es eine Möglichkeit gäbe, die alten Geschichten wiederzufinden? Das ganze verloren gegangene Wissen? Was, wenn man beweisen könnte, dass eine Quelle sich so eine Behandlung nicht gefallen lassen muss. Mit den alten echten Regeln der Gemeinschaft. Was, wenn sie jemand vor unendlich langer Zeit festgehalten hat? Hilf Lucy, Adara. Bitte.«

Langsam sanken seine Worte in Adaras Geist. »Du meinst …«

»Hilf ihr, indem du die verbotenen Aufzeichnungen findest.«

26

Kaum dass Seth den alten Befragungsraum betrat, spürte er schon die Anwesenheit seines Mentors hinter der abgedunkelten Glasscheibe.

»Wir müssen über Naos reden«, drang die Stimme seines Mentors zu ihm.

»Wir müssen über etwas viel Wichtigeres reden«, gab Seth zurück, froh, dass er das Thema Naos noch eine Weile aufschieben konnte. »Über Rat Danes.«

»Was ist passiert?«

»Er hat sich geweigert, mich für die Wahl aufzustellen.«

Sein Mentor fluchte leise. »Also ist es wahr. Ich kann nicht glauben, dass wir das nicht haben kommen sehen.«

»Wie auch? Er hat mich all die Jahre gefördert. Es sah die ganze Zeit so aus, als wolle er mich im Inneren Kreis haben, damit ich ihm gegen die Hohe Rätin beistehe. Jetzt wissen wir es besser. Wir haben uns verkalkuliert.«

»Wahrscheinlich wollte er dich genau dort haben, wo du jetzt bist. Als Inquisitor, als gnadenlose Waffe gegen den Widerstand, als jemand, der kein Mitleid kennt.«

Seth schloss die Augen. Aber so kamen die Erinnerungen nur noch heftiger zurück. An die vielen Befragungen, die er in den letzten

Tagen durchgeführt hatte. Kein Mitleid. Niemals. Denn das konnte er sich nicht erlauben. Die Gefühle der Menschen, die er opferte, mussten ihm egal sein, sonst würde er das niemals durchstehen. »Ja«, sagte er nur und schob die Gedanken und Erinnerungen zur Seite. »Ich habe meinen Fürsprecher verloren. Danes wird mir nicht helfen, in den Inneren Kreis zu kommen.«

Schweigen schlug ihm von der anderen Seite der Glasscheibe entgegen. Ratloses Schweigen, das ihn mehr als alles andere beunruhigte. Sein Mentor hatte immer einen Ausweg parat. Er hatte es bisher immer geschafft, jede Gefahr zu umschiffen und Seth auf den richtigen Pfad zurückzuführen. »Noch ist nicht alles verloren«, sagte sein Mentor schließlich.

Seth lachte bitter. »Die Hohe Rätin oder Rätin St. John werden sicher nicht für mich stimmen.«

»Nein, aber vielleicht können wir Rat Danes doch noch dazu bringen.«

»Wie denn?«

Wieder schwieg sein Mentor. »Ich werde einen Weg finden. Ich sehe keine andere Möglichkeit.« Aber zum ersten Mal, seit sie zusammenarbeiteten, klang er nicht sehr überzeugt.

»Wie lange soll das noch so weitergehen?«, fragte Seth. Wie lange sollte er noch Menschen ausliefern und der Befragung unterziehen? Er musste es tun und er konnte es tun, ohne Gnade und ohne Mitleid zu zeigen, solange er sich sicher war, dass es seinem Ziel diente. Aber er musste wissen, dass dieser furchtbare Weg keine Sackgasse war.

»Das kann ich dir nicht sagen, aber ich kümmere mich darum und du wirst dich solange gedulden müssen.«

Seth hätte beinahe bitter aufgelacht, weil sein Mentor ihm jetzt dasselbe erklärte, was er erst vor einigen Wochen zu Adara gesagt hatte. Adara. Wenn er sie doch nur einweihen könnte, sie um Rat fragen. Aber er hatte geschworen, es nicht zu tun. Und diesen Schwur zu brechen, war nicht seine Entscheidung.

»Wir müssen trotzdem über Naos reden«, sagte sein Mentor eindringlich.

»Nein.«

»Seth …«

»Nein, nicht er. Nicht Naos.«

»Warum nicht? Etwa weil er Adaras Bruder ist?«, fragte sein Mentor unnachgiebig.

Seths Brust zog sich zusammen. Denn natürlich war das der Grund. Sich selbst hatte er das niemals zugestanden. Niemals hatte er versucht, jemanden zu schützen, der ihm etwas bedeutete. Warum tat er es jetzt für sie? Es war nicht richtig, es war nicht vernünftig.

Menschen sind nicht mehr wert als andere, nur weil du sie liebst.

Dass die Wahl auf Naos fiel, war hingegen nur vernünftig. In dieser Situation war es das Beste. Und er tat immer, was das Beste für seinen Plan war.

Seth atmete tief durch. »Also gut. Naos.«

27

Immer wieder suchte Adara die Menge ab. Wo steckte Naos nur? Sie wartete ungeduldig auf ihn, war extra besonders schnell zum Kollektivsaal gegangen, um ihn vor der Versammlung noch abzufangen. Sie konnte auf keinen Fall warten, bis alle Geschichten erzählt und ausgetauscht worden waren. In diesem Moment entdeckte sie Seth. Er war wahrscheinlich die einzige Quelle der Gemeinschaft, vor der sich die Menge teilte. Seine hochgewachsene Statur verlieh ihm eine natürliche Autorität. Sein immer beherrschtes Gesicht trug seinen Teil dazu bei. Die Menschen hatten ihm früher schon Achtung entgegengebracht, auch als er noch kein Rat gewesen war. Aber jetzt, seit er Inquisitor war, legten die Gemeinschaftsmitglieder, die an ihm vorbeigingen oder mit ihm sprachen, einen beinahe unheimlichen Respekt an den Tag. Einen Respekt, den Adara für sich nicht wollte, denn er grenzte an Furcht. Nur die Räte betrachteten Seth mit Wohlwollen.

Unwillkürlich versuchte sie, in Seth nicht den Rat zu sehen oder die Quelle, sondern einfach nur Seth. Genau so wie sie es für ihre ganz private Beziehung verabredet hatten. Dann fiel es ihr leichter, nicht in eine Gedankenspirale zu versinken und sich nicht immer wieder zu fragen, ob ihre Ziele all die schrecklichen Dinge, die er tat, wirklich rechtfertigten. Sie konzentrierte sich und sah nur ihn, mit seinen breiten Schultern und den schwarzen Haaren, die das Einzige an ihm waren, was er nicht immer vollkommen unter Kontrolle hatte. Manchmal fuhr der Wind hinein und zerzauste sie. So wie sie es selbst erst letzte Nacht getan hatte.

»Wie kannst du ihn nur so ansehen!«

Adara zuckte zusammen und fuhr herum. Ida stand hinter ihr und aus ihren Augen funkelte der Hass.

»Ich … äh … ich habe ihn nicht *so* angesehen.«

»Doch, hast du«, antwortete jemand leise. Sara trat neben ihre Schwester und lächelte Adara entschuldigend an.

Adara spürte, wie ihr gegen ihren Willen die Hitze in die Wangen stieg.

»Ich verstehe dich nicht«, knurrte Ida. »Wie kannst gerade du dich mit so jemandem einlassen? Mit jemandem wie ihm, der andere ausliefert. Jemandem, den der Rat ganz offiziell zum Inquisitor erhoben hat. Es sind Menschen wie Chris, die durch ihn ihr Leben verlieren.«

Die Hitze sackte aus Adaras Wangen und sie spürte stattdessen, wie sich ein Eisklumpen in ihrem Magen formte. *Menschen wie Chris*. Sie schloss die Augen und dachte an das, was Seth ihr gesagt hatte: *Es ist gut, wenn sie mich hassen, denn der Hass des Widerstandes ist die beste Legitimation für mich.*

»Hör nicht auf sie«, flüsterte Sara leise, während Ida wütend davonstürmte und sich Atria anschloss, die in einiger Entfernung mit jemandem sprach. »Wir beide sind nur neidisch.«

»Neidisch?«

Sara lächelte betreten. »Seit ich der Gemeinschaft beigetreten bin, frage ich mich, warum man Magiern und Quellen verbietet, eine Beziehung zu haben. Ich finde, es ist das Natürlichste auf der Welt. Es gibt keine Verbindung zu einem anderen Menschen, die enger ist als die der Magie. Und wenn man sich dann auch noch mag, ist es da nicht völlig normal, dass man beginnt, sich zu lieben?«

»Ich …« *Liebe ihn nicht,* wollte Adara sagen, aber Sara kam ihr zuvor. Und sie war froh, denn insgeheim fragte sie sich, ob das vielleicht eine Lüge gewesen wäre.

»Ida und ich haben das nicht. Ida ist mit Atria zusammen, aber sie zaubern nicht. Ich zaubere mit Atria, aber ich bin nicht mit ihr zusammen. Zwischen Ida und mir gibt es zwar ein enges Band, das uns erahnen lässt, wie unglaublich wunderbar es sein muss, wenn zwischen zwei Menschen, die sich lieben, auch noch Magie fließt, aber das bringt uns nur dazu, es uns noch mehr zu wünschen.«

Die Sehnsucht in ihrer Stimme verschlug Adara die Sprache. Sie hatte noch nie darüber nachgedacht, dass jemand Seth und sie tatsächlich beneiden könnte. Es kam ihr vollkommen absurd vor. Immerhin war ihre Beziehung verboten und dafür gab es gute Gründe. Oder?

»Und dann wird auch noch vorgeschoben, dass das Beziehungsverbot dem Schutz der Quellen dient«, sprach Sara weiter. »Dabei hilft es ihnen doch gar nicht, wenn niemand es kontrolliert. Stattdessen wird weggeschaut – auch dann, wenn die Quellen missbraucht und gequält werden.«

Während Sara redete, versuchte Adara, sich an die Gründe zu erinnern, warum eine Beziehung zwischen Magier und Quelle verboten war. Zum einen sollten die Quellen natürlich vor den Magiern geschützt werden. Aber wie Sara schon sagte, funktionierte das nicht wirklich. Der andere Grund waren die verbotenen Kinder. Ob auch das eines der seltsamen Verbote war, die für den Rat auf irgendeine Weise zweckdienlich waren? Aber auf welche? Dem Rat war doch nicht damit geholfen, wenn es weniger Kinder gab, die von Magiern und Quellen abstammten. Womöglich hätten diese besonders häufig Magiepotenzial. Vielleicht hing ja sogar der Magierschwund mit diesem Verbot zusammen.

»Das hat nichts zu bedeuten!«

Idas panische Stimme ließ Adara aufhorchen. Rat Danes war zu Atria und Ida getreten und starrte auf Idas Arm.

»Was zum …?«, begann Adara und hastete gemeinsam mit Sara hinüber.

»Ich möchte, dass du nach dem Kollektiv in mein Büro kommst, damit ich mir das genauer anschauen kann«, sagte Danes gerade zu Ida in einem Ton, der keinen Widerspruch duldete.

Adara runzelte die Stirn. Warum regte ihn Idas wilde Zeichnung so auf? Sie warf noch einmal einen Blick auf die Linien und Kreise, die sie beim Ball an Ida entdeckt hatte. Dann keuchte sie auf. Jetzt wusste sie, was ihr daran so komisch vorgekommen war. Es war irgendwie zu gleichmäßig, nein … zu harmonisch für eine Zeichnung. Vielleicht war es ein Erkennungszeichen. Für den Widerstand? Das würde auch erklären, warum Chris so etwas gehabt hatte. Dass er vielleicht Teil des Widerstandes gewesen war, ohne sich ihr anzuvertrauen, schmerzte in ihrer Brust. Gleichzeitig verstand sie die Notwendigkeit, sich schützen zu müssen. Umso unvorsichtiger von Ida, es sich auf den Oberarm zu tätowieren, wo man es leicht entdecken konnte. Wahrscheinlich war sich Danes nicht ganz sicher, was es mit dem Zeichen auf sich hatte, sonst hätte er Ida gleich festnehmen lassen. Aber er ahnte etwas. Adara musste diese Ahnung dringend zerstreuen. Sie schob sich ein wenig vor Ida. »Atria, hast du mir nicht erzählt, dass das passiert ist, als du aus Versehen nach Idas Arm gegriffen hast, um mit ihr zu zaubern? Weil sie hinter dir stand, hast du sie doch mit Sara verwechselt.«

Atria blinzelte kurz, dann nickte sie heftig. »Ja, das stimmt. Das war gestern.«

Rat Danes zog die Augenbrauen zusammen. Er wirkte wütend. Und nicht überzeugt. Er richtete seinen Blick auf Adara. »Wenn du es sagst, Magierin, wird es sicherlich stimmen.«

Es klang wie eine Drohung. Als wollte er sagen, dass sie es sicherlich nicht wagen würde, ihn anzulügen, und ihr wurde klar, was sie da gerade getan hatte. Sie hatte jemanden, der vom Rat sowieso schon als verdächtig eingestuft wurde, verteidigt. Auch wenn sie sich nur auf ein unschuldiges Gespräch mit Atria berufen hatte, warf es kein gutes Licht auf sie.

»Gibt es Probleme?«

Adaras Knie wurden weich vor Erleichterung, als sie Seths dunkle, beinahe bedrohliche Stimme hinter sich hörte.

»Nein«, sagte Rat Danes langsam, »keine Probleme.« Aber er warf Adara und Ida einen Blick zu, der ihnen zu verstehen gab, dass er sie im Auge behalten würde. Und Seth bemerkte es scheinbar, denn er nahm Adaras Hand.

Ich hasse es, wenn er dich so ansieht, dachte Seth.

Ich auch.

Als hätte er irgendetwas geplant.

Sie antwortete nicht, sondern genoss das Gefühl von Seths Magie, die langsam in ihren Körper floss und alle Wut und Sorge wegen Danes auflöste. Und das Verlangen in ihr weckte, mit ihm allein zu sein.

»Ähm. Ihr entschuldigt uns?«, verabschiedete Adara sich hastig von Atria und den Zwillingen. Ohne eine Antwort abzuwarten, packte sie Seth, tauchte mit ihm in der Menschenmenge unter und zog ihn schließlich in eine dunkle Ecke hinter einer großen Palme.

»Endlich«, seufzte sie.

»Dasselbe wollte ich auch gerade sagen«, raunte er. Zwischen seinen scheinbar belanglosen Worten schwang eine dunkle Leidenschaft mit, die Adara zum Zittern brachte. Sie schloss die Augen und genoss seine Nähe, wünschte sich, dass er die wenigen Zentimeter zwischen ihnen überbrückte. Dann sah sie ihn bedauernd an. »Nicht hier.«

»Nein, du hast recht.« Er ließ die Maske fallen, die er für alle anderen über sein Gesicht legte und zeigte Adara, wie es wirklich um ihn stand. Sein Verlangen war fort und nur Müdigkeit war noch da. Was hatte er nur für den Rat erledigen müssen und wollte sie es überhaupt wissen? Sie hob eine Hand und strich ihm die Haare aus der Stirn. Dann küsste sie ihn sanft auf den Mund. Er erstarrte unter ihrer zärtlichen Berührung und sofort zuckte sie erschrocken zurück. »Oh, ich … das war ein Reflex, das hätte ich nicht tun dürfen. Nicht jetzt und nicht hier.« Sie sah sich um, aber die Palme schützte sie sehr effektiv vor Blicken. »Tut mir leid.«

»Mir nicht.« Etwas in seiner Stimme rührte sie an.

»Seth, was ist nur passiert?«, fragte sie eindringlich.

Er antwortete nicht darauf. »Ich wünschte, wir könnten das Kollektiv ausfallen lassen«, flüsterte er stattdessen.

Wärme breitete sich in ihrer Brust aus. »Das würdest du doch niemals auch nur in Erwägung ziehen.« Sie hingegen würde im Moment alles darum geben, würde sogar das so dringende Gespräch mit Naos noch etwas aufschieben.

»Der Rat würde es sicher nicht. Und die Quelle auch nicht.«

»Aber der echte Seth schon?«, fragte sie.

»Ich weiß es nicht«, antwortete er zögerlich.

Sie lächelte. »Wie kannst du das nicht wissen?«

»Weil ich noch nie darüber nachgedacht habe«, sagte er langsam.

Der Gong rief sie zum Kollektiv, aber Seth ließ sie nicht los. Er stand einfach nur da und schien gleichsam durch sie hindurchzusehen. Dann nahm er plötzlich ihre Hand. »Komm.«

28

Während Seth Adara fortbrachte, um zum allerersten Mal in seinem Leben ganz bewusst ein Kollektiv zu schwänzen, hörte er ihre Frage immer noch in seinen Gedanken, als hätte sie sie gerade erst gestellt.

Wie kannst du das nicht wissen?

Seine Antwort darauf war eine Lüge gewesen und die Antwort, die er ihr hätte geben müssen, schwelte seitdem in ihm. Dabei war sie ganz simpel.

Weil ich den echten Seth nicht kenne. Weil ich nicht weiß, ob er überhaupt existiert.

Immer wenn er den Rat und die Quelle ablegte, fand er darunter nur Leere. Zunächst hatte er sie begrüßt. Er hatte sich hineingeflüchtet und sie mit dem Rausch von Lilianas Nähe gefüllt. Liliana, zu der Adara wurde, wenn sie die Magierin fallen ließ. Aber durch ihre Frage war ihm klar geworden, dass diese Leere in Wirklichkeit eine Lücke war, in der jemand fehlte, als wäre er gestorben. Vielleicht war der echte Seth ja auch gestorben, damals an jenem Tag auf der Insel. Oder nein, er hatte es sich nur gewünscht, in den Jahren, die danach gekommen waren. Und jetzt war schon lange nichts mehr von ihm übrig.

»Seth?«

Er schreckte auf und stellte fest, dass er stehen geblieben war. Seine Füße hatten ihn ohne sein Zutun an den richtigen Ort getragen.

»Hier?«, fragte sie zweifelnd und starrte den riesigen Engel an, der mit weit ausgebreiteten Schwingen vor ihnen aufragte. »Der alte Friedhof? Ist das … ein besonderer Ort für dich?«

Er sah, dass sie die Grabtafel inspizierte, die der Engel im Arm hielt. »Nein. Nur ein Ort, um etwas dort zu verstecken, wo es jeder sehen kann.« Fünfzehn Jahre. So lange war es her, dass er zum letzten Mal hier gewesen war. Und die Zeit hatte gute Arbeit geleistet. Er ging auf die Statue zu, deren Stein von der Witterung dunkel geworden war. Ein schwarzer Engel als Wächter. Wie passend. Vorsichtig befreite er die Finger des Engels vom Moos und fand, was er suchte. Er drehte sich zu Adara um, die ihn neugierig ansah. Ohne lange nachzudenken, nahm er ihre Hand und steckte ihr den Ring an den Finger.

»Äh«, machte sie und starrte erst den Ring, dann ihn fassungslos an.

Er war selbst fassungslos. Warum zum Teufel hatte er nicht daran gedacht, wie das auf sie wirken musste, und sie vorgewarnt? Er erklärte es ihr besser, bevor sie noch auf falsche Ideen kam. »Er gehörte meiner Mutter«, sagte er. »Jetzt gehört er dir, wenn du ihn willst.« Als ihre Augen sich weiteten, wurde ihm klar, dass das die Situation nicht besser machte. Eher im Gegenteil.

»Das … äh … also ich … «, machte sie.

»Ich meine«, fügte er leicht verzweifelt hinzu, »es hat einen Grund, dass ich ihn dir gebe.«

»Ja«, gab sie gedehnt zurück. »Da bin ich sicher.« Sie streckte die Hand von sich, als wäre sie ein Fremdkörper.

Trotz allem musste er plötzlich grinsen. Und fand endlich die richtigen Worte. »In dem Ring sind Splitter eines Nachrichtensteins verborgen.«

»Oh.« Unfassbar, wie viel Erleichterung in einem Oh stecken konnte. Unfassbar, dass es ihn ein klein wenig störte. »Und du gibst ihn mir?«, fragte sie und inspizierte den durch die Witterung angelaufenen goldenen Reif, in dessen Innenseite mehrere Steinsplitter eingelassen waren.

»Ich will, dass du jederzeit in der Lage bist, mit mir Kontakt aufzunehmen, ohne die App zu benutzen. Für den Fall, dass du mich brauchst.« Er dachte daran, wie Rat Danes sie angesehen hatte. Als wäre sie eine Bedrohung für ihn. Jetzt, da Danes Seth dort hatte, wo er ihn haben wollte, war Adara für ihn überflüssig geworden. Und das machte Seth verdammt nervös. Er war froh, dass er ihr den Ring geben konnte. Normalerweise hätte sein Mentor ihn verlangt, aber der hatte sich einen eigenen beschaffen können. Vielleicht auch ein altes Familienerbstück, das jemand bewahrt hatte.

»Und wie willst du mir antworten?«, fragte Adara.

»Ich habe noch den Ring von meinem Vater.« Er zeigte ihr den zweiten Ring, den er in der Hand hielt. Er sah, dass Adara ihn misstrauisch beäugte. Der Ring sah genauso aus wie ihrer. Seth räusperte sich. »Wahrscheinlich sollten wir sie nicht beide am Finger tragen.« Er erwartete, dass sie den Ring sofort abziehen würde. Stattdessen runzelte sie die Stirn. »Wie kommt es, dass du so etwas hast? Jeder hat doch nur einen Satz Steine und sie werden immer eingesammelt, wenn …« … *jemand stirbt.* Ihre Augen wurden groß. Offensichtlich wurde ihr klar, was das bedeutete.

»Ich habe sie von meinem Vater. Er hat Splitter ihrer Nachrichtensteine in den Ringen anbringen lassen. Als geheimen Ersatz für ihn und meine Mutter. Er hat sie mir eines Tages einfach so gegeben.« Was für eine Untertreibung. Nichts in seinem Leben war jemals einfach so geschehen. Auch nicht, als er diese Ringe erhalten hatte. Die Erinnerung wollte aufsteigen, sie wollte ihm jene grausame Nacht zeigen, aber er schob sie fort. Erinnerungen wie diese gehörten schon lange nicht mehr zu seinem Leben.

»Danke«, sagte sie leise und nahm den Ring immer noch nicht ab. Es war ein merkwürdiges Gefühl, ihn an ihrem Finger zu sehen.

»Dank mir nicht zu früh, ich habe keine Ahnung, wie lange sie funktionieren werden und ob sie es überhaupt noch tun. Ich nehme an, du weißt nicht, wie man sie auflädt?«

Adara schüttelte den Kopf. Dieses Wissen wurde nur den Magiern zuteil, die für diese Aufgabe eingeteilt wurden.

»Dann müssen wir sehr sorgsam mit ihnen umgehen. Ich denke, dass sie nur noch ein paar Mal funktionieren werden, bevor sie sich entladen. Sie sind sehr alt und es sind nur Splitter.«

»Seth?« Sie klang unsicher. »Die Tatsache, dass deine Eltern so etwas hatten, geheime Steine ...«

Er hatte natürlich gewusst, dass sie darauf kommen würde. Es machte auch keinen Sinn mehr, es noch länger vor ihr zu verheimlichen. »Sie waren im Widerstand«, gab er zu.

»Wirklich?« Sie schien ehrlich erstaunt zu sein. »Wieso lässt der Rat dich dann Karriere machen? Wieso misstrauen sie dir nicht?«

Seth hatte befürchtet, dass sie das fragen würde. Er bemühte sich, ihr eine möglichst allgemeine Antwort zu geben. Eine, die nicht an der Lavaschicht über der Vergangenheit kratzen würde. »Der Rat hat Methoden, die Kinder von Verrätern zu ... rehabilitieren.«

Die Gemeinschaft ist meine Familie. Sag es.

»Rehabilitieren?«, fragte sie und er hörte ein leichtes Zittern in ihrer Stimme. »Das klingt ziemlich schrecklich.«

Mühsam schob er die Erinnerung weg und bemühte sich, ihr zu antworten. »Alle, die diese Rehabilitation durchlaufen haben, sind danach ganz besonders loyal. Bis zur Selbstaufgabe. Deswegen genießen sie das uneingeschränkte Vertrauen des Inneren Kreises. Die Methode ist absolut sicher. Sie hat noch nie versagt.«

»Aber bei dir ...«

»Noch nie zuvor.«

Sie fixierte seinen Blick und es kam ihm vor, als versuchte sie, durch seine Augen direkt in seine Vergangenheit zu sehen. Als sie nach seiner Hand griff, wich er zurück. Wenn sie jetzt seine Magie nahm, würde sie noch viel mehr sehen. Zu viel. »Das ist nicht Teil unserer Abmachung«, sagte er rau.

Sie sah aus, als wollte sie widersprechen, aber sie hielt sich zurück und sah stattdessen noch mal auf den Ring. »Danke.«

»Wenn Danes dir wirklich Schwierigkeiten machen will, dann wird das nicht helfen. Dann …«, er schwieg kurz und schluckte. »Dann kann vielleicht auch ich dir nicht mehr helfen. Daher möchte ich dir etwas zeigen.« Er war sich bewusst, dass sein Mentor dagegen wäre, aber das war ihm egal. Adara zu schützen, war wichtiger. Und immerhin schützte er damit auch gleichzeitig seine Pläne. »Eine Technik, die du anwenden kannst, wenn du deine Gefühle verbergen musst, aber auch, wenn jemand versucht, deine Gedanken zu lesen.«

»So wie du, wenn wir zaubern«, flüsterte sie.

»Ja. Genau so«, gab er zurück und merkte selbst, wie unwillig es klang. Er mochte es, wie nah er ihr in diesen Momenten war. »Wenn man sie sehr gut beherrscht, wirkt sie sogar bei der Befragung.«

Entgeistert starrte sie ihn an. »Das ist unmöglich.«

»Es kostet viel Mühe und braucht sehr viel Übung. Außerdem muss man eine Menge Vorarbeit hineinstecken. Deswegen kann ich dir heute auch nur erklären, wie du dich darauf vorbereiten musst. Üben können wir es erst danach.«

»Warum hast du die festgenommenen Mitglieder der Gemeinschaft nicht gewarnt und ihnen diese Methode gezeigt, wenn sie so gut funktioniert?«, fragte Adara vorwurfsvoll.

Er hatte befürchtet, dass sie das fragen würde. Er hatte es sich selbst oft gefragt und sich gewünscht, es gäbe eine andere Antwort. »Das wäre ein zu großes Risiko. Der Befragung widerstehen zu können, ist nur von Vorteil, solange sie als unfehlbar gilt. Wenn man zu viele Menschen einweiht, würde der Rat irgendwann merken, dass sie es nicht ist. Und außerdem dauert es sehr lange, die Technik zu lernen. Zu lange für jemanden, der gerade zur Befragung geholt wird.«

Sie presste die Lippen zusammen, nickte aber. »Dann fangen wir besser sofort an.«

»Der Trick besteht darin, dir eine alternative Wahrheit für eine Erinnerung oder ein Gefühl auszudenken, das du verstecken willst.

Sie muss gut durchdacht sein und so real, dass du selbst an sie glaubst. Erst dann ist sie wirksam. Außerdem darf es nicht zu viele dieser Wahrheiten geben, denn je mehr du davon bewältigen musst, desto schwieriger wird es, sie unter Kontrolle zu halten. Du musst dir also ganz genau überlegen, welche Dinge du verstecken willst, und dann an diese neuen Wahrheiten glauben, bis du die anderen vergessen hast.«

»Was, wenn ich die alte, die echte Wahrheit brauche?«

»Sie ist immer tief in dir verborgen, du kannst sie hervorholen. Aber wenn du erfolgreich geübt hast, etwas anderes als deine eigene Wahrheit anzunehmen, dann wird jemand, der dich befragt, dir die echte Wahrheit nicht entlocken können. Du wirst reflexartig an deine neue, ungefährliche Wahrheit denken. Deswegen musst du sie dir auch bis ins kleinste Detail ausmalen, bis sie ganz selbstverständlich in deinem Kopf ist.«

Sie nickte und er sah, wie ihr Blick wieder zu dem Ring an ihrem Finger zuckte. Unwillkürlich hob er die Hand und fuhr mit dem Zeigefinger über ihre Haut und schließlich den Goldreif. Beinahe erschrocken sah sie auf. Dann wurde ihr Blick weich und er konnte förmlich sehen, wie sie es genoss, dass seine Magie sie schon durch so eine winzige Berührung erfüllte. »Und wie mache ich das, die echte Wahrheit hervorzuholen?«, fragte sie mit zitternder Stimme und hielt seinen Blick fest. »Weil ich sie jemandem zeigen will?«

Seine Finger schlossen sich fester um ihre Hand. Noch nie hatte jemand ihn so angesehen und er hatte es sich nie gewünscht. Bis jetzt. Er wollte so viele Dinge sagen, wortgewandte, bedeutungsvolle Dinge, aber er hatte keine Ahnung, wie man das machte. Wie reagierte man auf so viel Gefühl? Auf so vieles war er akribisch vorbereitet worden, aber nicht auf so etwas.

Er entschied sich für Ehrlichkeit. Nackte, beängstigende Ehrlichkeit. »Ich fürchte, ich weiß nicht, wie das geht. Denn ich wollte noch nie jemandem die Wahrheit zeigen.«

29

Mannshohes Gras überzog die Dünen an der Küste, zu der die Limousine Adara brachte. Ein Weg schlängelte sich durch die grünen Halme, hinter denen sich irgendwo das Haus des Bewahrers versteckte. Sie betrat ihn und fühlte sich, als würden die grünen Halme sie verschlucken. Aus dem Augenwinkel nahm sie eine Bewegung war. Wind, der im Gras spielte. Und ein Schatten, der sich dazwischen herumtrieb. Längst erschreckte er sie nicht mehr.

Sie sah Chris jetzt überall. Seine schlanke, hochgewachsene Gestalt, sein freches Lächeln, seine wunderbaren türkisen Augen. Warum war er plötzlich so hartnäckig? Warum sah sie ihn ständig vor sich, gerade jetzt, da sie mit Seth eine Art von Glück gefunden hatte? Oder erschien er ihr vielleicht gerade deswegen? Weil es ein brüchiges, unechtes Glück war, das im Licht der Wirklichkeit sofort zu Staub zerfallen würde? Sie schüttelte den Kopf, die Illusion von Chris verschwand und stattdessen sah sie eine kleine, strohgedeckte Hütte vor sich. Sie gehörte dem einzigen Bewahrer, der, abgesehen von Haruto und Kathrin, nicht im Gemeinschaftszentrum in Auckland wohnte. Aber sie war nicht wegen ihm hier, sondern wegen dem jungen Mann, der gerade aus der Tür trat. Adara ging auf ihn zu. »Mein liebster Bruder«, säuselte sie. »Was für ein Zufall, dass wir uns hier treffen.«

Naos verengte die Augen. »Ja«, antwortete er gedehnt. »In der Tat. Langsam häufen die Zufälle sich.«

Adara atmete tief durch. »Also gut, machen wir es kurz. Ich will, dass du mir alles sagst, was du über die verbotenen Aufzeichnungen weißt.«

Naos wurde blass. Mehr Bestätigung brauchte Adara nicht. Also hatte der Wächter tatsächlich die Wahrheit gesagt!

»Verdammt, Lilly, woher weißt du davon?«, raunte Naos. »Der Einsatz ist geheim. Nicht mal im Widerstand wissen alle, dass Daniel und ich die Aufzeichnungen holen sollen.«

Wie gelähmt starrte Adara ihn an. »Du … sollst sie holen? Es gibt sie also wirklich?«

Naos' Augen weiteten sich. »Du wusstest es gar nicht?«

»Es war nur ein Bluff«, flüsterte sie. »Damit du mir nicht ausweichst. Jemand hat mir erzählt, dass es eine Legende über verbotene Aufzeichnungen gibt und dass sie verloren gegangen sind, daher dachte ich, ich frage dich.«

»Verdammt, Lilly, weißt du, in was für eine Lage du mich bringst?«, knurrte er. »Nur weil du irgendwelchen Gerüchten hinterherrennst?«

Sie registrierte seine Wut kaum. »Hast du sie schon mal gesehen?«, fragte sie atemlos. »Die Aufzeichnungen sollen uralt sein, die allerersten Magier und Quellen sollen sie angefertigt haben. Nicht auf Papier, sondern als eine Art Knotenschrift. Ein Netz aus Holzteilchen auf Schnüren, die durch ihr Muster einen Sinn ergeben. Angeblich sind sie eine komplette Darstellung der alten Geschichten. Darin steht auch, wozu die Gemeinschaft ursprünglich gegründet wurde und wie.« Ein hoffnungsvolles Lächeln breitete sich auf ihrem Gesicht aus. »Naos! Wie hilfreich könnte das sein. Wie wertvoll! Damit könnte man alle Mitglieder darüber aufklären, dass Quelle und Magier ebenbürtig sind. Niemand dürfte mehr die Quellen unterdrücken. Lucy könnte sich gegen Sadir wehren.«

»Lilly …«

»Und du sollst sie holen«, redete sie unbeirrt weiter. »Das ist perfekt. Wir können damit das ganze System auf den Kopf stellen und …«

»Lilly!«, zischte Naos jetzt. »Hör mir bitte zu.«

Sie verstummte.

»Was immer du dir da ausdenkst, wird nicht funktionieren. Eine Naturkatastrophe bedroht die Aufzeichnungen. In ihrem aktuellen Versteck könnten sie zerstört werden. Oder zufällig dem Rat in die Hände fallen. Daniel und ich müssen die Aufzeichnungen unbedingt holen, ohne dass der Rat davon Wind bekommt. Wir werden sie dem Widerstand übergeben.«

»Das ist doch super. Dann können wir danach …«

»Der Widerstand will die Unterlagen neu verstecken. An einem sichereren Ort.«

»Verstecken?« Sie schüttelte verständnislos den Kopf. »Warum denn nicht öffentlich machen?«

»Das haben sie bereits versucht und es ist schrecklich schiefgegangen. Diesmal wollen sie sich mehr Zeit lassen und sich besser vorbereiten.«

»Schrecklich schiefgegangen? Was meinst du damit?«

»Vor vielen Jahren gab es einen Putschversuch. Der Widerstand hat die Aufzeichnungen aus ihrem alten Versteck geholt. Gleichzeitig sollten die Magier des Widerstandes einen Versuch unternehmen, den Inneren Kreis zu entmachten. Danach wollte man die Aufzeichnungen öffentlich machen, damit die Menschen dem Widerstand Glauben schenken und ihn unterstützen.«

»Aber das hat nicht funktioniert?« Also stimmte es tatsächlich, man konnte den Inneren Kreis nicht mit Magie oder Gewalt besiegen. Der Schutzzauber war zu stark.

Er schüttelte den Kopf. »Es war ein schlimmer Tag für den Widerstand. Die Aufzeichnungen konnten gerade noch gerettet und neu versteckt werden. Dem Rat konnte man vorgaukeln, dass sie zerstört wurden – aber zu einem hohen Preis. Viele Magier wurden dabei getötet, auch viele andere Menschen, die sich im Widerstand engagiert haben. Nur wenige konnten entkommen. Aber einige Jahre später kam der Innere Kreis auch ihnen auf die Schliche und ließ sie alle bei einem geheimen Treffen ermorden. Es wurde als schrecklicher Unfall getarnt, damit es erst gar nicht im Zusammenhang mit dem Widerstand in den Geschichten auftauchte. Heute erinnert sich von den Mitgliedern fast niemand mehr an den Widerstand und nur die Räte wissen noch, wie gefährlich weit er gekommen war.«

»Warte. Sie wurden alle auf einmal getötet?«, flüsterte sie entsetzt. »Redest du von *dem* Unfall? Der, bei dem auch Sargas ums Leben gekommen ist?«

»Ja. Es heißt zwar, Sargas wäre absolut ratstreu gewesen und hätte damals auf der Seite des Rates gekämpft, aber viele von uns glauben, dass er im Widerstand war und mit allen Mitteln verhindern wollte, dass die Aufzeichnungen dem Rat in die Hände fallen. Denn darin befindet sich Wissen über Magie, die wir uns nicht einmal mehr vorstellen können. Und der Rat darf nie davon erfahren, sonst wird es noch unmöglicher, ihn je zu besiegen.«

Adara dachte an den uralten Schutzzauber für den Inneren Kreis. Niemand wusste mehr, wie er funktionierte und warum er im Gegensatz zu den Steinen nie erneuert werden musste. Wenn es von dieser Art Zauber noch mehr gab … Die Härchen in ihrem Nacken stellten sich auf.

»Ich habe dir das nur erzählt, damit du verstehst, dass du auf keinen Fall irgendetwas unternehmen und niemandem davon erzählen darfst. Vor allem«, er machte eine bedeutungsvolle Pause, »nicht Seth. Dieser Einsatz ist so schon gefährlich genug. Das Risiko, erwischt zu werden, ist groß. Und wenn er davon erfährt, würde er uns sofort ausliefern.«

»Mach dir keine Sorgen«, flüsterte sie. »Ich verspreche es.« Sie kaute nachdenklich an ihrer Unterlippe. »Aber wenn du die Aufzeichnungen rettest, warum will der Widerstand dieses Wissen um die alten Zauber dann nicht einsetzen?«

»Ich glaube, sie haben es vor. Aber für den Widerstand ist das nicht so leicht zu bewerkstelligen wie für den Rat.«

»Das ergibt doch keinen Sinn.«

»Ich wünschte, ich könnte es dir besser erklären, aber man hat mich nur in das eingeweiht, was ich für den Einsatz wissen muss. Ich hoffe, du verstehst jetzt, warum sie die Aufzeichnungen unbedingt schützen und neu verstecken wollen?«

Das und noch mehr. Der Widerstand würde ihr die Aufzeichnungen niemals freiwillig überlassen. Aber sie brauchte diese Aufzeichnungen, ohne sie würde ihr Plan, den Rat durch einen Skandal zu entmachten, nicht funktionieren.

»Wann ist der Einsatz?«, fragte sie.

Naos schüttelte den Kopf. »Vergiss es. Das verrate ich dir sicher nicht. Am Ende kommst du noch angelaufen und versuchst, mir die Aufzeichnungen abzunehmen.«

Adara fluchte innerlich, denn genau das hatte sie natürlich vorgehabt. Ihr Bruder kannte sie einfach zu gut. Es war ihre einzige Chance, an die Aufzeichnungen zu kommen, bevor der Widerstand sie in die Finger bekam und für wer weiß wie lange versteckte. Und dann war es für Lucy zu spät.

Sollte sie Naos erzählen, was sie vorhatte, um ihn auf ihre Seite zu ziehen? Konnte er ihr überhaupt helfen? Während sie noch überlegte, verabschiedete Naos sich und verschwand zwischen den hohen Gräsern, durch die der verschlungene Pfad führte.

Adara blieb allein zurück. Gerade wollte sie sich dem Haus des Bewahrers zuwenden, als sie Stimmen hörte. Sie kamen aus der Richtung, in die Naos gegangen war. Sie hörte ihren Bruder etwas sagen. Er klang überrascht. Vielleicht sogar erschrocken.

Ein mulmiges Gefühl machte sich in Adara breit. Hastig folgte sie ihm. Naos war fort, als sie um die Ecke bog, aber als sie sah, mit wem er geredet hatte, erstarrte sie.

30

Ich dachte, du wärst in einer Sitzung.«

Adaras ungnädiger Tonfall entlockte Seth ein Lächeln. Typisch für sie, sofort die Flucht nach vorne anzutreten. Seth machte einen Schritt auf sie zu. Sie wich nicht zurück und zeigte auch sonst mit keiner Miene Anzeichen von schlechtem Gewissen oder Angst. Er konnte nicht anders, als sie dafür zu bewundern.

»Ich war in einer Sitzung«, erwiderte er. »Ich dachte mir, ich komme und hole dich zu einer Übungseinheit.«

»Jetzt?« Sie verengte die Augen.

»Wir sollten jede Möglichkeit wahrnehmen.«

Sie zögerte kurz, dann nickte sie. »Wo?«

Er deutete den Weg entlang. »In einer der Limousinen würde ich sagen, so können wir die Rückfahrt nutzen. Du weißt über alles Nötige Bescheid. Ich muss dir nichts mehr erklären. Du kannst also gefahrlos üben, ohne dass der Begleiter oder sonst jemand etwas merkt.«

Sie nickte, ging ihm voraus durch das hohe Gras und stieg in die Limousine, die sie hergebracht hatte. Er folgte ihr. Der Begleiter schlug die Tür hinter ihnen zu und setzte dann das Auto in Bewegung.

Seth betrachtete Adara kurz. Immer noch ließ sie sich nicht anmerken, ob sie befürchtete, dass er alles gehört hatte. Er streckte die Hand nach ihrer aus. Zum ersten Mal zeigte ihr kühler Gesichtsausdruck Risse, nur für den Bruchteil einer Sekunde. Dann legte sie ihre Hand in seine.

Sofort sackte die Wirklichkeit um ihn herum weg und die Berührung ihrer Finger auf seiner Haut brachte die Momente zurück, in denen er sich über nichts Gedanken machen musste. Wie sehr er sich danach sehnte, ganz in diese Momente abtauchen zu können. Keine Entscheidungen mehr treffen zu müssen, über das Leben so vieler Menschen. Oder den Tod.

»Seth?«

Er schüttelte den Kopf. »Tut mir leid.«

Adaras Lippen kräuselten sich zu einem ungläubigen Lächeln. Wahrscheinlich hatte sie noch nie erlebt, dass er Schwierigkeiten hatte, sich auf etwas zu konzentrieren. Er gab ihr Magie und spürte gleichzeitig, wie ihr ganzes Wesen auf ihn einstürzte. Ihr Innerstes lag offen für ihn da und sie versuchte auch gar nicht, sich vor ihm zu verstecken. Sie ließ ihn zuschauen, als wären ihre Gefühle und Erinnerungsfetzen ein Film, der in ihrem Kopf ablief.

Es hätte ihn täuschen können, wenn er nicht gewusst hätte, wie hart sie in den letzten Tagen daran gearbeitet hatte. Sie nannte es ihren Gedankenfilm. Er lag als ihre neue Wahrheit über der alten und er musste einen Durchlass finden, eine Stelle, an der der Film blass wurde und die alte Wahrheit hindurchschimmerte.

Er spürte, wie Adaras Finger sich etwas fester um seine schlossen. Sie blickte zu ihm auf und die Unsicherheit in ihrem Blick verschwand so langsam, dass er förmlich beobachten konnte, wie sie sie niederkämpfte. »Für heute ist meine Wahrheit sicher«, sagte sie wie jedes Mal. Sonst allerdings lächelte sie dabei. Heute nicht. Denn heute war es kein Spiel und sie wussten es beide.

»Ist das eine Herausforderung?«, fragte er trotzdem.

Es war nur ein winziges Blinzeln, das ihre Nervosität verriet. Unwillkürlich streichelte er mit seinen Fingern über ihr Handgelenk, wie er es immer tat, um ihr seine Unterstützung zu signalisieren.

Ihr Blick zuckte zu seinen Fingern. In diesem Moment bekam ihr Gedankenfilm einen Riss.

»Das ist nicht fair«, flüsterte sie.

Er sagte nicht, dass es keine Absicht gewesen war, es spielte keine Rolle. Ihr Film bekam jetzt immer mehr Risse, er konnte zusehen, wie er dahinschmolz.

Adara versuchte, seine Magie zurückzustoßen. Er hasste es, wenn sie das tat und er die ganze Macht, die die Natur ihm aufbürdete, wieder alleine tragen musste. Er packte ihre Hand fester. Und zum ersten Mal schimmerte Angst in ihren Augen. In diesem Moment bremste die Limousine scharf und kam mit quietschenden Reifen zum Stehen. Die Magie brach ab, Adara entzog ihm hastig ihre Hand. Sie spähte durch die getönten Seitenfenster der Rückbank nach draußen und auch er versuchte, etwas zu sehen, aber die Trennwand zum Fahrer versperrte ihnen die Sicht nach vorn. »Hörst du das?«, fragte sie.

»Ja.« Es war das Geräusch von Hubschrauberrotoren. Er runzelte die Stirn, dann öffnete er die Tür und stieg aus. Adara folgte ihm. Vor ihnen auf der Straße stand eine Limousine der Gemeinschaft und daneben ein Hubschrauber. Mehrere Wächter zerrten jemanden aus dem Auto. Als er sah, wer es war, senkte sich Düsternis über seine Seele.

»Naos! Daniel!« Adara wollte einen Schritt auf sie zumachen, aber Seth hielt sie sofort zurück. »Was passiert mit ihnen?« Ihre Stimme überschlug sich.

Wie zur Antwort legte einer der Wächter Naos Handschellen an und führte ihn so weit wie möglich von Daniel weg, damit er keine Magie wirken konnte. Der Hubschrauber brachte Naos und Daniel fort und die Limousine vor ihnen setzte sich wieder in Bewegung. Seth sah zu Adara hin und wünschte sich, er hätte es nicht getan. Sie war leichenblass geworden, ihr ganzer Körper war wie versteinert. Dann sah er, wie ihre Fassungslosigkeit ganz langsam zu Wut wurde. Und sie richtete sich gegen ihn.

31

Adara war wie gelähmt. Das konnte doch nicht wahr sein. Sie hatten Naos erwischt und ihn festgenommen. Als Verräter. Genau wie Chris. Wut stieg in ihr auf, als sie verstand, was das bedeutete. »Das warst du, nicht wahr?«, zischte sie. »Du hast das getan, es ist deine Schuld.«

Er musste vorhin alles gehört und sofort eine Nachricht geschickt haben – vielleicht sogar mit der App. Ja, er hatte herausgefunden, dass Naos dem Widerstand angehörte und seine Chance sofort genutzt.

»Warum, Seth? Nur um einen weiteren Verräter ausliefern zu können? Nur für ein paar mehr Stimmen im Rat?«, schrie sie. Sie wollte es nicht glauben, aber sie hörte immer wieder diesen einen Satz von ihm in ihrem Kopf.

Du hast keine Ahnung, wozu ich fähig bin und was ich tun würde.

Seth wirkte erschüttert, aber er blieb wie immer vollkommen ruhig. Er versicherte ihr nicht, dass er das niemals tun würde. Sie hätten auch beide gewusst, dass das eine Lüge gewesen wäre. Natürlich hatte er es getan. Weil es ihm für seine Pläne nutzte. Tränen stiegen in Adara auf und mischten sich mit Panik. »Sie werden ihn hinrichten«, flüsterte sie mit erstickter Stimme. »Oh Gott, Seth …«

»Das werden sie ganz sicher nicht tun. Sie brauchen ihn. Um dich zu kontrollieren. Aber wir sollten trotzdem sofort nach Auckland zurückfahren.« Er streckte die Hand nach ihr aus. Sie wich vor ihm zurück.

»Fass mich nicht an!« Zitternd überlegte sie, was sie jetzt tun sollte. »Du musst ihn da rausholen. Du musst ihm helfen, du musst ...« Ihre Stimme versagte ihr den Dienst.

»Adara«, sagte Seth eindringlich. »Hör mir jetzt bitte zu.« Wieder griff er vorsichtig nach ihrem Arm und diesmal erlaubte sie ihm, dass er sie am Ellenbogen berührte und sanft von den Limousinen wegzog. »Naos wird vorerst nichts geschehen«, sagte er eindringlich. »Aber ich muss jetzt sofort zurück nach Auckland und dafür sorgen, dass ein anderer seinen Einsatz übernimmt. Jemand, dem ich vertraue.«

Sie erstarrte. Der Einsatz. Die Aufzeichnungen. Der Rat durfte sie nicht bekommen.

»Darum also«, flüsterte sie. »Darum hast du ihn aus dem Weg geräumt. Damit jemand anders die Aufzeichnungen für den Rat holen kann?«

Er schüttelte den Kopf. »Für mich ist es genauso eine Katastrophe wie für dich, dass Naos festgenommen wurde.«

»Wie kannst du es wagen, so was zu behaupten?«

»Ich war es, der Naos für diesen Einsatz eingeteilt hat.«

Nur ganz langsam drang zu ihr durch, was er gesagt hatte. Durch Tränen blinzelte sie ihn an. »Was?«

»Er sollte kurz vor dem Einsatz die Aufzeichnungen bergen, sie dem Widerstand übergeben und dann die Naturkatastrophe aufhalten, damit der Rat denkt, er wäre nur deswegen dort gewesen.«

»Woher weißt du von den Aufzeichnungen?«, fragte sie. »Bist du etwa ... im Widerstand?«

Er zögerte. »Nein, aber ich habe schon immer gewusst, dass die Aufzeichnungen dort sind«, erwiderte er dann langsam, ohne ihre Frage tatsächlich zu beantworten. »Eigentlich wollte Danes dich und mich für den Einsatz an dieser Stelle einteilen, aber das wäre zu riskant gewesen. Hätte ich mit dir zusammen die Aufzeichnungen gerettet und sie irgendwie dem Widerstand zukommen lassen, hätte man beim Widerstand schnell die richtigen Schlüsse gezogen und geahnt, dass ich dem Rat gegenüber nicht treu ergeben bin.«

Adara erinnerte sich an seine Worte. *Der Hass des Widerstandes ist meine Lebensversicherung.*

»Gleichzeitig hätte der Rat womöglich mitbekommen, dass ich die Aufzeichnungen gefunden, sie ihm aber nicht übergeben habe«, fuhr Seth fort. »Beides konnte ich nicht riskieren. Deswegen musste ich einen anderen Magier dafür bestimmen, einen, den der Rat für vollkommen loyal hält und der gleichzeitig im Widerstand ist.«

»Einen, dessen Sicherheit du riskieren kannst, weil er nicht wichtig für deinen Plan ist?«, fragte sie in ätzendem Tonfall. »Was, wenn der Rat ihn dabei erwischt hätte? Aber das hast du einfach hingenommen, nicht wahr?«

Er leugnete es nicht. »Naos war aufgrund seiner Fähigkeiten und seiner Position die beste Wahl«, sagte er nur.

Verzweifelt versuchte Adara, ihre wild kreisenden Gedanken unter Kontrolle zu bekommen, aber die Angst, die Wut und der Drang, irgendetwas zu tun, hatten sie zu sehr im Griff. Sie begann, am Straßenrand auf und ab zu laufen. Langsam gelang es ihr, sich zu beruhigen, und mit jedem Schritt sickerte zu ihr durch, was Seth da eigentlich gesagt hatte. Sie blieb stehen. »Du wolltest die Aufzeichnungen dem Widerstand überlassen?«

»Ja.«

Sie dachte daran, was Naos ihr erzählt hatte: Der Innere Kreis wäre mit dem Wissen aus den Aufzeichnungen nahezu unbesiegbar. Es klang logisch, dass Seth das verhindern wollte. Aber das Misstrauen in ihr wollte sich einfach nicht legen. Irgendetwas daran ergab keinen Sinn.

»Warum sollte ich dir glauben?« Sie zitterte jetzt und ihre Stimme wurde immer lauter. »Du hast meinen Bruder geopfert. Den einen

Menschen auf der Welt, den ich mehr liebe als …« Sie verstummte. … *als dich.* »Woher weiß ich, dass du mich nicht belügst? Warum sollte ich dir glauben, dass du die Aufzeichnungen nicht dem Rat ausliefern willst?«

»Weil …« Zum ersten Mal, seit sie ihn kannte, sah sie Wut über sein Gesicht zucken. Und dann Schmerz. »Weil meine Eltern dafür gestorben sind, diese Aufzeichnungen zu retten.«

Ihre Wut verrauchte auf einen Schlag und sie konnte nur noch dastehen und Seth ansehen. Wie musste es sich anfühlen, auf einen Schlag alle Menschen zu verlieren, die man liebte? Sie wollte ihn trösten, eine Hand an seine Wange legen, aber er sah nicht aus, als würde er das wollen.

»Es muss ein Ende haben, Seth«, sagte sie schließlich heiser. »So bald wie möglich.«

Adara beschloss, jetzt alles auf eine Karte zu setzen. Sie griff nach seiner Hand. Zuerst zuckte er zurück, aber dann ließ er es zu. »Lass uns die Aufzeichnungen holen. Wenn der Widerstand sie bekommt, wird er sie wieder verstecken. Das dürfen wir nicht zulassen. Wenn wir sie hätten, könnten wir den Inneren Kreis entmachten. Wir könnten beweisen, dass die Augensterne nur zur Kontrolle der Magier dienen. Wir könnten alle Mitglieder der Gemeinschaft, die Magier und Räte gegen den Inneren Kreis aufbringen. Wir können sie stürzen, Seth, du und ich, ganz ohne Kampf. Und erreichen, dass die Gemeinschaft wieder zu dem wird, was sie einmal war.«

Seth starrte sie entgeistert an. »Wenn es schiefgeht, könnte das alles zerstören. Und es ist viel wahrscheinlicher, dass es schiefgeht. Deswegen hat der Widerstand sich ja dagegen entschieden, die Aufzeichnungen zu nutzen und ihre Existenz zu offenbaren. Denn wenn der Rat Wind davon bekommt und die Aufzeichnungen an sich bringt, wäre alles vorbei.«

»Ja«, gab sie zu und die Angst davor lähmte sie. Beinahe. »Oder es könnte gut gehen. Wir könnten Erfolg haben. Es könnte eine neue Zukunft geben, so wie wir sie uns erträumen.« Sie drückte seine

Hand. »Und du«, ihre Stimme klang erstickt, »müsstest nicht mehr tun, was Danes von dir verlangt.«

Sie spürte die Sehnsucht heftig in seiner Magie aufbranden. Er wollte es, wünschte es sich. Und er dachte darüber nach. Sehr lange. »Also gut«, antwortete er schließlich.

»Wirklich?« Sie konnte es kaum glauben.

»Ja wirklich.« Seine Stimme war rau. »Ich will keine Leben mehr zerstören müssen.«

Freude stieg in Adara auf und überdeckte das ungute Gefühl in ihr. Das Gefühl, dass er viel zu schnell zugestimmt hatte.

32

Seth sah aus dem Hubschrauber und musterte die vielen kleinen, mittleren und großen Inseln von Hawaii, die unter ihnen im Meer lagen. Er verengte die Augen und suchte nach einer ganz bestimmten Insel.

Präg sie dir genau ein, Seth, und vor allem, wo sie liegt. Die Insel ist ein aktiver Vulkan, ihre Form kann sich verändern, also musst du ganz genau wissen, zwischen welchen beiden anderen Inseln du sie findest.

Seth versuchte, die Erinnerung an jene Nacht zu verdrängen, aber stattdessen hörte er seine eigene Antwort in seinem Kopf.

Kannst du mir nicht einfach sagen, wie sie heißt?

Nein, denn wenn du den Namen weißt, kann er dir herausrutschen. Deswegen darfst du ihn auch nicht nachschauen.

Er erinnerte sich an die Angst. Sie war überall in ihm gewesen, hatte ihn von innen heraus verbrannt, ihn beinahe verraten.

Du musst lernen, deine Gefühle ganz tief in dir zu verbergen. Du darfst sie niemandem zeigen. Niemandem, hast du mich verstanden? Genauso wenig, wie du jemanden zu dieser Insel führen darfst. Wenn man dich fragt, dann sagst du, dass es eine vulkanische Insel war und dass du dich an mehr nicht erinnerst.

Die eindringlichen Anweisungen hatten seine Panik noch vergrößert, trotzdem war es ihm irgendwie gelungen, sich alles zu merken. Die Lage der Insel und was er sagen durfte und was nicht. Damals hatten seine Eltern alles getan, um die Aufzeichnungen zu schützen. Und auch er hatte alles getan, alles gegeben. Und jetzt setzte er alles aufs Spiel.

»Geht es dir gut?«, fragte Adara.

Unwillkürlich sah er auf seine Hände. Sie waren entspannt. Auch sein restlicher Körper hatte längst gelernt, ihn nicht zu verraten. Trotzdem merkte sie natürlich, was in ihm vorging. Sie kannte ihn zu gut. Er hatte sie zu nah an sich herangelassen. Sein Blick fiel auf ihre Hände, die sie ineinandergekrampft hatte. Er hätte ihr gerne gesagt, dass sie sich um Naos kümmern würden, sobald sie den Einsatz hinter sich gebracht hatten. Aber er konnte es nicht. Naos zu helfen oder nicht, war nicht seine Entscheidung und er wollte ihr nichts versprechen, was er am Ende nicht halten konnte. Also konnte er nur zusehen, wie sie sich quälte, und da er im Moment in seiner Eigenschaft als Quelle bei ihr war, erlaubte er sich auch nicht, sie zu trösten. Er hätte damit eine Grenze überschritten, die sie beide unbedingt wahren wollten. Weil es nur dadurch überhaupt möglich war, sie in manchen, ausgewählten Momenten zu überschreiten und alles hinter sich zu lassen. Er tat ihr und sich selbst keinen Gefallen, wenn er sie missachtete.

Als der Hubschrauber aufsetzte und sie hinaussprangen, schlug ihnen eine überwältigende Hitze entgegen. Seth deutete auf den Eingang zu einer riesigen Lavaröhre, die auf sie wartete wie ein schwarzes, weit aufgerissenes Maul, aus dessen Schlund jederzeit glühend heiße Lava hervorschießen konnte. Er machte einen Schritt darauf zu, aber Adara legte ihm eine Hand auf den Arm. »Seth, schau!«

Eine schwarz gewandete Gestalt kam auf sie zu. Ein Wächter des Rates, unverkennbar. Er hob mit Blick auf Adara seine Finger an die Lippen und murmelte eine Begrüßung. »Magierin Adara, ich habe nicht erwartet, dich hier zu sehen. War nicht ein anderer Magier für den Einsatz vorgesehen?«

Aus den Augenwinkeln bemerkte Seth, dass Adara blass wurde. Wahrscheinlich dachte sie an Naos. Als sie nicht antwortete, trat er aus ihrem Schatten. Sofort hatte er die Aufmerksamkeit des Wächters. »Magierin Adara und ich werden den Einsatz durchführen.«

»Ihr seid zu früh«, bemerkte der Wächter. »Der Einsatz soll erst in einigen Stunden stattfinden.«

Seth nickte knapp. »Wir haben kurzfristig beschlossen, dass es besser ist, wenn wir uns schon mal mit den Gegebenheiten vertraut machen und einige Vorarbeiten leisten. Rat Danes weiß Bescheid.« Das stimmte sogar. Adara und er hatten sich entschieden, ihn zu informieren, damit er kein anderes Einsatzteam schickte.

»Ich habe von Rat Danes keine Anweisungen erhalten«, sagte der Wächter stur. Er zog sein Handy heraus, tippte etwas und hob dann den Kopf. »Rat Danes ist unterwegs hierher. Er wird bald eintreffen.«

Nein, das kann nicht sein. Adaras Entsetzen schwemmte mit ihrer Gedankennachricht in seinen Kopf. *Der Flug von Auckland nach Hawaii ist extrem lang und wir haben ihm doch extra nicht gesagt, dass wir so früh geflogen sind, damit er uns nicht folgen kann. Wie kann das sein?*

Ich weiß es nicht, antwortete er. *Aber das macht es für uns deutlich schwerer.*

In diesem Moment bebte die Erde unter ihnen und neben ihnen brodelte das Meer. Rauchende Gesteinsbrocken schossen an die Wasseroberfläche und Seth sah, wie Adaras Augen sich weiteten. »Der Unterwasserausbruch beginnt schon. Wir sollten dringend an die Arbeit gehen, Seth.«

Er nickte, ignorierte das ungehaltene Gesicht des Wächters und lief los. Adara folgte ihm. Er hielt auf einen der mannshohen Eingänge zu, die direkt in das schwarze Gestein führten.

Darein?, fragte jemand in seinem Kopf.

Es war nicht Adaras Stimme, die er hörte, sondern seine eigene. Viel jünger und gefärbt von der Angst, weil er noch nicht gelernt hatte, seine Gefühle zu verbergen.

Ja. Du musst es mit eigenen Augen sehen. Damit du ganz genau weißt, wie du es wiederfindest.

Obwohl alles in ihm schrie, dass er nicht hineingehen sollte, in diese dampfende, rauchende, glühend heiße Dunkelheit, zögerte Seth nicht. Auch jetzt, so viele Jahre später, ließ er Adara kaum Zeit, einen Lichtschimmer um sie herum zu erschaffen, und zerrte sie dann hinein. Als könnte er seine Erinnerung einfach zertreten, wenn er nur schnell genug darüber hinwegging.

Hast du nicht gesagt, der Gang kann sich verändern, wenn Lava austritt, Dad?

Hoffentlich nicht in den nächsten Monaten. Sobald alles vorbei ist, bringst du ihn hierher. Und dann vergisst du alles, was ich dir heute Nacht erzählt habe. Dann bist du frei und hast nichts mehr damit zu tun.

Es war nie vorbei gewesen. Er hatte es dem Mann gesagt, der danach sein Mentor geworden war, aber er war nicht frei. Und er hatte alles damit zu tun.

Wieder bebte die Erde. Ein Stück hinter ihnen bröckelten ein paar Steine von der Höhlendecke und von irgendwo unter ihnen stieg Dampf auf. Adara und er rannten los, weiter den Gang entlang, immer tiefer in die sengende Hitze hinein, die kaum noch auszuhalten war. Seth sah sich immer wieder um, suchte nach Anhaltspunkten und blieb schließlich stehen.

»Ich glaube, wir sind da.«

»Du glaubst?«

»Es ist verdammt lange her, dass ich hier war. In der Zwischenzeit ist aus den Rissen im Boden immer wieder Lava nachgeflossen, alles hat sich verändert.« Trotzdem war er sich ziemlich sicher. »Ich habe damals die Schritte gezählt, aber das hilft mir leider nicht mehr viel.«

»Klar, der Gang ist ja jetzt durch die nachgeflossene Lava länger, weil der Vulkan immer weiterwächst.«

»Und ich bin nach so vielen Jahren deutlich größer.«

»Etwas.« Sie lächelte. Ein Anblick, der es ihm für einen Augenblick leicht ums Herz werden ließ. Er nahm ihre Hand und für den Bruchteil einer Sekunde verschwand die Magierin und Liliana kam zum Vorschein. Die Abgebrühtheit in ihren Augen wurde zu hoffnungsvoller Erwartung, die Seth ins Herz schnitt. »Wir brauchen Magie«, erklärte er sanft. »Ein Stück hinter dieser Wand ist ein Tunnel. Glaube ich. Hoffe ich. Wir müssen ihn nur finden.«

Adara nickte. Die Magierin in ihr war zurück und betrachtete konzentriert das undurchdringliche schwarze Gestein. Er spürte, wie sie sich für seine Magie öffnete. Zuerst war es nur ein leichtes Zupfen, dann wurde es zu einem unwiderstehlichen Sog. Ihr seine Macht zur Verfügung zu stellen, war wie ein Rausch, der ihm zu Kopf stieg. Jedes einzelne Mal. Er fühlte, dass sie die Magieebene öffnete, fühlte sogar, wie sie sich ausbreitete. Wie gerne würde er es nur ein Mal sehen. Wie musste es sein, wenn die ganze Welt einem so zu Füßen lag?

»Erkennst du irgendetwas?«, fragte er.

»Das Gestein ist total in sich verworfen, die verschiedenen Ebenen der abgekühlten Lavaströme … Manches davon könnte eine Höhle sein oder auch nicht.«

»Dann versuch, eine Art Durchgang zu machen, irgendetwas. Aber pass auf, dass die Tunneldecke nicht einstürzt.«

Sie nickte nur. Schweiß stand ihr jetzt in Tropfen auf der Stirn, von der unglaublichen Hitze, aber auch von der Anstrengung, seine Magie zu bändigen. Das Gestein vor ihnen höhlte sich auf Höhe ihrer Köpfe wie von selbst aus. Aber dahinter war kein Gang. Auch nicht ein Stück daneben oder auf der anderen Seite.

Seth fluchte innerlich. *Ich war mir so sicher, dass es hier ist.*

Adara zog die Augenbrauen zusammen und knabberte an ihrer Unterlippe. Schließlich hellte ihre Miene sich auf. »Wir sind so dumm. Und dabei haben wir gerade noch über die Lava geredet, die hier immer wieder durchfließt.«

In dem Moment, in dem sie in Bodenhöhe auf das Gestein einzuwirken begann, verstand er es auch. Natürlich, der Boden des

Ganges lag durch die in den vergangenen Jahren hinzugekommene erstarrte Lava jetzt deutlich höher als damals. Der Eingang zur Höhle würde sich nun nicht mehr auf Höhe ihrer Köpfe befinden, sondern weit darunter. Adara deutete zufrieden auf ein kleines Loch in Bodennähe. »Da ist sie!«

Erleichtert sah Seth dabei zu, wie Adara den Zugang so weit vergrößerte, dass man sich dadurch in die Höhle hinunterlassen konnte.

»Also, hol dir die Aufzeichnungen und lass uns verschwinden«, sagte Adara.

»So einfach ist das nicht. Sie befinden sich auf der anderen Seite der Höhle in einem Versteck.«

Adara betrachtete widerwillig den winzigen Zugang, der ihr gerade bis zu den Knien reichte. »Also müssen wir da reinkriechen?«

Wie als Antwort bebte die Erde um sie herum. Unwillkürlich packte er ihre Hand fester und zog sie etwas näher zu sich heran. »Du könntest den Gang mit Magie etwas höher machen, aber ich weiß nicht, ob das eine gute Idee ist. Ich glaube, er ist nicht mehr sehr stabil. Durch den bevorstehenden Unterwasserausbruch des Vulkans gerät alles in Bewegung und es ist nur eine Frage der Zeit, bis es Risse gibt und die Lava auch in die Höhle eindringt.«

Sie dachte kurz darüber nach und schüttelte den Kopf. »Dann lassen wir es lieber und ich verwende die Magie darauf, die Decke über unseren Köpfen abzustützen.« Sie wartete seine Antwort nicht ab, sondern verschwand in der Öffnung. Er folgte ihr mit den Füßen voran und ließ sich in den halb unter der Röhre liegenden Gang hinunter, in dem er nicht mehr aufrecht stehen konnte. Gebückt arbeiteten sie sich voran, wobei ihnen nicht nur die unerträgliche Hitze zu schaffen machte, sondern auch die Tatsache, dass er ihre Hand nicht loslassen durfte, damit die Magie fließen konnte. Das machte es nicht gerade einfacher, sich für die richtigen Abzweigungen zu entscheiden. Manchmal mussten sie sich sogar über eine Stufe in einen etwas tiefer gelegenen Gang herunterlassen. Immer wieder bebte die Erde und bald fragte Seth sich, ob er wirklich den richtigen Weg genommen hatte. Aber dann öffnete sich der schmale, niedrige Gang vor ihnen zu einer kleinen Höhle, in der man sogar aufrecht stehen konnte, und nicht nur Adara atmete erleichtert auf, sondern auch er. »Das muss es sein«, sagte er. Dunkel, ganz dunkel erinnerte er sich.

In Adaras magischem Lichtschein suchte er die Höhle ab und schließlich fiel sein Blick auf die metallene Kiste. Erleichterung durchströmte ihn. Sie war noch da und sie war unversehrt. Er sah vor sich, wie sein Vater sie ihm gezeigt hatte. Wie er ihn ehrfürchtig hatte hineinsehen lassen.

»Seth?«, fragte Adara leise.

Gewaltsam riss er sich zurück in die Gegenwart. »Mach sie auf«, sagte er mühsam beherrscht. »Wir sollten nachsehen, ob sie unversehrt sind.«

»Willst du nicht lieber …«

»Nein. Mach du es.« Wenn er das Metall der Kiste berührte, wenn er sah, was darin verbogen war, würde er vollständig die Beherrschung über seine Erinnerungen verlieren.

»Ist sie nicht gesichert? Kein Schloss, kein Zauber?«

Seth schüttelte den Kopf. »Mein Vater hat sie hier versteckt und er beherrschte keine Magie. Er war Pilot.«

»Warum hat der Widerstand die Aufzeichnungen nicht längst hier weggeholt?«, fragte sie.

Mühsam schob er die Bilder jener Nacht weg und versuchte, ihr zu antworten. »Jeder Transport hätte den Rat darauf aufmerksam machen können, dass es die Aufzeichnungen doch noch gibt. Und bisher waren sie hier in der Höhle sicher. Die Kiste ist feuerfest, sie hält einiges aus. Ein Ausbruch, bei dem die ganze Insel in Gefahr ist, war nicht vorherzusehen.«

Adara öffnete die Kiste und sah hinein. Erstaunen erhellte ihre Miene. Hastig schloss er die Augen, aber es half nicht. Die verklärte Verwunderung auf ihrem Gesicht riss die Erinnerung aus ihm hervor. Wie er neben seinem Vater gekniet und die Rolle aus Schnüren und winzigen Holzkugeln betrachtet hatte, als wäre sie der größte Schatz auf diesem Erdboden.

»Die Kollektivgeschichte, die Urversion, bevor sie verändert wurde«, flüsterte Adara ehrfürchtig.

»Ja«, brachte er mühsam heraus.

Adara wollte die Kugeln berühren, aber dann zuckte sie zurück.

»Schon gut, fass sie ruhig an«, raunte er. Genau wie sein Vater es damals zu ihm gesagt hatte.

Sie tat es. Ihre Augen wurden glasig und ein sanftes Lächeln breitete sich auf ihren Lippen aus. »Das ist ja … unglaublich«, flüsterte sie. »Wenn man die Kugeln berührt, sieht man die Geschichten vor sich, die in ihnen verborgen sind.«

»Wunderbar, nicht?«, flüsterte er heiser. Er würde sie selbst gerne noch einmal berühren und eine der Geschichten sehen, aber das würde die erkaltete Lavaschicht in ihm vollends auflösen und alles hervorbrechen lassen. Das durfte er sich gerade jetzt nicht erlauben. »Leider … leider macht es das unmöglich, eine Kopie davon zu erstellen. Es gibt nur diese eine, und wenn sie verloren geht, dann lässt sie sich durch nichts ersetzen.«

Seth sah zu, wie Adaras Miene sich veränderte, während die uralten Geschichten in ihrem Kopf abliefen. »Ich wünschte, ich hätte Zeit, mir alles anzusehen«, hauchte sie. »Aber Danes kann jederzeit hier auftauchen. Wir müssen weg.«

Ein heftiges Beben unterstrich Adaras Worte. Seth wusste, dass sie recht hatte. Und er sollte froh sein, der Vergangenheit zu entkommen, die hier überall lauerte. Aber es war unerträglich schwer, vernünftig zu sein, im Angesicht der letzten Erinnerung, die er an seinen Vater hatte.

33

»Seth?«, sagte Adara, aber er stand immer noch da, als würde er sie gar nicht hören. Sie hätte ihn so gerne getröstet und ihm diesen Moment gelassen, was auch immer er da vor sich sah, aber ihnen blieb keine Zeit. Nicht nur Danes war eine Gefahr, sondern auch der Vulkan, der immer wütender unter ihnen rumorte. Adara nahm Seths Hand. Als sie seine Magie nahm, schien er aus seiner Starre zu erwachen.

Sie hob die Kiste mit Magie an, um sie durch die engen Lavagänge zurück zum Ausgang zu transportieren. Über ihnen und neben ihnen taten sich in den Wänden bereits lange Risse auf, aus denen immer wieder kochend heiße Dampfwolken hervorstießen. »Seth? Vielleicht sollte ich zuerst den Vulkan beruhigen. Den Gang zu stabilisieren, wird immer schwieriger, wenn ich gleichzeitig ans Kriechen, an deine Hand, an die Magie und an die Kiste denken muss.«

»Nein«, gab er zurück. »Wir müssen zuerst die Aufzeichnungen in Sicherheit bringen, damit man uns nicht mit ihnen erwischt. Hältst du es noch aus?«

Adara zögerte kurz, dann nickte sie und arbeitete sich weiter geduckt durch das Höhlensystem. Erleichtert bemerkte sie schließlich ein Stück über ihnen das Loch, durch das sie zurück in die große

Lavaröhre klettern konnten. Sie hob die Kiste mit Magie weiter nach oben und wollte sie durch die Öffnung schieben. Verzweifelt versuchte sie, die Kiste in die Hauptröhre über ihnen zu bekommen. »Sie ist zu sperrig!«

»Kannst du die Öffnung nicht vergrößern?«

»Nein«, knurrte sie. »Da sind überall Risse. Die Wände sind total instabil. Vielleicht könnte ich die Kiste verändern …«

In diesem Moment bebte die Erde so heftig wie noch nie zuvor. Mit einem hässlichen Geräusch riss die Wand auf. Lava brach daraus hervor und die Hitze versengte Adara das Gesicht. Ihr blieb fast das Herz stehen. Verzweifelt versuchte sie, die Wand zu stabilisieren. »Es geht nicht«, keuchte sie. »Der Vulkan bricht aus. Wir müssen aus dem Tunnel raus, jetzt!«

»Nicht ohne die Aufzeichnungen«, schrie er zurück. »Tu irgendwas …«

»Kann … nicht«, hustete sie und konzentrierte sich darauf, die bebende Erde zu beruhigen. »Ich kann das nicht alles … gleichzeitig, Seth«, presste sie hervor. »Wenn ich aufhöre, den Tunnel zu stabilisieren, schaffe ich es nicht, den Ausbruch einzudämmen, und wenn ich aufhöre, den Ausbruch einzudämmen, wird der Tunnel erst recht einstürzen. Es hilft nichts, wir müssen …«

»Wir lassen die Aufzeichnungen nicht zurück!«, unterbrach er sie. »Wir zaubern ohne Fessel, ich gebe dir die Magie.«

Adara hatte Seth noch nie so gesehen. Alle Beherrschtheit, die sie mühsam zusammenkratzen konnte, schien ihm in diesem Augenblick abhandengekommen zu sein. »Ich will sie ja auch in Sicherheit bringen«, schrie sie gegen das Grollen des Berges an. »Aber wenn wir draufgehen, können wir niemandem mehr helfen. Bitte, Seth, wir müssen hier weg. Und zwar bevor diese Risse noch größer werden und die Lava uns endgültig verschluckt.« Adara wollte ihn einfach mit sich ziehen, durch die Öffnung nach oben in die große Röhre, aber die Welle der Gefühle, die jetzt zusammen mit Seths Magie auf sie einstürzte, machte sie schwindelig. In den Wirbeln aus Zweifel, Wut und Entschlossenheit hörte sie den einen Satz, den er zu ihr gesagt hatte.

Ich will nie wieder Leben zerstören müssen.

Mit Tränen in den Augen hörte Adara auf, ihn zwingen zu wollen. Wie musste es für ihn sein, all die schrecklichen Befragungen durchführen zu müssen? All das Leid nicht nur zu sehen, sondern sogar zu verursachen? Wie konnte er mit so einer schrecklichen Schuld überhaupt leben? Sie hatte sich dafür entschieden, bei ihm zu bleiben, damit er nicht in dem düsteren Abgrund verloren ging, durch den sein Weg führte. Und jetzt wollte sie ihm die einzige Chance nehmen, der Finsternis darin zu entkommen? »Also gut. Gib mir die Magie, damit ich mich auf alles andere konzentrieren kann«, sagte sie mit erstickter Stimme. »Ich werde versuchen, den Ausbruch nur lokal einzudämmen. Dann kann ich gleichzeitig den Gang stabil halten und die Form der Kiste verändern.«

Wortlos umfasste er ihr Handgelenk. Adara bemühte sich abzuschätzen, wo sie den Ausbruch für den Moment sich selbst überlassen konnte, und machte sich daran, nur das Beben zu beruhigen und nur die Lavaströme aufzuhalten, die ihre Höhle gefährdeten. Dann überließ sie diese Arbeit einem Teil ihres Unterbewussteins. Seth kümmerte sich um die Magie, während sie die Lava um sie herum erstarren ließ und die Höhlenwände festigte. Die beiden Zauber gleichzeitig zu wirken, brachte sie fast an ihre Grenzen. Schweiß lief ihr in die Augen. Über ihnen knirschte und knackte der Stein gefährlich. Adara arbeitete schneller. Sie musste die Form der Kiste an die Öffnung anpassen, bevor alles über ihnen einstürzte. Vorsichtig hob sie die Kiste an, manövrierte sie durch die Öffnung. Und gönnte sich einen winzigen Moment der Erleichterung, als sie sicher in der Lavaröhre über ihnen stand. Erst im letzten Moment merkte sie, dass ihr das Beben unter ihren Füßen zu entgleiten drohte. Die Wand riss noch weiter auf. Lava floss hindurch und näherte sich gefährlich ihren Füßen. »Ich kann … nicht … mehr«, stieß sie hervor und streckte trotzdem die Hände aus, um durch das Loch zu klettern.

Seth hob sie einfach hoch und stieß sie in den Gang. Erschrocken klammerte sie sich an seine Hand und hielt mit letzter Kraft die Höhle aufrecht. »Raus da«, brüllte sie. »Jetzt!«

Er schloss seine Finger fester um ihre und zog sich dann mit der anderen durch die Öffnung. Genau in dem Moment, in dem Adara die Gewalt über die Tunnelwand verlor. Das Gestein knackte. Lavabrocken regneten auf Seth herab und über ihm in der Wand bildete sich ein Riss. Gerade noch rechtzeitig hievte er sich auf den Boden der großen Lavaröhre. Entsetzt beobachtete Adara, wie der Durchlass, den sie geschaffen hatte, hinter ihm in sich zusammenbrach. Schnell zog sie ihn und die Kiste mithilfe von Magie aus dem Gefahrenbereich. Dann blieb sie schwer atmend stehen. Immer noch hielt sie seine Hand, sie durfte nicht aufhören zu zaubern. Der Vulkanausbruch war noch nicht eingedämmt. Und es war fraglich, ob sie das jetzt überhaupt noch schaffen würde, nachdem die Rettung der Aufzeichnungen sie so viel Kraft gekostet hatte. Ihr Blick fiel auf die Kiste und trotz allem stieg Euphorie in ihr auf. Immerhin, sie hatten es geschafft, sie zu retten. Sie lächelte Seth zu, aber als sie seinen Gesichtsausdruck sah, wurde ihr eiskalt. Er wirkte überhaupt nicht erleichtert oder froh, sondern blickte wie erstarrt hinter sie. Langsam drehte sie sich um.

34

Grimmig betrachtete Seth die drei schwarz gekleideten Gestalten. Ihre Gesichter waren verhüllt und auf den ersten Blick sahen sie aus wie Wächter. Aber wenn man genau hinsah, erkannte man, dass ihre Uniformen und auch die Masken leichter und zweckmäßiger waren. Immerhin war es nicht Danes, so viel war zu erkennen. Aber er war sich nicht sicher, ob es das besser machte. Zwei von ihnen hielten sich an den Händen.

Ein Magier und eine Quelle, dachte Adara in seine Gedanken hinein. Sie wirkte aufgebracht. *Sind die vom Widerstand?*

Er nickte knapp.

Das auch noch. Wir müssen sie so schnell wie möglich außer Gefecht setzen und verschwinden, bevor der Vulkanausbruch uns über den Kopf wächst.

Seth wollte etwas antworten, aber der Magier des Widerstandes kam ihm zuvor. »Du hast doch nicht geglaubt, dass wir dich einfach davonkommen lassen. Erst verrätst du Naos und dann willst du unser Eigentum an dich reißen.«

Seth verengte die Augen. Die Stimme gehörte eindeutig einer Frau. Wer steckte unter der Maske?

»Und ihr glaubt doch nicht wirklich«, zischte Adara neben ihm, »dass wir euch die Kiste einfach so überlassen?«

»Natürlich nicht.« Die Magierin lachte, dann hob sie die Hände. Seth spürte, wie Adara nach seiner Macht griff und einen Schutzschild erschuf. Keine Sekunde zu früh. Mehrere Blitze prallten vor ihnen gegen eine unsichtbare Mauer und verpufften.

Ich weite den Schutzschild auf den ganzen Tunnel aus, hörte er Adara in seinen Gedanken. *Wenn ich die Kiste anhebe, laufen wir tiefer in den Vulkan rein. Vielleicht können wir sie abhängen und dann flüchten wir nach oben. Der Ausbruch ist mittlerweile so weit fortgeschritten, dass es dem Wächter vielleicht nicht gleich auffällt, wenn wir in dem ganzen Chaos durch die Tunneldecke brechen.*

Seth nickte. Adara hob die Kiste mit den Aufzeichnungen an, dann drehten sie sich um und rannten los. Die Kiste schwebte ihnen voraus durch den Gang. Die Magierin des Widerstandes schrie erbost auf und schickte einen heftigen Energiestoß in die Wände des Tunnels. Ein Riss tat sich auf, der sich bis in den Boden hinunter fortsetzte. Glühende Lava stieg daraus empor. Adaras Schutzschild zerplatzte. Seth fluchte und gab Adara noch mehr Magie. Er spürte, wie schwer es ihr fiel, den Riss in der Tunnelwand zu schließen. Aber es gelang ihr und sie schaffte es sogar, hinter sich Lava aufsteigen zu lassen, um ihre Verfolger aufzuhalten. Seth und Adara rannten tiefer hinein, auf den wütenden Kern des Vulkans zu, bis die Hitze kaum noch auszuhalten war.

»Sie sind nicht mehr zu sehen«, rief Adara ihm zu.

»Dann los.« Er deutete nach oben. Sie nickte und griff erneut nach seiner Magie, um ein Loch im Vulkangestein über ihnen zu erschaffen. Aber als das Loch sich langsam auftat, zischte es und Lava tropfte herunter. Adara schrie auf und machte einen Satz zur Seite. Seth konnte gerade noch rechtzeitig den Magiefluss unterbrechen, bevor ihre Hand aus seiner rutschte und sie mehrere Meter rückwärtstaumelte.

Er wollte zu ihr stürzen, aber der Boden bebte so stark, dass Seth kaum laufen konnte. Immer mehr Risse erschienen in den Wänden. Der Vulkan geriet vollkommen außer Kontrolle. »Seth, schnell. Ich brauche Magie, um den Vulkan aufzuhalten!« Adara streckte die Hände nach ihm aus.

Fast berührten sich ihre Fingerspitzen. Doch in diesem Moment brach der Boden zwischen ihnen auf. Entsetzt sprang Seth nach hinten und sah, dass auch Adara zurückstolperte. Gerade noch rechtzeitig. Rasend schnell stieg Lava zwischen ihnen hoch und trennte sie voneinander. Seth befand sich auf einer Insel aus Gestein, von Lava eingekreist. Der kochend heiße Strom war viel zu breit, um darüberzuspringen, und Adara zu weit weg, um ihre Hand zu nehmen und sich mit Magie zu helfen. Aber immerhin stand sie in dem Teil des Ganges, der nach draußen führte, und sogar die Kiste mit den Aufzeichnungen stand neben ihr. Er dachte nicht lange nach. »Du musst von hier verschwinden«, rief er und deutete auf die Aufzeichnungen. »Wenn du sie aus der Kiste nimmst, kannst du sie vielleicht tragen. Ich versuche, hier hinten …« Er verstummte, als der Vulkan erneut zornig grollte. Weitere Risse taten sich auf. Aus dem Gang hinter ihm schoss ihm ein Schwall sengende Hitze entgegen, so heiß, dass er die Augen schließen musste. Als er sie wieder öffnete, sah er die Lava. Sie wälzte sich unaufhaltsam aus dem Inneren des Berges auf ihn zu und versperrte ihm den allerletzten möglichen Ausweg. Adara verstand es im selben Moment wie er. Er sah, wie sich Entsetzen auf ihrem Gesicht ausbreitete und die Gedanken in ihrem Kopf verrücktspielten. Bestimmt durchdachte sie alle möglichen Rettungsszenarien. Er hingegen war vollkommen ruhig. Nicht wie gelähmt, nicht starr vor Angst. Einfach nur ruhig. Denn in diesem Moment, in dem eine Rettung für ihn unmöglich schien, fühlte er nur eins: Erleichterung. Er würde nicht mehr über die Leben anderer Menschen entscheiden müssen. Auf ihm würden nicht mehr alle Hoffnungen lasten. Die Opfer, die so viele andere vor ihm gebracht hatten, waren nicht mehr seine Verantwortung. Aber da hörte er wieder die Rotoren des Hubschraubers, sah das Gesicht seines Vaters zum letzten Mal. Und dann fiel sein Blick auf Adara. Sie war nicht mehr die Magierin, die überlegte, wie sie ihre Quelle retten konnte. Sie war nur noch Liliana, die sich davor fürchtete, dass ihr das Herz gebrochen wurde. Ein zweites Mal. Und auch dieses Mal wegen ihm. Seth hielt ihren Blick fest. Sah das Flehen darin. Und sein Herz sank. Jetzt aufzugeben, wäre egoistisch. Er musste sich zusammenreißen und versuchen, irgendeinen Ausweg aus dieser Lage zu finden. Er nickte Adara beruhigend zu und überlegte fieberhaft. Aber es gab keine Lösung. Nur Magie konnte jetzt noch helfen und die war für Adara und ihn unerreichbar.

»Gib nicht auf«, rief Adara. »Wir finden eine Lösung, irgendwas.«

»Es ist zu spät. Du musst hier weg, bevor Danes dich findet oder der Vulkan …«

»Nein!« Entschlossen ging sie bis vor an den Rand, so nah an die Lava heran, dass er Angst um sie bekam. Dann sah er, wie sich plötzlich Hoffnung auf ihrem Gesicht ausbreitete.

»Ich spüre deine Magie bis hierher«, rief sie. »Vielleicht müssen wir uns gar nicht berühren.«

Es war die pure Verzweiflung und sie wussten es beide. Der Abstand zwischen ihnen betrug mehrere Meter und normalerweise waren selbst ein paar Millimeter zu viel. Sie streckte die Hand nach ihm aus. »Gib mir Magie. Versuch es.«

»Adara …«

»Los«, befahl sie durch zusammengepresste Zähne. »Du musst mir gehorchen.«

Er hob eine Hand und spürte tatsächlich den starken Sog, der von ihr ausging.

Sie neigte sich nach vorne. »Komm schon, noch etwas mehr. Du spürst es doch auch, oder? Deine Magie, sie ist da, so nah, nur ein klein bisschen näher …«

Ja, er spürte es. Sie rief nach seiner Magie, stärker als sonst. Es fühlte sich an, als wäre sie dicht an seiner Seite. Vielleicht war es die Verzweiflung, die tatsächlich etwas bewirkte. Er beugte sich noch etwas mehr zu ihr, versuchte, Adara über den Spalt hinweg mit seiner Magie zu erfüllen. Vergeblich.

»Noch mal!«, befahl sie ihm, lehnte sich noch weiter vor, geriet aus dem Gleichgewicht, berührte fast die Lava.

»Hör auf, das ist zu gefährlich!«, schrie er.

Gerade noch rechtzeitig fing sie sich. »Es geht nicht«, flüsterte sie rau. Sie wankte rückwärts, eine Hand vor dem Mund und Tränen in den Augen.

In diesem Moment lösten sich Schatten aus dem Rauch und der wabernden Hitze. Es mussten ihre Verfolger sein. Er sah, wie Adara erschrocken zusammenzuckte, aber statt Verzweiflung zeigte sich Hoffnung auf ihrem Gesicht und sie rannte auf sie zu. »Gott sei Dank«, hörte er sie sagen. Das ängstliche Zittern in ihrer Stimme löste ein merkwürdiges Gefühl in ihm aus. »Wir wurden getrennt, ich kann Seth nicht helfen, ich kann ihn nicht erreichen, um ihn mit Magie von dort wegzuholen«, erklärte sie hektisch. »Aber ihr könnt ihm helfen, du musst ihm helfen.« Während sie redete, nahm das Wüten des Vulkans immer mehr zu.

Die schwarze Magierin zögerte. »Warum sollte ich das tun? Warum sollte ich ausgerechnet jemanden retten, der dem Widerstand ein Dorn im Auge ist? So kann ich zwei Fliegen mit einer Klappe schlagen. Ich kann ihn loswerden und die Aufzeichnungen an mich nehmen, ohne dass du etwas dagegen tun kannst.«

Seth sah, wie Adara das Blut aus den Wangen sackte. »Das kannst du doch nicht ernst meinen!«

»In diesem Kampf wird auf einem ganz anderen Level gekämpft, als du vielleicht bisher gedacht hast, Magierin Adara.«

»Natürlich musst du ihm helfen!«, kam es entrüstet von der Quelle der Magierin.

»Sara?«, hörte Seth Adara sagen. Die Quelle zögerte kurz, zog sich aber schließlich die Maske vom Kopf. Hinter ihr trat die dritte Gestalt hervor und tat es ihr gleich. Ida.

»Ist jetzt ja auch schon egal«, seufzte die Magierin und unter der Maske kam Atria zum Vorschein. Es dauerte nur ein paar Sekunden, bis Seth die Überraschung überwunden hatte.

»Du wirst Seth doch helfen?«, wandte Sara sich an Atria und klang dabei, als würde sie überhaupt nicht daran zweifeln.

Atria warf Seth einen Blick zu. Er antwortete ihr mit regloser Miene, aber seine Gedanken rasten. Was war richtig? Er durfte nicht sterben. Doch durfte er seinen Plan preisgeben, damit er gerettet wurde? Wenn er Atria die Wahrheit sagte, würde sie ihm bestimmt helfen.

Sag es ihr! Als ihn Adaras Gedankennachricht erreichte, schüttelte er automatisch den Kopf und griff nach dem Ring in seiner Tasche. *Nein, du weißt, wie wichtig es ist, dass der Widerstand mich für seinen schlimmsten Feind hält. Sie dürfen es auf keinen Fall erfahren. Sie werden mich verraten. Vielleicht nicht mit Absicht, aber durch ihre Gesichter, durch ihr Verhalten. Sie werden alles ruinieren, was ich so mühsam aufgebaut habe. Wenn du es ihr verrätst, kannst du mich genauso gut sterben lassen.*

»Atria?«, hakte Sara ungeduldig nach und sah ihre Magierin fassungslos an. »Das kannst du doch nicht wirklich wollen.« Sara sah aus, als drohte gerade ihre ganze Welt in Scherben zu zerbrechen. Sie wandte sich an ihre Schwester, die mit reglosem Gesicht neben ihr stand. Nichts verriet Seth, was sie dachte, aber die Angst auf Adaras Gesicht sagte ihm, dass Ida sich wahrscheinlich nicht für ihn einsetzen würde.

»Atria, bitte, du kannst ihn doch erst mal retten und dann überlegen wir uns, wie es weitergehen soll«, flehte Adara.

Sie schüttelte den Kopf. »Es tut mir leid, aber ich kann das nicht tun. Für den Widerstand …«

Wieder grollte der Vulkan und ein weiterer Schwall Lava schwappte durch die Röhre. Sie schlug gegen die Kante, in deren Nähe Atria stand, richtete jedoch keinen Schaden an. Sie musste einen Schutzzauber gewirkt haben. Seths Insel hingegen wurde ein Stück kleiner und die Hitze verbrannte bereits seine Haut.

»Dann tu es für mich«, schrie Adara. »Atria, bitte.«

Zum ersten Mal bewegte sich etwas in Atrias Gesicht, etwas wie Bedauern zeichnete sich darauf ab und ihr Blick zuckte kurz zu Seth, bevor sie die Augen schloss. »Ich tue es ja auch für dich. Merkst du denn nicht, was er aus dir macht?«

Seth verstand es in derselben Sekunde, in der Adara es aussprach. »Du rettest ihn nicht, weil du … mich für den Widerstand willst?«

»Tu ihr das nicht an.« Sara wandte sich an ihre Magierin. »Adara hat Ida geholfen, als sie letztes Jahr vor Sadir geflohen ist. Bitte, hilf ihr. Für Ida!«

Seths Haut begann, sich zu schälen, aber er spürte es kaum, sah nur den Schmerz in Adaras Gesicht. Sie rannte jetzt wie wild an der Kante hin und her, sah zu Sara hinüber, die auf Atria einredete und versuchte, sie zu überzeugen. Die Insel, auf der Seth stand, schrumpfte schneller. Adara wirkte immer panischer, und als die erste Lava hochspritzte und ihn am Bein traf, sodass er unwillkürlich vor Schmerz aufstöhnte, sank sie in die Knie. Sie hielt seinen Blick fest, als wollte sie sagen, dass sie bis zum Schluss bei ihm bleiben würde, egal, was nun geschah. Sara redete heftiger auf Atria ein, aber es war Idas Gesicht, das Seths Blick auf sich zog. Sie starrte von Adara zu ihm. Sie war kreidebleich geworden. »Das ist doch keine Frage der Vernunft. Du musst ihn retten, Atria. Jetzt!«, schrie sie aufgebracht. »Das soll aufhören, es soll alles einfach aufhören!«

Im selben Moment erstarrte die Lava vor Seths Füßen. Ungläubig betrachtete er, wie immer mehr des geschmolzenen Gesteins sich verhärtete und eine Brücke von Seths Insel zu Adara hinüber bildete. Das Beben der Erde hörte auf, der ganze Vulkan beruhigte sich.

Magie. Unfassbar starke Magie. Aber wer wirkte sie? Wer hatte nicht nur die Lava erstarren lassen und damit sein Leben gerettet, sondern auch den Vulkanausbrauch auf einen Schlag beruhigt und die verheerende Flutwelle verhindert?

Langsam sah er auf und sein Blick fiel auf Ida. Sie hatte die Augen weit aufgerissen und sah auf die erkaltete Lava zu ihren Füßen. Dann auf ihre Hände.

35

»Ida?« Adara starrte sie ungläubig an.

Auch die anderen wirkten schockiert, ebenso wie Ida selbst. Auf ihren Händen hatte sich ein merkwürdiges Muster gebildet, das der Zeichnung ähnelte. Sie zog sich über Idas gesamte Unterarme, in kleinen Flecken ihren Hals hinauf und sogar bis in ihr Gesicht.

»Wie habe ich das gemacht?« Idas Stimme zitterte fast noch mehr als ihre Hände. Langsam sah sie auf. Hilfe suchend richtete sie den Blick auf Atria, die aber auch nur fassungslos den Kopf schüttelte. Dann sah sie zu Seth hinüber. Adara folgte ihrem Blick und für einen Augenblick verschwand alles andere aus ihrem Kopf.

Seth stand inmitten der erstarrten Lava. Seine Haut war rot und an einigen Stellen aufgeplatzt. Die Lava war ihm zu nahe gekommen. Aber er lebte. Adara unterdrückte ein erleichtertes Schluchzen. Am liebsten wäre sie zu ihm hinübergerannt und hätte sich in seine Arme geworfen. Wäre sie Liliana gewesen, hätte sie es getan. Sie hätte sich an seine Brust gedrängt und seinen Geruch ganz tief eingesogen. Sie hätte ihn mit den Händen abgetastet und sich überzeugt, dass es ihm gut ging. Aber sie war sich ihrer Rolle als Magierin und der Blicke von Atria, Sara und Ida viel zu sehr bewusst. Sie hatte schon genug preisgegeben, bevor Ida eingegriffen hatte. Also blieb sie stehen. Seth hingegen erwachte aus seiner merkwürdigen Starre, die sie immer noch nicht richtig einordnen konnte. Er überquerte die erkaltete Lava und nahm seinen Platz neben ihr ein, als wäre er nicht gerade fast gestorben. Verstohlen schob sie ihre Finger in seine Hand. Sie klammerte sich förmlich daran fest und spürte plötzlich, wie weich ihre Knie immer noch waren und wie sehr die Angst, ihn zu verlieren, sie noch im Griff hatte. Er drückte sanft ihre Finger und es fiel ihr unendlich schwer, Lilianas Tränen ganz tief unter Adaras Selbstbeherrschung zu begraben.

»Wie konnte ich alleine zaubern?«, fragte Ida langsam. »Das ist doch unmöglich.«

»Darüber denken wir später nach«, zischte Atria, »jetzt sollten wir erst mal von hier verschwinden.« Sie bewegte sich auf die Kiste mit den Aufzeichnungen zu, doch Adara kam ihr zuvor. Sie hielt immer noch Seths Hand in ihrer und spannte schnell einen Schutzzauber über der Kiste auf.

»Halt!« Adara erstarrte. Die Hohe Rätin! Und bei ihr waren ihr Leibmagier, mehrere Wächter und Rat Danes. »Ergreift sie.« Die Hohe Rätin deutete auf Atria. Noch bevor Atria nach Saras Hand greifen konnte, hatten die Wächter sie bereits gepackt. Atrias Augen blitzten wütend, aber sie sagte nichts. Verteidigte sich nicht mal. Die Hohe Rätin wandte sich an Ida und betrachtete grimmig die merkwürdig harmonische Zeichnung, die überall auf Idas Körper prangte. Sie schien nicht überrascht zu sein.

»Wir sollten jetzt endlich tun, was für diesen Fall vorgesehen ist«, knurrte Rat Danes. »So wie ich es wollte, als es sich bei ihr zum ersten Mal geäußert hat.«

Adara bekam eine Gänsehaut. Was auch immer er vorhatte, es klang nicht gut.

»Zum letzten Mal, nein!«, fuhr die Hohe Rätin ihn an.

»Sie hat alleine den Vulkan beruhigt!«, schnauzte Danes. »Ihre Macht ist viel zu groß, sie ist unberechenbar.« Er packte Ida grob am Oberarm.

»Fass sie nicht an«, schrie Atria und wand sich im Griff der Wächter.

Die Hohe Rätin beachtete sie gar nicht. »Sie steht unter meinem persönlichen Schutz«, sagte sie zu Danes.

Blass vor Wut ließ er Idas Arm los. Die Hohe Rätin bedeutete Ida, zu ihrem Leibmagier zu gehen. In Idas Gesicht kämpfte ihre übliche Widerspenstigkeit mit Angst. Auch Adara hatte ein ekelhaftes Gefühl in der Magengrube. Irgendwie hatte sie nicht den Eindruck, dass Ida bei der Hohen Rätin sicherer war. Aber jetzt etwas zu sagen, wäre vorschnell gewesen. Sie kannte die Zusammenhänge nicht, sie durfte nicht hitzköpfig reagieren. Trotzdem plagte sie das schlechte Gewissen. Immerhin hatte Ida gerade Seth das Leben gerettet und jetzt sollte Adara sie einfach im Stich lassen?

Die Hohe Rätin wandte sich an Seth und deutete auf die Kiste. »Ist da drin, was ich vermute?« Ihre Stimme zitterte leicht vor Aufregung.

Adara versuchte, nicht zu verzweifelt zu Seth hinüberzusehen. *Wir müssen etwas tun, Seth! Vielleicht können wir sie irgendwie ablenken.* Seths Magie unterbrach ihre Gedanken. Sie floss düster durch ihren Körper, schwerfällig und endgültig. *Nein,* dachte sie. *Nein, denk nicht mal dran. Das darfst du nicht tun.*

Sein Gesicht zeigte keine Regung. Aber seine Finger umklammerten ihre jetzt so fest, dass es beinahe wehtat. »Ja, Hohe Rätin«, antwortete Seth vollkommen ruhig. »Es handelt sich um die verbotenen Aufzeichnungen, die angeblich zerstört wurden. Offenbar konnte der Widerstand sie damals verstecken und es vor dem Rat verheimlichen.«

Adaras Herz zersprang fast in ihrer Brust. Bitte nicht. Das ist doch sicher ein Trick. Bestimmt hat er einen Plan, um die Aufzeichnungen zu retten. Ja. Natürlich. Er plante, sie dem Rat zu überlassen, um sie dann bei nächster Gelegenheit zu stehlen. Oder?

Die Hohe Rätin näherte sich der Kiste. »Rat Danes? Kannst du feststellen, ob es wirklich die echten Aufzeichnungen sind?«

Danes nickte und trat neben sie, um sich den Inhalt der Kiste anzusehen. Unendlich vorsichtig strich er über die Kugeln und Symbole. »Das ist einzigartig. Ein Kunstwerk.«

Seine Worte ließen verzweifelte Hoffnung in Adara aufsteigen. Sicherlich würde er die Aufzeichnungen schützen wollen. Er würde sie mitnehmen und Adara konnte sie dann später zusammen mit Seth an sich bringen. Ja, vielleicht hatten sie doch noch eine Chance.

»Sind sie echt?«, fragte die Hohe Rätin.

Rat Danes nickte.

»Wir haben sie also tatsächlich gefunden. Die legendären verbotenen Aufzeichnungen.« Nachdenklich sah die Hohe Rätin auf die Kiste herunter. Dann hob sie plötzlich den Kopf und sah Adara an. »Zerstör sie.«

Adara wurde abwechselnd heiß und kalt. »Was?«

Das Gesicht der Hohen Rätin verzerrte sich. »Es sind Propagandadokumente des Widerstandes. Wir dürfen nicht zulassen, dass sie irgendwem in die Hände fallen.«

Adara wollte aufbegehren, sich weigern und wusste doch gleichzeitig, dass das überhaupt keinen Sinn hatte. Das Einzige, was sie damit erreichen würde, wäre, sich selbst als Verräterin zu outen und Seth für immer den Weg in den Inneren Kreis zu versperren, die letzte Chance auf eine Änderung von innen heraus.

»Was ist?«, fragte die Hohe Rätin mit lauerndem Blick.

Adara wusste, dass es ein Test war. Denn natürlich hätte sie auch ihren Leibmagier bitten können, die Kiste zu zerstören. Sie durfte nicht zögern, aber sie konnte sich einfach nicht dazu durchringen, all ihre Hoffnungen auf einen Schlag zu vernichten. Sie klammerte ihre Finger fester um Seth und spürte die Verzweiflung in seiner Magie. Konnte beinahe hören, dass seine Gedanken ebenso rasten wie ihre, um noch einen letzten Rettungsversuch zu unternehmen. Dann, plötzlich flutete seine Magie ihren Körper, drängend und entschlossen. Und sie wusste, was er ihr damit sagen wollte, noch bevor er ihr eine Gedankennachricht schickte.

Wir haben keine andere Wahl. Du darfst nicht länger zögern, die Hohe Rätin hat deine Zweifel schon bemerkt. Tu es jetzt sofort.

Er hatte recht. Ihr Plan war ohnehin gescheitert. So oder so würde sie die Aufzeichnungen nicht mehr in die Hand bekommen, um aufzudecken, was der Innere Kreis zu verbergen versuchte. Also nahm sie seine Magie und ließ die Aufzeichnungen in Flammen aufgehen. Ihre Augen füllten sich mit Tränen, während sie zusehen musste, wie ihre ganze Hoffnung auf eine friedliche Revolte zu schwarzer Asche verbrannte.

»Ich danke dir, Seth«, mischte Rat Danes Stimme sich in ihre düsteren Gedanken. »Ohne dich wären die Aufzeichnungen womöglich in falsche Hände geraten.«

»Ja«, sagte die Hohe Rätin langsam. »Das dürfte ihm die Unterstützung einiger Räte einbringen.« Es wirkte nicht, als ob sie das freute.

Es dauerte einen Moment, bis ihre Worte wirklich zu Adara durchdrangen. Der Verlust der Aufzeichnungen hatte Seth nicht geschadet. Es hatte ihm geholfen. Und zwar mehr als alles andere, was er zu diesem Zeitpunkt hätte tun können.

»Das hoffe ich, Rat Danes«, sagte Seth.

Sein kühles Lächeln trieb Adara eine Gänsehaut über den Rücken. Es wirkte so echt. Hatte er etwa von Anfang an vorgehabt, die Aufzeichnungen zu holen, damit er sie dem Rat übergeben und zerstören konnte? Dann würde auch Sinn ergeben, dass er ihr nie erklärt hatte, wie er die Aufzeichnungen eigentlich von hier wegbringen wollte. Ihr Herz zog sich zusammen. Dann hatte er Naos also doch ausgeliefert, um den Einsatz selbst zu übernehmen.

Seth hatte ihre Hand losgelassen und so konnte sie an seiner Magie nicht mehr ablesen, was er fühlte. Sie konnte nur noch vermuten. Sie wollte es nicht, aber in diesem Moment konnte sie sogar glauben, dass er ihr die Geschichte über seine Eltern nur erzählt hatte, damit sie Mitleid mit ihm bekam und ihn unterstützte. Und dann fiel Adara plötzlich noch etwas ein. Der eine, untrügliche Beweis dafür, dass Seth alles von Anfang an genau so geplant hatte:

Seth hatte Danes mit Absicht benachrichtigt, bevor sie zu diesem Einsatz aufgebrochen waren. Ihr hatte er vorgemacht, dass er das getan hatte, damit Danes niemand anderen schickte, aber in Wirklichkeit hatte er ihn damit gerufen. Denn warum sonst hätte Rat Danes so früh in Neuseeland aufbrechen sollen? Und jetzt hatte Seth ihn wahrscheinlich auch per Gedankennachricht zur richtigen Stelle geführt, denn wie hätten Rat Danes und die Hohe Rätin sonst genau im richtigen Moment hier auftauchen können? Adara wusste nicht, was sie fühlen sollte. Sie versuchte, gar nichts zu fühlen.

Hände legten sich auf ihre Oberarme und rissen sie aus ihren Gedanken. Wächter, die sie von Seth fortzogen, damit sie keine Magie benutzen konnte. Sie wollte sich losreißen, aber die Finger gruben sich schmerzhaft und unbarmherzig in ihre Arme.

»Magierin Adara, hiermit lasse ich dich festnehmen«, sagte die Hohe Rätin. »Du wirst angeklagt, mit deinem Bruder an einer Verschwörung beteiligt gewesen zu sein. Ihr wolltet die Aufzeichnungen für den Widerstand bergen.«

»Was? Nein, das ist absurd!« Hilflos sah Adara zu Seth hinüber. Und verstummte. Alle Rechtfertigungen, alle Versuche, die Sache richtigzustellen, blieben ihr im Hals stecken, als sie sein Gesicht sah. Er würde ihr nicht helfen. Er würde nichts unternehmen. Zumindest nicht jetzt. Weil er nicht vorschnell handeln wollte, sondern erst überlegen musste, was seinem Plan am meisten half. Sie wusste es, aber es tat trotzdem unglaublich weh.

Ohne ein weiteres Wort ließ sie sich abführen.

36

Adara bekam keine Gelegenheit mehr, mit Seth zu sprechen. Man hielt sie während des gesamten Rückfluges nach Neuseeland von ihm getrennt. Dafür hatte sie Zeit nachzudenken. Sie war sich nur nicht sicher, ob das etwas Gutes war. Die ganze Zeit sah sie den Moment vor sich, in dem er zugestimmt hatte, ihren Plan zu unterstützen. So schnell. Viel zu schnell. Und ohne Diskussion. Es hätte sie misstrauisch machen sollen. Aber sie hatte zu sehr glauben wollen, dass er es ernst meinte. Wut und Trauer drückten Adara auf die Brust und nahmen ihr die Luft zum Atmen.

Ihr Plan, die Mitglieder mit den Aufzeichnungen aufzurütteln, war grandios fehlgeschlagen. Die Urgeschichte war zerstört. Und Seth war schuld daran. Er hatte sie benutzt, hatte ihre Hoffnung ausgenutzt, dass ihr Plan Erfolg haben konnte, und von Anfang an vorgehabt, die Aufzeichnungen dem Rat zu übergeben.

In Auckland angekommen, brachte man Adara sofort zum Gemeinschaftsgebäude und in den Ratssaal. Sie war nur wenige Male hier gewesen und hatte den Saal immer wunderschön gefunden, mit den Stühlen aus dem schimmernden Obsidian. Aber jetzt kam er ihr vor wie ein aus einem mittelalterlichen Schreckensszenario entsprungener Thronsaal. Die Stühle wirkten plötzlich abweisend, das Rund in der Mitte, in das sie nun geführt wurde, wie eine Arena, aus der es kein Entkommen gab. Adara sah sich nach Seth um und entdeckte ihn auf seinem Platz. Bitterkeit stieg in ihr auf. Er sah sie nicht an, hatte eine Hand zur Faust geballt.

Keine Sorge. Du wirst es aushalten.

Er hatte ihr eine Gedankennachricht geschickt. Wahrscheinlich hielt er den Ring in seiner Hand. Aber was sollte das denn bedeuten? Aushalten? Was denn aushalten? Sie schnaubte. Er konnte sich seine merkwürdigen Tipps sparen.

»Magierin Adara. Du bist heute hier, weil du des Verrats angeklagt wurdest.«

Die Stimme der Hohen Rätin klang ehrlich enttäuscht, sodass sich Adaras Kehle zuschnürte. Es war die gleiche Enttäuschung, mit der ihre Mutter sie damals nach der misslungenen Verbindungszeremonie angesehen hatte. »Es handelt sich um einen Irrtum«, stieß sie hervor.

Die Hohe Rätin neigte bedauernd den Kopf zur Seite. »Das habe ich sehr gehofft, Magierin Adara. Aber nun bin ich nicht mehr so sicher. Ich würde uns allen gerne ersparen, was ich jetzt tun muss. Aber leider lassen mir die Vorschriften keine andere Wahl. Du wirst der Befragung unterzogen.«

Adara starrte sie entsetzt an. »Die Befragung ist einer Gerichtsverhandlung vorbehalten«, sagte sie. Sie hatte noch lange nicht genug Übung, um der Befragung standzuhalten. Seth hatte zuletzt fast ihren Gedankenfilm durchbrochen und da hatte sie nicht mal unter Stress gestanden. Wenn man sie der Befragung aussetzte, dann würde alles ans Licht kommen. Alles über ihre wahren Pläne mit den Aufzeichnungen und auch alles über Naos, Chris und … Seth. Nein, sie durfte das auf keinen Fall zulassen. »Das ist nicht rechtmäßig. Der Rat muss die Befragung beschließen …«

»Der Rat hat sie beschlossen«, entgegnete die Hohe Rätin kühl. »Es ist ein Notfall, Adara. Du bist unsere stärkste Magierin und stehst unter Verdacht, für den Widerstand zu arbeiten. Wir können nicht riskieren, dass du dich gegen uns stellst. Und da wir dich dringend für Einsätze brauchen, müssen wir das klären. Jetzt.«

»Dann lasst es mich klarstellen …«, versuchte sie es noch einmal. Sie hoffte, dass man ihr die Verzweiflung nicht anmerkte.

Die Hohe Rätin schüttelte den Kopf. »Deine Loyalität ist fragwürdig und dafür gibt es Beweise.«

»Welche Beweise denn?«, fragte Adara.

»Du hast gezögert, die gefährlichen Propagandadokumente des Widerstandes zu zerstören«, sagte die Hohe Rätin. Ein Raunen ging durch die Reihen der Räte. »Und du wurdest in letzter Zeit oft mit Naos und Atria gesehen«, fuhr die Hohe Rätin fort, »von denen wir mittlerweile mit Sicherheit wissen, dass sie dem Widerstand angehören.«

Immer noch wandte Adara den Blick nicht von ihr ab, sie sah ihr direkt in die grünen Augen, die vollkommen unergründlich zu sein schienen. Nichts war darin zu lesen. Aber es war nicht die gleiche Abwesenheit von Gefühl oder Reaktion wie bei Seth. Im Blick der Hohen Rätin lag einfach nur eine freundliche Leere. In Adara hingegen tobte jetzt Angst. Sie musste an Naos denken. Was würde mit ihm geschehen? Dann sah sie unweigerlich Chris vor sich und ihre Knie gaben beinahe unter ihr nach. Nicht Naos. Nicht auch noch ihr Bruder. Bitte nicht. Nur mühsam konnte sie ihre Gefühle unter Kontrolle halten, so wie Seth es ihr beigebracht hatte. »Was bedeutet das nun?«, fragte sie. Und suchte in ihrem Kopf nach einer letzten verzweifelten Möglichkeit, der Befragung zu entgehen, obwohl ihr klar war, dass es die nicht gab. Früher hätte sie das Vertrauen gehabt, dass die Vorschriften der Gemeinschaft dem Allgemeinwohl dienten, und hätte sich ohne Widerspruch gefügt. Jetzt hatte sie dieses Vertrauen nicht mehr. Schon lange nicht mehr. Ihr Blick zuckte zu Seth und in ihrem Kopf formte sich der Gedanke, sein Geheimnis preiszugeben. Vielleicht konnte sie dann sich selbst retten. Vielleicht sogar Naos, wenn sie behauptete, Seth hätte ihn ausgeliefert, um sich selbst zu schützen. Ja, sie sollte es tun. Immerhin hatte Seth Naos verraten, ohne mit der Wimper zu zucken. Wahrscheinlich war er auch für Matteos Tod verantwortlich. Und jetzt hatte er zugelassen, dass die Aufzeichnungen zerstört wurden, ihre einzige Hoffnung, jemals eine Änderung zu bewirken. Sein Weg in den Inneren Kreis war gepflastert mit Verrat an Menschen, die sie liebte, und Dingen, die ihr wichtig waren. Kein Opfer schien ihm zu groß. Wer wusste schon, was er noch tun würde? Ohne dass sie es wollte, traten Tränen in ihre Augen.

Keine Sorge, du wirst es aushalten.

Sie zuckte zusammen, als Seth ihr erneut die Nachricht sandte. Er wollte ihr Sicherheit geben. Er glaubte an sie. Sie musste daran denken, welches Elend sie in seiner Magie wahrgenommen hatte, als die Aufzeichnungen zerstört worden waren. Das war echt gewesen. Sein Gesicht konnte lügen, aber seine Magie konnte solches Leid sicher nicht vortäuschen. Nein. Was er getan hatte, war furchtbar, aber er hatte sich selbst damit am meisten wehgetan. Sie konnte ihn nicht verraten. Nicht einmal, um sich selbst und Naos zu retten.

»Wir beginnen mit der Befragung.« Die Hohe Rätin gab ihrem Leibmagier ein Zeichen.

Adara zitterte innerlich und für einen Moment spülte Panik über sie hinweg. Aber dann hörte sie wieder Seths Nachricht. *Du wirst es aushalten*. Sie konzentrierte sich auf das, was er ihr beigebracht hatte, und rief sich ihren Gedankenfilm in Erinnerung. Sie meinte, Seths kühlen, beherrschten Blick förmlich auf ihrem Körper zu spüren. Dann sah sie die Bilder. Der Leibmagier der Hohen Rätin sandte sie ihr. Sie flackerten in ihrem Inneren auf, weckten Gedanken, Erinnerungen und Assoziationen. Sie merkte, dass ihr Unterbewusstsein reagieren wollte. Es wollte dem Magier zeigen, was sie wirklich dachte. Aber ihr Gedankenfilm war so stark, dass er alle verräterischen Informationen überdeckte. Schließlich ließ der Magier von ihr ab. Triumph stieg in ihr auf. Sie hatte es tatsächlich geschafft!

»Die Magierin sagt die Wahrheit, Hohe Rätin. In ihren Gedanken sehe ich, dass alles nur ein Missverständnis war. Ich habe keinen Grund zu der Annahme, dass sie nicht ratstreu ist.«

Erleichterung überwältigte sie. Sie wollte sich zu Seth umdrehen, als die Hohe Rätin sich erhob.

»Vielen Dank, Magier. Leider bin ich nicht restlos überzeugt. Magierin Adara bleibt vorerst in Sicherheitsverwahrung. Ich möchte mir in Ruhe anhören, was du in ihrem Geist gesehen hast, und mich mit dir beraten.«

»Aber die Befragung ist unfehlbar«, platzte Medea St. John heraus und sah die Hohe Rätin fassungslos an.

»Dennoch«, antwortete die Hohe Rätin bestimmt.

Die Hohe Magierin stand auf. »Zweifelst du etwa das Ergebnis der Befragung und damit die Befragung selbst an?«

Ein Raunen erwachte im Rat. Adara sah sich um und bemerkte, dass sich Unmut unter den Räten breitmachte.

Die Hohe Rätin antwortete nicht darauf, sondern sagte nur: »Ich glaube, im Besitz von Informationen zu sein, die die Schuld der Magierin beweisen. Aber ich möchte keine Anklage erheben, bevor ich nicht ganz sicher bin. Bis auf Weiteres wird Magierin Adara in Gewahrsam bleiben.«

»Diese Maßnahme ist nicht gerechtfertigt«, warf die Hohe Magierin ein. »Wir brauchen Magierin Adara für diverse Einsätze. Rat Danes?«

Er schien hin und her gerissen zu sein. »Ich denke, wir sollten alle Zweifel an Magierin Adaras Loyalität ausräumen«, sagte er schließlich.

Die Hohe Magierin wirkte ungehalten. »Dem wird der Rat nie zustimmen.« Adara sah, dass sie fragend den Blick über die anderen Räte schweifen ließ. Einige nickten vehement. Adara schöpfte kurz Hoffnung.

Bedauern und Verständnis zeigten sich auf dem Gesicht der Hohen Rätin. »Vielleicht nicht, aber da es sich um eine Notsituation handelt, reicht die Zustimmung des Inneren Kreises. Rat Danes? Rätin St. John?« Danes nickte sofort, Medea St. John runzelte die Stirn, nickte dann aber widerwillig. Sie schien der Hohen Rätin nicht in aller Öffentlichkeit widersprechen zu wollen.

»Dann verlange ich, dass es eine zeitliche Begrenzung gibt«, zischte die Hohe Magierin.

»Eine Woche«, bot die Hohe Rätin an.

»Zwei Tage«, erwiderte die Hohe Magierin.

»Einverstanden«, warf Rat Danes ein, bevor die Hohe Rätin darauf antworten konnte. »Das ist mehr als genug.«

»Und Magierin Adara hat sich nichts zuschulden kommen lassen«, ließ die Hohe Magierin nicht locker. »Sicherheitsverwahrung ist vollkommen übertrieben!«

»Wenn wir sichergehen, dass sie sich mit niemandem in Verbindung setzt«, befand die Hohe Rätin unter dem Druck der Räte und neigte den Kopf, »genügt ein Hausarrest.«

»Hausarrest?«, entfuhr es Adara. Sie kam sich vor wie ein ungehorsames Kind. Gleichzeitig war ihr klar, dass es hätte viel schlimmer kommen können. Und diese Bestrafung hatte auch ihre guten Seiten. Denn Seth würde bei ihr sein.

»Ihre Quelle wird natürlich solange woanders untergebracht, damit sie keinen Zugang zu Magie hat«, verkündete in diesem Moment die Hohe Rätin.

Adara starrte sie ungläubig an. »Dagegen protestiere ich«, sagte sie und konnte nicht verbergen, dass ihre Stimme vor Empörung zitterte. »Mir meine Quelle wegzunehmen, ist eine Strafe, die nur nach einer Verurteilung verhängt werden darf.«

Die Hohe Rätin lächelte freudlos. »Und als Vorsichtsmaßnahme«, gab sie zurück.

Adara war all diese vorgeschobenen Notfälle und Vorsichtsmaßnahmen langsam leid. Aber was hätte sie dagegen tun können? Machtlos ballte sie ihre Hände zu Fäusten.

»Die Magierin wird für zwei Tage unter Hausarrest gestellt und ihr wird ihre Quelle entzogen. Danach werden wir eine Entscheidung treffen«, fasste die Hohe Rätin den Beschluss zusammen.

Als man Adara abführte, warf sie einen letzten Blick auf Seth und das übermächtige Bedürfnis, mit ihm zu reden, überfiel sie mit ganzer Kraft. Sie wollte seine Stimme hören, sich in die unwirkliche Beziehung flüchten, die sie beide hatten, und einfach nur alles vergessen. Für einen kurzen Moment trafen ihre Blicke sich und sie glaubte, in seinen Augen denselben Wunsch zu lesen. Aber gleich darauf standen wieder nur Eiseskälte und Berechnung darin.

Man brachte sie in eine Zelle im Sicherheitstrakt, bis man ihr Apartment durchsucht und für ihren Hausarrest bereit gemacht hatte. Bis Seth seine Sachen geholt hatte und ausgezogen war. Der Gedanke versetzte ihr einen schmerzhaften Stich. Gleichzeitig war sie unglaublich verwirrt. Sie wusste einfach nicht mehr, was sie noch glauben sollte. Das Misstrauen in ihrem Inneren zerriss sie beinahe. War Seths Weg trotz aller Opfer nicht doch der richtige? War es ein Fehler, wenn sie ihn jetzt nicht mehr unterstützte? Oder war es erst recht falsch, weiter zu ihm zu halten? Aber wie konnte sie jemanden unterstützen, der kaltblütig ihren Bruder und seine Quelle ausgeliefert hatte? Die Tür des Sicherheitstraktes fiel laut hinter ihr ins Schloss und riss sie aus ihren Gedanken. Adara hielt den Kopf gesenkt, während der Wächter sie respektvoll zu einer der Zellen führte. Kurz bevor sie durch die Tür in den für sie vorgesehenen Raum trat, sah sie auf. Und erstarrte. »Matteo!«

Im selben Moment glaubte sie an einen Irrtum. An eine Illusion oder Wunschdenken genau wie bei Chris. Aber dann wandte der dunkelhaarige Junge sich zu ihr um. Obwohl er weit weg stand, erkannte sie sein Gesicht. Er war es eindeutig. Matteo. Matteo lebte. Er war also nicht bei jenem schrecklichen Einsturz des U-Bahn-Schachtes in Rom gestorben.

Seth hatte ihn nicht auf dem Gewissen.

37

Seth beschleunigte seine Schritte auf dem Weg zum alten Befragungsraum. Adaras Plan war gescheitert, man hatte sie festgenommen und die Aufzeichnungen waren verloren. Rat Danes wirkte nicht, als würde er ihn in absehbarer Zeit für den Inneren Kreis vorschlagen. Alles schien ihm zu entgleiten. Allein der Gedanke an seinen Mentor half ihm jetzt, Ruhe zu bewahren. Er würde wissen, was zu tun war.

»Was soll das heißen, meine Verbindung wird aufgelöst?«, schrie plötzlich jemand. Sadir. Seth blieb stehen und betrachtete die Szene, die sich vor ihm abspielte. Sadir stand in einiger Entfernung und ergoss seine ganze Wut über einen Wächter, der sich zwischen ihn und Lucy gestellt hatte. Sadir wollte nach ihr greifen, aber der Wächter baute sich entschlossen vor ihm auf. »Deine Quelle wird dir entzogen. Die Anweisung kommt von Rat Danes selbst. Du erhältst eine neue.«

»Mit welcher Begründung?«, knurrte Sadir. »Ich habe viel Zeit investiert, um …«

»Rat Danes braucht Lucy Wright für sein IT-Team.«

Sadir lachte ungläubig auf. Seth hätte es ihm gerne gleichgetan. Jetzt hatte Rat Danes nach Lucy gefragt? Jetzt auf einmal? Das ergab doch überhaupt keinen Sinn. Denn es half Seth jetzt nicht mehr. Es sei denn … Gegen seinen Willen stieg Hoffnung in Seth auf. Was, wenn es ein Zeichen dafür war, dass Danes ihm doch helfen wollte? Vielleicht würde es die Hohe Magierin auch jetzt noch beschwichtigen, wenn Sadir eine zuverlässigere Quelle zugeteilt wurde.

Seth setzte seinen Weg fort, ohne dass ihn jemand bemerkt hätte. Im alten Befragungsraum angekommen, ließ ihn sein Mentor gar nicht erst zu Wort kommen. »Du hast die Aufzeichnungen verloren«, kam es wütend von der anderen Seite des Spiegels. »Wie konntest du nur?«

»Es tut mir leid.« Seth sagte es ohne jede Gefühlsregung, so wie sein Mentor es immer von ihm verlangt hatte. Aber im Geiste sah er noch einmal, wie die Kiste in Flammen aufging. Die Kiste, für deren Inhalt seine Eltern gestorben waren.

»Erzähl mir genau, was passiert ist«, verlangte sein Mentor.

Seth berichtete ihm alles, bis hin zu jedem Mienenspiel, jedem Wort, jeder Bewegung.

»Hm«, brummte sein Mentor. »Es sieht so aus, als hätten wir die Aufzeichnungen all die Jahre umsonst versteckt. Der Rat wusste längst, was darin stand.«

»Du meinst wegen des Mädchens?«, fragte Seth. »Wenn es Teil des geheimen Wissens der Aufzeichnungen war, dann wussten zumindest Rat Danes und die Hohe Rätin ganz genau, dass es Magier gibt, die ohne Quelle zaubern können.«

»Es gibt keine Magier, die ohne Quelle zaubern können«, knurrte sein Mentor. »Es gibt Menschen, die Magier und Quelle zugleich sind. Sie sind sehr stark, aber auch unberechenbar. Ich habe durch Aufzeichnungen von diesen … Quellenmagiern erfahren, war mir aber nie sicher, ob es sie wirklich gibt. Leider steht nichts darüber geschrieben, woran man sie erkennt oder ob man sie überhaupt erkennen kann.«

Seth beschwerte sich nicht, dass man ihm eine so unglaubliche Information verheimlicht hatte. Dieses Wissen war gefährlich und stellte alles infrage, wofür die Gemeinschaft stand. Außerdem war schwer zu sagen, welche Fähigkeiten diese Quellenmagier hatte. Er wunderte sich allerdings über etwas anderes. »Diese merkwürdige wilde Zeichnung scheint ein Hinweis zu sein, aber in all meinen Jahren als Wächter beim Magiepotenzialtest ist mir so etwas nie begegnet.«

»Ein weiterer Beweis dafür, dass sie Bescheid wussten. Irgendwie müssen die Potenzialsucher es schon vorher erkennen, sodass der Innere Kreis es geheim halten kann. Nimm Ida, sie ist nicht in der Gemeinschaft aufgewachsen. Man hat sie außerhalb entdeckt. Und dann haben sie das Mädchen mit Absicht als Quelle eingestuft. Wahrscheinlich damit sie nicht lernt, wie man Magie benutzt. Vielleicht haben sie gehofft, dass ihr Doppelpotenzial nie zum Tragen kommt, wenn man sie unterdrückt.«

»Wäre es nicht besser, sie gar nicht erst zu verbinden?«, fragte Seth.

»Ich nehme an, die Verbindung war ein Vorwand, um ihr den Augenstern einzusetzen«, antwortete sein Mentor grimmig.

Natürlich, das ergab Sinn. Und auch, dass die Hohe Rätin Adara gezwungen hatte, die Aufzeichnungen zu zerstören. Weil das Wissen darin dem Rat sowieso schon bekannt war und der Widerstand sie so nicht nutzen konnte, um die Gemeinschaftsmitglieder aufzuwiegeln.

»Ich verstehe nur immer noch nicht, warum du das getan hast, Seth. Dieser unbedachte Bergungsversuch hat uns auf mehreren Ebenen geschadet. Adara ist jetzt in Gewahrsam und wer weiß, ob sie nicht doch irgendwann reden wird.«

»Es war ein Risiko und es ist schiefgegangen«, gestand Seth ein. »Aber die Zerstörung der Aufzeichnungen hat mir sehr viele Stimmen im Rat eingebracht.«

»Trotzdem … Du hättest das vorher mit mir absprechen müssen.«

»Dafür war keine Zeit. Ich habe eine Gelegenheit gesehen und sie ergriffen.«

»Eine Gelegenheit? Wohl kaum. Dieser Plan, die Aufzeichnungen zu verwenden, war doch von Anfang an zum Scheitern verurteilt! Du wärst beinahe ums Leben gekommen. Das war unvernünftig und rücksichtslos von dir. Du hast eine Verantwortung, Seth. Ohne dich ist alles verloren.«

Wut stieg in Seth auf und die Lavaschicht in seinem Inneren, die ohnehin brüchig geworden war, riss noch weiter auf. »Du bist nicht derjenige, der diese grausamen Befragungen durchführen muss. Du bist nicht derjenige, der unschuldige Menschen …«

»Ich hoffe«, unterbrach ihn sein Mentor, »du hast jetzt verstanden, dass es keinen anderen Weg gibt als den, der für dich vorgesehen ist.«

Seth drängte die Wut zurück, er drängte alle Gefühle zurück. Denn natürlich hatte sein Mentor recht. Er senkte den Kopf. »Dann hilf mir, auf diesen Weg zurückzufinden«, sagte er leise. »Denn ich sehe ihn nicht mehr.« Doch dann fiel ihm die Szene mit Sadir und Lucy ein, die er beobachtet hatte, und er schilderte sie seinem Mentor. »Denkst du, das könnte bedeuten, dass Danes mich doch unterstützen will?«

»Ich bin nicht sicher. Es könnte wirklich sein, dass er sie dringend für sein Team braucht. Was mir gar nicht gefällt. Denn es könnte bedeuten, dass der Rat sein Vorhaben jetzt bald in die Tat umsetzen will.« Sein Schweigen dünstete förmlich über den Luftschacht zu Seth hinüber, angefüllt mit schweren Gedanken. »Da ist noch etwas, Seth«, fuhr er schließlich fort, »das darauf hindeutet, dass wir nicht mehr viel Zeit haben.« Er machte eine kurze Pause. »Sie haben Matteo. Und nicht nur das. Er ist hier.«

»Was?« Seth erstarrte innerlich. Seine Gedanken begannen zu rasen. Und was am Ende zutage kam, gefiel ihm gar nicht. Denn er kam zum gleichen Schluss wie sein Mentor. Eile war geboten. »Ich muss in den Inneren Kreis. Jetzt sofort. Wir können nicht mehr warten, ob Danes mich von sich aus aufstellt.«

»Ich stimme dir zu.« Mehr sagte er nicht. Denn offensichtlich wusste er genauso wenig wie Seth, wie sie das anstellen sollten. Die

Ratlosigkeit seines Mentors erschreckte ihn. Seth hatte nie etwas infrage gestellt, sein Weg war immer klar vorgezeichnet gewesen. Jetzt war dieser Weg plötzlich weggebrochen und vor ihm hatte sich ein gähnender Abgrund aufgetan. Und wenn er Rat Danes nicht doch noch irgendwie dazu brachte, für ihn zu sprechen, würde dieser Abgrund nicht nur die Gemeinschaft verschlingen. Sondern die Welt, wie sie sie kannten.

38

Warum war Matteo nicht tot?

Seit man Adara aus dem Sicherheitstrakt zurück in ihr Apartment gebracht hatte, ließ es ihr keine Ruhe. Sie hatte mit eigenen Augen gesehen, wie der U-Bahn-Schacht eingestürzt war, hatte gehört, wie Tauru gesagt hatte, dass Matteo tot war. Mit Nachdruck, damit Adara es nicht infrage stellte. Was, wenn sie die ganze Zeit gewusst hatte, dass er lebte?

Sie dachte daran, wie sie die Graffitis entdeckt hatte und sie und Matteo von Tauru überrascht worden waren. Tauru war ausgerastet vor Angst um Matteo. Aufzeichnungen, egal welcher Art, waren in der Gemeinschaft verboten und konnten schlimme Strafen nach sich ziehen. Adara fiel wieder ein, wie sie Tauru und Matteo wegen Idas Notruf stehen gelassen hatte und weggelaufen war. Wie etwas sie am Kopf getroffen hatte und sie zu Boden gegangen war. Sie hatte damals geglaubt, sich im Dunkeln den Kopf gestoßen zu haben. Sie keuchte auf. Was, wenn jemand sie niedergeschlagen hatte, damit sie nichts über die Graffitis verraten konnte? Zumindest so lange nicht, bis Tauru Matteo in Sicherheit gebracht hatte? Ja, so musste es gewesen sein. Tauru hatte Matteos Tod vorgetäuscht, um ihn vor Adara zu schützen. Oder vielleicht nicht vor Adara? Seth war tagelang immer wieder nach Celio gefahren. Taurus Angst und

Hass auf ihn waren ihr immer noch lebhaft im Gedächtnis. Vielleicht hatte Tauru Matteos Tod auch vorgetäuscht, um ihn vor Seth und dem Rat zu schützen? Wie gerne hätte sie Seth damit konfrontiert. Sie berührte den Ring an ihrer Hand. Nein, so etwas konnte man nicht in einer Gedankennachricht klären und es spielte jetzt auch keine Rolle mehr.

Nervös sah sie auf die Uhr. Schon fast Abend. Man hatte sie für zwei Tage aus dem Verkehr gezogen. Der erste war fast vorbei und eines wusste sie ganz genau: Was auch immer am Ende der zwei Tage passieren würde, es war sicher nichts Gutes. Denn das, was in der Ratssitzung abgelaufen war, hatte ihr eines deutlich vor Augen geführt: Sie durfte nicht auf Gerechtigkeit hoffen. Die Hohe Rätin würde die Regeln so beugen, wie sie es brauchte. Und offensichtlich brauchte sie es, Adara als Verräterin an den Pranger zu stellen. Wahrscheinlich um zu verhindern, dass Seth in den Inneren Kreis gewählt wurde. Immerhin war er durch die Zerstörung der Aufzeichnungen wieder einen Schritt in diese Richtung vorangekommen. Adara zweifelte keinen Moment daran, dass es der Hohen Rätin irgendwie gelingen würde, sie als Verräterin zu entlarven. Das bedeutete, sie musste von hier verschwinden, bevor man sie holte. Eineinhalb Tage noch.

Mit zitternden Fingern drehte sie an dem Ring, den Seth ihr gegeben hatte. Sie hatte ihn bereits ein paar Mal verwendet. Sie würde nur noch einige wenige Nachrichten damit senden können. Aber jeder, den sie hätte um Hilfe bitten können, war selbst gefangen oder hatte keine Möglichkeit, ihr zu antworten. Und ihre Eltern glaubten zu sehr an die Gemeinschaft, um sich gegen eine Anweisung der Hohen Rätin aufzulehnen.

Blieb nur Seth. Ein schmerzhafter Stich bohrte sich in ihre Brust. Er wusste, wo sie war. Wenn er ihr helfen wollte, hätte er es längst tun können.

»Verdammt«, zischte sie und schlug mit der flachen Hand gegen das große Panoramafenster. »Reiß dich zusammen.« Sie war jetzt nicht Liliana, sondern die Magierin, genauso wie Seth jetzt nicht er selbst war, sondern der Rat, der tat, was getan werden musste. Für diesen Plan, für den er alles opferte. Einfach alles. Aber vielleicht hatte er ja doch vor, ihr zu helfen, und sie vermasselte ihm alles, wenn sie selbst etwas unternahm. Sie schluckte gegen die Enge in ihrer Kehle an. Hör auf. Hör auf zu hoffen, er würde für dich seinen Plan riskieren. Das würde er niemals tun. Unwillkürlich schlang sie die Arme um sich. Nein. Er würde ihr nicht helfen. Sie musste es selbst tun. Und sobald sie hier rauskam, würde sie einen neuen Weg finden, den Inneren Kreis zu bekämpfen. Einer plötzlichen Eingebung folgend, ging sie zur Wohnungstür. Vielleicht gab es einen Weg, sie aufzubrechen oder das Schloss zu knacken … das die Tür nicht hatte. Adara starrte erbost den Fingerabdrucksensor an, als könnte er etwas für ihre Misere. »Das ist doch unglaublich, wie kann man nur so hilflos sein?«, schrie sie ihre Wut hinaus. Wie praktisch wäre es jetzt, so wie Ida alleine zaubern zu können. Ida.

Adara schüttelte den Kopf. Sie konnte es immer noch nicht fassen. Es widersprach einfach allem, was man ihr von klein auf beigebracht hatte. Und doch hatte sie es mit eigenen Augen gesehen. Ida gelang mühelos allein, was andere nur zu zweit fertigbrachten. Sie fragte sich, was Ida noch alles konnte. Adara drehte an Seths Ring. Dann erstarrte sie.

Ida?, schickte sie ihr eine Gedankennachricht. *Hörst du mich? Wenn ja, versuch, mir zu antworten. Du kannst das auch ohne die Steine oder die App! Da bin ich mir sicher.*

Lange geschah nichts. Dann: *Adara?*

Sie hätte am liebsten vor Erleichterung aufgeschluchzt. *Ida, wo bist du? Wohin hat die Hohe Rätin dich gebracht? Kannst du uns hier rausholen?*

Nein. Ich kann nicht zaubern. Ich weiß nicht, wie das geht. Es funktioniert einfach nicht mehr.

Aber Gedankennachrichten kannst du doch verschicken. Versuch es, bitte, Ida.

Wut schwappte durch Adaras Gedanken, als Ida ihr antwortete. *Was meinst du, was ich die ganze Zeit mache! Ich sehe die Magieebene, aber das konnte ich schon immer. Ich habe auch Atrias Magieebene immer gesehen.*

Die Zeit floss plötzlich zäher als sonst und Idas Gedankennachricht blieb darin hängen, sodass Adara sie wieder und wieder hörte.

Ich sehe die Magieebene, aber das konnte ich schon immer.

Schon immer.

Adara fiel hinein in die klebrige Zeit. Ihre Finger strichen über eine viel zu harmonische Zeichnung auf Chris' Haut. Immer und immer wieder. Sie erinnerte sich daran, dass auch er die Magieebene sehen konnte. Und daran, dass er immer gewusst hatte, wie tief das Wasser war. Seine Worte hallten durch ihre Erinnerung.

»Vertraust du mir?«

»Woher weißt du, dass es sicher ist?«

»Ich weiß es einfach.«

Adaras Augen füllten sich mit Tränen. Natürlich hatte er es gewusst. Jetzt ergab alles Sinn. Weil die Magie es ihm gesagt hatte.

»Chris. Du warst einer von ihnen«, flüsterte sie. *Und ich habe es nie gemerkt.* Aber vielleicht hatte er es ja selbst nicht gewusst, genau wie Ida. Höchstwahrscheinlich sogar. Denn sie war sich ziemlich sicher, dass er es ihr gesagt hätte.

Tief in der zähen Zeitmasse steckte noch etwas anderes, das sie nicht greifen konnte. Ein Satz, den jemand gesagt hatte. Etwas, das in ihr schmerzte.

Und dann hörte sie es. Lucys Worte beim Geschichtenfest.

Du hast ihn sterben lassen! Und trotzdem weißt du gar nichts.

Sie vermischten sich mit den Worten von Rat Danes, als er vor Ida gestanden hatte.

Ihre Macht ist viel zu groß und unberechenbar.

Wir sollten jetzt endlich tun, was für diesen Fall vorgesehen ist.

Adara begann zu zittern, die Luft blieb ihr weg und sie musste sich an der Tür festhalten. Natürlich. Jetzt sah sie es ganz klar. Die

Antwort auf die Frage, warum man ihr Chris genommen hatte. Chris war nicht getötet worden, weil er ein Video hatte hochladen wollen. Das war nur ein Vorwand gewesen. Danes hatte ihn umgebracht, weil er ein Doppelpotenzialträger war und der Rat ihn nicht beherrschen konnte. Weil er gefährlich war und vielleicht alleine so viel Macht hatte, dass er mehrere Magier außer Gefecht setzen konnte. Vielleicht sogar, weil Wächter ihn nicht stoppen konnten.

Ida?, dachte Adara hastig. *Wo immer du bist, du musst da weg. Rat Danes wird dich töten, wenn er dich in die Finger kriegt!*

Was? So ein Quatsch. Wenn er das wollte, hätte er es doch längst tun können.

Adara schüttelte den Kopf und spielte nervös mit ihrem Ring. *Ich glaube, er beseitigt Doppelpotenzialträger wie dich erst, wenn sich ihre Macht manifestiert. Vielleicht tut sie das nicht immer. Bei dir tritt sie gerade erst zutage. Deswegen beherrschst du sie auch noch nicht richtig.*

Glaubst du das wirklich? Idas Gedankennachricht rauschte wie ein schlechtes Radiosignal, als würde ihre Angst sie unverständlicher machen.

Adara presste die Lippen zusammen. *Ich komme dich holen. Ich weiß nicht, wie, aber ich komme, Ida. Hab keine Angst.*

Lächerlich. Wie unfassbar lächerlich, Ida so etwas zu versprechen. Sie kam ja nicht mal aus ihrem Apartment raus.

Sie untersuchte alle Räume noch einmal ganz genau, damit sie auch keine Fluchtmöglichkeit übersehen hatte, bis sie beinahe zu erschöpft war, um sich noch aufrecht zu halten. Die Sonne über Auckland war inzwischen untergegangen und der Himmel über dem Meer vollkommen dunkel. Gerade als Adara sich an der Wand auf den Boden gleiten ließ, öffnete sich die Wohnungstür. Ein heller Lichtstrahl fiel hinein und blendete sie. »Mitkommen.«

Adara blinzelte in das Licht. »Was? Nein. Man hat mir zwei Tage zugesichert!« Sie musste zu Ida!

Der Wächter antwortete nicht, sondern griff nach Adaras Armen. Sie hob instinktiv die Hände, um sich zu schützen, aber sie hatte keine Chance. Er zerrte sie auf den Gang, bis zu einem der Aufzüge. Adara hätte sich am liebsten heftig zur Wehr gesetzt und den Wächter angeschrien, dass er sie in Ruhe lassen sollte. Aber natürlich hätte ihr das nicht geholfen. Sie konnte nur versuchen herauszufinden, was sie plötzlich von ihr wollten. Und dafür brauchte sie einen kühlen Kopf. Aber das war nicht leicht, wenn ihre Knie weich waren und ihr Herz so heftig schlug, dass sie kaum atmen konnte. Vor Angst. Denn wenn man sie mitten in der Nacht holte, dann konnte das nur eines bedeuten. Was auch immer sie mit ihr vorhatten, entsprach sicher nicht den Gesetzen der Gemeinschaft.

39

In ihrer Fantasie sah Adara sich in den Keller fahren, in einen düsteren Saal mit feuchten, tropfenden Wänden. Stattdessen brachte man sie in den Wächtertrakt, wo die Zeremonie der Wächterschüler stattgefunden hatte. Sie wurde in einen Raum geführt, der ein Büro hätte sein können, wären die Apparate nicht gewesen. Adara schreckte zurück. Aber der Wächter schob sie unbarmherzig hinein. Vor dem großen Panoramafenster, unter dem sich der nächtliche Pazifik abzeichnete, standen die Hohe Rätin, ihr Leibmagier, die Mitglieder des Inneren Kreises und … Seth. Adara hätte vor Erleichterung beinahe aufgeschluchzt. Wie dumm. Sie wusste doch, dass er nichts für sie tun konnte, wenn er nicht alles aufs Spiel setzen wollte. Und doch gab seine Anwesenheit ihr Zuversicht. Seine grimmige Miene allerdings nicht. Aber sie gab ihr den nötigen Ansporn, sich aufzurichten, ihr bestes Magierinnengesicht aufzusetzen und niemanden sehen zu lassen, was in ihr vorging. »Ich bin eine Magierin der Gemeinschaft«, sagte sie laut. »Es ist eine Schande, dass ich so behandelt werde.«

»Es tut mir sehr leid, Magierin Adara«, sagte die Hohe Rätin. »Ich hätte mir wirklich gewünscht, dass es nicht dazu kommt. Aber ein überführter Verräter hat uns in der Befragung gestanden, dass du mit ihm Kontakt aufgenommen hast. Augenscheinlich hast du ihn gebeten, dich bei deinen Machenschaften gegen den Rat zu unterstützen.«

Verwirrt runzelte Adara die Stirn. Dann verstand sie, wer gemeint war. Matteo. Sie hatten Matteo befragt. Deswegen war er also hier. Er musste ihre Nachricht erhalten haben. Wahrscheinlich hatte er sein Versteck verlassen, um ihr zu helfen. Aber man hatte ihn festgenommen und befragt. Und im Gegensatz zu Seth und ihr hatte er keine Chance gehabt, der Befragung standzuhalten. Schuld spülte über sie hinweg.

»Darum ist eine zweite Befragung notwendig«, sprach die Hohe Rätin weiter. »Dazu werden wir allerdings eine neue Methode verwenden. Ich hege schon länger den Verdacht, dass die alte Befragung nicht ganz so unfehlbar ist wie ihr Ruf.«

Adara spürte, dass Seth innerlich zusammenzuckte. Es war wie eine Welle in seiner Magie, die sie bis hierher fühlte, obwohl er sie nicht berührte. Offensichtlich hatte auch er nichts von dieser neuen Methode gewusst. Unbewusst warf sie ihm einen Blick zu. Tief innen drin hoffte sie wohl immer noch, dass er etwas für sie tun würde. Einspruch einlegen, die Hohe Rätin überzeugen, sie ablenken, irgendwas. Aber er schwieg mit ausdruckslosem Gesicht.

Sie fragte sich, ob er sich wohl Sorgen machte, dass sie ihn verraten könnte. Aber wahrscheinlich wusste er, dass sie das niemals riskieren würde. Denn wenn sie jetzt seine Pläne offenlegte, würde sie sich selbst als Verräterin outen. Und noch viel mehr wusste er, dass sie niemals die einzige verbliebene Chance aufs Spiel setzen würde, einen Umsturz zu bewirken. Denn sein Plan war jetzt alles, was sie noch hatten. Sie würde Seth decken, egal um welchen Preis. Als sie in seine dunklen Augen sah, wusste sie, dass sie sich selbst belog. Denn sie tat es nicht nur, weil er ihre letzte Chance war. Nicht nur. Hastig wandte sie den Blick ab.

»Ich verlange, dass man mir diese Methode erklärt«, sagte Adara.

»Natürlich.« Die Hohe Rätin lächelte. »Mein verstorbener Ehemann hat sie seinerzeit entwickelt. Sie war lange nicht ausgereift, daher haben wir sie bisher noch nicht einsetzen können. Aber nun ist es so weit.« Die Hohe Rätin winkte und ihr Leibmagier legte ihr eine breite metallene Manschette um das Handgelenk. Dann trat er auf Adara zu. »Der Wächter wird dir eine Augenbinde anlegen, die deine Gehirnströme misst. Die Augenbinde ist über WiFi mit diesem telekinetischen Sensor verbunden.« Die Hohe Rätin hob die Hand und deutete auf das Metallarmband. »So kann ich in deinen Kopf sehen, und zwar ohne die Hilfe eines Magiers.«

Adara wurde eiskalt. Instinktiv riss sie den Arm hoch, als der Wächter ihr die Augenbinde anlegen wollte. Aber wenn sie sich jetzt wehrte, hätte sie genauso gut zugeben können, eine Verräterin zu sein. Langsam ließ sie den Arm sinken und konzentrierte sich lieber darauf, alle wichtigen Informationen tief in sich zu verschließen. Sie dachte an ihren Gedankenfilm, den sie als ihre Wahrheit betrachtete, sodass alle anderen es auch tun würden. Es hatte ihr schon einmal geholfen, das würde es auch jetzt tun. Sie musste nur ganz fest daran glauben. Ein leises Summen regte sich in ihrem Schädel. Es schwoll immer stärker an.

»Über die Augenbinde werden kleine Mikroprozessoren in die Augen injiziert«, erklärte die Hohe Rätin. »Bitte erschrick nicht. Sie werden keinen dauerhaften Schaden anrichten.«

Adaras Herz begann zu rasen. Keinen dauerhaften Schaden? Das klang nicht sehr vertrauenerweckend. Im nächsten Moment durchfuhr sie ein widerwärtiges Stechen von hinten durch den Schädel und bis in ihre Augäpfel. Es breitete sich aus, schien ihr von innen heraus das Gehirn wegzuätzen. Ihr Magen zog sich zusammen, ihr Herz wollte für einen Moment nicht mehr schlagen. Sie schrie auf und merkte erst, dass sie versuchte, sich die Augenbinde herunterzureißen, als jemand brutal ihre Handgelenke packte und nach unten drückte. Langsam, ganz langsam ließ der Schmerz nach. Nur ein dumpfes Pochen blieb in ihrem Schädel zurück. Es fühlte sich an wie nach der Verbindungszeremonie. Wahrscheinlich hatte es irgendetwas mit dem Augenstern zu tun.

»Es tut mir leid, die Einsetzung kann unter Umständen noch etwas unangenehm sein. Wir arbeiten daran.«

Adara hätte am liebsten laut gelacht. Etwas unangenehm! Aber sie schwieg. Sie wollte sich keine Blöße geben. Das war nur verdammt schwer, der Schmerz saß ihr immer noch in den Knochen. Sie dachte an Seth. Spürte seine Gegenwart.

»Rat Tahere«, sagte die Hohe Rätin.

Adara zuckte zusammen. Warum hatte sie Seths Namen ausgesprochen? Und warum spürte sie selbst aus der Distanz so viel Wut in seiner Magie? Adaras Atem ging schneller, egal, wie sehr sie sich bemühte, sich zu beruhigen. Was bedeutete das alles?

Und dann verstand sie.

Er würde die Befragung überwachen. Natürlich. Wieso war sie nicht sofort daraufgekommen? Er war der Inquisitor und offiziell mit der Aufgabe betraut worden, Verräter zu entlarven. Verräter wie sie.

»Heute werde ich nicht nur die Aufgabe des Magiers übernehmen«, fuhr die Hohe Rätin fort, »sondern auch die Fragen stellen, Rat Tahere.«

»Natürlich, Hohe Rätin«, sagte Seth kalt. Nur sie hatte es gehört. Diesen rauen Hauch in seiner Stimme, der den wütenden Strudel in seiner Magie widerspiegelte. Und es schürte ihre Angst mehr als alles andere. Vor allem, als sie verstand, warum er so klang. Die Hohe Rätin würde zwar die Fragen stellen, aber Seth war dafür zuständig einzuschätzen, wie lange und wie weit die Befragung gehen durfte. Und er würde keine Gnade zeigen. Erst recht nicht bei ihr. Denn wenn er sie schonte, würde die Hohe Rätin annehmen, dass er die Interessen des Rates nicht über alles andere stellte. Vielleicht sogar, dass er ihr Komplize war.

Ein Summen setzte in ihrem Kopf ein wie bei der ersten Befragung. Aber dann spürte sie noch mehr. Jemand war in ihrem Kopf, jemand zerrte an ihren Gedanken. Es fühlte sich fast so an wie beim Zaubern. Ja, es war wie die Verbindung von Magier und Quelle. Sie erschrak. Wenn das stimmte, dann war sie gegen diese Befragungsmethode vielleicht ebenso wehrlos wie gegen Seths Magie.

Bilder tauchten vor ihrem inneren Auge auf. Bilder von ihrem Vater, ihrer Mutter und von ihrem Bruder. Jedes Mal, wenn ein Bild in ihrem Kopf erschien, zuckte auch Schmerz auf, nicht sehr stark, aber doch spürbar. Als würde jemand mit scharfen Fingernägeln in ihrem Kopf herumwühlen. Adara versuchte, den Schmerz zu verdrängen, und konzentrierte sich auf ihren Gedankenfilm. Bei ihrem Bruder verharrte die Hohe Rätin besonders lange und das fiese Stechen in ihrem Kopf hielt besonders lange an. Aber es gelang Adara, ihre neue Wahrheit festzuhalten. Die Prozedur dauerte ewig. Man zeigte ihr immer und immer wieder Bilder. Von Freunden, Bekannten, von Ida und Sara, sogar von Chris. Adara wusste, dass ihr ein paar Tränen entkamen und unter der Augenbinde hervorliefen. Sie spürte sie feucht auf ihren Wangen. Aber das allein würde sie nicht verraten. Denn dafür konnte genauso gut der lang anhaltende Schmerz verantwortlich sein.

»Nichts«, sagte die Hohe Rätin schließlich. »Ich kann keine Beweise finden.«

Adara atmete erleichtert auf. Ihr Atem ging stoßweise, während der Schmerz aus ihr herausfloss. Sie bildete sich ein, dass sich irgendwo in ihrer Nähe Anspannung löste. Vielleicht wollte sie auch nur glauben, dass Seth ebenso erleichtert war wie sie. Und zwar nicht, weil seine Pläne bei ihr sicher waren, sondern weil er froh war, dass sie es endlich durchgestanden hatte.

Doch da ergriff die Hohe Rätin erneut das Wort. »Das Gerät befindet sich noch in der Testphase. Es wird eine Weile dauern, bis wir herausgefunden haben, welche Intensität die richtige ist. Wir werden daher mit einer höheren Intensitätsstufe noch einmal von vorne beginnen.«

In Adara zog sich alles zusammen. Ein stummer Schrei formte sich in ihrer Brust und sie wäre am liebsten wütend aufgesprungen. Aber das durfte sie nicht. Sie musste wirken wie jemand, der dem

System vertraute und der sich nichts hatte zuschulden kommen lassen. Also blieb sie stumm.

Das Summen wurde wieder stärker. Und diesmal erwachte der Schmerz nicht nur in ihrem Kopf, sondern auch wieder in ihren Augen. Er begleitete die Bilder, die ihr erneut gezeigt wurden, drängte sich scharf zwischen ihre neue Wahrheit, franste sie langsam an den Rändern aus. Ihre Erschöpfung wurde immer größer, sie zitterte immer heftiger, konnte sich kaum noch aufrecht halten. Und ihre Aufmerksamkeit ließ nach. Als man ihr das Bild ihres Bruders zeigte, dachte sie beinahe daran, wie er ihr von den Aufzeichnungen erzählt hatte. Sofort rief sie sich ihre neue Geschichte für ihn in Erinnerung. Darin war der Einsatz reine Routine gewesen. Sie hoffte, dass sie schnell genug reagiert und niemand ihren Fehler bemerkt hatte. »Er ist ein treuer Magier der Gemeinschaft«, keuchte sie. »Er hat eine sehr gute Verbindung mit seiner Quelle. Ich liebe ihn. Er ist ein vorbildliches Mitglied.«

Plötzlich ließ der Schmerz nach. Adara fand sich auf dem Boden kniend wieder, ihre Hände lagen an ihrem Kopf, die Finger hatte sie in die Haare gekrallt. Mit jedem Atemzug, den sie in ihre Lungen sog, flammte der Schmerz in ihren Muskeln auf. Es war vorbei. Musste vorbei sein. Seth musste angeordnet haben, dass es genug war.

»Sie ist stark. Ich fürchte, wir brauchen noch eine Stufe mehr, um die Widerstandsschwelle ihres Gehirns zu überschreiten.« Die Stimme der Hohen Rätin brachte Adara beinahe zum Verzweifeln. Aber nicht so sehr, wie der Schmerz in ihren Augen, der nun unerträglich wurde. Er griff über auf ihr Gehirn und sie hörte ihren eigenen schmerzverzerrten Atem laut widerhallen. Sie wollte die Hohe Rätin anflehen aufzuhören. Aber sie wusste nicht mehr, was richtig war. Würde jemand, der unschuldig war, um Gnade flehen? Oder würde er es aushalten? Oder war, es auszuhalten, ein Zeichen dafür, dass man eben doch etwas zu verbergen hatte und nicht preisgeben wollte? Sie hörte sich leise wimmern und zur Seite fallen. Der harte Aufschlag auf dem Boden fuhr durch ihren ganzen Körper. Für einen kurzen Moment unterbrach er den Schmerz in ihrem Schädel. Bis dieser noch grausamer, noch allumfassender mit voller Wucht zurückkam.

Die Bilder flackerten in kürzeren Abständen vorbei. Ihr Vater, ihre Mutter, Ida und Sara. Und Chris. Bisher hatte man ihr immer wieder dieselben Szenen gezeigt, aber nun sah sie etwas Neues. »Nein«, keuchte sie. »Bitte nicht Chris.« Sie verfluchte sich dafür, dass sie nicht ruhig bleiben konnte. Sie hatte so lange vor allen verborgen, dass sie über Chris Bescheid wusste, sie durfte es jetzt nicht verraten. Aber es war so schwer, wenn der Schmerz so allgegenwärtig und die Erschöpfung so allumfassend war. Sie hatte keine Kraft mehr, konnte sich nicht dagegen zu Wehr setzen. Gegen die Bilder. Gegen ihn. Er stand auf der Klippe, umringt von den Wächtern. Er sah sie an, schickte ihr eine letzte Gedankennachricht. Und dann brach das Licht in seinen Augen. Sie erinnerte sich genau an den Moment. Der Moment, in dem sie nichts getan hatte. Sie hatte ihn sterben lassen. Sie allein. Er fiel noch einmal von der Klippe. Lag noch einmal im Sand. Und ihr Herz zersprang noch einmal in tausend winzig kleine Stücke. Sie wollte schreien, kreischen, am liebsten wollte sie sich mit beiden Händen ganz fest gegen den Kopf schlagen, nur damit der Schmerz und die Bilder endlich verschwanden.

Ich kann nicht mehr. Sie wollte es laut sagen, aber selbst das brachte sie nicht mehr fertig. Durchzuhalten war jetzt einfacher, als aufzugeben. Auch wenn es zu einer schier unmöglichen Anstrengung wurde, die Menschen, die sie liebte, nicht auszuliefern. Wieder sah sie ihren Bruder. Wieder Chris.

Und dann sah sie Seth.

40

Er ist meine Quelle«, wimmerte Adara. »Nur meine Quelle.« Sie lag vor Seth auf dem Boden, ihr Rücken durchgebogen, ihr ganzer Körper starr vor Schmerz.

Seth wäre am liebsten zu ihr hingestürzt und hätte sie an sich gerissen. Sein Blick zuckte zur Hohen Rätin. Sie beobachtete ihn ganz genau, vor allem immer dann, wenn Adara einen Laut von sich gab. Adara wurde befragt, aber in Wirklichkeit war es auch ein Test seiner Loyalität. Er durfte nichts für sie tun. Selbst wenn sie leise wimmerte, so wie jetzt.

»Er ist mein Rückhalt.« Ihre Worte klangen wie das Krächzen eines Vogels und jedes einzelne übertrug Adaras Schmerz direkt in Seths Körper. Hass flutete ihn. Er brach einfach hervor, durch die dicke Schicht, die er in seinem Inneren über seine Gefühle gebreitet hatte. Er kochte hoch und er war erst im allerletzten Moment in der Lage, ihn zu kontrollieren. Adaras Anblick drehte ihm beinahe den Magen um. Ihr Gesicht unter der Augenbinde war schmerzverzerrt und Schweiß tropfte ihr von der Stirn. Er musste es beenden. Aber wie? Alles, was er tun konnte, würde ihn selbst verdächtig machen.

»Hat er dir je wichtige Informationen aus dem Rat weitergegeben?«, fragte die Hohe Rätin unerbittlich weiter.

Seth zuckte innerlich zusammen, weil sie plötzlich ganz offen seine Absichten infrage stellte. Sie wollte ihn reizen, das war deutlich, wollte ihn dazu verleiten, dass er die Befragung stoppte, um ihm dann daraus einen Strick zu drehen und seine Aufnahme in den Inneren Kreis zu verhindern. Und natürlich konnte er Adara gerade deswegen erst recht nicht mehr helfen. Egal, wie groß seine Sorge war, dass sie zerbrechen könnte. Egal, wie sehr sie litt. Adara begann, sich hin und her zu winden. Ihr ganzer Körper dünstete den Schmerz förmlich aus und Seth verlor beinahe den Verstand. Er suchte in seinem Inneren nach der Entschlossenheit, die ihn all die Jahre hatte weitermachen lassen, wann immer er geglaubt hatte, dass es unmöglich war. Er fand sie ganz tief unter dem Hass, aber sie war klein geworden, so klein.

»Nein. Er teilt nichts mit mir. Das würde er nie tun. Er lässt mich nicht in seinen Kopf sehen. Obwohl er mir so nahesteht, kenne ich ihn gar nicht.« Sie atmete mühsam ein. »Ich bedeute ihm nichts. Ich bin nur seine Magierin.«

Seth fragte sich, ob sie das wirklich dachte oder ob es eine ihrer neuen Wahrheiten war. Und warum dachte er darüber nach? Er sollte sich viel mehr davor fürchten, dass sie ihn verraten könnte.

»Woher wusstet ihr dann, wo die Aufzeichnungen versteckt waren?«, fragte die Hohe Rätin lauernd.

Adara stöhnte. Er konnte ihr ansehen, dass sich in ihrem Kopf alte und neue Wahrheit mischten und der Schmerz es ihr unmöglich machte zu entscheiden, was sie preisgeben durfte.

Schnell griff er nach dem Ring seines Vaters. *Sag die Wahrheit. Meine Wahrheit. Sag ihr, was du wirklich denkst.*

»Er hat das alles geplant«, flüsterte sie. »Alles. Es gab Gerüchte. Über die Aufzeichnungen. Ihr Versteck. Er wollte sie holen. Aber der Widerstand sollte nicht auf ihn aufmerksam werden. Also wurde Naos eingeteilt. Absichtlich. Es gab bereits Gerede über ihn. Lügen. Nichts ... als ... Lügen«, stieß sie hervor. Seth bewunderte, dass sie sogar jetzt noch versuchen konnte, ihren Bruder zu schützen. »So hatte Seth Zeit, alles zu planen. Dann hat er Naos verraten. Kurz vor dem Einsatz. Aber er war unschuldig. Seth wollte nur den Einsatz selbst machen.« Sie stockte, holte mühsam Luft. »Er wollte die Aufzeichnungen selbst finden. Dem Widerstand einen Schlag versetzen.« Tränen liefen ihre Wangen hinunter und Seth wusste, dass sie wirklich glaubte, was sie da sagte. Abgesehen von Naos' Unschuld.

»Was hast du dazu zu sagen, Rat Tahere?« Die Hohe Rätin sah ihn prüfend an. Seth konnte die Falle meilenweit riechen. Er konnte nicht behaupten, dass er Naos hatte festnehmen lassen, damit er den Einsatz übernehmen konnte. Das wäre eine Lüge und die Hohe Rätin wusste das. Mit Blick auf Adara rang er sich dazu durch, die Wahrheit zu sagen. Und Naos zu opfern. »Sie glaubt, dass es so gewesen ist, Hohe Rätin.« Er sprach schnell, denn Adara befand sich immer noch unter dem Einfluss des Gerätes und er wollte, dass sie so wenig wie möglich leiden musste. »Alles war so, wie sie gesagt hat. Nur habe ich ihren Bruder nicht ausgeliefert. Jemand ist mir zuvorgekommen und ich habe den Einsatz übernommen, um die Aufzeichnungen für den Rat zu bergen.«

Medea St. John nickte wohlwollend. Die Hohe Rätin hingegen wirkte ungehalten. »Es war mein eigener Spion, der mir alle Informationen geliefert hat, die zur Festnahme führten. Er hat Gespräche zwischen Naos und Adara belauscht. Leider reicht es nicht aus, um auch die Schuld von Magierin Adara zu beweisen. Das wäre dein Job gewesen, Rat Tahere.« Offene Verachtung zuckte über das Gesicht der Hohen Rätin. »Ich glaube, wir sollten die Befragung fortsetzen.«

Seth spürte, wie Adara innerlich zerbrach. Sie konnte nicht mehr. Doch bevor er etwas sagen konnte, kam ihm Medea St. John zuvor. »Hohe Rätin, bist du sicher, dass das nötig ist?« Sie war unnatürlich blass und ihr Blick war auf Adara gerichtet. »Adara hat uns bisher keinen Grund gegeben, an ihr zu zweifeln. Beide Befragungen beweisen ihre Unschuld …«

»Ich denke, wir sollten die Intensität noch einmal erhöhen«, sagte die Hohe Rätin hart.

Medea St. John sah sie fassungslos an. Auch Seth konnte nicht glauben, dass sie das wirklich ernst meinte. Adara war jetzt schon am Limit. Ihr Körper wirkte so zerbrechlich, als würde er unter der ganzen Anspannung und Qual jeden Moment auseinanderfallen. Trotz allem setzte die Hohe Rätin die Befragung fort – mit noch höherer Intensität. Hass stieg wieder in ihm auf – und noch etwas anderes. Die Sehnsucht danach, Adara zu erlösen. Dieser Wunsch war so heftig und so intensiv, dass er alles andere in ihm übertönte. Die Wut, die Vernunft, die Selbstbeherrschung. Verzweifelt versuchte er, den Impuls zu unterdrücken, er setzte alles daran, einen kühlen Kopf zu bewahren und sich nicht zu verraten. Aber er konnte nicht. Er konnte einfach nicht weiter ertragen, was man ihr antat. Es tat ihm selbst weh, als wäre sie ein Teil von ihm, und ihr Schmerz durchdrang ihn so tief, dass er zu keinem klaren Gedanken mehr fähig war. Er öffnete den Mund.

»Aufhören!«

41

Adaras ganzer Körper war wund vor Schmerz. Sie konnte kaum an etwas anderes denken als an die quälende Pein in ihren Gliedmaßen, an das heftige, verzweifelte Pochen ihres Herzens, an jeden qualvollen Atemzug. Aber sie musste nachdenken. Und zwar schnell. Sie musste sich erinnern. Was hatte sie gesagt? Was hatte sie getan? Hatte sie Naos verraten? Oder Seth? Nein.

Aufhören!

Das Wort peitschte durch ihre Erinnerung wie ein Donnerschlag. Seth. *Seth, was hast du nur getan? Warum hast du mich gerettet?* Sie hatte es nur am Rande wahrgenommen, aber sie war sich sicher, dass er es gewesen war. Die ganze Befragung hindurch hatte sie seine Anwesenheit gespürt, sie hatte gefühlt, wie sehr er es hasste und wie gerne er ihr helfen wollte. Und dann hatte er es getan. Was bedeutete das? Und wie war es danach weitergegangen? Hatte man sie abgeführt und eingesperrt, weil nun klar war, dass sie beide Verräter waren? Oder hatte Seth sie fortgebracht? In irgendein Versteck, wo sie sicher waren?

Sie versuchte, die Augen zu öffnen. Es gelang ihr nicht. Oder vielleicht waren sie offen und sie sah nur nichts. Sie bemühte sich, die Lippen zu bewegen, aber auch das gelang ihr nicht. Der Schmerz war einfach zu groß.

Ein wildes Gefühl der Macht überflutete sie. Wie eine Welle, die ihr Blut erfasste und heiß durch ihre Adern schoss. Es war kaum erträglich, wo jede ihrer Zellen noch so erschöpft war. *Ich will nur schlafen.* Nein, was dachte sie da? Sie wollte doch gar nicht schlafen. Sie wollte wissen, was geschehen war. Sie wollte etwas tun, wollte Seth helfen. Mit Sicherheit hatte er sich in Schwierigkeiten gebracht. Vor allem wollte sie wissen, ob er bei ihr war.

»Ganz ruhig. Alles wird gut«, flüsterte eine dunkle Stimme ganz nah an ihrem Ohr.

Adara stöhnte erleichtert auf. Seth. Er war hier. Sie waren zusammen. Also hatte er es doch geschafft, sie irgendwie zu retten. Sie spürte eine Wärme an ihren Fingern und wünschte sich, diese Wärme überall zu spüren. Diese Kraft, die davon ausging.

»Du musst dir Magie nehmen«, sagte die dunkle Stimme. »Ich kann dir sonst nicht helfen, wenn du nicht den Verschleierungszauber um uns legst.« Verschleierungszauber. Verschleierungszauber? Enttäuschung krallte sich in ihren Magen. Wenn Sie einen Verschleierungszauber brauchten, bedeutete das, dass er nicht mit ihr geflohen war. Erst jetzt merkte sie, wie sehr sie es sich gewünscht hatte. Einfach weg von allem, weil es keinen anderen Ausweg mehr gab. Weil sie sich verraten hatten und Seth seinen Plan aufgeben musste. Weil sie nichts mehr tun konnten, als zu fliehen und ihr eigenes Leben zu retten. Er wäre nicht mehr der Rat oder die Quelle und sie wäre nicht mehr die Magierin. Sie wären nur noch der Teil von sich, der ohne den anderen nicht leben konnte. Es wäre so schön.

»Bitte, nimm die Magie.« Wieder spürte sie die Welle der Macht, die wild und ungezügelt durch ihren schwachen Körper tobte.

»… kann nicht«, ächzte sie. Es war zu viel. Sie war nicht stark genug, um seine Macht zu beherrschen. Sie würde sie von innen heraus verbrennen, wenn sie es versuchte.

»Sie beobachten uns, ich möchte … ich möchte mich um dich kümmern. Aber solange der Zauber nicht aktiv ist, kann ich nicht viel tun. Sie dürfen nicht sehen, wie sehr ich …« Er verstummte.

Adaras ganzer Körper war angespannt. Sie lauschte auf seine Worte und ihr Herz wollte unbedingt wissen, wie der Satz endete, der zwischen ihnen in der Luft schwebte.

»Weniger. Gib mir ganz wenig«, flüsterte sie. Sie war nicht in der Lage, sich die Magie selbst zu nehmen, sie war zu gar nichts in der Lage. Sie konnte nur daliegen und hoffen, dass die nächste Welle die er ihr sandte, schwach genug war, um sie zu beherrschen. Sie wusste nicht einmal, wie sie es fertigbringen sollte, einen Zauber zu weben. Aber sie musste es versuchen.

Ich möchte mich um dich kümmern.

Ihre Kehle wurde eng. Wie sehr sie es sich wünschte. Wie sehr sie sich danach sehnte. Sie wollte, dass er sie berührte, sie tröstete, diesen schrecklichen Schmerz von ihr nahm. Aber vor allem wollte sie, dass er den angefangenen Satz beendete.

Sie dürfen nicht sehen, wie sehr ich …

Eine neue Welle der Magie strömte in ihren Körper, diesmal sanft und leicht, so wunderbar und doch so untypisch für Seth. Sie griff danach, ließ die magische Energie durch ihren Körper fließen. Die Magie mit ihm zu teilen, war wie ein Rückzug aus der Gegenwart. Es war eine kurze Pause von allem. Und jetzt, gerade jetzt, war es Balsam auf ihrem geschundenen Körper, sich von seiner Magie vollkommen durchdringen zu lassen. Magie an sich konnte nicht heilen, dafür war sie nicht gemacht. Aber ein Magier konnte Wunden verschließen, auch wenn es sehr viel Können und Vorsicht erforderte. Eine Erschöpfung wie die ihre einfach zu heilen, war allerdings nicht möglich. Aber allein Seths Magie in sich zu spüren, bewirkte, dass sie sich besser fühlte.

»Der Verschleierungszauber«, flüsterte er eindringlich.

Sie öffnete die Magieebene und webte einen Zauber um sich und Seth, sodass ein Beobachter von außen für eine Weile genau das sehen würde, was sie in dem Moment taten, in dem er gewebt worden war. Im nächsten Moment spürte sie, wie Arme sich um sie schlossen, sie spürte, wie er sie ganz fest an sich zog. Sie hörte das rasende Klopfen eines Herzens, das nicht ihres war. Seths Lippen streiften ihre Stirn, ihre Wange und schließlich ihre Mundwinkel. Er küsste sie nicht, wollte es vielleicht nicht, solange sie so erschöpft war. Aber er hielt sie an sich gedrückt, streichelte sie und murmelte leise Worte in ihr Ohr, die sie nicht verstand. Aber sie musste sie auch nicht verstehen. Sie musste nur den Ton darin hören, diesen Unterton voller Zuneigung, der ihr alles sagte, was sie wissen wollte. Und der den Satz, den Seth nicht beendet hatte, vervollständigte, ohne dass er ihn aussprechen musste.

Immer wieder dachte sie daran, dass er es gewesen war, der die Qual gestoppt hatte. Er hatte seinen Plan für sie riskiert. Nie hätte sie gedacht, dass er so etwas tun würde. Und er hatte auch Naos nicht verraten. Vielleicht gab es ja doch noch Hoffnung für sie und ihn.

42

Seth sah auf Adara hinunter, die sich ruhelos in ihrem Bett hin und her warf. Sie gab keinen Mucks von sich, selbst im Schlaf beherrschte sie es mittlerweile, ihre Gedanken und Gefühle zu verstecken. Aber er war sich trotzdem sicher, dass es die Befragung war, die sie immer noch quälte. Genau wie ihn. Ständig sah er vor sich, wie sie dort auf dem kalten Steinfußboden gelegen hatte. Ihr Schmerz hallte immer noch in jeder Faser seines Körpers nach. Er durchlebte wieder den Moment, in dem er den Mund geöffnet hatte.

Aufhören! Dieses eine verdammte Wort.

»Was ist passiert?« Die leise Stimme, die vom Bett aus zu ihm herüberschwebte, ließ ihn herumfahren. Adara hatte die Augen geöffnet. Aber sie wirkte nicht wirklich wach. Ihre Augen waren glasig und ihr Blick überschattet von all den Szenen, die sie noch einmal hatte durchleben müssen. Und von all dem Schmerz.

Bitte nicht Chris.

Die Erinnerung daran, wie sie diese Worte bei der Befragung so verzweifelt ausgestoßen hatte, legte sich jedes Mal wieder wie ein Eisenband um sein Herz. Langsam ging er zu ihr und setzte sich an ihr Bett. Er nahm ihre Hand und hörte sie leise aufstöhnen, als seine Magie in ihren Körper floss. Als sie ihn jetzt ansah, wirkte es, als würde seine Macht ihm durch ihre Augen entgegenschimmern.

»Bitte, sag mir, was passiert ist. Ich erinnere mich nicht mehr. Ich weiß nur noch, dass ich ohnmächtig geworden bin.«

Seth starrte sie an und wusste nicht, was er ihr sagen sollte.

Aufhören!

Er schloss die Augen.

»Was ist los?« Sie legte eine Hand an seine Wange, damit er sie ansah. Die Sorge in ihrem Blick drehte ihm den Magen um. »Haben sie dich bestraft? Wo sind wir?«

»In unserem Apartment, in deinem Schlafzimmer. Kannst du es nicht sehen?«, fragte er.

Sie schüttelte den Kopf. »Alles ist schwarz, ein paar Lichtflecke, aber …« Sie verstummte. »Es kommt sicher bald zurück. Was ist das Ergebnis der Befragung gewesen? Haben sie mich freigesprochen? Was ist mit dir, mit Naos, mit Lucy? Und was ist mit Matteo?«

Erleichtert atmete er auf. Lauter Fragen, die er ihr gefahrlos beantworten konnte. »Die Hohe Rätin hat eingesehen, dass sie mit der Befragung zu weit gegangen ist. Die anderen Mitglieder des Inneren Kreises waren ziemlich entsetzt, wie sie dir zugesetzt hat. Ich glaube, sie hat sich damit sehr geschadet. Medea St. John sah ziemlich schockiert aus. Schlussendlich musste sie dich dann freisprechen.«

»Dank dir.«

»Nein. Das war allein dein Verdienst. Ich habe noch nie jemanden so etwas aushalten sehen. Noch nie, ohne irgendetwas preiszugeben.« Er hörte selbst, dass seine Stimme leicht zitterte, und etwas über seine Gefühle verriet, was er unbedingt geheim halten wollte.

»Das konnte ich nur, weil du so ein guter Lehrer warst. Und weil ich dich die ganze Zeit gespürt habe.«

Die Zärtlichkeit in ihrer Miene war zu viel für ihn und er wandte das Gesicht ab. »Du bist frei und dein Ruf ist reingewaschen.«

Offensichtlich erleichtert, lehnte sie sich zurück und schloss die Augen. Die dunklen Schatten darunter und ihre blasse Haut zeigten ihm, wie erschöpft sie immer noch war.

»Das ist gut«, murmelte sie.

Er wollte aufstehen und sie schlafen lassen, aber sie legte eine Hand auf seine. »Nein, bleib. Was ist mit dir?«

»Dass wir die Aufzeichnungen zerstört haben, hat meine Loyalität bewiesen und mich gerettet.« Alles andere hing davon ab, wie die abendliche Ratssitzung verlief. Dann würde sich entscheiden, ob sein Plan endgültig gescheitert war oder ob er doch noch eine Chance hatte, in den Inneren Kreis aufzusteigen.

»Seth?«, fragte sie leise. »Als ich dir erzählt habe, dass ich mit den Aufzeichnungen einen Skandal hervorrufen will und du zugestimmt hast, mir zu helfen, hast du da …«

»Ich hatte es von Anfang an geplant.«

Sie nickte und eine Träne schlich sich durch ihre Wimpern.

Er griff nach ihrer Hand. »Aber nur als Ausweg für den Notfall. Alles, was ich dir gesagt habe, war die Wahrheit. Ich hätte mein Leben dafür gegeben, die Aufzeichnungen zu schützen.«

»Aber deinen Plan hättest du nicht riskiert.«

»Nein.« Wie gerne er es ihr begreiflich gemacht hätte. Sie sollte verstehen, warum sein Plan das Einzige war, was er niemals aufgeben konnte. »Wenn ich diesen Ausweg nicht von Anfang an gesehen hätte, hätte ich nicht zugestimmt, die Aufzeichnungen zu holen und sie für den Skandal zu benutzen. Aber ich habe wirklich gehofft, dass wir Erfolg haben.«

Sie krampfte ihre Finger um seine Hand. »Es war ein dummer Plan. Die Chance auf Erfolg war von Anfang an so gering. Ich hätte dich nie dazu überreden dürfen, dafür die Aufzeichnungen aufs Spiel zu setzen. Es tut mir so leid.«

Wut wallte so heftig in ihm auf, dass er aufsprang und ein paar Schritte von ihrem Bett wegmachte, damit seine Magie seinen Zorn nicht in ihren Körper trug. »Nein, entschuldige dich nicht bei mir. Nicht du. Nicht bei mir.« Er biss die Zähne fest aufeinander und drängte seine Gefühle zurück. Nur eines ließ sich nicht eindämmen. Die Angst. Was war nur mit ihm los? Ein Leben lang hatte er jedes

Gefühl unter Kontrolle gehabt. Er war viel schlimmeren Situationen ausgesetzt gewesen, hatte viel schlimmere Dinge getan. Aber Adara durchbrach alle seine Schranken. Sie brachte ihn dazu, Dinge zu tun, die sein Verstand ihm verbot. Und die seine Pläne in Gefahr brachten. Pläne, die nicht ihm gehörten, sondern unzähligen Menschen, deren einzige Hoffnung er war.

Als er sich ihr wieder zuwandte, sah er die Überraschung auf ihrem Gesicht. Wahrscheinlich spürte sie, was in ihm vorging und hatte ihn noch nie so erlebt. Ganz sicher nicht. Denn er hatte sich selbst noch nie so erlebt wie in diesem Moment.

Sie streckte die Hand nach ihm aus. Ihr ganzer Körper rief nach ihm, ohne dass sie ein Wort sagte. Langsam näherte er sich ihr, setzte sich wieder und nahm ihre Hand. Sofort entspannte sie sich. Warum zum Teufel warf sie ihm nicht vor, was geschehen war? Wie konnte sie in dieser Situation so beherrscht sein? Und wieso war gerade er es, der beinahe die Beherrschung verlor? Er hätte sie am liebsten an sich gezogen und ihr ins Ohr geflüstert, wie sehr er sich für das, was geschehen war, hasste. Aber die Angst hielt ihn davon ab. Er fürchtete sich davor, immer mehr Grenzen zu überschreiten und immer mehr zu jemandem zu werden, der vielleicht nicht in der Lage war zu tun, was nötig war.

»Was passiert ist, war nicht deine Schuld«, sagte er rau. »Und ich bereue nicht, es versucht zu haben.«

»Obwohl wir die Aufzeichnungen für immer verloren haben?«

»Ja.«

»Du weißt nicht, was mir das bedeutet.« Sie schmiegte sich an ihn. Und er wusste nicht, ob er das zulassen durfte. Durfte er akzeptieren, dass sie bereit war, einfach über alles hinwegzusehen? Ihre Nähe wärmte seine kühle Haut, und dass sie seine Magie in ihrem Körper aufnahm, beruhigte sein Herz. Langsam, ganz langsam entspannte er sich und hielt sie einfach nur fest.

»Egal, was passiert, egal, wie es mit uns weitergeht, ich werde diesen Moment bei der Befragung immer in meinem Herzen bewahren, weil ich genau weiß, was für ein Risiko du eingegangen bist. Nur um mich zu retten.«

Seth erstarrte und hätte sie am liebsten von sich gestoßen. Stattdessen schlossen sich seine Arme so fest um sie, dass sie überrascht aufstöhnte.

Aufhören!

Seth sah genau vor sich, wie er es gesagt hatte. Der Wächter, der hinter der Hohen Rätin hervorgetreten war. Er hatte Adara gerettet, genau in dem Moment, in dem Seth beschlossen hatte, es nicht zu tun. Er hatte es sich verboten, um seine Pläne nicht zu gefährden. Für seine Eltern und all die anderen, die so vieles dafür geopfert hatten, um ihn dorthin zu bringen, wo er jetzt war. Nicht er war es gewesen, der ihre Qual beendet hatte, sondern irgendein gesichtsloser Wächter. Und er hatte sich noch nie für irgendetwas so sehr gehasst.

Seth wusste, dass er es ihr sagen musste. Jetzt sofort. Aber er konnte es nicht. Wenn er es ihr sagte, würde alles zerbrechen, was sie noch aufrecht hielt. Es würde einen Abgrund zwischen ihnen aufreißen, der nie wieder zu überbrücken wäre. Wenn sein Mentor recht hatte und der Innere Kreis sein Vorhaben jetzt in die Tat umsetzte, dann waren diese friedlichen Stunden mit ihr ohnehin gezählt.

Also schwieg er, um diese letzten Stunden mit ihr nicht zu verlieren. Und sein Schweigen schürte mehr als alles andere seine Angst. Denn er schwieg aus vollkommen egoistischen Gründen. Nur für sich allein. Und vielleicht würde das am Ende alles zerstören.

43

Adara befand sich in einem merkwürdigen Zustand aus Traum und Wirklichkeit. Ein Mädchen mit viel zu hellen, fast weißen Haaren tauchte in ihren Träumen auf. Ihr Gesicht war verschwommen, sie sah aus, als wäre sie einem von Matteos Graffitis entsprungen. Ihre Haare umflossen sie, als würde sie im Wasser treiben. Sie war blass und rührte sich nicht. Um sie herum tobten schwarze Schlangen. Adara näherte sich ihr, um ihr Gesicht genauer betrachten zu können. Ein wunderhübsches Gesicht aus Sprühdosenfarbe. Leichenblass und eindeutig tot. Was für eine Gnade. Denn die schwarzen Schlangen, das sah sie jetzt, fraßen sich in ihren Körper.

Adara traten Tränen in die Augen. Sie hob eine Hand, um tröstend über ihre Wange zu streichen.

Das Mädchen öffnete die Augen.

Adara zuckte zurück. Sie erwachte mit einem Schrei, der rau in ihrer Kehle hing. So wie der Blick des Mädchens, der für immer in ihrer Seele stecken würde wie eine blaugraue Scherbe. Abgehackt atmete Adara ein. Sie sagte sich, dass es nur ein Traum war. Der schreckliche Schmerz in den blaugrauen Augen war ihr eigener gewesen, der über sie hereinbrach, wenn sie nur die Augen öffnete und Licht zwischen die schwarzen Punkte stach. Die Bilder waren die Ereignisse der letzten Tage, vermischt mit Matteos Graffitis. Das Mädchen war eindeutig Ida. Nur ihre Augen waren zu dunkel, zu blau. Zu tot. Ihre Kehle wurde eng. Was, wenn sie doch nicht nur das, was ihr widerfahren war, in diesem Traum verarbeitet hatte, sondern er etwas zu bedeuten hatte?

Besorgt griff sie nach Seths Ring. Sie würde Ida eine Nachricht schicken. Ida würde antworten und dann konnte sie beruhigt weiterschlafen.

Ida? Ich mache mir Sorgen. Bitte sag mir, dass es dir gut geht.

Keine Antwort. Adara drückte den Ring fester an ihren Finger, damit die Steinsplitter wirklich auf ihrer Haut lagen, und sandte die Nachricht noch einmal.

Wieder nichts. »Oh Gott, Ida.« Also war es vielleicht doch nicht nur ein Traum gewesen, sondern eine Vision? Sie setzte sich auf. Ihr Schädel pochte und ihr Herz raste. Sie versuchte, ihre Umgebung zu erkennen, aber außer ein paar Schemen konnte sie nichts ausmachen.

»Seth?«, schrie sie. Verdammt, wo war er? Seit der Befragung war er ständig hier gewesen. Aber wie lange war das überhaupt her? Stunden? Tage? Sie konnte es nicht sagen. Sie setzte sich auf, ließ die Beine über die Kante gleiten und stieß sich vom Bett ab, um aufzustehen. Schwindel packte sie und ihre Beine knickten weg. Sie wollte sich am Bett festhalten, verfehlte es aber, weil ihre Augen ihr immer noch den Dienst versagten. Unsanft schlug sie auf dem Boden auf. Ihre Schulter prallte gegen die Bettkante.

»Magierin Adara?« Sie hörte Schritte. Jemand half ihr zurück ins Bett. »Rat Tahere ist in einer Sitzung. Er hat mich gebeten, nach dir zu sehen.«

Wer war das? Sie kannte ihn nicht. Konnte ihn nicht bitten, Ida zu kontaktieren. Sie musste ausharren, bis Seth zurückkam. Wann auch immer das sein würde. Hoffentlich war es dann für Ida nicht zu spät.

44

Seth saß im Ratssaal und sah zu, wie die anderen Räte langsam ihre Plätze einnahmen. Es fiel ihm deutlich schwerer als sonst, sich äußerlich völlig unbewegt zu zeigen, denn in ihm herrschte Chaos. Das Gespräch mit seinem Mentor lag ihm immer noch schwer im Magen, auch oder gerade weil er wusste, dass sein Mentor recht gehabt hatte.

»Du musst Rat Danes dazu bringen, dich für den Inneren Kreis aufzustellen. Heute. Die Zeit läuft uns davon, wir können nicht länger warten«, hatte sein Mentor ihn angewiesen.

»Aber wie?«, hatte er gefragt.

»Beschwöre eine Abstimmung herauf. Wenn Lucys Wechsel in sein IT-Team ein Zeichen war, wird er sich für dich einsetzen.«

»Und was, wenn es nicht funktioniert? Eine fehlgeschlagene Abstimmung wird mir den Weg in den Inneren Kreis für immer verschließen.«

»Wir müssen es riskieren«, hatte sein Mentor gesagt.

»Ich begrüße euch zur heutigen Ratssitzung«, begann die Hohe Rätin und unterbrach Seths Gedanken. Während sie einige Verwaltungsangelegenheiten besprach, überlegte Seth, was der beste Weg war, eine Abstimmung zu provozieren, und ob er es sofort tun sollte. Falls die Sache mit Lucy wirklich ein Zeichen gewesen war, wäre es ja auch möglich, dass Danes ihn heute von selbst als Kandidat vorschlug. Die Sitzung schritt voran und jedes Mal, wenn Rat Danes das Wort ergriff, keimte ein Funken Hoffnung in Seth auf. Aber jedes Mal enttäuschte Danes ihn. Natürlich. Eigentlich hatte er auch nicht erwartet, dass er ihn zur Wahl in den Inneren Kreis aufstellen würde. Er musste ihn zwingen. Die Sitzung war beinahe zu Ende und Seth wusste, dass er jetzt handeln musste. Er stand auf, sich bewusst, dass dies der Punkt ohne Wiederkehr war. Was er jetzt tun würde, würde ihm entweder den Erfolg bescheren, den er sich erhoffte, oder alles zerstören. Kurz bevor er sprach, warf er noch einmal einen Blick auf Rat Danes. Etwas zuckte über dessen Gesicht. Genugtuung? Verachtung? Seth musterte die Hohe Rätin und Rätin St. John. Und in diesem Moment traf er eine Entscheidung. »Ich habe noch etwas anzumerken, zu dem Einsatz, bei dem die verbotenen Aufzeichnungen zerstört wurden«, sagte er laut und deutlich. Die Augen aller Räte ruhten jetzt auf ihm, auch die des Inneren Kreises. Rat Danes und die Hohe Rätin betrachteten ihn misstrauisch.

Seth holte tief Luft. »Wie ihr wisst, handelte es sich bei den Aufzeichnungen um eine uralte Knotenschrift, die möglicherweise noch von der Urmagierin selbst hergestellt wurde. Die Hohe Rätin hielt es für nötig, sie noch vor Ort zu zerstören, weil sie befürchtete, dass der Widerstand sie zu Propagandazwecken nutzen könnte. Aus meiner Sicht wäre es besser gewesen, sie hierherzubringen und in Ruhe zu begutachten, bevor man sie vernichtet.«

»Das ist jetzt wohl kaum der richtige Zeitpunkt …«, begann die Hohe Rätin.

»Es ist genau der richtige Zeitpunkt«, sagte er hart. »Denn der Innere Kreis hat in letzter Zeit sehr häufig über die Köpfe des Rates hinweg entschieden. Mit der Begründung, dass es sich um Notsituationen handelt, wurde den anderen Räten die Möglichkeit genommen, zu beraten und abzustimmen.«

Der Mund der Hohen Rätin verschmälerte sich zu einem Strich und aus Rat Danes' Augen blitzte ihm unverhohlene Wut entgegen.

Bevor jemand etwas sagen konnte, fuhr Seth fort. »Sie haben mich zum Inquisitor gemacht, aber dann meine Befugnisse eingeschränkt und eigenmächtig entschieden, wer wann und wie befragt wird. Sie haben bestimmt, dass Magierin Adara mehrmals der Befragung unterzogen wird, obwohl ihre Unschuld bereits erwiesen war.«

Ungehaltenes Gemurmel wurde laut und Seth drehte sich vom Inneren Kreis weg und zu den Räten hin. »Ich erhebe heute meine Stimme, um zu verhindern, dass die Gemeinschaft sich in eine Richtung entwickelt, die wir alle nicht gutheißen können. Natürlich müssen wir gegen den Widerstand vorgehen, und zwar hart und unerbittlich. Aber wir müssen uns dabei an die geltenden Gesetze halten.« Er ließ seinen Blick über die Räte schweifen, sah sie einen nach dem andern direkt an. »Seit ich zum Inquisitor ernannt wurde, betrachtet ihr mich mit Angst. Und nicht nur mich, sondern auch eure Freunde und Familien. Weil ihr befürchtet, dass man euch aufgrund winziger Äußerungen oder kleiner Vergehen für Sympathisanten des Widerstandes halten könnte. Ihr habt schon jetzt kein Vertrauen mehr, dass euch Gerechtigkeit widerfahren wird. Ihr habt Angst, schwer bestraft zu werden, weil jemand euch denunziert.« Er hielt kurz inne und ließ seine Worte einsinken. »Bald werdet ihr einander nur noch misstrauen und um euer Leben fürchten. Und das wird die Gemeinschaft viel nachhaltiger zerstören als der Widerstand.« Seth fixierte die Räte der Reihe nach. Sah Schock und Entsetzen in ihren Gesichtern. Und Zustimmung. Er holte tief Luft. »So weit darf es nicht kommen. Und ich verspreche, das zu verhindern, wenn ihr mich in den Inneren Kreis wählt.«

Abrupte Stille senkte sich über den Saal. Dann wurde sie durchschnitten von Danes' Worten. »Das ist nicht der rechtmäßige Ablauf, du brauchst zuerst einen Fürsprecher aus dem Inneren Kreis, der dich aufstellt.«

Seth drehte sich nicht zu ihm um, sondern antwortete mit Blick auf die Räte. »Ich brauche die Mehrheit im Rat und einen Fürsprecher, das ist richtig«, sagte er langsam, damit alle verstanden, dass er das Gesetz besser kannte als Rat Danes. »Aber die Reihenfolge ist nicht festgelegt. Daher wende ich mich heute an alle anwesenden Räte. Wer von euch ist dafür, dass ich dem Inneren Kreis beitrete?«

Es spielt keine Rolle, wie die Räte entscheiden, denn du hast keinen Fürsprecher. Die Gedankennachricht von Rat Danes kam für Seth nicht überraschend. Trotzdem musste er sich bemühen, ruhig zu bleiben. Wenn er sich verrechnet hatte, war alles vorbei. Und es sah nicht gut für ihn aus. Denn keiner der Räte hob die Hand. Sie alle starrten ihn wie hypnotisiert an, manche blickten zwischen Rat Danes und ihm hin und her. Aber dann, ganz langsam, hoben sich die ersten Hände. Es wurden mehr und mehr, bis es schließlich nicht nur die Mehrheit war, sondern fast eine einstimmige Entscheidung.

Innerlich unendlich erleichtert, äußerlich triumphierend, drehte Seth sich um und sah Danes direkt ins Gesicht. »Die Räte haben mich gewählt«, sagte er. »Jetzt brauche ich nur noch einen Fürsprecher unter euch. Jemanden, der die Entwicklungen der letzten Wochen genauso mit Sorge betrachtet wie ich und sich meine Unterstützung im Inneren Kreis wünscht.« Der Augenblick der Entscheidung war gekommen. Der Moment, in dem sich zeigen würde, ob das Risiko, das er eingegangen war, sich auszahlte. Oder ob er damit alle bisherigen Opfer zunichtemachte.

»Deswegen frage ich dich, wirst du für mich sprechen, Rätin St. John?«

Rat Danes war leichenblass geworden und die Hohe Rätin betrachtete ihre Vertraute mit unverhohlener Überraschung.

Medea St. John hingegen fixierte Seth. In ihrem Blick sah er den Widerwillen gegen die letzten Entscheidungen der Hohen Rätin, den Hass auf die selbstgerechte Art von Rat Danes und die immer noch nachklingende Bestürzung über die qualvolle Befragung einer angesehenen Magierin, bei der Medea St. Johns Einwand nicht gehört worden war.

Er wusste, dass es trotzdem unwahrscheinlich war, dass sie sich gegen die Hohe Rätin stellen würde. Denn genau das müsste sie tun, wenn sie sich für ihn aussprach. Aber sie war seine beste Chance. Seine einzige Chance. Denn der Blick, mit dem Danes ihn vorhin betrachtet hatte, hatte ihm gesagt, dass er ihn niemals aufstellen würde.

Medea St. John öffnete den Mund. Sie räusperte sich und verkündete dann mit entschlossener Stimme: »Hiermit stelle ich Rat Tahere für den Inneren Kreis auf. Und da er bereits die Mehrheit im Rat hat, ist seine Wahl damit erfolgt.«

Zustimmendes Gemurmel und sogar Applaus machten sich unter den Räten breit. Medea St. John war leicht grün um die Nase und wirkte, als würde sie am liebsten in Ohnmacht fallen, um sich den zornigen Blicken der Hohen Rätin nicht stellen zu müssen. Rat Danes hingegen betrachtete Seth wie einen Hund, den er als Welpen hätte ertränken sollen. Und dann verzog sich sein Gesicht zu einem widerlichen Grinsen, das Seth eine Gänsehaut verursachte.

Bevor er darüber nachdenken konnte, erhob sich die Hohe Rätin. »Die Wahl von Rat Tahere in den Inneren Kreis ist damit beschlossene Sache. Rat Tahere, wir bitten dich, uns in das Besprechungszimmer zu folgen.«

Während die anderen Räte aufstanden und langsam den Saal verließen, während manche ihm auf den Rücken klopften und ihm zunickten, schritt er durch den Saal auf die Hohe Rätin zu. Er konnte es selbst noch gar nicht fassen. Er war zwar noch nicht am Ziel angelangt, aber er war einen großen Schritt vorangekommen. Den einen Schritt, auf den sie so lange Jahre hingearbeitet hatten und ohne den alles andere nicht funktionierte. Die Tür des Besprechungsraumes schloss sich hinter ihm und er bemerkte, dass außer der Hohen Rätin, Rat Danes und Medea St. John auch noch die Hohe Magierin anwesend war. Es überraschte ihn nicht, denn für die Initiation in den Inneren Kreis war ihre Anwesenheit erforderlich.

»Als vollwertiges Mitglied des Inneren Kreises wirst du den Initiationszauber erhalten«, begann die Hohe Magierin. »Dieser Zauber beinhaltet auch den Schutzzauber, durch den du praktisch unverwundbar wirst.« Seth spürte den Blick von Medea St. John. Und der gefiel ihm gar nicht. Es wirkte, als wollte sie sagen: Es tut mir leid, ich konnte nichts dagegen tun. Und aus ihrer ganzen Haltung sprach die Angst, dass sie sich umsonst gegen ihre Freundin gestellt und ihre eigene Karriere ruiniert hatte, indem sie für Seth sprach. Misstrauisch wandte er sich wieder der Hohen Magierin zu.

»Bevor du initiiert werden kannst, haben die amtierenden Mitglieder des Inneren Kreises jedoch das Recht, dir eine Aufgabe zu stellen. Wenn du sie erfüllt hast, erweist du dich des Amtes als würdig und der Initiationszauber tritt automatisch in Kraft. Mit allen Rechten und Pflichten.«

Nun verstand Seth auch das spöttische Lächeln, mit dem Danes ihn kurz nach seiner Wahl bedacht hatte, und auch den Triumph, der in den Augen der Hohen Rätin aufleuchtete. Denn natürlich würden sie ihm diese Aufgabe so schwer wie möglich machen. Nein. Unlösbar.

45

Das Mädchen zwischen den schwarzen Schlangen war tot. Adara war sich sicher. Obwohl sie manchmal die Augen öffnete. Sie schwebte im Wasser, ihre Haare ausgebreitet, ihr Gesicht leichenblass. Kein Leben war in ihr, kein Atem, nichts.

Etwas hallte durch den kalten Raum. Ein Wort. Oder zwei? Sie bekam es nicht zu fassen.

»Master«, flüsterte Adara. Ihre Lippen waren so trocken, dass das Wort leise zu knistern schien.

»Adara?« Eine dunkle Stimme schlug Wellen auf den Haaren des Mädchens. »Du musst aufwachen!«

Etwas stach in ihren Augen. Sie stöhnte auf, wand sich.

»Tut mir leid«, raunte jemand.

Die Schlangen. Das Mädchen.

»Er ist hier, wach auf.« Noch einmal das Stechen, dann grauer Nebel, durchsetzt von bunten Flecken.

»Seth?« Sie leckte sich über die Lippen. Jemand hielt ihr ein Glas an den Mund und sie trank einige Schlucke.

»Rat Danes ist gekommen, um dich zu sehen.« Seth sprach jetzt so laut, dass eine Schmerzwelle durch ihren pochenden Kopf schwappte. Nur langsam dämmerte sie in die Wirklichkeit. »Ich kann nichts sehen«, krächzte sie. Aber das stimmte nicht ganz. Die Schemen waren deutlicher geworden, die schwarzen Flecken kleiner. »Warum kann ich immer noch nicht richtig sehen?« Das Glas wurde laut auf dem Tisch abgestellt. Viel zu laut. Sie spürte, wie noch jemand ihr Zimmer betrat. Danes. Unwillkürlich ballte sie die Fäuste unter der Bettdecke.

»Die Hohe Rätin hat mich beauftragt, nach dir zu sehen, Magierin Adara.« Wie freundlich er sie ansprach und doch stellten sich die Härchen in ihrem Nacken beim Klang seiner Stimme auf.

»Es geht mir schon viel besser, danke«, antwortete sie, als hätte sie ihm nicht am liebsten die Augen ausgekratzt.

»Die Hohe Rätin wird später ihren Leibmagier vorbeischicken, um dich zu untersuchen. Sie hofft, dass wir dich bald wieder einsetzen können.«

Seth schnaubte spöttisch. »Adara wird noch lange nicht einsatzbereit sein. Das siehst du wohl selbst, Rat Danes. Dafür habt ihr durch diese neue Befragungsmethode gesorgt.«

Adara horchte auf. Warum war Seth plötzlich so feindselig zu Danes? Sonst heuchelte er doch immer Unterwürfigkeit, um sich bei ihm nicht unbeliebt zu machen.

»Ich bin nur interessiert an ihrem Wohlergehen«, erwiderte Danes ohne jedes Anzeichen von schlechtem Gewissen.

Adara hätte am liebsten aufgelacht, aber sie hielt sich zurück. Sie wollte nur eines: dass Danes endlich wieder verschwand. Als könne er ihre Gedanken lesen, verabschiedete er sich plötzlich von ihr und die Wohnungstür fiel hinter ihm ins Schloss. Dann spürte sie Seths Nähe und schließlich, wie er ihre Hand nahm.

»Und dafür musstest du mich wecken?«, schalt sie ihn. »Da hätte ich ja lieber den grässlichen Traum weitergeträumt.«

»Ich musste dich wecken. Sonst hätte er gehört, was du im Schlaf redest.«

Adara versuchte, sich daran zu erinnern, an welcher Stelle ihres Traums Seth sie geweckt hatte. »Master? Meinst du das?«

Er nickte. »Und du hast auch etwas von einem Mädchen zwischen schwarzen Schlangen gemurmelt.«

Adaras Herz setzte einen Schlag aus, als ihr Ida wieder einfiel. »Seth, ich kann Ida nicht mehr erreichen.« Sie versuchte, ihn anzuschauen, aber auch er war nur ein Schemen. Immerhin meinte sie, langsam ein paar Gesichtszüge ausmachen zu können. »Gestern hat sie mir noch eine Nachricht geschickt, aber heute antwortet sie mir nicht mehr. Und jetzt sehe ich sie plötzlich in meinen Träumen – zumindest glaube ich, dass sie es ist. Es ist ein merkwürdiges Bild. Wie eins von Matteos Graffitis. In meinem Kopf herrscht so ein Chaos, dass sich irgendwie alles vermischt.« Sie krampfte ihre Finger fester um Seths Hand. »Was, wenn Danes Ida getötet hat?«

»Wie viele Nachrichten hast du ihr geschickt?«, fragte Seth. »Vielleicht funktioniert der Ring nicht mehr.«

Hoffnung stieg in Adara auf. »Ja natürlich, das könnte sein. Es waren einige Nachrichten, weil ich dachte, sie könnte mir helfen. Sicher ist der Ring verbraucht. Es tut mir leid.«

»Das muss es nicht, dafür habe ich ihn dir doch gegeben.« Er ließ ihre Hand los. »Versuch mal, ob du mir eine Nachricht schicken kannst.«

Masterquelle, dachte sie.

»Was?«

»Also hast du es gehört? Oh Gott, Seth …«

»Adara. Was du gerade gesagt hast …«

»Sollten wir nicht erst Ida …«

»Nein! Das Wort, das du mir da geschickt hast … Sag es noch mal.«

Die Dringlichkeit in seinen Worten ließ sie gehorchen.

»Masterquelle. Das ist aus meinem Traum. Weißt du etwas darüber? Was hat das mit Ida zu tun?«

Seth schwieg lange. Zwischen all den schwarzen Flecken auf ihrer Netzhaut war er nur ein Schatten zwischen Lichtpunkten. »Wir müssen hier weg«, sagte er schließlich. »Sofort.«

»Was?« Adara schüttelte den Kopf. »Warum?«

Seth stand auf. »Ich packe ein paar Sachen, du sagst mir, was du brauchst, und dann …«

»Seth!«, sagte Adara in ihrer besten Magierinnenstimme. »Wenn du mich wegbringen willst, dann erklärst du mir gefälligst zuerst, warum.«

Sie spürte seine Magie, die in seinem Körper rumorte und durch seine Haut nach außen zu wabern schien. Sie nahm darin Schwingungen wahr, wie Kreise auf Wasser, die sich mischten. Wie Gedanken, die sich verselbstständigten. »Das Wissen über die Masterquelle ist geheim«, antwortete er schließlich. »Eigentlich weiß nur der Innere Kreis davon. Allein dass du auch nur diesen Namen kennst, ist eine große Gefahr für dich. Es könnte … eine erneute Befragung nach sich ziehen. Und mehr.«

»Hast du Angst, dass ich es ausplaudere? Ich kann ein Geheimnis …«

»Du bist immer noch nicht gesund«, unterbrach er sie. »Du redest im Schlaf, du träumst von Dingen, von denen du nichts wissen darfst. Rat Danes kann jederzeit vorbeikommen, so wie gerade eben. Das war verdammt knapp. Wenn er dich das Wort jemals sagen hört, Adara, dann …«

Er musste den Satz nicht beenden. Die Härchen in ihrem Nacken stellten sich auf. »Erklär mir, was eine Masterquelle ist«, verlangte sie leise. »Dann komme ich mit dir.«

Wieder schwieg er und sie spürte, wie er widerwillig zu ihr ans Bett kam und sich neben sie setzte. »Was du siehst, ist nicht Ida. Es ist die Masterquelle. Es gibt nur eine einzige. Eine Quelle, die nur dazu da ist, eines zu beherrschen: die Augensterne. Sie ist mit jedem einzelnen Augenstern verbunden und zusätzlich an einen Computer angeschlossen, denselben, der auch die App steuert. Über die Masterquelle kann der Rat jeden, der einen Augenstern besitzt, ausschalten.«

»Ganz ohne Magie?«, flüsterte Adara. »Aber wie verhindern sie, dass die Masterquelle eigenmächtig handelt? Das ist doch ein großes Risiko.«

Seth wand sich unter ihrem Blick, als müsste er abwägen, wie viel er ihr verraten durfte. »Sie liegt in einem magischen Koma, das verhindert, dass sie einen eigenen Willen behält.«

Adara sah das Mädchen mit den blicklosen Augen vor sich. Die weißen Haare – trotz des jungen Gesichts. Den toten Körper. »Wie lange … ist man Masterquelle?«, fragte sie, obwohl sie die Antwort bereits ahnte.

»Bis der Körper ausgelaugt ist«, sagte Seth leise.

Also war es ein Todesurteil, Masterquelle zu werden. »Das ist barbarisch«, begehrte Adara auf. »Kein Wunder, dass es ein Geheimnis ist. Niemand würde das gutheißen.«

»Aber es ist die einzige Art, wie der Rat Macht über die Magier ausüben kann.«

»Auf Kosten eines Menschenlebens. Wie viele mussten dafür schon sterben?« Adara konnte es nicht fassen. Dann flammte Hoffnung in ihr auf. »Seth, was, wenn wir allen erzählen, wie skrupellos der Innere Kreis absolute Kontrolle ausübt?«

»Wie willst du beweisen, dass die Augensterne nicht zu unserem Schutz dienen?«, fragte Seth.

Adaras Hoffnung verschwand so schnell, wie sie gekommen war.

»Selbst wenn du die Masterquelle öffentlich machst«, fuhr Seth fort, »werden alle glauben, dass es nur ein weiteres notwendiges Opfer zur Rettung der Welt ist.«

Sie presste die Lippen zusammen. »Aber warum habe ich plötzlich diese Visionen? Warum sieht es aus wie ein Graffiti von Matteo? Sind das einfach nur Fieberträume? Matteo kann mir das Bild nicht geschickt haben. Er sitzt in einer Zelle und hat keine Steine, also …« Sie keuchte auf und ihre Hand suchte nach Seths. »Es muss Tauru sein. Aber … nein. Wenn sie mir etwas sagen will, warum schickt sie mir dann nicht einfach eine Nachricht, sondern so ein wirres Bild?«

Seths Finger krampften sich um ihre. »Ich glaube, ich weiß, woran das liegen könnte.« Er klang grimmig, seine Magie schmeckte nach Wut. Und … Trauer.

»Nein«, flüsterte Adara.

»Sie muss tot sein. Wahrscheinlich hat man sie beseitigt, als Matteo geschnappt wurde. Es muss ihr Geist sein, der dir jetzt Erinnerungen an seine Graffitis schickt.«

Kummer hatte Adara für einen Moment im Griff. Dann kam die Schuld. »Und sie haben ihn geschnappt, weil er mir helfen wollte.«

»Es ist nicht deine Schuld. Er hat sich dazu entschieden. Ganz bewusst.«

Adara nickte, trotzdem nagte es an ihr.

»Wir sollten jetzt von hier verschwinden«, ermahnte Seth sie und erhob sich, um die wichtigsten Sachen einzupacken.

Währenddessen versuchte sie es noch mal mit einer Nachricht an Ida.

Adara?, hörte sie es schließlich ganz leise.

Ida? Erleichterung machte sie schwindelig. *Geht es dir gut?*

»Seth, sie lebt!«, sagte sie, aber Ida antwortete schon.

Alles okay. Ich kann jetzt nicht … ich muss … tut mir leid.

Adara schüttelte den Kopf. *Ida, warte …*

Aber Ida blieb stumm. In diesem Moment erreichte sie eine andere Nachricht.

Adara?

Sie stutzte. Mum? Ihre Mutter kontaktierte sie nur selten in Gedanken.

Wurdest du auch nach London eingeladen? Ich bin nicht sicher, ob ich fahren soll. Eigentlich habe ich viel zu viele Einsätze, aber es klingt nicht so, als könnte man ablehnen.

»Was?«, fragte sie entgeistert, bis ihr einfiel, dass es eine Gedankennachricht war. Sie umfasste den Ring, ließ ihn dann aber wieder los. Sie wollte keine der kostbaren Nachrichten opfern, um auf so eine Frage zu antworten. Sie würde ihre Mutter bei nächster Gelegenheit anrufen.

»Was ist?«, fragte Seth.

Sie runzelte die Stirn. »Ach, meine Mutter, sie hat eine Einladung nach London erhalten und will wissen, ob sie fahren soll. Wie merkwürdig, dass sie sich über so was Gedanken macht, während wir ...« Sie brach ab, als sie Seths Unruhe spürte.

»Seth, was ist los?«, fragte sie leise.

»Achtundvierzig Stunden«, flüsterte er dann.

»Was?«, fragte Adara.

Aber sie bekam keine Antwort. Stattdessen zog er sie auf die Beine und führte sie auf das Dach des Gemeinschaftsgebäudes, wo ein Hubschrauber auf sie wartete. Sie ließ es geschehen, hatte dabei aber die ganze Zeit das Gefühl, etwas übersehen zu haben. Doch sie konnte einfach nicht greifen, was es war.

46

Ein kleines Flugzeug brachte Seth und Adara vom Flughafen in Auckland zu einem abgelegenen Teil der Südinsel Neuseelands, der überwuchert war von Urwald und bevölkert von Vögeln, die nicht fliegen, sondern nur laufen konnten. Mit dem Mietwagen fuhr Seth sie an einen See, der in einer flachen Ebene zwischen Bergketten ruhte und so riesig war, dass man kaum das andere Ufer erkennen konnte. Aber Seth hatte kaum Augen dafür. Das Gespräch mit seinem Mentor ging ihm einfach nicht aus dem Kopf.

Bring sie aus Auckland weg, hatte sein Mentor ihm vorhin an Adaras Bett in Gedanken befohlen.

Jetzt?, hatte er gefragt. *Was ist mit der Initiation für den Inneren Kreis? Ich muss die Aufgabe erfüllen, die sie mir gestellt haben.*

Ich muss dafür Vorbereitungen treffen, hatte sein Mentor geantwortet, *dabei kannst du mir ohnehin nicht helfen. Außerdem solltest du jetzt nicht in Auckland sein.*

Warum nicht?

Sein Mentor war nicht darauf eingegangen. *Bring sie weg. Sofort. Du hast achtundvierzig Stunden, bevor du zurück sein musst.*

Seth hatte gehorcht. Weil er einsah, dass Adara wegmusste, und vielleicht auch, weil ein ganz kleiner Teil von ihm sich wünschte, mit ihr irgendwo ganz alleine zu sein. Bevor der Sturm losbrach und er sie für immer verlieren würde. Gleichzeitig gefiel es ihm gar nicht, dass sein Mentor ihn aus Auckland fortschickte. Was steckte dahinter? Seth schob die Gedanken fort und half Adara aus dem Auto. »Kannst du laufen?«, fragte er.

Sie nickte. »Wo sind wir?«

»Am Lake Te Anau. So weit weg von Auckland wie möglich, um Überraschungsbesucher zu vermeiden.« Seth nahm ihre Hand und führte sie einen Weg entlang, bis sie zu einem kleinen Haus kamen. Es stand vollkommen abgelegen zwischen den Dschungelpflanzen am Seeufer. »Wir sind da«, erklärte er und beschrieb ihr das verschachtelte Haus mit den hohen Panoramafenstern.

»Warum bringst du mich gerade hierher?«, fragte sie. »Gehörte das Haus deinen Eltern?« Sie verstummte. »Entschuldige, ich …«

Seth musterte das kleine Haus, das tatsächlich so wirkte, als hätte es vor langer Zeit einer Familie gehört, die es verlassen hatte. Familie. Ein merkwürdiges Wort. Er war sich nicht sicher, ob er jemals etwas gehabt hatte, was diesen Namen verdiente. Und wenn, dann war es schon so lange her, dass er sich nicht mehr daran erinnern konnte. »Nein, ich war noch nie hier. Es ist einfach nur ein gemietetes Haus.« Die Gemeinschaft war seitdem seine Familie. Von der anderen war nichts mehr übrig außer den Ringen.

»Tut mir leid, ich hätte das nicht fragen sollen«, sagte sie leise.

Er überging es. »Komm, ich bringe dich rein.«

Sie schwankte leicht, sodass er sie für die letzten Meter doch noch hochhob und die Stufen hinauf bis ins Wohnzimmer des Hauses trug. Er setzte sie auf ein Sofa vor dem riesigen Panoramafenster.

Sie kniff die Augen zusammen. »Ganz schön hell hier.«

»Da ist ein großes Fenster«, erklärte er, während er ihr etwas zu trinken holte. »Mit einem atemberaubenden Ausblick auf den See.« Er verstummte und seine Finger schlossen sich fester um das Glas, das er gerade aus dem Schrank holte. »Es ist eine Schande, dass du das nicht sehen kannst.«

»Es … geht schon wieder etwas besser. Jetzt wo du es sagst, erkenne ich die Bergkette und vielleicht sogar das Glitzern von Wasser. Das Bild wird klarer … glaube ich.« Sie schwieg, biss sich auf die Lippe. »Wusstest du«, fragte sie schließlich mit schwankender Stimme, »dass es hier am See noch einige Vögel gibt, die eigentlich ausgestorben sind? Sie sind sehr bunt und können nicht fliegen und ich wollte schon immer mal …« Ihre Stimme brach.

Schnell stellte er das Glas auf dem Tisch ab, setzte sich neben sie und zog sie an sich.

»Ich hasse dieses Leben«, stieß sie hervor. »Dieses ständige Überwachtsein, dieser ständige Kampf. Immer aufpassen müssen, was man sagt, allen Menschen misstrauen. Ich will das nicht mehr. Ich wollte das nie.« Sie schüttelte den Kopf. »Weißt du, warum ich es so liebe, wenn wir zwei nur wir selbst sind? Weil ich dann einfach Liliana sein darf. Alles, was im letzten Jahr passiert ist, hat mich zu Adara gemacht. So zynisch und misstrauisch und kämpferisch. Aber so bin ich nicht. Und so möchte ich auch nicht sein.« Sie wandte ihm das Gesicht zu, als erwarte sie eine Antwort.

»Es bringt nichts, über solche Dinge nachzudenken«, sagte er leise. »Das habe ich vor langer Zeit akzeptiert.«

»Das habe ich auch. Ich habe mich nicht dagegen gewehrt, sondern diese Rolle angenommen, weil ich sie annehmen musste, um kämpfen zu können. Und was hat es mir genutzt?«

»Du lebst noch«, sagte er schlicht.

»Ja.« Sie starrte blicklos ins Leere. »Ich lebe noch. Aber was, wenn ich dieses Leben nicht will?«, flüsterte sie. »Ich habe diesen Traum, Seth. Diese Vorstellung von dem, was mein Leben sein könnte, wenn wir Erfolg haben. Wenn die Gemeinschaft so wäre, wie sie eigentlich sein sollte: Quellen und Magier gleichgestellt, keine korrupten Räte, keine Überwachung, keine Angst. In der das Einzige, wogegen ich kämpfe, die Naturkatastrophen sind, und nicht Menschen, von denen ich dachte, dass sie mich lieben.« Schmerz breitete sich auf ihrer Miene aus. »Manchmal überrascht es mich selbst, wie sehr es wehtut, dass gerade Victor Danes mir all das angetan hat.«

Seth bemühte sich, sie nicht spüren zu lassen, wie gut er sie verstehen konnte. Viel zu gut.

»Ich habe immer daran geglaubt, dass dieser Traum irgendwann wahr werden könnte. Aber jetzt ... Jetzt weiß ich nicht mehr, ob das überhaupt noch möglich ist. Die Gemeinschaft ist so verdorben ... so ...« Sie machte eine Pause. »Ich frage mich, ob man sie überhaupt noch retten kann.« Sie klang so hilflos. »Es ist, als würde mit jedem kleinen Puzzleteilchen, das an seinen Platz fällt, die Zukunft, die ich mir wünsche, immer mehr überdeckt, von einer Gegenwart, die sich niemals auflösen wird. Es könnte so schön sein, Seth, diese Zukunftsvision, in der ich nicht mehr Adara sein muss, sondern Liliana sein darf. Dann müssten wir beide auch nicht verstecken, dass wir uns ...« Sie stockte. »... dass wir mehr sind als nur Magier und Quelle. Wir könnten wirklich ein gemeinsames Leben führen und nicht nur eines nebeneinanderher.«

Was sie sich vorstellte, klang für Seth nach einem merkwürdig spießigen Leben, abgesehen vielleicht von der Tatsache, dass sie die mächtigste Magierin war, die die Erde derzeit zu bieten hatte. »Das klingt schön.« Zu seiner eigenen Verwunderung meinte er es ernst. Bis er versuchte, sich vorzustellen, dass er einen Platz in ihrer Vision haben könnte. Er versuchte, sich auszumalen, was er tun würde, mit all der Zeit, die er nicht für diesen ewigen Kampf aufwenden müsste, den er focht, seit er ein Junge war. Es gelang ihm nicht. In dieser Fantasie fühlte er sich wie ein Fremdkörper. Aber das bedeutete nicht, dass er sie nicht herbeisehnte.

»Wünscht du sie dir nicht auch?«

In ihrer leisen Frage hörte er die Sehnsucht danach, dass er Ja sagen würde, damit sie etwas gemeinsam hatten. Aber er wollte sie nicht anlügen. »Vielleicht. Wenn ich glauben würde, dass es sie geben kann.«

Sie wurde blass. Aber er nahm seine Worte nicht zurück. Sie hatte die Wahrheit verdient und sie konnte sie vertragen.

»Warum glaubst du nicht daran?«

Er versuchte, in den Abgründen seiner Erinnerung etwas zu finden, was er ihr als Erklärung anbieten konnte. Aber dann beschloss er, ihr einfach zu sagen, wie es sich für ihn anfühlte. Eine merkwürdige Idee, es kam ihm vor, als hätte er so was noch nie gemacht. »Wenn ich an das Danach denke, ist es wie eine schwarze Leere, in der einfach gar nichts mehr ist. So als hätte sich alles aufgelöst. Die Gemeinschaft, ich und auch du. Diese Zukunft, von der du redest ...« Er pausierte. »Ich sehe sie einfach nicht.«

Langsam schob sie ihn von sich und richtete sich auf. »Wofür tust du das dann alles? Wofür kämpfst du, wenn nicht für eine bessere Zukunft?«

Darüber immerhin musste er nicht nachdenken. Er hatte es immer klar vor sich gesehen und hielt sich in seinen dunkelsten Stunden daran fest. »Ich kämpfe darum, dass die Vergangenheit nicht umsonst war.«

Schweigen fiel zwischen sie, bis sich auf Adaras Gesicht Mitleid abzeichnete. »Fühlt sich das nicht schrecklich an? Immer von dem getrieben zu werden, was einmal passiert ist, anstatt auf das hinzuarbeiten, was man haben könnte?«

»Es war nie Teil meiner Erziehung, über so etwas nachzudenken oder es infrage zu stellen«, sagte er wahrheitsgemäß.

»Vielleicht ist das gerade das Problem«, flüsterte sie. »Vielleicht kämpfst du auf diese schreckliche Art, weil du nur diese schreckliche Vergangenheit vor dir siehst.«

Ein Anflug von Ärger stieg in ihm auf. »Ich muss sie vor mir sehen, weil sie mich zu dem macht, der ich bin. Zu jemandem, der in der Lage ist zu tun, was nötig ist.«

Jemand, den du hasst. Sie sagte es nicht, aber er war sich sicher, dass sie es dachte. Er konnte es an ihrem Gesichtsausdruck ablesen. Wut brandete an seine Gedanken, spülte darüber hinweg und wischte die Frage fort, ob sie vielleicht recht haben könnte. »Mein Weg ist der einzige mit Aussicht auf Erfolg. Spätestens seit dein Plan schiefgegangen ist, solltest du das doch einsehen. Immer nur für und um die Menschen zu kämpfen, die man liebt, führt nicht zum Ziel.«

»Ich werde es trotzdem immer tun«, gab sie entschlossen zurück. »Denn es ist die einzige Art, wie ich kämpfen kann, ohne eine Person zu werden, die ich hassen würde.«

Seth fühlte, wie ihm das Blut aus dem Gesicht sackte. Er hörte in seinem Kopf wieder ihre Schmerzensschreie während der Befragung und hasste sich noch etwas mehr dafür, dass er ihr nicht geholfen hatte. »Siehst du denn nicht, wie dumm und unvernünftig das ist?«, stieß er hervor. »Alles für einen einzigen Menschen aufs Spiel zu setzen? Nur das Ziel zählt.«

Traurig schüttelte Adara den Kopf. »Nein, alles zählt«, sagte sie leise. »Denn die Art, wie man kämpft, bestimmt, was man aus den Überresten dieses Kampfes wiederaufbauen kann.«

Ihre Worte gruben sich tief in Seths Herz. So hatte er noch nie darüber nachgedacht. Es war nie wichtig für ihn gewesen, an das Danach zu denken. Sein ganzes Leben war nur darauf ausgerichtet, den Umsturz zu erreichen, damit ein neues, besseres System entstehen konnte. »Alles, was ich je getan habe, alles, was mir angetan wurde, darf nicht umsonst gewesen sein«, beharrte er.

Die Gemeinschaft ist meine Familie. Der Satz war wie ein eiskalter Wasserguss ins Gesicht. Wie Schmerz in jeder seiner Fasern.

»Seth?« Adaras Stimme drang wie durch Nebel zu ihm. Er spürte ihre Hand auf seiner, den Sog, den ihr Körper auf seine Magie ausübte. Er empfand Erleichterung, als seine Macht in ihren Körper floss und er sie nicht mehr alleine tragen musste. Für einen Moment ließ er los. Und in diesem winzigen Bruchteil einer Sekunde brach alles in ihm auf. Die Lava in seinem Inneren floss heraus und vernichtete alles, was ihr in die Quere kam. Und über seine Magie drängte sie auch in Adaras Körper. Er fühlte ihr Entsetzen, fühlte ihren Geist in seinem aufschreien. Warum war sie so nah? Viel zu nah. So nah wie nie zuvor. Sah sie es? Konnte sie es genauso vor ihrem inneren Auge sehen wie er?

Diese dunkle Nacht, in der sein Vater den Hubschrauber durch den hawaiianischen Nachthimmel gelenkt hatte. Die Landung in der Basis des Widerstandes. Die Magier und Wächter des Rates waren schon dort gewesen. Sie zerrten ihn und seinen Vater aus dem Hubschrauber und befragten seinen Vater noch vor Ort. Bis sein Geist unter der Belastung brach und Rat Danes den Befehl gab, ihn sofort zu töten. Seth sah sich selbst am Rand des Geschehens stehen, als wäre er ein anderer. Nicht er sah seinen Vater unter der grausamen Magie zusammenbrechen. Nicht er hörte, dass beinahe der gesamte Widerstand ausgelöscht worden war. Auch seine Mutter.

»Was ist mit ihm?«, fragte einer der Magier.

Es war nicht Seth, auf den er zeigte. Und es war auch nicht Seth, der sich in diesem Moment wünschte, er möge ihn auch töten.

Aber es war Seth, der von Victor Danes gerettet wurde. »Ihn nicht«, hatte Danes gesagt. »Er ist noch jung und eine sehr starke Quelle. Wir versuchen, ihn zu rehabilitieren. Nachdem wir ihn befragt haben.«

Der Magier, der gerade noch seinen Vater kaltblütig umgebracht hatte, sah Rat Danes entsetzt an. »Die Befragung ist bei Jugendlichen nicht erlaubt …«

»Wenn er die Befragung nicht übersteht, überlebt er die Rehabilitation sowieso nicht.«

Diese Kälte in seiner Stimme.

Eiswasser. Quälend kaltes, grausames Eiswasser, das sich durch seine Haut bis in sein Herz fraß und es für den Bruchteil einer Sekunde zum Stillstand brachte.

Die Gemeinschaft ist deine Familie. Sag es. Die Gemeinschaft ist deine Familie. Sag es. Die Räte sind wie Vater und Mutter für dich. Sag es.

Die Gemeinschaft ist meine Familie. Er sagte es. Stundenlang, wochenlang, monatelang. Bis die Worte in seiner Kehle brannten und der Zauber, der zur Rehabilitation eingesetzt wurde, sie in sein gesamtes Wesen geätzt hatte. *Die Gemeinschaft ist meine Familie. Ich bin ein Kind der Gemeinschaft. Ich danke auf Knien für meine Rettung.*

47

Eine Flut an Bildern und Gefühlen stürzte auf Adara ein. Sie sah nur einzelne Momente vorbeizucken. Einen großen schwarzhaarigen Mann, der auf die Knie gestoßen wurde und schließlich ganz zu Boden ging. Sie hörte Stimmen. Hass, Wut und Angst wirbelten in ihr. Bis sie betäubt wurden von einer Kälte, so durchdringend, dass sie schließlich gar nichts mehr fühlte. Da war nur noch ihr eigenes Entsetzen in düsterem Nichts.

»Hör auf.« Es war ein raues Geräusch in der schwarzen Leere. Seths Stimme. »Hör auf, verdammt!«

Die Magie wollte wegbrechen, aber Adara konnte sie nicht loslassen. Der Sog in ihr, das Bedürfnis, sie festzuhalten, war zu groß. Der Wunsch zu helfen.

»Lass mich los!«, zischte er. »Du hast kein Recht, das zu sehen.« Er riss an der Magie, sodass sie schmerzhaft aus ihrem Körper gezerrt wurde. Es fühlte sich an, als würde er einen Teil ihrer Seele mit hinauszerren. Keuchend fand sie sich auf dem Boden wieder. Immer noch halb blind, streckte sie die Hand nach Seth aus, obwohl er sie ihr gerade erst entzogen hatte. »Es tut mir leid«, keuchte sie. »Ich konnte nicht loslassen. Ich weiß nicht, was passiert ist, so was hab ich noch nie erlebt …«

Sie konnte Seth nicht sehen, nur seinen Schatten. »Bist du jetzt zufrieden?«, fragte er tonlos. »Hast du jetzt gesehen, warum es keine Zukunft für mich gibt?«

»Nein, ich …«

Er rührte sich nicht vom Fleck, stand nur da und schwieg, vielleicht sah er sie an. »Meine Zukunft existiert nicht, weil ich es auch nicht tue.«

»Was?« Sie wollte aufstehen, auf ihn zugehen, aber der Schatten entfernte sich.

»Alles, was ich war oder hätte sein können, wurde damals aus mir herausgeätzt.« Die Brutalität in seiner Stimme verschlug ihr die Sprache. »In mir … ist gar nichts mehr. Ich bin schon lange nicht mehr Seth, sondern nur noch eine Maschine, die tut, wofür sie gebaut wurde.« Er hörte auf zu reden, aber seine Worte blieben in dem Schweigen zwischen ihnen hängen. In seinem heftigen Atmen und dem Zittern in seiner Stimme. »Jedes Mal, wenn du die Magierin abgelegt hast und zu Liliana wurdest, wurde ich zu … niemandem. Jedes Mal, wenn ich dich festhalte, jedes Mal, wenn die Magie uns einander so unglaublich nahebringt, wird mir bewusst, dass ich dir nichts zu geben habe. Gar nichts. Außer die Chance auf eine bessere Zukunft.«

Der Schmerz in Seths Worten mischte sich mit den Resten der Magie in ihrem Körper zu einer Verzweiflung, die kaum erträglich war. Mühsam stand sie auf, streckte die Hände nach seinem Schatten aus. Er wich zurück.

»Mein Leben dient nur diesem einen, einzigen Zweck: diese Zukunft möglich zu machen.« *Aber nicht, sie zu leben.*

Adara hörte es in seinen Gedanken, obwohl sie ihn nicht berührte. Eine Träne lief über ihre Wange. »Ich weiß, dass das nicht stimmt, Seth. Dazu spüre ich dich viel zu sehr, ich merke den Unterschied. Damals am Strand, bei der Zeremonie, habe ich dich gesehen, wie du wirklich bist. Du wurdest nicht … weggeätzt, nein, das glaube ich nicht. Auch wenn ich nicht verstehe, wie du das überstehen konntest. Diese Tortur, diese Qual …« Allein die Erinnerung an die

Bilder, die sie in seiner Magie gespürt hatte, ließ die Worte in ihrem Mund zerfallen.

»Du irrst dich. Da ist nichts mehr. Und ich bin froh darüber«, stieß er hervor. »Ich bin dankbar, dass man mich dazu gemacht hat. Denn nur so kann ich tun, was getan werden muss.«

Sie schwieg, bis ihr auffiel, was er da gerade gesagt hatte. »Was meinst du damit, was getan werden muss?«

Es klang so, als wäre es etwas ganz Bestimmtes. Etwas Grauenhaftes. Sie hörte ihn schwer atmen, glaubte schon, dass er nicht antworten würde, aber dann tat er es doch. »Als du krank warst, habe ich den Rat zu einer Abstimmung gedrängt. Man hat mich in den Inneren Kreis gewählt. Die Mehrheit hat für mich gestimmt, auch wenn Rat Danes mich nicht unterstützt hat. Dafür hat Medea St. John es getan.«

»Du bist jetzt im Inneren Kreis? Und das sagst du mir erst jetzt?« Freude wollte in ihr aufsteigen, aber Seths düsterer Tonfall dämmte sie sofort wieder ein.

»Nein, das bin ich nicht. Noch nicht. Zuerst muss ich initiiert werden und das geschieht nur, wenn ich eine Aufgabe erfülle, die der Innere Kreis mir gestellt hat.«

Die Art, wie er es sagte, verschaffte Adara eine Gänsehaut. »Was haben sie …«

In diesem Moment vibrierte ihr Handy und der fiese Schmerz, der mit einer Kollektivnachricht einherging, vereinnahmte ihre Gedanken.

Alle Mitglieder sind dazu angehalten, sich vom Gemeinschaftszentrum in Auckland fernzuhalten. Der sogenannte Widerstand hat einen Anschlag verübt.

Adara streckte eine Hand nach Seth aus. »Mein Gott, Seth … Könnte es sein, dass sie einen Umsturzversuch gewagt haben?«

Seth antwortete nicht sofort. »Es sieht ganz danach aus«, sagte er schließlich.

»Es sieht danach aus?«

»Die App schickt Videos und Bilder«, erwiderte er finster.

»Wie bitte? Sie übertragen es live?«

Seth lachte bitter. »Natürlich zeigen sie nur die Magier des Rates, wie sie die Angreifer erfolgreich zurückdrängen. Es ist widerliche Propaganda.«

»Meinst du, der Widerstand hat eine Chance?« Die verzweifelte Hoffnung schmerzte in ihr. Sie griff nach seiner Hand und versuchte, mit ihren geschundenen Augen etwas auf dem Bildschirm seines Smartphones zu erkennen. Tatsächlich konnte sie schon wesentlich mehr ausmachen als noch am Morgen. Die schwarzen Flecken beeinträchtigten immer noch ihre Sicht, aber dazwischen sah sie jetzt etwas. Farben, Schemen, die sich bewegten. Nein, es waren Menschen. Menschen, die sie kannte. Vielleicht sogar Menschen, die sie liebte, die dort um ihr Leben und ihre Freiheit kämpften. Sie versuchte, Gesichter zu erkennen, aber es war unmöglich.

»Wer ist dabei? Was ist mit Naos?«, drängte sie.

»Naos ist dabei«, antwortete Seth langsam. »Atria und Sara auch. Der Widerstand muss sie befreit haben. Unglaublich, dass sie so weit gekommen sind.«

Adaras Kehle wurde eng. »Was ist mit ihnen?«

Seths Zögern schürte ihre Angst. »Naos und Daniel wurden festgenommen. Sie werden abgeführt. Es tut mir leid.«

Adara krampfte ihre Finger in ihre Beine, spürte den Schmerz, um nicht vollkommen durchzudrehen. »Und die anderen?«

Er schwieg.

»Seth, was ist mit den anderen?«

»Ich erkenne es nicht genau, aber … es sieht so aus, als wäre Atria gerade zu Boden gegangen und … sie bleibt liegen«, raunte er.

Adara schlug sich die Hand vor den Mund. »Oh Gott, Sara. Ist sie dabei? Was tut sie? Was tun sie mit ihr?«

Noch einmal kniff sie die Augen zusammen und versuchte, selbst etwas zu erkennen. Sie bildete sich ein, einen Schemen zu sehen, der über einem anderen kniete und ihn heftig schüttelte. Sie stellte sich unwillkürlich vor, wie Sara schrie, dass Atria aufstehen sollte. Und sie spürte an Seths Magie, dass es genau so war. Ihre Augen wurden feucht, ihr Blick verschwamm noch mehr. Sie lauschte Seths Bericht. Hoffte, gegen jede Vernunft. Aber was Seth erzählte, fraß Stück für Stück jede Hoffnung auf.

»Sara läuft weg, ein paar andere folgen ihr«, flüsterte Seth. »Alle. Alle, die noch übrig sind.«

Adara schlug die Finger in Seths Arm. »Dann ist es vorbei?« Er antwortete nicht. »Seth, sag doch was!«

Achtung, an alle Mitglieder. Der Terroranschlag konnte vereitelt werden. Die verantwortlichen Magier wurden festgenommen. Der Notstand ist ausgerufen, das Gemeinschaftszentrum bleibt vorerst geschlossen, bis die Sicherheit wiederhergestellt ist.

Wie gelähmt saß Adara da, hielt sich immer noch an Seths Arm fest und versuchte, nicht in Trauer und Entsetzen zu versinken. Atria war tot und der Versuch des Widerstandes, den Inneren Kreis zu stürzen, war fehlgeschlagen. »Ich habe so sehr gehofft, sie würden es schaffen«, sagte sie.

»Ich auch.« Die Düsternis in seiner Stimme erschreckte sie.

»Ich verstehe das nicht«, sagte sie tonlos. »Warum greifen sie gerade jetzt an, ohne eine richtige Chance zu haben?«

»Ich nehme an, sie wussten, dass es ihre letzte Möglichkeit ist.« Er pausierte, seine Magie wurde zähflüssig. »Denn wahrscheinlich haben sie herausgefunden, welche Aufgabe der Innere Kreis mir gestellt hat.«

Seine Worte fielen auf ihre Seele wie eiskalte Schneeflocken. »Was ist das für eine Aufgabe?«

»Den Widerstand zu vernichten.«

Adara schluckte schwer. »Vernichten?«

»Ohne Gnade.« Seine Stimme klang brüchig.

Ein ursprüngliches Gefühl der Angst erwachte in ihrer Magengrube.

Du hast keine Ahnung, wozu ich fähig bin und was ich tun würde.

Es klang so kalt. So als hätte er gar kein Gewissen. So als hätte sie ihn doch an den dunklen Abgrund verloren, vor dem sie ihn hatte schützen wollen.

Sei nicht dumm, flüsterte ihr eine innere Stimme zu. *Er hat dich gerettet. Er hat seine Pläne aufs Spiel gesetzt, nur für dich. Das bedeutet, dass er nicht so kaltblütig ist, wie du denkst. Es gibt noch eine Chance.*

»Aber das wirst du doch nicht tun?«, fragte sie ihn schließlich stockend. »Das ist doch nur ein Bluff.« Sein Schweigen sagte ihr alles. »Nein … dafür müsstest du ja genau wissen, wo sie sich aufhalten, alle Verstecke kennen, das kannst du doch gar nicht schaffen.«

»Der Innere Kreis glaubt das auch, sie denken, sie können mich mit dieser Aufgabe hinhalten«, unterbrach Seth sie. »Weil sie unmöglich zu schaffen ist. Aber ich kann sie erfüllen und ich muss. Noch bevor die achtundvierzig Stunden verstrichen sind.«

»Nein, das lasse ich nicht zu.« Sie versuchte, sein Gesicht zu erkennen, seine Mimik zu lesen. Ein wenig gelang es ihr und sie erkannte Trauer.

»Ich hatte gehofft, du hättest verstanden, dass ich den Plan, der mich an mein Ziel bringen wird, nicht aufgeben kann. Nach allem, was du gerade eben in meiner Erinnerung gesehen hast.«

Adara schluckte schwer. »Und ich dachte, du hättest eingesehen, dass deine Methode nicht die richtige ist und dass wir einen anderen Weg finden müssen.«

Er runzelte die Stirn. »Warum?«

Ungläubig sah sie ihn an. »Weil du alles aufs Spiel gesetzt hast, um mir zu helfen. Weil du vollkommen gegen deine Überzeugung gehandelt hast, um einem Menschen, der dir etwas bedeutet, Leid zu ersparen. Weil du mich bei der Befragung gerettet hast.«

48

Für einen winzigen Moment drehte die Welt sich langsamer. Die Zeit raste nicht mehr, sondern tropfte zäh an ihm vorbei. Es war, als würde er die letzten Stunden, diesen Augenblick und die nächsten Stunden gleichzeitig sehen. Und das, was er jetzt sagte, würde darüber entscheiden, wie die Zukunft aussah. Aber nein, das war lächerlich. Diese Entscheidung war schon vor langer Zeit für ihn getroffen worden. Er hatte keine Wahl. Ganz egoistisch nahm er ihre Hand, spürte, wie ihr Körper seine Magie aufsaugte. Als er beschlossen hatte, ihr vorerst nicht zu sagen, was wirklich passiert war, hatte er wohl gehofft, dass es einfacher werden würde. Aber das war es nicht. Obwohl er wusste, dass sie ihn ohnehin bald verabscheuen würde – und zwar sobald er die Aufgabe des Inneren Kreises erfüllt hatte –, fiel es ihm trotzdem nicht leicht, ihr wehzutun. Und die letzte Hoffnung aus ihrem Gesicht zu löschen.

»Ich habe dich nicht gerettet.« Seine Stimme war ruhig, aber er wusste, dass seine Magie ihr verriet, was wirklich in ihm vorging. In den letzten Tagen war es vollkommen unmöglich geworden, auch nur das leiseste Gefühl vor ihr zu verbergen.

Ihre Hand erschlaffte in seiner, als würde sie sie ihm gleich entziehen. Aber sie tat es nicht, noch nicht. »Was redest du da?«, sagte sie. »Ich habe deine Stimme gehört. Ich habe ganz genau gehört, dass du ›Aufhören!‹ gerufen hast.«

»Ja, jemand hat gerufen. Aber nicht ich. Sondern ein Wächter.«

Adara sprang auf. »Das ist doch Blödsinn! Ich weiß genau, dass ich die Stimme kannte. Sie war mir vertraut!«

Er konnte förmlich sehen, dass ihre Gedanken sich überschlugen. Irgendwo tief in ihr drin erwachte wohl die Ahnung, dass er vielleicht die Wahrheit sagen könnte. Sie schüttelte heftig den Kopf. »Warum tust du das? Ist das deine kranke Art, mich zu vertreiben, damit du dich nicht von mir trennen musst?«

»Es ist die Wahrheit«, antwortete er ruhig.

»Das glaube ich nicht. Du behauptest das nur, damit ich wütend auf dich werde und dir den Rücken kehre. Aber das funktioniert nicht.«

Es war eindeutig, dass sie es wirklich so meinte, und dafür liebte er sie umso mehr. Leider bedeutete es, dass er ihr noch mehr von der Wahrheit sagen musste, damit sie ihm wirklich glaubte. »Ich wollte es«, fuhr er fort. »Ich war sogar kurz davor, etwas zu sagen, obwohl ich wusste, dass ich damit alles aufs Spiel setzen würde.«

»Und dann ist dir der Wächter zuvorgekommen.« Das zittrige Lächeln, das jetzt auf ihren Lippen lag, erschien ihm wie eine grausame Fratze. »Du hast also nur zu lange überlegt, es war bestimmt nicht einfach für dich …«

»Nein«, unterbrach er sie brutal. »Der Wächter ist mir nicht zuvorgekommen. Ich hatte es mir anders überlegt. Ich hatte mich dagegen entschieden.«

Sie rührte sich nicht, nicht einmal ihr Gesicht bewegte sich. Sie fixierte einfach nur seinen Blick und er konnte mit ansehen, wie ihre Augen feucht wurden und schließlich eine einzelne Träne über ihre Wange lief.

»Ich konnte mich nicht egoistisch verhalten.« Seine Stimme verriet das Bedürfnis, sich zu rechtfertigen. Den Wunsch, ihr begreiflich zu machen, dass er sein Leben für sie gegeben hätte, wenn es seine Entscheidung wäre. Aber er wollte sich gar nicht rechtfertigen. Er wollte es nicht schönreden oder entschuldigen. Er hatte sich bewusst dazu entschlossen, weiterhin zu seinem Plan zu stehen und nicht zu ihr. »Ich würde es wieder tun.« Er sah den Moment, in dem ihr Herz endgültig brach. Er sah ihn in ihren Augen. Und er spürte ihn in seiner Seele. Er schlug Wellen in seiner Magie und trug ihren Schmerz in sein eigenes Herz.

»Ich war so dumm«, flüsterte sie. Ihre Stimme war verzerrt von Tränen, die sie sich nicht erlaubte zu weinen. »Ich habe tatsächlich geglaubt, dass diese Zukunft, die ich mir für uns erträumt habe, irgendwann wahr werden könnte. Aber ich hätte wissen müssen, dass es einen viel einfacheren Grund dafür gibt, warum du diese Zukunft nicht sehen kannst. Weil du von Anfang an wusstest, dass sie unmöglich ist.«

Er stritt es nicht ab. Immerhin stimmte das. Er hatte es von jenem Moment an gewusst, in dem er zum ersten Mal diese unglaubliche Nähe zu ihr gespürt hatte. Das war der Grund gewesen, warum er ihr damals versprochen hatte, dass niemals mehr daraus werden würde als Sex. »Es tut mir leid, ich hätte mein Versprechen nie brechen dürfen.«

»Nein! Wag es ja nicht zu sagen, dass du es bereust oder dass es falsch war. Denn wenn ich eins weiß, dann, dass das zwischen uns in dieser ganzen Hölle vielleicht das einzig Richtige war. Auch wenn wir es nur für kurze Zeit hatten.«

Wenn man alles andere außer Acht ließ, wenn er nur sich selbst betrachtete, dann war diese Beziehung zu ihr vielleicht sogar tatsächlich das Richtige für ihn. Denn zum ersten Mal seit seiner Kindheit hatte er das Gefühl gehabt, nicht mehr nur ein Vehikel für die Rebellion zu sein. Aber es war Zeit einzusehen, dass man eben nicht alles für immer außer Acht lassen konnte. Und für seinen Plan war die Beziehung zu ihr absolut falsch gewesen. Trotzdem schwieg er. Sie glaubte ihm. Es gab keinen Grund, ihr noch mehr wehzutun.

»Wir sollten den Wagen rufen«, sagte er.

Ihre Augen glänzten verräterisch, als sie nickte. »Ja, wir müssen zurück.«

Keiner von ihnen sprach es aus, aber sie beide wussten, dass dies das Ende war. Sie konnten sich nicht mehr in die Nähe des anderen flüchten. Seth hätte Adara gerne an sich gezogen und ein letztes Mal geküsst. Aber er tat es nicht. Es war egoistisch genug von ihm gewesen, diese Beziehung überhaupt so lange zuzulassen. Nicht nur, weil jeder Wunsch und jede Sehnsucht, die sie in ihm weckte, seinen Plan immer mehr in Gefahr brachte. Sondern auch wegen ihr. Er musste sie aufgeben. Und mit ihr jene Zukunft, die er in den Momenten mit ihr manchmal sogar hatte erahnen können. Aber das würde er ihr niemals sagen.

49

Den Flug zurück nach Auckland verbrachten Adara und Seth schweigend. Alles war gesagt. Nur gelegentlich stahl sie sich einen Blick auf ihn, wenn er nicht hersah, und mit jedem Mal nahmen seine Gesichtszüge wieder deutlichere Konturen an. Ihre Sehkraft kehrte immer schneller zurück. Als sie in Auckland landeten, wünschte sie sich fast, es wäre nicht so. Sein fragender Blick, als er in die Limousine des Rates stieg, war kaum zu ertragen. Sie schüttelte den Kopf. Zuerst hatte sie befürchtet, er würde sie zwingen mitzukommen. Aber das tat er nicht. Vielleicht hatte er Sorge, dass es Aufsehen erregen würde, wenn sie sich wehrte.

Kaum war die Limousine verschwunden, schnappte Adara sich ein Taxi und ließ sich zu einer abgelegenen Garage fahren, wo sie sich Naos' geheimen Schatz schnappte, ein silbernes Cabrio. Wie sehr sie ihn damals damit aufgezogen hatte. Aber jetzt war sie froh darum, ein Fahrzeug zu haben, das nicht der Gemeinschaft gehörte und mit Zaubern vor Überwachung geschützt war. Während sie das Cabrio über die Straßen Neuseelands jagte, dachte sie die ganze Zeit daran, was Seth ihr offenbart hatte. Ein Wächter hatte sie gerettet, nicht er. Ein Wächter, dessen Stimme ihr bekannt vorkam. Inzwischen wusste sie auch, warum. Es musste der Wächter gewesen sein, der sie gebeten hatte, Lucy zu helfen, und der ihr von den Aufzeichnungen erzählt hatte. Sie musste ihn finden, und zwar schnell. Er gehörte sicher zum Widerstand. Mit seiner Hilfe konnte sie die Mitglieder des Widerstandes vor Seth warnen – und sich ihnen anschließen. Denn sie waren jetzt die Einzigen, an die sie sich noch wenden konnte. Sie wollte versuchen, Naos zu befreien – und Ida. Und dann an ihrer Seite kämpfen, egal, wie aussichtslos es war.

Ihr einziger Anhaltspunkt, um den Wächter zu finden, war Lucy. Deswegen hielt sie wenig später vor dem Haus ihres Großvaters. Verzweifelt überlegte sie, was sie tun sollte. Sie wollte Lucy keine Gedankennachricht per App schicken, aber sie wollte auch nicht den Ring benutzen, wenn es nicht unbedingt nötig war. Kurzerhand warf sie einen Stein an das Fenster, von dem sie annahm, das es Lucy gehörte.

»Adara?«

Sie zuckte zusammen, als ein Schatten sich aus den Büschen in der Nähe des Hauses löste. »Lucy, Gott sei Dank. Ich muss dich dringend sprechen.«

Lucy schüttelte den Kopf. »Du musst verschwinden. Und zwar sofort.«

»Bitte, du musst mir helfen.«

»Jetzt nicht, hau lieber ab. Da …«

»Ich weiß nicht, wen ich sonst fragen soll.«

Eine schwarze Limousine bog um die Ecke. Adara fluchte leise. Es war nicht gut, wenn man sie hier vorfand.

»Du bist eben doch nur eine typische Magierin, auch wenn du dich für fortschrittlich und tolerant hältst«, zischte Lucy. »Wenn du nicht so arrogant wärst, hättest du mich ausreden lassen. Dann hätte ich dir erklären können, warum du verschwinden sollst.«

Adara verzog sich so schnell wie möglich hinter die Büsche. Sie sah zu, wie die Limousine sich näherte. Die Tür öffnete sich und jemand stieg aus. Adaras Herz begann zu rasen. Die Hohe Rätin. Und ein Wächter. *Der* Wächter?

»Siehst du jetzt, dass ich die Wahrheit gesagt habe?«, fragte die Hohe Rätin. »Sadir hat keine Macht mehr über sie.«

Der Wächter erwiderte nichts, er ging nur auf Lucy zu und musterte sie von oben bis unten. Dann nahm er ihre Hand. »Ich will, dass sie mitkommt.«

»Das war nicht ausgemacht.«

»Sie kommt mit. Ich will sie im Auge behalten«, beharrte der Wächter.

Ja, Adara war sich sicher, dass er es war, der sie gerettet hatte. Seine Stimme war durch die Maske verzerrt, aber trotzdem oder genau deswegen erkannte sie sie.

Die Hohe Rätin schüttelte ratlos den Kopf. »Glaubst du wirklich, dass sie bei uns sicherer ist als hier?«

Das fragte Adara sich auch. Warum wollte er sie so unbedingt mitnehmen? Der Wächter nahm als Antwort Lucys Hand und zog sie in die Limousine. Bevor die Tür zuschlug, erhaschte Adara noch einen Blick in das Innere des Autos. Erschrocken fuhr sie zusammen. Ida. Sie saß auf dem Rücksitz. Im ersten Moment hätte Adara sie fast nicht erkannt. Sie ließ den Kopf hängen, ihre Augen waren rot und verquollen. Adaras Herz zog sich zusammen. Sicher hatte sie längst erfahren, dass Atria den missglückten Umsturz nicht überlebt hatte. Sie konnte so gut nachvollziehen, wie Ida sich jetzt fühlte. Aber das war nicht alles. Ida wirkte ausgemergelt und krank. Ob jemand, der alleine zaubern konnte, vielleicht anfälliger für die Magiekrankheit war? Oder aber jemand setzte Ida sehr schlimm zu. Auf jeden Fall musste Adara der Limousine folgen. Irgendwie musste sie mit dem Wächter reden, und zwar schnell. Seth konnte bereits genügend Magier und Wächter um sich geschart haben und schon bald zum vernichtenden Schlag gegen den Widerstand ausholen.

Adara verfolgte die Limousine so unauffällig wie möglich und verfluchte dabei das protzige Auto ihres Bruders. Wenigstens war das Cabrio silbern und nicht auch noch rot. Es war eine lange Fahrt und Adara verlor schnell die Orientierung, weil sie sich darauf konzentrierte, nicht gesehen zu werden. Die Lichter der Stadt verschwanden hinter ihnen und dschungelartige Pflanzen reckten sich zu beiden Seiten der Straße wie gichtige Hände in die Dunkelheit. Fast wäre sie an der Limousine des Rates vorbeigefahren, die unter ein paar Bäumen auf dem schmalen Weg stand. Sie parkte ihr eigenes Auto außer Sichtweite. Dann lauschte sie angestrengt in die Dunkelheit. Sie hatte großes Glück, dass die leisen Stimmen des Wächters und der Hohen Rätin sich nicht harmonisch in die nächtlichen Geräusche des Waldes einfügten, sodass sie ihnen folgen konnte. Ihre Schritte schmatzten auf dem Waldboden, der mehr und mehr einem Sumpf ähnelte. Immer wieder sank sie mit einem Fuß in ein morastiges Loch und musste einen Fluch unterdrücken. Schließlich erreichte sie eine Lichtung, die sanft erleuchtet war, gerade so, dass sie die Silhouetten einiger Menschen, ein kleines Haus und zwei längliche Kisten davor erkennen konnte.

Särge? Waren das etwa Särge? Im ersten Moment war Adara sich sicher, dass die metallenen Kisten, um die der Wächter, Lucy, Ida und die Hohe Rätin herumstanden, Särge sein mussten. Dann schüttelte sie den Kopf. Ihre Fantasie musste mit ihr durchgehen. Nicht jede längliche Kiste war ein Sarg, das war lächerlich. Sie versuchte, sich so nah heranzuschleichen, dass sie hören konnte, was geredet wurde. Hinter einem Busch ging sie in Deckung. Das dichte Blätterwerk nahm ihr zwar die Sicht, schützte sie aber auch.

»Ich habe dir gesagt, was du tun sollst«, hörte Adara die Hohe Rätin zischen.

Ein leises Wimmern. Wer war das? Sie versuchte, durch die Blätter etwas mehr zu erkennen, aber sie konnte nicht einmal genau ausmachen, welche Silhouette zu wem gehörte.

»Los jetzt!« Die Hohe Rätin.

»Ich glaube, sie ist vollkommen erschöpft.« Lucy. Adara erkannte sie nicht nur an ihrer Stimme, sondern weil zwischen diesen zittrigen, ängstlich hervorgebrachten Worten so viel von Chris' Entschlossenheit steckte. Und eine unausgesprochene Frage. Dieselbe, die auch Adara sich stellte. Warum war Ida so erschöpft? Warum sah sie so aus, als würde sie jederzeit zusammenbrechen?

Schweigen folgte. Schließlich hörte Adara Schritte im Matsch. Und einen harschen Befehl. »Gut, dann musst du es eben tun!«

Adara hörte Lucy aufkeuchen. Durch die Blätter hindurch sah sie, wie eine der Gestalten ein paar Handschuhe auszog. »Ich weiß nicht, ob ich das kann«, sagte der Wächter.

»Dann werden wir es jetzt herausfinden«, antwortete die Hohe Rätin hart.

Adara sah, wie der Wächter nach Lucys Hand griff, und sie halb hinter sich zog, so als hätte er in den Worten der Hohen Rätin eine Drohung gehört.

»Deswegen hast du mich also hergebracht«, antwortete der Wächter leise.

»Unter anderem. Und jetzt tu, was ich dir gesagt habe.«

»Schon gut«, antwortete der Wächter, ohne Lucys Hand loszulassen. Er ließ die Handschuhe zu Boden fallen, trat an eine der schimmernden Kisten heran und öffnete den Deckel. Lichtschein fiel heraus und es dampfte leicht. Es war eine Kühlkammer! Und sie war leer, sofern Adara das erkennen konnte. Ein leiser Wind kam auf. Adara spürte, dass der Wächter Magie benutzte und die Natur um sie herum in seinen Zauber verwob. Plötzlich begannen Blätter, Erde und Äste, auf ihn zuzufliegen. Verwirrt starrte Adara auf den winzigen Wirbelsturm, der sich über der Kühlkammer entfachte und sich dann langsam hinabsenkte. Und dann, ganz plötzlich, stieg eine schreckliche Ahnung in ihr auf. Sie hatte so etwas schon einmal gesehen. Hatte es sogar selbst getan.

Die Hohe Rätin hielt sich die Hand vor den Mund, den Blick starr in die Kühlkammer gesenkt. »Weiter!«, befahl sie mit zitternder Stimme und deutete auf die zweite Kiste.

Der Wächter, der aus irgendeinem Grund genug Magie besaß, um Lucy als Quelle zu benutzen und zu zaubern, zögerte. Sein Blick war in die Kühlkammer gerichtet. »Es ist falsch.«

»Es tut mir leid«, flüsterte die Hohe Rätin. Ihre Stimme klang ehrlich. »Dass ich dich zu alldem zwingen muss. Dass ich dir … euch, all das angetan habe. Aber es muss sein. Und ihr müsst absolutes Stillschweigen bewahren. Niemand darf wissen, dass gerade ich die Regeln so verletze. Und jetzt macht weiter, sonst …« Mit einer eindeutigen Drohung in der Stimme deutete sie auf Lucy. »Ich kann nicht warten. Es muss heute Nacht sein. Wir müssen sie herunterkühlen und fortbringen. Es ist die letzte Gelegenheit, bevor …«

Adara lauschte angestrengt, aber die Hohe Rätin sprach nicht weiter.

»Bevor?«, fragte der Wächter.

»Das hat dich nicht zu interessieren, los jetzt!«

Der Wächter gehorchte. Schließlich ließ der Wirbelsturm nach und der Wächter stand schwer atmend neben dem Sarg, während die Hohe Rätin mit zitternden Fingern in die Kühlkammer griff. Adara sah es nicht, aber sie spürte noch einmal den Moment, in dem sie damals zum ersten Mal nach so langer Zeit Chris' Haut gespürt hatte. Sie wusste, wie es sich anfühlte, einen verloren geglaubten und sehnsüchtig vermissten Menschen endlich wieder vor sich zu haben.

»Meine Kleinen«, flüsterte die Hohe Rätin. »Ich mache alles wieder gut. Ihr werdet sehen, es dauert nicht mehr lange. Noch werde ich gebraucht … die Gemeinschaft … und der Rat …« Sie verstummte, als wäre ihr gerade irgendwo am Rande ihres Bewusstseins eingefallen, dass sie nicht alleine war. »Man wird euch jetzt abholen und wegbringen, aber keine Sorge, bald hole ich euch zurück.« Dann trat sie von den Särgen weg und bedeutete dem Wächter, sie zu schließen. Die Deckel zischten, als die überflüssige Luft ausgestoßen wurde. Die Hohe Rätin winkte Lucy und sie verschwanden mit Ida und dem Wächter im dunklen Wald. Adara konnte einfach nicht anders, als zu den Särgen zu schleichen. Sie sah sich nach allen Seiten um, denn die Hohe Rätin hatte ja gesagt, dass sie abgeholt würden. Wahrscheinlich sehr bald. Vorsichtig wischte sie über einen der Sargdeckel. Ein Fenster war darin eingelassen. Sie holte ihr Smartphone heraus und leuchtete hinein. Das leichenblasse Gesicht eines kleinen Jungen blickte ihr entgegen. Wie Chris damals sah auch er nicht aus, als würde er schlafen. Man sah ihm an, dass er tot war – und es auch bleiben sollte. Adara bekam eine Gänsehaut, als ihr klar wurde, dass die Hohe Rätin vorhatte, ihre zwei verstorbenen Kinder zurückzuholen. Schon einen Menschen zurückzuholen, verstümmelte die Seele so sehr, dass man nicht mehr man selbst war. Aber zwei Menschen … Noch mal warf sie einen kurzen Blick in den Sarg und sah nicht mehr das Gesicht des kleinen Jungen, sondern ein anderes. Eines mit türkisblauen Augen. Dann sprang sie auf. Sie hatte sich lange genug aufgehalten. Sie musste einen Weg finden, den Widerstand zu warnen, dass Seth auf dem Weg zu ihnen war. Sie machte sich auf den Weg Richtung Wald und erstarrte mitten im Schritt. Direkt vor ihr stand der Wächter und sah sie aus den blicklosen Augenhöhlen seiner Maske an.

50

Als Seth in ihre gemeinsame Wohnung zurückkam, war Adara immer noch fort, genau wie er befürchtet hatte. Sie hatte beschlossen, ihn nicht mehr zu unterstützen, sondern ihre eigenen Wege zu gehen. Und nach allem, was vorgefallen war, konnte Seth ihr das nicht vorwerfen. Womit er nicht gerechnet hatte, war die Wut in ihm, die immer stärker hervorbrach. Sie zielte nicht auf Adara oder auf ihn, sondern auf die Umstände, die ihn zum Handlanger machten und Adara vertrieben hatten. Er schloss die Hand um den Ring in seiner Tasche. *Adara ist fort. Ich nehme an, dass sie sich dem Widerstand angeschlossen hat.*

Es dauerte eine Weile, bis sein Mentor antwortete. *Es spielt keine Rolle mehr. Lass sie gehen.*

Unvermittelt stürzte über Seth die Trauer zusammen, die mit dem Verlust eines Menschen einherging. Es war ein merkwürdiges Gefühl, eines, das er so lange nicht gespürt hatte, dass er geglaubt hatte, es vergessen zu haben. Der intensive Wunsch, die schwarze Leere in sich mit ihrer Nähe zu füllen, wurde so unerträglich, dass er kaum noch an etwas anderes denken konnte, als sie zurückzuholen. Er lief vor dem großen Panoramafenster des Wohnzimmers auf und ab und überlegte, wie er es vor sich rechtfertigen könnte. Aber die Wahrheit war, er konnte es nicht. Er hatte sie für seinen

Plan benutzt und hatte das Ziel erreicht, für das er sie gebraucht hatte. Den Inneren Kreis. Jetzt war sie nutzlos für ihn. Nutzlos. Nein, das war keine Eigenschaft, die sie beschrieb, aber man hatte ihm eingetrichtert, so zu denken. Jeder Mensch, den er nicht für seinen Plan gebrauchen konnte, war nutzlos für ihn. Aber er wollte nicht, dass sie nutzlos war. *Es könnte negativ auf mich zurückfallen, wenn sie nun doch beim Widerstand erwischt wird,* dachte er, an seinen Mentor gerichtet. Es war ein kläglicher Versuch und er wusste es selbst.

Sicher nicht, kam die Antwort. *Du hast deine eigene Loyalität ausreichend bewiesen. Ihre Flucht bestätigt nur, was die Hohe Rätin schon die ganze Zeit denken wollte.*

Seth schloss die Augen und rieb sich über die Stirn. Dann ließ er hastig die Hand sinken, als hätte er sich verbrannt. Er wurde unvorsichtig. Solche Gesten erlaubte er sich normalerweise nicht – selbst dann nicht, wenn er alleine war. Es konnte sich einschleifen und zur Gewohnheit werden, bevor man es merkte. *In ihrer Gegenwart hast du es dir auch erlaubt,* sagte eine kleine Stimme in seinem Kopf. *Das war etwas ganz anderes. Ich war nicht der Seth, der ich jetzt sein muss. Ich war nur ich selbst.* Die kleine gemeine Stimme fuhr fort: *Du belügst dich doch selbst. Du bist nicht wie sie. Du hast keine verschiedenen Schichten, keine verschiedenen Persönlichkeiten, in die du schlüpfen kannst. Du bist einfach nur Seth. Ein Instrument für ein höheres Ziel, nichts weiter.* Seth legte die Hände auf die Glasscheibe und lehnte die Stirn dagegen. Die Scheibe war aufgewärmt von der Sonne und für einen Moment konnte er sich einbilden, dass es ihre Stirn wäre.

Ohne ihn bin ich nichts. Er erinnerte sich an die Worte, die Adara vor so langer Zeit gesagt hatte, als sie Chris hatte gehen lassen. Seth hatte sofort gewusst, dass das Blödsinn war. Auf ihn hingegen traf es zu. Nur wenn sie bei ihm war, konnte er wenigstens so tun, als gäbe es noch mehr von ihm. Mehr als dieses Instrument, dieses Werkzeug, das er schon war, solange er denken konnte.

Ich sollte sie zurückholen. Er schickte die Gedankennachricht. Fest entschlossen. *Vielleicht können wir sie noch brauchen. Sie ist zu wertvoll, um sie einfach aufzugeben.*

Schweigen. Langes Schweigen in seinem Kopf, das die Leere in ihm nur noch allgegenwärtiger machte. Wie sehr er sich wünschte, sie wäre jetzt hier und würde ihm erlauben, für ein paar Minuten in dieser Lüge einer Beziehung zu versinken, in die sie sich so gerne geflüchtet hatten.

Nein. Durch ihre Flucht ist sie zu einer Gefahr geworden. Sie wäre eine tickende Zeitbombe, wenn du sie jetzt zurückholst.

Natürlich. Er wusste, dass es stimmte. Sie gehen zu lassen, war nur vernünftig. Aber zum allerersten Mal in seinem Leben wollte er nicht vernünftig sein.

Du weißt, was ich mit ihr tun muss, wenn ich sie nicht zurückhole. Er war froh, dass er es nur denken und nicht aussprechen musste. Denn er war sich nicht sicher, ob er seine Stimme unter Kontrolle gehabt hätte.

Ja. Aber auch das spielt keine Rolle. Sie ist nur eine von vielen, nicht wertvoller oder weniger wertvoll als die anderen.

Für mich schon. Er schickte es nicht als Nachricht. Denn neben der Wut wuchs ein anderes Gefühl in ihm heran. Angst. Dieselbe, die er schon bei der Befragung verspürt hatte. Es war die Angst vor seinen egoistischen, zerstörerischen Wünschen.

51

»Was hast du hier verloren?«

Adara sah wie gelähmt den Wächter an, der sich zwischen sie und die Särge gestellt hatte. Dann setzte sie alles auf eine Karte. »Ich will, dass du mich zum Widerstand bringst.«

Der Wächter stand stocksteif da. Vielleicht überlegte er, ob er es leugnen sollte. Anscheinend kam er zu dem Ergebnis, dass es keinen Sinn hatte. »Hat dein Bruder nicht deutlich gemacht, dass wir dich nicht wollen?«

»Er hat nicht gesagt, dass ihr mich nicht wollt«, gab sie zurück. »Er hat gesagt, dass ihr mir nicht vertrauen könnt. Ich glaube, ich habe inzwischen das Gegenteil bewiesen.«

»Ja«, sagte er. »Du hast dich bei der Befragung gut gehalten. Aber das könnte auch eine Falle sein.«

Adara wusste, dass er nicht anders handeln konnte. Er musste vorsichtig sein, nur so hatte der Widerstand so lange überleben können. Zum Glück konnte sie ihm etwas anbieten, um sein Vertrauen zu gewinnen. »Ich will euch warnen.«

»Wovor?«

Adara überlegte, es ihm einfach zu sagen, aber dann beschloss sie, aus der Information einen Nutzen zu schlagen. Vielleicht konnte sie sich ihren Weg in den Widerstand erkaufen. Außerdem musste sie sichergehen, die richtigen Leute zu erreichen, bevor Seth seine Drohung wahrmachte. »Das sage ich nur eurem Anführer. Und zwar sofort, es eilt.«

»Netter Versuch. Aber das funktioniert nicht. Entweder du willst uns helfen, dann sagst du es mir, oder ich muss davon ausgehen, dass du mich nur austricksen willst.«

Sie lächelte freudlos. »Wenn du die Informationen hören willst, dann bring mich zu eurem Anführer. Oder schick mich weg, aber dann bist du für die Folgen verantwortlich.« Sie wussten beide, dass er das nicht riskieren würde.

Er seufzte. »Ich kann hier nicht weg. Ich muss warten, bis der Kühltransporter kommt.«

»Dann ruf jemanden, der mich hinbringt.«

Er schwieg.

Sie lachte ungläubig. »Ich verstehe dich nicht. Erst rettest du mich bei der Befragung und jetzt willst du mir nicht helfen? Das ergibt keinen Sinn.«

Sie hörte ihn scharf die Luft einsaugen. »Du weißt es?«

»Ja. Seth hat es mir gesagt. Warum hast du das getan?«

Er wand sich unter ihrem Blick. »Weil es meine Schuld war.« Seine Stimme klang noch verzerrter. »Wenn ich dir nicht von den Aufzeichnungen erzählt hätte, damit du Lucy hilfst, hätte man dich nicht festgenommen und befragt.«

»Es war doch nicht deine Schuld, dass sie uns erwischt haben.«

»Doch«, sagte er. »War es.«

Es klang düster und Adaras Nackenhärchen stellten sich auf. Sie beschlich eine Ahnung, wie alles zusammenhing.

»Es war eine Falle«, bestätigte er ihre Befürchtung. »Die Hohe Rätin hat die ganze Zeit vermutet, dass es die Aufzeichnungen noch gibt. Sie wollte, dass du für sie danach suchst.«

Adara keuchte auf. »Natürlich. Aber nicht nur, um sie zu zerstören, sondern auch, um Seth und mich als Abtrünnige zu brandmarken, nicht wahr? Aber zumindest bei Seth ist es ihr nicht gelungen.

Sie hat ihm damit sogar noch den Weg in den Inneren Kreis geebnet.«

»Sie war ziemlich wütend darüber.« Er senkte den Kopf. »Diese Befragung … Es tut mir leid. Wenn ich gewusst hätte, was sie mit dir machen würde, um Seth aus der Reserve zu locken …« Seine Stimme zitterte durch die Maske hindurch. »So etwas Unmenschliches habe ich noch nie gesehen. Und Seth, wie konnte er …«

»Lass ihn aus dem Spiel«, knurrte Adara und war im selben Moment selbst verwundert über ihre Reaktion. Hatte sie ihm verziehen? Nahm sie es ihm überhaupt übel? Fühlte sie überhaupt noch irgendetwas, wenn sie an ihn dachte? Etwas anderes als Schmerz und Enttäuschung? Schnell schob sie diese Gedanken beiseite und redete weiter. »Die Hohe Rätin hat dich mit Lucy erpresst, oder?«

»Ja. Ich sollte dich schon viel früher in die Falle locken. Aber ich wusste, wie sehr dich der … Tod deiner ehemaligen Quelle mitgenommen hat. Ich wollte dir nicht noch mehr wehtun«, flüsterte er. »Aber dann hat sie Lucy mit Sadir verbunden. Du weißt, was er ihr angetan hat«, flüsterte er. »Ich konnte nicht einfach zuschauen.«

Adara lächelte mit Tränen in den Augen. »Schon gut. Das verstehe ich. Und wenigstens hat sie ihr Versprechen gehalten. Lucy wurde Sadir entzogen.«

»Ja, ich konnte es kaum glauben.«

»Ging mir auch so.« Sie legte ihm eine Hand auf den Arm. »Ich verzeihe dir«, sagte sie ehrlich. »Wenn du jetzt jemanden rufst, der mich zum Widerstand bringt.«

»Das habe ich bereits getan. Aber ich muss dir die Augen verbinden.«

Sie stimmte zu und er legte ihr eine Augenbinde an. Blind ließ sie sich zu einem Auto führen und dann zu einem Hubschrauber, dessen ohrenbetäubender Lärm noch dazu beitrug, jedes Orts- und Zeitgefühl in ihr auszulöschen. Als man ihr die Augenbinde schließlich abnahm, landete der Hubschrauber gerade inmitten einer sanften grünen Hügellandschaft vor einem weitläufigen, aber nur einstöckigen Haus. Fieberhaft überlegte sie, wohin man sie gebracht hatte. Es konnte überall in Neuseeland sein. Sie ließ sich in das Haus führen und hatte plötzlich das Gefühl, dass es nur die Spitze des Eisbergs war, nur ein winziger Teil dessen, was diese Basis des Widerstandes ausmachte.

»Du hast Informationen für uns?« Sie fuhr herum. Hinter ihr war ein junger Mann ins Zimmer getreten, den sie nur allzu gut kannte. »Clarence? Du bist …« Sie brach ab und versuchte, ihre Überraschung darüber zu verbergen, dass gerade der Sohn eines Mitglieds des Inneren Kreises im Widerstand war.

»Ich leite diese Basis seit Atrias Tod«, sagte er.

Adara hörte ein leises Schniefen und bemerkte erst jetzt, dass im Schatten neben der Tür noch jemand stand. Sara.

»Es tut mir so leid«, flüsterte Adara und wollte auf sie zugehen, aber Sara schüttelte den Kopf. Niedergeschlagen wandte Adara sich wieder an Clarence. »Ich komme mit schlechten Neuigkeiten. Seth hat vor, euch alle …«

»Davon haben wir schon gehört«, unterbrach Clarence sie. »Aber das ist keine Gefahr für uns. Er kennt unseren Aufenthaltsort nicht.«

»Ich fürchte, er kennt alle eure Verstecke«, erwiderte Adara, »und weiß auch, wer zu euch gehört. Ich glaube, er weiß einfach alles.«

Clarence legte die Stirn in Falten. »Woher sollte er das Wissen haben?«

Adara zuckte mit den Schultern. »Ich weiß nur, dass Seths Eltern im Widerstand aktiv waren.«

Clarence musterte sie prüfend. »Es kann vielleicht nicht schaden, Vorkehrungen zu treffen, für den Fall, dass du die Wahrheit sagst.«

»Ich möchte bei euch bleiben und helfen. Und ich will Naos retten«, warf sie hastig ein.

Clarence' Blick verfinsterte sich. »Das geht nicht. Das wäre ein zu großes Risiko, und wenn du recht hast … wenn Seth hier wirklich auftaucht, dann müssen wir all unsere Kräfte darauf konzentrieren.«

Adara starrte ihn entsetzt an. »Aber Naos hat sich für euch eingesetzt. Er ist einer von euch, ihr müsst ihm helfen.«

»Als er sich uns angeschlossen hat, wusste er, in welche Gefahr er sich begibt. Er hat es sehenden Auges getan und nun muss er die Konsequenzen tragen. Wie wir alle, wenn etwas schiefgeht.« Adara konnte ihm ansehen, dass er an Atria dachte. »Naos würde nicht wollen, dass du unsere Ziele gefährdest, um ihn zu retten.«

Zuerst dachte Adara, sie könnte ihre Wut und Frustration beherrschen. Aber dann wurde sie davon überrollt. Sie sprang auf, mit geballten Fäusten. »Du redest genau wie Seth«, zischte sie. »Was ist nur mit euch los? Wie könnt ihr nur alle so kaltherzig sein? Wofür wollt ihr denn überhaupt etwas ändern, wenn ihr auf dem Weg alles opfert? Das ist nicht richtig.«

Jetzt wurde auch Clarence wütend und funkelte sie an. »Du bist nicht die Einzige, die jemanden retten möchte.« Sein Blick zuckte vielsagend zu Sara. »Oder hast du vergessen, dass auch Ida sich immer noch in den Händen des Rates befindet? Wir haben seit Tagen nichts von ihr gehört.«

»Sie schickt mir nicht mal Gedankennachrichten.« Saras Stimme zitterte und sofort legte sich Adaras Wut. Der Gedanke an die ausgemergelte Ida hatte sie augenblicklich abgekühlt. »Ich fürchte, sie ist zu schwach«, sagte sie leise. »Sie hat sicher keine Kraft mehr, alleine zu zaubern, nicht mal mehr, um Nachrichten zu schicken. Ich weiß nicht, was sie mit ihr gemacht haben, aber sie sah furchtbar aus, Sara. Vielleicht haben sie das mit Absicht getan, damit sie sich nicht wehren kann. Wir müssen sie da rausholen. Sie und Naos.«

Tränen glitzerten jetzt in Saras Augen. »Meinst du, mir fällt es leicht, sie dort zu lassen? Gerade jetzt, nachdem ... Aber wie sollen wir ihr denn helfen?«

»Ich weiß nicht. Vielleicht ... Ja, vielleicht könnten du und ich zusammen zaubern? Wir schleichen uns irgendwie rein und ...«

Sara wich entsetzt zurück. »Du und ich?« Sie krampfte ihre Hände ineinander, auf denen immer noch Atrias Zeichnung zu sehen war.

Die Trauer in ihrem Gesicht schnitt Adara ins Herz. »Nein«, flüsterte Sara. »Oder ja. Vielleicht. Ich weiß nicht. Aber nicht jetzt.«

Adara biss sich auf die Lippe. »Sara, bitte, uns läuft die Zeit davon. Seth kann jederzeit hier auftauchen …«

»Umso wichtiger, dass wir uns vorbereiten. Für eine Rettungsaktion ist jetzt nicht der richtige Zeitpunkt, das siehst du doch ein«, meldete sich Clarence wieder zu Wort.

Widerwillig nickte Adara. »Du hast wahrscheinlich recht.«

Sara trat etwas näher. »Aber vielleicht sollten wir tatsächlich versuchen, zusammen zu zaubern. Falls Seth wirklich angreift, brauchen wir jeden Magier und ich bin sicher, sie … hätte das gewollt.« Ihre Stimme schwankte und ihre Finger fuhren unbewusst über ihre Zeichnung. »Gib mir nur ein paar Stunden, um mich an den Gedanken zu gewöhnen.«

»Es wird Zeit, dieses Gespräch zu beenden.«

Die dunkle Stimme ließ Adara herumfahren. Ihr Herz setzte einen Schlag aus.

52

Adara starrte entsetzt den großen weißhaarigen Mann an, der nun mit ernstem Gesicht auf sie zutrat. Chris' Großvater. »Ich habe mir gedacht, dass du irgendwann hier auftauchen wirst.« Er nickte Clarence zu. »Danke, dass du mich gerufen hast.«

Adara bemühte sich, ihre wild kreisenden Gedanken zu ordnen. »Du bist der Anführer des Widerstandes?«, stieß sie hervor.

Sein Mund verzog sich zu einem Lächeln, das so sehr dem von Chris ähnelte, dass Adara einen Stich in der Magengrube verspürte. »Weil ich ein alter weißhaariger Mann bin?«

Hitze stieg ihr in die Wangen und sie wollte etwas sagen, aber er kam ihr zuvor. »Nein, ich bin nicht der Anführer. Wir haben keinen Anführer, wir entscheiden gemeinsam. Warum bist du hier?«

Sie erzählte ihm, was sie schon Clarence erzählt hatte, und sein Gesicht verfinsterte sich mit jeder Minute. »Wie lange haben wir noch?«

»Ich weiß es nicht. Seit wir zurück in Auckland sind, ist die halbe Nacht vergangen. Mehr als genug Zeit, Magier und Wächter zusammenzurufen und den Einsatz zu besprechen. Uns bleiben ein paar Stunden. Vielleicht weniger.«

Richards Augen, auch blau und doch so anders als die einzigartig türkisen von Chris, starrten durch sie hindurch. »Gut«, sagte er schließlich. »Danke, dass du uns informiert hast. Wir werden Vorkehrungen treffen.«

»Ich möchte helfen …«, begann sie.

Er schüttelte den Kopf. »Du kannst dich bei uns verstecken, aber wir können dich nicht in unsere Pläne einweihen. Es ist zu gefährlich, wir wissen trotz allem nicht, ob wir dir trauen können. Vielleicht bist du eine Spionin. Darum können wir dich auch nicht mit Sara zaubern lassen. Den Widerstand zu schützen, ist unsere oberste Pflicht. Es tut mir leid.«

Adara ballte die Fäuste. »War Chris deshalb nicht im Widerstand? Weil er zu gefährlich war?«

Sein Großvater zögerte, schließlich nickte er. »Und dass er sich so unbedacht verhalten hat, gibt uns recht«, flüsterte er rau.

Wut kochte in ihr hoch. »Vielleicht hätte er sich nicht unbedacht verhalten, wenn er sich nicht so alleine gefühlt hätte.« Adara erstickte fast an ihren eigenen Worten. Er hatte sich allein gefühlt, obwohl sie die meiste Zeit bei ihm gewesen war. Wenn sie das jemandem vorwerfen konnte, dann sich selbst.

Die Miene des alten Mannes verhärtete sich. »Wir haben nach bestem Wissen und Gewissen gehandelt. Wir nehmen nur Leute auf, denen wir absolut vertrauen können. Das gilt auch oder ganz besonders für unsere eigenen Angehörigen. Mehrere Mitglieder des Widerstandes müssen zustimmen, bevor ein Außenstehender eingeweiht wird. Chris hat wegen seiner aufbrausenden Art nie genug Stimmen bekommen. Wir hielten es damals alle für das Beste, noch zu warten, bis er ruhiger geworden war.« Seine Stimme wurde immer leiser.

»Vielleicht wäre es besser gewesen, ihn einzuweihen und ihn anzuleiten, anstatt ihn mit seiner Wut und seiner Verzweiflung alleine zu lassen«, flüsterte sie, mehr zu sich selbst als zu ihm.

»Glaubst du nicht, dass ich mir diese Frage nicht selber jeden Tag stelle?« Er wirkte plötzlich müde und mitgenommen, gar nicht mehr so aufrecht und würdevoll wie gerade eben noch. »Ich würde alles dafür geben, die Zeit zurückdrehen zu können.« Richard Wright sah aus, als wollte er noch etwas sagen, doch dann schüttelte er den Kopf. »Nach allem, was du erfahren hast, wirst du natürlich hierbleiben müssen.« Seine Augen glänzten jetzt hart und Adara dachte an seine Worte. *Wir müssen alles tun, um den Widerstand zu schützen.*

»Das wollte ich sowieso«, gab sie zurück. »Ich will …«

»Du wirst die Basis nicht verlassen«, unterbrach er sie. »Kein Kontakt zur Außenwelt.«

Adara starrte ihn ungläubig an. »Ihr wollt mich gefangen halten?«

»Nennen wir es … einen verschärften Hausarrest.«

Adara hätte fast verzweifelt aufgelacht. Schon wieder Hausarrest? »Aber wie soll ich dann helfen?«

»Du hilfst uns am meisten, indem du hier bist«, antwortete er fest. »Denn ohne dich hat Seth keinen Zugang zu Magie. Ein Magier weniger, der uns angreift. Du bist sehr wertvoll für uns, ganz ohne dass du etwas tust.«

Ihre Miene musste ziemlich aufrührerisch wirken, denn sein Gesichtsausdruck wurde etwas weicher. »Du kannst ohnehin nicht zurück. Ich glaube nicht, dass Seth deine Abwesenheit verheimlichen konnte. Da deine Loyalität sowieso infrage steht, wird man dir nun endgültig misstrauen. Seth wird dich ausliefern, sobald du auch nur einen Fuß zurück in euer Apartment setzt.«

Das wird er nicht!, hätte sie gern geantwortet. Aber sie schwieg, denn Chris' Großvater hatte recht. Seth würde sie ausliefern müssen, um sich zu schützen. Abgesehen davon konnte sie auch nichts tun, selbst wenn es ihr gelingen sollte zu entkommen. Sie konnte nicht spionieren oder Informationen besorgen, denn der Widerstand vertraute ihr nicht genug, um sie für sich arbeiten zu lassen. Und aus demselben Grund konnte sie auch Seth nicht mehr bei seinem Plan behilflich sein. Im Moment war es am besten, sich kooperativ zu verhalten und zu versuchen, den Widerstand zu überzeugen, ihre Hilfe anzunehmen. Widerwillig nickte sie, als Zeichen, dass sie sich fügte.

Richard Wright und Clarence verabschiedeten sich und überließen sie Sara, die eine Kiste neben Adara auf den Boden stellte. »Was jetzt kommt, tut mir wirklich leid. Aber wir können nichts riskieren. Du musst dich komplett ausziehen. Alles ablegen, was du bei oder an dir trägst. Auch allen Schmuck. Wir werden alles für dich aufbewahren.«

Sara wartete, bis Adara sich vollkommen entkleidet hatte. Natürlich konnte sie sie nicht alleine lassen. Sie musste sichergehen, dass sie wirklich nichts mehr bei sich trug. Adara störte sich nicht daran, dass Sara sie beobachtete. Gerade vor Sara hatte sie nichts zu verbergen. Nur um Seths Ring tat es ihr leid und sie verspürte einen Stich, als sie ihn sich vom Finger zog. Dann legte sie ihre Sachen in die Kiste und zog die ungewohnten, aber schönen Kleidungsstücke an, die Sara ihr bereitgelegt hatte.

»Danke«, sagte Sara leise und führte sie in ein Zimmer, das viel gemütlicher war, als Adara erwartet hatte. Es war jedenfalls keine karge Gefängniszelle, sondern ein normales Zimmer. Oder besser gesagt, mehrere Zimmer. Ein Wohnzimmer, von dem zwei Schlafzimmer abgingen. »Eine Magiersuite?«

Sara nickte. »Das schien mir am passendsten. Auch wenn du im Moment alleine hier bist.«

»Habt ihr viele Magier hier?«

Sara blinzelte. »Darauf kann ich dir keine Antwort geben.«

»Sara? Bist du seiner Meinung, dass ich nicht helfen sollte? Es kann nicht mehr lange dauern, bis sie kommen, und wir beide könnten …«

»Die Entscheidung wurde gemeinsam getroffen, nehme ich an«, antwortete sie grimmig.

»Nimmst du an? Also entscheidet er manchmal eigenmächtig?«

Sara schüttelte den Kopf. »Was soll das? Willst du uns gegeneinander aufbringen?«

»Nein«, Adara hob abwehrend die Hände. »Es ist nur … Seth ist sich sicher, dass er euch problemlos besiegen kann.« Vernichten. Sie bekam eine Gänsehaut.

Sara wurde blass. »Dann … dann kann er sich auf eine Überraschung gefasst machen.« Ihre schwankende Stimme strafte ihre selbstsicheren Worte Lügen.

»Sara …«

Das Mädchen schüttelte den Kopf. »Du musst in deinem Zimmer bleiben, die Tür wird nicht versperrt, aber auf Türen und Fenstern liegen Zauber, die uns verraten, wenn du die Räume verlässt.« Sie deutete auf ein Telefon, das auf einem Tisch stand. »Wenn du etwas brauchst, ruf einfach an.«

Als Sara ging, blieb Adara angespannt im Zimmer stehen. Sie hatte es geschafft, sich dem Widerstand anzuschließen. Aber statt endlich richtig zu kämpfen, war sie wieder einmal zur Untätigkeit verdammt. Mit jeder Sekunde, die verstrich, rückten Seth und die Magier des Rates näher. Und wenn sie Saras Entsetzen richtig gedeutet hatte, hatte der Widerstand keine Chance gegen sie.

53

Seth beobachtete die Armee aus Wächtern und Magiern, die in die Hubschrauber stiegen. Alles war bereit. Sie warteten nur auf seinen Befehl. Wenn er ihn gab, würde er den Widerstand opfern. Und auch Adara.

Wieder und wieder sagte er sich, dass sie nicht wertvoller war als die anderen, nur weil sie ihm etwas bedeutete. Sie war nur eine von vielen. Was für eine grandiose Lüge. Vor seinem inneren Auge tauchte der Moment vor einigen Jahren auf, in dem er sie zum ersten Mal gesehen hatte. Oder nein, wahrscheinlich war es nur der Moment, in dem er sie zum ersten Mal bewusst wahrgenommen hatte. Adara war noch sehr jung gewesen und er hatte gerade seine Ausbildung zum Wächter abgeschlossen. Seine erste offizielle Aufgabe war es gewesen zu überwachen, wie die Mitglieder der Gemeinschaft auf ihr Potenzial getestet wurden. Er war nach draußen gegangen, um den nächsten Kandidaten zu holen. Liliana Wilson. Auf dem Gang warteten mehrere Familien mit ihren Kindern, aber ein Mädchen zog seinen Blick auf sich. Sie sah aus wie alle anderen. Braunschwarze Haare, schwarze Augen. Nur ihre Haut war deutlich heller. Aber dadurch lag der Fokus nur noch mehr auf ihren Augen, die ehrgeizig funkelten. Die anderen Jungen und Mädchen unterhielten sich und lachten. Aber nicht sie. Sie stand abseits der anderen und Seth erinnerte sich, dass in ihrer Akte eine Schule in Europa vermerkt war. Man hatte sie nur für diesen Test nach Auckland geholt. Aber er wusste nicht, ob es einen Unterschied gemacht hätte. Ob sie sich mit den anderen unterhalten hätte, wenn sie auf dieselbe Schule gegangen wäre wie sie. Sie strahlte eine zurückhaltende Einsamkeit aus, die auf merkwürdige Art in seinem Inneren widerhallte. Er rief ihren Namen auf und holte sie ins Zimmer. Ihr Onkel Matthew war anwesend und lächelte ihr gutmütig zu. Er schien sich ziemlich sicher zu sein, dass sie großes Potenzial besaß. Dabei war es nicht selbstverständlich, dass eine Familie mit starken Magiern auch starke Magier hervorbrachte.

Die beiden Magier, deren Aufgabe die Potenzialsuche war, griffen nach ihren Quellen und stellten sich links und rechts neben Liliana auf. Sie schloss die Augen und Seth spürte, dass die Magier ihre Magieebenen um sie spannten. Er sah, wie die Gesichter der Magier überrascht zusammenzuckten und wie sie sich vielsagende Blicke zuwarfen, nachdem sie Lilianas Hände wieder losgelassen hatten. Ohne ihr ein Ergebnis mitzuteilen, schickte man sie wieder vor die Tür.

Die Magier und Matthew machten sich stumm Notizen. Sie teilten sie nicht mit dem Wächter, der die Tests überwachte. Das mussten sie auch nicht. Seth war ein guter Wächter. Er war immer in der Lage gewesen, Magie außergewöhnlich stark zu spüren. Aber ihre Magie war etwas ganz Besonderes. Sie war wie ein schwarzes Loch, wie ein Zentrum der Schwerkraft, das alles Magische aufsog, das in ihre Nähe kam. Auch seine Macht.

»Du hast es gespürt, nicht wahr?« Matthew stand plötzlich neben ihm und raunte ihm die Worte leise zu. Seth erstarrte innerlich, ließ sich äußerlich aber nichts anmerken.

»Ich glaube, wir haben endlich deine Magierin gefunden«, fuhr Matthew fort.

Seth stritt es nicht ab. Man hatte ihn von seiner Quellenpflicht befreit, weil er eine so starke Quelle war, wie es sie nur selten gab.

Man hatte ihn zurückgestellt, hatte ihm erlaubt, zu studieren und ein Wächter zu werden, damit er etwas zu tun hatte, bis ein Magier gefunden wurde, der seine Macht beherrschen konnte. Und würdigen.

»Ich freue mich schon darauf, euch zaubern zu sehen.« Matthews Augen funkelten aufgeregt wie die eines kleinen Jungen, der ein ganz besonderes Geschenk erhalten hatte.

Seth sagte nichts dazu, aber Matthew erwartete es auch gar nicht. Er hüpfte gut gelaunt zurück zu seinem Computer, tippte etwas ein und ließ ihn den nächsten Kandidaten aufrufen. Als Seth wieder auf den Gang trat, war Liliana mit ihren Eltern noch da. Sie wandten sich gerade zum Gehen. Aber im letzten Moment drehte sie sich noch einmal um und sah ihn direkt an. Natürlich hatte sie keine Ahnung, wer unter der Wächtermaske steckte und was für sie vorgesehen war. Vielleicht würde Matthew Andeutungen über ihr Potenzial machen, aber er würde niemals verraten, dass er Seth für ihre perfekte Quelle hielt. Durch seine Maske hindurch hielt Seth ihren Blick fest und da war wieder diese schwelende Einsamkeit in ihr. Sie rührte etwas in ihm an. Etwas Gefährliches.

Bei seiner nächsten Pause zog er sich an einen ruhigen Ort zurück, legte seine Maske und die Handschuhe ab und schloss dann sofort die Finger um seinen Nachrichtenstein. *Sie haben eine Magierin für mich gefunden. Eine sehr, sehr starke.*

Die Antwort kam sofort. *Kein Grund zur Beunruhigung, es wird noch ein paar Jahre dauern, bis sie reif für die Verbindungszeremonie ist. Du musst alles daran setzen, dich in diesen Jahren so unentbehrlich zu machen, dass du zu wertvoll bist, um als Quelle eingeteilt zu werden.*

Seth dachte an den unglaublichen Sog, den er gespürt hatte. Wie verlockend war es, sich ihm hinzugeben und ihr seine Macht zu überlassen. Seine Macht erdrückte ihn, sie war wie ein Gewicht, das an ihm zog, und es kostete ihn unglaubliche Kraft, sie in der Balance zu halten. Er wusste sofort, wenn er Liliana berührte, wäre sie das Gegengewicht. Sie würde alles in sich aufnehmen, jeden

Tropfen seiner Magie, und er würde sich zum ersten Mal in seinem Leben vollkommen ausgeglichen fühlen. Für einen wilden, schrecklich beängstigenden Moment wünschte er es sich. Aber natürlich durfte das nicht geschehen. Oder? *Könnte es nicht für unsere Pläne sinnvoll sein, wenn wir eine starke Magierin hätten?*, sandte er dann eine Gedankennachricht.

Diesmal dauerte es etwas, bis er eine Antwort erhielt. *Vielleicht. Wir sollten es auf jeden Fall im Auge behalten. Aber im Moment bist du noch zu unwichtig, ein Anfänger, niemand braucht dich. Solange sich das nicht geändert hat, darfst du dich auf keinen Fall verbinden lassen. Sonst wirst du nur noch ihre Quelle sein und nichts weiter. Dann war alles umsonst.*

Was können wir tun, um die Verbindung so lange wie nötig zu verhindern?

Eine andere Quelle anbieten, bekam er zur Antwort. *Eine, die stark genug ist.*

Gibt es denn so eine?

Vielleicht. Schweigen. Dann: *Ich habe da jemanden im Sinn.*

Darauf werden sie sich nie einlassen, zweifelte Seth.

Das Geheimnis ist, es so hinzudrehen, dass es ihnen gelegen kommt, Liliana nicht mit dir zu verbinden. Das lass meine Sorge sein. Du konzentrierst dich darauf, in den Rat zu kommen. So wie es von Anfang an geplant war.

Seth erwachte aus der Erinnerung. Und ihm wurde etwas klar, was er so lange nicht hatte wahrhaben wollen. Er hatte Adara schon damals gewollt. Nicht um an sein Ziel zu gelangen, vielleicht nicht einmal hauptsächlich für die Magie. Sondern für sich ganz allein. Schon als er beschlossen hatte, sie für seinen Plan zu benutzen, war er egoistisch gewesen. Viel zu egoistisch. Denn nun würde es sie vielleicht das Leben kosten. Und er … Er hatte auch das damals schon gewusst. *Hasst du manchmal, wer du sein musst?*

Er erinnerte sich daran, wie er sie das gefragt hatte. Es kam ihm vor, als wäre es eine Ewigkeit her. Wenn er damals nur gewusst hätte, welche uralten Sehnsüchte diese Frage in ihm wecken würde. Sehnsüchte, die er nicht haben durfte. Und eine Person, die er nicht sein durfte. Er schlug mit der Faust gegen die Wand und starrte dann selbst verwundert auf seine Hand. Diese Wut, sie hatte schon so lange nicht mehr die Macht gehabt, seinen Körper etwas tun zu lassen, was sein Verstand nicht wollte. Es musste aufhören. Er durfte nicht mehr so egoistisch sein. Er durfte sich nichts wünschen, niemals an sich denken, und das bedeutete, dass er auch nicht an sie denken durfte.

Die Gemeinschaft ist meine Familie. Nichts anderes zählt. Ich bin nur ein Werkzeug. Für das Ziel werde ich alles opfern. Auch Adara. Und diesen winzigen Teil von mir, den ich nicht hasse. Die Person, die ich in ihrer Gegenwart bin.

Er atmete tief durch. Dann trat er zwischen die Hubschrauber und gab den Befehl zum Aufbruch.

54

»Adara?«

Sie schreckte hoch. Die Tür hatte sich einen Spaltbreit geöffnet und Licht fiel herein. Adara setzte sich in ihrem Bett auf. Sie hatte versucht, etwas Schlaf zu bekommen, bevor die Hölle losbrach. Sie wollte ausgeruht sein – für den Fall der Fälle. »Ja?«

Sara schlich sich zur Tür herein. Kurz stand sie etwas unschlüssig da, dann kam sie näher. »Glaubst du wirklich, dass Seth alle Geheimnisse des Widerstandes kennt? Und dass unsere Chance so gering ist?«, raunte sie.

»Ich fürchte schon.«

Sara biss sich auf die Lippe. »Ich … ich habe es Richard gesagt, aber er glaubt das nicht. Er meint, wir kommen schon zurecht. Wir haben abgestimmt. Sie verstärken die Wachen und rufen die höchste Alarmstufe aus, aber mehr nicht. Sie glauben, weil der Rat uns bisher nicht gefunden hat, wird Seth es jetzt auch nicht schaffen.«

»Was?« Adara sprang aus dem Bett.

»Ja. Richard kann sehr … überzeugend sein.«

»Erinnert mich an Rat Danes und den Inneren Kreis«, brummte Adara. »Bring mich zu ihnen, ich versuche …«

»Das hat keinen Sinn. Wie gesagt, wir haben abgestimmt und damit ist es entschieden. Aber«, sie musterte Adara zögerlich. »Wenn du immer noch auf unserer Seite kämpfen willst, dann hätte ich da eine Idee.«

»Was soll ich tun?« Vielleicht sollte sie erst zustimmen, wenn sie wusste, worum es ging. Aber die Wahrheit war, sie hätte alles getan.

»Komm mit.« Sara ging zur Tür und Adara folgte ihr. Sie liefen durch lange Gänge an vielen Türen vorbei und über mehrere Treppenfluchten. Sie hatte recht gehabt, das friedliche Haus zwischen den Hügeln war nur die Oberfläche, darunter versteckte sich eine riesige militärische Basis.

»Wo sind wir hier? Das sieht so nach Hintertreppen aus.«

Sara blieb stehen. »Na ja, ich habe ehrlich gesagt mit niemandem abgesprochen, dass ich dich hole. Aber … du wirst es gleich sehen.« Sie führte Adara in einen schmalen Gang, unter dicken Rohren entlang, bis in einen Raum, der aussah wie ein Heizungskeller und nur sehr spärlich beleuchtet war. Verwirrt runzelte Adara die Stirn, bis sie in der Dunkelheit in den Ecken einige Schatten wahrnahm.

»Kommt her, traut euch«, sagte Sara.

Die Schatten näherten sich und wurden im schwachen Lampenschein zu Teenagern, die Adara misstrauisch beäugten.

»Ich habe euch jemanden mitgebracht. Ihr kennt sicher Magierin Adara, zumindest aus den Geschichten.«

Adara hörte ein leises Keuchen und sofort hoben die Jugendlichen ehrfürchtig ihre Hände an die Lippen.

»Adara ist zu uns gestoßen und möchte uns helfen. Sie wird euch in Magie unterrichten, um euch auf den Angriff vorzubereiten.«

Adara blieb die Spucke weg. »Ich soll was?«

»Das hier sind unsere angehenden Magier und ihre Quellen«, erklärte Sara.

Fassungslos musterte Adara die Jugendlichen, von denen einige immer noch im Schatten standen. »Das kann nicht dein Ernst sein. Sie sind doch viel zu jung. Das ist viel zu gefährlich. Ihr dürft sie nicht zwingen …«

Sara sah sie verwundert an. »Sie sind zu mir gekommen.«

Adara schloss den Mund. Dann wandte sie sich wieder an die Jugendlichen. »Wer von euch hatte die Idee?«, fragte sie.

Zuerst rührte sich nichts, aber dann trat ein Mädchen zwischen den anderen hervor. Adara keuchte auf. »Tasha?«

Sie lächelte zögerlich. »Ja. Als wir erfahren haben, dass uns ein Angriff bevorsteht, wollten wir nicht tatenlos herumsitzen. Wenn es wirklich so schlimm wird, wie du sagst, brauchen wir jeden verfügbaren Magier.«

Zweifelnd schüttelte Adara den Kopf. »Ich habe dir doch erklärt, wie gefährlich Magie ist, wenn man noch nicht erwachsen ist.«

Tasha hob das Kinn. »Das ist mir egal. Uns ist es egal. Wir nehmen es in Kauf.«

»Aber ich nicht. Auf keinen Fall.« Adara wollte kehrtmachen, aber Tasha hielt sie auf.

»Wenn es stimmt, was du gesagt hast, wenn er wirklich hierherkommt, mit den Magiern des Rates … was werden sie mit uns tun, wenn sie uns in die Finger kriegen?«, fragte sie.

Wie gelähmt sah Adara sie an. Was würden sie mit ihnen tun? Sie erinnerte sich an Seths Worte. *Ich soll den Widerstand vernichten. Ohne Gnade.* Sie wollte nicht glauben, dass er so weit gehen würde, diese wehrlosen Kinder zu töten, aber sie durfte sich von ihrer unvernünftigen Sehnsucht nach dem Seth, der er bei Liliana war, nicht täuschen lassen. Denn sie wusste, dass der andere Seth alles für seine Ziele tun würde, einfach alles. Auch wenn ihr Herz das nicht einsehen wollte.

»Bitte, Magierin Adara. Hilf uns. Wenn die Magier des Rates vor uns stehen, werden wir uns wehren. Wir werden zaubern. Anders geht es nicht. Wenn du uns jetzt unterrichtest, haben wir bessere Chancen, nicht zu …« Sie brach ab und zum ersten Mal sah Adara Angst in ihren Augen schimmern. Ihr erster Impuls war, trotzdem abzulehnen. Sie konnte doch keine vollkommen unerfahrenen Magier in so kurzer Zeit auf einen Kampf vorbereiten. Sie wusste überhaupt nicht, wie man das machte. Aber dann betrachtete sie die Gesichter der Jugendlichen, aus denen ihr Furcht, aber auch Entschlossenheit und Mut entgegenblickten. Sie wandte sich an Sara. »Was ist mit der Verbindung? Habt ihr sie schon füreinander ausgewählt?«

»Das haben sie selbst getan. Sie haben erspürt, wer am besten zu wem passt.«

Adara wollte den Kopf schütteln. So funktionierte das nicht. Aber dann erinnerte sie sich an das erste Mal, als sie Chris gespürt hatte. Dieses Vibrieren. Dieser Einklang. Und dann Seth. Seine wilde Magie, die sie so sehr berauschte und die sie mittlerweile sogar fühlen konnte, ohne dass er sie berührte. Ihre Augen wurden feucht. Aber nicht vor Trauer. Sondern vor Freude, weil sie plötzlich das Gefühl hatte, in diesen Kindern die Zukunft, die sie sich so sehr wünschte, greifbar nah vor sich zu sehen. Eine Gruppe von Magiern und Quellen, die einander selbst ausgesucht hatten, ohne Augensterne, ohne Schmerzen und Zwang.

»Ja«, flüsterte sie. »Genau so sollte es sein.« Ihre Stimme schwankte und sie musste sich räuspern, bevor sie weitersprach. »Also, ich habe noch nie unterrichtet, aber ich werde mein Bestes geben.«

Sie wünschte nur, sie wüsste, wie viel Zeit ihnen blieb. Ein halber Tag? Ein paar Stunden?

55

Es waren fünfundfünfzig Minuten.

Adara war gerade dabei, allen zu zeigen, wie sie Magie von ihrer Quelle nehmen konnten, als sie über sich ein merkwürdiges Klopfen hörten. Sofort wurde es totenstill im Raum.

»Sind das … die Heizungsrohre?«, fragte Tom, einer der angehenden Magier und der Jüngste in der Gruppe.

Adara schüttelte nur den Kopf und lauschte in die gespenstische Stille. Wieder das Klopfen. Häufiger. Lauter. Ganz eindeutig die Geräusche eines Kampfes. Wie weit waren sie weg? Wie viel Zeit blieb ihnen noch? Sie wandte sich wieder den Kindern zu. »Wir machen weiter. Los, versucht es noch mal.« Niemand widersprach. Sie saßen hier in der Falle und alle wussten es. Es gab keine Alternative, keinen anderen Ausweg. Sie würden kämpfen müssen, mithilfe der Magie, die sich ihnen immer noch entzog. Adara beobachtete die acht Jungen und Mädchen dabei, wie sie sich abmühten. Manchmal stoben Funken, jemand sah eine Magieebene oder die Erde bebte leicht unter ihnen. Tasha schaffte es einmal fast, einen Schutzzauber zu wirken. Aber niemand von ihnen bekam die Magie wirklich zu fassen. Dafür wurden die Kampfgeräusche immer lauter. Dumpfe Schläge und schwere Tritte. Immer wieder Explosionen.

Und dann schließlich Schreie.

Tasha zuckte zusammen und horchte auf. Auch die anderen hielten inne und sahen sich ängstlich nach Adara um.

»Macht weiter«, zischte sie. Und fragte sich gleichzeitig, was das bringen sollte. Selbst wenn sie die Magie rechtzeitig in den Griff bekamen, was für ein kläglicher Gegner wären sie für Sadir oder den Leibmagier der Hohen Rätin, der sie alle auf einmal mit einem Zucken seines kleinen Fingers beiseitewischen konnte? Es hatte keinen Sinn. Adara warf Sara einen Blick zu. Sie erwiderte ihn scheinbar entschlossen, aber Adara sah die Angst darin. Sie wollte gerade etwas sagen, als sie es spürte.

Starr verharrte sie.

Hatte sie sich getäuscht? Nein. Es war da. Ganz leicht nur und doch unverkennbar. »Sara?«, raunte sie. »Mach du weiter. Ich versuche herauszufinden, wie weit sie noch weg sind.«

Adara sah ihr an, dass Sara sie am liebsten bitten wollte, sie nicht allein zu lassen, aber dann nickte sie nur. Vorsichtig trat Adara aus dem Heizungskeller in den Gang und lauschte. Fühlte. Ja, es wurde immer stärker. Sie wusste, dass sie zu den anderen zurückgehen sollte, aber etwas zwang sie weiter. An einer Kreuzung blieb sie stehen und spähte in die Gänge rechts und links hinein. Ihr Atem beschleunigte sich. Nah. Verdammt nah. Viel zu nah. Sie musste dringend von hier verschwinden.

Eine Hand legte sich auf ihren Mund. Jemand umfasste ihren Brustkorb und drückte sie so fest an sich, dass sie kaum noch atmen konnte. Ihr Instinkt sagte ihr, dass sie sich wehren sollte, aber sie rührte sich nicht. Sie stand einfach nur da, während er sie festhielt. Ganz fest an sich gedrückt. Ihr Rücken an seiner Brust, sein Atem auf ihrer Wange.

Seth.

Jetzt, da er sie berührte, flutete seine Nähe ihre Sinne. Ihr Körper gab sich seiner Magie hin, saugte sie auf, als wäre es nicht gerade erst einen Tag her, dass sie ihn zum letzten Mal gesehen hatte. Wie konnte man jemanden hassen und sich gleichzeitig so sehr nach ihm sehen? So sehr, dass man ihn trotz großer Entfernung spürte und dem Ruf seiner Magie folgte, obwohl man wusste, wie gefährlich es war?

Er ließ seine Hand sinken. Sie rührte sich nicht. Sie genoss seine Nähe und das Toben der Macht in ihr, das sie schwindelig machte und sie für ein paar wenige Augenblicke alles vergessen ließ.

»Es tut mir leid, ich wollte dich nicht erschrecken.«

»Du hast mich nicht erschreckt«, flüsterte sie. »Du kannst mich nicht erschrecken, genauso wenig, wie du mich überraschen kannst. Ich habe dich gespürt, schon von Weitem. Und du mich auch, nicht wahr? Deswegen hast du mich hier unten gefunden.«

»Ja.« Seine Lippen bewegten sich an ihrer Wange. »Der Sog an meiner Macht ist so stark, dass ich nichts anderes mehr wahrnehme als dich. Das ist nicht normal. So sollte es nicht sein. Wie machst du das nur?«

Ein ersticktes Lachen entkam ihr. »Glaub mir, ich mache das nicht mit Absicht. Denkst du, ich wollte, dass du mich findest?« Sie verstummte, als ihr einfiel, dass sie sich direkt in seine Arme begeben hatte. Freiwillig. Obwohl sie sofort gespürt hatte, dass er es war. Wollte sie es also doch? »Nein«, hauchte sie mit geschlossenen Augen. »Es ist nur die Magie.« Wie sehr sie sich wünschte, sie könnte das glauben.

»Ich bin gekommen, um dich zu holen.« Seine leisen Worte klangen entschlossen, es war keine Frage und auch kein Angebot. Und es war schon gar kein Liebesgeständnis.

»Wozu?« Sie hoffte, dass er ihren Worten nicht anhörte, wie sehr ihr das Herz in der Brust schmerzte. Wie sehr sie sich wünschte, er wäre einfach nur ihretwegen gekommen.

»Ich brauche dich.«

Adara schloss die Augen. Sie spielte seine Worte wieder und wieder in ihren Gedanken ab, bis Wunschdenken Wirklichkeit wurde. Bis sie überzeugt war, dass nicht der Rat oder die Quelle zu ihr sprach, sondern nur Seth, der Liliana sagte, dass er sie brauchte.

Sie hörte aus diesen wenigen Worten heraus, wie schrecklich die letzten Stunden auch für ihn gewesen waren. Dass er sich um sie gesorgt hatte und jede Minute ohne sie die Hölle für ihn war.

»Wofür?«, fragte sie trotzdem, weil die Magierin in ihr zu stark war und Liliana sich nicht gegen sie durchsetzen konnte. Die Magierin konnte einfach nicht glauben, dass Seth nach allem, was passiert war, kommen würde, nur weil er sich nach ihr sehnte. Langsam drehte sie sich zu ihm um. Er war ihr so nah, dass ihre Lippen sich beinahe berührten. Und doch schien ihr die kurze Entfernung unüberwindlich. Bis er seinen Mund auf ihren senkte. Er drückte sie gegen die Wand und erstickte jeden möglichen Protest mit seinem Kuss. Sie vergaß, wo sie waren und dass über ihnen ein Kampf tobte. Sie vergaß alles, außer Seths Berührung und seiner Nähe. Alles außer der Magie.

»Ich will, dass du mit mir kommst«, murmelte er an ihrem Mund.

Wilde Hoffnung durchfuhr sie. Wilde, sinnlose, kopflose Hoffnung. Er wollte fliehen. Er wollte alles hinter sich lassen und er wollte sie mitnehmen. Aber sie wusste, dass das nicht ging. Zu viele Menschen waren auf sie angewiesen. Zu viele Menschen, die sie liebte, brauchten ihre Hilfe.

Sie schob ihn von sich. »Du weißt genau, dass es für mich keinen Weg zurück mehr gibt.«

»Wenn du jetzt sofort mit mir kommst«, drängte er. »Und mir hilfst, den Rest des Widerstandes niederzuschlagen, dann kann ich sie überzeugen, dass du loyal bist.«

Ihre Nerven lagen blank von dem Wunsch, Ja zu sagen, und gleichzeitig tobte in ihr die Wut. »Wie kannst du es wagen? Obwohl du weißt, wie ich darüber denke, nach allem, was du mir angetan hast, fragst du mich …« Ihre Stimme versagte. Jedes ihrer Worte schmeckte nach Enttäuschung. Natürlich war er nicht wegen ihr gekommen. Nein, er wollte sie nur benutzen, um den Widerstand zu besiegen. Aber warum tat das so weh? Sie kannte Seth doch, sie hatte von Anfang an gewusst, dass er ihr niemals sagen würde, was sie hören wollte. Also durfte sie jetzt nicht die Beherrschung verlieren. Sie schluckte die Wut und die Tränen hinunter und wandte ihm ein möglichst ausdrucksloses Gesicht zu. Aber als sie in seine Augen sah, zerbrach sie beinahe daran.

Sie war echt, diese Bitte, mit ihm zu kommen. Er sagte vielleicht, dass er sie nur für den Einsatz brauchte, aber in seinem Gesicht ließ er sie die Wahrheit lesen. Mit aller Macht musste sie sich daran erinnern, wie gut er solche Dinge spielen konnte. »Ich komme nicht mit dir, vergiss es. Sie brauchen mich.«

»Warum hältst du zu ihnen?«, fragte er. »Du kennst sie doch gar nicht, du hast keine Ahnung, wer sie sind.«

Adara hob das Kinn. »Aber ich weiß, dass sie nicht so grausame Opfer bringen wie du.«

Ein Muskel an seiner Wange zuckte. »Du weißt gar nichts«, zischte er. Dann zögerte er weiterzusprechen, hob den Kopf und lauschte in den Gang hinein, aus dem er gekommen war. Jetzt hörte Adara es auch. Sie kamen näher.

»Du hast mich mal gefragt, wie ich die Gehirnwäsche durch den Rat überstehen konnte«, sagte Seth. »Der Widerstand hat dafür gesorgt.«

»Was, aber … ich dachte, du gehörst nicht zum Widerstand? Wieso haben sie dir dann geholfen?«

»Sie haben mir nicht … geholfen«, knurrte er. »Ihre Methode war nur eine andere Art von Schmerz, eine andere Art von Grausamkeit. Eine andere, endlose Tortur, damit ich widerstehen konnte. Was immer die Gehirnwäsche des Rates von mir übrig gelassen hat, hat die des Widerstandes restlos zerstört. Sie sind keinen Deut besser als der Innere Kreis. Keinen Deut besser als Rat Danes.«

Entsetzt nahm Adara seine Worte in sich auf. »Es ist trotzdem nicht richtig, all diese Menschen zu opfern …«

»Gottverdammt! Verstehst du denn nicht? *Sie* haben mir beigebracht, für das eine große Ziel jedes Opfer in Kauf zu nehmen. Und das habe ich getan. Jahrelang. Mein ganzes Leben. Jetzt haben wir das Ziel fast erreicht und es ist an ihnen, ihren Beitrag zu leisten und Opfer zu bringen.« Seth fixierte ihren Blick und plötzlich schien die ganze Wut verschwunden zu sein. »Sie verdienen deine Loyalität genauso wenig wie der Rat.«

»Wer verdient sie dann?«, fragte sie. »Du etwa?«

Sie spürte in seiner Magie, dass er Ja sagen wollte. Dass er sich nichts so sehr wünschte, wie, dass sie zu ihm hielt, egal, was passierte. Gleichzeitig wusste sie, dass er das niemals aussprechen würde. Weil es nicht dem entsprach, woran er glaubte. »Das Ziel«, antwortete er stattdessen. »Unser gemeinsames Ziel.«

»Ich bin nicht sicher, dass wir das noch haben«, flüsterte sie.

Die Kampfgeräusche näherten sich jetzt unbarmherzig, sie wurden lauter und lauter.

Seth sah sich gehetzt um. »Sie sind bald hier. Es ist deine letzte Chance. Wenn du dich mir jetzt nicht anschließt, dann … muss ich dich wie alle anderen Anhänger des Widerstandes behandeln.« Seine Stimme klang rau.

»Dann musst du das eben.«

Seth starrte sie stumm an. Der Augenstern in der Schwärze seines Blicks glomm gefährlich auf. Dann trat er einen Schritt zurück. »Wie du willst.« Sein eiskalter Tonfall fuhr Adara durch Mark und Bein. »Und jetzt werde ich mir anschauen, wen du so unbedingt vor mir schützen willst.«

56

Seth sah, wie Adaras Augen sich weiteten. Er hatte also recht gehabt. Irgendwo hier unten war jemand, den sie beschützte. Seth ging an Adara vorbei, den Gang hinunter, bis zu einer Tür, die halb hinter Heizungsrohren versteckt war.

»Seth, warte!«, rief Adara ihm nach, aber er blieb nicht stehen. Er öffnete die Tür und betrat den Raum, und obwohl es sehr düster war, sah er sofort die Schatten, die sich in die dunklen Ecken drückten. Geballte Magie ging von ihnen aus. »Kommt näher, sodass ich euch sehen kann«, befahl er.

Langsam lösten sich Gestalten aus der Dunkelheit. Junge, sehr junge Gesichter erschienen im schwachen Lichtschein. Einige von ihnen hatten sehr blasse, bruchstückhafte Zeichnungen auf den Armen, so wie man sie bekam, wenn man den allerersten Zauber ausführte und nur ganz kurz Magie floss. Sie waren viel zu jung, um Magier und Quellen zu sein. Aber der Widerstand machte aus vielen Menschen etwas, was sie nicht sein wollten. Davon durfte er sich nicht aufhalten lassen. »Ergebt euch freiwillig!«, herrschte er sie an. Wenn er sie dazu bringen konnte, konnte er immer noch behaupten, dass Adara ihm geholfen hatte, sie auszuliefern. Und das war alles, was zählte. Ihre Loyalität vor dem Rat wiederherstellen, damit er Adara nicht auch ausliefern musste.

»Nein«, stieß Adara hervor. »Tut das nicht, ihr wisst nicht, was sie mit euch machen, wenn sie euch erst mal haben.«

Seth biss die Zähne zusammen. Also gut, sie wollte es nicht anders. Aber bevor er die Wächter rufen konnte, packte eines der Mädchen die Hand ihrer Quelle.

»Tasha, nicht!«, rief Adara.

Seth spürte, wie Magie zu fließen begann. Stotternd und nicht sehr stark. Sie wäre kaum eine Gefahr gewesen. Er trennte sie trotzdem. Das Mädchen, Tasha, riss die Augen auf. »Er ist ein Wächter«, raunte sie. Aber statt die Hand ihrer Quelle loszulassen, drehte sie sich nach den anderen um. »Alle zusammen!«, rief sie. »Schnell. Kein Wächter kann mehr als einen Magier gleichzeitig stoppen.«

Magie erwachte zwischen den Teenagern, gefährliche Magie. Sie machten sich bereit, Seth spürte die Zauber entstehen. Vier erstaunlich starke Zauber. Er schloss die Augen. Und bevor auch nur ein Funken flog, beendete er sie alle. Als er die Augen wieder öffnete, sah er nicht nur die leichenblassen Gesichter der Teenager vor sich. Auch Adara wirkte vollkommen entsetzt. »Wie hast du das gemacht?«, flüsterte sie. »Das ist unmöglich.«

»Siehst du jetzt, dass ihr keine Chance habt?«, fragte er nur. Er holte sein Handy heraus und rief mit der App mehrere Wächter nach unten. Aus dem Augenwinkel nahm er eine Bewegung wahr. Eine weitere Gestalt hatte sich aus der Dunkelheit gelöst. Sara. Bevor er sie daran hindern konnte, sprang sie zu Adara und griff nach ihrer Hand. »Los, nimm meine Magie«, zischte sie Adara zu. »Mit uns zusammen sind sie vielleicht stark genug.«

Für einen aberwitzigen Moment kochte Eifersucht in Seth hoch. Bis er Adaras Zögern bemerkte. Es war nur der Bruchteil einer Sekunde, trotzdem spürte er ihren Widerwillen, jemals eine andere Magie in sich aufzunehmen als seine. Dann tat sie es trotzdem. Er machte sich bereit, sie zu trennen, aber keine Magie floss zwischen ihnen. Nicht das geringste bisschen. Saras Augen füllten sich mit Entsetzen.

»Es hat keinen Sinn«, flüsterte Adara. »Ich spüre nichts, absolut gar nichts. Tut mir leid.«

Seth stand einen Moment wie erstarrt, fühlte Genugtuung und Erleichterung, weil sie immer noch allein ihm gehörte. Dann machte er ein paar Schritte auf sie zu, packte Sara am Arm und zog sie von Adara weg.

»Lass mich los!«, kreischte Sara und wollte ihm ihren Arm entreißen. Aber er hielt sie erbarmungslos fest. Adara wollte auf Seth zustürzen und Sara helfen, aber da kamen die Wächter herein und packten Sara. Im ersten Moment wollte Seth ihnen befehlen, auch Adara und die Teenager festzunehmen, aber dann wandte er sich nach Adara um. Die Verzweiflung auf ihrem Gesicht brachte seine Entschlossenheit zum Wanken.

Lass mich dir helfen, sandte er ihr in Gedanken mit dem Ring. *Eine allerletzte Chance haben wir noch.* Er wusste, dass sie auf seine Gedankennachricht nicht antworten konnte, sicherlich hatte der Widerstand ihr alles abgenommen, auch den Ring seiner Eltern. Aber ihr widerspenstiges Gesicht sagte ihm alles. Vielleicht hatte sie immer noch nicht verstanden, dass sie wirklich keine Chance mehr hatte. Er wandte sich an die Wächter. »Wie weit ist der Einsatz fortgeschritten?«

»Alle Gruppierungen des Widerstandes sind besiegt, Rat Tahere«, antwortete der Wächter.

»Alle? Restlos?«, fragte Seth. »Niemand ist entkommen?«

Der Wächter schüttelte den Kopf. »Niemand.«

Er sah Adara fragend an, aber ihr Gesicht verfinsterte sich und sie schüttelte den Kopf.

»Was ist mit den anderen Stützpunkten und mit dem geheimen Versteck?«, fragte Seth weiter.

»Ebenso.« Der Wächter deutete auf Adara. »Sie ist die letzte Magierin, um die wir uns noch kümmern müssen.«

»Nein.« Seths Stimme klang schärfer, als er es beabsichtigt hatte. »Ich habe sie gerade befreit. Sie hat sich als Doppelagentin eingeschlichen und uns geholfen, den Einsatz vorzubereiten. Sie wird mir helfen, die letzten Kämpfer des Widerstandes aus dem Weg zu räumen. Ihr könnt gehen.« Er deutete auf Sara. »Nimm sie mit nach oben. Die Hohe Rätin möchte sie haben. Übergib sie nur ihr direkt.« Der Wächter nickte und verschwand mit Sara.

Seth warf einen Blick auf die Teenager, bedeutete ihnen zu bleiben, wo sie waren, und zog Adara in den Flur.

»Danke«, flüsterte sie.

»Dank mir nicht«, sagte er grimmig. »Denn du wirst tun müssen, was ich angekündigt habe.«

Er konnte förmlich sehen, wie in ihren Augen die Wut aufflammte. »Auf keinen Fall.«

»Es ist meine einzige Möglichkeit, dir noch zu helfen«, raunte er ihr zu. »Setz sie außer Gefecht und niemand wird meine Geschichte von der Doppelagentin infrage stellen.«

Sie schnaubte. »Was willst du mit ihnen machen? Willst du sie etwa alle töten? Ist es das, was mit dem Auslöschen des Widerstandes gemeint war?«

»Wir müssen sie nicht töten«, sagte er.

Die Verachtung in ihrem Blick traf ihn mitten ins Herz. Sie sprach es nicht laut aus, aber er wusste, was sie dachte: *Du würdest es tun, wenn es nötig wäre. Du würdest diese unschuldigen Kinder töten, wenn es sein müsste.* Er wollte nicht darüber nachdenken, ob sie recht hatte.

»Du weißt selbst, dass das, was ihnen droht, vielleicht noch viel schlimmer ist«, fauchte sie. »Sie würden befragt werden und dann dieser sogenannten Rehabilitation unterzogen, oder etwa nicht? Ich habe in deiner Seele gespürt, wie du gelitten hast und dass du dir gewünscht hast, es würde aufhören, dass du manchmal sogar gehofft hast … du …« Sie stockte und musste ihre Stimme wieder unter Kontrolle bringen. »Ich habe gespürt, dass du dir mehr als einmal gewünscht hast, tot zu sein, damit du diese Tortur nicht weiter ertragen musst. Wie kannst du sie dazu verdammen?«

Seth presste die Kiefer zusammen. »Du hast doch gehört, der Widerstand ist ausgelöscht. Der Rat wird sie so oder so holen. Es bringt rein gar nichts, wenn du dich für sie opferst. Stell dich auf meine Seite, dann kann ich dich schützen.«

»Ich brauche deinen Schutz nicht. Und ich will ihn auch nicht. Verstehst du denn nicht? Es ist vorbei. Was immer ich mal erreichen wollte, ist unmöglich geworden.« Die Hoffnungslosigkeit in ihren Worten war kaum zu ertragen.

»Die Gemeinschaft ist zu verdorben, um sie noch zu retten«, flüsterte sie, »und alle, die es noch versuchen, ebenfalls.«

Natürlich meinte sie ihn. Er hätte ihr so gerne alles gesagt. Aber er durfte nicht schwach werden, nur weil er sie bei sich haben wollte. »Ich werde dich nicht bitten, mir zu vertrauen«, sagte er. »Dazu habe ich kein Recht. Aber ich werde dich dennoch um etwas bitten.« Seine Stimme zitterte. Er ließ es zu. Er wollte, dass sie die Wahrheit sah, die tief im schwarzen Abgrund seiner Seele wütete. Er wollte, dass sie den Schmerz sah, den Zweifel und die Angst. Und vor allem wollte er, dass sie sah, was er für sie empfand. Damit sie Ja sagte. »Tu es für mich. Nicht für die Quelle oder den Rat, sondern für mich. Bitte, Adara. Lass mich dich retten.« Es fühlte sich an, als würde er sich ihr mit Haut und Haar ausliefern. Nackt und wehrlos. Und er sah, dass sie es verstand.

Ihre Augen glänzten verräterisch und er spürte, ganz ohne sie zu berühren, dass sie nachgeben wollte. Doch dann schüttelte sie den Kopf. »Es geht nicht. Ich kann mich nicht selbst retten und alle anderen ihrem Schicksal überlassen. Mit dieser Schuld könnte ich nicht leben. Es tut mir leid.«

Schwarze Leere breitete sich in Seth aus. Er hatte wirklich geglaubt, dass sie mit ihm gehen würde. Weil er gehofft hatte, dass die Momente, in denen sie nur Liliana gewesen war und er nur Seth, für sie genauso lebenswichtig gewesen waren wie für ihn.

»Dann lässt du mir keine andere Wahl.« Er holte sein Smartphone heraus und öffnete die App, sodass sie es sah. Aber er dachte die

Gedankennachricht nicht nur, er sprach sie laut aus. Damit sie sie hörte. »Kraft meines Amtes als Inquisitor ordne ich die Hinrichtung des Magiers Naos an.«

»Nein!« Adaras Schrei drang ihm durch Mark und Bein. Hass schlug ihm aus ihren Augen entgegen, aber das war besser, als sie hier ihrem Schicksal zu überlassen.

»Wenn du es nicht für dich tun willst und nicht für mich, dann vielleicht für deinen Bruder«, knurrte er.

»Du bluffst doch nur!« Ihre Stimme überschlug sich fast.

»Die Hinrichtung kann sofort vollzogen werden«, sandte er eine weitere Nachricht. Seth versuchte, nichts zu fühlen, so wie früher, wenn er so etwas hatte tun müssen. Er konnte es nicht mehr. Die Leere in ihm füllte sich mit Bedauern, Widerwillen und Wut. Gefühle, die er kaum zurückdrängen konnte, vor allem, wenn er die Abscheu in Adaras Gesicht sah. Er wollte nur noch eines, er wollte sie an sich reißen, er wollte vor ihr auf die Knie sinken und ihr sagen, dass es ihm leidtat. Aber es gab keinen Weg zurück mehr. Schon lange nicht mehr. Er konnte nur noch vorwärtsgehen.

»Mein Bruder würde nicht wollen, dass ich zu deinem Handlanger werde«, sagte sie.

Seth starrte sie an. Dann sandte er eine weitere Nachricht. »Richtet auch seine Quelle hin.«

Alle Farbe sackte Adara aus dem Gesicht, sie schien einer Ohnmacht nahe. Unwillkürlich machte er sich bereit, sie aufzufangen. Aber sie hatte sich gleich wieder im Griff. Sie brauchte niemanden, der sie auffing. Und schon gar nicht jemanden wie ihn.

»Los«, forderte Seth. »Entscheide dich. Wen willst du opfern, diese Teenager oder Naos und Daniel?« Seine eigenen Worte hingen wie Säure in seiner Kehle und verätzten ihm den Mund.

Ich hasse dich. Er hörte es, als hätte sie es direkt in seinen Kopf hineingedacht. Jedes Gefühl in ihm zerfiel zu undurchdringlicher Schwärze. Er stieß Adara zurück in den Raum, in dem die Jungen und Mädchen warteten. Er drängte ihr seine Magie förmlich auf und spürte, wie sie zusammenzuckte, weil seine Macht sie so unerbittlich erfüllte.

Die Gesichter der Teenager waren nur blasse, angstverzerrte Schemen. Er spürte, dass sie versuchten, Schutzzauber zu wirken, aber er beendete sie, ohne auch nur wirklich darüber nachzudenken.

»Los«, forderte Seth. »Tu es endlich.«

»Was soll ich tun?«, fragte sie tonlos. »Sie töten? Oder sie doch nur ausliefern, obwohl ich in deiner Seele gesehen habe, dass das schlimmer für sie wäre als der Tod?«

»Ob du sie töten oder ausliefern willst, überlasse ich dir«, sagte er und hasste sich für seine eigene Grausamkeit. »Entscheide du, welches Schicksal schlimmer für sie ist. Oder für Naos.«

Verzweifelt sah sie ihn an. *Tu das nicht. Bitte. Tu mir das nicht an. Wenn du mich dazu zwingst, dann …*

»Verdammt, Adara, warum kämpfst du für sie?« Er deutete auf die Teenager, die immer noch verzweifelt versuchten, sich zu schützen.

Ihre Augen wurden feucht. »Ich … ich kämpfe eigentlich nicht für sie. Sondern für dich. Ich will nicht, dass du das tust. Ich will nicht, dass du verloren gehst, in dieser Wut und dem Hass und der Verbissenheit, mit der du dieses Ziel verfolgst, das du nicht mal sehen kannst.«

Ihre Worte verschlugen ihm die Sprache. Fast ließ er die Magie versiegen, fast ließ er ihre Hand los. Noch einmal riss er sich zusammen. Er konnte nicht nachgeben. »Ich muss es tun«, flüsterte er rau.

»Warum? Ist es denn wirklich so wichtig? Kannst du sie denn nicht entkommen lassen?«

Er schlug mit der Faust gegen eines der Heizungsrohre und Tasha, die es gerade geschafft hatte, einen neuen Schutzzauber zu wirken, zuckte erschrocken zusammen. »Nein, verdammt, das kann ich nicht. Denn meine Aufgabe ist es, den Widerstand restlos auszulöschen.« Er spürte, dass die Wut in seiner Magie für Adara kaum auszuhalten war. »Und sie sind die letzte Gruppe, die noch übrig ist. Ich kann sie nicht gehen lassen. Sonst tritt der Initiationszauber nicht in Kraft, der mich zu einem Mitglied des Inneren Kreises macht. Und davon …«, er beherrschte sich mühsam, »… davon hängt alles ab. Ich muss initiiert werden. Egal, welche Opfer ich dafür bringen muss.«

»Dann …«, antwortete sie langsam, »… ist doch alles ganz einfach, oder? Sie sind nur eine Gruppe, weil sie einen Anführer haben. Du musst ihren Anführer besiegen und das bin ich. Denn ich bin die letzte Magierin, die noch vom Widerstand übrig ist. Ohne mich sind sie nur noch ein paar verängstigte Kinder. Sobald du mich besiegst hast, wirst du merken, ob der Initiationszauber anschlägt, und dann kannst du zulassen, dass sie fliehen.«

Hoffnung spülte über ihn hinweg. Konnte das funktionieren? »Also willst du dich ergeben? Du willst dich auf meine Seite stellen?«, fragte er.

Sie lächelte und das Bedauern darin erschreckte ihn. »Nein, Seth, es tut mir leid. Aber ich werde niemals aufgeben. Wenn du bekommen willst, was du haben möchtest, musst du ein weiteres Opfer bringen.« Sie drückte sachte seine Hand. »Mich. Ich habe keine Fessel gezaubert, du brauchst mir nur deine Magie zu geben. So viel, dass es mein Herz zum Stillstand bringt. Es ist ganz leicht, Seth. Töte mich und du bekommst alles, was du willst.«

Wie erstarrt stand er da. »Nein«, flüsterte er dann. »Du … du wirst gebraucht, wenn alles vorbei ist. Du bist ein Teil der Zukunft, ein Teil der Welt, die ich erschaffen will.«

»Töte mich, Seth«, flüsterte sie. »Denn die Welt, die du auf diese Art erschaffst, ist ohnehin keine, in der ich leben will.«

57

Adara wusste, dass er es sich vorstellte. Sie spürte es in seiner Magie wie einen Film, der durch seine Gedanken flackerte und damit auch durch ihre. Er sah vor sich, wie er seine ganze Macht in ihren Körper fließen ließ. Die Magie überschlug sich und türmte sich zu einer wilden Energiewelle auf, die alles in ihr zu Asche verbrannte und schließlich auch sie selbst. Sie sah, wie er über ihrem geschundenen Körper stand. Diesen Ausdruck von Schmerz, der echt war und unverfälscht. Und seine Magie, die immer noch zwischen ihnen floss, wisperte ihr zu, dass dies das eine Opfer war, das er vielleicht nicht ertragen konnte. Freude stieg in ihr auf. Und unbändige, wilde Hoffnung.

In diesem Moment riss der Strom der Magie brutal ab und sie keuchte entsetzt auf. Warum fühlte es sich jetzt immer so an, als würde ihre Seele entzweigerissen, wenn er die Verbindung unterbrach? Sie sah zu ihm auf und da waren diese Zweifel, die sie sonst nur in seiner Seele spürte, offen für alle zu sehen. »Nein, das werde ich nicht tun«, sagte er tonlos.

»Du bist ein verdammter Heuchler.« *Du hast Angst, einen Menschen zu opfern, der dir etwas bedeutet, genau wie wir anderen,* schickte sie in Gedanken hinterher.

»Nein, es ist nur vernünftig …«

»Du opferst lieber mehrere Menschenleben als mich?«, flüsterte sie. »Wie kann das eine vernunftgesteuerte Entscheidung sein?«

Über seine Pupillen flackerte immer noch der schreckliche Film, während sie seine Hand erneut packte und ihm eine Nachricht sandte. *Seth, verstehst du nicht? Es ist gut, dass du so denkst. Es ist wunderbar!*

Es ist eine Sackgasse, antwortete er.

Wenn du nicht nur für das Ziel kämpfst, sondern auch für die Menschen, die dir etwas bedeuten, ist das keine Sackgasse. Du wirst anders denken, andere Lösungen suchen, mit ihrer Hilfe andere Wege erkennen, um zu erreichen, was du dir wünschst, und was daraus entsteht, wird so viel schöner sein …

»Nein«, knurrte er. »Es gibt keine anderen Wege. Du wirst tun, was ich verlange.«

Enttäuschung überrollte sie und erstickte innerhalb weniger Augenblicke ihre aufkeimende Freude und Hoffnung. Sie hatte nicht nur den Kampf verloren, sondern auch ihn. Er war in jenem dunklen Abgrund gefangen und ihr blieb nur noch, nicht mit ihm hinabzusteigen. »Es gibt immer einen anderen Weg«, sagte sie leise. »Wenn du mich nicht tötest, tue ich es selbst.« Sie griff nach seiner Magie. Entsetzen breitete sich auf Seths Gesicht aus.

»Nein.«

Das Wort flatterte wie ein Schmetterling durch das wilde Toben der Macht, die sich zwischen ihnen entfaltet hatte. Es war so zart, dass sie es beinahe überhört hätten.

»Wir ergeben uns. Freiwillig.«

Erstaunt wandte Adara sich um und sah Tasha, die den Schutzzauber aufgehoben hatte. Sie war blass und ihre Augen wirkten viel zu groß, aber aus ihrer ganzen Haltung sprach pure Entschlossenheit. Langsam näherte sie sich Seth und Adara. »Der Widerstand ist zerstört, wir ergeben uns. Wenn du weiterkämpfst!« Sie fixierte Adaras Blick, als wollte sie sagen, dass einer übrig bleiben musste.

Wie gelähmt starrte sie das Mädchen an. Chris fiel ihr ein und die

Gedankennachricht, die er ihr kurz vor seinem Tod geschickt hatte. *Einer muss übrig bleiben.*

»Gib nicht auf«, raunte Tasha. »Mach weiter, egal, was passiert, bis es wirklich zu Ende ist, okay?«

Scham stieg in Adara auf. Chris und Tasha hatten recht. Jetzt zu sterben, nur weil die Lage aussichtslos schien, war der leichte Ausweg. Sich in den Tod flüchten, unter dem Vorwand, wenigstens Tasha und die anderen retten zu können, war feige. Als sie sich entschieden hatte, Chris nicht zurückzuholen, hatte sie es getan, um kämpfen zu können. Und jetzt wollte sie einfach aufgeben? Adaras Augen brannten, aber schließlich nickte sie.

Als Tashas Blick kurz zu Seth zuckte, sah Adara die Entschlossenheit in ihren Augen in Hass umschlagen. Natürlich. Tasha konnte nicht wissen, auf welcher Seite er stand. Alles, was sie gehört hatte, musste auf sie wirken, als wäre Seth wirklich und wahrhaftig ein loyaler Diener des Rates, nur darauf bedacht, in den Inneren Kreis zu kommen und Karriere zu machen. Dann senkte Tasha als Zeichen ihrer Unterwerfung den Kopf und die anderen taten es ihr gleich. Seth starrte das Mädchen lange an, aber dieses Mal hoffte Adara nicht mehr darauf, dass er sich doch noch anders entscheiden und sie entkommen lassen würde. Zu Recht, denn er rief mehrere Wächter, die die Jugendlichen kurze Zeit später gefangen nahmen. Während sie zusah, wie sie abgeführt wurden, sank die Kälte aus Seths Gesicht in ihr Herz. Seth wollte den Magiefluss zwischen ihnen unterbrechen, aber jetzt war sie es, die ihre Hand in seinen Arm krallte.

»Naos«, stieß sie hervor. »Und Daniel. Du musst die Hinrichtung aufhalten. Jetzt. Sonst mache ich meine Drohung doch noch wahr.«

Es war ein Test und sie wussten es beide. Jenes Zögern von vorhin leuchtete wieder in Seths Augen auf, jener kurze Moment, in dem sie gefühlt hatte, dass er dieses eine Opfer niemals bringen wollte. Und nach allem, was geschehen war, wollte sie wenigstens wissen, dass sie es sich nicht eingebildet hatte. Sie wollte es noch einmal in seinen Augen sehen und in seiner Magie spüren.

Aber da war nichts. Nur kalte Distanz und dann ein knappes Nicken. Er tat es nicht, damit sie sich nicht umbrachte, sondern um ihren Pakt zu erfüllen. Adara ließ die Magie versiegen und löste ihre Finger von seinem Arm. Sie fühlte sich so leer und einsam wie noch nie zuvor. Denn jetzt hatte sie Gewissheit. Egal, was sie tat, egal, welche Gefühle er für sie hegte, er würde nie in der Lage sein, ihre gemeinsame Zukunft zu sehen.

58

Töte mich, Seth. Denn die Welt, die du auf diese Art erschaffst, ist ohnehin keine, in der ich leben will.

Adaras Worte verfolgten ihn, während er sie zusammen mit den Kindern nach oben brachte, wo die Einsatzkräfte und Hubschrauber warteten. Es regnete und der heftige Wind peitschte ihnen die Tropfen unbarmherzig ins Gesicht. Weitere Wächter kamen hinzu, um die Teenager in Empfang zu nehmen und sie zu dem Magier zu bringen, der sie noch an Ort und Stelle befragen würde. Einer trat unsicher vor Seth, den Blick auf Adara gerichtet. Seth schüttelte knapp den Kopf. »Sie gehört nicht zu ihnen, ihre Loyalität ist sichergestellt.« Während der Wächter nickte und verschwand, hörte er Adara schnauben und darin lag die ganze Verachtung, die vorhin auch in ihren Worten mitgeschwungen hatte.

Du bist ein verdammter Heuchler!

Ohne es wirklich zu wollen, beobachtete Seth, wie die Kinder befragt wurden. Aus dem Augenwinkel sah er, wie Adara die Fäuste ballte. Der Magier deutete auf Tasha und das Mädchen wurde noch blasser. Sie versuchte, sich nichts anmerken zu lassen, aber für ihn und wahrscheinlich auch für alle anderen war trotzdem ziemlich deutlich, dass sie genau wusste, was ihr bevorstand. Der Magier legte seine Hand auf Tashas Kopf und sie hob entschlossen das Kinn, aber im selben Moment ging sie schon in die Knie. Der Wind riss an ihren Haaren, klatschte sie ihr feucht ins Gesicht. Es war zu ähnlich. Unerträglich ähnlich. Unwillkürlich machte Seth einen Schritt auf das Mädchen zu, hielt dann aber noch rechtzeitig inne. Seine Entscheidung, sie auszuliefern, war richtig gewesen, warum also stellte er sie jetzt trotzdem infrage? Das tat er sonst nie, es kostete nur Zeit und Kraft. Donner grollte in den dunkelgrauen Wolken, die sich unheilvoll über ihnen auftürmten. Und der Magier ließ immer noch nicht von Tasha ab. Seth sah sie zittern, sah sie schwanken. Nein, es war nicht sie, es war sein Vater, der dort kniete und stöhnte und dessen Geist schließlich vor seinen Augen aufgab. Der Magier hatte ihn durch die Befragung getötet, lange bevor er seinen Körper umbrachte.

Aber Tasha war stark. Als die Befragung zu Ende war, half man ihr auf die Beine. Bevor sie in den Hubschrauber stieg, warf sie einen letzten Blick auf ihn und Adara. Und durch die Leere in ihren Augen fiel er zurück in die Zeit, in den Moment, in dem er zum ersten Mal der Gehirnwäsche unterzogen worden war.

Die Gemeinschaft ist meine Familie. Sag es. Dann eiskaltes Wasser. Schmerz. Und immer wieder die Worte. *Sag es. Sag es so lange, bis es deine Wahrheit geworden ist.*

Er hat es gesagt, bis von ihm nur noch eine leere Hülle übrig gewesen war, eine Maschine für die Rebellion. Jemand, der einem anderen Menschen nichts mehr zu bieten hatte, weil er selbst kaum noch Mensch war. Er beobachtete lange, wie auch die anderen Teenager der Befragung unterzogen und dann in die Hubschrauber verfrachtet wurden. Manche der Gesichter waren schrecklich leer, schon jetzt.

»Rat Tahere?«

Er schreckte auf. »Hohe Rätin.« Er bemühte sich, sein Erstaunen zu verbergen. Warum war sie hier?

Hinter ihr standen ihr Leibmagier und ein Wächter, der Sara am Arm festhielt.

»Ich hatte angenommen, du würdest in Auckland warten«, sagte er. Wieder donnerte es, jetzt so laut, dass auch die Erde unter ihren Füßen zu beben schien. Die Wolken über ihnen verdichteten sich immer mehr. Neben ihm stöhnte Adara leise auf. Sie sah durch die Hohe Rätin hindurch, ihr Blick war glasig, aber Seth konnte sie jetzt nicht fragen, was mit ihr los war, die Hohe Rätin beanspruchte seine ganze Aufmerksamkeit.

»Ich bin gekommen, um dich zu holen, Rat Tahere.«

Seth runzelte die Stirn und bemerkte, dass auch Adara jetzt wieder ganz bei ihnen war und aufhorchte.

»Die Hohe Magierin hat mir soeben mitgeteilt, dass du deine Aufgabe erfüllt hast.« Sie lächelte, aber es wirkte gezwungen. »Der Initiationszauber wurde ausgelöst und du bist nun ganz offiziell Mitglied des Inneren Kreises.«

Sie streckte eine Hand aus und ihr Leibmagier legte etwas hinein. Seth verengte die Augen, als die Hohe Rätin es an ihn weiterreichte. »Das gehört jetzt dir.«

Langsam nahm Seth das silberne Stück Stoff entgegen. Die Schärpe, die ihn von nun an als Mitglied des Inneren Kreises auswies. Er starrte darauf. Auch Adara starrte sie mit aufgerissenen Augen an. Dann hob er den Kopf und fixierte die Hohe Rätin. »Keine offizielle Zeremonie?«, fragte er.

Nicht dass er das für sein Ego gebraucht hätte. In den Inneren Kreis zu gelangen, war schließlich nichts, was er für sich selbst getan hatte. Aber es machte ihn misstrauisch, dass die Hohe Rätin es so nebensächlich abhandelte.

»Dafür ist keine Zeit, die restlichen Mitglieder des Inneren Kreises sind bereits auf dem Weg nach London. Ich bin nur hierhergekommen, um dich zu holen. Denn nun, da du ein offizielles Mitglied bist, brauchen wir dich dort. Wofür, erklären wir dir vor Ort.«

Seth bemühte sich, verwirrt und ein wenig überrascht zu wirken, aber natürlich wusste er genau, worum es ging. Ihm wurde bewusst, wie knapp es gewesen war. Ein paar Stunden länger und alles, was er seit über fünfzehn Jahren durchlitten hatte, wäre umsonst gewesen. »Natürlich, Hohe Rätin.«

Sie nickte mit zusammengepressten Lippen, offenbar gefiel ihr überhaupt nicht, dass Seth diese beinahe unmögliche Aufgabe gemeistert hatte und sie nun nicht umhinkam, ihn mitzunehmen. Ohne ein weiteres Wort wandte sie sich um und ging zu ihrem Hubschrauber, wo man Sara bereits hatte einsteigen lassen.

Seth legte sich die Schärpe um. Wahrscheinlich sollte er Triumph spüren, aber da war nur ein bitterer, ekelhafter Beigeschmack. Vor allem, weil seine eigentliche Mission jetzt erst losging. Bis hierher zu gelangen, war schwer gewesen, aber gegen das, was jetzt auf ihn wartete, verblasste alles andere. Vielleicht sollte die Initiation ihm trotzdem etwas bedeuten, aber sie war ihm gleichgültig. Sein Blick zuckte wieder zu den Teenagern zurück und er sah, dass einer der Wächter einen von ihnen auf dem Arm trug. Seth verbot sich, darüber nachzudenken, was das bedeutete. Aber er kam nicht dagegen an. Diesen Kindern würde man die Rebellion aus der Seele brennen und zugleich auch ihre Wünsche und Träume. Nach der Gehirnwäsche würden sie nicht mehr in der Lage dazu sein, die Zukunft zu erschaffen, die Adara vor sich sah und die seine Eltern sich gewünscht hatten. Wie viele Kinder hatte er durch seine Aufgabe als Inquisitor bereits zu diesem Schicksal verdammt? Wie vielen Menschen hatte er dadurch die Fähigkeit genommen, die neue bessere Zukunft aufzubauen, für die er kämpfte? Er sah zu Adara, die mit Tränen in den Augen beobachtete, was sich vor ihr abspielte.

Die Welt, die du auf diese Art erschaffst, ist ohnehin keine, in der ich leben will.

Ihre Worte hingen in seinen Gedanken fest. Sie wanden sich um seine eigenen und erstickten jede Rechtfertigung, jede Versicherung, jedes Argument, dass sein Vorgehen richtig war. Und dass sich am Ende alle Opfer gelohnt haben würden. Aber er musste es einfach glauben. Und hoffen, dass Adara einen Weg finden würde, trotz allem eine neue Welt zu erschaffen.

»Rat Tahere, Magierin Adara? Der Hubschrauber wird euch zum Flughafen bringen.« Ein Begleiter trat auf sie zu und deutete auf einen Hubschrauber, dessen Rotoren bereits liefen. Seth nickte Adara zu, damit sie ihm folgte, aber sie schüttelte nur den Kopf. »Was soll das, warum jetzt? London? Das ergibt doch überhaupt keinen Sinn.«

Er machte sich schon darauf gefasst, sie überzeugen zu müssen, aber dann stieg sie doch zusammen mit ihm in den Hubschrauber. Erst als sie bereits in der Luft waren, auf dem Weg zum Flughafen, an Auckland vorbei, keuchte Adara auf. Entsetzen zeichnete ihr Gesicht und ihre Augen waren schreckgeweitet.

»Seth«, flüsterte sie. »Die Gewitterwolken … das sind gar keine.«

59

Es sind Aschewolken.« Adara starrte entsetzt auf die Skyline von Auckland, die unter einer grauen Wolke verschwand. »Es ist ein Vulkanausbruch!« Er musste gerade erst begonnen haben, deswegen hatten sie es ein Stück außerhalb von Auckland noch nicht erkannt. »Aber das kann doch nicht sein, warum wurden wir denn nicht gewarnt? Hoffentlich haben die Magier, die dort im Einsatz sind, es im Griff. Aber ja, sonst hätte man uns doch gerufen …« Sie verstummte, denn in diesem Moment tauchte ein Bild in ihrem Kopf auf. »Verdammt«, fluchte sie. »Was soll das?«

»Was ist?«, rief Seth.

Durch das Lärmen der Rotoren und das Grollen des Vulkans unter ihnen konnte sie ihn kaum verstehen. »Ich sehe ständig das Bild von dieser Masterquelle vor mir. Auch vorhin schon, als du mit der Hohen Rätin gesprochen hast. Taurus Geist schickt es mir sicherlich. Irgendwas will sie mir damit sagen. Aber was? Ich habe das Gefühl, wir übersehen etwas.«

Adara wusste nicht, wo ihr der Kopf stand. Seths Initiation, Tashas Festnahme und jetzt auch noch der Vulkanausbruch – alles passierte gleichzeitig – und genau in dem Moment, in dem der gesamte Innere Kreis sich nach London verabschiedet hatte. »London!«, murmelte sie vor sich hin. »Natürlich.« Sie dachte an die Gedankennachricht ihrer Mutter und sah Seth fragend an. »Das ist doch kein Zufall, oder? Der Innere Kreis geht nach London, meine Mutter und viele andere Magier der Gemeinschaft sind ebenfalls dort.« Sie warf einen nachdenklichen Blick aus dem Fenster des Helikopters auf den Vulkanausbruch. Sie erinnerte sich daran, was die Hohe Rätin zu Seth gesagt hatte. *Wir brauchen alle Mitglieder des Inneren Kreises.*

»Was passiert in London, Seth?«, fragte sie. »Was passiert hier?« Sie deutete nach draußen. »Und was hat Matteo damit zu tun?« Kaum hatte sie an Matteo gedacht, tauchte wieder ein Bild der Masterquelle in ihrem Kopf auf, das Tauru ihr geschickt hatte. Tauru, die verzweifelt versucht hatte, ihren Sohn vor dem Rat zu schützen. Und in diesem Moment verstand sie. »Matteo soll als Masterquelle eingesetzt werden, oder?«, hauchte sie. Ergab das Sinn? Wie passte das mit dem Vulkanausbruch zusammen?

Seth wirkte im ersten Moment noch verschlossener als sonst, wenn das überhaupt möglich war. Aber schließlich nickte er. »Die Masterquelle muss in regelmäßigen Abständen ausgetauscht werden, wenn ihr Körper durch die Weitergabe der Magie an den Computer ausgezehrt ist.«

Adara bekam eine Gänsehaut. »Du meinst, wenn sie verbraucht ist? Wenn man nicht nur ihren Geist, sondern auch ihren Körper getötet hat?«

Seth sagte nichts dazu. »Man hat Matteo bereits vor ein paar Stunden in ein Flugzeug nach London gesetzt. Wahrscheinlich hat Taurus Geist das mitbekommen und schickt dir darum verzweifelt Bilder.«

»Du wusstest es? Du wusstest, dass man ihn für dieses schreckliche Schicksal ausgewählt hat?«

Seinem Blick entnahm sie, dass er es schon lange gewusst hatte. Wahrscheinlich schon damals in Celio.

»Deswegen hast du versucht, Tauru dazu zu kriegen, seinen Tod vorzutäuschen, nicht wahr? Also gibt es doch Menschen, die du schützen willst.«

»Zum damaligen Zeitpunkt war es eine vernünftige Entscheidung«, erwiderte er kühl.

Adaras aufkeimende Freude versiegte. Natürlich. Er hatte es nur getan, weil es aus irgendeinem Grund seinem Plan diente. »Wir müssen ihn retten«, sagte sie entschlossen. »Wir dürfen das nicht zulassen.«

»Dafür war es in dem Moment zu spät, in dem der Rat ihn gefunden hat.« Seth stockte kurz. »Außerdem lässt mein Plan das nicht zu.«

»Mir ist egal, ob dein Plan das zulässt!« Adara schüttelte heftig den Kopf. »Ich erlaube nicht, dass man ihn ins magische Koma versetzt und auf diese grässliche Art benutzt, bis sein Körper den Dienst versagt!«

Seth senkte den Kopf, was für ihn einem Gefühlsausbruch gleichkam, sodass Adara tatsächlich kurz verstummte. Offensichtlich fiel es ihm ebenso schwer, Matteo aufzugeben, wie ihr.

»Wenn du ihn nur kennen würdest«, fuhr sie sanft fort. »Er ist witzig, schlagfertig und unglaublich talentiert, du hättest seine Graffitis sehen sollen …«

Seth sah auf und zum ersten Mal stand etwas in seinen Augen, was ihr die Sprache verschlug. Schmerz.

»Ich kenne seine Graffitis. Und auch ihn. Besser, als du glaubst«, erwiderte er leise. »Matteo ist mein Cousin.«

»Was?« Adaras Gedanken überschlugen sich. Matteo und Seth waren verwandt? Sie dachte an Celio zurück. »Es wirkte nicht so, als ob Matteo dich näher kannte.«

»Ich nehme an, er weiß nicht, dass Tauru meine Tante ist. Sie ist die Schwester meiner Mutter. Sie wollte nicht, dass irgendwer es erfährt. Sie hat mich gehasst.«

Adara schluckte schwer. »Das verstehe ich nicht.«

Er sah sie an, mit einem merkwürdig liebevollen Blick, der ihr in der Brust wehtat. »Nein, natürlich verstehst du das nicht. Denn du hältst immer zu den Menschen, die du liebst, egal, was passiert.

Aber Tauru nicht. Und ich verstehe sie sogar. Bei dem Umsturzversuch, dem angeblichen Unfall, bei dem Sargas und meine Eltern ums Leben kamen, war sie auch dabei. Sargas nahm sich im Kampf zu viel Magie von ihr, er verlor die Kontrolle und die Magie brannte sich aus ihrem Körper hinaus.«

»Deswegen die Narben auf ihren Händen?«

Seth nickte. »Sargas wurde tödlich verletzt, er versuchte noch, ihren Augenstern zu entfernen, damit sie fliehen konnte.«

»Aber das ist schrecklich schiefgegangen«, flüsterte Adara. »Trotzdem erklärt das nicht, warum sie dich hasst. Du warst ja nicht dabei, oder?«

Seth antwortete lange nicht, sein Blick schweifte in die Ferne und für eine Weile dachte sie, er würde gar nichts mehr sagen. »Nein. Damals war ich längst … rehabilitiert«, erklärte er schließlich tonlos. »Aber nach dem angeblichen Unfall hat Tauru es geschafft, den Rat davon zu überzeugen, dass Sargas nicht auf der Seite des Widerstandes, sondern für den Rat gekämpft hatte. Man hat sie am Leben gelassen, von da an allerdings streng überwacht. Damals war Matteo noch sehr klein. Weil man vermutete, dass er ein verbotenes Kind war, behielt man ihn besonders im Auge. Aber sie hat sich davon nicht einschüchtern lassen.« Er lächelte schief. »Sie hat ihr Leben lang gekämpft, hat die alten Geschichten gesammelt und es gehasst, dass sie so tun musste, als wäre Sargas ein treuer Magier des Rates gewesen. Mich hat sie dafür gehasst, dass ich, nach allem, was sie meinen Eltern angetan haben, dem Rat offensichtlich tatsächlich loyal ergeben war. Denn natürlich durfte ich sie nicht einweihen.«

»Warum nicht? Sie war gut im Bewahren von Geschichten, sie war vorsichtig. Du hättest ihr bestimmt vertrauen können«, sagte Adara.

»Welche Informationen ich weitergeben durfte und welche nicht, war nie meine Entscheidung. Und außerdem war es für mich besser, keinen Kontakt zu ihr zu haben. Ihr Hass kam mir sehr gelegen. So schwer er auch zu ertragen war. Denn obwohl sie Sargas' Ehre reinwaschen konnte, hat man sie immer mit Misstrauen beäugt. Dass sie mich verstoßen hat, weil ich ratstreu war, war eine zusätzliche wichtige Lebensversicherung für mich.«

Adaras Brust zog sich zusammen, wenn sie daran dachte, wie er sich gefühlt haben musste. Was für ein Leben war das gewesen, täglich der Gehirnwäsche unterzogen zu werden, von allen gequält und gefoltert, infiltriert mit Gedanken, die nicht seine eigenen waren, und dazu gehasst von den einzigen Familienmitgliedern, die er noch hatte. »Bedeutet das«, fragte sie mit schwankender Stimme, »Matteo ist dein letzter noch lebender Verwandter? Und trotzdem willst du ihn opfern?«

Seth wandte den Blick ab, sodass sie sein Gesicht nicht sehen konnte. »Nein. Natürlich will ich das nicht. Aber ich werde es tun, wenn es nötig ist.«

Adara erschauerte. »Weil die Menschen, die du liebst, nicht mehr wert sind als andere?«

Sie wusste nicht, ob sie bewundern sollte, dass er seine Prinzipien tatsächlich ohne Pardon umsetzte, oder ob es sie erschreckte, dass er so kaltherzig handeln konnte. Während sie darüber nachdachte, wie sie ihn doch noch dazu bewegen konnte, Matteo zu helfen, sah sie aus dem Fenster. »Seth, ich glaube, da stimmt was nicht«, rief sie. »Der Himmel wird immer dunkler. Die Asche wird immer dichter. Schau nur, schau dir Mt. Eden an! Und … das sind noch mehr Vulkane!« Weitere Vulkankrater hatten sich aufgetan und stießen ebenfalls Aschewolken aus.

»Überall ist Lava«, rief Adara. »Das sieht nicht gut aus. Die Magier, die für diesen Einsatz eingeteilt sind, schaffen es nicht. Wir müssen ihnen helfen.« Sie schrie dem Hubschrauberpiloten zu, dass er abdrehen und nach Auckland fliegen sollte, aber Seth schüttelte heftig den Kopf und wies ihn an, auf Kurs zu bleiben. Fassungslos starrte Adara ihn an. »Siehst du denn nicht, was da los ist? In nur wenigen Stunden wird die herabfallende Asche so schwer auf den Gebäuden der Stadt lasten, dass sie einstürzen werden.«

Seth blieb vollkommen ruhig. Viel zu ruhig. Als hätte er die ganze Zeit gewusst, was passieren würde. »Wir können hier nichts tun. Diese Katastrophe lässt sich auch von dir und mir nicht aufhalten. Dahinter steckt viel mehr, als du ahnst.«

Wie gelähmt versuchte Adara, seine Worte zu verarbeiten. »Also willst du einfach nichts tun?«

»Ich werde tun, was ich kann, und das bedeutet, nach London zu fliegen, solange der Flughafen noch benutzbar ist.«

Wut, Angst und Entschlossenheit mischten sich in Adara und brachen aus ihr heraus. »Vielleicht hast du vergessen, dass mein Bruder im Gemeinschaftszentrum festsitzt«, fauchte sie. »Man hält ihn dort gefangen. Oder hat man sie freigelassen?« Sein Blick sagte ihr alles und zerstörte ihre letzte Hoffnung. »Wir müssen ihnen helfen, wir müssen irgendetwas tun. Wenn wir diese Katastrophe nicht aufhalten können, dann müssen wir wenigstens Naos und Daniel befreien und sie mitnehmen.«

»Dafür bleibt uns keine Zeit. Der Flughafen ist in Gefahr, die Rollbahn wird aufbrechen und die Flugzeuge werden vorher starten. Wenn wir nicht rechtzeitig dort sind, kommen wir nicht mehr weg.«

»Das ist mir egal! Ich lasse meinen Bruder nicht im Stich.« Sie wollte sich von den Anschnallgurten befreien, aber Seth hielt sie fest. »Du kannst ihnen nicht helfen, versteh das doch. Die Katastrophe lässt sich nicht aufhalten, durch nichts.«

Adara entriss ihm ihren Arm. »Wir brauchen nur genug Magier. Wenn wir alle Gefangenen befreien, schaffen wir es. Die letzten beiden Katastrophen in Auckland konnten wir auch aufhalten oder entschärfen.«

»Die letzten beiden waren nur kleine Tests«, sagte Seth ruhig. »Und sie wurden nicht komplett künstlich ausgelöst, sondern nur verstärkt.«

Adara blinzelte ihn an. »Künstlich ausgelöst?«, fragte sie. »Durch Magier?« Rasend schnell dachte sie darüber nach, was das bedeutete. »Dann brauchen wir doch nur genug Magier. Wenn wir so lange durchhalten, bis die Macht der anderen Magier, die für die Katastrophe verantwortlich sind, erschöpft ist, können wir sie besiegen.« Adara verstummte, als sie das Mitleid in Seths Augen sah.

»Für diese Katastrophe benutzt der Rat keine Magier«, sagte er sanft. »Sie haben einen Supercomputer gebaut, der dank magischer Energie ganze Kontinente in Schutt und Asche legen kann.«

Entsetzen breitete sich langsam auf ihrem Gesicht aus. »Das heißt, es gibt keinen Magier, dessen Kraft versiegen kann? Wir können den Vulkanausbruch tatsächlich nicht aufhalten?«

»Die Katastrophe kann nur gestoppt werden, indem man das Computerprogramm beendet.«

»Oder den Computer zerstört«, flüsterte sie.

»Und das ist unmöglich – zumindest von hier aus. Es tut mir leid.« Seth nahm ihre Hand.

Zuerst wollte sie ihm die Hand entziehen, aber seine tröstliche Nähe war jetzt alles, was ihr noch blieb. »Deswegen willst du nach London? Um den Computer zu zerstören?«

»Ja. Nur die Mitglieder des Inneren Kreises kommen nah genug an ihn heran, um eine Chance zu haben.«

»Das ist dein Plan? Dafür hast du das alles auf dich genommen?« Hoffnung stieg in ihr auf, bis sie sein grimmiges Gesicht sah. »Aber selbst wenn es klappt …«, flüsterte sie.

»… ist es für Naos und die anderen zu spät«, beendete Seth düster ihren Satz.

Sie spürte in seiner Magie, wie schwer es ihm fiel, dies auszusprechen. Wie sehr er es hasste. »Wir müssen sie aufgeben, um viel Schlimmeres zu verhindern«, erklärte er mit Bedauern in der Stimme.

Adara wusste nicht, was sie dazu sagen sollte. Wie konnte man so eine Entscheidung treffen? Menschenleben opfern, um andere zu retten. Nein, ein einzelner Mensch konnte so eine Entscheidung nicht treffen, vor allem nicht kaltblütig und vernünftig. Sie konnte es jedenfalls nicht. Sie konnte nur auf ihr Herz hören, und das sagte ihr, dass es falsch war. »Seth, all die Menschen in Auckland, in ganz Neuseeland … Das dürfen wir nicht zulassen. Vielleicht können auch du und ich die Katastrophe nicht aufhalten, vielleicht kann das keiner, aber wir müssen ihnen wenigstens eine Chance geben. Wenn wir Naos und die anderen befreien, dann können sie vielleicht irgendetwas tun.«

Während sie sprach, bemerkte sie, dass der Hubschrauber landete. Hinter ihnen wurde die Tür aufgerissen, aber sie sah sich nicht um, sondern hielt verzweifelt Seths Blick fest. »Bitte, lass uns zurückfliegen.« Sie musste jetzt noch lauter schreien, um sich verständlich zu machen, denn durch die offene Tür drang der Flughafenlärm zu ihnen herein. Unzählige landende Hubschrauber, abhebende Flugzeuge und dazu das Donnergrollen der vielen Vulkane unter Auckland. »Lass uns wenigstens die Gefangenen befreien.« Sie sah, dass er darüber nachdachte, sie spürte in seiner Magie, dass er Ja sagen wollte. »Also tun wir es?«, fragte sie.

»Auf gar keinen Fall!«

Die herrische Stimme, die von der Hubschraubertür hereindrang und sogar das Lärmen der Rotoren übertönte, ließ Adara herumfahren. Zuerst stieg Freude in ihr auf, als sie den Mann erkannte, der dort stand. Er war der Vernichtung des Widerstandes entkommen. Wie durch ein Wunder. Sie wollte schon auf ihn zustürzen und ihn um Hilfe bitten, als ihr das Blut aus dem Kopf sackte. Schlagartig wurde ihr bewusst, wie alles zusammenhing. Er war es. Er hatte Seth die ganze Zeit unterstützt. Von ihm hatte Seth alles gewusst, was er brauchte, um den Widerstand auszuliefern. Eine Gänsehaut kroch Adaras Arme hinauf bis in ihren Nacken. Denn das bedeutete: Er war es auch gewesen, der Seth das alles angetan hatte. Dieser Mann hatte ihn zu dem gemacht, der er war.

60

Seth schloss die Augen. Er hörte die Stimme seines Mentors, die ihn seit langen Jahren begleitete. Die Stimme, die er gleichermaßen hasste und auf merkwürdige, verzweifelte Art liebte. Weil diese Stimme das Einzige gewesen war, was ihn in seinen dunkelsten Stunden begleitet hatte, und weil sie gleichzeitig das war, was sein Martyrium verlängert und ihn auf diesen Weg geführt hatte, der so viele Opfer gekostet hatte. Langsam drehte er sich um.

»Richard«, keuchte Adara.

Seth sah ihr an, dass sie keine weiteren Erklärungen brauchte. Sie wusste Bescheid. Trotzdem verlor sie nicht die Beherrschung. Ihr Gesicht blieb vollkommen unbewegt und wahrscheinlich konnte nur er in ihren Augen lesen, was wirklich in ihr vorging.

»Ich kann nicht zulassen«, sagte sein Mentor, »dass ihr den Plan gefährdet, den ich vor so langer Zeit so akribisch ausgearbeitet und für den ich alles gegeben habe. Nicht so kurz vor dem Ziel.«

Seth sah, dass Adaras Herz vor Worten schier überquoll, die sie dem weißhaarigen Mann an der Helikoptertür ins Gesicht schleudern wollte. Dem Mann, den sie lediglich für den Anführer des Widerstandes gehalten hatte und der so viel mehr war als das. »Wir müssen den gefangenen Magiern helfen«, sagte sie nur.

Sein Mentor schüttelte den Kopf und wandte sich an Seth. »Wir müssen so schnell wie möglich von hier weg. Es wäre dumm, gerade jetzt von unserem Plan abzuweichen, da bist du doch sicherlich meiner Meinung.«

Seth musterte ihn lange. »Ja, tatsächlich denke ich das auch.«

Adara starrte ihn entsetzt an.

»Aber das bedeutet nicht«, fuhr er schnell fort, »dass man nicht trotzdem mehr tun kann.« Er deutete auf das Rollfeld um sie herum. »Alle sind hier: Wächter, Magier, Ratsmitglieder. Niemand ist mehr im Gemeinschaftszentrum, jedenfalls niemand, der die Gefangenen daran hindern würde zu fliehen. Alles, was wir tun müssen, ist, ihnen die Türen zu öffnen.«

»Nein, ich erlaube auf keinen Fall, dass du zurückfährst, um …«

»Das habe ich auch nicht vor. Niemand muss hinfahren, um die Schlösser zu öffnen. Sie sind computergesteuert.«

»Ja natürlich.« Adara atmete erleichtert auf. »Lucy kann die Schlösser hacken. Wo ist sie?«

»Nein, nicht Lucy.« Sein Mentor schüttelte vehement den Kopf. »Sie ist bereits im Flugzeug.« Er deutete auf eines der Flugzeuge, in das gerade noch jemand einstieg. Seth kniff die Augen zusammen und erkannte die Hohe Rätin und Sara. Immer noch fragte er sich, warum die Hohe Rätin Sara so unbedingt bei sich haben wollte.

»Dann holen wir sie eben wieder raus«, sagte Seth. »Sie kann mit uns fliegen.« Das konnte er durch seinen Status als Mitglied des Inneren Kreises fordern. Ebenso wie er seinen Mentor auch ohne Einladung mitfliegen lassen konnte. Er brauchte ihn. In London ganz besonders.

»Das wird nicht möglich sein, die Hohe Rätin hat verlangt, dass sie mit ihr fliegt«, sagte Richard.

Lucy also auch? Seth musterte den alten Mann prüfend. »Warum hat die Hohe Rätin plötzlich Interesse an Lucy?«, fragte er. »Kommt dir das nicht merkwürdig vor?«

Ein Beben unterbrach sie und dann hörten sie ein hässliches Krachen. Ein Stück entfernt von ihnen war der Boden aufgebrochen und Dampf stieg aus dem Erdinneren hervor.

»Dann muss Lucy sich eben aus dem Flugzeug einhacken«, sagte Adara hastig. »Wir müssen ihr nur einen Laptop zuspielen.«

»Nein. Das ist zu gefährlich, das könnte Aufsehen erregen …«

»Sie könnte unzähligen Menschen das Leben retten«, unterbrach Adara den alten Mann leise.

Sein Mentor schüttelte heftig den Kopf. »Zum letzten Mal. Ich werde Lucy nicht mit hineinziehen. Wenn die Hohe Rätin bemerkt, was sie da tut, wenn die Hacker des Rates ihre Spuren im System finden, dann ist sie in großer Gefahr.«

Die Worte seines Mentors legten sich um Seths Verstand wie zäher Schleim. Eine ekelhafte schwarze Masse, in der seine Gedanken stecken blieben. »Du willst nicht, dass sie den eingesperrten Magiern hilft?«, fragte Seth gefährlich leise. »Du willst nicht, dass sie ihnen ermöglicht, den Menschen in Neuseeland beizustehen, die nicht mehr fliehen können? Und zwar, weil du sie nicht in Gefahr bringen willst?«

Zum ersten Mal, seit er seinen Mentor kannte, zeigte sich echtes Gefühl auf seinem Gesicht. Angst. Der alte Mann zögerte, dann sprach er es doch aus. »Lucy ist alles, was ich noch habe.«

Etwas in Seth zerbrach. Es war ein hässliches Gefühl – wie ein Riss, der sich in ihm auftat und alles hervorquellen ließ, was er seit Jahren zu verstecken versuchte. »Matteo ist alles, was ich noch habe, und trotzdem verlangst du von mir, ihn zu töten«, erwiderte er kalt. Aber innerlich verbrannte er. »Mein Leben lang hast du von mir verlangt, alles zu opfern, was mir etwas bedeutet. Du hast mich gezwungen, alles dafür zu geben, das System zu stürzen, während du selbst versucht hast, die Menschen zu schützen, die du liebst?« Nur mühsam konnte Seth seine Stimme beherrschen. »Deswegen war Chris auch nicht im Widerstand, nicht wahr? Du wolltest ihn schützen.« Nun brach doch etwas durch Seths Selbstbeherrschung und tropfte von jedem Wort, das er seinem Mentor vor die Füße schleuderte. Verachtung. »Und dabei hast gerade du mir eingebläut, dass kein Mensch mehr wert ist als ein anderer, nur weil man ihn liebt.«

»Seth, das musst du verstehen …«

Die Verachtung verdampfte auf der heißen Wut, die jetzt aus dem dunklen Abgrund in seinem Inneren hochstieg wie glühende Lava. So lange hatte er sie unterdrückt, so lange mit Logik und Vernunft in Schach gehalten. Aber das war jetzt vorbei. Jetzt übernahm sie sein ganzes Denken, sein Fühlen, sein Handeln. »Glaub mir … Richard«, knurrte Seth mühsam beherrscht, »ich verstehe es.«

Seth zuckte zusammen, als er Adaras Finger spürte, die sich in seine Hand schoben. Unwillkürlich schloss er seine darum, als könnte er sich an ihr festhalten. »Ich verstehe es sehr gut. Du hast getan, was du für richtig hältst. Und das werde ich jetzt auch.«

»Was willst du damit sagen?«

»Dass ich von nun an auf meine Art kämpfen werde.«

Irgendwo im Dunst des Zorns, der sich rot über seine Wirklichkeit gelegt hatte, nahm Seth die besorgte Stimme wahr, die so lange seinem Mentor gehört hatte und jetzt nur noch Richard Wright gehörte. »Aber du wirst trotzdem nach London fliegen?«

»Zuerst werde ich Adara helfen, ihren Bruder zu befreien.« Seine Wut sprach aus ihm und er wusste es. Vielleicht war es falsch, aber es war das Erste seit Langem, was sich richtig anfühlte. »Und dann werde ich alles dafür tun, auch die Magier hier in Neuseeland zu retten.«

»Auch wenn du damit alles gefährdest?« Richards Blick zuckte zu Adara. »Diese Verbindung war von Anfang an ein Fehler«, spie er Seth vor die Füße. »Sie hat dich blind gemacht, für das, was wirklich wichtig ist. Du und ich und so viele andere Menschen haben alles dafür aufgegeben. Und jetzt willst du das wegen ihr aufs Spiel setzen?«

»Nicht wegen ihr«, erwiderte Seth merkwürdig kühl. »Wegen dir.«

»Du …« Richard zitterte jetzt vor Zorn. »Du hast nicht das Recht, alles wegzuwerfen, was deine Eltern und ich geplant haben. Nur weil ich mich in deinen Augen ein Mal nicht richtig verhalten habe.«

Seth lächelte bitter. »Deswegen tue ich es auch nicht. Sondern weil ich endlich verstanden habe, dass alles, was du mir die ganze Zeit erzählt hast, nicht das ist, was meine Eltern gewollt hätten.«

Seth sah die Gesichter seiner Eltern vor sich, die dafür gestorben waren, damit dieser Plan durchgeführt werden konnte. Sein Leben lang hatte er geglaubt, dass seine Eltern deswegen auch jedes Opfer gutgeheißen hätten. Aber was sie vor allem gewollt hatten, war eine bessere Zukunft. Dieselbe Zukunft, die auch Adara wollte und die er nicht sehen konnte. Vielleicht weil er bisher tatsächlich auf eine Art gekämpft hatte, die solch eine Zukunft unmöglich machte.

»Meine Eltern haben darauf vertraut, dass ich ihren Plan in ihrem Sinne umsetze«, sagte Seth. »Und heute habe ich endlich verstanden, dass all die Menschen, die ihre Hoffnungen in mich gesetzt haben, mir damit nicht nur eine riesengroße Last aufgebürdet haben. Nein, sie haben mir damit auch die Verantwortung übertragen, aus all den grausamen Opfern am Ende genau die Zukunft entstehen zu lassen, die sie sich gewünscht haben. Nicht eine schrecklich verdrehte Version, die schlimmer ist als die Vergangenheit.« Seth atmete tief durch. »Und deswegen wirst du jetzt dafür sorgen, dass die gefangenen Magier befreit werden, damit sie alles tun können, was in ihrer Macht steht, um Neuseeland und die Menschen hier zu retten. Damit die Zukunft nicht auf einer nie wiedergutzumachenden Schuld aufgebaut ist.«

»Was soll ich …«, begann Richard.

»Befiehl unseren Hackern, dass sie die Schlösser zu den Zellen im Gemeinschaftszentrum öffnen sollen.«

Richard starrte ihn entsetzt an. »Das geht nicht. Du weißt, dass sie mit etwas viel Wichtigerem beschäftigt sind.«

»Etwas, das keine Rolle mehr spielt, wenn ich hier in Neuseeland bleibe«, gab Seth fest zurück. »Denn wenn du es nicht tust, werde ich mit dem Hubschrauber zurück zum Gemeinschaftszentrum nach Auckland fliegen und die Türen selbst öffnen. Als Mitglied des Inneren Kreises ist mir das möglich.« Es war gewagt. Aber er war sich sicher, dass Richard niemals riskieren konnte, dass Seth sich in Lebensgefahr begab. Er brauchte Seth genauso wie er ihn.

Während um sie herum weitere Flugzeuge starteten, auch das der Hohen Rätin, zog Richard schließlich wortlos sein Handy hervor und gab ein paar schnelle Anweisungen. »Ich habe einen unserer Hacker beauftragt«, sagte er schließlich. »Wirst du jetzt mit mir zusammen nach London fliegen und unseren Plan zu Ende bringen?«

Seth sah ihn reglos an. »Ich warte hier, bis wir die Nachricht erhalten, dass es funktioniert hat.« Die Entschlossenheit in seiner Stimme erstickte offensichtlich jeden Widerspruch im Keim. Der alte Mann fluchte leise. Er sah zum Flugzeug und dann wieder zu Seth. »Es ist das letzte Flugzeug und es wird nicht mehr lange warten«, sagte er drängend. »Sie bereiten schon alles für den Start vor.«

Seth erwiderte nichts. Richard Wright fluchte erneut. »Ich sorge dafür, dass der Pilot so lange wie möglich ausharrt, aber beeil dich.« Er rannte zum Flugzeug und begann, auf den Piloten, der offensichtlich alleine war und bereits die Tür schließen wollte, einzureden. Mit einem miesen Gefühl in der Magengegend bemerkte Seth, dass sich auf dem Rollfeld immer mehr Risse auftaten, dass immer mehr Dampf aufstieg und die Aschewolke von Auckland her zu ihnen herübertrieb.

»Seth?« Adaras Stimme drang leise zwischen all dem zerstörerischen Lärm um sie herum zu ihm durch und war für ihn doch lauter als alles andere. Ohne dass er es gemerkt hatte, hatte seine Magie sich in ihren Körper ergossen, und ihre Gefühle schlugen Wellen darauf, sodass auch er spürte, was sie fühlte. Ungläubigkeit, Dankbarkeit und Freude. Aber auch große Sorge. »Willst du wirklich hier warten?«, fragte sie.

Er schluckte schwer. »Ehrlich gesagt, weiß ich nicht mehr, was ich will oder was richtig ist.«

Sie strich sanft über seine Hand. »Das kann ich gut verstehen.«

Er lächelte sie schief an. »Hierzubleiben und deinem Bruder zu helfen, war wahrscheinlich die erste Entscheidung meines Lebens, die ich im Affekt getroffen habe.«

»Willst du deinen Plan aufgeben?«

Wollte er das? Nein. Trotz allem nicht. »Was auch immer Richard getan hat, er hat recht. So viele Menschen haben für eine gerechtere Gemeinschaft gekämpft, so viel wurde dafür geopfert. Ich würde das niemals aufs Spiel setzen, nur weil er ein Heuchler ist.«

»Seth!«, schrie Richard aus dem Flugzeug. »Wir müssen starten. Sonst schaffen wir es nicht mehr.«

Er wandte sich wieder an Adara. »Vielleicht wäre es wirklich vernünftiger, gleich zu gehen.«

»Ja, das denke ich auch. Du solltest nicht warten.«

Du. Als ob sie nicht mitkommen wollte. »Adara …«

»Nein«, flüsterte sie unter Tränen. »Es ist in Ordnung, geh. Die Hacker werden es sicher schaffen, Naos und die anderen zu befreien. Aber falls nicht, will ich hier sein.«

Kälte breitete sich in seinem Inneren aus und dämmte endlich die sengende Wut ein, die immer noch in ihm glomm. Zurück blieb nur Angst. Um sie. »Ich gehe nicht ohne dich«, stieß er hervor.

»Versteh doch, Seth, wenn sie frei sind, werden sie kämpfen und sie können mich sicher brauchen. Es gibt mehrere Quellen, die keine Magier mehr haben. Eine davon wird hoffentlich gut genug zu mir passen, damit ich zaubern kann. Vielleicht können wir die Katastrophe wenigstens entschärfen.«

»Nein, das kann niemand, glaub mir«, sagte er düster.

»Aber …«

Er deutete auf einen Bodenriss in ihrer Nähe. »Versuch es. Los.«

Sie gehorchte, nahm seine Magie, öffnete die Magieebene und versuchte, den Riss zu schließen. Die Erde bebte unter ihnen, der Boden begehrte auf. Der Riss wurde breiter, der Dampf heißer und Lava quoll daraus hervor. Adara keuchte auf. »Was … ist das? Es wird schlimmer, wenn ich etwas dagegen tun will? Als … als würde die Erde sich wehren!«

Seth nickte traurig. »Das macht der Computer. Ich sagte doch, du kannst hier nichts ausrichten. Bitte, komm mit.«

Er sah die Verzweiflung in ihren Augen. »Seth, mein Bruder ist hier. Er braucht mich. Und du … ich kann dir doch gar nicht helfen. In eurem Plan habe ich nie eine Rolle gespielt. Das hat Richard selbst gesagt.«

»Ich habe mein Leben lang alle seine Anweisungen befolgt«, gab Seth zurück, »und trotzdem ist fast nichts so gelaufen, wie wir es vorgesehen hatten. Was jetzt noch kommt, sollte simpel sein, aber ich bin sicher, das wird es nicht. Es kann so viel schiefgehen und mit dir an meiner Seite habe ich bessere Chancen, es zu schaffen. Bitte, hilf mir, diesen Weg zu Ende zu gehen.«

Ihre Miene wurde weich, Zweifel zeichneten sich tief in ihr Gesicht, dann die Sehnsucht nachzugeben, überschattet von der Angst, Naos zurückzulassen.

Er öffnete den Mund, aber ein Grollen aus der Tiefe der neuseeländischen Erde unterbrach ihn.

»Seth, sie warten nicht mehr!«, schrie Richard über die Düsen hinweg, die bereits auf Hochtouren liefen.

»Adara«, sagte er eindringlich, »nach allem, was ich dir erzählt habe, denkst du nicht, es wäre vernünftiger, mit mir nach London zu kommen, wo du vielleicht wirklich etwas ausrichten kannst?«

Sie wirkte unentschlossen. »Er ist mein Bruder, Seth. Das ist keine Entscheidung der Vernunft.«

Er fluchte innerlich. Wie konnte er ihr in der Kürze der Zeit nur begreiflich machen, dass auch Naos bessere Chancen hatte, wenn sie mit ihm kam? »Wenn wir den Computer zerstören, können wir vielleicht auch Naos retten.«

Sie zögerte immer noch, starrte jetzt das Flugzeug an. »Woher weiß ich, dass du das nicht nur sagst, weil du mich retten willst?«

»Weil«, antwortete er, »ich dir verspreche, dir alles zu sagen, wenn du mit mir kommst. Und weil du der einzige Mensch bist, der weiß, was das bedeutet.« Er hielt inne. Es war so unendlich schwer, es nach so vielen Jahren auszusprechen, auch wenn es die Wahrheit war. »Nämlich, dass ich dir vertraue.«

Ihr Gesicht verzog sich und ihre Augen glänzten. »Seth …«

»Ich vertraue dir, Adara«, fuhr er leise fort, »so sehr, dass ich nicht nur mein Leben in deine Hände lege, sondern auch das Schicksal der Gemeinschaft.« Er holte Luft, zitternd, weil es sich anfühlte, als würde er ihr seine nackte Seele hinhalten. »Und deswegen werde ich dich jetzt bitten, auch mir zu vertrauen, obwohl ich dich immer davor gewarnt habe. Komm mit mir. Hilf mir.«

Eine Träne lief über ihre Wange. Er sah, wie sehr sie mit sich rang, und wusste, er sollte sie freigeben. Aber es war so verdammt schwer.

»Das ist nicht fair, wie soll ich das entscheiden?«

»Du hast recht«, flüsterte er, weil er nicht mehr wusste, was er ihr sonst noch sagen konnte. Er hatte ihr alles gegeben, ihr alles offengelegt und doch war es nicht genug. Er streichelte ihre Hand und lächelte schwach. »Das kannst du wohl nicht. Und dafür …«

… liebe ich dich.

Er hielt sich gerade noch zurück, sprach es nicht aus, aber das musste er auch nicht. Er wusste, dass sie es in seiner Magie spürte. Er sah es an ihren geweiteten Augen.

Dann ließ er ihre Hand los.

61

Adara sah ihm nach, wie er auf das Flugzeug zulief und die Treppe hinaufrannte. Unter ihr bebte die Erde, Dampf stieg aus den Ritzen auf der Rollbahn und die Aschewolke hatte den Flughafen jetzt fast erreicht.

Und dafür liebe ich dich.

Sie hörte es in ihrem Herzen, als hätte er es tatsächlich laut gesagt. Sie warf einen Blick auf die Stadt in der Ferne, wo Naos und Daniel um ihr Leben kämpften. Es ist keine Entscheidung der Vernunft. Keine Entscheidung der Vernunft. Naos und Daniel. Zitternd atmete sie ein.

Und dann, plötzlich, rannte sie los. Sprang über die Spalten im Boden hinweg, die immer breiter wurden, sprintete zwischen den Dampfwolken hindurch und auf das Flugzeug zu. »Wartet!«, schrie sie und rannte so schnell, dass sie fast über ihre eigenen Füße stolperte. Sie sprang auf die Stufen, gerade als der Pilot die Treppe einholen wollte, und hastete in den Jet. Hinter ihr rastete die Tür ein. Alle Geräusche verstummten. Wie im Nebel hörte sie, dass der Pilot etwas brüllte und Richard ins Cockpit stürzte. Dann war alles still, abgesehen vom Lärmen der Düsen, aber sie nahm es kaum wahr.

Da war nur noch Seth. Er stand im Mittelgang zwischen den Sitzen und sah sie an, als wäre sie ein Geist. Langsam ging sie auf ihn zu, wie hypnotisiert von der unendlichen Erleichterung in seinem Blick, und nahm nur am Rande wahr, dass das Flugzeug sich in Bewegung gesetzt hatte. Er streckte ihr die Hand entgegen.

Ihre Fingerspitzen trafen sich. Seine Magie floss in ihren Körper und mit ihr die unendliche Dankbarkeit, die er empfand, weil sie mit ihm gekommen war. Noch nie war sie jemandem so nah gewesen, noch nie hatte sie ihn so intensiv gefühlt, fast als wären sie eine Person. Was für ein merkwürdiges Gefühl, einander so nah zu sein, obwohl sie sich kaum berührten. Erstaunt nahm Adara wahr, wie seine Gedanken sich in ihrem Kopf formten, seine Gefühle in ihr schmerzten und ihre in ihm. Es war so eine sachte Berührung und doch bedeutete sie mehr als jeder Kuss, jede Streicheleinheit, jede andere Zärtlichkeit von ihm.

Ein heftiges Rucken des Flugzeugs riss sie auseinander. Ihre Verbindung brach ab.

»Anschnallen, verdammt!«, brüllte der Pilot. »Wir heben ab.«

Erschrocken ließ Adara sich neben Seth in einen der Sitze fallen. Sie griff nach ihrem Gurt, aber das Flugzeug holperte jetzt in rasantem Tempo auf die Startbahn zu, sodass es kaum möglich war, den Gurt zu schließen. Das Beben wurde immer stärker, bis Adara nicht mehr unterscheiden konnte, ob es von der Erde unter ihnen kam oder von dem Flugzeug, das nun unter der Last ächzte. Der Pilot bog auf die Startbahn ein und das Flugzeug legte noch an Geschwindigkeit zu. Verzweifelt fingerte sie an ihrem Gurt herum und endlich rastete er ein, gerade als das Flugzeug die Nase in die Luft hob.

»Festhalten!«, schrie der Pilot durch den Lautsprecher.

Im nächsten Moment stieg die Maschine gefühlt senkrecht in die Höhe. Und Adara sah gerade noch, dass sich vor ihnen im Asphalt ein Riss gebildet hatte, der groß genug war, um das Flugzeug zu verschlucken. Entsetzt klammerte sie sich an den Sessel, wurde tief in die Polster gedrückt, sodass es ihr die Luft aus den Lungen trieb. Sobald sie wieder atmen konnte, drückte sie sich ans Fenster und starrte nach unten. Die Startbahn war ein Feld der Zerstörung. »Nur ein paar Sekunden später und ...«, flüsterte sie. Sie dachte an Naos und Daniel und wie aussichtslos der Kampf war, den sie in Auckland führten. Unwillkürlich griff sie nach Seths Hand und sah ihn an. Da war wieder die tiefe Dankbarkeit in der Magie, die in sie floss, und auch Trost. Vielleicht auch ein wenig Angst, ob sie es bereute, sich für ihn entschieden zu haben. Es war so intensiv, dass sie kaum noch wusste, welche Gefühle ihr gehörten und welche ihm.

»Ich werde alles dafür tun, dass du es niemals bereust.« Seine Worte machten ihr klar, dass er ihre Gefühle genauso wahrnahm wie sie seine. Aber es machte ihr nichts aus. Und ihm scheinbar auch nicht. Er wusste ganz offensichtlich, was sie dachte, vielleicht sogar, was sie sich wünschte, denn in diesem Moment beugte er sich zu ihr und küsste sie sanft auf den Mund. Sie schloss die Augen und genoss die liebevolle Berührung, die sich in dem Gefühl auflöste, eins mit ihm zu sein. Zum ersten Mal küssten sie sich so. Ohne die Notwendigkeit, sich zu verstecken oder irgendeinen Teil von sich zu verleugnen. Denn nun wurde ihr klar, dass sie das immer getan hatte, wenn sie versucht hatte, nur Liliana zu sein. Adara war genauso ein Teil von ihr. Sie konnte und wollte nicht nur eins von beiden sein. Und Seth war ebenso sehr Rat und Quelle, wie er der Mann war, der glaubte, ihr nichts bieten zu können, weil er zu oft innerlich gestorben war.

Langsam löste er sich von ihr, aber nur so weit, dass seine Stirn immer noch an ihrer ruhte.

»Das ist ein ziemlich guter Anfang«, flüsterte sie atemlos, »wenn du mir beweisen willst, dass ich es nicht bereuen werde.«

Er lachte leise und darin schwang so viel Gefühl mit, dass es ihr die Sprache verschlug. »Ich würde gerne mein Versprechen wahr machen«, begann er.

»Ja bitte«, fiel sie ihm ins Wort und drängte sich an ihn.

»... dir alles anzuvertrauen, was mit dem Plan zu tun hat«, beendete er seinen Satz.

Sie seufzte und setzte sich langsam auf. Natürlich hatte sie gewusst, was er meinte. Aber es wäre so schön gewesen, jetzt einfach alles zu vergessen. Sie hätte sich gern in Seths Nähe verloren und in seiner Berührung, um nicht darüber nachdenken zu müssen, dass der Mensch, den sie außer ihm am meisten liebte, sich vielleicht gerade in akuter Lebensgefahr befand.

»Ja natürlich, du hast recht.« Bedauernd ließ sie seine Hand los, weil es einfach zu verwirrend war, seine Gefühle ständig neben ihren eigenen zu spüren. Es lenkte sie zu sehr ab, und wenn er sie jetzt wirklich in alles einweihen wollte, brauchte sie einen klaren Kopf. »Aber zuerst will ich Naos und Daniel warnen.«

Seth nickte und gab ihr wortlos seinen Ring. Sie schob ihn sich auf den Finger und sandte Naos eine Nachricht, damit er Bescheid wusste, und warnte ihn gleichzeitig davor, ihr zu antworten, denn er hatte, wenn überhaupt, sicherlich nur ein Handy mit der App zur Verfügung.

Naos, ihr werdet hoffentlich bald befreit, dann könnt ihr versuchen, den Menschen zu helfen. Aber ihr dürft die Katastrophe nicht aufhalten, ihr dürft nicht dagegen ankämpfen.

Erst geschah nichts, dann kam trotz ihrer Warnung eine Antwort. *Warst du das, Lilly?*

Also seid ihr frei?, fragte sie aufgeregt.

Unkraut vergeht nicht, es wächst sogar gelegentlich.

Erleichtert atmete sie auf, das musste doch Ja bedeuten. *Wir werden alles tun, um euch zu helfen, Naos. Vielleicht gibt es einen Weg, die Katastrophe zu beenden. Ihr müsst nur durchhalten.*

Sie hatte keine Ahnung, wie lange. Einen Tag? Zwei? Sie sah wieder die Bilder der unglaublichen Verwüstung Aucklands vor sich, deren Zeuge sie noch aus dem Flieger geworden war, und fragte sich, wie weit sich dieses Chaos wohl noch über Neuseeland ausbreiten würde. Würde ihr geliebtes Heimatland zerstört werden oder zumindest unbewohnbar sein? Allein die Asche so vieler Vulkane würde nach und nach alles Leben auslöschen. Eine Erkenntnis senkte sich plötzlich wie Blei auf ihr Gemüt. »Sie wollen Neuseeland für immer verlassen, nicht wahr?«, fragte sie Seth tonlos. »Deswegen hat der Rat diesen neuen Supercomputer in London bauen lassen. Bestimmt zusammen mit einem neuen Gemeinschaftszentrum, das in Zukunft der Sitz der Gemeinschaft sein soll. Habe ich recht?« Sie sprach weiter, bevor Seth antworten konnte. »Alle loyalen Mitglieder haben sie dorthin eingeladen, auch meine Eltern. Mit ihnen wollen sie neu anfangen. Die anderen, so wie meinen Bruder, haben sie in Neuseeland zurückgelassen.« Ihre Stimme versagte ihr kurz den Dienst. »Dort wird die Katastrophe sie bequem aus dem Weg schaffen, ohne dass sich der Innere Kreis die Finger schmutzig machen muss. Und als Draufgabe zeigen sie noch der ganzen Welt, wie mächtig dieser neue Computer ist und dass sie vor nichts zurückschrecken, um zu bekommen, was sie wollen. Weil sie sogar ohne mit der Wimper zu zucken, ihre eigene Heimat zerstören, um alle Widersacher auszuschalten.«

»Ja«, antwortete Seth und die Düsternis in seiner Stimme ließ sie aufsehen. »Und wenn wir es nicht schaffen, das aufzuhalten, werden wir keine weitere Chance bekommen.«

»Lieber sterbe ich, als jemals aufzugeben. Ich werde immer weiterkämpfen …«

»Wenn sie dieses Mal gewinnen«, unterbrach er sie, »wirst du das nicht mehr wollen.«

Sie starrte ihn verständnislos an. »Was meinst du damit?«

Seth antwortete eine Weile nicht und sie spürte, wie schwer es ihm trotz allem fiel, nun endlich alle seine Geheimnisse offenzulegen. Viel zu lange war ihm eingebläut worden, dass er niemandem vertrauen durfte. »Durch den neuen Computer beherrscht der Innere Kreis noch viel mehr als nur die Natur«, erklärte er schließlich. »Sobald die neue Masterquelle an den Supercomputer angeschlossen ist, sind auch alle Magier über die Augensterne mit ihm verbunden. Durch eine neue Technologie und die magische Energie der Masterquelle kann der Innere Kreis die Magier damit nicht nur beseitigen.« Seth stockte kurz. »Er kann auch ihre Gedanken beeinflussen. Er wird ihnen eingeben, was sie tun sollen, und sie werden es für ihren eigenen Willen halten und gehorchen.«

Entsetzen machte sich in Adara breit, als sie es sich vorstellte. Der Innere Kreis wäre allmächtig, niemand hätte ihm etwas entgegenzusetzen und er würde die Geschicke der Welt lenken, so wie es ihm passte.

Fassungslos schüttelte sie den Kopf. »Das ist es also, was sie wollen? Die absolute Macht? Das hätte ich nie gedacht. Schon gar nicht von Victor Danes. Irgendwie passt es nicht zu ihm, dass er … die Weltherrschaft übernehmen will. Er wollte ja nicht mal Hoher Rat werden. Er liebt doch die Gemeinschaft.« Sie dachte daran, wie er ihr als Kind immer gesagt hatte, dass die Gemeinschaft ihre Familie war. Und mit einem Schauer fiel ihr ein, dass das genau der Satz war, mit dem er Seth der Gehirnwäsche unterzogen hatte.

»Es stimmt«, antwortete Seth, »Danes liebt die Gemeinschaft mehr als irgendwer sonst. Aber es ist eine merkwürdige, verdrehte Liebe, denn er liebt die Gemeinschaft, wie sie jetzt ist, obwohl er genau weiß, dass sie so nicht sein sollte. Es ist die Version der Gemeinschaft, die er für richtig hält. Und er hat lange dafür gearbeitet, die alten Geschichten, die seine Version der Gemeinschaft gefährden, auszulöschen. Jetzt ist es sein oberstes Ziel, die Gemeinschaft in die Machtposition zu bringen, die sie seiner Meinung nach verdient.« Seth hielt inne. Sein Blick verfinsterte sich und sagte ihr, dass das noch lange nicht alles war. »Und wenn die Gemeinschaft über alles und jeden herrscht, will er dafür sorgen, dass das auch für immer so bleibt. Und zwar ohne dass ihm ein Widerstand oder auch nur aufrührerische Gedanken dazwischenfunken.«

»Aber das ist unmöglich, selbst wenn es ihm jetzt gelingt, wird er irgendwann sterben oder jemand findet doch einen Weg, den Inneren Kreis zu besiegen …«

Adara stockte, als sie den Ausdruck auf Seths Gesicht sah.

»Sobald der neue Supercomputer in Betrieb genommen und die Masterquelle angeschlossen ist«, sagte Seth grimmig, »wird sich eine künstliche Intelligenz einschalten, die alles steuert. Eine unfassbar schlaue künstliche Intelligenz, die die Gemeinschaft genauso verwalten und erhalten wird, wie Rat Danes es sich vorstellt. Sie wird die Gemeinschaft beherrschen, die Natur nach ihrem Willen formen und dadurch die ganze Welt in der Hand haben. Und sie wird unangreifbar sein. Niemand wird in der Lage sein, an sie heranzukommen. Alle Magier werden ihr gehorchen, und das auch noch, ohne zu merken, dass sie ihren eigenen Willen verloren haben. Nicht einmal der Tod einer Masterquelle wäre eine Bedrohung für die künstliche Intelligenz. Die Magier würden unter ihrem Einfluss dafür sorgen, dass immer eine Masterquelle zur Verfügung steht.«

Adara keuchte entsetzt auf. »Er will die Gemeinschaft für die Ewigkeit konservieren? Das ist doch verrückt.« Panik ergriff sie, als ihr die Tragweite von Seths Worten bewusst wurde. »Es ist also wirklich unsere letzte Chance. Denn wenn die neue Masterquelle angeschlossen ist und die künstliche Intelligenz ihre Arbeit aufnimmt, ist alles aus.« Adara versuchte, sich vorzustellen, wie die Welt aussehen würde, wenn sie und Seth versagten. Ein unglaubliches Schreckensszenario entfaltete sich vor ihrem inneren Auge. Die künstliche Intelligenz hätte die Natur unter Kontrolle, Magier und Quellen wären ihre Sklaven und damit wäre ihr die gesamte Menschheit hilflos ausgeliefert. Einer Wesenheit, die zwar lernen und denken konnte, aber nicht fühlen. Was für eine Welt wäre das? »Und du hast das die ganze Zeit gewusst?«, fragte sie leise. In diesem einen Moment stürzte alles auf Adara ein und sie verstand, warum er bereits sein ganzes Leben kämpfte. Warum er tatsächlich glaubte, dass jedes einzelne Opfer es wert war, die Menschheit vor diesem Schicksal zu bewahren, und warum er sogar Menschen, die er liebte, ohne mit der Wimper zu zucken, opferte. Vielleicht sogar, warum er nicht in der Lage war, eine Zukunft zu sehen. Denn wie konnte man das, wenn eine solche Gefahr ein Leben lang über einem schwebte?

»Woher wusstest du davon?«, fragte sie. »Und woher wusste es der Widerstand?«

»Danes hat es am Anfang nicht verheimlicht«, sagte Seth. »Kurz nachdem er in den Inneren Kreis gewählt wurde, hat er diesen Vorschlag ganz offen im Rat gemacht. Ich war noch ein Kind, als er angefangen hat, erste Grundlagen für die Durchführung dieses Planes zu legen. Die schreckliche Vorstellung, Rat Danes' Pläne könnten tatsächlich wahr werden, brachte viele dazu aufzubegehren. Doch die anderen Mitglieder des Inneren Kreises unterstützten ihn und so blieb den Menschen nichts anderes übrig, als sich zusammenzuschließen und den Inneren Kreis gewaltsam zu beseitigen.« Adara dachte an den Umsturzversuch, bei dem auch Seths Eltern getötet worden waren. Und sie spürte, dass auch er daran dachte. Sie überlegte, ihn zu trösten, aber er sprach weiter. Nur sie hörte das leise Schwanken seiner Stimme. »Ein paar von ihnen, darunter meine Eltern, hatten schon vorher befürchtet, dass dieser Umsturzversuch fehlschlagen würde. Sie planten nicht nur, die alten Aufzeichnungen in Sicherheit zu bringen, um sie für einen möglichen Neustart der Gemeinschaft aufzubewahren, sondern arbeiteten auch an einem zweiten Plan, einem Notfallplan, einem letzten verzweifelten Versuch, für den Fall, dass alles andere schiefgehen würde.«

»Dein Plan.«

Seth nickte. »Richard sollte sich um die Umsetzung kümmern, da der Rat ihn damals noch für loyal hielt. Nachdem Danes dafür gesorgt hatte, dass alle seine Gegner beseitigt wurden, tat er so, als hätte er sich von seinem Vorhaben verabschiedet. Von da an verfolgte er sein Ziel im Verborgenen, indem er den Rat manipulierte, um nicht zu riskieren, dass so etwas noch einmal passierte.«

»Aber der Widerstand formierte sich doch neu«, wandte Adara ein.

»Ja«, gab Seth zu. »Nach allem, was passiert war, rechneten wir uns jedoch keine großen Chancen aus – auch wenn wir natürlich hofften, dass der Widerstand etwas bewegen konnte. Denn mein Plan erforderte viele Opfer. Und niemand durfte davon wissen, nicht einmal der Widerstand. Jeder Mitwisser war eine potenzielle Gefahr. Victor Danes hatte damals schon Interesse an mir gezeigt und meine … Rehabilitation persönlich übernommen. Richard sah das als Chance. Bis uns klar wurde, dass Danes nie vorhatte, mich in den Inneren Kreis zu bringen. Wahrscheinlich wollte er mich schon die ganze Zeit als Inquisitor einsetzen.«

Dass er es trotzdem geschafft hatte, obwohl Danes alles versucht hatte, ihn aufzuhalten, verschaffte ihr eine ziemliche Genugtuung. Aber dann dachte sie an die schreckliche Aufgabe, die ihm gestellt worden war. Sie fühlte sich in den Moment zurückversetzt, als er ihr davon erzählt hatte, dass er den Widerstand vernichten sollte. Jener Moment kurz vor dem fehlgeschlagenen Umsturzversuch, bei dem Atria gestorben war und der von Anfang an so aussichtslos gewesen war, dass er einfach keinen Sinn ergeben hatte. Bis jetzt. »Seth, dieser Umsturzversuch, das war Richard, oder? Er wusste, dass du den Widerstand auslöschen solltest, und das war sein letzter verzweifelter Versuch, das zu verhindern. Wäre es ihm und dem Widerstand gelungen, den Inneren Kreis zu besiegen, wäre dein Plan hinfällig gewesen. Trotzdem durftest du nicht in Auckland sein, damit man dich nicht mit dem Umsturzversuch in Verbindung bringen würde, falls er fehlschlug.« Und er war fehlgeschlagen. »Und jetzt … jetzt gibt es nur noch dich.« Es kam ihr vor, als hinge das Schicksal der Gemeinschaft, nein, der ganzen Welt, an einem letzten, seidenen Faden.

»Nein, jetzt gibt es uns.« Seth sagte es so, dass ihr warm ums Herz wurde. Dann lächelte er schief. »Und eine kleine Gruppe Hacker, die versucht, den Supercomputer außer Gefecht zu setzen. Sie arbeiten daran, seit er online gegangen ist. Das war, kurz nachdem der Vulkanausbruch in Auckland eingesetzt hat.«

»Ihr habt Hacker darauf angesetzt?«, fragte Adara ein wenig fassungslos.

Seth zuckte mit den Schultern. »Es ist ein Versuch. Wir dürfen keine Chance, sei sie auch noch so klein, außer Acht lassen. Allerdings glaube ich nicht daran, dass sie Erfolg haben werden. Es ist nicht so leicht, einen Computer zu hacken. Selbst der beste Hacker der Welt braucht eine Tür, durch die er hineinkommt, und die kann er sich nicht selbst bauen, die muss er erst finden und dann den richtigen Schlüssel haben. Und ich glaube nicht, dass Danes leichtsinnig genug war, eine solche Tür zu übersehen, geschweige denn, sie unverschlossen zu lassen.«

Niedergeschlagen senkte Adara den Kopf. »Das bedeutet, dein Plan ist tatsächlich unsere allerletzte Chance. Der Plan, der vorsieht … Matteo zu opfern?«

Seths Gesichtsausdruck verdüsterte sich. »Ich fürchte ja.«

Adara nickte und versuchte, nicht in Panik zu versinken.

Seth sah sie an. »Adara, ich habe jedes Wort, das ich vorhin gesagt habe, so gemeint, auch wenn es im Affekt war. Ich will deine Hilfe. Und ich will den Plan auf deine Art durchführen. Und das bedeutet, dass ich versuchen möchte, alle zu retten, die in Gefahr sind, obwohl das bisher nicht vorgesehen war. Die Menschen in Neuseeland, die Magier und Quellen, deinen Bruder, Daniel. Und … Matteo.«

»Wirklich?« Langsam hob sie den Kopf. Sie konnte kaum glauben, was er da sagte. »Obwohl Matteo für den Plan so wichtig ist?«

»Ja wirklich«, flüsterte er. »Aber nicht für mich. Sondern für uns alle. Er ist der Letzte, der noch die alten Geschichten kennt, und … er ist wie du. Er kann diese Zukunft sehen, von der du immer redest, da bin ich sicher. Mit ihm zusammen kannst du etwas Neues, Besseres aufbauen.« Er hielt inne. »Ich möchte ihn retten. Damit die Welt, die wir erschaffen könnten, eine ist, in der du leben willst«, flüsterte er.

Adaras Augen wurden feucht. Sie konnte nichts antworten, konnte nur seine Hände drücken, um ihm zu zeigen, wie viel ihr das bedeutete. »Also, was müssen wir tun?«, fragte sie schließlich.

»In wenigen Stunden wird die alte Masterquelle abgeschaltet und damit auch das alte System. Die Verbindungen zu den Augensternen werden auf die neue Masterquelle übertragen und dann auf den neuen Supercomputer. Das müssen wir verhindern. Denn nur mithilfe der Masterquelle kann der Computer die Augensterne und damit die Magier beherrschen.«

»Was willst du tun? Sie töten?«, fragte Adara erschrocken.

»Nein!« Er wirkte fast schockiert. »Wenn man die Masterquelle tötet, werden alle Augensterne zerstört und alle Magier und Quellen sterben auf der Stelle.«

Entsetzt riss sie die Augen auf. »Was dann? Die Augensterne lassen sich nicht entfernen.«

»Aber es ist möglich, ihre Verbindung zur Masterquelle zu lösen. Und das ist unser Plan. Wenn uns das gelingt, sind Magier und Quellen nicht mehr in Gefahr und wir können den Computer zerstören.«

»Und wer kann die Verbindungen zu den Augensternen kappen? Ich vielleicht?«

Seth schüttelte den Kopf. »Die Übertragung der bestehenden Verbindungen macht der Computer. Er wird mit der alten Masterquelle und dem alten Computer vernetzt und die Augensterne werden per Programm mit dem Gehirn der neuen Masterquelle verknüpft, sobald der Computer sich mit ihr verbunden hat. So muss kein Magier bei der Zeremonie zugegen sein. Denn …«

»Danes und die Hohe Rätin trauen Magiern nicht«, beendete Adara seinen Satz grimmig.

Seth nickte. »Die Verbindungen lösen, ohne die Besitzer der Augensterne zu töten – das kann nur die Masterquelle.«

»Aber wie bringen wir die Masterquelle dazu, die Verbindungen zu den Augensternen zu lösen, wenn sie im magischen Koma liegt und keinen eigenen Willen hat?«

Er zögerte. »Wir haben vor, eine eigene Masterquelle einzuschleusen. Jemanden, der darauf trainiert wurde, dem magischen Koma lange genug zu widerstehen, um die Verbindungen zu lösen. Oder zumindest so viele Verbindungen wie möglich.«

Adaras Magen krampfte sich zusammen. »Und danach würde diese Quelle ins magische Koma fallen? Wieder ein Opfer?«

Seth schwieg lange. Fast dachte sie schon, er würde nicht antworten. Dann tat er es doch. »Es lässt sich nicht vermeiden.«

Adara wünschte sich, es wäre anders. Aber wenigstens war das jemand, der es freiwillig tat, nicht so wie Matteo, dessen Tod nur ein Kollateralschaden sein würde.

»Alle Mitglieder des Inneren Kreises müssen beim Austausch anwesend sein, und da ich nun auch Mitglied bin«, fuhr Seth fort, »kann ich beim Austausch dafür sorgen, dass unsere Masterquelle anstelle von Matteo an den Computer angeschlossen wird, ohne dass der Innere Kreis Verdacht schöpft. Sobald unsere Masterquelle mit den Augensternen verknüpft ist, wird sie die Verbindungen lösen.«

»Und wie wollt ihr eure Quelle anbringen, wenn der Rat Matteo hat?«

Seth hielt ihren Blick fest und sie las die Antwort darin.

»Ihr wollt ihn töten?«, flüsterte sie ungläubig. »Bevor er mit den Augensternen verbunden wird?«

Seth sah weg. »Es wäre leicht zu simulieren, dass der Computer ihn abstößt und er dabei stirbt.« Sie hörte den Widerwillen in seiner Stimme. »Da das noch nie passiert ist, werden sie darauf nicht vorbereitet sein. Sie haben ihn ausgiebig getestet und bewachen ihn, damit fühlen sie sich sicher.«

Trotz allem erwischte es sie kalt, dass man so etwas tatsächlich so berechnend plante. Den Tod eines Menschen. Auch wenn er zum Wohle aller war. Und sie sah keine Möglichkeit, wie sie es verhindern konnte, ohne den Plan zu gefährden. »Das heißt, wenn wir Matteo retten wollen«, fragte sie niedergeschlagen, »müssen wir zulassen, dass er als neue Masterquelle eingesetzt wird, aber verhindern, dass der Computer sich mit ihm verbindet, bevor er ins magische Koma fällt? Das klingt nicht gerade einfach.«

»Nein, nicht einfach.« Seth drückte ihre Hand. »Aber du hast selbst gesagt, dass man andere Lösungen findet, wenn man wirklich will. Wenn man für die Menschen kämpft, die man liebt. Ich erzähle dir alles, was ich über die Masterquelle weiß. Vielleicht fällt uns zusammen etwas ein.«

»Ja«, antwortete sie langsam. »Vielleicht.« Aber nach allem, was sie gerade erfahren hatte, fiel es ihr schwer, daran zu glauben.

62

In London wartete bereits eine Limousine der Gemeinschaft auf sie. Seth hatte Adara alles erklärt, aber er sah immer noch keinen Weg, Matteo zu retten. »Wie geht es weiter?«, wollte Adara wissen, als sie im Auto saßen und durch einen Zauber sichergestellt hatten, dass niemand sie belauschte. »Wenn wir es tatsächlich schaffen sollten, die Augensterne zu lösen? Was dann?«

Richard wirkte immer noch ungehalten, dass Seth wegen Adara solch ein Riskio eingegangen war und sie mitgenommen hatte. Widerwillig antwortete er ihr trotzdem. »Den Inneren Kreis entmachten.«

»Aber sie sind unantastbar«, entgegnete sie. »Der Schutzzauber des Inneren Kreises ist immer noch aktiv, auch wenn wir die Augensterne lösen.«

»Der Schutzzauber erlischt automatisch, wenn ihr Träger der Gemeinschaft schaden will«, sagte Seth. »Aber Danes' Plan schadet der Gemeinschaft genau genommen nicht, nur einigen Mitgliedern, und das hat den Schutzzauber bisher auch nicht gelöst, sonst wäre er durch die Unterdrückung der Quellen längst erloschen. Daher gibt es nur eine Möglichkeit. Wir müssen den Rat dazu bringen, den Inneren Kreis abzusetzen. Sobald das geschehen ist, erlischt der Schutzzauber.«

»Und wie machen wir das? Die Räte nehmen ja offensichtlich alles hin, was der Gemeinschaft nicht schadet und die Erde schützt«, sagte sie bitter.

»Den perfiden Plan von Rat Danes würden sie nicht unterstützen«, sagte Richard überzeugt. »Niemand will eine Welt, in der die Magier Sklaven einer künstlichen Intelligenz sind. Niemand außer Danes. Deswegen müssen wir dem Rat Beweise für seine Intrige liefern. Handfeste Beweise, die über jeden Zweifel erhaben sind.«

Seth zeigte Adara eine winzige Kamera, die er unauffällig hinter einem Knopf am Revers seiner Uniform angebracht hatte und die schnurlos mit seinem Smartphone verbunden war. Ihre Augen weiteten sich. »Du willst das filmen?«

»Ein weiterer Grund, warum ich in den Inneren Kreis musste. Nur so kann ich zugegen sein und alles heimlich per Livestream übertragen. Lange Zeit haben wir gerätselt, wie wir das bewerkstelligen können, es gibt dort sicherlich kein Netz. Aber jetzt haben wir die App. Sie braucht kein WiFi.«

Adara lachte ungläubig. »Das ist so, so … frech. Gefällt mir.«

Seth lächelte. »Und sollte es schiefgehen, habe ich immer noch die Aufnahme auf meinem Handy. Du kannst sie …«

»Es wird nicht schiefgehen«, erklärte sie und sah ihn dabei fest an. »Das musst du mir versprechen.«

Seth spürte den düsteren Blick seines Mentors auf sich. »Ich werde mein Bestes tun«, sagte er.

Richard verengte die Augen, dann schüttelte er nur den Kopf. »Ich werde in der Zwischenzeit den Rat zusammenrufen und ihnen den Livestream zeigen. Dann werden sie den Inneren Kreis hoffentlich abwählen.«

»Wie gut stehen die Chancen dafür?«, fragte Adara leise.

Richard zögerte. »Wir brauchen eine Zweidrittelmehrheit.«

Sie nickte nur, aber Seth konnte förmlich hören, wie sie nachdachte und die Chancen des gesamten Plans abwog. Sie kam zu demselben Ergebnis wie er. Es war machbar, aber unglaublich schwer. »Sobald die Augensterne gelöst sind und der Innere Kreis entmachtet ist, können wir den Computer gefahrlos zerstören«, erklärte Seth. »Dann wird er auch die Katastrophe in Neuseeland nicht mehr weiter anheizen.«

Schweigen senkte sich über sie, weil niemand das Offensichtliche aussprechen wollte. Selbst wenn ihnen das alles gelang, die Verwüstung in Neuseeland ließ sich nicht mehr rückgängig machen. Die Vulkanausbrüche würden dadurch nicht automatisch aufhören, die Erdbeben sich nicht von alleine beruhigen. Ihre Heimat würde nie wieder sein, wie sie einst gewesen war. Und viele Menschen würden es nicht überleben.

Seth nahm Adaras Hand. »Wir schaffen es«, sagte er leise. »Und dann haben sie wenigstens die Chance, mit Magie gegen die Überreste der Ausbrüche zu kämpfen.«

Er sah, dass ihre Augen verräterisch glänzten, bevor sie sich hastig abwandte. Aber sie entzog ihm ihre Hand nicht, sondern schloss ihre Finger noch fester um seine.

Als die Limousine wenig später anhielt, stieg Seth aus und half dann Adara heraus. Um sie herum tobte der Alltag Londons, aber Adara war vollkommen gefangen von dem Gemeinschaftszentrum, das sich vor ihnen im Herzen der Metropole erhob. Seth spürte Adaras Fassungslosigkeit, als sie das monströse Bauwerk aus Stahl und Glas betrachtete, das sogar das Gemeinschaftszentrum in Neuseeland in den Schatten stellte.

»Wow«, wisperte Adara. »Sie haben es jetzt wohl tatsächlich aufgegeben, ihre Absichten verstecken zu wollen. Man sieht sofort, dass das kein normales Gemeinschaftszentrum ist, sondern eine neue Zentrale.«

Und nicht nur das. Es war außerdem eine eindeutige Botschaft an die ganze restliche Welt. Die Gemeinschaft hatte vor, aus ihrer geheimen Parallelwelt herauszutreten und die Weltherrschaft an sich zu reißen. Hier mitten in London, wo das Gebäude sogar die neueren Hochhäuser deutlich überragte, wirkte es wie eine Kampfansage. Eine, die sicher niemand hier haben wollte. Nicht freiwillig.

»Deswegen haben wir damals die britische Regierung erpresst. Damit sie zulassen, dass die Gemeinschaft dieses Monstrum mitten ins Herz der Stadt baut.«

Seth nickte nur. Dann ging er Adara voraus und betrat das neue Gebäude. Richard folgte ihnen. Der Innenraum glich in nichts der paradiesischen Empfangshalle des Gemeinschaftszentrums in Auckland. Er protzte mit goldenen Einlegearbeiten auf breiten Stahlträgern, die nichts anderes demonstrieren sollten als Macht und Unbesiegbarkeit. Die ganze Eingangshalle war schwarz von Menschen. Das Geräusch von Gläsern, die aneinanderstießen, schwebte von überall her zu ihnen und darüber lag Musik. Es war ein merkwürdig surrealer Anblick für jemanden, der gerade erst einem wütenden Vulkanfeld entkommen war.

»Sie feiern?«, flüsterte Adara ungläubig. »Obwohl in Neuseeland alle um ihr Leben kämpfen? Das passt doch nicht zusammen. Meine Eltern würden Naos niemals freiwillig im Stich lassen, selbst wenn sie wüssten, dass er im Widerstand ist.«

»Sie wissen nicht, was in Neuseeland los ist. Der Innere Kreis hält alle Informationen dazu geheim«, sagte Richard.

Seth hatte sich so etwas schon gedacht. Natürlich hatte man den anwesenden Gemeinschaftsmitgliedern verschwiegen, was in Neuseeland vor sich ging. Die große Videoleinwand, die normalerweise die wichtigsten Nachrichten aus der Gemeinschaft zeigte, war schwarz. Seth machte Adara darauf aufmerksam. Sie nickte. Er sah, dass sie die Leute musterte, von denen viele auf ihren Smartphones herumtippten.

»Kriegen sie denn über die App nichts mit? Jemand muss ihnen doch Gedankennachrichten schicken …« Sie verstummte, weil ihr wahrscheinlich wieder einfiel, dass genau das der Zweck der App war. Im Gegensatz zu den Steinen konnte der Innere Kreis kontrollieren, welche Nachrichten übertragen wurden, und die unliebsamen herausfiltern. Nur die Mitglieder des Inneren Kreises wurden nicht von der App überwacht, damit sie jederzeit ungehindert miteinander kommunizieren konnten. Deswegen ging Seth davon aus, dass er den Livestream problemlos würde senden können. Trotzdem war es sicher besser zu versuchen, die Überwachung der App so schnell wie möglich abzuschalten. Und er hatte da auch schon eine Idee. Seth ließ seinen Blick über den Raum schweifen und sah zum ersten Mal, was Adara wahrscheinlich immer sah. Menschen, die nicht Bescheid wussten oder vielleicht nicht Bescheid wissen wollten, solange sie nicht selbst in Gefahr waren. Sie sahen auch nicht, dass die Halle vor Wächtern nur so wimmelte. So viele, dass sie selbst mit einer Armee von Magiern kaum eine Chance gegen sie gehabt hätten. Und inmitten einer Traube von Wächtern entdeckte er Sara und Lucy. Die Wächter wollten sie offensichtlich aus der Halle wegbringen, aber sie wehrten sich mit aller Macht, und als Lucys Blick auf Seth und Adara fiel, weiteten sich ihre Augen. Sie hielt verzweifelt Seths Blick fest.

»Seth?« Adara fasste nach seinem Arm. Sie war leichenblass. »Naos hat mir gerade eine Nachricht geschickt. Sie war verschlüsselt, aber ich glaube, es bedeutet … Sie halten nicht mehr lange durch.«

»Dann sollten wir zusehen, dass wir den Inneren Kreis finden«, antwortete Seth grimmig. »Aber zuerst müssen wir Lucy helfen. Und dann«, sagte er mit einem Seitenblick auf Richard, »Lucy uns.«

63

Adara hatte staunend zugesehen, wie Seth Lucy und Sara aus den Fängen der Wächter befreit hatte. Es war ein merkwürdiges Gefühl, ihn dabei zu beboachten, wie er seine neue Macht so mühelos einsetzte. Und wie weit diese Macht wirklich ging. Mehr als ein strenger Blick war nicht nötig gewesen, damit die Wächter ihm Lucy und Sara überließen.

»Was, wenn einer der Wächter der Hohen Rätin eine Nachricht schickt?«, fragte sie. »Offensichtlich wollte sie, dass die beiden in Gewahrsam bleiben.« Sie warf einen letzten Blick auf Lucy, die zusammen mit Sara und einem Laptop in einer Ecke der Halle saß, während Richard sich unter die Menge mischte, um die Räte zu versammeln.

»Dann werde ich ihr erklären, dass Lucy und Sara durch ihr Geschrei so viel Aufmerksamkeit auf sich gezogen haben, dass die Mitglieder in der Halle misstrauisch geworden sind und ich sie ruhiggestellt habe, weil ich gerade jetzt keinen Tumult riskieren wollte. Oder du erklärst es ihr selbst, wenn du mit mir dort bist.« Er nahm sie an der Hand.

»Du willst mich einfach so mitnehmen?«, zischte Adara, während sie neben ihm herlief. »Bist du total verrückt?«

»Ich will dich dabeihaben. Und was soll schon passieren? Im

schlimmsten Fall schicken sie dich wieder weg. Ich denke, es ist der ungefährlichste Weg. Wir müssen es versuchen.«

»Aber man darf doch keine Magier mit reinnehmen.«

Seth zuckte mit den Schultern. »Sie wissen ja nicht, dass ich das weiß. Mir hat bisher niemand verboten, dich mitzubringen«, sagte er und lächelte schief.

Mit offenem Mund folgte sie ihm zu den Aufzügen, die nur mit Sondergenehmigung benutzt werden durften, weil sie Stockwerke bedienten, die nicht allen Mitgliedern offenstanden. Normalerweise erfolgte hier eine Sicherheitskontrolle, aber die Blicke der Wächter zuckten zu Seths silberner Schärpe, dann zu seinem grimmigen Gesicht und niemand wagte es, sie auch nur anzusprechen. Im Aufzug erwartete sie kein Tastenfeld, sondern ein Retinascanner, aber auch der stellte kein Problem dar. Seth wurde sofort identifiziert. »Zur Masterquelle«, sagte er und der Aufzug setzte sich in Bewegung. Nach unten.

Zuerst war Adara überrascht, dann jedoch ergab es Sinn. Natürlich würde der Innere Kreis alles, worauf seine Macht beruhte, den Computer und die Masterquelle, weit unter der Erde in Sicherheit bringen und nicht in den oberen Stockwerken eines viel zu angreifbaren Wolkenkratzers. Es konnte nicht einfach gewesen sein, in den Wirrungen des Londoner Untergrundes Platz für den Keller eines so riesigen Gebäudes zu schaffen. Adara wollte lieber gar nicht darüber nachdenken, mit wie viel Erpressung der Innere Kreis das wohl bewerkstelligt hatte. Je weiter sie nach unten fuhren, desto heftiger schlug Adaras Herz. Endlich glitten die Türen des Aufzugs lautlos zur Seite. Adara atmete tief durch. Dann trat sie mit Seth zusammen in den langen, hell erleuchteten Gang. Viele Wächter waren hier positioniert, aber niemand hielt sie auf, Seths silberne Schärpe verschaffte ihnen vollkommene Immunität. Sie folgten dem Gang bis zum Ende und blieben vor einer großen, fest verschlossenen Stahltür stehen. »Du zuerst«, sagte Seth.

Sie erinnerte sich daran, was Lucy ihnen erklärt hatte: *Ich kann euch beide in den Hochsicherheitsbereich reinbringen, weil Seth oberste Security Clearance hat, und wenn du seine Magie in dir trägst, können wir den Retinascanner überlisten.*

Adara hoffte, dass sie recht hatte. Sie spürte, wie Seth ihr noch mehr Magie gab. Damit Lucys Plan funktionierte, musste sie von seiner Magie vollkommen erfüllt sein. Es fühlte sich so anders an, wenn er sie ihr gab, als wenn sie sie sich nahm. Es war, als würde ihr Körper mit seiner Magie verschmelzen. Und sie mit Seth. Sie holte tief Luft, trat vor den Scanner und öffnete die Augen weit. Etwas piepste leise und Adaras Herz blieb fast stehen, aber dann glitt die Tür zum Hochsicherheitsbereich lautlos zur Seite und ließ sie ein. Freude rauschte durch ihre Adern, bis ihr klar wurde, dass sie Seth loslassen musste, um hindurchzugehen, denn immer nur eine Person konnte eintreten. Die Tür schloss sich hinter ihr und Adara fühlte sich plötzlich schrecklich allein und schutzlos ohne Seth und seine Magie.

»Hey, was machst du hier?«

Ihr stockte der Atem. Auf der anderen Seite wartete ein Wächter auf sie. Natürlich. Es wäre ja dumm, die Überwachung komplett den Maschinen zu überlassen. Sie hob das Kinn. »Ich bin in Begleitung von Rat Tahere hier.« Verdammt, wie lange dauerte es bloß, bis Seth durch die Tür kam?

Der Wächter näherte sich. »Magier haben in diesem Bereich keinen Zutritt. Ich weiß nicht, wer da geschlafen und dir Clearance gegeben hat, aber ich muss das melden …«

In diesem Moment glitt die Tür auf. Erleichtert packte Adara Seths Hand, empfing seine Magie. Aber der Wächter hatte längst gemerkt, was sie vorhatte, und hob die Hand. Adara fluchte innerlich. Er würde sie trennen, würde ihre Magie beenden und den Zauber stoppen, noch bevor sie etwas bewirken konnte. Sie spürte, dass er seine Macht anwendete, sie fühlte die kurze Unterbrechung, aber dann entlud sich ihr Zauber über ihm und er ging bewusstlos in die Knie.

Fassungslos starrte Adara auf ihn runter. »Das hätte nicht funktionieren dürfen.«

»Nein, hätte es nicht«, antwortete Seth langsam, sah auf den Wächter herunter und schüttelte dann den Kopf. »Komm.«

Immer noch verwundert, folgte Adara ihm bis zu einer weiteren Tür, die in einen zusätzlich abgesicherten Innenraum führte. Adara hatte erwartet, dass es hier mehrere Wächter geben würde, aber das schien nicht der Fall zu sein. Sie betraten einen riesigen kreisrunden Raum, in dem es so hell war, dass Adara unwillkürlich ihre Augen mit der Hand abschirmte. Alles hier war weiß oder aus glänzendem Stahl – die Wände, die Geräte und auch das Becken in der Mitte. Dort musste die Masterquelle liegen. Am Rand des Beckens standen die Mitglieder des Inneren Kreises. Die Hohe Rätin hatte zwei Wächter neben sich stehen, einer davon hielt Matteo am Arm. Sie hatten sie noch nicht bemerkt und wandten ihnen die Rücken zu. Das Mädchen im Becken schien ihre Aufmerksamkeit vollkommen gefangen zu halten. Das Becken zog Adara magisch an und sie ging darauf zu, um sich das Mädchen anzusehen. Ihr Gesicht war ausdruckslos, genau wie in Adaras Träumen. Ihre weißen Haare trieben im Wasser und verliehen ihr eine merkwürdige, surreale Schönheit. Aber es war nichts Schönes an den grausamen schwarzen Kabeln, die sich in die ausgemergelten Glieder des Mädchens fraßen und von dort zu mehren Geräten führten. Lebenserhaltende Maschinen, die dafür sorgten, dass ihr Körper nicht starb, bevor jedes Quäntchen Magie aus ihm herausgepresst worden war. Wut stieg in Adara auf, bei dem Gedanken, dass diesem unschuldigen Mädchen das Leben geraubt worden war, nur um die schreckliche Unterdrückung der Quellen möglich zu machen und die Magier zu kontrollieren. Mit welchem Recht tat jemand so etwas? Ihr Blick zuckte zu Danes und ihr ganzer Hass ergoss sich über seine Gestalt, so heftig, dass sie glaubte, er müsste es spüren. Tatsächlich drehten sich die Mitglieder des Inneren Kreises in diesem Moment zu ihnen um.

»Seth.« Die Hohe Rätin machte einen Schritt auf ihn zu, als ihr Blick auf Adara fiel. Ungnädig verzog sie das Gesicht. »Magier sind hier nicht erlaubt«, knurrte sie.

Seth hob eine Augenbraue. Obwohl Adara ihn mittlerweile oft genug dabei beobachtet hatte, bewunderte sie, wie unglaublich echt seine Überraschung wirkte. »Es tut mir leid, Hohe Rätin, mir wurde nicht mitgeteilt, was mich hier erwartet und wofür ich gebraucht werde. Es schien mir daher nur vernünftig, Adara mitzubringen.«

Adara starb innerlich tausend Tode. Wenn jemand bemerkte, dass auf dem Flur ein Wächter lag …

»Magier haben beim Austausch der Masterquelle nichts verloren!« Rat Danes trat drohend einen Schritt auf sie zu.

»Lass sie bleiben«, fuhr die Hohe Rätin dazwischen. »Wir haben keine Zeit. Und«, sie pausierte mit einem warnenden Blick zu Adara, »ich bin selbst Wächterin, falls du das vergessen hast. Sie wäre keine Gefahr für uns.«

Adara fluchte innerlich. Wahrscheinlich stimmte das. Es würde nicht leicht werden, Matteo zu retten und Seth zu unterstützen, falls etwas schiefging.

Danes wirkte nicht begeistert, aber er gab sich geschlagen. Die Hohe Rätin gab Adara ein Zeichen, dass sie von Seth wegtreten sollte, und sie gehorchte. Kurz runzelte die Hohe Rätin die Stirn. »Ich spüre Magie zwischen euch«, sagte sie. Adara wollte erwidern, dass sie trotz allem nicht zaubern konnte, ohne Seth zu berühren, und auch Danes öffnete den Mund, aber die Hohe Rätin kam ihnen zuvor. »Nicht sehr stark, nicht besorgniserregend, aber dennoch erstaunlich. Ich habe schon davon gehört. Das soll es ganz selten geben. Ich habe es aber noch nie erlebt.« Sie musterte sie noch kurz nachdenklich, dann wandte sie sich ab, winkte und einer der Wächter trat mit Matteo zu ihr. Matteo wirkte schwach, wankte merkwürdig und seine Augen waren glasig, und als man ihn ins Becken legte, schien er vollends das Bewusstsein zu verlieren. »Er hat Medikamente erhalten, die ihn ruhigstellen, Hohe Rätin«, erklärte Danes.

Adara warf Seth einen verzweifelten Blick zu. Sie mussten Matteo jetzt helfen – wenn er erst mal angeschlossen war, war es zu spät. *Lucy? Wie sieht es aus? Kannst du den Supercomputer lahmlegen?*, fragte Adara und drehte nervös Seths Ring an ihrem Finger, den er ihr im Flugzeug gegeben hatte. Ihren eigenen hatte Richard Wright zwar noch gerettet, bevor er den Unterschlupf des Widerstandes verlassen musste, aber Adara hatte ihn an Lucy weitergereicht. Es war die einzige Möglichkeit, mit ihr in Kontakt zu bleiben.

Nicht gut, antwortete Lucy. *Ist nicht leicht, einen Zugang zum Supercomputer zu finden. Ich versuche, über Seths Daten ein Schlupfloch zu finden.*

Adara fluchte innerlich. Also mussten sie Matteo auf andere Art retten. Nur wie?

»Ich bitte nun alle Mitglieder des Inneren Kreises, den Austausch der Masterquelle über die Validierung ihrer Retinascans zu bestätigen«, sagte Danes und stellte sich selbst vor eine kleine Kamera, die leise piepste. Dann trat Danes zur Seite und Medea St. John und die Hohe Rätin gaben ihr Einverständnis. Seth hingegen schüttelte den Kopf. »Bevor ich dieser Prozedur zustimme, möchte ich erst erfahren, was hier genau passieren soll.«

Danes starrte Seth böse an, aber die Hohe Rätin nickte, wahrscheinlich glaubte sie, dass sie schneller ans Ziel kommen würden, wenn man ihm das Nötigste einfach erklärte. Adara hoffte, dass Richard die Räte bereits zusammengerufen hatte und sie über den geheimen Livestream alles mitbekamen, was sicherlich Seths Absicht gewesen war. Natürlich würde das noch nicht reichen, denn was die Hohe Rätin jetzt erklärte, war noch nichts, was die Räte ausreichend schockieren würde. Aber es verschaffte Adara Zeit. Während die Hohe Rätin redete und Danes Matteo an den Computer anschloss, überlegte Adara fieberhaft, was sie tun konnte. Sie rief sich alles in Erinnerung, was Seth ihr erklärt hatte. Der Computer würde sich von selbst mit Matteo verbinden und die Augensterne auf sein Gehirn übertragen. Ja natürlich! Was, wenn sie verhindern konnte, dass der Computer überhaupt an sein Gehirn rankam? Konnte das klappen? Direkt unter den Augen der Hohen Rätin, die den Geschichten nach eine verdammt gute Wächterin war? Sie biss sich auf die Lippe. Damit es funktionierte, durfte die Magieebene nicht aus Adaras Körper herausschwappen wie sonst, sondern sich nur in Matteos Kopf öffnen. Adara wusste nicht, ob das überhaupt möglich war. Aber es half nichts, sie musste es versuchen. Es war ihre einzige Chance. Sie wartete, bis die Hohe Rätin ihre Erklärung beendet hatte. Seth blieb nichts anderes mehr übrig, als über den Retinascanner seine Einwilligung zum Austausch zu geben.

Es piepste, als der Computer Seths Augen scannte, und auf den Computerbildschirmen um die beiden Becken herum bewegten sich plötzlich Balken und Zahlen. Die Hohe Rätin inspizierte die Displays und die alte Masterquelle und nickte dann Danes zu, der auf eine Schaltfläche drückte. Diesen Moment nutzte Adara aus. Blitzschnell griff sie nach Seths Hand. *Seth, du darfst mir keine Magie geben, gar keine. Ich nehme sie mir selbst.* Es musste eine unfassbar kleine Menge sein. So wenig, dass die Hohe Rätin nicht mehr spürte als das, was sie vorhin schon bemerkt hatte. Unter größter Anstrengung dosierte sie Seths Magie. Ihr Herz raste vor Angst, die Hohe Rätin könnte sich umdrehen und bemerken, was sie da tat. Unendlich vorsichtig erschuf sie eine winzig kleine Magieebene. Nur in Matteos Kopf. Es funktionierte tatsächlich! Hastig wob sie einen Schutzzauber um sein Gehirn. Es dauerte nur den Bruchteil einer Sekunde, aber es kam ihr vor wie eine Ewigkeit. Die Hohe Rätin machte einen Schritt auf Matteo zu. Adaras Herz blieb beinahe stehen. Aber sie durfte nicht aufhören, nicht jetzt.

»Hohe Rätin«, meldete sich da Danes ungehalten zu Wort. »Der Computer kann sich nicht mit Matteos Gehirn verbinden.«

»Was? Warum nicht?« Die Hohe Rätin ging auf Matteo zu.

Sofort ließ Adara die winzige Magieebene kollabieren und machte unauffällig einen Schritt von Seth weg.

»Ich weiß es nicht«, antwortete Danes. »Irgendwie ist er nicht kompatibel. Der Computer hat es dreimal versucht und zeigt jetzt eine Fehlermeldung. Sollen wir es noch mal versuchen?«

Adara machte sich bereit, Matteo noch einmal mit Magie zu schützen, doch die Hohe Rätin schüttelte den Kopf. »Ich fürchte, das hat keinen Sinn.« Die Hohe Rätin winkte die beiden Wächter heran und kurz empfand Adara Erleichterung, als sie zusah, wie sie Matteo aus dem Becken hoben und ihn etwas zögerlich auf den Fußboden am anderen Ende des Raumes legten. Matteo war bewusstlos, aber er lebte. Kein künstliches Koma. Dann jedoch wischte eine böse Ahnung ihre Erleichterung mit einem Schlag fort. Es war zu einfach gewesen. Viel zu einfach. Warum gab die Hohe Rätin Matteo so schnell auf? Ihre Überlegung wurde jäh unterbrochen, als sie Seths Anspannung spürte. Sie wusste, dass nun der Moment gekommen war, in dem er seine Masterquelle vorschlagen musste. Aber bevor er es tun konnte, öffnete die Hohe Rätin den Mund. »Zum Glück ist das nicht weiter schlimm. Es kommt mir sogar ganz gelegen. So muss ich ihn nicht töten.«

Schweigen explodierte zwischen allen Anwesenden.

Für einen kurzen, wilden Moment dachte Adara, die Hohe Rätin stünde auf ihrer Seite. Immerhin hatte sie in jener Nacht bei den Särgen ihrer Kinder deutlich gemacht, dass die Gemeinschaft ihr am Herzen lag und sie brauchte. Vielleicht wollte sie ebenso wie Seth verhindern, dass der Supercomputer die Macht übernahm?

»Ich habe einen passenden Ersatz mitgebracht. Und da ich davon ausgegangen bin, dass es dir nicht gefallen wird, Rat Danes, habe ich beschlossen, dir keine Wahl zu lassen.«

Danes fluchte leise und Medea St. John starrte die Hohe Rätin erschüttert an. »Was soll das werden?«

Die Hohe Rätin wandte sich ihr zu. »Ich sorge dafür, dass wir die Magier auch wirklich unter Kontrolle haben.«

Adara sah, wie die Gedanken der anderen rasten. Sie alle hatten keine Ahnung, was die Hohe Rätin vorhatte. Seth rührte sich nicht, aber sie spürte in seiner ganzen Haltung, dass er genauso entsetzt war wie sie und fieberhaft überlegte, was zu tun war.

»Komm bitte her.« Die Hohe Rätin winkte dem anderen Wächter zu. Er trat vor und nahm die Maske ab.

Adaras Welt hörte auf, sich zu drehen – sie blieb einfach stehen, in dem Moment, als sie sein Gesicht sah.

64

»Chris«, flüsterte Adara.

Sie fühlte sich an den Strand zurückversetzt, als sie zum ersten Mal geglaubt hatte, ihn zu sehen. Für einen Moment meinte sie, das Meer hinter sich rauschen zu hören und den Sand zwischen ihren Zehen zu spüren. Aber dann wurde sie zurück in die Wirklichkeit geworfen und alles fiel endlich an seinen Platz.

Chris war keine Illusion. Und er war es nie gewesen. Sie hatte ihn wirklich am Strand gesehen, so wie er jetzt auch hier ganz real vor ihr stand. Sie dachte an all die Gelegenheiten zurück, bei denen sie ihn wahrgenommen hatte. Bei Lucys Haus, bei der Verbindungszeremonie, und auch als sie mit Naos über den geheimen Einsatz des Widerstandes geredet hatte. Das Gespräch, das zu Naos' Festnahme geführt hatte – Chris war dort gewesen, hatte ihr vorgegaukelt, nur eine Illusion zu sein. Es war leicht gewesen für ihn, denn sie hatte es glauben wollen.

Und dann hatte er Naos verraten.

Sie konnte ihm nicht mal böse sein, denn natürlich hatte er es für den einen Menschen getan, den er noch mehr liebte als sie: Lucy.

Adaras Herz begann, heftig zu schmerzen. Denn da war noch mehr. Wenn er der Wächter war, der versucht hatte, Lucy vor der Hohen Rätin zu schützen, dann war er auch der Wächter, der sie bei der Befragung gerettet hatte, als Seth sich dagegen entschieden hatte. Und deswegen hatte sie da auch das Gefühl gehabt, seine Stimme zu kennen, weil sie ihr vertraut war, selbst wenn sie durch eine Maske verzerrt wurde. Ja, es war alles ganz logisch und trotzdem schrie etwas in ihr, dass es nicht sein konnte.

»Warum habe ich es nicht gefühlt?«, flüsterte sie. »Ich konnte dich früher immer fühlen – dieses Vibrieren in mir, deine Nähe, dich. Du warst ein Teil von mir, den ich jederzeit und überall wahrgenommen habe. Du … du hast mich sogar einmal berührt«, sie stockte, dachte an den Moment bei der Wächterzeremonie zurück, »und da war … einfach nichts.«

Es musste daran liegen, dass Lucy ihn zurückgeholt hatte. Seine Schwester. Der Teil von Chris, der Adara geliebt hatte, war nicht mit zurückgekommen, sondern Geist geblieben. Deswegen hatte sie diesen Teil auch nach Chris' Auftauchen noch in der Luft wahrgenommen. Unwillkürlich schloss sie die Augen und spürte das sanfte Streifen an ihrer Wange wie damals im Dschungel. Ja, das war *ihr* Chris gewesen, nicht der, der jetzt vor ihr stand.

»Es tut mir leid«, flüsterte er. »Ich wollte dir nicht wehtun.«

Ihr Herz zersprang fast ein weiteres Mal. Denn sie wusste, sie hatte recht. Dieser Chris liebte sie nicht. Er konnte es gar nicht. Und was er für sie getan hatte, hatte er wahrscheinlich nur um der alten Zeiten willen getan.

»Chris Wright!« Rat Danes klang vollkommen entsetzt. »Wie ist das möglich? Wir haben ihn …«

»… hingerichtet. Gegen meinen Willen«, zischte die Hohe Rätin.

Adara sah, dass Rat Danes schluckte. Er schwieg, aber er schien fieberhaft nachzudenken, wie er verhindern konnte, dass Chris als Masterquelle eingesetzt wurde.

Adara dachte dasselbe. Chris würde in das magische Koma fallen und das wünschte sie niemandem. Ganz besonders Chris nicht. Aber wie sollte sie das verhindern? Konnte sie ihn auf die gleiche Art schützen wie Matteo? Sie runzelte die Stirn. Nein, sicher nicht.

Denn es war nun offensichtlich, warum es so leicht gewesen war, Matteo zu retten. Weil es der Hohen Rätin gelegen kam. Chris jedoch wollte sie unbedingt als Masterquelle haben. Aber warum?

»Hohe Rätin, ich verstehe nicht …«, meldete sich Medea St. John zu Wort. Sie schien verletzt und überrascht zu sein, dass sie nicht eingeweiht worden war. Ihr Blick zuckte sogar zu Seth und Adara sah etwas wie Angst darin schimmern.

»Es tut mir leid, dass ich dir nicht von meinen Plänen erzählen konnte«, sagte die Hohe Rätin sanft. »Du warst mir immer eine gute Freundin, auch wenn du manchmal vom Weg abgekommen bist.« Sie warf einen vielsagenden Blick auf Seth. »Aber ich konnte es nicht riskieren, dich einzuweihen. Niemand durfte wissen, dass ich Chris als Masterquelle vorgesehen habe.«

»Natürlich nicht«, zischte Danes. »Denn niemand von uns hätte dem zugestimmt.«

»Warum nicht?«, fragte Medea St. John. »Dass er ein Verräter ist, spielt keine Rolle, denn durch das magische Koma wird er keine Möglichkeit mehr haben, sein verräterisches Gedankengut zu verbreiten.«

Danes lachte bitter. »Darum geht es nicht. Das Problem ist, dass er nicht ins magische Koma fallen wird. Er ist ein Doppelpotenzialträger.«

Medea St. John sog scharf die Luft ein und machte einen Schritt auf die Hohe Rätin zu. »Wenn das wahr ist, dann …«

»Natürlich ist es wahr«, erwiderte die Hohe Rätin gelassen. »Deswegen hat Danes ihn umgebracht und deswegen habe ich ihn von den Toten zurückgeholt. Mit der Hilfe seiner Schwester, nachdem der erste Versuch fehlgeschlagen ist.«

Warum sah sie Adara plötzlich ungnädig an? Und dann verstand sie und fiel aus allen Wolken. Es war Absicht gewesen. Alles. Die Hohe Rätin hatte Lucy die Asche zugespielt, damit sie sie Adara gab, die als Magierin viel einfacher jemanden zurückholen konnte, ohne dass jemand es mit der Hohen Rätin in Verbindung brachte. So hätte sie ihren kostbaren Doppelpotenzialträger bekommen. Und vielleicht noch mehr. Wenn jemand Adara daran hindern wollte zu kämpfen, dann wäre das die beste Art. Das hatte Adara damals selbst gedacht, als sie sich dagegen entschieden hatte, ihre Seele zu verstümmeln, um Chris zurückzuholen, denn mit einer zerstückelten Seele hätte sie nie die Kraft und den Willen für diese Rebellion gehabt. Hatte die Hohe Rätin also damals versucht, zwei Fliegen mit einer Klappe zu schlagen? Fassungslos versuchte Adara, sich zu konzentrieren. So verstörend das alles war, so hilfreich war es für den Livestream. Vielleicht hatte Richard Wright die anderen Räte schon überzeugen können, den Inneren Kreis zu entmachten, sodass Seth und sie sie besiegen konnten. Und zwar, bevor die Hohe Rätin Chris anschloss.

»Und jetzt …« Die Hohe Rätin deutete auf den anderen Wächter und winkte ihm, dass er Handschuhe und Maske abnehmen sollte. Adara zuckte zusammen, als Ida darunter zum Vorschein kam. Sie wirkte unglaublich schwach und blass. Ihre Haut noch durchscheinender als sonst, ihre Augen halb geschlossen. Sie wankte gefährlich, aber die Hohe Rätin packte sie am Arm. Etwas blitzte am Handgelenk der Hohen Rätin auf und Adara erkannte den Apparat, den sie benutzt hatte, um sich bei der Befragung mit Adara zu verbinden. Eine üble Ahnung stieg in ihr auf. Und dann griff sie entsetzt nach Seths Hand. *Seth, ich glaube, sie …*

In diesem Moment packte die Hohe Rätin Idas Arm. Ida schrie auf, als eine heftige Magiewelle aus den Fingern der Hohen Rätin schoss.

65

Seth zog Adara hinter sich und gab ihr gleichzeitig seine Magie. Sofort wirkte sie einen Schutzschild, an dem die Energiewelle der Hohen Rätin abprallte.

»Hey«, keuchte Medea St. John. »Ich … kann mich nicht bewegen.« Tatsächlich wirkte sie, wie mitten in der Bewegung erstarrt.

»Sie hat einen Lähmungszauber über uns geworfen«, zischte Rat Danes.

Die Hohe Rätin musterte Seth und Adara verärgert, weil der Zauber ihnen nichts anhaben konnte, und überlegte wohl, was sie jetzt gegen sie unternehmen sollte, zuckte dann aber mit den Schultern. Sie zog Ida zum Becken der Masterquelle und spannte einen Schutzzauber um sich herum, der Chris und das Becken mit einschloss. Jetzt konnte ihr nichts und niemand mehr in die Quere kommen.

Medea St. John sah sie an, als wäre sie eine vollkommen Fremde für sie. »Wieso kannst du mit ihr zaubern, obwohl du weder Quelle noch Magierin bist?«

»Sie kann ihre Magie nehmen, weil sie sich mit Ida verbunden hat«, stieß Adara hervor. »Und zwar mit dem Apparat, den sie bei der Befragung an mir getestet hat. Ich habe es damals gespürt, es war wie eine Verbindung, nur konnte sie mit mir nicht zaubern, weil ich kein Doppelpotenzialträger bin.«

Seth wusste sofort, dass Adara richtiglag. Vielleicht war das sogar der wahre Grund für die Befragung gewesen – um zu testen, ob die geistige Verbindung zu einem anderen Menschen durch das Gerät möglich war. Wut stieg in ihm auf, weil die Hohe Rätin Adara als Versuchskaninchen benutzt hatte. Hatte sie deshalb die Intensität ständig erhöht, um zu sehen, wie weit sie gehen konnte, ohne ihre kostbaren Doppelpotenzialträger zu verletzen? Seth musste sich zwingen, ruhig zu bleiben. Denn viel wichtiger war die Frage, wozu die Hohe Rätin Chris als Masterquelle haben wollte. Wieso wollte sie jemanden, der nicht ins magische Koma fiel?

»Adara.«

Er fuhr auf. Ida. Flehentlich sah sie Adara an. Ihre Stimme klang untypisch für sie, so leise und zerbrechlich.

»Ihr müsst sie aufhalten. Bitte. Ich kann nicht, solange sie meine Magie nimmt, aber ihr dürft nicht zulassen, dass sie …«

»Ruhe«, fuhr die Hohe Rätin sie an. »Sonst wird deine Schwester es büßen.«

Dafür also hatte er ihr Sara übergeben müssen, damit Ida spurte. Wahrscheinlich hatte sie auch Lucy nur zu dem Zweck nach London mitgenommen, um Chris unter Druck setzen zu können, bis ihr Plan durchgeführt war. Durch den Augenstern konnte sie Lucy jederzeit töten, falls Chris sich ihr widersetzte. Chris. Seths Blick zuckte zu ihm. Wie dumm, in einer Situation wie dieser Eifersucht zu verspüren. Es war nur ein winziger Moment gewesen, aber Seth hatte es gesehen. Wie nicht nur Adaras Gesicht, sondern ihr ganzes Wesen vor Freude geleuchtet hatte, als Chris sich die Maske vom Kopf gezogen hatte. Seth verwies diese unvernünftigen Gefühle in ihre Schranken und machte kalter Berechnung Platz. Konnte er es nutzen, dass Chris zurück war? War es seinem Plan dienlich, wenn er zuließ, dass die Hohe Rätin ihn als Masterquelle einsetzte? Wenn er doch nur wüsste, was sie vorhatte. Jedenfalls nicht dasselbe wie Rat Danes.

»Los, schließ ihn an den Computer an«, sagte die Hohe Rätin zu

Ida, wobei sie jedoch ihre Hand nicht losließ. Scheinbar erschuf der Apparat eine geistige Verbindung zwischen ihr und Ida, aber um Magie zu wirken, musste die Hohe Rätin sie wohl immer noch berühren. Seth betrachtete grimmig, wie Ida unter der Anleitung der Hohen Rätin Chris mit den Elektroden verband.

Was ist mit Richard?, drängte Adara in Gedanken. *Hat er dir irgendeine Nachricht geschickt?*

Seth schüttelte den Kopf. *Es dauert sicher, bis er die Räte restlos überzeugen kann.*

Dann müssen wir irgendetwas tun. Wir können nicht auf ihn warten.

Das befürchte ich auch. Er richtete seine Aufmerksamkeit wieder auf Chris und fragte sich, warum er das mit sich machen ließ. Für Lucy? Oder war es möglich, dass die Hohe Rätin ihn durch die Wiedererweckung von den Toten so verändert hatte, dass er ihr nun wirklich treu ergeben war? Seth konnte es sich kaum vorstellen. Die Rebellion gegen das System hatte Chris in jeder Faser gesteckt.

Adara, was denkst du, auf welcher Seite er steht?, fragte er sie in Gedanken.

Warum? Meinst du, er würde uns helfen?

Vielleicht. Wenn er das alles nur macht, weil er mit Lucy erpresst wird, haben wir zumindest eine Chance.

Da er nicht ins magische Koma fällt … Adaras Gedankenfluss stockte kurz. Dann sah sie ihn mit leuchtenden Augen an. *Könnte er die Verbindungen zu den Augensternen lösen?*

Seth nickte kaum merklich. *Es wäre eine Möglichkeit. Wenn ich es schaffe, ihm per Gedankennachricht zu erklären, wie es geht.*

Er spürte, dass Hoffnung Adara durchströmte, sie mischte sich in seine Magie und schwappte in seinen Körper.

Zuerst müssen wir ganz sicher sein, dass er auf unserer Seite steht, ermahnte er sie.

»Wie weit bist du?«, fauchte die Hohe Rätin Ida an. »Wieso dauert das so lange?«

»Was willst du damit nur erreichen?« Danes leise Frage ließ die

Hohe Rätin herumfahren. Er wirkte ehrlich erschüttert. »Es war doch alles so perfekt geplant. Wir wollten Matteo als Masterquelle einsetzen und dann gemeinsam die Gemeinschaft unsterblich machen, für immer unangreifbar durch die künstliche Intelligenz …«

Das Gesicht der Hohen Rätin verzerrte sich verächtlich. »Du wolltest das«, zischte sie. »Nicht ich. Ich habe das nie gewollt.« Ihre Augen blitzten. »Verstehst du nicht, was für eine Perversion der Natur Magie ist? Jedes Mal, wenn ich mit ihr zaubere«, sie deutete auf Ida, »ekelt es mich an. Es ist falsch und widerlich. Niemand sollte in der Lage sein, diese Macht zu nutzen.«

Nur mühsam konnte Seth einen ungläubigen Blick zurückhalten. Was redete sie denn da?

»Das meinst du doch nicht ernst«, flüsterte Danes und in seinen Augen sah Seth jetzt die Angst, dass seine langjährige Mistreiterin vollkommen durchgedreht war. Er konnte es ihm gut nachfühlen, sogar in ihm, ganz tief unter der erkalteten Lava, erwachte etwas wie Angst.

»Ich meine es bitterernst«, gab die Hohe Rätin zurück. »Magie tötet und zerstört. Magie ist keine Gabe, sie ist ein Fluch, der nur eins bewirkt: Unterdrückung und Leid.«

Auf Danes' Gesicht zeichnete sich Verstehen ab, auch Adara schien langsam zu ahnen, was vor sich ging. Seth jedoch konnte nur raten. Sein Blick zuckte zu Chris. Ida war gerade dabei, ihm die letzte Elektrode auf die Stirn zu kleben.

Soll ich ihm eine Nachricht schicken?, fragte Adara unruhig. *Wenn er angeschlossen ist, ist es vielleicht zu spät.*

Sie hatte recht, dennoch … *Warte noch. Einen Augenblick wenigstens.* Er wollte erst mehr über die Pläne der Hohen Rätin in Erfahrung bringen, indem er sie vorsichtig zum Reden brachte.

»Hohe Rätin, wir alle müssen Opfer für die Gemeinschaft bringen«, kam Danes ihm jedoch zuvor. Er wirkte wie jemand, der einen potenziellen Selbstmörder vom Fenstersims herunterlocken wollte.

»Die Gemeinschaft«, zischte die Hohe Rätin, »ist eine Geißel der

Menschheit. Schau dich nur an. Wie viel Schrecken hast du in ihrem Namen über die Welt gebracht. Und die vielen Opfer, die sie mir abverlangt hat, habe ich nicht freiwillig gebracht. Mein Mann, meine Kinder … Das waren du und deine selbstgerechten Schergen, die dafür gesorgt haben, dass alle Doppelpotenzialträger ausgelöscht wurden.« Sie verstummte, ihr Atem ging viel zu schnell und Seth bemerkte, dass Tränen über ihre Wangen liefen. Aber das ließ sie nicht schwach wirken, sondern nur gefährlicher. »Mein Mann hatte schon lange an diesem Apparat gearbeitet. Er wollte, dass ich die Schönheit der Magie auch spüren kann, indem ich mich mit ihm verbinde.« Sie blickte angewidert auf die Metallmanschette an ihrem Handgelenk. »Aber ich fühle es nicht«, flüsterte sie und ihre Augen wurden glasig. »Ich fühle nur Ekel. Für mich ist sie nur Mittel zum Zweck.« Sie sah wieder auf. Ihr Blick ging Seth durch Mark und Bein, denn langsam begann er zu ahnen, was sie vorhatte. Seth musste sich jetzt entscheiden, ob er Chris ins Vertrauen ziehen wollte oder nicht. Wenn er ihm eine Nachricht schickte und er doch vollkommen auf der Seite der Hohen Rätin stand und sie verriet, war alles aus. Aber wenn er zu lange wartete …

»Die Doppelpotenzialträger sind gefährlich«, erklärte Danes. »Wächter können ihre Magie nicht beenden, sie können nicht kontrolliert werden. Wenn ihre Magie einmal freigesetzt ist …«

»*Konnten* nicht«, sagte die Hohe Rätin mit Blick auf die Manschette an ihrem Arm. »Solange ich ihre Magie damit nehme, kann sie nicht selbst zaubern. Und ja, dein Wahn, sie alle zu vernichten, um die Gemeinschaft zu schützen, hat mir sehr genutzt. Das Verbot der Beziehung zwischen Magier und Quellen, um die verbotenen Kinder zu verhindern, weil sie ganz besonders oft Doppelpotenzialträger sind, war sehr hilfreich für mich. Denn ich denke, es bewirkt auch, dass immer weniger Magier und Quellen geboren werden. Und das ist es, was ich will. Eine Welt ohne Magier und Quellen. Eine Welt, frei von Magie.«

Kälte senkte sich in Seths Knochen, als ihm klar wurde, dass die

Hohe Rätin sogar noch gefährlicher war als Rat Danes. Noch irrer. Er zog an Adaras Hand, sandte ihr seine Magie.

Ich rede mit Chris. Er ist unsere einzige Chance zu verhindern, was immer sie vorhat.

Adara nickte nicht, sie bewegte sich überhaupt nicht, damit niemand etwas bemerkte. Sie antwortete ihm in Gedanken. *Gut. Ich halte sie am Reden, damit du Zeit genug hast, ihm alles zu erklären. Und damit auch Richard noch eine Chance hat.*

Sie räusperte sich. »Willst du … willst du das für deine Kinder?«, fragte sie, an die Hohe Rätin gewandt. »Eine Welt, in der nicht nur alle normalen Menschen, sondern auch deine Kinder glücklich und unbehelligt leben können?«

Seth sah, dass Adaras Blick sich vielsagend auf zwei längliche Truhen richtete, die an einem Ende des Raumes standen. Aber darüber konnte er sich jetzt keine Gedanken machen, Adara wusste bestimmt, was sie tat.

Chris, sandte er ihm eine Nachricht. *Wenn du sie aufhalten willst, musst du Adara und mir helfen.*

Chris' Blick zuckte suchend durch den Raum, bis er Seth fand. Er antwortete nicht, wahrscheinlich hatte er keinen Stein mehr. Aber er nickte kaum merklich. Erleichtert formulierte Seth in Gedanken seine Anweisungen und sandte sie an Chris. Erst hellte sich seine Miene auf, dann wurde sie plötzlich finster und Chris schüttelte kaum merklich den Kopf. Seth fluchte innerlich. Warum schüttelte er den Kopf? Hielt er es für zu gefährlich? Fieberhaft überlegte er, wie er ihn davon überzeugen konnte, dass sie keine andere Wahl hatten.

»Du willst also deine Kinder wiedererwecken«?, hörte er Adara gerade fragen. »Dafür hast du also ihre Körper zurückgeholt und sie gekühlt hierhergebracht. In dem ganzen Transportchaos der Masterquelle fielen zwei weitere Truhen nicht auf. Du musstest ihre Körper schon im Vorfeld wiederherstellen, denn dafür braucht man organisches Material. Das gibt es in diesem sterilen Raum aber nicht.«

»Gut erkannt.« Die Hohe Rätin lächelte Adara zu, dann nahm ihr Gesicht einen unbarmherzig kalten Ausdruck an. Sie drehte sich zu Chris. Die letzte Elektrode klebte auf seiner Stirn.

Seth sandte ihm noch eine Nachricht, aber er zeigte keinerlei Regung. Verdammt, was war nur los mit ihm? Sah er denn nicht, was passieren würde, wenn er ihnen nicht half?

Die Hohe Rätin nickte zufrieden, weil Chris bereit war. »Und jetzt ist es an der Zeit, euch alle vom Angesicht dieser Erde zu tilgen.«

»Uns alle?«, fragte Medea St. John leise.

Vor lauter Konzentration auf Chris hatte Seth fast vergessen, dass sie auch noch da war. Ehrliches Bedauern legte sich über den Hass in der Miene der Hohen Rätin. »Es tut mir leid«, flüsterte sie. »Wirklich. Aber damit meine Kinder und alle anderen Menschen in Ruhe leben können, muss jede Spur von Magie ausgelöscht werden. Nicht nur die Magier und die Quellen, sondern auch alles Wissen darüber.«

Unwillkürlich sah Seth die Aufzeichnungen vor sich und wie die Hohe Rätin verlangt hatte, dass Adara sie zerstörte. Er sah auch Matteos Graffiti, die er selbst in Schutt und Asche gelegt hatte.

»Das ganze Wissen?«, fragte Adara.

Die Hohe Rätin lächelte wieder. »Ja. Du verstehst es, Adara, nicht wahr? Glaub nicht, dass es mir leichtfällt. Aber es muss nun mal sein.«

Auch Seth verstand es im selben Augenblick, in dem sie es sagte, und bekam zum ersten Mal seit Langem eine Gänsehaut.

»Das Wissen der Gemeinschaft ist in den Köpfen der Mitglieder gespeichert«, sagte Rat Danes langsam, als hätte auch er es gerade durchschaut.

Sprachlos starrte Medea St. John ihre Freundin an. »Du willst sie alle auslöschen? So viele Menschen?« Ihre Stimme zitterte. Dann sah sie zu Seth hinüber, als wollte sie sagen: *Tu etwas, dafür habe ich dir doch geholfen. Halt sie auf.*

»Ich fürchte ja«, antwortete die Hohe Rätin und ihr Bedauern wirkte echt.

»Das geht nicht, bitte, komm zur Vernunft, das … das funktioniert doch gar nicht«, versuchte Medea St. John, auf sie einzuwirken.

Die Hohe Rätin lächelte milde, als spräche sie mit einem naiven Kind. »Natürlich geht das. Ich muss mich nur mit Chris verbinden, sobald er seine Position als Masterquelle eingenommen hat.« Sie deutete auf Chris. »Da er nicht ins magische Koma fällt, kann ich durch ihn direkt auf die Magie aller Magier zugreifen, mit denen er durch die Augensterne verbunden ist. Ich kann dann nicht nur ihre Gedanken beeinflussen, wie es mit der gewöhnlichen Masterquelle vorgesehen war, sondern sie direkt steuern. Ich werde sie dazu zwingen, alle Mitglieder der Gemeinschaft zu beseitigen. So lange, bis es keine Gemeinschaft mehr gibt.«

Seth sah es vor sich. Eine Welt ohne Magier und ohne die Gemeinschaft. Eine Welt, die den Naturkatastrophen hilflos ausgeliefert wäre.

»Wenn die Gemeinschaft ausgelöscht ist«, fuhr die Hohe Rätin fort, »werde ich meine Kinder wieder zum Leben erwecken, um wenigstens einen Teil der Schuld wiedergutzumachen. Und dann werde ich die Masterquelle töten, damit alle Magier und Quellen restlos ausgelöscht werden.«

Seth sah, dass Chris blass geworden war, aber trotz allem gefasst wirkte. Adaras Entsetzen hingegen spürte er bis in seine Magie.

Gott, Seth, sie ist ja vollkommen durchgeknallt. Wir müssen sie aufhalten. Was sagt Chris, tut er es?

Seth schüttelte knapp den Kopf.

Adaras Augen weiteten sich. *Warum nicht? Ohne ihn …*

Ihre Gedanken verstummten in seinem Kopf. Und ihre Hoffnung in seiner Magie erstarb. Angst schwappte in ihn hinein und er sah, dass sie Chris verzweifelte Blicke zuwarf.

»Nein«, schrie Medea St. John, »das lasse ich nicht zu und die beiden sicher auch nicht.« Sie deutete auf Seth und Adara.

Die Hohe Rätin lachte. »Denkst du, ich hätte zugelassen, dass er sie mitbringt, wenn sie eine Gefahr für mich wären? Niemand durchdringt

Idas Schutzzauber, und sobald ich die Masterquelle beherrsche, beherrsche ich auch Seth und Adara. Genau wie alle anderen Magier.«

»Nein«, entgegnete Medea jetzt wütend. »Uns kannst du nicht einfach so auslöschen. Wir werden durch den Zauber des Inneren Kreises geschützt«.

Ohne Vorwarnung hob die Hohe Rätin die Hand. Blitze schossen daraus hervor und trafen Medea St. John mitten auf die Brust. Mit einem ungläubigen Ausdruck in den Augen ging sie zu Boden und blieb leblos liegen.

Seth erstarrte innerlich zu Eis. Der Schutzzauber, der auf dem Inneren Kreis lag, war undurchdringbar. Idas Macht musste unermesslich sein.

»Meine liebe Freundin«, flüsterte die Hohe Rätin mit Tränen in den Augen. Ihre Stimme zitterte jetzt, war kaum noch verständlich. Dann richtete sie den Blick auf Danes. Ohne weiteres Aufheben griff sie wieder nach Idas Magie. Idas Körper verkrampfte sich und sie weinte und keuchte vor Schmerz, als die Hohe Rätin sie zwang, noch mehr Energie durch ihren Körper zu leiten. Sie bäumte sich auf, als Blitze aus den Fingerspitzen der Hohen Rätin schossen und Rat Danes trafen. Seine Knie sackten weg und mit einem letzten überraschten Keuchen fiel er zu Boden.

Seth hörte, dass Adara neben ihm aufkeuchte, spürte ihr Gefühlschaos und empfand es selbst. Rache, Wut, Genugtuung und zwischen allem eine merkwürdige Trauer, die er wirklich nicht für jemanden empfinden sollte, der ihm sein Leben zur Hölle gemacht hatte. Und dessen grausames Training ihm nun ironischerweise half, all das wegzuschieben und einen kühlen Kopf zu bewahren.

Seth musterte Ida. Wenn sie den Schutzzauber des Inneren Kreises durchbrechen konnte, würde sie ihn und Adara mühelos besiegen. Allerdings wirkte sie nicht, als würde sie noch lange durchhalten. Trotzdem war es zu gefährlich, sich darauf zu verlassen, dass sie bald zusammenbrechen würde. Außerdem hatte die Hohe Rätin immer noch Chris. Seth erschauerte innerlich bei dem Gedanken daran, welche Macht ihm innewohnen musste, wenn schon die vollkommen ausgezehrte Ida solche Magie wirken konnte. Aber warum griff die Hohe Rätin ihn und Adara nicht an?

»Macht euch bereit!«, rief die Hohe Rätin in diesem Moment. Sie sah zu Seth und Adara. »In wenigen Minuten werdet ihr nicht mehr ihr selbst sein. Ich werde euch kontrollieren. Und ihr werdet jedes Mitglied der Gemeinschaft auslöschen, das euch begegnet.«

Deswegen also. Und Chris war immer noch vollkommen ruhig.

Ich verstehe das nicht, empfing Seth eine Nachricht von Adara. *Warum hilft er uns nicht? Er könnte alles beenden.*

Und plötzlich wurde ihm etwas klar. Was, wenn er einen eigenen Plan hatte? Was, wenn er sterben und die Augensterne mit sich in den Tod reißen wollte, weil er glaubte, damit alle retten zu können? Vielleicht wusste er es nicht.

Chris, was auch immer du vorhast, wird nicht funktionieren. Denn wenn du stirbst oder die alte Masterquelle, während die Augensterne mit euch verbunden sind, werden alle Magier und Quellen sterben.

Er hoffte, dass er unrecht hatte. Er wollte in Chris' Gesicht ein freches Lächeln sehen. Irgendetwas, das ihm sagte, dass Chris Bescheid wusste und es in seinem Plan berücksichtigt hatte. Stattdessen sah er nur eins: blankes Entsetzen. Es breitete sich auf Chris' Gesicht langsam und unbarmherzig aus. Seth fluchte innerlich. *Ganz ruhig,* sandte er ihm eine Nachricht. *Du musst nur tun, was ich sage.*

Aber Chris schüttelte jetzt heftig den Kopf. Immer noch entsetzt, immer noch leichenblass. Seth verstand. Warum auch immer, er konnte es nicht. Er konnte ihnen nicht helfen. Und langsam sank in Seths Verstand, dass es vorbei war. Keine künstliche Intelligenz würde die Herrschaft über die Gemeinschaft übernehmen. Nein. Stattdessen würde die Gemeinschaft restlos ausgelöscht.

66

Adara spürte Seths Hoffnungslosigkeit genauso heftig wie ihre eigene. *Lucy! Du musst den Supercomputer aufhalten. Jetzt.*

Ich versuche es ja! Großvater hat mich mit den anderen Hackern zusammengebracht. Wir sind im alten Computer und haben die Überwachung der Gedankennachrichten gestoppt. Über die App können wir vielleicht in den neuen Supercomputer kommen, falls es da eine Verbindung gibt, aber wir brauchen mehr Zeit.

Verzweifelt wandte Adara sich an Richard. *Du musst irgendwas tun, siehst du denn nicht über den Livestream, was hier passiert?*

Ich tue, was ich kann, die Räte, die den Livestream sehen, sind entsetzt, aber es sind zu wenige hier. Der Rat ist so nicht entscheidungsfähig. Der Innere Kreis hat zu viele Räte *in Neuseeland gelassen. Vielleicht mit Absicht.*

Adara war wie gelähmt. Es konnte doch einfach nicht sein, dass es vorbei sein sollte. Und dass es an so etwas scheiterte. Mutlos sah sie zu, wie Chris sich an die Geräte anschließen ließ, und plötzlich stieg Wut in ihr auf. »Chris, warum lässt du das zu?«, brüllte sie durch den Raum. War er denn wirklich so verändert zurückgekommen? War wirklich kein Funke Kampfgeist mehr in ihm? »Wehr dich, verdammt. So wie du es immer getan hast. Lucy wird sowieso sterben, wenn die Hohe Rätin ihre Drohung wahrmacht!«

Chris sah sie an, immer noch leichenblass und ebenso verzweifelt, wie sie sich fühlte.

»Was soll das heißen, die Augensterne können nicht übertragen werden?«, stieß die Hohe Rätin hervor. Sie stand vor den Monitoren des Computers und starrte sie böse an. »Fehlermeldung, weil er keine Quelle ist?«

Hoffnung und Verwirrung stiegen heftig in Adara auf. Was hatte das zu bedeuten?

»Natürlich ist er keine Quelle, du dämlicher Blechkasten!«, schrie die Hohe Rätin. »Er ist ein Doppelpotenzialträger, was bedeutet, dass er enorm viel Quellenpotenzial hat. Also musst du ihn verbinden können. Streng dich gefälligst an. Ich habe ihn getestet. Ich weiß, dass er alleine zaubern kann.«

Etwas in Adara rastete ein. Sie sah wieder vor sich, wie Chris die Körper der Kinder der Hohen Rätin zurückgeholt hatte. Wie er dabei Lucys Hand gehalten hatte.

Sie keuchte leise auf. Schnell suchte sie Chris' Blick und in seinen Augen sah sie, was sie die ganze Zeit gespürt, aber bis jetzt nicht verstanden hatte.

Ich weiß, warum du nicht tun kannst, was Seth von dir verlangt, dachte sie. *Aber ich habe eine Idee, wie wir die Hohe Rätin vielleicht doch noch aufhalten können.* Stockend holte sie Luft. *Vertraust du mir?,* fragte sie und eine Träne lief über ihre Wange. Bedauern breitete sich auf seinem Gesicht aus, aber dann nickte er kaum merklich.

Adara holte tief Luft. »Das ist nicht Chris«, flüsterte sie.

Die Hohe Rätin fuhr zu ihr herum und funkelte sie wütend an. »Was redest du da? Natürlich ist er es. Ich habe ihn selbst zurückgeholt. Mithilfe seiner Schwester.«

Adara schüttelte den Kopf. Gleichzeitig schmerzte ihr Herz. Wie dumm. Als hätte sie immer noch ein wenig gehofft, er käme zu ihr zurück und hätte erst jetzt verstanden, dass das niemals passieren würde.

»Du hast jemanden zurückgeholt«, flüsterte sie rau. »Aber nicht

Chris. Sondern jemanden, der Lucy so sehr liebt, dass er nicht wollte, dass Lucy ihre Seele verstümmelt, um ihren Bruder wiederzuerwecken.« Adara lächelte den jungen Mann, der in Chris' Körper steckte, unter Tränen an. »Ian«, flüsterte sie. »Chris' ehemaliger Magier und sein bester Freund.« Vielleicht auch mehr.

Sie erinnerte sich daran, wie sie vor Chris' totem Körper gekniet hatte. Wie sie sich dagegen entschieden hatte, ihn zurückzuholen, und wie der Totensprecher versucht hatte, sie zu überreden. Wie wütend er gewesen war, weil sie ihre Seele nicht hatte zerteilen wollen, um Chris wiederzuerwecken. Jetzt wusste sie auch endlich, warum er gewollt hatte, dass Chris weiterlebte. Weil er Ian war, jemand, der Chris genauso sehr liebte wie sie. »Ian ist in Chris' Körper geschlüpft, um Lucy zu schützen«, fuhr Adara an die Hohe Rätin gewandt fort. »Damit du glaubst, du hättest Erfolg gehabt, und Lucy in Ruhe lässt.« Deswegen wirkte Lucy auch noch so vollständig, fast als ob es ihr sogar besser ginge als zuvor. Weil sie zwar nicht ihren Bruder zurückbekommen hatte, aber die Liebe ihres Lebens. »Ich weiß nicht, wie du es gemacht hast, Ian, aber …«

»Totensprecher sind Magier, die sterben, während Magie fließt«, erklärte Chris, nein Ian, leise. »Ihre Geister zerfallen nicht. Sie bleiben für immer auf der Magieebene gefangen. So wie ich.«

»Natürlich. Deswegen muss man kein Stück seiner Seele opfern, um einen Totensprecher in einen Körper zu locken, er kann einfach hineinschlüpfen«, hauchte sie. »Und du … du weißt das«, sagte sie, als ihr plötzlich alles klar wurde, »weil du im Widerstand warst und ein paar der alten Geschichten kennst. Deswegen hat Danes dich damals auch getötet, so wie Chris es vermutet hat, oder?«

»Nein, ihr wollt mich nur verwirren!« Die Hohe Rätin schüttelte den Kopf, ein Anflug von Wahnsinn in den Augen. »Aber ich weiß, dass ihr lügt! Ich habe Chris zaubern lassen. Ich habe ihn getestet.«

»Aber du hast nicht gesehen«, antwortete Adara, »dass er dabei Lucys Hand gehalten hat. Er ist ein Magier und konnte ihre Magie nehmen. Es war Glück, dass sie gut genug zusammenpassten. Oder vielleicht hat es so gut funktioniert, weil Lucy Chris' Schwester ist und ihre Magie sich ähnelt.«

Die Hohe Rätin war kreidebleich geworden. »Nein, das darf nicht sein. Ich brauche *ihn,* Ida ist zu schwach und ... Meine Kinder. Ich muss sie doch retten und die Welt für sie reinigen. Die Magier müssen vernichtet werden, alle. Und auch alles Wissen über Magie. Ich muss nur einen Weg finden ...« Adara sah, wie ihr Blick auf das Mädchen im Becken fiel.

Ihre Nackenhärchen stellten sich auf. Wenn die Hohe Rätin die alte Masterquelle tötete, würde sie alle Magier und Quellen auf einen Schlag auslöschen.

»Ich muss verhindern, dass die Magier noch mehr Leid über die Menschen bringen«, zischte die Hohe Rätin, Hass in den Augen.

Adara versuchte, sie zu verabscheuen, aber sie konnte es nicht. Wenn man ihr die ganze Familie genommen, sie kaltblütig und grausam ermordet hätte, hätte sie dann nicht ebenso gefühlt? Hätte sie nicht ebenso sehr gehasst? »Ich verstehe dich ja«, sagte sie beschwörend. »Sehr gut sogar. Ich will genau wie du, dass alle in Frieden leben können. Seth und ich, wir wollen eine neue Welt erschaffen, eine ohne Unterdrückung und Leid. Eine, in der Menschen wie dein Mann nicht mehr getötet werden, weil sie Doppelpotenzialträger sind.« Sie stellte es sich vor, während sie es sagte, und hoffte, die Hohe Rätin würde es auch tun. »Du musst dafür nicht die Gemeinschaft auslöschen, es gibt einen besseren Weg.«

»Nein.« Die Hohe Rätin schüttelte den Kopf und machte einen Schritt auf die Masterquelle zu. »Mein Mann ...«

»Denkst du, er hätte das gewollt?«, fragte Adara so sanft wie möglich, obwohl sie innerlich bebte. »So viel Leid und Tod und eine ungewisse Zukunft für die gesamte Menschheit?« Langsam näherte sie sich der Hohen Rätin, schob sich vorsichtig zwischen sie und die Masterquelle. »Seth und ich können dir helfen, deine Kinder zurückzuholen, wenn du das willst.« Gegen jede Vernunft hoffte Adara, dass die Hohe Rätin tatsächlich Ja sagen würde. Denn dafür müsste sie ihre Seele opfern. Sie wäre nicht mehr sie selbst und könnte die Gemeinschaft nicht mehr auslöschen. »Und noch mehr, wir werden uns um sie kümmern. Wenn du die Gemeinschaft auslöschst, haben sie niemanden mehr. Willst du das?«

Langsam breitete sich Trauer auf dem Gesicht der Hohen Rätin aus. Sie wirkte hilflos und Adara spürte wilde Hoffnung in sich aufsteigen.

Seth, sandte sie ihm aufgeregt eine Nachricht, *wir müssen versuchen, sie mit ihren Kindern abzulenken. Dann kannst du deine Masterquelle anschließen und die kann die Verbindungen zu den Augensternen lösen!*

Ohne seine Antwort abzuwarten, streckte sie der Hohen Rätin eine Hand hin. »Lass mich dir helfen.«

Die Hohe Rätin sah sie wie hypnotisiert an. »So war es nicht geplant …«, flüsterte sie. Aber sie wirkte, als würde sie tatsächlich darüber nachdenken.

»Ian ist keine Quelle«, wiederholte Adara noch einmal sanft. »Er kann keine Magie zur Verfügung stellen und schon gar nicht Masterquelle werden. Und du hast selbst gesagt, dass es mit Ida nicht geht. Aber Ida und ich werden dir helfen.« Sie warf Ida einen fragenden Blick zu. Idas Augen weiteten sich, dann nickte sie heftig, als hätte sie verstanden.

»Deine Kinder können in diese Welt zurückkehren und wir werden sie mit unserem Leben beschützen, das verspreche ich dir.« Adaras Herz begann zu rasen, als die Hohe Rätin sich tatsächlich umwandte und zusammen mit Ida zu den Kühlkammern ging. Adara sah die Liebe auf ihrem Gesicht, als sie durch die kleinen Fenster die Gesichter ihrer Kinder betrachtete. Sie wirkte vollkommen versunken. Ida nickte Adara zu, als wollte sie sagen, dass sie es im Griff hatte und Adara Seth helfen sollte.

Unauffällig wandte Adara sich Seth zu. *Wir müssen die Verbindungen zu den Augensternen lösen, bevor die Hohe Rätin uns auf die Schliche kommt,* dachte sie an Seth gerichtet. Sie hasste es, noch ein Opfer bringen zu müssen. Einen weiteren Menschen, der ins magische Koma fallen und sein Leben verlieren würde. Es waren zu viele. Viel zu viele. Aber ihnen blieb keine Wahl. *Wir brauchen deine Masterquelle, Seth.* Sie sah sich um und bemerkte erst jetzt, dass niemand mehr hier war, der dafür infrage kam. In dem ganzen Tumult war ihr das gar nicht aufgefallen.

»Wo ist sie?«, fragte sie Seth.

Ihr stockte der Atem, als sie die schreckliche Endgültigkeit in seinen Augen sah.

»Ich dachte, du hättest es inzwischen durchschaut«, sagte er leise.

Adara starrte ihn an, dann fing alles an, sich um sie zu drehen. »Nein«, flüsterte sie. »Nein, nein, nein.« Sie stolperte zurück. »Das kann nicht … darf nicht …«

Seth kam auf sie zu, wollte nach ihrer Hand greifen, aber sie wich noch weiter zurück.

Lucy!, schrie sie in Gedanken. *Bitte, Lucy, bitte. Du musst die Augensterne lösen, jetzt.*

Es ist hoffnungslos, Adara. Wir finden einfach keinen Zugang.

Bitte, Lucy …

Tut mir leid. Wir schaffen es nicht.

Adara hielt sich die Hand vor den Mund, aber Seth nahm sie in seine und legte sie auf seine Brust, wo sie sein Herz ruhig schlagen spürte.

»Du darfst jetzt nicht die Beherrschung verlieren«, flüsterte er mit Blick auf die Hohe Rätin. »Uns bleibt nur wenig Zeit und ich brauche dich. Du musst mich an den Computer anschließen, bevor die Hohe Rätin etwas bemerkt.«

»Nein!«, flüsterte sie tonlos. »Das mache ich nicht. Vergiss es.« Wie hatte sie es nicht verstehen können? Er war die stärkste Quelle der Gemeinschaft und gleichzeitig Mitglied im Inneren Kreis. Was für ein genialer Schachzug. So musste nur eine Person eingeschleust werden, um die Masterquelle auszutauschen, und nicht zwei.

»Das war von Anfang an der Plan«, sagte er sanft. »Und es ist das Einzige, was uns noch übrig bleibt.«

Sie schüttelte heftig den Kopf. »Es muss doch eine andere Möglichkeit geben.« Ihre Stimme überschlug sich fast.

»Wir haben alles versucht, Adara. Wir haben allen anderen Auswegen eine Chance gegeben, aber jetzt bleibt nichts mehr als das. Und ich glaube, ich habe immer gespürt, dass das mein Schicksal ist.«

»Wie kannst du so ruhig bleiben? Macht es dir denn gar nichts aus?«

Er sah sie zärtlich an. »Es hat mir nie etwas ausgemacht. Bis jetzt. Ich will dich nicht verlassen. Ich würde diese Zukunft so gerne erleben, die du erschaffen willst.«

»Ich kann dich nicht auch noch verlieren«, flüsterte sie. Aber natürlich wusste sie, dass sie keine andere Wahl hatte. Sie konnte nicht dafür verantwortlich sein, dass alle Magier und Quellen der Gemeinschaft starben, nur weil sie nicht noch einen Menschen verlieren wollte, den sie liebte. Das war egoistisch und dumm.

Wie betäubt nahm sie eine der Elektroden und machte sich daran, Seth an den Computer anzuschließen. Wortlos. Sie musste ihm nicht sagen, was sie für ihn empfand. Sie las in seinem Blick, dass er es längst in ihrer Seele gesehen hatte.

Schmerz breitete sich in ihrer Brust aus. Ein Schmerz, den sie bereits kannte und der doch neu und einzigartig war. Weil jemand, den sie liebte, sein Leben verlor. Und weil sie es war, die es ihm nahm.

67

Mit zitternden Fingern klebte Adara die Elektroden auf Seths Stirn. Hoffentlich konnte Ida die Hohe Rätin lange genug ablenken. Als sie die letzte Elektrode in die Hand nahm, trafen Seths und ihr Blick sich. Für einen kurzen unvernünftigen Moment hoffte sie, der Computer würde ihn abstoßen, genau wie er es bei Chris getan hatte, aber schon als die Elektrode Seths Haut berührte, begann der Computer zu arbeiten. Worte erschienen auf einem der Displays: *Neue Masterquelle angenommen.*

Adaras Blick verschwamm, als sie Seth half, sich in das Becken neben die alte Masterquelle zu legen. Sie zuckte zusammen, als die schwarzen Kabel und Schläuche sich wie von selbst von dem Mädchen lösten und in Seths Haut bohrten. Sie wusste, dass es wehtun musste, sah, wie seine Augen glasig wurden, spürte, dass seine Gedanken verstummten.

Übertragung der *Augensternverbindungen erfolgreich.*

Ihr Herz krampfte sich zusammen, weil es so schnell ging. Sie war noch nicht bereit, ihn zu verlieren. Hastig sah sie weg, betrachtete stattdessen die vielen Displays. Auf einem war ein Ladebalken zu sehen, ein anderer zeigte die Vitalfunktionen der Masterquelle. Und auf einem weiteren sah sie eine Namensliste. Waren das etwa … Adara verengte die Augen. Ja, es waren Magiernamen. Das musste eine Liste der aktiven Augensterne sein! Vielleicht konnte sie daran sehen, ob Seth es schaffte, sie zu lösen.

Sie zwang sich, ihn wieder anzusehen. Betrachtete sein bewegungsloses Gesicht, seine schwarzen Haare, jetzt feucht von der Flüssigkeit, die ihn umgab. Und wünschte sich, sie könnte ihm helfen. Aber er musste es alleine schaffen, und zwar schnell, bevor die Hohe Rätin etwas bemerkte.

»Hey«, flüsterte jemand. Chris. Nein. Ian. Er hatte sich neben sie gekniet, jedoch ohne die Hohe Rätin aus den Augen zu lassen. »Tut mir leid, dass ich nicht mehr tun konnte«, wisperte er. »Ich wusste nicht, was sie vorhatte. Nur dass sie unbedingt Chris dafür brauchte, und da habe ich gehofft, ich könnte sie stoppen, einfach dadurch, dass ich nicht er bin.«

Adara wusste nicht, was sie dazu sagen sollte, es war eine absolut bizarre Situation, mit jemandem, der aussah wie Chris, neben Seth zu knien, der um so viele Menschenleben kämpfte. Sie versuchte, nicht daran zu denken, dass sein Leben auch vorbei war, wenn es ihm gelang. Denn aus dem künstlichen Koma würde Seth nie wieder erwachen. Sie krallte die Hände in den Rand des Beckens.

»Ich wünschte, ich könnte …«, begann Ian.

»Nicht«, unterbrach sie ihn. »Bitte nicht.« Sonst würde sie die Beherrschung verlieren und das Letzte, was sie jetzt brauchen konnte, war, in Tausende von Scherben zu zerfallen.

Adara wandte das Gesicht ab. Sah auf das Display. Und erstarrte. Einer der Namen blinkte rot. Eine der Verbindungen musste gelöst worden sein!

Seth, es funktioniert! Du … du machst das großartig. Aber dann sah sie die Meldung auf dem Bildschirm. In Blutrot.

Warnung! Gelöste Verbindungen zu Augensternen: 3

Adaras Herz begann zu rasen. Was, wenn der Computer einen Alarm auslöste, wenn Seth noch mehr Verbindungen löste?

»Ian, wenn die Hohe Rätin uns bemerkt, wird sie Seth töten. Und wir können sie nicht aufhalten. Ida ist zu stark.«

Ian sah sich nach der Hohen Rätin um. »Weißt du«, flüsterte er dann, wieder an Adara gewandt, »ich war damals wütend, weil du Chris nicht zurückgeholt hast, bis ich verstanden habe, was du ihm erspart hast. Danke.«

Adara runzelte die Stirn. Warum sagte er ihr das jetzt? Und warum klang es so nach Abschied? »Was hast du …«, begann sie.

Ian stand auf. »Was für ein Glück, dass die Hohe Rätin keine trainierte Magierin ist«, raunte er. Dann wandte er sich ab und schlich auf die Hohe Rätin zu. Jetzt sah Adara auch, was er meinte. Die Hohe Rätin hatte die Fessel vergessen! Wenn Ian ihr Idas Hand entreißen konnte, während Magie floss …

Ein Alarm heulte auf. Adaras Herz setzte einen Schlag aus. Die Hohe Rätin fuhr herum. Ian warf sich nach vorne und griff nach Idas Hand. Aber die Hohe Rätin war schneller. Reine Energie schoss aus ihren Fingern und traf Ian auf die Brust. Mitten in der Bewegung brach er zusammen. Stumm, ohne einen Laut von sich zu geben. Adaras Kehle wurde eng, aber sie hatte keine Zeit zu trauern, nicht mal Zeit, ihn anzusehen. Denn die Hohe Rätin kam jetzt auf sie zu. Besinnungslose Wut funkelte aus ihren Augen. »Du hinterhältige Magierin! Für einen Moment habe ich geglaubt, du meinst es ernst, aber du bist genau wie alle anderen«, spie sie aus. »Lieber lasse ich meine Kinder für immer im Totenreich als bei jemandem wie dir!«

Instinktiv griff Adara nach Seths Magie, um einen Schutzzauber zu wirken, aber dann lähmte sie Angst. Was würde passieren, wenn sie seine magische Energie nahm, während er an den Computer angeschlossen war? Adara blieb keine Zeit nachzudenken. Sie spürte, dass die Hohe Rätin Idas Magie nahm, um sie auf Seth zu schleudern. Hastig griff Adara nach seiner Macht und spannte einen Schutzschild. Gerade noch rechtzeitig. Der Einschlag von Idas Energie zwang sie fast in die Knie, aber ihr Schutzschild hielt.

»Das wird dir nichts nutzen«, zischte die Hohe Rätin. »Du wirst Ida nicht lange standhalten können. Mit dem nächsten Zauber durchdringe ich deinen Schild, töte Seth und lösche alle Magier und Quellen auf einen Schlag aus. Dann habe ich die Welt wenigstens von einer Geißel befreit.«

Warum tat sie es nicht einfach? Adaras Blick zuckte zu Ida. Sie sah aus, als hätte sie längst zusammenbrechen müssen. Redete die Hohe Rätin, um Adara davon abzulenken, dass Ida sich erst erholen musste? Hoffnung stieg in Adara auf, aber plötzlich lächelte die Hohe Rätin. Ein unmenschliches, fieses Lächeln. »Und bald wirst du mich sowieso darum bitten, Seth zu töten.«

Kälte ergoss sich in Adaras Brust. »Was meinst du damit?«

Die Hohe Rätin deutete auf den Computerbildschirm, aber nicht auf die Liste mit den Augensternen. Sondern auf die mit dem Ladebalken.

Laden der Systemdateien 48 %.

Langsam, ganz langsam kroch eine düstere Ahnung an ihr empor.

»Ja«, raunte die Hohe Rätin. »Du verstehst jetzt, was das bedeutet, nicht wahr?« Ihre Stimme schwankte. »Danes hat uns allen ein Schnippchen geschlagen. Er hat Vorkehrungen getroffen, sodass alles automatisch abläuft, sobald die neue Masterquelle angeschlossen ist. Bald wird sich die künstliche Intelligenz vollständig hochgeladen und installiert haben. Und du kannst nichts dagegen tun.« Sie deutete auf Seth. »Außer ihn zu töten.«

Wie betäubt stand Adara da, wusste, dass die Hohe Rätin die Wahrheit sagte. Und weigerte sich doch, es zu akzeptieren. »Nein! Seth …«

Blitzschnell schleuderte die Hohe Rätin einen Zauber auf Adara. In letzter Sekunde gelang es ihr, ein Schutzschild zu errichten. Trotzdem lächelte die Hohe Rätin und deutete kalt auf das Display.

60 %.

Entsetzen stieg in Adara auf, als sie verstand, was das bedeutete. Es schadete Seth also tatsächlich, wenn sie seine Magie nahm. Denn dann fehlte ihm die Kraft, sich gegen die künstliche Intelligenz zu wehren.

»Jedes Mal, wenn du Magie verwendest, fällt er tiefer ins Koma«, höhnte die Hohe Rätin, »und die künstliche Intelligenz wird mächtiger. Und je stärker sie wird, desto unmöglicher wird es, Seth zu töten, denn die KI wird ihn schützen.« Die Hohe Rätin sah Adara mitleidig an. »Du siehst also, es gibt keinen Ausweg. Lass ihn mich töten, solange es noch geht. Was ist schon der Tod von ihm und ein paar Magiern, wenn du die Welt vor einem noch schlimmeren Schicksal bewahren kannst?«

Adara schluckte schwer. Die Hohe Rätin hatte recht. Eine Welt ohne Magier und Quellen war das kleinere Übel. Denn neue Magier würden geboren werden und das Wissen über Magie würde in den Köpfen der Mitglieder überleben. Aber wenn die künstliche Intelligenz einmal die Menschheit versklavt hatte, würde sich niemand mehr wehren können. Weil niemand es mehr wollen würde.

Sie musste sich entscheiden. Und zwar jetzt. Sollte sie zulassen, dass die Hohe Rätin Seth tötete und damit auch Adara selbst und alle, die sie liebte? Ihren Bruder, ihre Mutter, ihre Freunde und deren Familien. Durfte sie wirklich so viele Menschen opfern?

»Komm schon«, säuselte die Hohe Rätin. »Du willst doch nicht, das Victor Danes gewinnt, oder?«

Kurz war Adara wie erstarrt. Dann schossen ihr Tränen des Zorns in die Augen. Danes! Natürlich. Es war seine Schuld, dass sie vor so einer schrecklichen Wahl stand. Selbst im Tod versuchte er noch, ihr seinen Willen aufzuzwingen und sie und Seth zu seinen Handlangern zu machen. Sie schloss die Finger um Seths Hand und zuckte zusammen, als er kaum merklich reagierte.

Adara schluckte ihre Wut hinunter. Nein, sie würde nicht zulassen, dass Danes gewann. Aber sie würde auch nicht zulassen, dass der Hass auf ihn sie zu einer unbedachten Entscheidung trieb. Aber was konnte sie dann tun? Mit ihrem nächsten Angriff würde die Hohe Rätin Adara zu einem weiteren Schutzzauber zwingen, Seth dadurch erneut schwächen und die KI würde noch mehr an Macht gewinnen.

Wenn sie die Hohe Rätin doch nur außer Gefecht setzen könnte!

Aber solange Idas Schutzzauber aktiv war, war das unmöglich. Das Einzige, was die Hohe Rätin umbringen konnte, war die Magie, die sie benutzte. Adara erstarrte. Ida! Sie konnte nicht zaubern, solange die Hohe Rätin sie mit dem Apparat kontrollierte. Aber da die Hohe Rätin die Fessel vergessen hatte, konnte Ida sie dennoch mit Magie überwältigen.

Ida! Du kannst der Hohen Rätin Magie geben, so viel, dass es sie tötet. Sie erklärte ihr genau, wie sie es machen musste. Ida nickte kaum merklich. *Aber warte noch, bis ich dir ein Zeichen gebe!,* befahl Adara.

Denn es würde nur funktionieren, wenn der Zauber des Inneren Kreises die Hohe Rätin nicht mehr schützte. Sie versuchte, ihn zu sehen. Versuchte, den Abdruck der gewaltigen Magie zu spüren. Es gelang ihr nicht. Ihr Herz begann zu rasen. Wurde er von Idas Schutzzauber überlagert? Oder hatte Richard es geschafft, ihn zu lösen? Sie musste ganz sicher sein, denn sie hatten nur einen Versuch. Sobald die Hohe Rätin merkte, was sie taten, würde sie die Fessel zaubern und es wäre vorbei.

Richard! Ist der Schutzzauber des Inneren Kreises gelöst?

Ich fürchte nicht, Adara. Die Katastrophe in Neuseeland … es ist unmöglich, genug Räte zu erreichen.

Wütend ballte Adara die Fäuste. Das durfte doch nicht wahr sein! Gerade der uralte Zauber, der die Gemeinschaft vor Willkür und Tyrannei schützen sollte, hinderte sie nun daran, die Menschen auf der Erde zu retten? Plötzlich keuchte sie auf. Schützen. Der Zauber sollte die Gemeinschaft schützen! Aber die Hohe Rätin hatte selbst gesagt, dass sie die Gemeinschaft auslöschen wollte!

Wenn es stimmte, was Richard ihr erzählte hatte, musste der Schutzzauber der Hohen Rätin längst erloschen sein. Sie konnte es nicht sicher wissen, aber sie musste es riskieren. Und zwar sofort. Denn die Hohe Rätin griff bereits nach Idas Magie.

Ida! Tu es, jetzt!

Adara spürte die gewaltige Energie, die Ida in ihren Körper rief. Entsetzen packte sie. *Nicht so viel,* wollte sie schreien, aber es war zu spät. Eine unglaubliche Menge Magie entlud sich von Idas Körper in den der Hohen Rätin. Gleichzeitig brachen sie zusammen.

»Ida!« Adara ließ Seths Magie und seine Hand los und stürzte zu Ida. Sie bewegte sich nicht mehr und ihr Körper war gebrandmarkt von der Magie, die sich durch ihre Haut den Weg nach draußen gebahnt hatte. Adara wollte weinen, schreien, aber sie durfte jetzt nicht die Beherrschung verlieren. Später. Später würde sie um Ida trauern. Und auch um Ian und all die anderen, die ihr Leben in diesem Kampf gelassen hatten. Jetzt musste sie dafür sorgen, dass Idas Opfer nicht umsonst gewesen war. Sie hastete zu Seth zurück und warf einen Blick auf den Ladebalken. 82 %!

Richard, dachte sie verzweifelt, *wir haben die Hohe Rätin besiegt, der Innere Kreis … sie sind alle tot.*

Adara, das sind großartige Nachrichten …

Nein! Die künstliche Intelligenz hat übernommen und Seth … er verliert. Wir müssen ihm helfen!

Kurz herrschte entsetztes Schweigen. *Lucy und die anderen Hacker tun, was sie können, Adara. Mehr ist nicht möglich. Seth ist auf sich allein gestellt.*

Adara sank neben Seth auf die Knie und nahm seine Hand. Noch einmal betrachtete sie den Ladebalken. Immer noch 82 %. »Du schaffst das, Seth. Du kannst die künstliche Intelligenz aufhalten. Denk an Naos und all die anderen. Du musst sie retten.« Ihre Stimme zitterte und Tränen liefen ihr über die Wangen. »Und … du bist nicht auf dich allein gestellt. Ich bin bei dir. Bis zum bitteren Ende.«

68

Schmerz stach in Seths Augen, sein Gehirn, seine Gedanken. Wie tausend kleine Nadelstiche, die sich langsam in seinen Schädel bohrten und dann immer größer und größer wurden, bis der Schmerz allgegenwärtig war.

Dies war die erste Schwelle. Der Zeitpunkt, an dem es fast unmöglich war, sich nicht der gnädigen Dunkelheit des magischen Komas zu überlassen. Aber Seth hielt stand. Schmerz war schon lange nicht mehr sein Feind, sondern ein alter Bekannter, ein ständiger Begleiter, dem er ins Gesicht sehen konnte.

Langsam ließ das Stechen nach, das Gefühl, von viel zu grellem Licht geblendet zu werden. Sein Herz nahm seinen gewohnten Rhythmus wieder auf und seine Finger spürten Adaras Hand, die immer noch in seiner lag. Unwillkürlich schloss er seine Finger um ihre, hielt sich daran fest, während das blendend weiße Licht immer mehr zerfranste, schrumpfte und schließlich in unendlich viele glitzernde Punkte zerfiel.

Die Augensterne.

Sie glühten in seinem Bewusstsein wie eine Galaxie an einem endlosen Sternenhimmel. Die Unendlichkeit dieses Anblicks war kaum zu ertragen, sie ließ ihn kleiner und kleiner werden, bis er sich dazwischen fast verlor. Dies war die zweite Schwelle. Auch sie war für Seth leicht zu ertragen. Denn er hatte sich schon vor unendlich langer Zeit verloren und gelernt, trotzdem dort zu sein, wo er gebraucht wurde. Er konzentrierte sich auf die Sterne und gleichzeitig auf die warme Haut an seiner Handfläche, Adaras Haut, ihre Nähe. Sein Anker, sein Zeichen, dass er immer noch dem magischen Koma widerstand. Solange er sie fühlen konnte, hatte der Computer ihn noch nicht im Griff. Und solange war er auch noch in der Lage, die Augensterne zu lösen.

Seth öffnete sich für die Magie, so wie er es schon unzählige Male zuvor getan hatte. Sie strömte wild und unbeherrschbar aus der Natur in seinen Körper, war eine unerträgliche Belastung, die nur Adara von ihm nehmen konnte. Sie tobte in ihm, zerrte und nagte an ihm, verdrängte beinahe sein eigenes Wesen und sein Bewusstsein.

Dies war die dritte Schwelle. Der Punkt, an dem es so einfach gewesen wäre, sich von der Magie verschlingen zu lassen. Aber auch dieser Schwelle konnte er widerstehen. Vielleicht sogar am leichtesten von allen. Denn er hatte länger als die meisten anderen Quellen aushalten müssen, bevor ein Magier ihm geholfen hatte, das Wüten der Magie in seinem Inneren zu ertragen.

Seine Finger schlossen sich noch fester um Adaras, seine Magie wollte sich in sie ergießen und er wollte nachgeben. Er wollte spüren, wie sich ihre Gefühle darin auflösten, sodass er sie spüren konnte, als wären es seine eigenen. Das war keine Schwelle. Und doch fiel es ihm unsagbar schwer zu widerstehen. Mit beinahe unmenschlicher Kraft konzentrierte er sich auf die Sterne. Sie waren wie winzige Knoten in seinem Gehirn, Ansammlungen von Energie, die sich zwischen seinen Neuronen festgesetzt hatten und nur lösen ließen, indem er selbst Magie hineinleitete. Er widerstand dem Sog aus Adaras Körper und schob die Magie in einen der Sterne. Er stieß sie in die Stelle, wie er sie sonst in Adaras Körper stieß, bis der Knoten langsam weich wurde und sich schließlich vollkommen auflöste. Dann nahm er sich den nächsten Stern vor.

Seth, es funktioniert.

Worte schwebten durch seine Dunkelheit, er nahm sie wahr, irgendwo in ihm blühte Freude auf wie eine Eisblume, die nur den Bruchteil einer Sekunde existierte. Dann war es vergessen und er machte sich an den nächsten Stern. Es waren so unendlich viele und jeder einzelne bedurfte seiner Aufmerksamkeit. Welchen sollte er als Nächstes nehmen? Er drehte sich unter dem Sternenhimmel, spürte Gras unter seinen nackten Füßen. Zuckte zusammen, als etwas Weiches seine Zehen streifte.

Seine Finger schlossen sich um Adaras Hand. Die Wärme ihrer Haut riss ihn zurück, fort von der Wiese. Er musste sich beeilen. Erneut nahm er Magie, leitete sie in den nächsten Stern und dann in den nächsten. Adaras Finger wanderten über seine Haut, fuhren die Zeichnung nach, kitzelten wie Gras auf seinen Fußsohlen. Gras. So unendlich weiches Gras. Und etwas, das sich anfühlte wie samtige Federn.

Nein. Die Sterne, konzentrier dich auf die Sterne. Die Wiese kann warten. Sie wird immer noch da sein, wenn du deine Aufgabe erledigt hast. Er nahm sich den nächsten Stern vor.

Etwas wuselte über seine Füße und er sah nach unten. Es huschte davon, zwischen die hohen Grashalme, aber er hatte trotzdem gesehen, was es war. Der lange, gebogene Schnabel und die braunen Federn waren unverkennbar. Ein Kiwi. Unwillkürlich ging Seth ihm einen Schritt nach, tiefer in die Wiese hinein.

Sterne. Warum dachte er jetzt an Sterne? Irgendetwas war wichtig daran. Er legte den Kopf in den Nacken. Es waren viel weniger als zuvor, ja richtig, das war seine Aufgabe. Er musste sie löschen, jeden einzelnen. Wieder leitete er Magie in den nächsten Stern. Wieder verschwand einer vom Firmament.

Dann spürte er den Wind auf seiner Wange. Er senkte den Kopf und erkannte, dass es kein Wind gewesen war. Sondern Haare, wunderbar weiche schwarze Haare. Ihre Haare. Er wollte danach greifen, aber sie war längst ein paar Meter von ihm entfernt. Sie hatte sich umgedreht und lächelte ihn an. Sie trug ein kurzes weißes Nachthemd ohne Ärmel. Auf ihren nackten Armen zog sich die Zeichnung von ihren Fingern bis zu den Ellbogen hinauf. Auch ihre Füße waren nackt, genau wie seine. Sie war ihm so unendlich vertraut und doch wirkte sie so merkwürdig fremd. Vielleicht weil sie so jung aussah. Nicht wie jemand, der einen langen, ermüdenden Kampf hinter sich hatte, sondern wie jemand, der nur eine wunderbare, leuchtende Zukunft vor sich sah.

Liliana, flüsterte er.

Sie lächelte. Millionen von Sternen schimmerten ihm aus ihren Augen entgegen.

Sterne. Verdammt, was war nur immer mit den Sternen? Sie wurden weniger, gingen einer nach dem anderen aus.

Komm.

Er hörte das Wort in seinem Kopf, wusste genau, dass sie es gewesen war, die es gesagt hatte. Nein, sie hatte es gedacht, direkt in seinen Kopf hinein. Sie deutete in die dunkle Nacht hinter der Wiese.

Komm mit.

Ohne darüber nachzudenken, folgte er ihr. Einen Schritt, zwei, dann hielt er inne. Etwas kitzelte an seiner Hand. Er musterte seine Haut, aber da war nichts. Nichts als die Zeichnung. Die Punkte zwischen den Linien und Kreisen erinnerten ihn an etwas Wichtiges.

Seth.

Sein Name, er schwebte durch die Dunkelheit. Die Augensterne. Sterne. Verdammt, die Sterne.

Liliana blieb stehen und drehte sich zu ihm um. Sie lachte. *Was hast du denn nur immer mit den Sternen? Sag mir lieber, was du dir wünschst.*

Stumm starrte er sie an, suchte nach Wünschen in seinem Inneren, aber da war nur Dunkelheit.

Sternenfinsternis, dachte er. *Die vollkommene, endgültige Sternenfinsternis.*

Aber warum denn?, fragte sie erstaunt.

Weil ich dann endlich frei bin, mit dir zu gehen.

Sie streckte die Hände nach ihm aus, alle beide, bis ihre Fingerspitzen sich fast berührten. Wie merkwürdig, dass er sie trotzdem nicht spüren konnte, dass er nicht die Erleichterung fühlte, weil sie ihm half, die Bürde seiner Magie zu tragen.

Das kannst du auch jetzt schon, komm einfach mit, weg von der Wiese. Sie deutete in die Dunkelheit und etwas huschte von ihnen fort. Der Kiwi?

Wie unglaublich verlockend es war. Wie unglaublich schwer, sich zu erinnern, warum er nicht mitgehen sollte. Er hatte so lange darauf gewartet. So unendlich lange die Leere ausgehalten, die Einsamkeit, um jetzt hier bei ihr zu sein.

Er hielt Lilianas Blick fest, und ohne sich noch einmal nach der Wiese umzusehen, setzte er einen nackten Fuß in die samtige Dunkelheit.

69

»Seth!« Verzweifelt schüttelte Adara seine Hand. Bisher hatte er seine Finger fest um ihre geschlossen gehabt, jetzt waren sie erschlafft. Sie drückte sie, kniff sogar in seine Haut, aber er reagierte nicht mehr. Besorgt betrachtete sie die Bildschirme.

Laden der Systemdateien 92 %.

»Nein!« Entsetzt starrte sie auf die Buchstaben. Es ging schneller! Bedeutete das, dass Seth längst im magischen Koma verloren war? Angst flutete ihren Körper. »Wag es ja nicht, dich einfach davonzuschleichen! Du darfst noch nicht gehen.« Vor allem, weil sie nicht bereit war, ihn gehen zu lassen. Verzweifelt schüttelte sie noch mal seine Hand. Nichts. »Nein«, flüsterte sie. »Nein, nein, nein.«

Richard?, schrie sie in Gedanken. *Seth schafft es nicht. Die KI gewinnt. Bitte, Richard, du musst irgendetwas tun!*

Adara? Ich habe alle anwesenden Mitglieder der Gemeinschaft informiert. Sie wollen den Umsturz, sie rebellieren. Aber *der Umsturz bedroht die Gemeinschaft und der neue Supercomputer … er ist dazu da, die Gemeinschaft zu bewahren.*

Eiseskälte stieg in ihr auf. *Was willst du damit sagen?*

Die Magier, sie stehen unter dem Einfluss der KI … sie haben angefangen, aufständische Mitglieder zu töten, und versuchen, die Hacker und

Lucy aufzuhalten. Und … zwei von ihnen sind in Richtung der Aufzüge verschwunden. Ich glaube, sie wollen zu euch runter.

Entsetzen packte Adara und fast im gleichen Moment hörte sie es. Ein Klicken in der Ferne. Und dann … Schritte. Ihr Herz blieb stehen. Die Magier, die die KI heruntergeschickt hatte! Sie kamen näher. Hektisch sprang sie zur Tür, aber ohne Security Clearance konnte sie sie nicht schließen. *Lucy! Hier unten sind Türen, vielleicht vom alten Computer gesteuert. Du musst sie verriegeln, irgendwie!*

Die Schritte näherten sich schneller. Adara sprang verzweifelt vor der Tür auf und ab und versuchte, irgendeinen Mechanismus zu finden, den man von Hand bedienen konnte.

»Da ist sie!«, hörte sie es aus dem Gang. Sie sah hinaus.

Die Magier rannten auf sie zu, ihre Quellen zogen sie hinter sich her. Sie wich zurück, tiefer in den Raum der Masterquelle hinein.

Lucy, jetzt! Bitte! Sonst ist alles aus.

Der eine Magier blieb vor der Tür stehen und hob die Hand. Magie umwaberte ihn. Floss aus ihm heraus. Adara schloss die Augen. Und riss sie wieder auf, als etwas laut zischte. Der Angriff des Magiers war an einer Laserschranke abgeprallt, die sich in der Türöffnung aufgespannt hatte. Adara hätte vor Erleichterung am liebsten geweint. *Lucy, du bist die Beste!*

Mit einem letzten Blick auf die wütenden Magier stürzte sie zum Bildschirm zurück. Und erschrak.

Keine Augensterne lösten sich mehr. Und der Ladebalken stand jetzt bei 95 %.

Kurz stand sie nur da, dann packte sie Wut. »Nein, verdammt!« Sie sah sich um, stürzte in einer wahnwitzigen Verzweiflungstat zu den Steckern des Computers und versuchte, sie herauszuziehen. Es war unmöglich. Die ganze Technik war mit starken Schutzzaubern versehen. Wie gelähmt stand sie über den Kabeln. Verstand, dass diese bescheuerte Idee ihre letzte Hoffnung gewesen war. Das Allerletzte, was sie noch hatte tun können. Und jetzt … war es vorbei. Nach allem, was sie getan hatten, trotz aller Opfer, war es jetzt einfach so vorbei. Sie sank neben Seth in die Knie. Die Wut verflog. Zurück blieb nur endlose Leere.

Naos?, dachte sie. *Es tut mir so leid. Ich wollte euch helfen, aber … Wir können nichts mehr tun. Gar nichts mehr. Ich … ich hab dich lieb, Bruderherz.*

Oh Lilly.

Adaras Gesicht verzog sich und Tränen liefen ihr über die Wangen. *Sag mir … sag mir, dass es bei euch ein Wunder gegeben hat, sag mir, dass ihr …*

Das würde ich gerne, kam es zögerlich zurück. *Aber es sieht schlimm aus. Die Asche … sie ist einfach überall. Wir haben die Menschen aus den Häusern geholt. Aber in den Straßen … da sind Lava und Risse im Boden und heißer Dampf. Die Asche wird immer mehr … die Hochhäuser stürzen ein. Und wir können nirgendwo mehr hin.* Er schwieg kurz. *Aber es wird jetzt etwas schwächer, Lilly, vielleicht sehen wir noch mal die Sonne, bevor …* Er verstummte. *Ich … ich hab dich auch lieb, Schwesterherz.*

Ihr Bruder gab auf. Ihr starker, perfekter Bruder. Bis zum Schluss hatte er gekämpft, aber jetzt ging sogar ihm die Kraft aus. Also war es wirklich und wahrhaftig vorbei. Adara stützte das Gesicht in die Hände. Versuchte, sich nicht vorzustellen, wie Naos und Daniel unter Asche und Lava begraben wurden. Versuchte, die Geräusche nicht zu hören, die die Magier an der Laserschranke verursachten. Versuchte zu vergessen, dass die künstliche Intelligenz auch sie bald unter Kontrolle haben würde, genau wie die anderen.

Langsam sah sie auf. Warum hatte die KI sie eigentlich noch nicht unter Kontrolle? Und warum hatte sie zwei Magier zu ihr nach unten geschickt, wenn die Situation für Adara aussichtslos war? Ihr Herz begann zu rasen. Dafür gab es nur eine Erklärung. Die KI hatte Angst. Aus irgendeinem Grund konnte sie Adara nicht kontrollieren wie die anderen und musste Magier schicken, um sie aufzuhalten. Aber was konnte Adara denn noch tun? Fieberhaft dachte sie nach, bis etwas aus dem Gedankenaustausch mit Naos in ihr widerhallte.

Naos! Was hast du gerade gesagt?

Ich hab dich auch …

Nein, das davor. Zerbrechliche, schmerzende Hoffnung stieg in ihr auf.

Es wird schwächer. Aber das wird uns nicht helfen …

Doch, Naos, das wird es, dachte sie aufgeregt. Denn es bedeutete, dass die KI Kraft sparte, dort wo sie es für ungefährlich hielt. Der Computer, auf dem die KI installiert war, hatte nur begrenzte Ressourcen. Und vielleicht machte Seth der KI doch mehr zu schaffen, als Adara geglaubt hatte, und die KI sparte ihre Kraft bei der Katastrophe in Neuseeland ein, um sie hier für den Kampf gegen Seth zu verwenden. Aufregung packte sie.

Naos, du musst mir jetzt vertrauen, okay? Ihr müsst sofort so viele Magier wie möglich zusammenrufen. Und dann müsst ihr an so vielen verschiedenen Orten wie möglich versuchen, die Katastrophe einzudämmen.

Der Supercomputer war darauf programmiert, sich zu wehren, wenn jemand versuchte, die Katastrophe aufzuhalten, und das würde ihn hoffentlich seine gesamten Ressourcen kosten. Und damit die KI schwächen. Vielleicht konnte Seth so doch noch gewinnen.

Wenn wir das tun, wird es noch schlimmer.

Nur für ein paar Minuten. Hoffe ich.

Er antwortete nicht. Sagte nicht, dass ein paar Minuten für viele von ihnen schon zu lange waren. *Okay, wir tun es.*

Adara wartete. Ignorierte, dass die Magier den Mechanismus der Tür langsam, aber unaufhaltsam zerstörten. Beobachtete angespannt den Bildschirm. 97 %. Verdammt. Es reichte nicht! Sie mussten noch mehr tun, dem Computer noch mehr Kraft entziehen. Sie krampfte die Finger um ihr Handy. Natürlich! Der Computer steuerte noch etwas, was ihn Ressourcen kostete. Die App! Alle Mitglieder der Gemeinschaft benutzten sie. Tausende von Menschen. Und der Computer war jetzt schon fast ausgelastet. Wenn sie ihn noch mehr beschäftigte, vielleicht konnte sie ihn dann aufhalten.

Lucy? Du musst allen, die du kennst, eine Nachricht schicken, dass sie die App benutzen sollen. Wer sie noch nicht hat, soll sie installieren. Alle

Mitglieder der Gemeinschaft müssen sie benutzen, *und zwar gleichzeitig. Mit Gedankennachrichten oder Videos oder beidem.*

Lucy stellte keine Fragen. *Alles klar.*

98 %.

Mit zitternden Fingern öffnete Adara die App auf ihrem eigenen Handy. *Benutzt die App. Benutzt alle die App. So oft wie möglich, so lange wie möglich. Und gebt die Nachricht weiter,* sandte sie an alle, die sie kannte, bis ihre Finger vom Tippen wehtaten und etwas Feuchtes auf ihr Display tropfte. 99 %. Langsam ließ sie ihr Handy sinken.

Der Computer war zu stark. Oder die KI hatte einen Weg gefunden, die Programme zu beenden. So oder so würde Seth verlieren. Die Magier vor der Tür würden zu ihr durchdringen. Und Danes würde selbst im Tod noch über sie triumphieren.

Aber es spielte keine Rolle. Sie streichelte über Seths Hand, spürte seine Magie unter seiner Haut. Sie war nur noch ein winziges Summen, kein Vergleich zu dem wilden Toben, das sie normalerweise so liebte. Trotzdem öffnete sie sich dafür, ohne darüber nachzudenken. Sie nahm nichts, er brauchte alles selbst. Aber sie wollte sich mit ihm verbinden, wollte bei ihm sein, so nah, wie sie nur konnte. So unendlich nah, wie ihre Verbindung es in den letzten Tagen möglich gemacht hatte.

»Ich weiß, es ist nur eine winzige Chance, Seth. So klein, dass sie kaum vorhanden ist. Aber wir beide werden kämpfen, nicht wahr? Vielleicht können wir nicht gewinnen, aber wir geben trotzdem nicht auf. Denn wir können wenigstens eins tun: ein allerletztes Mal verhindern, dass er uns bricht.«

70

Seth sah Liliana vor sich, ihre tiefschwarzen Augen in ihrem blassen Gesicht. Ihre wunderschönen Haare, die er so gerne berührte und zwischen seinen Fingern hindurchgleiten ließ. Wenn er nur ein bisschen auf sie zuging, konnte er sie umarmen. Er konnte sie für immer festhalten, hier an diesem unwirklichen Ort, wo nichts anderes eine Rolle spielte als seine Erinnerungen und seine Wünsche.

Seth. Komm mit mir. Ich brauche dich, flüsterte Liliana.

Er machte ein paar Schritte auf sie zu. Spürte die samtige Finsternis unter seinen nackten Fußsohlen. Er wusste, Liliana war nicht echt. Sie war nur ein Wunschtraum in seinen Gedanken. Aber durch sie hatte er gelernt, wie schön sich etwas anfühlen konnte, das nicht real war. Und wie sehr es einen verändern konnte. In seinem ganzen Leben hatte nichts sich für ihn so wunderbar angefühlt wie die wenigen gestohlenen Stunden mit ihr, in denen sie sich eine Realität ausgedacht hatten, die es nicht gab.

»Sag mir doch, was ich tun kann.«

Adara. In Gedanken lächelte er sie an. *Du kannst gar nichts tun. Du musst auch nichts tun. Mein Leben war nie dazu gedacht weiterzugehen. Und dieses Ende ist so viel besser als alles, was ich jemals vermutet hätte.*

Er machte wieder einen Schritt auf Liliana zu. Aber dann löste sie sich plötzlich auf. Sie zerfiel vor seinen Augen. Sie war verschwunden. Nein. Er drehte sich nach ihr um. Das durfte nicht sein.

»Seth, ich bin hier. Ich bin bei dir.« Ihre Worte flüsterten überall um ihn herum, kamen nicht aus ihrem Mund und doch von ihr. Adara.

»Die Augensterne, Seth.«

Da waren sie wieder, diese verdammten Sterne. Würde er denn nie frei von ihnen sein? Die Sterne lösen. Ja, das war seine Aufgabe. Er musste sie erfüllen, um frei zu sein. Er machte ein paar Schritte zurück, hinaus aus der samtigen Schwärze, hinein in die Wiese unter dem Firmament. Eiskalter Wind erfasste seinen Körper, nur seine Hand war plötzlich warm. Kraft durchflutete ihn. Sterne. Viele waren nicht mehr übrig. Er konnte es schaffen.

Aber da war sie wieder. Liliana. Aus dem Nichts vor ihm aufgetaucht.

Seth, was tust du da nur?, fragte Liliana in der verlockenden Finsternis. *Komm lieber mit mir.*

Das will ich doch. Aber erst die Sterne.

Aber ich liebe die Sterne. Warum willst du sie mir wegnehmen?

Ja warum? Plötzlich wusste er es nicht mehr.

»Bitte, Seth, wenn du irgendwie kannst, versuch, die Sterne zu lösen.« Diese Worte. Diese Stimme. Sie kam von den Sternen, nicht aus der samtigen Dunkelheit. Sie erinnerte ihn an das Warum.

Es ist meine Aufgabe, sonst bin ich nie frei.

Liliana blitzte ihn wütend an, dann wurde ihr Gesicht plötzlich weich. *Ich verrate dir einen Trick, Seth. Damit du schneller mit mir kommen kannst. Siehst du den einen Stern dort oben? Den ganz hellen?*

Seth sah hoch. Ein Stern blinkte besonders stark. Und noch heller, immer wenn Adara zu ihm sprach.

Wenn du den Stern zerstörst anstatt nur die Verbindung, dann lösen sich die anderen von allein, säuselte Liliana.

Seth runzelte die Stirn. Zerstören? Aber hatte nicht jeder Stern eine Seele? *Wird dann nicht jemand sterben?*

Du hast nicht mehr genug Kraft, sie alle zu lösen, wenn du es einzeln tust. Du spürst es, nicht wahr? Die Dunkelheit wiegt zu schwer. Aber zerstöre den einen Stern und alle anderen werden frei sein.

Frei. Er wollte frei sein. Und es klang so logisch. Es war der Fixstern, der eine, der alle am Himmel hielt.

Zerstör ihn. Dann steht nichts mehr zwischen uns.

Seth betrachtete den Stern. Hörte Worte in seinem Herzen. *Dann bring ein letztes Opfer, Seth. Töte mich.*

Er sah wieder Liliana an, die wollte, dass er es tat. Liliana, die nicht echt war, aber die bei ihm sein würde, wenn er für immer in der Dunkelheit versank. Sein einziger Trost in der unendlichen Einsamkeit. Liliana, die jemand anders war. Denn die echte Liliana würde glauben, dass er es schaffen konnte. Und niemals wollen, dass er einen Stern für die anderen opferte. Er griff nach der Magie. Und brachte ein letztes Mal ein Opfer. Seinen letzten, einzigen egoistischen Wunsch, in der unendlichen Finsternis nicht alleine zu sein.

Liliana. Die den einen hellsten Stern loswerden wollte. Und ihn daran hindern, seine Aufgabe zu erfüllen. Ihr Gesicht verzerrte sich, als seine Magie sie traf. Sie löste sich auf, zersprang in unendlich viele, winzige Farbflecken. Wie Sterne. Immer noch die Sterne. Mit letzter Kraft nahm er noch einmal Magie und sandte sie hinauf ans Firmament. Einen nach dem anderen löste er die Sterne auf. Als Letztes blinkte der hellste Stern. Der, den er nicht hatte aufgeben wollen. Er fühlte jetzt, dass es Adaras Stern war. Aber schließlich löste er auch ihn. Dann stand er einfach nur da. Unendlich lange starrte er hinauf in den sternenlosen Himmel. Er konnte nicht glauben, dass es vorbei war. All die Qual. All die Opfer. Er hatte seine Aufgabe erfüllt.

Frei. Endlich, endlich war er frei.

Und allein in der Dunkelheit. Die unechte Liliana war fort. Er hatte sie zerstört, um die Sterne zu retten. Wind kam auf. Heftiger, starker Wind. Verzweifelter Wind.

»Du hast es geschafft, Seth«, heulte es um seine Ohren. »Alles ist gut, du hast die Magier gerettet. Jetzt komm zurück. Bitte. Komm zu mir zurück.«

Zurück? Zu wem denn? Es war doch niemand hier. Um ihn herum war nur noch Stille.

Komm zurück, hörte er es wieder. Es war ihre Stimme.

Adara!, schrie er. Ihr Name vermehrte sich in der Dunkelheit und trieb nach oben. Seth legte den Kopf in den Nacken und da, ganz hoch über ihm, erkannte er den Himmel. Ein etwas hellerer Streifen Finsternis. Er musste sich in einem tiefen Tal befinden. Nein. In einem bodenlosen Abgrund.

Dann war auch der Himmel fort. Ebenso wie Liliana und Adara. Wie die Sterne und der Wind. Nichts war über ihm, unter ihm, neben ihm als die samtige, erstickende Dunkelheit. Sie schloss sich um ihn, drang in seinen Mund, seine Nase, verstopfte seine Lungen. Sie umhüllte ihn vollkommen. Bis er sich langsam, unendlich langsam hineinfallen ließ. Vollkommene Finsternis hüllte ihn ein und ein merkwürdiger Frieden, in dem er sich endlich verlor. Er gab sie auf: Adara, Liliana und auch sich selbst. Gab einfach alles auf. War nur noch Wesen, nur noch Magie. Seine Magie. Ihre Magie. Plötzlich erwachte ein schrecklicher Sog in ihm, ein dunkler Strudel aus Worten, Erinnerungen und Sehnsüchten. Eine Macht, die wild und ungestüm wütete und alles aus ihm herausriss. Bis nur noch eine schreckliche, beängstigende Leere übrig war.

Dann füllte sie sich mit Wärme. Sie füllte sich mit Szenen, die sich vor seinem inneren Auge abspielten. Es waren Erinnerungen, aber nicht seine. Es waren Wünsche und Sehnsüchte, aber die von jemand anderem. Sie brachten seine wieder mit zurück. Dann spürte er sie.

Adara. Liliana.

Sie war in seinem Geist. Und dann war sie sein Geist. Es war, als ob sie ihr Wesen in seines hineindrängte, bis sie nicht mehr zwei waren, sondern eins. Bis ihre Erinnerungen wirklich seine waren und ihre Gedanken in seinem Kopf entstanden. Sie waren einfach da, genauso wie seine eigenen.

Ich bin da. Ich bin bei dir. Dachte sie. Nein, er dachte es selbst. Oder?

Ich bin zurückgekommen, wisperte es um ihn herum.

Adara. Seine Freude schlug Wellen auf der dunklen Substanz ihrer gemeinsamen Magie. *Warum hast du mich nicht verlassen?*

Weil ich nicht will, dass du in diesem dunklen Abgrund verloren gehst.

Die samtige Finsternis löste sich, der Druck wich von seiner Brust. Über ihm weitete sich die Schlucht.

Nach oben, Seth, hauchte Adara in seinen Gedanken wie Wind in einer kühlen Sommernacht. *Komm nach oben. Zurück zu mir.*

Die Schlucht weitete sich noch etwas mehr, der Boden hob sich, nein, seine Füße bewegten sich unter ihm, er lief. Er spürte Gras. Und dann nichts mehr.

Wo bist du?, fragte er. Er konnte ihre Hand nicht fühlen.

Ich weiß nicht. Ich glaube … in dir, flüsterte sie. Oder tat er es selbst?

Wie kann das sein? Was habe ich getan? Nein, sie. Was hatte sie getan? Aber sie war doch er. Sie waren eins.

Spürst du das auch? Wir sind so eng verbunden, wie es überhaupt möglich ist. Du als Quelle und ich als Magierin, wir sind jetzt nur noch Quellenanteil und Magieranteil eines einzigen Geistes.

Wie Chris, dachte er.

Ja, raunte sie. *Wie Chris. Wir können widerstehen, du und ich. Nein ich. Du bist ich. Und deswegen können wir es. Wir können dem magischen Koma entkommen. Spürst du es?*

Während sie in seinen Gedanken dachte, merkte er, dass der Druck auf seinen Geist nachließ. Die Wünsche und Erinnerungen drängten nicht mehr herein. Die Magie, die sie heraufbeschwor, die er heraufbeschwor, nein, sie gemeinsam, spannte sich schützend um ihren Geist herum auf.

Mach die Augen auf.

Er gehorchte. Und sah sich selbst ins Gesicht. Nein, es war ihr Gesicht. Es war nur eine Hälfte von ihm. Und sie weinte seine Tränen der Erleichterung.

71

Adaras Herz klopfte schmerzhaft in ihrer Brust, als sie Seth aus dem Becken half. Tropfnass stand er vor ihr und sie tastete ihn förmlich mit Blicken ab, um sich zu versichern, dass ihm nichts fehlte. Die Schläuche und Kabel hatten Wunden in seiner Haut hinterlassen, aber seine Augen waren nicht glasig, sein Blick war klar und in den Tiefen schimmerte immer noch der Augenstern. Jetzt ungefährlich.

Adara musterte die Displays. Der Computer arbeitete nicht mehr. Der Bildschirm war schwarz.

Die Magier haben aufgehört, Adara, sie greifen keine Menschen mehr an, sandte Richard ihr eine Nachricht.

Auch die Magier vor der Tür hatten aufgehört, Zauber gegen den Laser zu schleudern, und sahen sich verwirrt an.

Naos?, dachte Adara und konnte kaum atmen.

Es hört auf, Lilly! Wir haben das Schlimmste überstanden.

Unendliche Erleichterung erfasste sie. »Es geht ihnen gut«, flüsterte sie Seth zu. »Es ist vorbei, wir haben es tatsächlich geschafft.« Kurz zögerte sie, dann warf sie sich in seine Arme. Er zog sie fest an sich und seine Lippen fanden ihre in einem wilden, rohen, fast gewalttätigen Kuss, der ihnen beiden klarmachte, dass sie wirklich und wahrhaftig noch lebten. Dann löste er sich langsam von ihr, ließ sie aber nicht los, sondern hielt sie so nah bei sich, dass seine Lippen ihre noch fast berührten.

»Ich bin so froh, dass du mit mir zurückgekommen bist«, sagte sie.

»Wie hast du das gemacht?«, flüsterte er. »Das hätte überhaupt nicht funktionieren dürfen.«

»Nein, hätte es nicht.« Sie wusste selbst nicht genau, wie sie es gemacht hatte. »Ich habe plötzlich diese Nähe gespürt, so stark wie nie zuvor. Von so was habe ich noch nie gehört, Seth, ich hätte nie für möglich gehalten, dass unsere Verbindung so eng ist, dass wir eins werden können, wie ein Doppelpotenzialträger, der gleichzeitig Magier und Quelle ist.« Vielleicht hatte der Wächter sie vorhin deswegen nicht trennen können. »Vielleicht konnte die KI mich deshalb nicht übernehmen«, flüsterte Adara. »Weil ich mit dir verbunden war, als sie es versucht hat. Vielleicht ist das eine weitere Fähigkeit der Quellenmagier.« Vielleicht war das noch ein Grund für die Hohe Rätin gewesen, unbedingt Chris zu wollen, denn so hätte sie mit ihm sogar die KI besiegen können.

Seth schwieg. In seiner Stille spürte sie nicht nur Erleichterung und Freude über den Sieg, sondern vor allem unendliche Trauer. Das Mädchen im Becken zog ihren Blick auf sich. Diese Fremde, die sie nicht kannte und die sie doch so sehr anrührte. Sie nahm Seths Hand, schloss ihre Finger ganz fest um seine. Es war Zeit, sich der Wirklichkeit zu stellen. Langsam sah sie sich um. Rat Danes, die Hohe Rätin und Medea St. John lagen genau dort, wo sie zuvor zu Boden gegangen waren. Die Magier, immer noch verwirrt, starrten fassungslos die leblosen Körper an. Adara hingegen ließ ihren Blick weiterschweifen, über die Kühlkammern mit den Kindern der Hohen Rätin, die nun nicht mehr die Chance haben würden, ein neues Leben anzufangen. Und dann zu silberblonden Haaren und einem unendlich blassen Gesicht. Langsam ging sie auf Ida zu und sank neben ihr auf die Knie. Dabei hielt sie immer noch Seths Hand. Mit der anderen strich sie Ida über die Wange, eine viel zu kalte, leblose Wange. »Seth, wie sollen wir das jemals Sara beibringen?« Die Stimme versagte ihr den Dienst.

Seth drückte ihre Hand, aber sie verspürte keinen Trost. Ein weiterer Körper zog ihren Blick auf sich. Einer, der gar nicht hätte hier sein sollen, weil er schon vor langer Zeit tot gewesen war. Das Atmen fiel ihr plötzlich schwer und sein Gesicht verschwamm vor ihren Augen, als sie zu ihm hinüberging. Es war Ian gewesen, nicht Chris, und doch tat es unglaublich weh, ihn hier so liegen zu sehen.

Sie spürte, dass Seth seine Finger aus ihren lösen wollte, aber sie zog ihn näher zu sich heran. »Ich wünschte, ich hätte ihn retten können, für Lucy«, flüsterte sie. Verzweifelt schüttelte sie den Kopf. »So eine furchtbar sinnlose Verschwendung von Menschenleben. So etwas darf nie wieder passieren, Seth. Nie wieder. Dafür müssen wir sorgen.«

Er nickte, aber er wirkte abwesend. Als sie seinem Blick folgte, verstand sie. Matteo. Er lag immer noch dort, wo Ida und Ian ihn hingelegt hatten. Da hatte er noch gelebt, aber nun wirkte er furchtbar blass und leblos. Warum war er bisher nicht aufgewacht? Adaras Herz krampfte sich zusammen, als sie an die Medikamente dachte, die man ihm gegeben hatte, um ihn ruhigzustellen. Was, wenn er daran gestorben war, weil er nicht an die lebenserhaltenden Maschinen des Computers angeschlossen worden war?

Seth hatte die ganze Zeit stumm neben ihr gestanden, sein Gesicht unbewegt, aber nun ließ er sie sehen, was er fühlte. Angst und verzweifelte Hoffnung. Langsam ging er hinüber zu Matteo. Er kniete neben ihm nieder und legte zwei Finger an seinen Hals. Dann breitete sich ganz langsam ein winziges Lächeln auf seinen Lippen aus. Und für Adara war es das schönste Lächeln, das sie je gesehen hatte.

Epilog

Einige Monate später.

»Schau dir das an, Seth, das ist einzigartig.«

Adara betrachtete staunend die leuchtenden Farben und unzähligen Details des Graffitis, das die halb in sich zerfallene Hauswand vor ihnen zierte. Die Sturmsonne über ihnen, die trotz Wolken und Wind auf sie herunterbrannte, verlieh dem Bild eine ganz besondere Wirkung. Matteo kniete auf dem Boden, sprühte an einer letzten Ecke einen winzigen Klecks Rot, den wahrscheinlich nur er selbst bemerkte. Dann stand er auf und trat einen Schritt zurück. Das Graffiti zeigte einen Magier und seine Quelle, die einander an den Händen gefasst hielten. Über ihnen am Himmel leuchtete ein Stern ganz besonders hell.

»Ist das die Namenszeremonie?«, fragte Adara.

Matteo nickte. »Und zwar so, wie sie richtig ist.«

»Was ist denn daran anders?«, fragte Naos, der hinter ihnen stand. Auch Daniel, der sich wie immer in seinen Schatten drückte, hatte den Kopf schief gelegt und versuchte, den Sinn des Graffitis zu begreifen.

»Das sieht man doch.« Saras leise Stimme versetzte Adara einen Stich. Immer wenn sie sprach, hörte man an jedem ihrer Worte, an jeder einzelnen Silbe, welche Narben sie davongetragen hatte und wie einsam sie war. Lucy stand neben ihr, ebenso verloren wie sie. Anfangs hatte Adara gehofft, die beiden könnten sich gegenseitig helfen, vielleicht sogar Freunde werden, aber sie hielten sich voneinander fern. Vielleicht war der Verlust zwischen ihnen zu groß, würde sich aufsummieren, wenn sie miteinander sprachen. Adara hätte ihnen so gerne geholfen, aber auch von ihr hielten sie sich fern. Die Worte der Hohen Rätin fielen ihr wieder ein.

Die Zeit heilt solche Wunden nicht, weißt du? Sie gibt einem nur andere Dinge, auf die man sich konzentrieren kann. Und sie erschafft Narben. Brüchige Narben, die ständig wieder aufreißen, wenn man nicht vorsichtig ist.

Wie sehr sie für Lucy und Sara hoffte, dass sie unrecht hatte. Sara deutete jetzt auf den Stern, der in der Mitte des Graffitis zwischen Magier und Quelle schwebte. »Der Name des Sterns ist nicht der Name für den Magier, sondern der Name für die Verbindung, deswegen bekommt auch die Quelle keinen eigenen, weil auch der Magier eigentlich keinen bekommt. Sondern sie beide zusammen.«

Hinter ihnen fing Daniel an zu lachen. Es riss Adara aus der Trauer und sie war froh darum. Sie sehnte sich so sehr nach diesem Geräusch, nach etwas Normalität in dem Wahnsinn, der jetzt ihr Alltag war.

»Willst du damit sagen, dass ich auch Naos bin?«, fragte Daniel immer noch grinsend.

»Na klar«, erwiderte Naos und legte die Stirn in Falten. »Du bist genauso ein Teil von Naos wie ich, also bist du sozusagen ein Teil von mir …«

»Sag jetzt nicht ›deine bessere Hälfte‹, sonst nenne ich dich ab heute nur noch George, George.«

Adara musste lächeln. Naos verdrehte theatralisch die Augen. »Kaum wird das totalitäre Regime abgeschafft, schon tanzen die Quellen ihren Magiern auf der Nase herum.«

»Geschieht dir recht«, gab Daniel zurück. Aber Adara bemerkte genau, dass unter dem frechen Glimmen in seinen Augen unendlich viel Bewunderung und Hingabe für ihren Bruder ruhte. Vielleicht noch mehr seit den Ereignissen in Auckland, von denen nur die Narben in Daniels Gesicht und auf Naos' Hals erzählten, denn die beiden teilten mit niemandem, was genau geschehen war. Einen Moment lang sahen sie sich schweigend an, dann lächelte Daniel. »Surfen?«

»Surfen!« Sie lachten und machten sich davon, ohne sich zu verabschieden. Sie liefen zwischen den zerstörten Hochhäusern Aucklands hindurch, durch die Asche, zu einem Strand, der gezeichnet war von erkalteter Lava. Irgendwann würden sie all das beseitigt haben. Auckland würde wieder schillernd und friedlich zwischen den Ozeanen auf seiner Landenge ruhen. Gras würde die Vulkane überwuchern und mit etwas Hilfe durch Magie würde man vielleicht auf den ersten Blick nicht mehr sehen, welche schrecklichen Wunden sich darunter verbargen. Aber sie würden immer da sein. Vor allem in den Herzen der Menschen, die darum kämpften, sich ihr Leben zurückzuerobern. Sogar in solchen wie Naos und Daniel, die so unbekümmert wirkten. Und einander so nah.

Adara sah ihnen nach und griff nach Seths Hand. »Manche Dinge werden sich nie ändern, die beiden werden immer ein Herz und eine Seele sein. Aber es wird andere geben, die nicht so viel Nähe wollen. Es wird schwierig werden, es allen recht zu machen.«

»Wir werden einen Weg finden.« Seth beugte sich zu ihr und gab ihr einen flüchtigen Kuss auf die Lippen, der ihr Herz zum Flattern brachte. Es fühlte sich immer noch unglaublich merkwürdig an, dass er das einfach so tat, vor allen anderen. Sie lehnte sich an ihn und er legte den Arm um ihre Schultern, ebenfalls vor allen anderen. Und obwohl bereits einige Wochen vergangen waren, zogen sie immer noch Blicke der anderen Mitglieder auf sich, wenn sie das taten. »Es wird nicht leicht werden, die alten eingefahrenen Strukturen abzuschaffen. Es gibt viele Mitglieder, die diese Strukturen immer noch richtig und wichtig finden.«

»Wir haben jetzt alle Zeit der Welt, uns darum zu kümmern.« Er deutete auf Matteos Graffitis, die sich über die Ruine des alten Gemeinschaftszentrums zogen. »Und wir haben etwas, womit wir sie überzeugen können. Ich denke, jeder kann sehen, wie viel Wahrheit in seinen Bildern steckt. So viel, dass der Verlust der Aufzeichnungen kaum ins Gewicht fällt.«

Adara betrachtete noch einmal das Bild der Namenszeremonie. »Irgendwie habe ich schon immer gespürt, dass der Name Adara nicht mir gehört, dass er irgendwie nicht zu mir passt, weil das nicht ich bin. Nicht allein. Aber es ist auch seltsam, dass er uns beide bezeichnet. Genauso wie es sehr merkwürdig ist, mir vorzustellen, nur noch Liliana zu sein. Zuerst wollte ich sie unbedingt zurück, dann wollte ich Adara sein, um kämpfen zu können, und habe mich gleichzeitig wieder nach Liliana gesehnt. Aber ich bin nicht mehr nur sie. Ich bin … beide.«

»Also keine Persönlichkeitsspaltung mehr?«, fragte Seth.

»Nein.«

»Wie wäre es dann mit einer Mischung aus beiden Namen?« Er dachte darüber nach. »Lilidara oder Adriliana.« Er sagte es todernst, aber sie spürte an seiner Magie, dass er innerlich grinste. Sie knuffte ihn in die Seite. »Also wennschon, dann Liliara oder Adriana.«

»Was immer du willst«, flüsterte er. »Von mir aus kannst du auch alle paar Tage wechseln. Je nachdem, wie du dich gerade fühlst.«

Sie musterte ihn, das warme Leuchten in seinen Augen, wenn sein Blick auf ihr ruhte. »Und wie fühlst du dich? Immer noch …« Sie verstummte, als das Lächeln von seinem Gesicht verschwand, und ärgerte sich, dass sie ihn danach gefragt hatte.

»Leer?«, beendete er ihren Satz. Er schwieg, aber sie sah die Antwort in seinen Augen. Es war albern, ihn nach so kurzer Zeit zu fragen, ob sich daran etwas geändert hatte, nur weil sie es sich so sehr für ihn wünschte. Was er durchgemacht hatte, ließ sich nicht einfach so wegwischen, die unermessliche Schuld, die er auf sich geladen hatte, würde er wahrscheinlich nie vergessen können. Und die Wunden, die all die Opfer in seine Seele geschlagen hatten, ließen sich nicht einfach so schließen.

Sie wusste es ja selbst. Die tiefe Narbe, die der Verlust von Chris in ihrem Herzen hinterlassen hatte, würde wahrscheinlich nie ganz aufhören wehzutun. Und es käme ihr auch nicht richtig vor. Aber der Schmerz würde weniger werden, bis er nur noch eine bittersüße Erinnerung war, die sie nicht daran hinderte, zuversichtlich nach vorne zu sehen. Und wenn sie Seth betrachtete, bemerkte sie Kleinigkeiten, die sich eben doch geändert hatten. Sein Lachen, das sie jetzt viel öfter sah. Sein Vertrauen, das sie in seiner Magie spürte. Vielleicht konnten ihre Wunden ja doch heilen. Zumindest so weit, dass sie nicht ständig wieder aufrissen.

Sie betrachtete die zerstörte Skyline von Auckland. Es würde lange dauern, die Stadt wiederaufzubauen. Aber sie konnte sehen, wie es eines Tages aussehen würde. Neue Hochhäuser würden entstehen, neue Straßen, neue Stadtteile und die Gemeinschaft würde irgendwo darin ihren Platz finden. Auf eine neue, bessere Art. Ohne einen Inneren Kreis, der allen anderen seinen Willen aufzwang und die Gemeinschaft für seine Zwecke missbrauchte. Ohne einen selbstgerechten Victor Danes, der Menschen kaltblütig ermordete, nur weil sie Doppelpotenzialträger waren. Und nie wieder würde eine Quelle vor ihrem Magier knien müssen. Außer sie wollte es.

»Kannst du sie jetzt sehen?«, fragte sie leise. »Die Zukunft?«

Statt etwas zu sagen, liebkoste er sanft mit seinen Fingerspitzen die Zeichnung auf ihrem Arm. Magie knisterte auf ihrer Haut und sackte langsam von seinem Körper in ihren. Sie schloss die Augen und plötzlich brauchte sie keine Antwort mehr von ihm. Sie konnte sie in seiner Seele lesen.

Alana Falk

Sternensturm
Das Herz der Quelle

Wie lange hat Liliana auf diesen Moment gewartet? Doch als sie endlich zur Magierin ernannt wird, stellt man ihr ausgerechnet Chris als Energiequelle zur Seite. Mit ihm muss sie sich verbinden, um ihre Macht entfesseln zu können. Aber in Chris' Augen tobt der Hass auf alle Magier und er widersetzt sich seiner Bestimmung. So schnell wie möglich muss Liliana sein Vertrauen gewinnen, denn in den Tiefen unter Neuseeland braut sich eine schreckliche Katastrophe zusammen und nur Liliana kann sie aufhalten.

Arena

Auch als E-Book erhältlich

384 Seiten • Gebunden
ISBN 978-3-401-60290-5
www.arena-verlag.de